宁波大学中国语言文学系学术文库

多重视阈的
中国文学史叙事时空

南志刚　著

ZHEJIANG UNIVERSITY PRESS
浙江大学出版社
·杭州·

图书在版编目（CIP）数据

多重视阈的中国文学史叙事时空 / 南志刚著.

杭州：浙江大学出版社，2024.11. -- ISBN 978-7-308-25507-3

Ⅰ. I209-53

中国国家版本馆 CIP 数据核字第 2024MJ0992 号

多重视阈的中国文学史叙事时空

南志刚　著

责任编辑	周烨楠	
责任校对	李瑞雪	
封面设计	周　灵	
出版发行	浙江大学出版社	
	（杭州市天目山路 148 号　邮政编码 310007）	
	（网址：http://www.zjupress.com）	
排　　版	杭州晨特广告有限公司	
印　　刷	广东虎彩云印刷有限公司绍兴分公司	
开　　本	710mm×1000mm　1/16	
印　　张	20.75	
字　　数	372 千	
版 印 次	2024 年 11 月第 1 版　2024 年 11 月第 1 次印刷	
书　　号	ISBN 978-7-308-25507-3	
定　　价	78.00 元	

浙江大学出版社市场运营中心联系方式：0571-8925591；http://zjdxcbs.tmall.com

自　序

　　I.按照普遍理解,文学史是近代关于民族国家的想象。文学史的编著者凭借这种想象建构了一个民族国家的文学秩序,也建构了一个民族国家的文学权力。中国是世界上最早高度集权的民族国家之一,然而,在中国古代历史进程中,中国却没有产生文学史,大量文学史资料和文学史思考散见于历代史籍和文学批评著作篇章,较早出现的中国文学史著作是外国人完成的,或许属于近代外国学者对中国的民族国家想象。1904年,京师大学堂林传甲和东吴大学黄人编著中国文学史,拉开了国人自撰文学史的大幕,此后,国人凭借"文学史"展开民族国家想象逐渐成为惯习。中国现代文学史编著,虽有胡适《五十年来之中国文学》(1922)、朱自清《中国新文学研究纲要》(1929)和周作人《中国新文学的源流》(1932)等,但真正构成"民族国家想象"并作为学科建设基础的中国现代文学史,是在20世纪50年代建构的。当年,唐弢认为当代文学不宜写史,但中国当代文学史著述依然如雨后春笋。时至今日,文学史著作依然蔚为大观,不仅成为大学文科基本教材,也成为社会一般读物,编著者在各自领域内表现出不同的"民族国家想象"。

　　如果"民族国家想象"之说合乎历史逻辑,那么,中国古代文学史就属于编著者对中国古代民族国家的想象,中国现代文学史属于编著者对中国现代民族国家的想象。是否可以颠倒过来说,当编著者对于一个民族国家的想象用历史叙事的方式呈现出来,我们就称其为文学史?每一个编著者都把他想要告知读者的"历史内容"编著成文学史著作,然而,文学史属于历史的一部分,旨在建立关于文学的历史秩序和历史权力,所以编著者应该客观地呈现历史内容,把应该告知读者的历史内容告知读者。编著者应该遵循历史叙事和历史研究的普遍规律和原则,历史观念、历史文献和历史叙述方法应该成为文学史观念、文学史料和文学史叙述的基础。在"想要告知"和"应该告知"之间,文学史叙事的张力非常大,二者也构成了文学史编著的基本矛盾。

　　文学史研究和文学史编著不同于一般历史研究和历史编著,盖因文学史的研究对象是文学,而文学表达审美趣味和审美理想,按照美的规律建构,属于审美意识。因此,文学史在历史判断基础上,不可避免地要进行审美判断,要艺术地处理文学史料、阐释艺术作品、解析文学现象。这样一来,文学史关于民族国家的想象就不可避免地带有个性化历史思辨与艺术考量。历史逻辑与审美理想的统一,当然是文学史的美好期待,然而,在统一过程中,中国文学史编著的历史性和审美性也会出现这样那样的冲突。

"任何历史都是当代史"曾经颇为流行。任何历史编著中都存在"历史"与"当代"的对话,中国文学史编著也始终存在着中国古代、现代民族国家形态与当代民族国家想象的对话,存在着古代、现代的艺术创造与当代知识分子学院派解读的对话,存在着古代、现代人文知识传统与当代文学知识秩序建构的对话。如何建构"对话"的基础? 以什么样的姿态、方式与历史对话? 这也是中国文学史叙事需要回答的基本问题。

《多重视阈的中国文学史叙事时空》收入讨论中国文学史的相关论文29篇,附录5篇,是从笔者38年来讨论中国文学史问题的相关论文、评论中选择出来的,分为"文学存在与历史叙述""古典文学的哲思与审美精神""现代性与现代文学史时空""当代文学史料辨析与评价机制"四编,附录为学术综述与评介。"多重视阈"不惟指这些文章涉及中国古代文学史、中国现代文学史和中国当代文学史,也指作者尝试运用哲学、文化人类学、美学、叙事学、史料学和文本解读等视野和方法来梳理历史文献和研究资料,阐释文学史现象,解读作家作品。

Ⅱ. 对于我这样圈养在"学院"里的人而言,20 世纪 80 年代改革开放、思想解放的时代氛围和精神气质令人终生难忘,在情感上和思想上总是不自觉地"重返 80 年代";90 年代多元互动的社会变革和思想变革,为我们这一代人的青春画上了句号,也让我开始从思想启蒙、"文化热"、"美学热"、"方法论热"等思潮中迅速"撤退",走入相对沉静的思考,开始把更多眼光投向中国现代文学史叙事。

《历史的时空存在与文学史叙述》辩证看待历史存在的时间性与空间性,认为单纯的时间性叙述存在着理论和视野的盲区,应该在文学史的时间性叙述基础上,发掘被时间性遮蔽的文学史实,着力构建文学史空间性叙述,从而在时空坐标系上建立更加全面的文学史叙述。文学史写作问题是学术界长期关注的焦点之一,从 20 世纪 80 年代开始,20 世纪中国文学、新文学整体观、重写文学史、重绘中国文学地图、回到/还原文学史发生现场/原点、古今文学演变、两翼齐飞、多元共生等文学史观念及其实践,整体改变了中国现代文学史叙事逻辑,带来了中国文学史叙事的诸多调整。《用大气派叙写民族文学智慧的新气象》评述 21 世纪关于文学史写作的几个关键词。"五四"时期,胡适认为:"如果真要研究文学的方法,不可不赶紧翻译西洋的文学名著,做我们的模范。"①中国近现代文化"求新声于异邦"以实现自我更新,新时期文化建设也是中国文化再一次睁眼看世界的表现。外来文化译介蓬勃兴起,短短时间里,掀起阵阵热风劲雨,但赫然卓著成绩的光辉里不免包裹着杂质。《新时期外来文化译介的五大误区》从文化态度、文化选择、文化视点、文化功能和文化精神等方面,讨论新时期外来文化译介的"误区"。《文学作品的存在方式和意义系统》梳理艾布拉姆斯、王春元等学者的论述,提出文学作品的形成需要经过文学创作、文学传播、文学接受和文学反馈(包括文学批评)等四个环节,包含作家创作的文学手稿、传播的文学文本和读者形成的文本图景等基本形态。文学作品不是物化的、静态的存在,而是一种动态的、观念的存在。文学作品的意义既包含作家意图、文本能指,也包含读者的符码重组,最终实现于读者个性化的文本图景。《回归民族文化原本　探究中国悲剧精神》检索了王国维、胡适、鲁迅、朱光潜、熊佛西、钱钟书、王季思、张庚、陈瘦竹等学者对于中国古代悲剧的讨论,发现并真正揭示中国悲剧的美学特征和社会价值,圆满回答"中国有无悲剧"问题,应该基于中华民族文艺实践,回归民族本土话语,凸显中国悲剧观的理论自觉,参证西方经典作品和经典理论。

　　Ⅲ.20世纪80年代中期,我开始阅读《诸子集成》和《史记》,第二编中《为墨子一辩》《儒道自由观与审美关系论》《浅论先秦诸子对个性的认识》等文章就是当时的读书笔记整理。李泽厚、刘纲纪先生主编的《中国美学史》认为墨子的"非乐""就是否定审美和艺术的社会价值,反对进行审美和艺术活动"②,拙作《为墨子一辩》则认为墨子的"非乐"从人本、民本思想出发,在肯定艺术审美价值的同时,强调艺术发展与社会一般发展平衡,反对少数人片面追求艺术享受,反对精神生产脱离物质生产,肯定了墨子"非乐"的积极意义。《儒道自由观与审美关系论》尝试运用马克思《1844年经济学哲学手稿》、杜维明《人性与自我修养》和弗洛姆《逃避自由》等著作讨论儒道自由观,算是一种自我积累。《浅论先秦诸子对个性的认识》辨析先秦儒道墨法的个性认知,文中保留了当时人文社科论文画图表的"时尚",引述了马克思《摩尔根〈古代社会〉一书摘要》等人类学研究资料。仅凭自己极其有限的阅读,触碰如此巨大而深刻的思想史话题,颇不知深浅。《〈关雎〉二元对立》受赵国华先生《生殖崇拜文化略论》③影响,从生殖文化视角尝试解读《关雎》,

---

① 胡适:《建设的文学革命论》//《胡适文存》(一集),黄山书社1996年版,第53页。
② 李泽厚、刘纲纪主编:《中国美学史》(第一卷),中国社会科学出版社1984年版,第161页。
③ 赵国华:《生殖崇拜文化略论》,《中国社会科学》1988年第1期。

引述的《关雎》诸家之论多来自朱自清先生《古诗歌笺注三种》[①]。该文将生殖文化资料与《关雎》文本解读对接,"挑选"出《关雎》中二元对立的关系。《王维的自然观及其对生活与艺术的影响》比较王维与谢灵运、陶渊明的诗歌,试图提炼王维的自然观。《黄莺扰梦阻辽西》运用经典叙事学基本理论和方法,分析中国古典诗歌的叙事元素,寻找古典诗歌叙事结构向抒情结构转换的巧思妙想和审美效果。

需要说明的是,当初写作这组文章所依据的参考文献,今依据新出版本进行了重新校对。如孙诒让的《新编诸子集成·墨子间诂》中华书局 1986年版,今调整为孙诒让撰、孙启治点校的《新编诸子集成·墨子间诂》中华书局 2017 年版;恩格斯的《反杜林论》人民出版社 1970 年版,今调整为恩格斯的《反杜林论》,中共中央马克思恩格斯列宁斯大林著作编译局译,人民出版社 1993 年版。

这一组文章讨论的对象和运用的知识,涉及中国古典文化与文学、西方现代哲学与文学理论。这些文章的理解还是粗浅的、随机的、浮光掠影的。不过,写作这些文章,使我拓宽了个人理解视野,锻炼了解读文学的方法。

Ⅳ. 第三编相对集中地讨论了"现代性与现代文学史时空"。《中国现代文学史实的空间存在》梳理中国现代文学史实的内空间和外空间,期待整合文学内空间和外空间存在的中国现代文学史写作。《以大历史观叙述文学史实》借助黄仁宇先生的"大历史观",发现"五四"文学史叙述中的矛盾性和历史意识的游移现象,主张运用大历史观拉大"五四"文学史叙述的"战略空间",书写具有"当代性"的中国现代文学史。《中国现代性文学史观念的奠基意义与先天不足》认为胡适的"一部中国文学史只是一部文字形式(工具)新陈代谢的历史""双线的文学进化论""一代有一代之文学"等文学史观念对于中国文学史观念现代化具有奠基作用,但也带来了中国文学史观念的先天不足:夸大工具的"死"与"活",把古典文学与白话文学对立起来,忽视文学的历史传承,消解中国文学高蹈雅致的审美品位等。《求解"狂人"的世纪呐喊》从《狂人日记》的文本形态选择、赎罪或启蒙、破坏或建设等层面,理解鲁迅先生揭示的吃人者早已被吃空了灵魂;"救救孩子"既是破坏,也是建设;毁掉"铁屋子",掮住黑暗的闸门,让孩子们活在人格自由独立的将来,是狂人最有力的呐喊。《古典意境的现代性转换》通过抒情主人公的现代转换、隐喻方式的现代转换、叙事结构向抒情结构的转换,以戴望舒《雨巷》对李璟《摊破浣溪沙·手卷真珠上玉钩》的现代性转换为例,探析中国诗歌现

---

① 朱自清:《古诗歌笺释三种》,上海古籍出版社 1981 年版。

4

代化的一种路径。《一场饶有趣味的论争：战争与抒情的二律背反》围绕1939—1940年胡风与徐迟关于"抒情的放逐"的争论，结合胡风与徐迟在新中国成立以后的文学道路，辨析战争与抒情的二律背反，强化中国文学的抒情传统。《孤岛才女苏青》利用民国年间的《鄞县通志》"还原"苏青家庭出身与早年生活，结合《结婚十年》解读苏青爱恨纠葛的半路婚姻，借苏青与陈公博、周佛海等人的交往，分析苏青孤岛时期职业女性的世俗生活，并以其籍贯、亲属、家庭、社会交往等关系为基点，阐释苏青的文学世界和声名起伏。

Ⅴ. 近年来，一些敏锐的当代文学研究者思考如何将"思想"与"事实"、"阐释"与"实证"融会贯通，像中国古代文学研究那样有一套整理和鉴别文献史料的方法和路径，凸显当代文学文献史料之于当代文学学科建设和学术研究的基础作用，重建当代文学与现代文学、古典文学的历史关联。"提出并强调对史料的重视则可说是研究的又一次重要的'战略转移'。"①第四编第一组三篇文章集中讨论当代文学史料问题。《语境还原下的当代文学史料甄别与辨析》评析在"语境还原"视阈中当代文学史料甄别与辨析的重要实践。洪子诚先生的《材料与注释》②甄别史料的性质，辨析史料的价值，形成史料运用的规范，夯实当代文学研究的史学基础；洪子诚《材料与注释》、杨健《文化大革命中的地下文学》③、李润霞《"潜在写作"研究中的史料问题》④；李诚、孙磊《揭秘文化大革命手抄本：〈少女之心〉背后、集体越轨地下传抄》⑤、李杨《当代文学史写作：原则、方法与可能性——从陈思和主编的〈中国当代文学史教程〉谈起》⑥，乔世华《关于〈晚霞消失的时候〉》⑦甄别史料的传播形态，辨析史料传播过程中的变化，作出准确的文学史判断。《当代文学私人性史料的甄别与辨识》梳理学术界关于胡风书信，沈从文的三张速写，穆旦日记和"交代材料"，郭小川、聂绀弩、徐铸成等人的"运动档案"等的相关论述，认为私人性史料需要用实证方法进行甄别与辨析，与公共性史料进行对比，与多种史料形态相互参证。《直面"孤证"：态度·方法·价值》通过分析"毛罗对话"、"关于《古船》的指示"、多多的"白洋淀诗

---

① 吴秀明：《中国当代文学史料丛书·总序》//南志刚主编：《中国当代文学史料丛书·通俗文学史料卷》，浙江大学出版社2017年版，总序第3页。

② 洪子诚：《材料与注释》，北京大学出版社2016年版。

③ 杨健：《文化大革命中的地下文学》，朝华出版社1993年版。

④ 李润霞：《"潜在写作"研究中的史料问题》，《中国现代文学研究丛刊》2001年第3期。

⑤ 李诚、孙磊：《揭秘文化大革命手抄本：〈少女之心〉背后、集体越轨地下传抄》，《株洲晚报》2008年3月2日。

⑥ 李杨：《当代文学史写作：原则、方法与可能性——从陈思和主编的〈中国当代文学史教程〉谈起》，《文学评论》2000年第3期。

⑦ 乔世华：《关于〈晚霞消失的时候〉》，《粤海风》2009年第3期。

歌"与"路遥转让工作名额事件"等当代文学史的"孤证",提出当代文学研究既要坚持"孤证不立""孤证不举",也要考虑当代文学的"现场感",采取"孤证不废"的临时性策略,走出一条符合当代文学研究实际的史料学之路。第二组文章讨论当代文学评价机制与评判标准。《"新文学整体观"的理论与实践》评析陈思和先生"新文学整体观"的文学史主张及其文学史写作实践,勾连"20世纪中国文学""重写文学史",管窥20世纪80年代以来学院派知识分子的文学评价机制与文学评判标准。《从思想解放和新启蒙运动关系中重温朦胧诗论争》回顾20世纪80年代关于"朦胧诗"的论争,评析"崛起派"与"保守派"的诗歌评判标准,厘清"朦胧诗"论争的诗学价值和文学史意义。《当代通俗文学的"规范化"管理尝试及其影响》通过"思想与方向""改造与严管""调整与检讨""欣喜与呼声",梳理管理和规范通俗文学的"国家体制"及其评判标准。《当代大众通俗文学三次"革命"及其评价》提出20世纪90年代以后,关于大众通俗文学的评价出现了三次"革命":金庸及其"武侠小说热"引发"一场静悄悄的文学革命",近现代通俗文学研究和批评引发"文学史革命",网络文学兴起引发"伴随着媒介革命的文学革命"。此文由此反思文学性和现代性的批评标准。第三组文章尝试对具体作家作品进行史料学解读。《归来的叙述:真实与清白》比较丁玲的《意外集》与《魍魉世界》的"文本差异"和"思想与情感表达的差异",认为丁玲在《魍魉世界》中处于"自证清白"与"还原历史真相"的两难之中,有意或无意的忘却造成叙述空白,使"特殊三年"历史事实更为模糊、隐蔽。《从〈疲惫者〉到〈运秧驼背〉》通过巴人对《疲惫者》进行"重写"的文本策略与价值取向,分析巴人忍痛割舍"私人空间"和个人化表达,突进时代"公共空间"和集体话语表达,并以此管窥现代作家进入当代的文学选择。《论巴人20世纪50年代的文艺批评》以《遵命集》《点滴集》为中心,认为巴人20世纪50—60年代的文学批评坚持现实主义文学基本原则,重视文学表达人情、书写人性,追求现实主义美学。《先锋小说的回归与抵抗》是我博士论文《叙述的狂欢和审美的变异》①的结语部分,提出中国文学的三个"回归"与三个"抵抗":回归本土文化立场,抵抗西方话语霸权;回归文学审美主体,抵抗抽象本文主体;回归人类生命意识,抵抗单纯技术表演。

Ⅵ.附录选择了5篇文章,2篇为学术会议综述,3篇为学术著作评介。2004年11月5—8日,北京大学中文系和苏州大学文学院联合举办中国文

---

① 南志刚:《叙述的狂欢和审美的变异——叙事学与中国当代先锋小说》,华夏出版社2006年版。

学史百年研究国际学术研讨会,《中国文学史百年研究国际研讨会综述》综述会议发言,评述国人撰写"第一部"文学史之争、打通文学史、回到文学史发生原点、文学史学术规范与文学史霸权、通俗文学研究等问题的主要观点。2003 年 3 月 29—31 日,教育部中文学科教学指导委员会在苏州大学举办中国现当代文学学科会议,《21 世纪中国现当代文学史的写作》综述会议上关于遴选文学经典、整合现当代文学史和突出审美经验、突出文学史写作个性特色等焦点问题的讨论。《〈战国文学史〉:20 世纪 90 年代文学意识的成果》认为中国语言文化大学方铭教授在建构《战国文学史》①时,既尊重文学的历史性,又注意吸取新的文学观念,体现了文学史研究的开放性。《构建学科发展的"阿基米德点"》从中国现当代文学史料学建构的视角,评析浙江大学吴秀明教授主编的《中国当代文学史料问题研究》②和《中国当代文学史料丛书》,认为此两部著述是中国当代文学研究"战略转移"的重要成果,撬动了中国当代文学学科建设的"阿基米德点"。《问题意识、建构视角与超越之思》从当代文学"历史化"的提出、焦点问题、学术欲求和学术资源等方面,评析浙江大学吴秀明教授的《当代文学"历史化"问题研究》③,认为其是一部厚重的有特色的论著,体现了当代文学研究领域试图超越过于主观化、批评化的现状,要求进行独立学科建构的另一种路向。

　　需要说明的是,选入本集中的文章写作时间跨度较大,最早的文章写作于 1985 年,最近的文章写作于 2022 年。在将近四十年的时间里,中国文学研究已然发生了深刻变化,不仅学术思想、观点、视野、方法已经发生了深刻变革,学术论文规范和学术表达方式也天翻地覆。本次选编过程中,尊重已经发生的事实,除了个别文字和参考文献订正外,所选文章一律保留原貌。这样做,对我个人而言,保留一份微小的"历史记忆",之于学术而言,或许可以为近四十年中国文学研究的深刻变革作一份微小的注脚。

南志刚
2023 年 1 月 18 日于宁波大学

---

① 方铭:《战国文学史》,武汉出版社 1996 年版。
② 吴秀明主编:《中国当代文学史料问题研究》,中国社会科学出版社 2016 年版。
③ 吴秀明主编:《当代文学"历史化"问题研究》,中国社会科学出版社 2021 年版。

目 录

第一编　文学存在与历史叙事

历史的时空存在与文学史叙述 ………………………………… 3

用大气派叙写民族文学智慧的新气象

　　——21世纪文学史写作的几个关键词评析 ………………… 11

文学作品的存在方式和意义系统 ……………………………… 19

新时期外来文化译介的五大误区 ……………………………… 25

回归民族文化原本　探究中国悲剧精神

　　——百年来"中国悲剧有无"问题讨论 …………………… 33

第二编　古典文学的哲思与审美精神

为墨子一辩 ……………………………………………………… 45

儒道自由观与审美关系论 ……………………………………… 51

浅论先秦诸子对个性的认识 …………………………………… 60

《关雎》二元对立 ……………………………………………… 69

王维的自然观及其对生活与艺术的影响 ……………………… 77

黄莺扰梦阻辽西

　　——金昌绪《春怨》解析 ………………………………… 87

第三编　现代性与现代文学史时空

中国现代文学史实的空间存在

　　——关于历史叙述和文学史研究的思考之二 …………… 97

以大历史观叙述文学史实

　　——以"五四"文学的历史叙述为例 …………………… 104

中国现代性文学史观念的奠基意义与先天不足

　　——以胡适"文学史观"为中心的考察 ………………… 112

求解"狂人"的世纪呐喊 ……………………………………… 126

1

古典意境的现代性转换

  ——戴望舒《雨巷》解析 ···················· 132

一场饶有趣味的论争:战争与抒情的二律背反 ············· 135

孤岛才女苏青 ·································· 143

第四编　当代文学史料辨析与评价机制

语境还原下的当代文学史料甄别与辨析 ··············· 171

当代文学私人性史料的甄别与辨识 ················· 184

直面"孤证":态度·方法·价值 ·················· 194

"新文学整体观"的理论与实践 ···················· 204

从思想解放和新启蒙运动关系中重温朦胧诗论争 ········· 213

当代通俗文学的"规范化"管理尝试及其影响 ············· 228

当代大众通俗文学三次"革命"及其评价 ··············· 236

归来的叙述:真实与清白

  ——丁玲的《意外集》与《魍魉世界》 ············· 248

从《疲惫者》到《运秧驼背》

  ——论巴人短篇小说改编的文本策略与价值取向 ······ 255

论巴人 20 世纪 50 年代的文艺批评 ················· 268

先锋小说的回归与抵抗 ························· 278

附录　学术综述与评介

中国文学史百年研究国际研讨会综述 ··············· 285

21 世纪中国现当代文学史的写作

  ——"教育部中文学科教学指导委员会现当代文学学科会议"综述

  ··· 288

《战国文学史》:20 世纪 90 年代文学意识的成果　········ 292

构建学科发展的"阿基米德点" ··················· 294

问题意识、建构视角与超越之思

  ——简评吴秀明主编《当代文学"历史化"问题研究》 ····· 299

主要参考文献 ····························· 305

后　记 ·································· 321

第一编

文学存在与历史叙事

历史的时空存在与文学史叙述

文学史叙述既然有一个"史"字,就限定了文学史叙述与历史叙述的深刻联系,文学史叙述常常被看作历史叙述的一部分,尤其是文化发展史的一部分。新批评的代表人物雷纳·韦勒克说:"'文学史'或则被视为历史的一个分支,尤其是文化史的一支,而文学作品就如历史的'文献'或证据的被征用。"①

长期以来,我们总认为文学史是在时间中展开的,我们所看到的文学史叙述都是以时间为轴心组织文学发展的逻辑性,而忽视了文学史实的空间因素。既然能用时间性把文学史叙述成某种逻辑性,并达到"历史和逻辑统一",为什么不能用空间的逻辑性来叙述文学史呢? 也许,这种叙述也能达到"历史与逻辑统一"。对文学史空间性叙述的缺失,使时间性叙述遮蔽文学史的空间性,从而导致了历史必然主义倾向长期占据着历史叙述的统治地位,阻滞了人们在更高层次上对历史叙述的多元选择。

一 历史存在与历史叙述

长期以来,我们一直认为,历史是一种先于叙述的存在,在叙述之前就有一种真实的历史,历史的叙述只不过是如何"恢复历史的本来面目"。这种关于历史真实性的中心主义观念,遮蔽了许多的历史内容。许多人打着"回归历史""恢复历史的本来面目"的旗号,从事着粗暴的意识形态统治,他们把自己对历史的理解、把自己对历史的叙述作为历史的本来面目,而把其他的理解和叙述当成对历史的篡改和歪曲,从而建立起关于历史的话语霸权。

历史这个名词有两个意义,第一个意义是人类社会过去所发生的事情的总名,也就是"本来的历史",第二个意义是历史家书写的历史。② "本来的历史",是历史上当时的人"书写"的,它作为一个客观存在呈现在我们面前,它进入"书写的历史"的方式是作为"史料"。而对史料的选择和处理,则

---

① 转引自陈国球:《文学史书写形态与文化政治》,北京大学出版社 2004 年版,第 177 页。
② 参见冯友兰:《中国哲学史新编》(上),人民出版社 1998 年版,第 1 页。

是由书写者及其所处的文化语境所决定的。只有书写者走进"本来的历史",按照某种逻辑进行描述,"本来的历史"才能被激活,成为书写者的历史,成为活的历史。就此而言,历史是不断地被书写的,只有历史叙述才能真正让历史复活。历史的生命在于叙述,历史的本质也正在于历史叙述。只有历史叙述,才能让历史告别"死"的状态,而走向永远;也只有历史叙述,才能真正体现人的历史主体性,体现历史与逻辑的结合,体现历史的当代价值和当下性生命体验,更加彰显历史的生命意识,从而达到自然与人的融合。历史不断地被重写,不断地被激活,这是历史的幸事,也是历史真实的存在方式。

强调历史叙述的生命意识,绝不意味着否认历史的真实性,相反,这正是肯定了历史叙述的真实性诉求。

按传统的理解,所谓历史真实,就是历史叙述和"本来的历史"之间没有距离,实际上是历史叙述和"历史认定"之间有某种契合关系。但是,这种先在的"历史认定"是怎么来的呢?这种"本来的历史""历史的本质"在哪里?由谁来判断、把握?这实质上是历史的话语权问题。话语权掌握在谁的手中,似乎"历史的本质"就由谁来解释,而大众更多地受到这种强势话语控制,甚至被强势话语抢占了大脑,以强势的历史认定作为自己的历史认定,并带着这种"前经验""前结构"对待其他的历史叙述,成为强势话语的"帮凶"。所以,历史真实实际上并不是历史叙述与"本来的历史"之间的关系,而是一个叙述者与另一个叙述者的关系,是一个边缘与中心的关系;不是时间上的现在与过去的关系,而是今天两种话语之间的关系。就此而言,强调历史叙述的主观体验和生命意识本身就意味着一种抗争,一种对既定的、权威的历史认定的背离和解构,由此把历史受众从历史的权威认定中解放出来,打破一元化的历史叙述,建立多元化的历史叙述,走向历史叙述的真实性诉求。因而,所谓历史真实性实际上是不存在的,只有历史叙述的真实性;历史叙述的真实性来源于叙述者对历史材料的尊重,更来源于叙述者生命体验的展示。只有这样,历史才能真正成为"人"的历史。

二 历史的时间性与文学史叙述

迄今为止的历史叙述多是按照时间的逻辑来叙说的,很少采取其他的叙述逻辑。为什么会产生这种情况?其一,历史叙述实际上是对人类历史记忆的复现,因此,历史叙述和记忆紧密地联系在一起,而人类的记忆常常是以时间的先后顺序组织的,尤其在古代的生产力和科学条件下,时间对于人类的记忆具有决定性影响。一般来说,时间越久,记忆就会变得越模糊,人们就会觉得越遥远。在回忆的时候，人们总是首先浮现比较清晰的记忆，而后由比较清晰的记忆引出比较模糊的记忆。叙述的时候，人们自然会追问各种记忆的来龙去脉。我是谁？我从哪里来？这些问题都必须通过记忆复现才能达到，都必须到时间里去寻找答案，于是，叙述者自然而然地采用按时间先后顺序来叙述历史的方法。其二，对于时间不可逆性的认识也是一个重要的原因。① 自人类文化产生以来，人们深切地体验到时间的残酷和无情。时间是不可逆的，时间对于人具有压倒性的权威。"生年不满百""羡长江之无穷""人生得意须尽欢"等等，这种对时间不可逆性的认识和生命的体认直接转化为人生态度，引发了人类的悲剧意识。时间，已经不是某种独立于人之外的客观实在，而是内在的，是人对自己、对世界的一种体认方式和体认坐标。要超越时间，流芳千古，除了通过传宗接代之外，还主要通过人的精神活动。"立德、立功、立言"是为不朽："盖文章，经国之大业，不朽之盛事。年寿有时而尽，荣乐止乎其身，二者必至之常期，未若文章之无穷。"② 历史叙述作为人的精神活动，作为人的生命实现活动，自然就与时间结下了不解之缘，人们选择时间作为历史的叙述坐标就成为必然。

这种历史叙述的时间性选择，从根本上决定了文学史的叙述。在文学史叙述中，时间同样具有权威的意义。时间的变化和选择不仅影响着人们对文学史发展方向的认定，更影响着人们对文学性质的认定。在古代文学史领域，很长一段时期内，我们按照政治的变化，严格地按照王朝的更替来叙述文学史，并把这种叙述纳入马克思主义的社会发展理论。于是，中国文学史便成了原始社会—奴隶社会—封建社会—半殖民地半封建社会的形象化说明，成为生产力与生产关系、上层建筑与经济基础等社会发展基本矛盾的图解。后来，大家发现这种文学史的叙述是政治话语的产物，遮蔽了许多文学的内容，于是开始寻找文化时间和文学史的时间坐标。有人从人性关注的角度来叙述文学史，有人从中国文学与外来文化的关系角度来叙述文学史，有人从文化品格和文人人格的角度叙述文学史，的确发现了以前忽视的文学事项和文学要素。他们对文学经典进行重新遴选和重新解读，带来

---

① 现在有些科学家提出了关于时间的可逆性的观点，霍金的《时间简史》是具有代表性的。但此类观点仅仅限于关于宇宙的宏观的科学研究，而要真正应用于科学研究，尤其是人文科学研究，化为人的一种生命意识，还有遥远而漫长的路。

② 曹丕：《典论·论文》//郭绍虞主编：《中国历代文论选》（第一册），上海古籍出版社 1979 年版，第 159 页。

了对文学的"文学性"的重新思考。① 但是,无论哪一种叙述,都在重新发现的同时,也忽视或者遮蔽了选定的逻辑坐标以外的文学事项和文学因素。就中国新文学的研究来说,由于我们更加突出了"新"字,强调"现代""当代"等时间上的因素,因此,中国现代文学的性质自然与中国现代社会革命扭结在一起,文学史就成了现代革命史的形象化解说词;同时,为了证明"新",我们更多地看到中国 20 世纪文学与西方文学之间的关系,而对中国文学和古代文学、近代文学的关系则关注不够。近年来,已经有很多学者发现了这种现象,更多地谈论新文学与中国文学的关系②,开始了打通中国文学、古今演变等研究工作,在一定程度上对既定的权威文学史叙述产生了冲击,但从根本上来说,并没有对文学史的时间性叙述构成冲击,没有提出更多的文学史叙述坐标的选择。

实际上,每一种文学史叙述都会根据特定的叙述要求,重新遴选文学经典。因此,如何在时间的坐标上建立文学史的叙述逻辑,确认文学经典,就成为文学史写作的关键性问题。近年来,关于通俗文学与纯文学的讨论,就凸显出了这样的问题。有人开始思考通俗文学,尤其是当代通俗文学,能不能进入文学史的问题。③ 由于我们长期以来的文学史框架是主流话语和精英话语的文学史框架,所以,金庸进入新文学史颇有难度。我想,作为一种文学事项,任何作家、作品都有进入文学史的权利,都可能进入文学史的叙述视野。问题是,怎样进入文学史?我们有没有建立起容纳他们进入文学史的叙述逻辑?我们是不是还要坚持文学史是时间坐标上的线性发展?文学史叙述是否可以用一种更高层次的逻辑性框架,把不同的逻辑性叙述"整

---

① 如章培恒先生主编的《中国文学史》就是很有特色的中国文学史叙述。四川大学项楚先生认为中国文学以唐五代分为前期和后期,前期的作者主要是士大夫阶层,主要语言使用"雅言",主要文体是诗歌和散文;后期的作者主要是下层知识分子和民众,语言接近口语,文体主要为戏曲和小说。他认为佛教的传播和佛经的翻译对此有很大的影响。就现代文学史来说,朱栋霖先生主编的《中国现代文学史》主要从人的观念发展的角度构建现代文学史的叙述逻辑;就当代文学史来说,陈思和先生主编的《当代文学史教程》则主要从民间话语的运行角度组织文学史的叙述。

② 如陈平原先生的小说史研究,范伯群、朱栋霖两位先生主编的《1898—1949 中外文学比较史》,杨义先生的"重绘中国文学地图",章培恒等进行的"古今演变"研究等,都说明了大家对此问题的重视。

③ 有些现代文学史学者力图把金庸纳入"五四"以来的新文学体系,实际上,他们看到了金庸应该进入文学史的一面。遗憾的是,由于金庸和"五四"新文学的巨大差异,这种努力尚没有得到学术界大多数学者的认可。问题的关键在于没有建立起容纳金庸的文学史叙述逻辑,因而显得牵强和无奈。有年轻学者曾经说,真正继承鲁迅精神的唯有王小波和王朔。姑且不论王小波和王朔与鲁迅之间的巨大差异,就王小波和王朔来说,他们二人也存在着质的差异,不能一概而论,所以这种说法在逻辑上是混乱的。一个无奈,一个混乱,都反映出现代文学史学者对既定的文学史叙述的变更要求,在当下这个时期是有积极意义的。

合"起来？经过多次这样的反复,文学史的时间性叙述可能更趋完整,时间坐标上的文学史叙述的张力也会更大。

的确,历史(包括文学史)的展开是时间性的,而时间是不可逆的,是具有必然性的,但是,时间的必然性并不能代替历史的逻辑性。历史是充满偶然的,正因如此,历史才显得丰富多彩。历史叙述就是要在这些无限丰富的偶然性中见出必然性。这种必然性是人们认识到的必然性,而不是历史的"客观必然性",因此,建立历史叙述的逻辑性就是通向历史认识必然性的必由之路。问题是,我们不能用传统时间的必然性来代替对历史认识的必然性。时间是人对宇宙和自己的一种体认;时间不是外在的,而是内在的,包含着丰富的人类经验。如果我们能把时间的体验性和历史认识的逻辑性结合起来,那么,对历史的时间性叙述可能会出现更加广阔的天地。这也许是文学史叙述的一种选择。

三 历史的空间性与文学史叙述

正像历史的展开无法离开时间一样,任何历史事项和历史因素都是在一定的空间中存在的。在历史的发展过程中,每一个历史事项和历史因素都有"内空间"和"外空间"。内空间是指其内在的空间,也是存在主体可以控制的空间;外空间指的是存在主体超出内空间的具有某种影响力,甚至在一定程度上具有控制力的空间,这种影响力也是历史的存在形态之一。一个历史事项和历史因素的内空间和外空间存在一定的比例关系,内空间中发生的变化会直接或间接地影响外空间的变化。历史叙述必须注意到历史存在的空间性,这种空间性不是历史的时间性叙述能够完全胜任的。

文学史实的空间存在也是显而易见的,我们的文学史叙述既要关涉到中国文学史的内空间,也要关涉到中国文学史的外空间。然而长期以来,我们的文学史主要按照时间坐标来叙述,因此基本没有考虑到中国文学史实的空间存在问题。我们只是按照中国历史重大事件(主要是朝代更替)的时间线索,叙述汉民族或者是汉语写作的文学史实;我们的重点集中于操作汉语写作的文人文学,而对广袤的中国大地上众多民间形态的文学史实,特别是处于政治经济文化"边缘"状态的文学现象和文学实绩,没有给予应有的关注。中国是一个多民族的、地域分布极广的国家,在长期的民族融合与中华文化整合的历史进程中,各个地域、各个民族都有自己的文学创造,都为中华民族的文学史作出了自己的贡献。藏民族的叙事长诗《格萨尔王传》不仅是中国文学史上,也是世界文学史上最长的英雄史诗,而以往的中国文学史对此熟视无睹;更不要说内地(大陆)出版的许多文学史,在很长一段时间内缺乏港台文学的内容。这些都说明,首先,我们需要健全中国文学史叙述的内空间概念,把中国文学史变成中国大地上每一个地域、每一个民族文学智慧的叙事集合体,集中整个中华民族的文学智慧,而不仅仅是汉民族文学史的叙述;要把汉民族的文学和少数民族文学的精华结合起来,构建真正的中国文学史。其次,我们需要建立一种关注文学史内空间流变的叙述方式,把文学中心的迁移流变和边缘文学的演进变化结合起来,既关注文学中心形成迁移过程中文人集团的精神状态和文学创造,同时也不忘记处于中心之外的文学的演进和发展。中国是一个具有悠久历史和广大地域的多民族国家,中国文化的中心在长期的历史发展中不可能一成不变,这种中心的迁移必然带动文人文学道路和行为方式的改变,也在一定程度上影响中国文学的进程、性质、风貌。同时,在一些非文学中心地区,文学更多地受到自身地域的影响,按照自身的发展方向和发展轨迹演变。这些地区不仅诞生出优秀的文学作品,对文学中心进行必要的补充和校正,甚至还能够产生一个时代的代表性作品,引领当时或后代的文学。就中国现代文学史来说,"五四"文学时期,文学的中心在北京,当时的主要文学刊物、文学流派、文学家的主要活动都在北京,即使人不在北京,也会受到北京文学信息的深刻影响。而到了20世纪20年代后期至30年代,随着"革命文学"的兴起,文学的中心就很快转移到上海,对文人的心态和创作都产生了巨大的影响。"革命文学"的浪潮不仅对在上海的鲁迅产生了强烈的刺激,也对远离上海的周作人产生了很大的刺激,并深刻地影响了周作人的文学、文化和人生道路选择。[①] 到了30年代后期、40年代,由于处于战争状态,中国现代文学形成了新的地理图景,解放区文学、国统区文学、上海孤岛文学在共时状态下展开,这种格局的形成以及对这种格局的认识,对新中国成立后的文学观念和文学思潮产生了决定性影响,对文学史叙述也具有决定性影响。延安文学的一系列文学观念、文学组织机构、文学写作程序在新中国成立以后不断地被完善、强化,形成了当代文学的基本模式。

在健全中国文学内空间叙述的同时,我们还需要强化中国文学的外空间意识。长期以来以时间为坐标的文学史叙述忽视了文学史实的空间存在,导致我们对中国文学外空间存在的叙述一片模糊,既缺乏全面的观照,又没有多层次、多角度的研究。尤其在全球化的文学史视野中,这种单纯的时间性文学史叙述只见树木,不见森林。文学史叙述尽管对中国文学外空间的内容偶有提及,但由于缺乏明确的文学史空间叙述意识,这些内容仅仅

---

① 参见钱理群:《周作人论》,上海人民出版社1991年版。

是时间性叙述的附庸,不能获得独立的文学史价值;中国文学史实的外空间存在从根本上被遮蔽,无法适应全球化时代文学史叙述和研究的要求。实际上,文学史实的外空间存在是文学史流变过程中必不可少的内容,它体现了中国文学在发展过程中与外来文化、外来文学的交融碰撞,体现了中国文学史的世界意识和世界影响。从结构层次上说,中国文学的外空间叙述需要从三个方面健全。第一,世界文化和世界文学,尤其是世界主流文化或强势文学,其发展趋势是中国文学发展的存在现场之一。近代以来,西方文化和西方文学是中国文学发生转变不可或缺的条件,深刻地影响了中国文学的发展方向和总体风貌,西方文化和日本文学的输入很大程度上促成了中国文学的现代转型。中国文学的现代化不仅是一个时间问题,更是一个空间问题。近代中国东南一带得风气之先,造就了中国新文学发生的东南背景,影响了中国现代文学家的成长道路和社会身份,改变了中国文学地理图景的分布。所以,描画世界文化和文学的空间结构和文化、文学传播路线图,对于中国现代文学的外空间叙述具有重要的意义。第二,中国文学汲取外来文化和外来文学的空间走向也是一项重要内容。具体就 20 世纪中国文学来说,中国现代文学家有留学欧美、苏联和日本三条大的路线,这三条路线的选择,既与世界和中国近代文学的空间结构有关,也与文学家的个人因素有关。更重要的是,各条路线的留学生形成了各自的知识结构和文学观念,对中国 20 世纪文学的影响也不尽相同。中国现代知识分子的留学路线与其人格结构和文学观念的关系,将是 20 世纪中国文学叙述的一个有趣的话题。第三,中国文学的影响空间和传播路线也是中国文学空间叙述的一个重要内容。世界文学影响着我们,同时,中国文学也以自己的创造参与世界文学的大合唱。中国是一个具有优秀文学传统的多民族国家,在长期的历史发展中,为世界文学的发展作出了自己的贡献,对世界文学也产生了巨大的影响。因此,研究和叙述中国文学在世界文学中的影响空间、传播渠道和传播方式,对于进行中国文学和世界文学的比较研究,对于确定中国文学的世界地位和在人类文学发展史上的价值,是一项不可忽视的内容。

　　毫无疑问,单纯的历史和文学史的时间性叙述存在着巨大的理论和视野的盲区①,而单纯的历史和文学史的空间性叙述也会出现理论和视野的

---

　　① 这种盲区经常把我们带到历史的时间分期的泥沼里。近两年来,章培恒、陈思和先生在《复旦学报》主持中国文学史分期问题讨论,引起了学术界的热烈反响,也表明了文学史的时间分期的复杂性。实际上,分期问题涉及对中国文学性质和发展方向的认定问题。我想,我们能不能换一种角度来重新思考这一问题,比如说从文学史实的时间存在与空间存在的关系角度来思考,也许可以更有启发性。

盲区,但是,鉴于历史和文学史的时间性叙述已经相对发达,我们应把更多的注意力放在空间性叙述的建构中。我们迫切要求建立历史和文学史的空间性叙述,主要目的就是打破历史和文学史的时间性叙述的统治地位,扩大历史和文学史的视野,重视历史和文学史的空间性存在状态,发掘被时间性叙述所遮蔽的历史事项和历史因素,把历史、文学史的内空间和外空间结合起来。一旦历史和文学史的空间性叙述发展、成熟,就有可能在更高层次的时空坐标上进行更加全面的历史和文学史叙述。这才是我们的目的。

（原载《中国文学研究》2005 年第 3 期）

用大气派叙写民族文学智慧的新气象

——21世纪文学史写作的几个关键词评析

"文学史是文化史的一部分。"①作为文学史写作者的"我们是经由文学表现形式或者主要是经由文学表现形式来研究人类思想和民族文化的历史的"②。文学史不单纯是人类思想和民族文化的记录，更要探讨人类文化和民族文化的内在精神。因此，文学史并不仅仅是人们关于文学"知识"的记录，它应该融哲学的思辨、历史的逻辑和文学的灵动风致于一体，用全部的知识和精神叙写人类和民族的文学"智慧"。进入21世纪，中国文学史的写作者开始强烈地意识到文学是人类智慧、民族智慧的具体体现，文学史是人类智慧和民族智慧的结晶；文学史写作的任务不再是文学史实的单纯记录，而要以文学的情怀书写人类和民族的大智慧。其中，打通中国文学史、重绘文学地图、回到文学史发生现场等文学史写作观念，都表现出文学史写作的大气派和新气象，成为目前学术界普遍关心的热门话题。

一　打通/古今演变

"打通"是近年来文学史学术会议和文学史研究论文中频繁涉及的词语。尽管古代文学史学者和现代文学史学者提出这一"词语"的意义不尽相同，但这一词语的统摄性体现出强烈的文学史时间观念，反映了现代文学史和古代文学史研究学者的共同诉求。

长期以来，现代文学史研究和写作与古代文学处于"断裂"的状态。无论是20世纪30年代的"新文学"概念，还是后来的"新民主主义文学""现代文学"等概念，都把关注的焦点放在现代文学与世界文学、西方文学的关系层面，都在一定程度上过分强调现代文学的"现代性"和"新质"，而或多或少地忽略了文学史作为一个民族的精神史的传承特点，忽略了文学史作为民

---

① 居斯塔夫·朗松：《文学史方法》//昂利·拜尔编：《方法、批评及文学史》，徐继曾译，中国社会科学出版社1992版，第3页。

② 居斯塔夫·朗松：《文学史方法》//昂利·拜尔编：《方法、批评及文学史》，徐继曾译，中国社会科学出版社1992版，第5页。

族国家的一个"想象的共同体",与"一个有着地域边界的民族国家"①的联
系,使现代文学史的研究和写作长期处于"无根"状态。许多重要问题只是
在"现代文学史"的范围内打转,而一旦进入整个中国文学史领域,我们突然
发现有些问题根本就不成为问题。如遴选文学经典的问题。一时之间,现
代文学史上经典作家、经典作品铺天盖地,但如果把这些"现代经典"纳入整
个中国文学史的范畴,有几部能与《诗经》、《楚辞》、《史记》、唐诗、宋词、《红
楼梦》等文学经典放在一起? 一方面,中国文学的现代性转换不是一朝一夕
的事情,"现代性转换"经历了长期"渐变"的积累,才能有"突变";"突变"也
不可能一次就完成,文学"新质"的产生、确立、发展是一个漫长的过程。另
一方面,现代文学必然是从古代、近代文学中走出来的,现代知识分子也是
在中国古代人文精神的熏陶下成长起来的,现代文学精神与中国的民族精
神有着必然的联系;仅仅局限于现代文学的范围内,无法解释许多现代文学
现象和文学文本。因而,无论是研究"中国文学的现代性"还是"中国文学的
民族性"问题,都必须超越现代文学史的时间范围和精神维度,进入整个中
国文学史领域。于是,20 世纪 90 年代以来,现代文学史发生的时间不断前
移,进入了"近代文学"的时间表,大有直接与古代文学接轨之势;同时,现代
文学史的下限也不断后移,"挤压"当代文学的空间。② 这种现代文学史上
限下限的前移与后移,并不是一种现代性"时间霸权",而是以开阔的文学胸
襟对现代文学"性质"的深入思考,无疑为"打通"的提出进行了必要的准备。

从古代文学史研究和写作的角度来说,一方面,由于古代文学研究内部
学科设置过细,"研究者在古代文学各朝代研究的范围内缺乏学术沟通"③,
形成了"前不见古人,后不见来者"的弊端。另一方面,由于古代文学与现代
文学的"断裂",古代文学的研究长期处于封闭或半封闭状态,缺乏现代意
识、现代思维和现代方法,造成古代文学研究在全球化语境下和现代话语中
无所适从。古代文学史迫切需要现代价值观念,需要向下的指向性,需要
"后有所趋"。"中国古典文学的现代研究是历史必然。"④

---

① 戴燕:《文学史的权力》,北京大学出版社 2002 年版,前言第 2 页。

② 关于现代文学发生时间的前移,参见范伯群《在新旧世纪之交 建立文学的界碑》,柳珊
《民初小说与中国现代文学的开端》,收于范伯群、朱栋霖主编:《1898—1949 中外文学比较史》,江
苏教育出版社 1993 年版;关于现代文学下限的后移,参见陈思和《试论 90 年代文学的无名特征及
其当代性》,谈培芳《论中国现代文学与当代文学的分期问题》,郜元宝《尚未完成的"现代"》,收于章
培恒、陈思和主编:《开端与终结——现代文学史分期论集》,复旦大学出版社 2002 年版。

③ 赵敏俐:《前不见古人后 不见来者——漫说分科过细给古典文学研究带来的弊端》//首
都师范大学中文系编辑:《文学前沿(1)》,首都师范大学出版社 1999 年版。

④ 杨乃乔:《中国古典文学的现代研究是历史必然》//首都师范大学中文系编:《文学前沿
(1)》,首都师范大学出版社 1999 年版。

　　"打通"中国文学史,正是现代文学史写作的"上溯"与古代文学史写作的"下趋"在世纪之交的中国文学研究格局中碰撞和交汇的产物,体现了文学史学者的超越意识和宏阔思维。有如此大气派,必然会带来中国文学研究的新气象。

　　"古今演变"是由复旦大学章培恒、骆玉明等提出并正在进行研究的课题。"长期以来古、今文学分割为不同的学科,研究者渐渐习惯于各守一方,加上同样是长期以来所谓'左'的思想(这是一个内涵杂乱的概念)和教条主义观念的影响,造成了文学史研究方面可说是'古无所趋,今无所源'即古代文学没有它的历史趋向、现代文学(我这里用的是泛义)没有它的历史根源的状况。"①"古今演变"正是鉴于此而提出的,这"一方面意味着重续新文学兴起之初就试图要做的工作,即寻求新文学的历史根据和历史与传统的重新阐释,同时又回过头来审视百年间文学的纷纭变化,在历史的深层次的连通上寻求脉络"②。由此可以看出,"古今演变"的提出不仅在学术语境中与"打通"有一致性,而且其目的性旨归与"打通"的学术方向也有相似的学术诉求。如果要说二者的区别,我觉得"打通"更重视文学史学的建设,偏重于文学史观念的重建,而"古今演变"更重视文学史实的重新发现和辨析,偏重于实证研究。二者不仅不矛盾,而且还可以互补:"古今演变"当然需要建立高屋建瓴的文学史观念,而"打通"也必然要进行大量的实证研究。所以,"古今演变"的研究,可以看作"打通"中国文学史的一种有效的尝试(当然其价值不仅仅在于"打通")。在"打通"还更多地停留在文学史观念层面的时候,"古今演变"已经先行一步,表现出超前的学术敏感和探求精神。

　　如何打通中国文学史?如何在深层次上"连通"中国文学的"古今演变"?有两种意见值得深入探讨:一是朱栋霖提出的统一的文学史观念,一是骆玉明提出的文学史核心价值。长期以来,同一部文学史可能存在前后矛盾,叙述支离破碎的情况。往往在文学史上尖锐冲突、严重对立的文学现象,都会得到肯定性评价,甚至同时被赋予极高的文学史地位。例如现代文学史叙述既肯定"五四"文学的"人的解放"的文学精神,同时又肯定革命文学及后来文学中的"非人"的文学价值取向。这种矛盾在文学作品解读中更是层出不穷。究其深层原因,正是没有统一的文学史观念,没有能够统摄整个文学史的价值判断。为此,朱栋霖提出以"人的观念"为主线,通过考辨各个文学史阶段中的"人的观念",将辩证的历史态度和现代价值观念相结合,

---

　　①　骆玉明:《文学史的核心价值与古今演变》,《复旦学报(社会科学版)》2002年第5期。

　　②　骆玉明:《文学史的核心价值与古今演变》,《复旦学报(社会科学版)》2002年第5期。

"打通"中国文学史。骆玉明试图在文学史中建立一种"核心价值",主张文学史的"描述基本着眼于在人性的发展制约下的文学的美感及其发展"①。"人的观念"比"人性"的内涵更丰富、更宽泛,对中国文学史的统摄力更强一些,建立文学史的核心价值也就是寻求一种统一的文学史观念。这两种意见都重视文学的人学内涵,表现出中国文学史学者强烈的人文情怀。

"打通"中国文学至少需要在两个层面上展开:一是古代文学、近代文学、现代文学、当代文学等各文学史阶段的内部疏通,一是整个中国文学史的"打通"问题。文学史各阶段的疏通是打通整个文学史的前提和基础,这一工作不够充分的话,打通中国文学史就不可能真正成功;而"打通"整个中国文学史,是前者的目的和价值体现。因此,无论是"古今演变"还是"打通",既需要文学史各个阶段的专家,更需要文学史的"通才"。就此而言,"打通"和"古今演变"不仅是文学史研究的长线课题,是一条漫长的艰苦的学术之路,而且也是充满内在活力和外在张力的、具有大气派的、富有挑战性的课题。

二 重绘中国文学地图

"文学史写作应该出现新世纪的自觉,这种自觉源于对文学本质的创造性理解和文学史表达方式的创造性把握,并把这种理解和把握贯穿全部的写作过程,赋予它一种新的整体性的生命。"②"重绘中国文学地图"就是杨义先生文学史写作的新世纪的自觉,展示了他对文学本质的创造性理解和文学表达方式的创造性把握,体现出他把"地理空间、精神空间和历史维度结合起来"的努力。文学史要"勾魂摄魄",就要有"史魂",这种史魂"并不是主体灵魂或对象灵魂,而是二者经过相激相荡相交相融之后而形成的圆融鲜活的'史魂'"③。杨义先生认为,文学史要把住文学的"魂""脉""态",要"从生命体验中寻找文学的魂",为此,就必须树立"大文学观",去纯文学观的阉割性而还原文学文化生命的完整性,去杂文学观的混沌性而推进文学文化学理的严密性,并融二者之长,深入开发丰富深厚的文化资源,创建现代中国的文学学理体系,包括它的价值体系、话语体系和知识体系。"重绘中国文学地图"正是"大文学观"的文学史写作实践,它将在三个层面展开:一是精神层面的内外相应,即个体生命与历史时代命题的交互作用;二是文

---

① 骆玉明:《文学史的核心价值与古今演变》,《复旦学报(社会科学版)》2002 年第 5 期。

② 杨义:《重绘中国文学地图》,《文学遗产》2003 年第 5 期。

③ 朱德发:《文学史写作之魂》,《文学评论》2000 年第 4 期。

化层面的雅俗相推,即文人探索和民间智慧的互动互补;三是跨地域民族文化的多元重组,即中原文学和边地(边远或边疆之地)少数民族文学的相激相融。杨义先生认为,中国文化最根本的问题是"农业文明和游民文明的碰撞",由于这两种文明的激荡融合,形成多元一体的中华民族文化结构,中国文学也正是在这两种文明激荡中,由汉民族文学的中心凝聚力和少数民族文学的边缘合力相互作用形成的;而"图志学"是对文学史、文明史的另一种解释系统,是把文学史、文明史、艺术史打通的一种解释,是文字叙述所不能完全替代的。因此,重绘中国文学地图要解决四个问题:一是民族文学的问题;二是文学地理学的问题;三是文学文化的融合问题;四是文学图志学的问题。

"重绘中国文学地图"是在多民族文化、文学的激荡碰撞中理解中国文学,把握中国文学,突破了长期以来中国文学史的"汉文学中心"或"中原文学中心"的思维定式和"知识性"文学史的逻辑框架,以开阔的胸襟、开放的态度、整体性思维,重新审视中国文学的生命律动,重建中国文学的生命秩序,以宏大的气派叙写中华民族文学智慧,一定会为中国文学史写作带来新的气象。同时,我们也必须看到,尽管各民族在文化上应该是平等的,但是在中国文学发展中的贡献却是不平衡的。"重绘中国文学地图"在树立强烈的民族意识和整体意识的同时,也应该考虑到这种不平衡性,避免用民族的平等性代替文学贡献的不平衡性,避免面面俱到;要平等地对待各个民族的文学智慧和文学贡献,而不是"平均"地处理;不能用民族情怀代替文学情怀,而要坚持民族情怀和文学情怀的统一。因此我觉得,如何处理民族情怀和文学情怀的关系,是"重绘中国文学地图"的一个关键问题,也是其面临的最大考验。

如果说,"打通"和"古今演变"更多的是从时间的整体上重建中国文学史秩序,寻求中国文学精神的古今融通的话,那么,"重绘中国文学地图"则体现出强烈的空间意识,它努力从空间的整体性上勾画中国文学史的完整版图,寻求中国文学精神的中心与边缘的融通、个人与历史的融通、文化与文学的融通。这就给文学史家提出了更高的要求,如果说"打通"和"古今演变"需要的是文学史"通才"的话,那么,"重绘中国文学地图"则更需要文学史"全才"。他不仅要精通汉民族文学,而且要深刻全面地掌握长期处于文学和文化"边缘"的少数民族文化、文学;他不仅要能够深刻地理解中华民族"大文学"的艺术精神和生命律动,深切体验中华民族文学形式所展示出的艺术智慧和艺术创造力,更要能够把对中华民族文学生命意识的深刻把握和真切体验,熔铸为富有生命力的文学史叙述形式,有机地传达中国文学的生命情怀,叙写民族文学智慧,建设一种具有现代中国特色的文学学理体系,与当代世界进行平等的对话。

三　原点/现场

回到文学史发生现场,是近年来文学史讨论的热门话题。现在的学术界为什么如此热衷"原点"和"现场"呢?主要有以下原因:第一,自 20 世纪80 年代以来,人们在文学史领域取得了广泛的成就,发现了许多新材料,产生了许多新的理解,迫切地感到以前的文学史遮蔽了许多重要的文学史实,破坏了文学史的"原生态",出于重构、重写文学史的强烈愿望,自然就产生了"回到文学史发生现场"和"逼近文学史原点"的想法。第二,在经过用西方现代理论解读中国文学史的欣喜与浮躁之后,人们突然发现尽管能够用西方的某些理论解释部分中国文学史现象,但始终无法解释整个中国文学史,无法有效地阐释中国文学的精神和气质,我们不但失去了应有的创造力,而且失去了自己的声音,或多或少地变成了西方文化的"传声筒"。于是,许多学者开始进行深刻的反思,要求理论的原创性与文学史的民族性相结合,希望能够发出自己的声音,这是学术上的自我发现和自我实现。但是,长期被压抑、被遗忘的创造性一时难以找回,习惯了西方话语的喉咙,一时还难以说出自己的语言,此时,"回到中国文学发生现场","逼近中国文学的原点",既是一种不错的选择,也是一种无奈的选择。第三,20 世纪 80 年代以来,各种文学史的著作相继问世,其中有具有独到学术眼光和学术成就的优秀之作,也有大量的"复制性"文学史,有些文学史写作不顾历史的基本逻辑和起码的学术规范,对文学史资料缺乏起码的尊重,文学史领域成了学术失范的"重灾区",迫使人们对文学史的学术规范和已有成绩进行必要的思考和梳理,而"回到文学史发生现场"和"逼近文学史原点",强调文学史的历史规范和理论规范,具有直接的针对性。因此,回到文学史发生"现场"和"原点"反映了文学史写作"恢复历史本来面目"的理性诉求,也体现了文学史学者对中国文学史"原生态"的想往。

在呼唤"回到文学史发生现场"的声音中,有两种声音值得特别关注。一种声音是基于对文学史根本任务和基本属性的思考,认为"对于研究文学史的学者来说,研究文学史首先是复原文学的历史,了解文学的变迁,其次才是评价这种历史面貌和历史变迁。这两个方面,共同构成文学史的写作目的,而这两个目的,复原的任务远比评价的任务重要"①。一种声音认为以往的文学史遮蔽了文学史发生的现场,误导了文学史研究和写作,因此,要求重新确立"人文价值标准",进行"文学史重构",而这种重构就是"逼近与还原"。这种声音认为:"社会学立场独尊的意识形态性和启蒙立场偏颇的目的性,都给文学史建构加上了人为的硬性规范,所确立起的功利标准给原本就形态复杂的文学史还原工作带来诸多异化限定,很难廓清文学史的真实面目,损害了文学史本身所具有的丰富性、复杂性,使多姿多彩的文学史表现形态日趋单一化、模式化。"因此,要重新发现文学史的人性内涵,确立文学史的"人文价值",并坚信"这种人文价值评判标准的确立也将给文学史的重建工作注入新鲜的血液,所形成的冲击波必将冲破历史的迷雾,在消解已僵化的史学思维过程中,恢复文学史的丰富形态,逼近文学史的真实面目"②。

问题的关键是,应该回到文学史发生的原点是一回事,能不能回到是另一回事。这个"能不能",并不是我们的毅力和能力问题。从学理上说,根本就不存在"回到"的问题,我们永远也不可能"复原"或"还原"文学史。所以,尽管我很佩服这些学者的气派和毅力,也理解他们的良好愿望,但我还是要说:这是一个伪命题。

从理论上说,任何文学史写作都存在两种现场:一种是文学史发生现场,一种是文学史写作现场。如果说文学史发生现场是一种"原生态"的文学史实的话,那么,文学史写作现场无疑更多地体现出"当下性"。作为一种"原生态"的文学史实的文学史发生现场早已经时过境迁,具有不可重复性。即使这些文学史事项在我们"当下"重演一遍,因为语境的变化、心态的变化、文学价值体系的变化,我们也无法完全体验当时的"现场感",无法完全"复原"这些文学史实发生时的生命律动,它所留下的只是丰富的文学史资料。我们所能做的是依据我们时代的文学价值体系、我们所认定的文学话语来处理这些文学史资料,尽量从这些文学史资料中,探究当时文学史发生的现场。然而,文学史资料并不会自己说话,说话的是文学史写作的"叙述人",出现在文学史中的资料是经过文学史的"叙述人"选择的,是"叙述人"的一种"引语",而怎样选择文学史资料,引用哪些文学史资料,文学史写作现场的"当下性"就发挥着毋庸置疑的作用。因此,所谓"文学史发生现场",

---

① 方铭:《文学史与文学历史的复原——关于文学史写作原则及评价体系的思考》,《中国文化研究》2002 年春之卷。

② 翟永明:《逼近与还原——人文价值标准的确立与文学史重构》,《海南大学学报(人文社会科学版)》2003 年第 4 期。

并不真的是文学史当时发生的现场,而是我们在文学史写作现场中,对已经时过境迁的文学史实的一种认定、一种选择,是经过我们"当下性"阐释的"现场"。就此而言,"还原"文学史的尝试,实质上是用一种对于"现场"的认定,代替另一种"现场"认定;用一种关于"现场"的叙述,代替另一种"现场"叙述而已。当我们试图用新的人文价值标准来"还原"文学史的时候,当我们挖掘出"潜在写作"来叙述文学史的时候,我们也许遮蔽了更多的文学史实。我们并没有真正回到文学史发生的现场,而只是回到了我们"当下"认定的文学史发生现场;即使我们经过反复的"还原",也不可能真正回到文学史发生的现场。

尽管"回到文学史发生现场"是一个"伪命题",但并不能否认这一命题提出的文学史学术意义,尤其是在当下的文学史研究和文学史写作面临重大转型和变革的时期,这一命题以"复原""回到"的学术姿态,表达了学术求"真"的要求,对以往的文学史叙述提出了根本性挑战。我相信,经过众多文学史学者"回到现场"的努力,经过多次在"文学史发生现场"和"文学史写作现场"的来回穿梭,一定会发现以前没有发现的重要的文学史资料,一定会挖掘出文学史资料新的人文价值,一定会产生出更多的、更有价值的"文学史发生现场"的认定和叙述,写出更加富有个性化的、更加多姿多彩的文学史,从而丰富中国文学史的生命智慧,显示出文学史的新气象。

文学史是一个民族的心灵史,是一个民族关于人生、文学的智慧史,文学史的写作就是挖掘民族文学深层精神,叙写民族文学智慧。而"打通/古今演变""重绘中国文学地图""现场/原点"等文学史命题的提出,以新气象、大气派叙写中华民族的文学智慧,为中国文学史写作带来了革命性变化,必将对 21 世纪中国文学史写作产生深刻的影响,也必将对 21 世纪的中国文化史、思想史写作产生深刻的影响。

(原载《宁波大学学报(人文科学版)》2006 年第 2 期)

文学作品的存在方式和意义系统

以维克多·什克罗夫斯基和罗曼·雅各布森为代表的"俄国形式主义"对"文学性"的追溯给了我们重要启示。雅克布森指出:"文学科学的对象不是文学,而是文学性,也即使一部既定的作品成其为文学的东西。"德国思想家海德格尔直接对"物品"式的文学作品提出了挑战:"他通过寻找艺术作品的本源发现,'艺术'虽然在一般意义上体现为那些具有'物因素'的具体'作品',但并不就是它。因为并非任何物品都是'艺术品'。正是这两者的差异使人们产生出诸如'什么在作品中发挥着作用'这样的问题。"于是,"'艺术'并不是某个作为既成事实的东西,而是一种能够赋予事物以某种东西,使之因具有一种特定性质而受到人们重视的现象"。①

一 文学活动的动态分析

"文学作品"是文学活动过程的产物,其存在方式也应该首先从文学活动的过程中去寻找。关于文学活动的过程,美国当代著名文学批评家 M. H. 艾布拉姆斯认为,文学活动(艺术活动)是由世界、作家(艺术家)、作品、读者(欣赏者)四个要素及其关系构成的。这就是著名的"四要素论"。② 我国学者王春元先生在 20 世纪 80 年代末提出了文学活动的"六原素论",即文学活动是由"生活现实""审美对象""创作过程""文学文本""读者接受""社会实践"这六个"原素"及其关系构成的。③ 如果我们进一步把文学活动的内容全面展开,就会发现文学活动的因素还有更多,文学活动的过程还更复杂。毫无疑问,社会生活实践是文学活动的起点,是文学活动的基础和源泉。这种基础和源泉至少具有以下三层含义:其一,社会生活实践是文学创作材料的基础和源泉;其二,社会生活实践是文学活动的主体因素成长的基础和源泉;其三,社会生活实践不仅是文学创作活动的起点,也是一切文学

---

① 参见徐岱:《论当代中国诗学的话语空间》,《文艺理论》(人大复印报刊资料)2001 年第 2 期。

② 参见[美]M. H. 艾布拉姆斯:《镜与灯——浪漫主义文论及批评传统》,郦雅牛等译,北京大学出版社 1989 年版,第 5—6 页。

③ 王春元:《文学原理:作品论》,社会科学文献出版社 1989 年版,第 9—12 页。

活动的起点。也就是说，除文学创作活动之外，社会生活实践也是文学传播活动、文学接受活动、文学反馈活动的起点，还是文学传播活动、文学接受活动与文学反馈活动的基础和源泉。

文学创作是文学活动的第一个过程环节。在文学创作中，作家是文学创作的主体，作家积累的生活材料和作家所要表达的情感和意图是文学创作的对象，创作过程的结果则是"文学手稿"，而非"文学作品"。由于文学创作活动是个性化的精神实践活动，因而，文学创作活动的成果——"文学手稿"——就是个性化的"产品"。它只能是凝聚着个性意识的符号存在，尽管在符号中存在着大量约定俗成的、现实的和历史的"能指"单元，然而，由于个性化的符号组织方式，每一个"能指"单元都是个性化的内容，因此文学手稿是"能指的海洋"①，而不是"文学作品"。

文学传播是文学活动的第二个过程环节。经过文学传播，文学手稿才能变成"文学文本"，变成文学接受者可以阅读的物化形态的存在。文学手稿作为文学传播的对象，在文学传播行为的作用之下，很难保持自己的"纯洁性"。文学传播者不仅会对文学手稿的"能指的海洋"进行"规定性"的理解，而且常常会对文学手稿进行增删。于是，文学手稿的符号意蕴被大大地改变了，有许多意义单元在传播过程中丧失了，同时，也会增加一些意义单元，这些意义单元在很多情况下，超出文学手稿的主体即作家的意料，这也是文学文本和文学手稿的根本不同。

虽然，文学文本和文学手稿具有很大的区别，但是，它们有一个根本的共同点：它们都是符号的集合体，都是信息的符号化存在。文学文本作为物化的、静态的存在，其文本意蕴尽管在传播行为中作了一定的方向性规定，但是，其"能指"仍然具有巨大的理解空间，还存在着许多"空白点"②。因此，"任何文本都不具备一个固定的意义，阐释只是一种徒劳的行为"③。文学文本也是"能指的海洋"，不能成为文学作品。

文学接受是文学活动的第三个过程环节。文学接受过程首先是对文学文本的符号的"能指"进行方向性确认，在牺牲了文学文本的许多"能指"的可能性之后，文学接受者按照自己所确认的方向，把文学文本中的意义单元进行重构，并最终形成自己对文学文本的"整体认读"。这种"整体认读"，我们可以称之为读者确认的"文本图景"。由于每一个文学接受者的接受视野、接受期待千差万别，每一个文学接受者对文学文本意义单元的重构方

---

① 童庆炳：《文学理论要略》，人民文学出版社 1995 年版，第 373 页。
② 王春元：《文学原理：作品论》，社会科学文献出版社 1989 年版，第 11 页。
③ 童庆炳：《文学理论要略》，人民文学出版社 1995 年版，第 374 页。

式、重构后所形成的具体内容也独具特色。正因为这样,才会形成"有一千个读者就有一千个哈姆雷特"的情况。

文学反馈是文学活动的第四个过程环节。作为文学反馈过程起点的是文本图景,而不是物化存在的文学文本,文学批评家的文学批评活动也是以文本图景为依据的。文学反馈的方式有多种,文学反馈的方向也不完全相同,但是,文学反馈的结果在总体上有"共约性",那就是社会生活实践。因此,经过文学反馈,文学活动又"回归"到社会生活实践。文学活动是以社会生活实践为起点,在文学创作主体、文学传播主体、文学接受主体和文学反馈主体的共同努力下,经过文学创作过程、文学传播过程、文学接受过程和文学反馈过程,而形成文学手稿、文学文本和文本图景,最后回归到社会生活实践的过程。

二 文学作品的存在方式

文学手稿是文学作品第一个阶段的存在状态。文学手稿是文学创作的直接结果,是一个统一的符号集合体,有着自身的组织系统,有着内在的逻辑联系。同时,作为符号的集合体,它又有着符号指称的不确定性,又是"能指的海洋"。因而,文学手稿又具有一定的张力,具有一定的指称空间,能够为文学传播和文学接受留下许多进行再创造的空间。文学手稿的确定性与不确定性之间的矛盾运动,一直贯穿在文学活动之中,是文学作品形成的基础,离开了文学手稿,任何意义上的文学作品都无法形成。

文学文本是文学作品第二个阶段的存在状态。文学文本是文学传播者在文学手稿的基础上,经过文学传播行为而形成的直接结果。在文学传播中,文学手稿的"能指"将受到文学传播者"确认"的深刻影响,文学手稿的多种可能性将会发生分化,一部分转化为文学文本的"能指"系统,一部分在确认过程中被遗忘而缺失;同时,在文学传播中,文学传播的主体也会把自己的社会生活经验和生活感悟凝聚在对文学手稿的确认中,并把自己的传播意图在文学文本之中符号化。文学传播行为由于很大程度上是一种社会行为,因而把文学手稿中原本个性化的内容社会化了。经过文学传播,原来文学手稿中作家的创作动机的隐秘部分,就因被社会化的过程掩盖而隐藏得更深。

读者确认的文本图景是文学作品第三个阶段的存在状态。在文学接受活动中,文学文本的"能指"被文学接受者激活,与文学接受者的阅读期待、阅读视野和阅读经验相结合,在文学接受者积极主动的参与下,按照文学接受者所预定的方向运行,最后成为文学接受者所确认的文本图景。毫无疑问,在读者所确认的文本图景中,文学文本中的大量信息被"加工"了,有的被遗忘,有的被改造,有的被强化,从而发生"文化变形"①,形成富有个性化的文本图景。当然,文学接受者对文本图景的"重构",必须在文学文本的"能指"空间里进行,必须尊重文学文本的张力场。因此,读者确认的文本图景既具有个性化的内容,也具有一定的规定性。这就形成了读者确认的文本图景的确定性和不确定性的矛盾,其确定性是由文学手稿的确定性和文学文本的确定性所决定的,其不确定性则来自读者的个性内容。

由此可见,文学作品的存在是动态的而不是静态的,它是从文学手稿到文学文本直至读者确认的文本图景的动态过程,其内容由确定性和不确定性的矛盾运动构成,其中确定性的内涵是指以文学手稿的确定性为基础,按照一定的规定性运行,形成文学文本的确定性、读者确认的文本图景的确定性;而其不确定性是由文学创作者的创作动机、文学传播者的传播意图和文学接受者的接受意向等构成的。

文学作品是"观念"形态的存在,而非"物化"的存在。通过对文学作品动态存在方式的考察,我们看到文学作品要由文学手稿、文学文本和读者所确认的文本图景构成。正是由于文学手稿和文学文本的存在,长期以来,我们一直认为文学作品是一种"物化"的存在。但是,当我们对文学手稿和文学文本进行仔细分析后,就会发现文学作品完全是观念的存在,而非"物化"的存在。第一,文学手稿和文学文本从表面来看,是物化的存在,但实际上是观念的存在。文学文本和文学手稿在文学作品的形成过程中,其实际的运行并不是"物化"状态的运行,而是文学手稿和文学文本的符号系统中的"能指"的运行,这种"能指"在不断地被确认和被遗忘中走向文学作品。第二,在文学作品的形成过程中,文学手稿和文学文本虽然发挥着重要的作用,但文学作品的最后结果,是读者确认的文本图景。这种读者所确认的文本图景是观念的存在,从而决定了文学作品的最后状态是观念的存在,而不是"物化"的存在。第三,任何文学接受者对文学作品的解读结果,都不可能是文学手稿或文学文本,当文学批评家对文学作品进行批评时,批评的对象是他所确认的文本图景,而不是"物化"的文学文本。因此,无论文学批评家如何强调批评活动的客观性,实际上都是"仁者见仁,智者见智",是一种个性化的文学活动,是个性观念的体现。

---

① 陈龙:《现代大众传播学》,苏州大学出版社 1997 年版,第 35 页。

三 文学作品的意义系统

文学作品是一个流动的存在,它是在文学活动过程中经过文学创作、文学传播、文学接受等过程而形成的。一部文学作品,并不是由文学创作者独立完成的。20世纪80年代末,王春元先生曾指出:"一部作品不是作家一个人完成的,而是由作者、读者共同完成的。"①今天看来,一部文学作品也不仅仅是由文学作者和读者共同完成的,而是由文学作者、文学传播者和文学读者共同完成的,因此,文学作品的意义也是由文学手稿、文学文本和文学读者确认的文本图景共同构成的。文学作品的意义系统是流动的,而不是静止的;是开放的,而不是封闭的;是随着传播环境和接受环境的变化而不断变化的,也是随着传播意图和接受意图的变化而不断变化的。

文学创作者的创作意图 任何一个作家在从事文学创作的时候,都有自己的创作意图,这是文学创作者主体性的具体体现。这实际上涉及如何处理"倾向性"和"真实性"的关系问题。文学创作者的倾向性怎样进入文学手稿,有哪些具体内容进入文学手稿,就成为文学作品意义系统的第一个变量。

文学手稿中社会生活事项所呈现的意义 任何文学手稿都要描写和叙述一定的社会生活事项,尽管经过作家的选择和加工,但生活事项本身也具有其独立的意义指向。这些意义指向是人类文化发展过程中积淀起来的,春花秋月、夏虫冬雪、松竹梅菊、飞禽走兽、名楼古刹、苍山净水,都具有一定的意义指向。于是,文学手稿中生活事项及其结合而产生的意义就成为文学作品意义系统的第二个变量。

文学手稿的"能指" 虽然作家的创作意图和生活事项的意义都通过文学手稿来体现,但是文学手稿的"能指"并不完全等同于作家的创作意图和生活事项的意义。从创作的实际情况来看,任何文学手稿都不能准确无误地体现创作意图,这不仅与作家的艺术表现力有关,更与作为文学符号的语言的性质有关。如果说,文学手稿中的生活事项的意义具有独立性,具有很大的客观性的话,那么,作家的思想感情无疑会对生活事项的客观意义进行加工和改造,于是,文学手稿中主客观因素的结合就成为又一个变量。

文学传播者的传播意图 任何一个文学传播主体,在文学传播的过程中,都会有自己的意图,并千方百计地把这种意图体现出来。从文化传播学

---

① 王春元:《文学原理:作品论》,社会科学文献出版社1989年版,第11页。

的角度来说,"给予或产生一个信息,本身就有组织和评估的意义",①文学传播在给予文学接受者信息的过程中,同样也具有"组织和评估"的意义,这就是传播意图的体现。由于文学传播的意图对文学接受者具有导向作用,对文学接受的"环境"具有渲染作用,因而,在一定程度上,文学传播意图会直接进入文学接受者的接受视野,进入文学接受者确认的文本图景。

文学文本的"能指" 虽然说文学文本的"能指"在很大程度上继承了文学手稿的"能指",但是,文学文本的"能指"和文学手稿的"能指"有着质的和量的差别。文学文本是文学传播者对文学手稿的"能指"进行确认后的产物,是文学作品意义系统的重要形态。文本图景是文学接受者的生活经验、艺术修养、接受期待和接受习惯等主体因素与文学文本的"能指"结合的产物,是文学接受者对文学文本"能指"的确认和选择,是文学作品意义系统的最后形态。由于文学接受者的生活经验、艺术修养、接受期待和接受习惯各不相同,对不同的文学接受者来说,即使同一个文学文本,也会得到不同的文本图景,因而,文本图景是一个非常大的变量。但是,文本图景的变量无论多大,总是受到文学文本的"能指"范围限制,任何文学阐释都应该在文学文本"能指"的范围内进行,文学解读不可能是后结构主义所说的"在游乐场里徜徉"。从这个意义来说,虽然"有一千个读者就有一千个哈姆雷特",但每一个读者的文本图景中都是哈姆雷特,而不是克劳迪斯,更不是张飞或林黛玉。

文学作品的意义系统是由以上六个因素及其变量构成的,它们决定了文学作品的意义系统也是一个变量。在文学作品意义系统的六个因素中,文学手稿的"能指"、文学文本的"能指"和文本图景是重要的因素和变量,其中,作为文学作品意义系统形成的最后形态的文本图景是中心,其他五个因素和变量都要通过各种方式和途径,在文本图景之中被建构。但不能就此认为文本图景等同于文学作品的意义,文本图景建立在其他五个因素和变量的基础上,离开其他因素,文学作品的意义系统也无法形成。

(原载《上海大学学报(社会科学版)》2003 年第 3 期)

---

① 陈卫星:《西方当代传播学学术思想的回顾和展望(上)》,《国外社会科学》1998 年第 1 期。

新时期外来文化译介的五大误区

新时期以来,伴随着改革开放的不断深入,中外文化交流,尤其是中西文化交流从开通到兴盛,走过了坎坷曲折的历程,取得了举世瞩目的成就。二十年来,我们译介了大量的西方文化著作,介绍了西方文化史上几乎所有知识流派和重大成就,在促进中国现代化建设、实现知识革命方面发挥了文化交流的积极作用。同时,许多学者进一步追根溯源,把研究视野延伸到中外文化比较领域,形成了中西文化交流史研究、中日文化交流史研究、中印文化交流史研究等分支,不仅促进了中外文化交流,而且促进了有中国特色的社会主义文化建设,引起了国际国内的普遍关注和广泛赞誉。

但是,我们也应该看到,新时期的文化交流,尤其是外来文化的译介还存在许多盲点、盲区,还有许多问题:在西方文化被大量地、重复地介绍的同时,与中国同属于发展中国家的拉美、非洲、亚洲的许多国家文化对中国人来说还异常陌生;改革开放伊始,长久封闭状态造成的巨大阴影,使我们处在心有余悸的心理状态中,"偷窥"世界文化的疑惧和睁眼看世界的惊喜交织在一起;伴随着政治环境和文化政策的宽松与严束,中西文化交流一波三折,一方面是西方学术文化思想的大量涌入,另一方面是文化破禁后对传统文化的寻根搜索,生吞活剥"洋文化"和急躁复兴"古文化"在振兴中华文化的旗帜下多次重演,甚至导致新派与旧派、传统与现代、国学与新学的严重冲突,不仅把许多国民引向困惑,而且文化学者们动辄陷入争论的困境,严重影响了文化交流和现代化进程。所有这些,均或多或少地暴露出新时期的文化交流工作,特别是外来文化介绍工作在文化态度、文化选择、文化视点、文化功能和文化精神等方面的严重缺陷。本文拟从新时期中外文化交流的实际状况出发,以我们译介外来文化为重点,分析新时期文化交流存在的几个问题,以总结经验教训,为今后的文化交流工作提供参考。

误区之一:文化态度的误区

新时期的中外文化交流,尤其是外来文化介绍方面的误区首先表现在文化态度方面。我们的文化态度缺乏必要的冷静和理性,而更多地表现为浮躁和急于求成,激进的文化态度常常会造成轰轰烈烈的效应,形成一浪高过一浪的热点，但却缺乏深度思考和生命体验，造成盲动或盲热，以热情代替理智，以表面的量代替深层的质。

新时期以来，我们的文化交流工作，尤其是西方文化译介译作出现过许多热点，介绍某一种文化学术观点或某一个文化学者，往往一拥而上；一种学术著作，在短时间内就会有几种译本，几个出版社同时出版，而且各种版本都或多或少地存在问题，甚至是很严重的问题。在我国文化现代化建设刚起步阶段，在我们对西方文化还缺乏足够的整体把握和微观透彻了解的时候，我国相继出现了"美学热""文化热""方法热""管理热""海德格尔热""萨特热""解构热""后现代热""昆德拉热"等，其热能一浪高过一浪。"忽如一夜春风来，千树万树梨花开"，似乎一夜之间，涌现出一批现代、后现代学者，开口闭口现代，似乎中国唯需后现代。各种研讨会、讲习班，各种文化类、非文化类杂志报纸，都加入了这一热潮，场面十分热烈，远瞧颇为壮观。但是，在热烈的场面背后，潜藏着肤浅的理解，各种似是而非的阐释不仅淹没了真正有深度的思考，而且也淹没了真正具备理解力和理想欲望的文化学者，导致在每次"热点"中，大面积出现人云亦云，断章取义，盲目联系、随意联系，随意比较。尤其是在热浪的推动下，有些非文化"学者"，跨越自己的领域，放谈自己并不熟悉、并不真懂的问题。有些人根本没看原著，甚或连中文译本也没认真去读，只凭借别人的介绍文字或引文，就进行衍意式理解，并以此为依据开展文化批评，参与文化讨论，其态度之激进，结论之大胆，令真正的文化学者瞠目结舌。于是波动澜翻，学术研究气氛愈加浮躁，态度日益激进。不言而喻，新时期的文化态度也有许多理性和冷静，也作出了相当的学术贡献，但是，由于浮躁和急进太多，冷静的思考和理性的分析反而显得势单力孤，苍白乏力，以致大家共同感到学术上的浮躁，浮躁本身也就成为文化讨论中的一个重要议题。

在改革开放初期，文化交流中出现浮躁和急于求成是难免的，但是，这种浮躁的文化态度愈演愈烈，却不能不引人思考，令人担忧。若究其原因，大约有以下几种。

第一，长久的封闭状态和积聚的能量。

新时期文化交流的传统可追溯到近代中外文化交流。如果说近代中西文化交流是西方列强强迫进行的话，那么，"五四"时期的文化交流则是中国人自己的选择，现代中外文化交流在我们而言则是主动式的。从19世纪七八十年代开始，中国的有识之士为了富国强兵，驱逐列强，就已经开始主动介绍学习外国尤其是西方文化，太平天国运动、洋务运动、维新变法中都有文化学者主动地选择的意识，"五四"新文化运动则大量介绍西方文化，并进行文学革命和思想革命,也就是在此时,马克思主义开始在中国传播,使中国现代呈现出绚丽的色彩。20世纪50年代,中华人民共和国成立之初,由于西方诸资本主义国家实施封锁政策,我们也针锋相对地实行大面积的文化封闭。如果说50年代中苏文化交流还独撑文化交流局面的话,从60年代到70年代末,我们的文化几乎处于全封闭状态,我们关起门来臆测西方世界的种种丑恶和虚伪,完全割断了"五四"以来积极向西方寻求真理的主动精神,不仅造成了思想禁锢,压抑了人们多方面的创造性,也带来了社会经济的全面倒退。

改革开放政策的实施,一下打开了长久关闭的国门,从太平洋、印度洋吹来了新鲜的风,我们看世界的多姿多彩,看得眼花缭乱。西方几十年的学术思想突然迎面扑来,使我们目不暇接,猝不及防,长久压抑的思想一旦得到解放,几十年积聚的能量一下子释放出来,我们急切地吸收新鲜的营养,我们力争时间要弥补损失,于是,西方几十年的文化思潮在短时间内纷纷演练一番,一时之间,各种理论、各种学术思潮纷纷登场,沸沸扬扬,形成"城头变幻大王旗"的局面。在这种情况下,要对介绍进来的内容深刻理解、理性把握,几乎是不可能的。我们被太多的新名词、新概念淹没,被搞得晕头转向,跌入旋涡无法自拔,剩下的就是追逐、追赶。肤浅的理解、热情而单纯的介绍必然导致文化态度的急躁、急进。

第二,缺乏细致研究的信心和耐心。

在一片译介的汪洋大海中,由于我们急于了解别人,急于与整个世界文化进行对话,因此,我们的研究只能是宏观的、大概的,很少有人做细致的、耐心的研究。一方面,由于我们几十年的封闭或半封闭,我们与西方文化隔绝的时间过长,现在迎面扑来许多理论观点,我们应接不暇,没有细致研究的时间;又由于我们长久与西方文化隔断,没有储备足够的思想方法和科学方法,也没有细致研究的信心。另一方面,我们忙于译介,疲于奔命,也就丧失了细致研究的耐心。

正由于缺乏细致研究的时间、信心与耐心,我们对西方许多理论家和理论观点的研究常常缺乏理论渊源和思想背景的深入分析,简单移植新概念和新观点、望文生义、随心随意的情况大量存在,导致了许多片面的、一厢情愿的解释和理解。

第三,声势的需求和译介的竞争。

改革开放在中国当代是件新鲜的大举措,其根本目的在于发展生产力,发展社会经济,因而,它必然要求文化交流为其鸣锣开道,为其呐喊助威。从事实来看,加强中外文化交流,介绍西方优秀文化不仅是文化方面改革开放的必然要求,同时也是整个社会改革开放的必然要求,因而,外来文化的译介,带来了人们思想观念的根本转变,为改革开放提供了必要的思想方法,增强了改革开放的声势,这种声势尤其在改革开放初期发挥了极大的积极作用。

正是在这种声势的需求下,我们的文化译介工作,尤其是西方文化的译介工作出现了贪多、趋全和追新的倾向,一味地追求译介的速度,在文化译介中不断追求量的增加,而不大在意质的深化,造成的客观效果是各种观点、各种理论"长江后浪推前浪",而前浪还没到来,后浪已然涌至,声势颇为壮大,起到了为改革开放呐喊的效果,但客观上也的确导致了文化态度的急躁,留下了后患。

正是由于声势的需求和各种利益的驱动,从20世纪80年代中期开始,各出版单位竞相出版西方学术文化丛书,造成了大量的平面性重复介绍。同一本书,同一个译本被几家出版社在这套丛书中出版了,又在另一套丛书中出现。出版界、翻译界缺乏统一的规划,大家争相追逐热点,产生"轰动效应"。这对一家出版社而言实现了较大的经济效益,而社会效益就没有经济效益那样显著,却造成了物质资源和精神资源的相对浪费,客观上也导致了学术风气的浮躁和文化态度的急进。

误区之二:文化选择的误区

新时期的外来文化译介工作把文化视野集中在西方发达国家的文化,西方文化自古至今的发展,我们几乎不加选择地或多或少地介绍到中国大陆,而对西方之外的文化,尤其对发展中国家文化则缺乏必要的了解和译介,忽略了我们与发展中国家文化间的可比性。

第一,译介西方文化是我国文化译介的近现代传统。近代以来,由于西方列强用枪炮打开了中国的大门,中国人民深受西方帝国主义列强的凌辱。为了富国强兵,为了振兴中华,许多仁人志士开始寻求"救亡"的道路,这条道路首先是学习西方、"以夷制夷"。"五四"新文化运动前后,一大批觉醒的、具有民族责任感的知识分子纷纷去法兰西、英格兰、德意志、美利坚寻求真理,把解救民族于危亡之中的"济世良方"寄托于西方。当时一大批去日本的知识分子也是鉴于日本有明治维新的成功经验,去日本探究学习西方的成功经验。自此以后,西方文化学术思想的译介一直方兴未艾,形成了一种传统。

在这种传统的影响下,伴随着开放的每一步深化,我们文化译介的侧重点,一直是西方发达国家的文化学术思想,我们不遗余力地介绍西方文化,以期改变我国经济落后的状况。

第二,选择西方文化,也是我们的思维惯性运作的必然结果。近代以来,拯救民族、振兴中华、发展民族文化一直是我国文化的主题,而要改变相对落后的经济和文化状况,我们就必然要看"样板",必然要学习先进的文化,"样板"思维必然导致我们首先乃至全部选择西方文化。

第三,选择西方文化亦与西方文化在世界文化中的地位有着深刻的联系。西方资本主义从萌芽到发展,在世界上是最早的,可以说,西方近代文明的崛起,迅速确定了西方文化在世界范围内的"优势"地位。加之西方列强的殖民主义政策,西方文化在世界范围内迅速传播,其影响波及世界的各个角落。虽然我们反对"欧洲中心主义",但是却不能无视西方文化,尤其是近代西方文明在世界范围内的优势地位,因而,西方文化译介,就成为我们文化交流的首要选择。

第四,正是由于以上三点,我们的文化选择视野集中于西方文化,而对发展中国家和地区的文化缺乏足够的重视。众所周知。西方诸国属于发达国家,中国属于发展中国家,发达国家的经验相对于发展中国家必然有许多可取之处,但是并不能完全移植到发展中国家。要实现改革开放以发展生产力的根本任务,我们不仅要介绍发达国家的文化,更需要把眼光放到全球范围内的发展中国家的文化,以加强我国与发展中国家的相互交流与相互学习,这对实现改革开放的目标具有重要的意义。遗憾的是,我们把太多的眼光集中于西方文化,而对于与中国同属于发展中国家的文化缺乏足够的重视,忽视了发展中国家文化间的可比性。

由于文化选择集中在西方文化,这就造成了激进的文化选择和相对务实的政治、经济政策的多次冲突。在这些冲突中,大家多次感到文化政策的束紧与宽松,形成了新时期的文化译介工作波澜起伏、大起大落的不正常曲线,也给许多文化人造成了心理压力,一定程度上影响了我国新时期政治、经济、文化的进步速度。

误区之三:文化视点的误区

我们虽然把文化选择的眼光集中于西方文化,但由于我们对西方文化缺乏深度思考,仅仅译介西方的学术文化著作和论文,因此仍停留在显文化层面,而对西方文化的深层结构基本没有触及。虽然我们并没有认为显文化就是西方文化的全部,但客观上给人的印象却是我们始终在学术著作中寻求西方文化的真谛,观点集中于西方文化中的学术文化著作,而对西方世界中参与文化创造和文化传播的国民缺乏深入的研究。造成这种局面的原因大约有下列几点。

第一，文化态度浮躁，急于求成。由于西方文化学术著作是已经成形的精神文化产品，比较容易翻译介绍，而西方的国民性和文化的深层结构比较难把握，因此在浮躁的文化态度作用下，在急于求成的风气中，我们的文化视点集中在作为显文化存在的文化学术著作，就不足为怪了。

第二，对西方文化的深层结构缺乏把握的条件和能力。由于新中国成立以来，我们处于封闭或半封闭状态，没有机会派遣大批学者到西方国家去，因此，当改革开放政策实施后，我们才开始与西方国家进行质的接触，而这时西方国家的学术文化已令人眼花缭乱，我们哪里还有时间进行深入的深层文化研究呢？如果说，"五四"新文化运动时期的知识分子还对西方的国民性与中国国民性做过一些分析比较的话，那么，新时期的我们几乎没能深入了解西方广大民众，几乎没能触及西方各国文化的深层结构和文化基础。

第三，对本国文化的深层结构缺乏深度把握，也是造成文化视点集中于西方文化显层次的原因之一。新中国成立以后，曾有很长的一段时间，我们把中国古典文化斥为封建文化，把许多民间文化斥为封建迷信，造成了文化学者无法深入研究本民族、本地区的深层文化结构，因而对于中国文化的理解仍然停留在显文化层次。儒家与道学、佛学一直只是关于思想和人生态度上的争论与结合，而对于传统思想在大众文化中的渗透，中国广大老百姓的生存方式、生活特点、文化心理等都缺乏深入细致的研究。对于中国文化的深层结构缺乏深度的把握，就无法产生对西方文化深层结构的了解欲望，显文化层次的译介和比较在很大程度上掩盖了文化深层结构比较研究的缺失。

应该看到，从20世纪80年代末到90年代中期，中国本土文化研究的热潮和民俗学、地方文化研究的兴起，对于深入把握中国文化的深层结构具有重要的意义，但是，这些研究还远远没有激起我们对西方文化深层结构的研究兴趣。虽然我国在西方国家留学的人员不少，但大多文化学者仍然把视点集中于西方的学术文化，很少有人把视点放在对西方文化深层结构的把握方面。可以说，在今后相当长的时间内，我们对西方文化的译介将仍然停留在显学术文化层面，而显层次的西方文化并非西方文化的全部内容，因而，把握西方文化全部本质的条件还远没有成熟。

误区之四：文化精神的误区

在我们介绍西方文化思想的过程中，我们翻译了许多思想家、理论家的著作,但对这些思想家、理论家的生存环境、文化境遇缺少关注:我们把他们仅仅当作思想家、理论家来看待,而没有当作是西方现代社会中真实存在的"人"来看待。因此,尽管我们介绍了许多思想家、理论家,但他们每一个人对我们来说都是一个抽象的观念、思想,因为我们忽视了他们作为人的存在。这直接造成了我们新时期的文化研究虽然一直高唱人性、人的本质,但却总是对人进行抽象的观念性研究,丧失了对人的具体性、真实性、丰富性的深层考辨,文化精神发生了严重的扭曲。若究其原因,主要有下列几点。

第一,文化视点上的神圣性。俄国十月革命胜利之后,马克思主义开始在中国传播,中国共产党领导中国人民以马克思主义为武器,夺取了中国革命的胜利,因而,我们把马克思、恩格斯誉为伟大的思想家和革命家,这毫不过分。但是,我们在把他们当作伟大的思想家和革命家的同时,忽视了他们也有作为真实存在的普通人的一面,伟大掩盖了平凡,光辉的思想遮蔽了丰富的人的情感,于是,马克思逐渐变得神圣,甚至被神化。不仅马克思,连中国的革命领袖也被神化了,久而久之,就陷入了我们关于神圣思想家的习惯思维,这种神圣化思维方式,也是中国古典文化传统之一。在新时期,这种思维惯性仍然在起作用,使我们把西方众多的思想家仅仅作为思想的抽象物来理解,而对他们作为真实存在的人的一面,没有进行全方位的考究和诠释。

第二,由于文化态度浮躁,我们缺乏深入研究、全方位考究西方思想家的学术氛围和学术精神,这也是造成文化精神扭曲的原因之一。

第三,客观条件方面也不允许我们对西方思想家作为人的存在做全方位的研究。由于我们长期封闭,西方思想理论短时期内大量涌入,使本来就缺乏了解的我们更显被动。尽管改革开放后,公派、私费留学人员不少,但大多是科技人才,社会科学、人文科学的指标本来就不多。加之大批留学人员为获取学位而拼搏,选题集中于对大牌思想家思想和学术理论的研究,无暇在留学期间对每一个理论家进行全方位的研究,没能对大牌思想家作为人的存在进行具体考察。

误区之五:文化功能的误区

毫无疑问,文化译介工作是为了促进中外文化交流,而文化交流的根本目的,在于发展自己,在于发展我国的生产力,改善我国人民物质生活和精神生活状况,满足人民群众日益增长的物质文化和精神文化需求。从这个角度来说,文化功能的有效性,不能不成为衡量评价新时期外来文化译介工作的重要尺度。

　　新时期的文化译介工作,对新时期的社会发展的确起到了促进作用,但是,如果从文化功能方面去深入考察,它所起的作用与社会发展的需求相比,与大批文化学者的努力相比,与社会大众的期望和文化学者的愿望相比,仍然存在着相当大的实质性差距,这不能不说是文化功能方面的误区。造成这些误区的原因很多,有文化交流的内部原因,也有社会的客观原因。

　　第一,由于文化态度的浮躁和急进,虽然为改革开放造成了很大的声势,但同时也带来了负面效应。诸如激进的文化态度与政治政策方面的冲突,浮躁的文化态度造成的对西方文化的片面理解和盲目比较,都给新时期的社会发展和文化建设造成了负面效应。当然,造成负面效应的主要责任不全在文化交流工作,但客观上文化功能的偏差却应该引起我们的足够重视。

　　第二,由于文化选择的误区,我们集中地选择了西方学术文化,而忽视了对发展中国家文化的译介。当然,发达国家文化与发展中国家文化存在可比性,但是,正由于中西文化差距很大,即使我们能够进行深入细致的比较,其实用性都会减弱。

　　第三,改革开放是新路子,以前没有成功的经验,我们只能在实践中摸索。"摸着石头过河",毕竟方向性、指归性不明,文化人"不知风从哪个方向来",因而,文化译介工作就不可避免地带有盲目性,不能最有效地发挥其文化功能。

　　第四,悬浮的文化交流,也是导致文化功能走入误区的重要原因之一。新时期的文化交流工作,一直悬浮在文化层面,大量西方学术著作的译介,虽然在文化界引起阵阵热浪,但是,对中国广大老百姓的影响并不如想象中的直接、深刻,因而,与日益贴近改革开放现实的中国民众之间的距离不仅没有缩小,反而越拉越大,导致文化译介工作不能有效地发挥其文化功能。

　　综上所述,新时期的文化译介工作在文化态度、文化选择、文化视点、文化精神和文化功能等方面均存在误区,其中,文化态度和文化选择的误区是关键,严重影响着文化译介工作的发展,影响着文化的整体建设。为此,我们必须端正文化态度,调整文化选择方向,以促进我国的现代化建设。

(原载《中华文化论丛(第二辑)》,商务印书馆 1999 年版)

回归民族文化原本　探究中国悲剧精神

——百年来"中国悲剧有无"问题讨论

从 20 世纪初开始,学术界曾经进行过一场"中国悲剧有无"问题讨论,王国维、胡适、朱光潜、熊佛西、钱钟书、王季思、张庚、陈瘦竹等学者,都以不同的方式介入了这场讨论。这场讨论,各方没有剑拔弩张的意见交锋,但在悲剧美学、戏剧理论和中国传统文化等研究领域影响深远,所涉及的文化立场、学术观点、研究方法、论说方式等,依然值得反思。

一　问题的提出:近代"戏剧改良"话语

对于近代中国而言,悲剧是西方艺术的舶来品,中国学者对悲剧的理论思考更多是出于社会改革的欲求,希望像法国、日本一样借助悲剧激励人心,推进社会改革,实现强国梦想。一般认为,"中国无悲剧论"最早的提出者是蒋由智(观云),《中国之演剧界》一文"与王国维引入西方悲剧理论探讨《红楼梦》悲剧精神的《〈红楼梦〉评论》一文发表于同一年,均对悲剧美学与悲剧精神在近代中国的兴起,产生了深远影响"[1]。蒋观云的《中国之演剧界》介绍的是日本报纸上的观点,也就是说"中国无悲剧论"实际是由日本人首先提出来的。蒋观云在文章中提到:"中国之演剧也,有喜剧,无悲剧。每有男女相慕悦一出,其博人之喝采多在此,是尤可谓卑鄙恶俗者也。"他认为这种观点"固深中我国剧界之弊者也"。在他看来,悲剧是"能委曲百折,慷慨悱恻,写贞臣孝子仁人志士困顿流离,泣风雨动鬼神之精诚者",而中国竟然未曾见有一剧。放眼欧洲各国,最重视莎士比亚戏剧,而莎士比亚戏剧以悲剧最为著名。蒋观云断定:"剧界佳作,皆为悲剧,无喜剧者","欲保存剧界,必以有益人心为主,而欲有益人心,必以有悲剧为主"。[2] 蒋观云 1902 年冬游学日本,受日本社会风尚和文艺思潮影响较深,阅读日本报纸中批评中国演剧界后得到启发,从社会改良角度提出戏剧改革主张,拉开"中国有

---

① 龚刚:《谁首先提出了中国无悲剧说?——蒋观云〈中国之演剧界〉发表年份小考》,《华文文学》2015 年第 4 期。

② 蒋观云:《中国之演剧界》//邬国平、黄霖编著:《中国文论选·近代卷》(下册),江苏文艺出版社 1996 年版,第 90—92 页。

无悲剧"讨论的序幕。

1903 年,无涯生(欧榘甲)在旧金山观看广东班戏,想着法国、日本用演出悲剧的方式激发民众,推进社会改革之力,遂成《观戏记》。有感于广州班戏剧多为"红粉佳人,风流才子,伤风之事,亡国之音","不忍卒观",而海派京戏的《打鼓骂曹》《大红袍》《铁公鸡》等戏"颇有诛奸灭恶之心","稍存一公道信史","思为移风易俗之助",欧榘甲提出"欲善国政,莫如先善风俗;欲善风俗,莫如先善曲本"。法国"演德法争战之事,摹写法人被杀、流血、断头、折臂、洞胸、裂脑之惨状,与夫孤儿寡妇、幼妻弱子之泪痕。无贵无贱、无上无下、无老无少、无男无女,顷刻惨死于弹烟炮雨中,重叠裸葬于旗影马蹄之下,种种惨剧,种种哀声,而追原国家破灭,皆由官习于骄横,民流于淫侈,咸不思改革振兴之故"。法国民众观看了这样的悲剧,"无不忽而放声大哭,忽而怒发冲冠,忽而顿足捶胸,忽而磨拳擦掌","改行新政,众志成城","为欧洲一大强国"。日本维新亦多赖"所演之剧,无非追绘维新初年情事","悲歌慷慨,欲捐躯流血以挽之","政府知民气之不可遏,乃急急改革,政治年年改良进步,日本人乃有今日自由之乐,与地球六大强国并立"。他认为悲剧震撼人心的力量可以激发民众,雪耻强国,并以此借鉴于中国,表达了强烈的改革欲望。他从社会变革的视角出发,提出"改班戏""改乐器"的戏剧改良主张。[1]

河北高阳人齐如山也重视戏剧对世道人心的培育效果:"演名将的戏,就能引起人的尚武的精神;演节义的戏,就能感动人的义气;至于道德学问,都能动人的观念,且能启发人美观的审察美术的思想,甚至爱国心、爱种心也都能够由看戏生出来。"[2]

蒋观云、欧榘甲、齐如山等人的意见,涉及戏剧的题材、舞台表演、喜剧效果,其着眼点集中于戏剧类型,发出"中国无悲剧"的声音。他们从社会变革需求提出戏剧改良主张,认为"中国无悲剧"不利于社会变革,无法实现强国梦。与此不同,王国维在《〈红楼梦〉评论》中,更多地从"悲剧人生观"层面,肯定悲剧的美学价值,辨析中国有无悲剧的问题,将这一问题引向悲剧美学研究层面。

① 无涯生:《观戏记》//邬国平、黄霖编著:《中国文论选·近代卷》(下册),江苏文艺出版社 1996 年版,第 51—56 页。

② 齐宗康:《观剧建言》//邬国平、黄霖编著:《中国文论选·近代卷》(下册),江苏文艺出版社 1996 年版,第 421 页。

二 "大团圆":戏剧结构与中国悲剧美学精神

深受叔本华哲学思想影响的王国维,首先从"生活本质"的哲学层面探讨人生的悲剧性,由人生痛苦和厌倦之困境,进入对美术(美学)问题的深入思考,并运用这种思考评论《红楼梦》。"生活之本质何?'欲'而已矣。欲之为性无厌,而其原生于不足。不足之状态,'苦病'是也。既偿一欲,则此欲以终。然欲之被偿者一,而不偿者什佰;一欲既终,他欲随之。故究竟之慰藉,终不可得也。即使吾人之欲悉偿,而更无所欲之对象,倦厌之情,即起而乘之。于是吾人自己之生活,若负之而不胜其重。故人生者如钟表之摆,实往复于苦痛与倦厌之间者也。"而且,苦痛和倦厌两种困境,"与世界之文化俱增","文化逾进,其知识弥广,其所欲弥多;其感苦痛亦弥甚故也。然则人生之所欲,既无以逾于生活,而生活之性质,又不外乎苦痛,故'欲'与'生活'与'苦痛',三者一而已矣"。王国维指出:"吾国人之精神,世间的也,乐天的也,故代表其精神之戏曲小说,无往而不着此乐天之色彩;始于悲者终于欢,始于离者终于合,始于困者终于亨;非是而欲厌阅者之心,难矣。"在王国维看来,人生的本质就是痛苦和厌倦的二重交替,文学艺术要揭示人生的本质,就必须表现此种痛苦与厌倦,并为人生"尝试"解脱之道。但中国人的精神,却是乐天的,失去了对生活苦痛和厌倦的应有表现,缺乏悲剧精神。正因为中国无悲剧精神,《红楼梦》显得弥足珍贵:"《红楼梦》,哲学的也,宇宙的也,文学的也。此《红楼梦》之所以大背于吾国人之精神,而其价值亦即存乎此",肯定《红楼梦》"与一切喜剧相反,彻头彻尾之悲剧也","可谓悲剧中之悲剧也。"①

王国维从"国人之精神"角度分析中国文学缺少悲剧,鲁迅则从国民性视角看到中国文学缺乏悲剧精神,他在《中国小说的历史变迁》中说:"中国人底心理,是很喜欢团圆的……而中国人不大喜欢麻烦和烦闷,现在倘在小说里叙了人生底缺陷,便要使读者感着不快。所以凡是历史上不团圆的,在小说里往往给他团圆;没有报应的,给他报应,互相骗骗。——这实在是关于国民性底问题。"②王国维发现中国人是"乐天的",鲁迅发现中国人"是很

---

① 参见王国维:《〈红楼梦〉评论·第一章:人生及美术之概观》,《教育世界》1904 年第 76 期;《〈红楼梦〉评论·第二章:红楼梦之精神》,《教育世界》1904 年第 77 期;《〈红楼梦〉评论·第三章:红楼梦之美学上之价值》,《教育世界》1904 年第 78 期;《〈红楼梦〉评论·第四章:红楼梦之伦理学上之价值》,《教育世界》1904 年第 80 期;《〈红楼梦〉评论·第五章:余论》,《教育世界》第 81 期。

② 鲁迅:《中国小说史略·附录:中国小说的历史的变迁》//《鲁迅全集》(第九卷),人民文学出版社 2005 年版,第 326 页。

喜欢团圆的",都是对国民性的概括,而国民性直接影响中国古典悲剧之有无。几乎在鲁迅发现中国小说"大团圆"的同时,胡适也从中西戏剧比较中发现了"大团圆"导致中国无悲剧,并从"文学进化观念"提出戏剧改良主张。1918年4月,胡适在《建设的文学革命论》中提倡学习欧洲文学,特别提到了欧洲戏剧:"更以戏剧而论,二千五百年前的希腊戏曲,一切结构的工夫,描写的工夫,高出元曲何止十倍。近代的莎士比亚(Shakespeare)和莫逆尔(Molère),更不用说了,最近六十年来,欧洲的散文戏本,千变万化,远胜古代,体裁也更发达了,最重要的,如'问题戏',专研究社会的种种重要问题;'象征戏'(Symbolic Drama),专以美术的手段作的'意在言外'的戏本;'心理戏',专描写种种复杂的心境,作极精密的解剖;'讽刺戏',用嬉笑怒骂的文章,达愤世救世的苦心。"①同年9月,胡适在《文学进化观念与戏剧改良》中认为:"中国文学最缺乏的是悲剧的观念。无论是小说,是戏剧,总是一个美满的团圆。……这种'团圆的迷信'乃是中国人思想薄弱的铁证。"胡适主张用西方的悲剧来改造中国文学,树立西方式的悲剧观念,用悲剧文学达到改造国民、改革社会的目的:"有这种悲剧观念,故能发生各种思力深沉,意味深长,感人最烈,发人猛省的文学。这种观念乃是医治我们中国那种说谎作伪思想浅薄的文学的绝妙圣药。"②

深受叔本华、尼采影响的朱光潜先生,在讨论西方悲剧理论的时候,也没有忘记对中国戏剧的审美观照,从悲剧美学视角批评中国戏剧"大团圆"结构。在朱光潜先生看来,"戏剧在中国几乎就是喜剧的同义词,中国的剧作家总是喜欢善得善报、恶得恶报的大团圆结尾。……中国戏剧的关键往往在亚里斯多德所谓'突变'(peripetia)的地方,很少在最后的结尾。……剧本给人的总印象很少是阴郁的。仅仅元代(即不到一百年时间)就有五百多部剧作,但其中没有一部可以真正算得悲剧"③。这段论述集中于中国戏剧"大团圆"结局的考量,得出元杂剧"没有一部可以真正算得悲剧"的结论,这是中国学者第一次从悲剧美学理论的整体性层面,否定中国古典悲剧的存在,对以后的中国戏剧理论、美学理论研究产生了深刻影响。

戏剧家熊佛西着眼于戏剧创作,主张摒弃中国传统戏剧的"团圆主义",采用西方的不团圆结局,表现具有现代性的"内心的隐痛"。1933年出版的《写剧原理》对戏剧结构和悲剧人物命运提出了看法:"现代人认为世界最悲痛的事情是内心的隐痛,所以现代伟大的悲剧往往是描写人生的矛盾,特种

①　胡适:《建设的文学革命论》//《胡适文存》(一集),黄山书社1996年版,第52页。
②　胡适:《文学进化观念与戏剧改良》//《胡适文存》(一集),黄山书社1996年版,第112页。
③　朱光潜:《悲剧心理学》,安徽教育出版社1989年版,第284—285页。

性格的分析,采用的方式是'杀人不见血',其结局虽不是死,然与观众悲痛之情感较之于死,实有过之而无不及。"①熊佛西对"古人"往往将悲惨的事情理解为"杀人流血"提出批评,而这个"古人"就是指中国古代的剧作家和观众。从现代剧作注重书写内心冲突延伸而下,熊佛西介绍了"不团圆主义":历代伟大的悲剧都是'不团圆'的结局。这在艺术上有很大的价值。因为不团圆,可以激发观众的沉思,也可以引起观众的余味。……中国没有伟大的悲剧,《桃花扇》《琵琶记》以及《赵氏孤儿》《窦娥冤》等剧,都是因为作者崇尚团圆主义,损失了不少艺术价值。"②如果说朱光潜侧重于悲剧审美心理的研究,那么,熊佛西则侧重于"写剧原理",从编剧角度提出观点,否定古典戏剧"大团圆"结局。

钱钟书着眼于悲剧结局,认为中国古代戏曲缺失"对万物有更悲惨结局的感觉",因而从戏剧精神的层面提出"中国古代并没有成功的悲剧作家"。1935 年 8 月,钱钟书在《天下月刊》第 1 卷第 1 期发表了《中国古代戏曲中的悲剧》(1990 年 8 月陆文虎译成中文,发表于 2004 年第 1 期《解放军艺术学院学报》),对王国维"最有悲剧之性质"的说法提出三点商榷:"第一,它们是伟大的文学杰作。这一点,我们衷心赞同。第二,它们是伟大的悲剧,因为主人公坚持灾难性意愿。这一点,我们有所保留。第三,它们是伟大的悲剧,就像我们说《俄底浦斯》、《奥赛罗》以及《贝蕾妮斯》是伟大的悲剧一样。对此,我们恕不同意。"③钱钟书依照西方经典悲剧和悲剧理论的标准,衡量中国古代戏剧,不仅断言"中国古代没有成功的悲剧作家",而且,连王国维所称的"最有悲剧之性质"的作品,也一并否定了,比王国维走得还要远。

从王国维开始,诸多学者从"中国人的精神"、"国民性"、悲剧心理等方面,讨论中国古代有无悲剧问题,集中批评中国戏曲"大团圆"结局。这些学者受西方近现代美学思想深刻影响,用西方悲剧理论的"剪刀","裁剪"中国古代戏剧小说,审视中国古典审美心理,发现中国古典戏剧小说有不同于西方之处,尤其是缺乏西方式的悲剧精神和悲剧结构,或者断言中国古代无悲剧,或者认为中国没有"严格意义"或"典型意义"上的悲剧。他们自觉意识到中国古典文学艺术在创作心理、文本结构、接受心理等方面有着明显的民族特色。遗憾的是,由于近现代中国的社会语境和学术语境,他们始终站在西方悲剧"严格意义"的立场上评价中国古典文学艺术,以西化中,以西裁中,而不是平等地对待中西悲剧艺术,进而发掘中华悲剧美学的独特品质;

---

① 熊佛西:《写剧原理》,中华书局 1933 年版,第 67 页。
② 熊佛西:《写剧原理》,中华书局 1933 年版,第 69 页。
③ 钱钟书:《中国古代戏曲中的悲剧》,陆文虎译,《解放军艺术学院学报》2004 年第 1 期。

他们更多地基于"启蒙"立场,从社会改革之功用,消解、遮蔽中国古典悲剧的历史"合理性"。从中国悲剧美学发展过程来看,"中国无悲剧论"首先揭橥中西悲剧美学比较,启迪后来者进一步深入地探究民族悲剧的审美特性。

三 发现中国戏剧美学特征与悲剧美学精神

"中国无悲剧论"经过蒋观云、王国维、鲁迅、胡适、朱光潜、钱钟书等学者的持续"发酵",逐渐成为中国古典悲剧美学研究的主流声音,其中的西方权威话语深刻地影响了近现代中国悲剧美学研究和戏剧理论建构。尽管有一些学者试图站在中国历史语境或东方文化背景下研究,探究中国古典戏剧特征和悲剧美学精神,但声音寥寥,几乎被遮蔽了。进入当代中国,特别是经历了 20 世纪 80 年代"中西文化比较"后,有更多的学者意识到"中国的戏曲,是在东方特定的自然环境和文化背景下发展起来的,适应着中华民族的文化背景和审美情趣。它和西方戏剧在具体表现上存在差异,毫不足怪"①。学术话语逐渐转向民族文艺本土话语,致力于发掘中国戏剧美学特征和悲剧美学精神。

1982 年,王季思主编的《中国十大古典悲剧集》出版,明确将《窦娥冤》《汉宫秋》《赵氏孤儿》《琵琶记》《精忠旗》《娇红记》《清忠谱》《长生殿》《桃花扇》《雷峰塔》等视为"古典悲剧",与王国维、胡适所谓"仅《桃花扇》与《红楼梦》耳",朱光潜所谓元代五百多部戏剧"没有一部可以真正算得悲剧",钱钟书"中国古代没有成功的悲剧作家"等结论,大相径庭。王季思言明:"在我国丰富多彩的古典戏剧中,悲剧是其中最能扣人心弦、动人肺腑的剧目。它是我们民族创造的艺术珍品之一。"这种明确的民族文化姿态,让王先生洞悉关于中国有无悲剧的争论中的西方话语:"当时熟悉欧洲文化的学者就往往拿欧洲文学史上出现的悲剧名著以及从这些名著中概括出来的理论著作来衡量中国悲剧。"王先生认为,不能用西方经典悲剧和悲剧理论作为衡量一切悲剧的"尺度",而应该结合本民族、国家的历史条件和民族性格,研究民族文艺的艺术特征:"悲剧作品在不同的民族、国家各自产生、发展时,由于历史条件的不同,民族性格的各异,在思想倾向、人物性格、情节结构等各个方面,又各自形成不同的艺术特征。"②通过与西方悲剧发展的历史比较,王先生从四个方面肯定了中国古典悲剧独特的艺术风貌:塑造出了一系列

---

① 王季思:《悲喜相乘——中国古典悲、喜剧的艺术特征和审美意蕴》,《戏剧艺术》1990 年第 1 期。

② 王季思:《中国十大古典悲剧集·前言》,上海文艺出版社 1982 年版,前言第 1—3 页。

普通人民特别是受压迫妇女的悲剧形象;显示悲剧的社会作用,尤其是美感教育作用;悲剧结构完整且富有变化;曲词悲壮动人。1990 年,王季思先生又发表《悲喜相乘——中国古典悲、喜剧的艺术特征和审美意蕴》一文,认为中国古代戏剧故事情节中的悲欢离合,既包含了喜剧的因素,也包含了悲剧的因素,达成悲喜相乘的艺术效果,"大可不必为中国戏曲中悲、喜剧的这种'不纯'而妄自菲薄"[①]。在王季思先生的影响下,黄天骥、吴国钦、焦文彬、黄仕忠、杨建文、谢柏梁等相继发表中国古典戏曲研究成果,肯定中国古代戏曲独特的民族审美意蕴,扭转了"中国无悲剧"的判断。

自 20 世纪 30 年代提出"话剧本土化和旧剧现代化"的主张之后,张庚先生及其所代表的前海学派一直致力于发掘民族戏曲艺术特征,并在现代中国语境下对传统戏曲进行现代化激活,践行"剧诗说",完成了《中国戏曲通史》《中国戏曲通论》《中国戏曲志》"三大工程"。在张庚先生看来,"根本无视中国自己的戏曲是不行的"[②],话剧应该借鉴传统戏曲的精华,"去掉旧剧中根深蒂固的毒素,要完全保存旧剧的几千年来最优美的东西,同时要把旧剧中用成了滥调的手法,重新给与新的意义,成为活的"[③],"以中国人的审美标准和形式,表现现代生活与现代意识"[④]。相对于"五四"时期和左翼文学全面学习西方戏剧观念、否认中国传统戏曲的文化态度,张庚的主张无疑是一种回归民族文化本土、回归中国现实语境的"戏剧改革"策略,在"完全保存旧剧"最优美的东西基础上,激活传统戏曲,用以表现现代生活与现代意识,体现了"古为今用"的务实态度。在尊重传统戏曲、激活旧剧中最优美的东西的文化态度主导下,张庚先生带领前海学派学人深入发掘中国传统悲剧资源,站在民族文化本位肯定中国传统悲剧的价值,揭示"崇高毕竟是中国悲剧的审美主调"[⑤],阴柔之美、中和之美、道德之美是中国古典悲剧的审美特征,强调中国古代悲剧擅长描写妇女生活,塑造女性悲剧形象,给人一种"壮丽的审美感受"[⑥]。

陈瘦竹从悲剧人生观出发,更看重人生的积极意义,回归中国历史文化语境,参证西方悲剧美学观念,规避悲剧美学研究中"以中证西""以西裁中"的积弊,揭示中国古典悲剧"悲愤"的审美特质。王国维在《〈红楼梦〉评论》

---

① 王季思:《悲喜相乘——中国古典悲、喜剧的艺术特征和审美意蕴》,《戏剧艺术》1990 年第 1 期。

② 张庚:《张庚文录》(第一卷),湖南文艺出版社 2003 年版,第 232 页。

③ 张庚:《张庚文录》(第一卷),湖南文艺出版社 2003 年版,第 246—247 页。

④ 张庚:《张庚文录》(第五卷),湖南文艺出版社 2003 年版,第 480 页。

⑤ 张庚、郭汉城:《中国戏曲通论》,上海文艺出版社 1989 年版,第 285 页。

⑥ 张庚、郭汉城:《中国戏曲通论》,上海文艺出版社 1989 年版,第 288 页。

中认为人生陷入欲望苦痛与厌倦困境而无法解脱,构成"生活的本质"。1947年,陈瘦竹发表《论悲剧人生观》,辨明"悲剧的人生观,不是消极的否定的听天由命的人生观,而是积极的肯定的奋发有为的人生观"。悲剧人生观有三个特征:第一,肯定人生的意义与价值;第二,相信人类具有自由意志;第三,怀抱高超理想,努力奋斗到底。① 陈先生立足于"我们这个时代"的现实语境,既看到特殊时代"怎能不流于悲观"现实状况,又看到这是"一个悲壮的时代"。这种从悲剧中悟出的积极奋进人生观,是陈先生"正道直行"(田本相语)人生观和学术理念的典型表达,并贯穿于陈先生一生的生命实践和学术研究。

1983年,陈先生发表了《当代欧美悲剧理论述评》,立足学术思想史和世界当代悲剧理论,通过辨析尤纳缪诺、西华尔、阿达莫夫、柯列根等人的悲剧理论,进一步阐述积极的悲剧人生观。陈瘦竹肯定"悲剧性"与个人生存意义的深刻联系,主张"悲剧人生观既是一种世界观,又是一种艺术观,两者虽有联系又有区别"②。他不认同柯列根"神秘莫测的悲剧感",而是将悲剧观念始终纳入"人"——存在于历史与现实中具体的人——的语境中,展开戏剧美学探究,赋予悲剧美学更加深厚的现实主义特性和本土化内涵,建构富有中国特色的悲剧精神和悲剧范畴研究体系。

在《论悲剧精神》一文中,陈瘦竹指出《窦娥冤》塑造了一个贫苦低微妇女作为主角的悲剧形象,突破了欧洲悲剧主角为帝王将相的传统观念,显示出中国古代悲剧的独特的审美价值——"悲愤"。"悲愤"有两个方面的审美效果:一方面,对善良正义却遭受迫害的悲剧主角感到同情;另一方面,对敌对恶势力表示憎恶。在爱与憎的相互交织中营造出悲剧的强烈气氛,随着"善恶有报"的结局出现,观众的"悲愤"之情终于借由戏剧发泄出来,恶人得到恶报,可谓大快人心。中国的"悲剧精神"植根于中国传统文化,在女娲补天、精卫填海、愚公移山等遥远的神话故事中,早慧的中国人就意识到了天人之间的矛盾,意识到了人生在世的苦难,但勤劳勇敢的先人还是在与命运、与灾难作着不屈不挠的斗争。道家的"天人合一"提倡人顺应天道自然,不要与自然作正面的冲突,可是"悲剧意识"却永远扰动着中国人脆弱的神经;儒家以"纲常伦理"来维护社会的有序运行,避免社会动乱的痛苦,可是苦难却不会因此结束。有苦难就有抗争,中国人的悲剧精神从来不曾泯灭。③

---

① 朱栋霖、周安华编:《陈瘦竹戏剧论集》(上),江苏教育出版社1999年版,第251—253页。
② 陈瘦竹:《当代欧美悲剧理论述评》,《当代外国文学》1983年第2期。
③ 陈瘦竹:《论悲剧精神》,《文艺报》1979年第5期。

"大团圆"戏剧结构一直是诸多学者否认中国悲剧的关键因素。陈先生认为"大团圆"正是中国古代悲剧的特点,"大团圆的结局"符合中国人的审美趣味,观众在"大团圆"的戏剧中笑着收场,却经受了一番彻骨的痛苦体验,"团圆"只是为不堪重荷的命运添上一笔温柔的色彩。在抗争中灭亡,在灭亡中彰显正义与崇高,这些都在"团圆"中得到肯定。"悲剧"与"大团圆"并不冲突,"大团圆"激起观众"悲愤"的情绪体验,从而进入审美情感领域。

"悲愤说"从悲剧的本质意义肯定中国古典悲剧,其对"大团圆"悲剧快感的揭示,过滤了王国维"悲剧人生观"的消沉与沮丧,也突破了朱光潜悲剧命运感和纯粹无功利的精神快感,融道德与审美为一体,深刻地揭示了中国古典悲剧审美意识和教育功能相统一的艺术特征。

四　结语

蒋观云、欧榘甲最早提出"中国无悲剧"的问题,他们相信悲剧"能为社会造福",能够改良社会、振兴中华民族,带着鲜明的近代启蒙色彩。王国维第一次把"中国有无悲剧"问题带进学术考辨领域,基于叔本华的悲剧人生观深入中国戏曲和小说,将"国人之精神"与戏曲结构特征结合起来,提炼中国"悲剧中之悲剧"。鲁迅、胡适受到王国维的影响,从"国民性"角度理论,延伸了王国维的观点。熊佛西、朱光潜、钱钟书则更多依据西方经典悲剧作品和西方经典悲剧理论,用西方的"绳墨",量度中国古代戏剧,或从戏剧原理,或从悲剧心理学,或从戏剧结构等,其着眼点仍然集中于"大团圆",认为中国古代没有严格意义上的悲剧。从王国维到钱钟书,在"中国有无悲剧"研究中,西方经典悲剧话语占据了学术主流,"以西化中"的话语倾向非常明显。20世纪30年代以后,在悲剧美学、戏剧精神和戏剧形式等层面的研究中,民族话语和本土立场逐渐觉醒;20世纪80年代开始,引起更多学术关注,王季思、张庚、陈瘦竹等学者从学术史、戏剧改革、悲剧美学等层面出发,回归本民族文化立场,基于中国戏剧发展实践,参证西方悲剧美学成果,揭示中国古代悲剧"悲喜相乘""崇高""悲愤"等美学特征,肯定中国古代悲剧的美学价值和社会教育价值。

"中国有无悲剧"问题的讨论,经历了近代启蒙话语、现代启蒙话语和民族本土话语等三种不同话语形态。真正能够揭示中国悲剧美学特征和社会价值,圆满回答"中国有无悲剧"问题的,无疑是回归民族本土话语的研究成果。实践证明,研究中国古代文学艺术,应该基于中华民族数千年来的文艺实践,将研究对象放置在中华民族长期的社会变迁中,放置在中国文艺创造心理机制中,放置在中国长期养成的文艺欣赏心理机制中,再参证西方经典作品和经典理论,才能真正揭示中国古代文学艺术的艺术特征和美学价值。

（此文与王佳佳合作,原载《宁波大学学报(人文科学版)》2019 年第 4 期）

第二编

古典文学的哲思
与审美精神

为墨子一辩

长期以来,学术界有许多人认为墨家"对纯美的文学,不惟不提倡,且极力反对,无怪荀子说他'蔽于用而不知文'了"①,以为墨子基于尚用、功利观,因反对统治阶级的豪奢淫侈而反对艺术生产和审美活动。如李泽厚、刘纲纪两位先生就认为:

> 所谓"非乐",就是否定审美和艺术的社会价值,反对进行审美和艺术活动。墨子认为,审美和艺术活动不仅不能解决吃饭穿衣问题,还要劳民伤财,极大地加重人民的负担,于治国安民无补,于兴利除害无益,所以"仁者不为也"。②
>
> ……而且在墨子看来,人们对衣食住行的物质生活也不应该有过高的要求,要保持在一种简陋的水平上。墨子认为,衣能保暖,食能得饱,房子能御风雨,避寒暑,舟车能载人,只要坚固耐用就可以了,用不着外表的美丽壮观,刻镂装饰,也不应追求更高的标准和更丰富的内容。③

由于对墨子的美学思想有如此片面的认识,因此在评价墨子时就难免偏颇了。李、刘二先生继续写道:"墨子认为人民只需要也只应当过一种极其简陋的生活,根本不需要也不应当进行审美和艺术活动,这种极端狭隘的小生产者的看法,从历史的发展来看,也并不代表人民的利益。不论墨子在主观上是怎样想的,他的这种看法实际上表现了对人民的贱视,要人民自甘为'贱人',永远安于一种极端贫困的生活,不求有所改善。从这方面看,墨子的思想是渺小的,可怜的。"④

墨子果真是这样认为的吗?这实在是天大的冤枉。本文就此谈谈读墨

---

① 罗根泽:《中国文学批评史》,上海古籍出版社 1984 年版,第 56 页。

② 李泽厚、刘纲纪主编:《中国美学史》(第一卷),中国社会科学出版社 1984 版,第 161—162 页。

③ 李泽厚、刘纲纪主编:《中国美学史》(第一卷),中国社会科学出版社 1984 版,第 166 页。

④ 李泽厚、刘纲纪主编:《中国美学史》(第一卷),中国社会科学出版社 1984 版,第 168 页。

子的一点体会,就正于大方之家。

诚然,在《非乐》中,墨子对当时的"乐"提出了尖锐的批评,但我们不能只看表面,就此断定墨子的学说是否定审美活动和艺术创造的。让我们先看看墨子是怎样说的:

> 子墨子言曰:仁之事者,必务求兴天下之利,除天下之害,将以为法乎天下。利人乎,即为;不利人乎,即止。且夫仁者之为天下度也,非为其目之所美,耳之所乐,口之所甘,身体之所安,以此亏夺民衣食之财,仁者弗为也。
>
> 是故子墨子之所以非乐者,非以大钟鸣鼓、琴瑟竽笙之声以为不乐也,非以刻镂华文章之色以为不美也,非以犓豢煎炙之味以为不甘也,非以高台厚榭邃野之居以为不安也。虽身知其安也,口知其甘也,目知其美也,耳知其乐也,然上考之不中圣王之事,下度之不中万民之利,是故子墨子曰:为乐非也。① (《非乐上第三十二》)

由此可见,墨子并非反对审美和艺术活动本身,他也知道大鼓琴瑟之声乐,刻镂文章之华美,他之所非乐者,以其"亏夺民衣食之财"也。

墨子从他的人本、民本思想出发来衡量宇宙间的一切事物。由于当时的生活条件是一女不织,人或受寒;一男不耕,人或受饥。而上层人物制造乐器、培养人演奏、欣赏音乐艺术,都要耗费大量的社会物质财富,这些都是与当时的生产力条件不相适应的,自然就加重了物质生产者的负担。因此,墨子的"非乐",实际上是反对艺术生产脱离物质生产的现象,反对审美活动作为人民的负担而存在。这种思想,在当时的条件下是具有进步意义的。只要我们看一下墨子是怎样"非乐"的,就不难看出这一点。

在《非乐》中,墨子首先指出,制造乐器必然劳民伤财,"将必厚措敛乎万民,以为大钟鸣鼓、琴瑟竽笙之声"②。我国古代有许多大型乐器,都是劳动人民的血汗凝聚而成的,所以墨子首先反对超越物质条件,"厚措敛乎万民"来制造乐器。

墨子接着指出,演奏音乐歌舞,也会对社会物质生产带来消极的影响。"昔者齐康公,兴乐万,万人不可衣短褐,不可食糠糟,曰:'食饮不美,面目颜色不足视也;衣服不美,身体从容丑赢,不足观也。'是以食必粱肉,衣必文

---

① 孙诒让撰,孙启治点校:《新编诸子集成·墨子间诂》,中华书局 2017 年版,249—250 页。

② 孙诒让撰,孙启治点校:《新编诸子集成·墨子间诂》,中华书局 2017 年版,251 页。

绣。此掌不从事乎衣食之财,而掌食乎人者也。"①要演奏音乐,就要保持面目、体型、衣服"足观""足视",而这些人不但不从事物质生产还要吃好穿好,在当时的生产力条件下,必然会造成百姓受饥受寒的局面。"是故子墨子言曰:今王公大人惟毋为乐,亏夺民衣食之财以拊乐如此多也。"②

此外,墨子认为欣赏音乐也会影响社会物质生产。"与君子听之,废君子听治;与贱人听之,废贱人之从事。"③

由此可见,墨子"非乐"的目的并非否认艺术创造和审美活动,而是反对艺术生产不顾物质生产条件而独自发展,从而要求艺术与社会生产条件达到总体平衡。

墨子深刻指出了当时社会艺术生产脱离物质基础的现象,他已朦胧地意识到艺术生产必须和物质基础相平衡(总体平衡)这样一个艺术规律。他要求审美活动必须建立在人民群众心情舒畅的基础上,如果艺术生产远远超过物质生产条件,就必然会给社会带来不良影响。在《辞过》篇中,墨子指出艺术生产与物质生产的距离越大,社会治理情况就越差:

> 为宫室之法,曰:"室高足以辟润湿,边足以圉风寒,上足以待雪霜雨露,宫墙之高足以别男女之礼。"谨此则止,凡费财劳力,不加利者,不为也。……是故圣王作为宫室,便于生,不以为观乐也。……故节于身,诲于民,是以天下之民可得而治,财用可得而足。当今之主,其为宫室则与此异矣。必厚作敛于百姓,暴夺民衣食之财,以为宫室台榭曲直之望、青黄刻镂之饰。为宫室若此,故左右皆法象之。是以其财不足以待凶饥,振孤寡,故国贫而民难治也。④

古代圣王重实用,生活简朴,不脱离物质条件去追求艺术生产,所以能够治国;当今之世,无视物质条件不足以待凶饥、振孤寡,而片面追求目美、耳乐,所以治国就难。墨子在这里并没有反对人民追求高级物质生活的意思,在他看来,只要社会物质条件许可,人们也不必要像圣王之世那样简朴,完全可以追求更高一级的物质享受,而且也可以追求审美享受:

---

① 孙诒让撰,孙启治点校:《新编诸子集成·墨子间诂》,中华书局 2017 年版,254—255 页。
② 孙诒让撰,孙启治点校:《新编诸子集成·墨子间诂》,中华书局 2017 年版,255 页。
③ 孙诒让撰,孙启治点校:《新编诸子集成·墨子间诂》,中华书局 2017 年版,254 页。
④ 孙诒让撰,孙启治点校:《新编诸子集成·墨子间诂》,中华书局 2017 年版,31—32 页。

> 诚然,则恶在事夫奢也?长无用好末淫,非圣人之所急也。故食必常饱,然后求美;衣必常暖,然后求丽;居必常安,然后求乐。为可长,行可久,先质而后文,此圣人之务。[①]（《墨子佚文》）

艺术生产必须建立在食饱、衣暖、居安的基础上,首先是"有",然后求好。"人们首先必须吃、喝、住、穿,然后才能从事政治、科学、艺术、宗教等等;所以,直接的物质的生活资料的生产,因而一个民族或一个时代的一定的经济发展阶段,便构成为基础,人们的国家制度、法的观点、艺术以至宗教观念,就是从这个基础上发展起来的,因而,也必须由这个基础来解释,而不是象过去那样做得相反。"[②]由此观之,墨子非但没有反对人们追求美好的生活和审美享受,而且恰恰肯定了艺术生产与物质生产必须总体上适应的关系,自觉或不自觉地要求审美活动与人民群众根本利益相一致。这不能不说是墨子在先秦诸子美学观中的一个深刻思想,不能不说是墨子对中国美学史的一个积极贡献。但是墨子只看到了艺术生产和审美活动对社会的消极影响,却对其积极效果认识不足,这是墨子的局限所在,也是他在那种时代条件下忧民疾苦的一种表现方式。

在《三辩》中,墨子进一步发挥了他的这种思想,更显现出他"非乐"的实质。在他看来,尧舜时有乐是无可指责的,因为那时乐少,与当时的社会物质生产条件大体相符合;成汤、文武时为乐,均是世治功立,虽与当时生产条件有出入,但终"无大后患",墨子亦无深责,因其乐非"厚措敛乎万民"而成。墨子所怨者,物质生产水平发展缓慢,而审美活动与艺术生产却日益繁盛,配合日益失调。今日之治不及周成,"厚措敛乎万民"而为乐,而"周成王之治天下也,不若武王,武王之治天下也,不若成汤,成汤之治天下也。不若尧舜。故其乐逾繁者,其治逾寡。自此观之,乐非所以治天下也"[③]。乐与物质生产距离越远,治世之功越小。墨子要求艺术生产与物质生产同步发展,从长远看,是合乎艺术规律的。四大文明古国生产力发达,故其文化辉煌灿烂;而今其艺术不能领世界潮流,与物质生产条件不先进有关。近代欧美诸国经过工业革命,物质产品丰富,艺术也日新月异,其成就影响着全世界文化的发展方向。由此,正可见出墨子美学思想中潜在的远见,怎么能得出墨子否认审美活动和艺术创造的结论呢?

---

① 孙诒让撰,孙启治点校:《新编诸子集成·墨子间诂》,中华书局 2017 年版,657—658 页。

② [德]恩格斯:《在马克思墓前的讲话》//中共中央马克思恩格斯列宁斯大林著作编译局编:《马克思恩格斯选集》(第三卷),人民出版社 1972 年版,第 574 页。

③ 孙诒让撰,孙启治点校:《新编诸子集成·墨子间诂》,中华书局 2017 年版,第 42 页。

墨子的"非乐",并不同于老子对艺术和审美活动的反对。墨子是从人本、民本思想出发,反对"厚敛乎万民以拊乐",而老子则是反对艺术本身,直接怪罪于艺术和审美活动:

> 五色令人目盲;五音令人耳聋;五味令人口爽;驰骋畋猎,令人心发狂;难得之货,令人行妨。是以圣人为腹不为目,故去彼取此。①

他认为艺术创造和审美活动只会给人带来"口爽""耳聋""目盲",要人们只追求作为生命实体存在的人的要求,追求人格的自我独立,放弃艺术活动。不过他有自己独特的美学意识,他否认审美和艺术活动,但他所追求的人的价值,正好是对美的另一种追求。墨子并没有要人们放弃对美的追求,而是反对片面的艺术追求,他是为腹又为目,并不"去彼取此"。

墨子的"非乐"思想和柏拉图要把诗人从理想国中请出去的观点是有严格区别的。墨子"非以大钟鸣鼓、琴瑟竽笙之声以为不乐也,非以刻镂华文章之色以为不美也"。他也认识到艺术之美,他之所非者,变态之美也,并非"非乐"也。柏拉图则认为:"凡是这类诗对于听众的心灵是一种毒素,除非他们有消毒剂,这就是说,除非他们知道这类诗的本质真相。"②他认为诗本身就是罪恶元凶,否认诗的美学价值,因为诗"只得到影像,并不曾抓住真理"。柏拉图认为,诗人的"作品对于真理没有多大价值;其次,他逢迎人性中低劣的部分",所以,"我们要拒绝他进到一个政治修明的国家里来,因为他培养发育人性中低劣的部分,摧残理性的部分"。③柏拉图是从理性的王国出发反对审美活动和诗人的,因而就彻底否定了诗人和诗的价值。而在墨子的理想王国中,人们不但要食常饱,衣常暖,还要有乐,还要有美的追求。正如施昌东所言:

> 墨子是不是一般地、绝对地否定"美"和"美"的装饰呢?认为"美"和"美"的装饰是绝对无用的呢?我们认为也不是。墨子认为好的"人君"或"圣人"应当不为"观乐"、"观好",这不过是为了反对统治阶级"厚作敛于百姓,暴夺民衣食之财,以为宫室台榭曲直之望,青黄刻镂之饰"的做法而提出的一种矫枉过正的言论而已。实

---

① 陈鼓应:《老子注译及评介》,中华书局 1984 年版,第 106 页。
② [古希腊]柏拉图:《柏拉图文艺对话集》,朱光潜译,人民文学出版社 1978 版,第 54 页。
③ [古希腊]柏拉图:《柏拉图文艺对话集》,朱光潜译,人民文学出版社 1978 版,第 68 页。

际上,如果在另一种情况和条件下,墨子则认为人要求"美"、"丽"、"乐"是必要的,应该的。[1]

施昌东先生看到了墨子并非一般的反对美,但可惜没有指出墨子正是从精神生产和物质生产相适应的角度去反对片面的美,肯定审美活动和艺术创造。墨子所要求的社会并非一个无审美活动的社会,这和柏拉图的思想是截然不同的。

总之,墨子从他的"人本""民本"的立场出发,反对当时片面追求艺术享受的现象,反对精神生产脱离物质生产,这不仅在当时具有进步意义,在中国美学史上也是具有积极意义的。我们对墨子的思想要全面把握、深刻理解,对墨子在中国美学史上的贡献要充分肯定,不能凭表面理解抹杀墨子在中国美学史上的地位。

(原载《古代文学理论研究丛刊(第十六辑)》,上海古籍出版社 1992 年版)

---

[1]　施昌东:《先秦诸子美学思想述评》,中华书局 1979 版,第 31 页。

儒道自由观与审美关系论

自由总有两层含义,一是个体自由,一是人类的自由。个体自由必须建立在人类自由的基础上,离开了人类自由,个体自由无法真正实现。人类自由的深刻意义在于摆脱自然力的支配,从必然王国走向自由王国。个体自由既要摆脱社会组织所强加的桎梏,又必须依靠社会组织,伴随着生产力的发展,伴随着人类支配自然的能力的增长而不断显现出新的光彩。因此,自由是人文科学和自然科学的综合,是精神生产和物质生产的结合,是理论和实践的结合。于是,自由不仅是艺术的永恒主题,也是艺术审美的基本条件。

自古以来,自由不仅是哲人们追求的生存方式,更是人类文化进步的标志。"文化上的每一个进步,都是迈向自由的一步。"[①]马克思《1844年经济学哲学手稿》正是从异化劳动使人的本质丧失、使人的自由丧失的角度,批判异化劳动,揭示了私有制条件下劳动的本质,并指出共产主义的实现才是自由问题的真正解决。恩格斯在《反杜林论》中论述自由和必然的关系时,也指出共产主义制度的确立才是自由的真正实现,"在这种制度下不再有任何阶级差别,不再有任何对个人生活资料的忧虑,在这种制度下第一次能够谈到真正的人的自由,谈到那种同已被认识的自然规律相协调的生活"[②]。自由问题的真正解决,是一切问题的真正解决。自由的精神境界,使人们能摆脱功利而走向审美,因而自由和审美是密切相关联的。在人类的真正自由实现之前,只能谈个体的相对自由,只能谈个体的审美能力和审美境界。离开了自由的追求,也就谈不到真正的审美,谈不到艺术精神,哲人们对自由的思考也必然影响其对审美关系的探讨。

一 儒道产生的社会文化心理动因及价值取向

经典儒学和道学,均产生于中国历史上最动荡不安的春秋战国时期,小

---

① [德]恩格斯:《反杜林论》,中共中央马克思恩格斯列宁斯大林著作编译局译,人民出版社1993年版,第117页。

② [德]恩格斯:《反杜林论》,中共中央马克思恩格斯列宁斯大林著作编译局译,人民出版社1993年版,第117页。

国并立,连年征战,民不聊生。知识分子生活既无着落,生命安全常受到威胁,更因虑苍生,思天下,内心的煎熬更剧于常人。他们在寻求救世良方的过程中,由于其立场和世界观不同,形成了迥异的学说,表现出不同的人生态度和审美态度。

老子的人生观是保全个体生命,避祸全身,主张绝圣弃智,绝仁弃义,处世以虚静柔弱,治世行无为之政,法自然之道。他认为只有这样,才能消除战乱,使社会重归于平静、和谐,回到朴素、自然、落后的远古时代。而孔子则采取了截然不同的态度,他认为社会动荡的根本原因是"仁"的丧失,"礼"的沦落。因此,要通过"复礼"来建立一个上下分定的理想社会,代替现在的分裂局面,并为此四处游说,干预时政,百折不回,锐意进取,知其不可为而为之。由此可见,道家可以说是一种个体文化的生命哲学,而儒家可说是社会文化的伦理哲学;道家可说是尚自然的文化,儒家则是重人伦的文化;道家可说是一种批判性的文化,而儒家则是建设性的文化。

老子的理想社会是小国寡民式的自然社会,鸡犬之声相闻,人人安居乐业,无争夺奇货之心,无五音之干扰,无五色之污目,主张人们"复归"于结绳记事的时代。孔子的理想是周文王时代,以"仁"为内在修养、以"礼"为社会控制系统、以中和为准则的社会;他的建设,非建设一个新时代,而是去建设一个逝去的旧秩序。由此可见,儒道均采取了向后看的历史态度,他们不是积极建设一个新时代,而是期待一个理想化了的远古社会或近古社会。这种向后看的历史态度,必然导致古典崇拜,直接影响他们对自由问题的思考。

二 走向自由的羁绊——礼

儒学中,"仁"与"礼"是一对相对而成的概念。孟子承认孔子的仁礼说,视之为人至为重要的修养。"无恻隐之心,非人也;无羞恶之心,非人也;无辞让之心,非人也;无是非之心,非人也。恻隐之心,仁之端也;羞恶之心,义之端也;辞让之心,礼之端也;是非之心,智之端也。人之有是四端也,犹其有四体也。"①荀子更视礼为社会控制系统、调节系统。

在孔子的思想中,"仁"是一种极高的神秘境界,只有圣人才能达到。何谓"仁"? 孔子的回答是"克己复礼为仁"。"仁"是一种内在的精神修养,而"礼"则是"仁"的外在表现,一切"仁"的修养,都要通过"礼"来具体体现。杜维明先生说:"'仁'作为一个内在的品质并不是由于'礼'的机制从外面造就

---

① 孟轲:《孟子》,杨伯峻、杨逢彬注译,岳麓书社 2000 年版,第 56 页。

的。相反,'仁'是更高层次的概念,它规定着'礼'的含义。正是在这个意义上,我们可以说'仁'基本上是与人的自我更生、自我完善和自我完成的过程联系着的。"[①]仁是一种伦理修养,有了仁的修养,才能有浩然之气。个体要走向成熟、走向社会,就必须具备"仁"的修养,并在社会关系中,通过一系列的"礼"表现出来。因此,"礼化"过程,实际就是人的社会化过程。一个人,他要与别人发生联系,要得到社会的承认,就必须使自己的行为符合"礼"的规范,不能按照自己的意志、方式去行动。在父子关系中,父亲必须按照社会给定的父亲的行为方式、规范去行动,对儿子要慈、要爱,并按照社会的一般要求去教育儿子,若不如此,便不合"礼";而儿子也必须孝,必须遵守一系列孝的"规定动作"。君臣、夫妻、朋友,都有社会秩序规定好的固定关系样式,只要你处在这个社会中,社会就给你一定的位置,要求你充当某种既定的社会角色,不得有半点越轨,如果没做好,便是社会化过程——"礼化"——没完成,便是内在修养不够。

"礼"是儒家实现其理想社会的重要条件,但是,"礼"却限制了人的创造性,压抑了个性自由的充分发展。因为,社会规定的思维方式、行为规则,束缚了每个成员,根本不允许个性自由、独立人格的存在。

杜维明先生认为孔子的学说是讲人自我完成的学说,认为人只有在相互作用的人际关系中,才能真正地认识自我、完成自我,而"礼"正起此作用。诚然,任何人都必然要与他人发生必要的联系,人作为社会关系的总和,必然处在一个社会关系的交点上。但是,在这诸种关系中,人能否作为独立的个体去进入社会呢? 如果个体在关系中完全失去独立性,只是作为社会群体之一员,或更确切地说,只是作为社会的附庸而进入角色,他就完全是被动的,即完全按照社会既定角色去行动——自然,他与社会是"和谐"的。但是,这种人际关系带来的并非自我更生、自我完善和自我完成,而是自我丧失于和谐的社会关系中。在儒家的概念里,人只是类的存在,个体的存在权利被完全否认,因此可以说"仁"与"礼"是牺牲个体的自主精神、牺牲人的自由的。

杜维明先生解释"克己复礼"时说:"孔子这一思想不是指人的竭力克制自己的物欲,相反,它意味着人应在伦理道德的范围内使自身臻于完善。事实上'克己'这个概念极其类似于修身的概念,实际上它们也正是同一的。""一般说来'礼'意味着在社会的、道德的甚或是宗教环境中的规范和准则。而且'复'这个词也不是意味着对既定环境的消极的顺应……'复礼'是要使

---

① 杜维明:《人性与自我修养》,胡军、于民雄译,中国和平出版社1988年版,第8页。

人们按‘礼’来行动,它不是消极的顺应而是积极的干预。"①杜维明先生的这些观点正道出了儒学限制个体自由、压抑个性的文化实质。恢复"礼",使社会和谐,而人的创造性却泯灭了,独立性丧失了。因此,这个社会虽然安静、和谐,但却是一个令人窒息的、僵化的、停滞不前的封闭系统。

表面上看来,儒家的"仁""礼"都是通过自我修养来达到自我完成,并非强迫人去社会化,即不像韩非子那样主张以法来驱使人们按统治者意志行事,而是强调人们积极地自我进取、自我完善。同时,儒家也看到问题的两面性,既要求一般民众服从统治,又要求统治秩序体恤民众。"礼"是双向努力的结果,不像墨子仅单方面谈爱民、利民,而是君民共同努力,建设理想社会。实际上,这个"礼"是干预,是强迫人们的意志,是限制自由、泯灭个性的,因此其理想社会亦非建设在每一个体个性充分张扬的基础上;它并非个体自由的实现,恰恰相反,正是对个体自由的否定。

既然儒家的理想社会是压抑个性、压抑自由的社会,那么,就无所谓审美的独立性了。在孔孟的文艺思想中,审美并非一个独立的精神境界和人生态度,而是儒家伦理和理想社会的附庸,孔子提出中和之谓美,正是他和谐的理想社会在文艺美学中的具体体现,或者说是他走向理想社会的一种工具、手段,而非目的。因此,孔子谈论文艺问题时,总是与伦理、社会理想结合一起,如"有德者必有言,有言者不必有德""巧言令色,鲜矣仁!""兴观群怨"等。杜维明先生认为,少、壮、老是成人的三个不可分割的阶段的思想。与孔子的兴于"诗",然后立于"礼",最终成于"乐"的思想是合拍的,诗意境界象征着已发展了内在方向感的青年人的奋发和昂扬,学诗标志着向道迈出的第一步,而且是关键性的第一步。② 儒家诗的修养并非艺术的、审美的,也根本不可能以"诗的感觉"去对待世界;同时,这种诗的修养也并非木匠、铁匠一般地技艺性的,而是作为社会伦理的工具;如"诗三百一言以蔽之,曰思无邪!"掌握了这些诗,自然也包括音乐、舞蹈,可以净化心灵,配合"礼化",驱除邪念;这种诗可以作为伦理道德的载体或作为外交的手段,而根本就不具有独立的艺术精神、审美态度。后儒承此,论诗亦与伦理结合,"经夫妇,成孝敬,厚人伦,美教化",诗只是教化的工具、伦理的附庸,而非独立的艺术品。因此,孔子所强调的诗的修养,绝非艺术的,而是伦理的;其目的亦非使人生艺术化,走向美的境界,恰恰相反,其必然带来诗的伦理化、社会化甚至庸俗化,成为非诗。这种强调并不把个体引向自由的、独立的艺术

---

① 杜维明:《人性与自我修养》,胡军、于民雄译,中国和平出版社1988年版,第4—5页。

② 杜维明:《人性与自我修养》,胡军、于民雄译,中国和平出版社1988年版,第39—40页。

境界,而是把人引向世俗社会。因而,这种诗的修养并非人性的升华,而是艺术被禁锢,审美的独立精神遭囚禁,是艺术的沉沦。

然而,从另一方面说,儒家强调"仁",强调人的伦理修养,主张人性中的善,有助于个体精神的充实,在审美与伦理(美与善)的交叉统一中,具有积极的意义。同时其强调社会秩序,强调社会组织,在当时的社会条件下,便于组织社会力量从事较大规模的生产,有利于发展社会生产力,增强人类对自然的支配能力,有利于类自由的发展,自然也有利于人类审美意识的终极解决。这是儒家学说对自由与审美的积极贡献。

三 走向个体自由的必然之路——道

道家哲学首先是生命哲学,老子和庄子都非常重视个人生命实体的存在,他们所讲的自由,主要体现在个体精神境界的绝对独立,要求人与自然完全融为一体,像婴儿一样,忘记自己的物质形态,忘记奢侈的生活资料,而趋向宇宙的永恒精神。在当时社会动荡、人的生命时常受威胁的时代,老庄正是通过自然之道来肯定人的独立性,从而肯定了人的审美主体性。

老子的道就是天地自然的根本规律,是永生不息的根本法则。"道冲,而用之或不盈。渊兮,似万物之宗;[挫其锐;解其纷;和其光;同其尘;]湛兮,似或存。吾不知谁之子,象帝之先也。"①这种永恒之道,支配着宇宙的一切,凡物之荣枯,莫不因道。师道则与自然精神融为一体,获得永恒;不师道,则违背自然精神,必招祸乱,难以持久,故曰:"人法地,地法天,天法'道','道'法自然。"②而道的精神是什么呢?就是绝对自由、绝对独立,不依附于物,不拘泥于时。"有物混成,先天地生。寂兮寥兮,独立而不改,周行而不殆,可以为天地母。吾不知其名,强字之曰'道',强为之名曰'大'。"③人师法道,则与天地、自然合一,并因之获得绝对自由、绝对独立,从而获得与天地一样的永恒意义。故曰:"故'道'大,天大,地大,人亦大。域中有四大,而人居其一焉。"④人大来自道大,来自宇宙的永恒、独立精神。

师道,首先要人抛弃私欲,抛弃伪饰的后天之性,返璞归真。"载营魄抱一,能无离乎?专气致柔,能如婴儿乎?"⑤这种返璞归真,表现在人的生活态度上,就是首先要注重生命,注重人的自然本性,而不应舍本求末,为礼义

① 陈鼓应:《老子注译及评介》,中华书局1984年版,第75页。
② 陈鼓应:《老子注译及评介》,中华书局1984年版,第163页。
③ 陈鼓应:《老子注译及评介》,中华书局1984年版,第163页。
④ 陈鼓应:《老子注译及评介》,中华书局1984年版,第163页。
⑤ 陈鼓应:《老子注译及评介》,中华书局1984年版,第96页。

智信。老子说："是以圣人之治，虚其心，实其腹，弱其志，强其骨。常使民无知无欲。使夫智者不敢为也。为无为，则无不治。"①要首先满足人们基本的生活需要，如果超出了这些需要，就成了"欲"，追求这种欲，必然要招祸，而仁义礼智都是这种欲的体现，与道背道而驰："大道废，有仁义；智慧出，有大伪；六亲不和，有孝慈；国家昏乱，有忠臣。"②要达到道的境界，获得独立、自由，自然要"绝圣弃智""绝仁弃义""绝巧弃利""见素抱朴、少私寡欲、绝学无忧"。从此出发，他反对一切艺术，认为艺术都是欲的表现，会扰乱人的"道"行："五色令人目盲；五音令人耳聋；五味令人口爽；驰骋畋猎，令人心发狂；难得之货，令人行妨。是以圣人为腹不为目，故去彼取此。"③有人据此认为老子的哲学思想否定艺术，认为老子只是片面地看到了艺术的消极因素。

实际上，正像老子谈"无为"而肯定"无不为"一样，从根本上否定五音、五色，正是从根本上肯定了人的真性，肯定了艺术的真性，肯定了人的独立性，从而也为艺术确立了真正的审美主体。在老子的时代，音乐（五音）、五色并非作为艺术而存在的，它只是上层统治者的专利品，只是"欲"，而欣赏者绝不是以艺术的态度对待五音、五色的。这些"欣赏者"因背弃"道"，精神上无法师道而趋向真纯，因而精神不独立、不自由，不能返璞归真，哪里还会具备审美态度呢？只有师法自然，处在"虚静"的心理状态下，才能凝神观照，进入真正的艺术欣赏状态。

有的同志以为老子提倡少私寡欲，便是否定人的主体性，否定人对美的追求："道家的无为乃是以'丧我'为最高境界，丧我的确有把大自然与我融为一体，有自由精神的一面。若细品味，庄周梦蝶，渗透着人生的冷漠感，消极到活着都没意义，是对人之生命之否定"④。实际上老子的少私寡欲、"无为"、师法自然，是为人找到一条生命永恒、精神自由的途径。人一旦与道合一，便与天地同等，与整个宇宙精神同步，还有谁能主宰他呢？他可不依附任何他在之物，自主自我，绝对自由，绝对独立，看似无我、丧我，实际是有物、大我。故曰："天长地久。天地所以能长且久者，以其不自生，故能长生。是以圣人后其身而身先；外其身而身存。非以其无私邪？故能成其私。"⑤老子的目的很明确，通过无我而达到有我，通过无私而成私；在艺术欣赏中，

① 陈鼓应：《老子注译及评介》，中华书局1984年版，第71页。
② 陈鼓应：《老子注译及评介》，中华书局1984年版，第134页。
③ 陈鼓应：《老子注译及评介》，中华书局1984年版，第106页。
④ 陈望衡先生在复旦大学1990—1991年度文艺理论助教班的报告（笔者记录）。
⑤ 陈鼓应：《老子注译及评介》，中华书局1984年版，第87页。

通过"投入"而进入艺术境界,从而达到与艺术的合一,最后掌握艺术,将艺术融入自我的精神境界。由此可见,老子的"无我",恰恰肯定了人的精神自由,肯定了人的审美的主体性。

庄子承扬老子的生命哲学,而且通过生活实践来肯定这种思想。内七篇就是以全身避祸,保全生命为主题的。《人间世》中,他反复譬喻,说明露才扬己必招祸,而全身避祸,虽无用,却无害。"南伯子綦游乎商之立"段,子綦领悟了人生的道理,深有感慨:"此果不材之木也,以至于此其大也。嗟乎神人,以此不材!"而柏桑因其用,"未终其天年,而中道之夭于斧斤,此材之患之也"。① 在当时的社会条件下,像孔子、孟子那样到列国游说,纯是自取其辱,必然招来祸患,故庄子是不为的,亦不因邀请而做官。《逍遥游》中的一段话,表现出他达观的人生观和以自我生命为中心的社会观:"子不见狸狌乎? 卑身而伏,以候敖者;东西跳梁,不辟高下;中于机辟,死于罔罟。今夫斄牛,其大若垂天之云。此其能为大矣,而不能执鼠。今子有大树,患其无用,何不树之于无何有之乡,广莫之野,彷徨乎无为其侧,逍遥乎寝卧其下。不夭斤斧,物无害者,无所可用,安所困苦哉!"②在当时的社会条件下,他并不求有用于世,认为那是露才扬己,而只求无害于身,保全个体生命,这种生命意识并不是消极的,而是积极的,因而绝不是苟且偷生,而是和个体绝对独立、绝对自由的人生境界结合的。因而,这种生命意识,充满着对美的追求、对自由境界的追求。

《逍遥游》充分体现了庄子对个体绝对自由、绝对独立的追求,他把老子自由独立的人格意识更加推进一步,提出无所凭借、无所依托的人生最充分的自由境界。他首先把大鹏与蜩、学鸠进行比较。大鹏虽大,振翼而飞,扶摇九万里,气魄恢宏,然而其凭借外力也需大,若水积不厚,则无法振翼,故其不是自由之境;蜩与学鸠虽小,飞行不远,却随时而飞,随地而落,比之大鹏自由自在。"列子御风而行,泠然善也,旬有五日而后反。彼于致福者,未数数然也。此虽免乎行,犹有所待者也。"③庄子要求人完全无所待,进入绝对自由的境地,故曰:"至人无己,神人无功,圣人无名。"④人的行动完全是自在自为的,不因赞誉而自得,不因诋毁而自惭,不博功名,不慕利禄,"之人也,之德也,将旁礴万物以为一,世蕲乎乱,孰弊弊焉以天下为事! 之人也,

① 陈鼓应:《庄子今注今译》,中华书局1983年版,第135—136页。
② 陈鼓应:《庄子今注今译》,中华书局1983年版,第29—30页。
③ 陈鼓应:《庄子今注今译》,中华书局1983年版,第14页。
④ 陈鼓应:《庄子今注今译》,中华书局1983年版,第14页。

物莫之伤,大浸稽天而不溺,大旱金石流、土山焦而不热"①。这种自由自在的人,自然不受儒家礼义之束缚,不为政治伦理所羁绊,他是超然一切的,是与整个宇宙万物同一的,独自运行,独来独往,胸怀虚静,括装世界万物。

追求绝对自由、绝对独立的人格,因而肯定了审美主体,此老庄对审美学的一杰出贡献。肯定人的自由,也就肯定了艺术的自由,肯定了艺术的独立地位,肯定了艺术之为艺术之性质,而不是把艺术作为附庸。

四　人类自由的两重性和儒家的必然命运

人类的自由心态具有两重性,自由必然打破专制,在个体独立、自由的同时,也失去了专制政体的保护,因此,一旦失去了这种保护,人们又会向往它,而走向自由的反面。这种悖论,弗洛姆已经在《逃避自由》一书中揭示,而儒道的自由观再次证明了这一点。

道家追求自由,否定社会礼仪制度,主张个体精神的绝对独立,这种个体自由只有在社会高度发展,每个社会成员都足以保护自己,而且无侵守之心、侵夺之心,人人自立自足的情况下才能实现。而在春秋战国时代,这种理想是无法实现的,因为尽管专制社会限制了人的自由,但同时提供了生活资料和安全感,提供了政治保护。在那个时代,为追求个体自由而失去保护伞,即使在平静向上的封建时代,亦很少有人愿做。因此,老庄的思想,只有在极少数人中推行。他们的人生态度,在到目前为止的任何时代,都是难以普及的,这就是道家学说后来衰微的原因。

儒家学说是力主建立社会秩序,限制个体自由的。他们主张社会伦理关系,虽然它否定个体的独立性,但温情脉脉的人际关系却提供了相互帮助,而且上下和谐的社会关系为人们提供了生活和安全保障。不仅如此,有效的社会组织有利于社会生产力的发展,有利于公益事业,使人们合作生产(精神生产和物质生产)。在古代生产力不发达,人们面临自然和社会的双重威胁的情形下,这种思想是可以通行的。这也许是儒家后来取得独尊地位的原因之一吧!

个体自由总是相对的,它总是体现在一定社会阶段中个体的一定要求。而真正的个体自由,必然是和类的自由同时实现的。离开了类的自由,便无法谈起个体自由。因此,道家对个体独立自由的肯定,总是一定历史阶段中的肯定,其积极意义总停留在特定的历史阶段。

---

① 陈鼓应:《庄子今注今译》,中华书局 1983 年版,第 21 页。

儒道的结合，就是探讨人类自由的两条道路的合一。只有将人类自由和个体自由结合，才能辩证地理解自由问题，从而辩证地理解审美问题。

（本文与孙正谋合著，原载《唐都学刊》1995 年第 3 期）

浅论先秦诸子对个性的认识

一

要理解先秦诸子对个性问题的认识,就必须简略回顾一下中国古代个性意识的发展道路。它是先秦诸子对个性探讨的起点。

在制造第一块石器前,我们的祖先和其他动物一样,只是作为一个生命实体存在着。渐进,"人"开始利用石器、制造石器了,170万年前的元谋猿人已经能制造石器了,而且许多石器还经过了第二步加工,同时期的西侯度石片文化更是代表了当时石器的最高水平。但是他们的石器还是极其简单的,他们不但在形体上非人,更无人的意识。大约到了一二十万年前,人类进入了旧石器时代中、晚期,丁村人制造石器的方法比元谋猿人进步多了,他们在制造石器之前,首先打制出合适的石片,然后加工成需要的石器。丁村人采用直接打击法的碰砧法,根据石器的不同用途制造出特点各异的砍砸器、小尖状器、大三棱尖状器和石球等,在旧石器的晚期,还出现了磨制石器和钻孔技术。这表明人已经向自己的自觉性和目的性大大前进了一步,人们已能按自己的"设计"来制造石器了,说明人的自我意识已开始萌芽了。产生于这时的神话也能把人与动物分开[1],这种意识标志着"人"的观念和觉醒。这种观念不断深化,到了两万年前时,人们掌握了取火技术。恩格斯说:"摩擦生火第一次使人支配了一种自然力,从而最终把人同动物界分开。"[2]只有到了这时人才成为真正的人——不仅在形体上,更重要的是在意识上。但这时还只是人类意识到自己为人,根本还谈不上个性意识。

伴随着生产工具进入新石器时代,人类进入了父系社会。这时生产力

---

① 如南澳洲的 Boonoorong 部落讲人的诞生,已和动物的产生有了严格的区别。Bun-jel 拿了一把大刀,上下乱砍,便创造了大地上的山谷、河流。而 Bun-jel 在造人时,最先是用泥捏了两个人,围着他们跳舞;后来替他们装上头发,一是直的,一是卷曲的,他又围着他们跳舞,仆卧在他们身上,把气吹入他们的脐孔和嘴里。他再一次围绕他们跳舞,于是他们活了,成了两个活蹦乱跳的小伙子。创造人时又要跳舞,又要吹气,比自然的创造复杂多了。见茅盾先生的《神话研究》,百花文艺出版社 1984 年版,第 33 页。

② [德]恩格斯:《反杜林论》,中共中央马克思恩格斯列宁斯大林著作编译局译,人民出版社 1993 年版,第 117 页。

提高了,开始出现了剩余产品,于是氏族首领在分配劳动产品上占有特权,进而在社会经济和政治、艺术各个方面占有特权,从而导致了社会的个体化;同时,在家庭中,"父亲和子女的劳动越来越体现到他们所耕种的土地上,体现到他们所繁殖的家畜上,体现到他们所生产的商品上;这就导致了家族个体化"①。社会和家庭的个体化,为个性意识的觉醒奠定了社会基础。马克思指出,正是由于这时个性的发展,一部分人拥有财富,便"导致以前各文化时期所不知道的对立状态在社会中发展起来"②。一面是穷奢极欲的个性膨胀主义者,他们只顾自己,不惜损害别人个性的健全发展,根本不重视人的价值,如夏桀、商纣等;一面是下层劳动人民,由于个性不能健全发展而发出强烈反抗的呼声。在《诗经》中,这种反抗意识表现得很充分,如《庸风·柏舟》所表现的为了争取爱情自由、"之死矢靡它"的精神,《召南·行露》所表现的妇女为反抗不公平待遇而不回夫家,无不体现着当时个性觉醒的深度。古代这种个性意识的表现,给先秦诸子从哲学角度探讨个性问题奠定了良好的基础。

二

到了先秦诸子时代,中国已进入了哲学思辨时期,诸子在先民个性意识的基础上,从哲学角度探讨了个性与自然、个性与社会的问题,从而提出了各自的人生观。纵览诸子的著作,不难发现他们在下列问题上的区别。

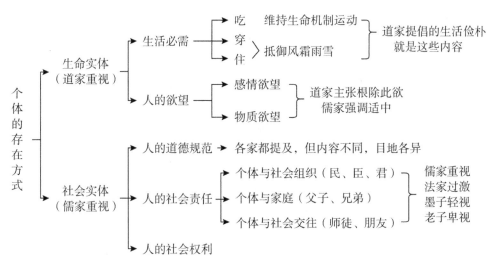

① 马克思:《摩尔根〈古代社会〉一书摘要》,人民出版社 1965 年版,第 62 页。
② 马克思:《摩尔根〈古代社会〉一书摘要》,人民出版社 1965 年版,第 67 页。

对上表中许多问题,特别是对人是生命实体和社会实体的重视的侧重点,不仅反映了各家的哲学态度,而且也反映了各家的政治态度。这些问题都集中表现出各家个性认识的深度,因此,可以说,百家争鸣实际上是如何认识、处理个性问题的争论。

道家和儒家都重视人的个性修养,视之为人的必备条件。但是,道家所追求的是个性的独立性,追求的是个性精神的自我完善,是要求摆脱一切束缚而自由发展的个性。道家并非像儒家那样重视人的社会责任和道德规范,着重探讨个人与社会组织的联系。

在老子看来,自然界是完全自由的,不受任何束缚的,所以老子把自然之道作为万事万物的准则,要求每一个个体都必须师法自然之道,而非踏众人之波,步流俗之尘。“我独异于人,而贵食母。”①我之所以能卓然独立,乃因我能法自然之道——“食母”。从此出发,老子把人的自然属性看作人的本质,因此他更重视作为生命实体存在的人。他看到当时社会人们舍本求末,追求欲望享受,而不重视自然之道的精神修养,因而提出“五色令人目盲;五音令人耳聋;五味令人口爽;驰骋畋猎,令人心发狂;难得之货,令人行妨”②,要求人们复归自然本性,“夫物芸芸,各复归其根。归根曰静,静曰复命。复归曰常,知常曰明。不知常,妄作凶”③。万物皆归其本性,人亦归其本性。这本性就是人的独立性,就是像庄子《逍遥游》里所说的无所依靠、无所凭借的完全自由、绝对独立的人,这样才能达到“虚静”“无为”。老子提出“虚静”并视之为人的重要修养,确是很伟大的。唯“虚静”,方能无欲,无欲也就不会怂恿自己的个性,给社会造成危害了,如桀纣之辈也就不会出现了。自然,“虚静”了就无所求了,无所求也就可以避免辱患了。老子说:“宠辱若惊,贵大患若身。何谓宠辱若惊?宠为下,得之若惊,失之若惊,是谓宠辱若惊。何谓贵大患若身?吾所以有大患者,为吾有身,及吾无身,吾有何患?”④他这个贵身之道,实际上是追求个体的独立价值,抛弃一切尘思杂念,不求宠权贵,不依附豪门,而只要法自然,就能做到“无身”。在老子那里,人与自然是完全统一的、合一的,没有丝毫的矛盾。而人与社会却总是对立的,他认为社会是个性的压抑,但他并不主张个性冲破这种压抑,而主张通过师法自然去避开这种压抑。因此他要求人们要身心纯净,要“虚其

---

① 陈鼓应:《老子注释及评介》,中华书局1984年版,第140页。
② 陈鼓应:《老子注释及评介》,中华书局1984年版,第106页。
③ 陈鼓应:《老子注释及评介》,中华书局1984年版,第124页。
④ 陈鼓应:《老子注释及评介》,中华书局1984年版,第109页。

心,实其腹,弱其志,强其骨"①。这实际要人摒弃社会之"志""心"。就连《老子》中的"利"也有两种含义,要人们取自然永恒之利,弃社会之利:

> 绝圣弃智,民利百倍;绝仁弃义,民复孝慈;绝巧弃利,盗贼无有。此三者以为文,不足。故令有所属:见素抱朴,少私寡欲,绝学无忧。②

第一个"利",是大自然赐予人的,人只要绝圣弃智,循自然之道,必得利于自然,这个利是永恒的,人们应取此利。第二个"利",就是常人所言之功利,即墨子所谓"兼相爱,交相利"之利。老子认为这个利是贪欲,是人不应得的污浊的社会性的奢望,所以要弃之。他要人们"少私寡欲",也就是这个意思。私欲和自然之道是相违背的,故求"私"反而失"私"(自我人格),贪欲反倒失欲。人之本性,所谓实其腹,强其骨者也。人们要保持自然本性,勿受社会污染,用今天的话说就是防止异化。

老子强调自然属性,看似对人的个性意识是不利的,实际上他正是通过此强调人的独立性,正好肯定了个性中最重要的成分。邓晓芒在评述斯多葛学派哲学时说:"在他们看来,人之所以要用眼睛和思想去探索自然界的奥秘,之所以要盘问人的感觉和理性能不能把握对象,如何把握对象,其最终目的无非是要达到个人自我意识的满足,即达到一种内心平和、不为外界所动('不动心')的精神境界。人必须认识自身在自然界中的地位,认识自身能力的高度,认识自己生命和思想的价值所在,才能成为他们理想中最完善、最高尚的人,即'哲人'。在这里,他们这种对自身强烈的意识比苏格拉底的自我意识又提高了一个层次。苏格拉底根本不研究自然界,他鄙视对客观事物的知识,把自我意识与对象意识完全对立起来,而在他们这里,恰好要通过研究自然来确立人的心灵的独立性,即通过对象意识来建立自我意识。"③我想,以此言来理解和评价道家对个性问题的独特探讨最合适不过了。由是观之,李泽厚提出道家特别是庄子对个性的思考是很深刻的,这个思想是颇有远见的。可惜老子把自然神秘化,而对人的主观能动性估计不足。

正由于此,老子要求个体洁身自好,虚静无为,与世无争。他所追求的人格的自我完善,实际上是明哲保身。因此他探讨个性时,更重视全身避

---

① 陈鼓应:《老子注释及评介》,中华书局1984年版,第71页。
② 陈鼓应:《老子注译及评介》,中华书局1984年版,第136页。
③ 邓晓芒:《自我意识在西方哲学史上的发展评述》,《青年论坛》1986年第1期。

辱。在研究人时,他竭力把人与自然合一,在十五章里,他用了许多形象的比喻,无非是想说明有道之士和自然是完全合一的。他所说的有道之士能在社会动乱时澄清是非,平心静气,能在沉闷僵死的气氛中独自运动,向道进步,也就是说,一个个性健全发展的人必须像婴儿一样,不受任何外界干扰,唯作为生命实体存在,"专气致柔,能如婴儿乎?"从此观之,老子是由于强调个性的独立价值而完全把个性封闭起来,他强调"虚静"、强调以柔为本,都是用来封闭个性的重要手段,老子的"专气致柔"和孟子"至大至刚"的"浩然之气"都充分体现了各自的人生观和政治观。一要柔、一要刚,这是因为老子看到当时社会许多暴残之事,觉得个体在当时社会中是无能为力的,只有复归自然,明哲保身,保全自己个性的独立性,而要全身,就必须用"柔"来把自己封闭起来。柔则能曲,曲则能避暴;刚则易折,折则得辱,乃老子不为也,故人须"虚静""柔",才能发展个性,这样的"柔",从全身角度来说,也就成为一种强刚之力;孟子则盛气凌人,雄心勃勃地要改造社会,没有"至大至刚"的"浩然之气"怎能行呢?因此,道家好谈虚无缥缈、变化莫测、自由自在的自然界;而儒家多论近伦常、行教化的事。这种区别不仅影响了他们的审美情趣,而且影响了他们的写作风格,对中国文化产生了深刻的影响。

也许正是由于道家对个性独立价值的肯定,因此中国文化史上每一次个性的衰败都伴随着道学的衰落,而每一次个性的大发展都跟随着道学的复兴。西汉初年,社会的发展与其统治者贵黄老之学不无关系,而自汉武帝独尊儒术以后,人们的个性遭受巨大压抑,人的价值被轻视了,儒学独尊,统治学术界的过程,也就是黄老之学衰败的过程,同时也是个性备受摧残的过程。由于道学衰败,人的独立价值不再得到肯定,统治者强迫人们按照儒家的行为模式去行动、去思维,不允许些许的自由。正如侯外庐等先生所指出的:"从武帝,经过宣帝章帝,以至灵帝,金马门、石渠阁、白虎观、鸿都门,'服方领,习矩步者,委蛇乎其中',这是活埋人性的中古道院的尊严所在,形式上比秦始皇之焚书坑儒自然高明,而黑暗的内容,则有过之而无不及。"[①]到了魏晋南北朝时,我们称之曰"人的觉醒"时期,但是这次"人的觉醒"并非普遍自我意识的觉醒,而是更具有重要意义的个别的自我意识的觉醒,所以,我们应明确称之为个性的觉醒时期。伴随这次个性觉醒的是儒学的衰败和玄学的兴起,而玄学是以道学为基本行为准则,结合儒学、佛学而形成的一种新的思想方式,这一点从当时的竹林七贤的行为中,即可见一斑。这时期释注老、庄成时代风尚,足以说明道学在这次个性大觉醒中的作用。

---

① 侯外庐等:《中国思想通史(第2卷):两汉思想》,人民出版社1957年版,第51页。

三

儒家也重视人的个性修养,但他们重视的是人与社会的关系,在人作为社会实体存在的方式上去谈人的精神修养。因此,儒家很少重视人的独立人格,而更加重视探讨人在社会中的责任和道德规范。儒家认为,人最重要的修养是仁、义、孝、信,《论语》中多次论及人在家庭中、在社会中的道德规范。孔子认为,作为子弟要孝悌;作为父兄要爱慈;作为臣民,对君须忠,君上达命于天,下顺天于民,所以臣民对君要忠心不二;而君主要仁;作为朋友,要讲信用。这样上下和谐,社会安定。通过这些自我修养的调节,上至君主,下至臣民,均能安其本位,行其本事。以此观之,孔子所追求的和谐和老子所追求的和谐是尖锐对立的,老子要每一个社会成员的个性都充分发展,循自然之道,达到自我完善,这个完善是以人与自然的和谐为基础的。而孔子所建立在社会统一秩序基础上的和谐,是从等级制出发,用中庸的思想方法来统一个性和社会的。他的统一是以社会秩序作为主导方面的,只有在社会秩序许可的范围内,才允许个性的"发展"。孔子的这种认识是具有进步意义的,个性不能脱离社会而存在,社会要发展,也有必要对个性进行适当的限制,以防止像夏桀、商纣那样的个性膨胀主义者出现。但是,孔子把统一的主导方面放在社会秩序上,对个性限制的条条框框太多,严重阻碍了个性的健全发展。从社会发展的角度讲,社会的进步,最终目的无非是要每个人的个性都能健全发展,所以儒学对社会进步起了许多阻碍作用,这都在中国后来历史的发展阶段上得到了证明。孔子这种把个性消融于社会原则中去的理论被后代儒家发展到极端,成为毁灭个性的学说,严重阻碍了中国文化的进步。

李泽厚、刘纲纪说:"儒家充分地肯定了个体与社会是能够而且应当统一的。儒家理想中的社会,……一方面个体处在同他人和谐的关系之中,通过社会而得到发展;另一方面,社会又因为各个个体的和谐的结合而得到发展。在儒家看来,要实现这样一个理想的社会,如何使每一个社会成员都具有纯洁高尚的伦理道德情感,是一个最为重要的问题。"[1]但是,这个相亲相爱的社会,必须先使每个社会成员都承认自己的地位,都顺从于社会秩序的安排,个性必须戴上沉重的枷锁。社会建立在子孝、臣忠、友信、父慈、君仁的基础上,这实际上是要每个社会成员牺牲自己的个性,向社会秩序靠拢,这样社会就"和谐"了。这和谐是以宗法血缘家族为纽带,以礼义为外壳上

---

① 李泽厚、刘纲纪:《中国美学史》(第一卷),中国社会科学出版社 1984 年版,第 71 页。

的"箍",礼义的标准就必然要求思想和行为的求同性,"同"的必然结果是对个性的限制和压抑。与此紧密联系的是孔子在个别、个体的结构上,把理性看作个性最重要的,甚至是唯一的内容,人的天性应自觉地向理性靠拢,这才能成为"圣人""君子"。孔子的这种思想,奠定了中国文化的理性精神,但也给中国文化的发展带来了消极影响。

个体与社会秩序的统一、天性与理性的统一,构成了孔子个性意识的全部内容。

孔子的这种认识,直接导致了中国古代美学和艺术理论对个性的忽视,延迟了中国对形象问题的探讨。最早的"诗言志"的"志"无非是作家的主观思想感情而已,但儒学传统却对"志"加了许多限制,如"思无邪""发乎情,止乎礼义""温柔敦厚"等等,硬是要把这个"志"理解为符合"礼义"的统一意志,完全抛弃作家主观的思想感情。中国古代文学典型理论不健全,与孔子对个性的认识是分不开的。

四

春秋战国时期,战事频繁,统治者只顾争权夺利,对人民生活很少关注,而且许多统治者不断加重剥削,人民生活异常贫困。对此,当时的学者都不同程度地采用不同方式提出了民本思想,表现出中国文化的进步性。在诸多思想家中,墨子的确是出于"爱民"考虑而提出"兼爱"思想的,他们自己着黑衣、履草鞋、斗技阻战的行动,就是最好的证明。虽然孔子、孟子也提出了"仁",但他们的民本思想与民忠君是相对的,其出发点是"治"。墨子真正从"民"出发提出他的思想:"爱人利人者,天必福之;恶人贼人者,天必祸之。"[1]他坚决反对"厚作敛于百姓,暴夺民衣食之财"[2]。与此相联系的是,墨子不像孔子那样重"礼",而更重视"情"。"丧虽有礼,而哀为本焉"[3]是儒家和墨家大不相同的地方。礼者,外观也;哀者,内情也。儒家以外礼来束缚内情,要求人们的喜怒哀乐都要遵循一定的礼来表现。而墨子则以情为本,情之所至,有多种表达方式,不能用许多条条框框来束缚人。这种认识,

---

① 孙诒让撰,孙启治点校:《新编诸子集成·墨子间诂》,中华书局 2017 年版,第 22 页。
② 孙诒让撰,孙启治点校:《新编诸子集成·墨子间诂》,中华书局 2017 年版,第 31 页。
③ 孙诒让撰,孙启治点校:《新编诸子集成·墨子间诂》,中华书局 2017 年版,第 7 页。

可以说是爱民思想在个体结构认识上的具体运用。墨子虽然没有提出彻底的纯粹的个性认识理论,但他那"利民"的民本思想,对人的价值的重视,无疑具有进步意义,对个性认识是有帮助的,我们不应该忽视墨子对个性问题的贡献。

如果说,儒家是自觉地把个体融于社会组织之中,那么,韩非就是用社会秩序来压制个性了。韩非的个性认识是和他的统治术学说联系在一起的,他没有认识到个体首先是作为生命实体存在的,他完全把人当作社会动物。在当时的历史条件下,他所代表的新兴地主阶级在争权争利过程中遇到了种种障碍,因此,他过多地看到人的消极作用:

> 千乘之君无备,必有百乘之臣在其侧,以徙其民而倾其国;万乘之君无备,必有千乘之家在其侧,以徙其威而倾其国。[1]

由于韩非的出发点是统治术,所以他几乎无言不涉及君臣之关系。在这里,君作为社会组织的集中代表,是天经地义,而臣则相对为"私"。他要求臣去私求公:

> 故当今之时,能去私曲就公法者,民安而国治;能去私行行公法者,则兵强而敌弱。[2]

对于违反他这个要求的臣下,他就用"法"来强迫对方服从:

> 故明主使其群臣不游意于法之外,不为惠于法之内,动无非法。法,所以凌过游外私也。严刑,所以遂令惩下也。[3]

韩非用法来强迫群臣竭忠尽智,不允许他们有丝毫"私"的发展。对于人的价值从不放在眼里,只要于统治不利,就刑加诸身。他的学说,赤裸裸地暴露了当时新兴地主阶级的欲望,要求每一个社会成员必须严格按照当时社会组织的安排去行事,不得有半点逾越。在《二柄》中,他讲了这么一件事:

---

① 梁启雄:《韩子浅解》,中华书局 1960 年版,第 25 页。
② 梁启雄:《韩子浅解》,中华书局 1960 年版,第 36 页。
③ 梁启雄:《韩子浅解》,中华书局 1960 年版,第 40 页。

　　昔者韩昭侯醉而寝,典冠者见君之寒也,故加衣于君之上。觉寝而说,问左右曰:"谁加衣者?"左右对曰:"典冠。"君因兼罪典衣与典冠。其罪典衣,以为失其事也;其罪典冠,以为越其职也。……故明主之畜臣,臣不得越官而有功,不得陈言而不当。越官则死,不当则罪。①

　　每个个体都必须安其位,安排什么就只能干什么,不许有半点自由,所以说韩非的学说是毁灭个性的学说,一点也不过分。

　　综上所述,儒、道、墨、法都不同程度地认识到了个性的作用,特别是儒道两家,提出了系统的个性认识理论,奠定了中国古代个性意识的基础。儒法从当时统治出发,要求个性必须和社会秩序完全统一,儒家用伦理教育来使个性消融到社会原则中去,它是从文化—心理的深层去实现这一目的,而法家则用外在强制性的手段来达到这一目的,二者殊途同归。从这一点来说,二者是互补的。儒家多论君与民的关系,法家多涉及臣与君的关系,但他们都不重视人作为生命实体存在的价值,对中国古代的个性认识发展是不利的。老子的个性认识较合乎历史发展的必然性,他既认识个性作为生命实体存在的价值,也认识到人作为社会实体的作用,但由于饱经世乱,他对人的独立精神重视有余而对人对于社会的作用认识不足,这也反映出他的局限性。

　　自先秦以后,中国古代的个性认识理论几乎都是在先秦诸子认识的基础上提出来的,其中许多不是把儒学推向极端,就是把道学发展到顶峰。所以可以说先秦诸子的个性意识奠定了中国古代个性认识的基础。值得注意的是,佛学传入中国后,对中国古代的个性意识产生了深刻影响,我们应重视对这个问题的探讨。

(原载《渭南师专学报》1988 年第 2 期)

---

① 梁启雄:《韩子浅解》,中华书局 1960 年版,第 45 页。

《关雎》二元对立

关关雎鸠,在河之洲。窈窕淑女,君子好逑。

参差荇菜,左右流之。窈窕淑女,寤寐求之。

求之不得,寤寐思服。悠哉悠哉,辗转反侧。

参差荇菜,左右采之。窈窕淑女,琴瑟友之。

参差荇菜,左右芼之。窈窕淑女,钟鼓乐之。

(《诗经·周南·关雎》)

《关雎》作为《诗经》首篇,历代学者阐释纷呈,莫衷一是。同时,其作为爱情诗,又备受文人骚客所推崇。但是,这首诗究竟传达了怎样的文化信息,自古迄今,还无人做过探寻。笔者学识浅鄙,然愿就此抛砖引玉,试索求这首诗的文化价值。

诗的第一节,雎鸠关关求其偶,君子求淑女(没有写动作)。鸟与人形成了鲜明的比照,如果说,鸟是自然状态的代表物,那么,人无疑可视为文明状态的代表了,鸟与人的对立,实际暗示出自然和文化的二元对立的关系。鸟的求偶首先表现为原始欲望,其动作是急切地鸣叫,表现出体内的骚动不安,而君子求淑女重在思念、情感(结合后二节不难看出),作者并没有直接在第一节写君子的动作。从此而观,鸟与人的对立,象征着原始欲望与文明爱情的对立,标志着文化的进步。同时,鸟与人又统一于求偶这一具体行动,暗示鸟与人之间存在着某种联系,象征自然状态和文明状态又存在着统一,象征着鸟的原始欲望和人的文明爱情有某些相同之处。是的,文化文明源于自然的野蛮,人类的爱情也同样有性爱、生产自身、繁衍后代的意图。诗人正是通过鸟与人的二元关系,展现出自然与文明的对立统一,表明文化与野蛮的联系和区别,从而传达出先民的文化观念。

在这一节的叙述方式上,诗人着意安排了鸟与人的对立统一关系,君子求淑女之行为与雄鸟求雌鸟的行为完全相同,人和鸟都是阳者为动作发出者,阴者为受动者。有的学者把首句解释为雄雌和鸣[1],以此喻君子、淑女之和谐,实则不然,关关之声只是雄鸟求偶之声。《韩诗章句》云:"诗人言雎鸠贞洁,以声相求,必于河之洲,隐蔽无人之处。"[2]言其声重在求,而非在和。我们只要结合第二节、第三节就不难见出,尽管淑女一词一再出现,但淑女一直处于被动地位,一直未亮相。如果关关之声乃比兴阴阳之和谐,则君子和淑女关系已经融洽,君子又何需"寤寐求之""辗转反侧""琴瑟友之""钟鼓乐之"?君子自只有欢快幸福,而绝少烦恼,绝少忧愁。因此,首节鸟之动作者为雄性,人之动作者为男性,从而,鸟与人完全和谐。细读首节,我们不难想象:一个被爱情燃烧的青年来到河边,看着绿洲上关关求偶的雄雎鸠,思念着自己的意中淑女,忍受着爱的折磨,思考着自己的处境,不也和这雎鸠一样吗?于是,人心与鸟情重叠了。

诗人正是通过二元对立的形象表现出他们的文化观念,传达了先民的文化信息。他们已经朦胧地意识到文化与自然的区别和联系,在有意无意之间表现了出来。如今人们都知道,文化文明源于自然。原始部落时期,自然物种往往成为部落集团的象征,人类文明的进程中必然带有自然状态的痕迹。同时,文明与"野蛮"、文化与自然亦有严格的区分、根本的不同,先民不可能把此种观念抽象出来。在他们那里,各种观念都是由具体形象而引生,又与具体形象联系在一起的。在这首诗里,作者具体用人与鸟的形象,以象征喻意的方法表现文化观念。[3]

众所周知,"关关雎鸠"是起兴。为什么不用与人类更为接近的其他灵长类动物,而用鸟来起兴呢?一方面,一般认为是因为鸟之行动与人的行为

---

① 毛享传曰:"关关,和声也。雎鸠,王鸠也。"姚际恒《诗经通论》卷一云:"诗意只以雎鸠之和鸣,兴比淑女君子之好匹。关关,和声。"黄惟庸译曰:"看啊! 那一双双的水鸟,在那河中的浅渚上关关地和鸣着。"(朱自清:《古诗歌笺释三种》,上海古籍出版社 1981 年版,第 69、72、74 页。)程俊英《诗经译注》曰:"关关,水鸟相和的叫声。"其译文云:"雎鸠关关相对唱,双栖河里小岛上。"(程俊英:《诗经译注》,上海古籍出版社 1985 年版,第 3、4 页。)樊树云注曰:"关关:鸟的和鸣声。"(樊树云:《诗经全译注》,黑龙江人民出版社 1986 年版,第 4 页。)吴小如曰:"我们可以承认'关关雎鸠,在河之洲'是诗人眼前实景,但这一对在河洲上互相依偎着一唱一和的水鸟,自然会引起未婚青年男子迫切寻找淑女以为配偶的强烈意愿。"(吴小如:《说〈诗·关雎〉》,《文史知识》1985 年第 8 期。)

② 朱自清:《古诗歌笺释三种》,上海古籍出版社 1981 年版,第 71 页。

③ 在这一节具体词汇的运用上,也表现出此种关系,如"窈窕"一词。"窈",《方言》曰:"美心为窈。""窕",《方言》曰:"美状为窕。"《广韵》曰:"善心曰窈,善色曰窕。"王肃、朱子即持是说。可见"窈窕"是把相互对立的内在美和外在美统一而言的。美貌可视为自然,美心可视为精神,从而表现了自然状态和文化精神的深刻联系。这种二元对立关系与雎鸠同君子的关系完全相同。

有些相似①,故而用鸟来起兴。然而,这只是表面联系。我认为,用鸟来起兴与人类的原始文化定有深刻联系。在原始生殖崇拜文化中,鸟作为男根的象征物,人们借以祈求繁殖旺盛。赵国华先生在《生殖崇拜文化略论》一文中,深刻分析了鸟与男根之间的象征关系,称鸟不仅在表象上能状男根之形,而且男性之睾丸被视为卵,的确与鸟卵之间存在着生殖观念的联系,故先民以鸟作为男性的象征,实施崇拜,以祈求生育旺盛。中国古代器皿上鸟的图案很多,如浙江河姆渡文化遗存中在骨匕柄和象牙器上有鸟纹样,临潼姜寨二期彩葫芦瓶底有鸟纹,陕西华县柳枝钲泉护村彩陶有鸟纹,都是这种文化的见证。②

鸟的这种象征意义,作为一种集体无意识积淀于每个先民身上,在这首诗中就表现了出来,在这里,鸟象征着男根,象征着野性的、原始的生殖欲望。

另一方面,鸟声之急切(关关之声,以语音而论,是急切的),又与君子对淑女的渴慕思念暗合。而且,关关之声非常动听③,此声音又与君子的温文尔雅暗合。从此而观,鸟的形象本身就处于二元对立的矛盾关系中,具有双重的象征意义:(1)鸟作为男根之象征,代表一种原始的欲望,象征着与文化对立的自然状态;(2)鸟声象征着文化之进步,象征着文雅的因素。鸟的这种双向对立的象征意义,使我们不难断定,在这里,鸟既作为自然状态的象征物,又具有文雅的因素,可以说,它是自然走向文化的中间环节。尽管它更偏向自然状态,我们仍可将它视为由自然向文化过渡阶段的形象。它既是自然的,又透露出文明的依稀光亮。诗人通过鸟的形象本身也传达了他们的文化观念。

综上所述,在第一节里,有两组相互对立的象征物,表现了古人同一文化观念,即先民对文化与自然的认识。

〈一〉鸟:代表一种自然状态。

　　君子:作为文明状态的象征物。

〈二〉鸟形:鸟的生殖象征意义,代表一种原始的自然状态。

　　鸟声:作为过渡阶段的象征物,又预示了文明的曙光。

---

① 毛亨传曰雎鸠"挚而有别",故以之比君子之德,不淫其色,若雎鸠挚而有别,然后可以风化天下。《韩诗外传》曰此鸟隐蔽求和,喻君子"去留有度"。姚际恒以为诗以鸟之和鸣喻君子、淑女之和谐。

② 参见赵国华《生殖崇拜文化略论》,《中国社会科学》1988年第1期。

③ 仲春时节,月色朦胧,花影摇曳,微风送来几声鸠鸣,顿觉得心旷神怡,体气清爽。

　　鸟的这种双重象征意义,像鸟和人的关系一样,传达出先民对自然和文化的思考。在第一节里,还暗藏着两组对立的形象,即雄鸠/雌鸠、君子/淑女。雄鸠求雌鸠于洲上,而雌鸠始终没有出现;君子求好逑淑女,但淑女始终没亮相。这种阴阳的不平衡,就更激起了雄鸠、君子内心的波涛,造成了强烈的悲剧气氛,使人物的活动处于强烈的不平衡中,君子的思念势必更炽,行动必然更显。这种阴阳强烈的不平衡,为诗作的第二节埋下了伏笔。

　　第二节,顺着第一节的不平衡,展开了激烈的矛盾冲突,君子的内心更激动、更痛苦,以至表现为外在行动的"寤寐求之""寤寐思服""辗转反侧"。这一节以"参差荇菜,左右流之"来起兴,象征君子对淑女的思念渴求之心。那么,为什么以"参差荇菜"来起兴呢?

　　古之学者认为,"荇菜"乃喻女子。崔述《读风偶识》云:"其取兴于荇菜者,菜在水中,洁而难求。洁以喻女之贞,难取喻女之难求。"[①]姚际恒却认为"荇菜"乃就所见而取兴,其《诗经通论》有言:"……或不从其说者,谓荇菜取喻其柔,又谓取喻其洁,皆谬。按'荇菜'只是承上'雎鸠'来,亦河洲所有之物,故即所见以起兴耳。"[②]

　　我认为,诗人在此选择"荇菜"来起兴,一定有深刻的原因,它与原始人的生殖崇拜文化存在着千丝万缕的联系。荇菜如同雄鸠一样,都是兴象,都具有特定的象征意义,雎鸠是男性的象征,荇菜是女性的象征。

　　首先,荇菜是水生植物,在原始的生殖崇拜文化中,与山相对的水,一直是女性的象征物。在云南境内,左所的摩梭人把泸沽湖西部的一泓水视为女性生殖器,而且其他几个部落的女性象征物都与水有关。这些象征物的所在都有幽泉,象征"产子露",妇女们在那里焚香、点灯,供上祭品、叩头祷告。待祭祀完毕,她们双手捧起泉水饮上几口,祭祀过女阴象征的妇女,当夜都要与男子交媾,以达到生育的目的。[③]直到现在,陕西关中农村妇女仍告诉孩童说小孩是从河里捞的,台湾亦有诸如此类的说法。古今中外的文学作品都以水来比拟、象征女性美。《红楼梦》言女儿是水做的,台湾阿里山民歌唱道"阿里山的姑娘美如水呀,阿里山的少年壮如山",均此文化遗迹。水象征女阴,进而象征女性,由局部到全体,而与水联系的水生植物,无疑与女性、女阴有着深刻的联系。

　　就植物而言,花草柔木本可作为女阴之象征,印度先民以莲花来象征女阴,以颈屏膨起的眼镜蛇来象征男根。红莲的叶瓣与女阴外形相似,况且莲

　　①　朱自清:《古诗歌笺释三种》,上海古籍出版社 1981 年版,第 73 页。
　　②　朱自清:《古诗歌笺释三种》,上海古籍出版社 1981 年版,第 72 页。
　　③　参见赵国华:《生殖崇拜文化略论》,《中国社会科学》1988 年第 1 期。

蓬本身就是植物的子房,在梵文中与子宫共用一词。因莲蓬多籽,人们便以莲花来象征女阴,实行崇拜,以祈求生育旺盛。①

黑格尔在论象征艺术时说:"东方所强调和崇敬的往往是自然界的普遍的生命力,不是思想意识的精神性和威力而是生殖方面的创造力。特别是在印度,这种宗教崇拜是普遍的,它也影响到佛里基亚和叙利亚,表现为巨大的生殖女神的像,后来连希腊人也接受了这种概念。更具体地说,对自然界普遍的生殖力的看法是用雌雄生殖器的形状来表现和崇拜的。"②

这种生殖崇拜文化是东方文化中的普遍现象,印度有,中国亦存在。正如印度先民用莲花来象征女阴一样,中国先民以生殖能力强的鱼和大腹便便的蛙来象征女阴:"远古人类以鱼象征女阴,象征女性身体的一部分。尔后由部分到整体,鱼发展为象征女性,又进一步发展为象征男女配偶和情侣。"③中国古代文学作品中也有用红莲来象征女阴的遗迹,如《全像古今小说》卷二十九《月明和尚度柳翠》言柳宣教妓女红莲引诱玉通禅师,并题诗讥之云:"可怜数点菩提水,倾入红莲两瓣中。"此处之红莲既指妓女红莲,又暗喻女阴,故以此来诱惑玉通禅师。与此相类,中国古代先民也以花卉植物来象征女阴,进而象征女性:"从表象来看,花瓣、叶片可状女阴之形;从内涵来说,植物一年一度开花结果,叶片无数,具有无限的繁殖能力。"④先民以此来象征女阴,实施崇拜,进而象征女性,是完全可能的。

此种文化痕迹俯拾即是,有的妇女说女孩是从花心捡来的,文学作品中常以花草喻女性,人们在节日或女性生日时送花给女性朋友,都与此种文化存在深刻的联系。

赵国华先生根据《诗经》的材料推断,《诗经》中的桑、梅、木瓜、木李、蘩等植物都可作为女阴的象征。⑤ 那么,作为水生植物的荇菜,用来象征女阴、象征女性是完全可能的,它完全可以胜任此职能。

荇菜的这种象征意义和雎鸠一样,作为一种集体无意识积淀于民族每个成员身上,在这首诗中表现了出来。同雎鸠与君子的关系一样,荇菜和淑女的关系,象征着自然状态和文明状态的二元对立,又一次传达出先民的文化观念。

古人释兴云:"先言他物以引起所咏之辞也。""兴,引比连类。"然而,先

---

① 参见赵国华《生殖崇拜文化略论》,《中国社会科学》1988 年第 1 期。
② [德]黑格尔:《美学》(第三卷上册),朱光潜译,商务印书馆 1979 年版,第 40 页。
③ 赵国华:《生殖崇拜文化略论》,《中国社会科学》1988 年第 1 期。
④ 赵国华:《生殖崇拜文化略论》,《中国社会科学》1988 年第 1 期。
⑤ 参见赵国华:《生殖崇拜文化略论》,《中国社会科学》1988 年第 1 期。

民为何不直抒其辞而要先言他物呢？难道这是先民有意追求的艺术表现手法吗？他物和所咏之辞之间有怎样的关系呢？在原始状态下，先民不可能刻意追求兴的艺术效果，兴只是先民无意间的创造，先民之所以如此拐弯抹角地把所咏之辞放在他物之后，一定有其深刻的原因。我认为这与先民的主体—客体化意识、抽象—具象化意识是联系在一起的。原始先民的主体还不够自觉，常常把主体当成客体，对许多抽象的思想、意识也十分朦胧，常常将它变形为具象的事物。在今天看来，他物和所咏之辞之间或有表层联系，或者毫无联系，而在先民那里，他物和所咏之辞之间一定存在着深刻的文化联系，他物具有所咏之辞的象征意义，在必要的条件下，完全可以取代所咏之辞。只是由于年代久远，由于集体无意识的积淀，许多兴象已成为"有意味的形式"[1]，其原始意义已极难发微，以至数千年来只见其表面联系而无视其内在文化联系。但恰恰是这种内在联系，传达出先民的文化观念，表现出人类的基本精神，雎鸠和荇菜就是其中之二。

在第二节里，也出现了动作的二元对立现象，"寤寐求之""寤寐思服""辗转反侧"之间就是对立的。"寤"乃经过睡眠后觉醒，"寐"乃入睡，"寤寐"言经过睡眠，而"辗转反侧"则根本无法入睡，完全脱离睡眠状态，就此而言，这两种动作是完全对立的。同时，这两种动作又统一于君子一身，同为君子思念淑女之动作表现，故而又是统一的。这种矛盾关系犹如阴阳的对立关系一样，相反相成。作者即使在如此细致的动作描写中，似乎也没忘记用形象传达君子对淑女的渴慕，揭示宇宙的二元对立关系，表现他的宇宙观。

同样，在第三节里，"琴瑟友之""钟鼓乐之"之间也构成了这种关系，表现了先民的阴阳观念。琴瑟为弦乐，其声清丽高亮，如女声；钟鼓属打击乐器，其音浑厚雄健，有男子气魄。诗人用这一组乐器，形象地表明阴阳男女之观念，琴瑟与钟鼓的对立，象征了阴阳男女之对立，君子与淑女之对立，琴瑟钟鼓之统一于君子求所爱之行动，又暗示阴阳匹配、男女结合，君子与淑女之婚姻美满。

整首诗从初见、思念、渴慕、追求，直到最后完成，是一首完整的爱情诗，又如一幕精巧的爱情戏剧，其间之悲剧气氛极浓，最后却以皆大欢喜而结束。[2]

整首诗在节与节之间的结构上也体现出二元对立的关系，表现了先民

---

① 李泽厚：《美的历程》，中国社会科学出版社1984年版，第19—37页。

② 程俊英《诗经译注》谓第三节写想象中的结婚场面。（上海古籍出版社1985年版，第4页）樊树云曰"第三章写婚礼之盛"，其译文曰："漂亮温柔的姑娘呵，敲钟击鼓娶她来。"《诗经全译注》，黑龙江人民出版社1986年版，第4页）

对自然与文化、阴与阳的认识,反映了先民的文化观和宇宙观。

第二节之激烈动作由第一节阴阳失谐之激烈不平衡引起,首节以象征男性之雎鸠起兴,二节却以象征女性之荇菜起兴,传达了先民对阴阳对立关系的认识。

在第一节里,只出现了君子思念淑女的句子,而淑女十分遥远,只是虚幻的影像;第二节君子渴慕淑女,淑女的形象在君子的想象中越来越清晰,在君子的心理距离上已经与淑女很接近了,比起第一节来,已经具体多了,距离也近多了。然而,君子还不能见到淑女,只能日里梦里思念她;第三节,作为行为主体的君子已经接近淑女了,故能够"琴瑟友之""钟鼓乐之",最后走向结合,阴阳匹配。从第一节到第三节,阴阳由对立走向统一,阳不断主动向阴接近,终于阴阳和谐。

在行为动作方面,第二节与第三节之间也构成了双向对立的关系,从而表现了肉体与精神、自然与文化的严格区分和深刻联系:

第二节	寤寐求之	琴瑟友之	第三节
	寤寐思服		
	辗转反侧	钟鼓乐之	

第二节中,强烈的思念首先引起身体的骚动不安,一系列身体动作表现了体内的不安。身体属于物质形态,比之于琴瑟、钟鼓属于自然形态,在此可视为自然状态的代表。而第三节却极其文雅,一下子进入了艺术领域,用音乐来"友之""乐之",音乐乃精神产品,在此可视为文化文明状态的代表。艺术与身体骚动之对立,自然而然地反映出文明状态与自然状态的对立,象征着文化与自然的严格区别。同时,此种肉体动作和音乐精神又统一于君子一身,均为君子追求淑女的行为,又象征着文化与自然的深刻联系。

《关雎》的作者正是通过许多二元对立关系的描写,传达出先民的两种观念:(1)阴阳匹配、男女婚姻,传达了先民朴素的宇宙观;(2)自然状态与文化状态的区别、联系,传达了先民朴素的文化观。

	阳	阴
动植物	雎鸠	荇菜
	雄鸠	雌鸠
人	君子	淑女
音乐艺术	钟鼓	琴瑟

显然,人是动植物和音乐艺术相联系的中间状态,自然状态与文化状态

的确是由人来联系的。文化是人创造的,人在从自然到文化的过程中具有重大的作用,暗示着人的力量。同时,《关雎》又象征地表达了人的双重性,即自然之人与社会之人,既属自然状态,又属文化状态,传达出自然与文化的严格区别和深刻联系,从而显露出人的意义。人类的爱情犹如自然一样,由阴阳组成,阴阳组合的原则乃是宇宙的原则。同时,人人具有文化精神,有感情基础,故能用音乐艺术来完成阴阳和谐。

	自然	文化
人物	雄鸠	君子
	雌鸠	淑女
	荇菜	淑女
动作	寤寐求之	琴瑟友之
	寤寐思服	
	辗转反侧	钟鼓乐之

综上,《关雎》通过一系列人物、动作的对立关系,形象地表现出自然与文化的区别与联系,传达出原始先民朴素的文化观念。

(原载《渭南师专学报》1990 年第 2 期)

王维的自然观及其对生活与艺术的影响

自然,作为人类的生存环境,不仅制约着人类物质生产的水平,而且制约着人的精神生活。尤其在古代农业社会,人们的物质生活依赖于自然,人们的精神生活也在很大程度上依赖于自然。因此,热爱自然、崇尚自然,不仅是中国一般农民的品格,而且积淀于古代知识分子的人格结构中。王维,典型的中世纪中国知识分子,他热爱自然、崇尚自然,更由热爱而师法自然之道,自觉地把自我融于大自然,置身于自然之中,追寻自己独立的知识人格的完善和生命价值的拓展,并用艺术创作记录了这种完善和拓展的全部心路历程和追寻轨迹,形成了一代艺术巨匠的独特风格。

一 王维的自然观

王维崇尚自然,首先表现在对自然山水的羡慕、执着和热爱中。他欣赏自然的美丽风光,在自然之中徜徉情怀,体验自然的空旷博大,进而在自然中追寻生命的意义,实践独立自由的人格追求。

王维的诗充分体现出他对自然的热爱与向往:"悦石上兮流泉,与松间兮草屋。入云中兮养鸡,上山头兮抱犊。"(《送友人归山歌》)这种情怀并非偶发感慨,而是长期的追求:"素怀在青山,若值白云屯。回风城西雨,返景原上村。前酌盈樽酒,往往闻清言。黄鹂啭深木,朱槿照中园。犹羡松下客,石上闻清猿。"(《瓜园诗》)正是由于诗人素怀于自然,悦自然之声色,羡自然之清幽独立的品格,因此,诗人在许多诗中反复吟诵自然,赞美自然,表现出对自然的热爱与执着。

王维并不仅仅停留在热爱自然的层面,而是更进一步体验自然之道,师法自然,学习自然的精神。正由于此,王维主张人应随自然之性,尊重自然的本来面目,不要人为地"侵犯"自然。在《白鼋涡》中,诗人高度称扬了保持自然原貌,维护自然品格的"主人":"南山之瀑水兮,激石濯濯似雷惊,人相对兮不闻语声。翻涡跳沫兮苍苔湿,藓老且厚,春草为之不生。兽不敢惊动,鸟不敢飞鸣。白鼋涡涛戏濑兮,委身以纵横。主人之仁兮,不网不钓,得遂性以生成。"从正面表达了诗人对自然的尊重和师法。而对于破坏自然应有的品格,诗人进行了无情的批判与嘲讽,在《白鹦鹉赋》中,诗人借白鹦鹉

77

的命运,对破坏自然之道提出了抗议,指出其严重的后果。白鹦鹉本生于自然之中,具有自然的品格,不受社会各种关系的束缚,但是"尔其入玩于人,见珍奇质,狎兰房之妖女,去桂林之云日,易乔枝以罗袖,代危巢以琼室。慕侣方远,依人永毕",最终造成自己"深笼久闭,乔木长违",失去了"日月之光辉",欲归而不能,完全成为人的玩物。作者要追求独立自由的生活,不愿像白鹦鹉那样因锦衣华食而丧失自我,而是追随自然,到自然中去。在《酬黎居士淅川作》中,诗人明确地表达了自己的情怀:"侬家真个去,公定随侬否?著处是莲花,无心变杨柳。松龛藏药里,石唇安茶臼。气味当共知,那能不携手?"而在《奉寄韦太守陟》中,更表达出不怕寂寞而追随自然的坚定与执着:"荒城自萧索,万里山河空。天高秋日迥,嘹唳闻归鸿。寒塘映衰草,高馆落疏桐。临此岁方晏,顾景咏《悲翁》。故人不可见,寂寞平林东。"尽管自然中萧索、寂寞,没有闻达声名与花衣美室,但是在自然之中,诗人仍能找到自己的情怀。在诗人后来创作的大量诗作中,我们都能看到他在自然之中怡然、寂然的心态,而诗人所追求的正是自然之道中的寂、静、空、幽。

从热爱自然到师法自然,从对自然的关注、尊重到欣赏自然美、体悟天地宇宙的自然之道,这不仅是一段心路历程,而且也是一种人生尝试,一种生活实践。因而,王维置身于自然之中,追求一种自然的生活方式。在长期师法自然、置身自然的生活中,王维通过隐逸把自己与自然融合在一起,从而走向了与自然的完美合一。这种合一,不仅体现在生命生存的外在形式上,而且更体现在王维生命意识的深层结构中。通过与自然的融合,诗人体悟出一种完全不同于社会的生命价值,并且努力去实现这种价值,走出一条全新的人生之路。晚年隐居辋川的诗作,充分体现出诗人在自然中追求生命意义、追求与自然合一的情怀。《竹里馆》展示了诗人把自己置身于自然之中,在幽深竹林中独立自在,与明月为伴,与宇宙共始终的生命体验。而这首诗中更引起我们注意的是,王维诗中传达出的诗人与自然合一,并不是用诗人自己的情怀去占据自然,强迫自然为我所用——如果这样,就会破坏自然之道,违背师法自然的内在统一性,对自然也失去了应有的热爱和尊重。同时,诗中传达出的信息表明,诗人也不是通过丧失自我,泯灭自己的个性、气质、品格去迎合自然,把自己完全消融于自然——如果这样,就会使诗人丧失主体意识,而主体的丧失必然否定客体的存在,使诗人和自然脱离,无法走向融合。这首诗既表现出诗人对自然应有的尊重,把自然当作独立自在的对象物,不用自己的意志去"占据"自然,而是通过在自然里的深切体悟,体悟自然之道,把实在自然变作诗人的心理自然;同时,诗人的形象又并不泯灭于自然之中,在诗中,诗人也是独立自在的,是一个有着丰富的人生体验和艺术体验的主体,他有思考、有追寻,通过心灵的体悟活动,把自己与对象物联系起来。因而,我们说王维与自然的合一,并不是把个性消融于原则中的合一,也不是牺牲对象物的合一。在这合一体中,自然既是对象物,又是具有内在统一精神的和谐的独立体,诗人也是具有内在精神的独立体,由两个独立体而组成的合一,才是成熟的统一体,是有机的、完美的统一体。因此,王维诗中表达出的人与自然的融合,不仅描绘了自然之美、自然之内蕴,而且有机地传达了诗人的情怀。自然既是诗人情怀的一部分,同时又具独立性;诗人既是自然的组成单位,同时又是自主的。

正由于诗人热爱自然,师法自然,直到与自然有机地、完美地融合,因此,自然在诗人的人格结构中就成为很重要的因素,对于诗人艺术型人格的形成发挥着至关重要的作用。我们知道,王维精通诗、乐、画,而且都相当有成就,艺术修养很高。这种修养当然来自长期的艺术学习与艺术训练。在长期的学习与训练过程中,王维通过诗人的敏感去发现自然的美,通过画家的敏感去观赏自然的五光十色、千姿百态,通过音乐家的敏感去聆听自然的美妙音响,陶冶性情、澡雪精神,培养了对自然的热爱与亲近之感,也生成了他艺术的敏感与直觉。这种艺术式的直觉进入他的人格结构中,在某种程度上决定了他艺术型人格的形成,并通过人格结构对他的生活方式、生活历程产生了深刻影响。

从热爱自然到师法自然,走向身心与自然的有机融合,王维不仅在生活实践中,而且在艺术实践中表现出与前人迥然不同的风格。自然在一个诗人身上体现得如此内蕴丰富、层次分明,是前无古人的。

二　王维的隐逸心态

在以儒学入世思想为主导的文化视野中,隐逸被视为消极遁世,甚至是颓废的人生态度,很少有人看到隐逸对于人格完成的积极意义以及隐逸者热爱生活、执着人生的内心激荡。实际上,中国中古、远古的隐逸者,大多并非消极遁世,尤其是隐逸的名士,更视隐逸为一种抗争,一种追寻。正是在与黑暗政治的抗争中,在对独立人格的追寻中,每个隐逸者表现出不同的隐逸心态,呈现出不同的隐逸类型。

悲愤—抗争型　中国隐者早已有之,而史传称道者则始推伯夷、叔齐,其"义不食周粟"之气节给后世的隐者树立了典范,而保持气节正体现出他们对当政者的抗议和对人格完整性的追求。汉魏以降,嵇康、阮籍之属同样把隐逸视为对抗统治集团和追求人格独立的特殊方式。他们同样生于新旧政权交替过程中,作为儒学传统在新时代的承续者[①],以前朝遗民自居的嵇、阮之属怎能不忧心如焚,怎不想奋起抗争?但是,黑暗的现实、严酷的政治统治使他们无法采取正常的反抗方式,于是,他们便以"名士"的身份,采取不予合作的"对抗",其结果是形成了魏晋风度的隐逸方式。他们虽隐逸,但胸中的政治理想和政治热情时时折磨着他们,并与现实形成了强烈的反差,迫使他们在两条线上搏斗:一方面要保全名节,要维护自尊,必须与黑暗政治搏斗;另一方面又要保全性命,必须与心灵中的政治冲动搏斗,要把政治理想与政治热情隐藏起来。于是,他们便生活于无边的苦闷和悲愤之中,并以长啸山林、狂态悲歌来排遣。无论是刚正不阿终遭杀戮的嵇康,还是与统治者"和解"的山涛;无论是纵情于酒、狂放豪气的刘伶,还是假装糊涂、驱车悲吟的阮籍,都无法摆脱苦闷与痛苦。他们是真正"入世"的儒者,而非隐士,他们的"热眼"一刻也不曾关注自然;即使在竹林中狂啸长歌时,他们也无法消弭外在的迫害与内心的煎熬,"身在江海之上,心存魏阙之下"是他们共同的心态。

王维的隐逸与他们有本质的区别,尽管王维之隐逸难免有政治失意的成分,但其分量却轻得多,以至他能够把内心的不平降到最低点,因而,王维没有狂狷式的悲歌与苦闷的长啸,而是欣然置身于自然,并追求与自然的融合。他能真正地面对自然,平静地追索生命价值的另一种实现方式,从而淡化了他的儒学精神。

困顿—淡泊型 儒学传统造就了中国古典知识分子的政治热情,一旦这种政治热情受到现实的打击,许多人就会淡泊政治意识,归居田园,重新寻找自己的人生定位,陶渊明正是成功的范例。

同许多中世纪的知识分子一样,陶渊明在现实打击下亦曾悲愤,亦曾苦闷,亦曾激昂,但最终却在田园中"隐逸"起来,像广大人民一样躬耕田亩,自得其乐,在淡泊中追求完善人格与悠然独立的生活境界,写作了大量讴歌田园的优秀诗篇。但是,诗人对于政治仕宦总未能释怀,心灵深处时有"冲动"。"少无适俗韵,性本爱丘山。误落尘网中,一去三十年。羁鸟恋旧林,池鱼思故渊。开荒南野际,守拙归园田。……久在樊笼里,复得返自然。"(《归园田居》)此诗虽洋溢着归园田居的喜悦与解脱之轻松,但是其心态之不平衡,隐藏于以园田与樊笼的比照。如果心如静水,纯然描述眼前景象即可,无需寄托深远,画蛇添足。而其"精卫衔微木,将以填沧海。刑天舞干

① 参见鲁迅:《魏晋风度及文章与药及酒之关系——九月间在广州夏期学术演讲会讲》//《鲁迅全集》(第三卷),人民文学出版社 1961 年版,第 379—395 页。

戚,猛志固常在"(《读山海经》),更是充溢着济世的宏图大志。因此,陶渊明的政治意识并没有消逸,只是通过体会田园生活的艰辛困顿,淡泊了政治意识。诗人毕竟在政治旋涡里摔爬滚打了许多年,毕竟受到儒学入世思想的深刻影响,怎能毫无牵挂地隐逸于田园呢?

王维之隐逸与陶渊明同样具有仕宦失意之起因,但通过《辋川集》可见,王维晚年虽然身在官场,兼有官职,而其心之所系,纯然在于自然,并不像陶渊明那样对政治生涯念念不忘。因此,比起陶渊明来,王维的隐逸心态里儒学的传统更少,而崇尚自然的成分更多。

失意—纵情型 谢灵运之纵情山水,不是到山林中去寻找自然美,寻找生命之真谛,而只是发泄愤懑。他在纵情的行程中,以独具慧眼的胸怀,发现了自然山川之美丽,领略了天地自然之道,在纵情之后忘却了情,在发泄之余消遣了政治失意的苦闷。因此,在谢灵运的笔下,自然获得了较为独立的美学意味,其胸中之苦闷、悲愤,常于山泽草林中消逸。因而,其行虽狂放但却无碍山水,达到了不隐而隐,不逸而逸,心入山林,实开后代隐逸诗人山水诗的先河。

王维与谢灵运的共同点在于:其一,隐逸起因之相似——政治失意;其二,隐逸方式之相似——身兼仕宦而心入山林。但是,我们并不能以此断定王维之隐逸完全同于谢灵运,实际上,他们之间存在着根本的对立:王维隐逸是出于对自然山水的热爱、师法,他是在心灵深处自觉地走向与自然的融合;而谢灵运隐逸是出于无奈,他心灵深处不愿走向自然,自然只是他发泄政治悲愤的对象、纵情放任自己的途径,他缺乏对自然的热爱、尊重,更不要说师法自然了。儒学培养了古典知识分子的人格结构,当邪恶当道时,拒绝出仕而隐居,仍不失为儒者。王维无疑受到了儒学的影响,但绝不能算儒者之隐士,因为作为儒学隐士有两个基本条件:第一,从社会现实而言,邪恶势力当道;第二,从本人而言,曾经历从仕宦到被排挤、受打击的大挫折。而这两点,王维都不充分具备。

我们知道,王维的隐逸尝试并非从开元十六年受贬离开济州隐于洪水嵩山一带开始。早在十年之前,王维就已经开始了隐逸尝试。而这时,王维尚未踏上仕途,还谈不上政治失意;此时唐代社会正处于上升时期,不存在严酷的政治统治。因而,王维最初的隐逸并非主要受到儒学思想的影响,至于后来的隐逸之契机,虽与儒学思想有关,然其隐逸生活之情态,又大异于儒者之隐。由此可见,在王维的隐逸心态中,儒学思想并不占主导地位。

庄禅思想,无疑是王维隐逸心态的重要因素,但从王维一生多次隐逸的实际而观,并不能说王维最初的隐逸尝试亦包括其中,因为这时王维接受禅学影响尚未明晰。庄禅思想包含与儒学入世相对的退世以自守、追求个性独立的生活态度。庄禅思想抨击社会,崇尚自然,追求通过与自然之道的融合,达到与天地精神的共生共存。因此,庄禅之退世,并非纯然惧祸而隐,而是体现了另一种生活追求,王维正是接受了庄禅崇尚自然,追求人格独立的积极因素,而非纯粹消极退世。由此可见,王维虽受道佛思想的深刻影响,但在其隐逸生活中仍是阶段性的。

综上所述,儒学精神之隐、庄禅思想之隐,在王维一生的隐逸生活中,只是阶段上的影响,只有崇尚自然的观念,始终是决定王维隐逸生活的重要因素。笔者认为在王维的隐逸心态中,自然观是基础,它决定王维隐逸生活的方式与风格;庄禅思想是主导,它与王维的自然观结合起来,使王维在自然中追求生命的另一种存在方式,实践自己的人格追求;儒学精神是契机,以政治失意为导火线,确定王维何时隐逸,走向自然,体现王维的自然观;时代精神是不可缺少的因素,时代隐逸之风作为王维隐逸生活选择的氛围,与自然观结合起来,使王维可以保持较平衡的心态走向隐逸生活。于是王维就选择了一种富有时代特色的隐逸方式:身兼仕宦而心在山林。我们不能据此认为王维"非隐"或"半官半隐",实际上,对于王维这样一位既不能从事躬耕生产,又不能经商以自给的中世纪知识分子而言,挂着一个官衔,拿着朝廷的俸禄,避免了生计的艰难以及由此而产生的烦躁与不安,更能维持其隐逸生活的安静,维持其心态的平衡,使其可以悠闲自在地追求理想人格,实现与自然的合一。

三 王维山水诗中诗人与自然的对位关系

王维的自然观决定了他的隐逸心态,从而不仅影响了王维的生活方式选择,而且影响了他的山水诗创作。在王维自然观的作用下,他的山水诗呈现出清新的独特风采,诗中的自然物象总是生动活泼的,是自己呈现出来的,而非人为地改变山水的色调样态,因而没有激愤、苦闷,更多的是平静、空灵、幽远。诗人同自然的关系是融洽的,这种关系,若从创作主体态度来观察,主要通过下列三种方式来体现:旁观型态度;参与型态度;融合型态度。

旁观型态度指诗人在描绘自然物象时,似乎站在自然的旁边或对面,静静地观察着自然物象的呈现、涌动,其身既不参与于自然中去动作,其心亦不参与于自然中去思索,只是"设法把现象中的景物从其表面上看似凌乱互不相关的存在中解放出来,使它们原始的新鲜感和物性原原本本地呈现,让它们'物各自然'地共存于万象中"①。诗人并不以自己主观的情绪或知性逻辑介入扰乱自然物象的内在韵律，表现出诗人对自然的尊重，对自然生命的生长与变化的爱护。

> 斜光照墟落，穷巷牛羊归。
> 野老念牧童，倚杖候荆扉。
> 雉雊麦苗秀，蚕眠桑叶稀。
> 田夫荷锄至，相见语依依。
> 即此羡闲逸，怅然吟式微！（《渭川田家》）

诗人似乎是一个孤独的旁观者，静静地伫立于田家旁边的土坡上，静静地注视着余晖掩映下的渭川田家的各种景象。他既不去村落漫步，更不想与田夫野老把盏交谈，而是旁观默视着淡淡的田园风光，唯恐打破这份安详与静谧。如果不是句末的叹息，我们根本察觉不到诗人的存在。这种旁然默视的态度，正是王维与陶渊明的显著区别之一。在陶诗中，诗人总是生活于田园中的一分子，与田园中的田夫野老有着乡邻般的友谊，常与他们把盏而坐，谈天说地，乐也陶陶。为什么会产生如此的区别呢？我们结合王维与陶渊明的隐逸心态和隐逸方式就会清楚。

陶渊明由困顿而淡泊入于隐逸，居于田园，躬耕田亩，自食其力，因而，他能体会田夫野老的喜怒哀乐，在长期的田园生活中，与劳动人民结下了中世纪般的、纯净的乡邻之谊，名副其实地成为田园生活的一部分；而王维基于崇尚自然而隐，且借俸禄以资隐逸，因而并没有真正进入田园生活中，对他来说，田园生活只是自然现象的一部分，他完全可以站在田园之外，去静静注视田园生活。陶渊明是把田园当作自己的家园来描绘的，故其笔下之田园总是亲切的、温情的；而王维是把田园当作自然现象来描写的，尽管也写出了田园生活的温情与甜美，但总显得遥远而陌生，诗人与这种生活总显得隔一层，这正是由他的旁观型态度所造成的。

参与型态度指在艺术作品中，诗人进入自然现象之中，自然物象的展现与诗人的行动密切联系在一起，或借动作的流程使自然物象流动起来，或借动作呼唤自然物象展示自我的风采，通过诗人的动作与自然物象的完美统一，构造成浑然一体的意象，收到近于自然地表达自己情怀的艺术效果。在这类诗中，诗人尽管有动作，但动作并非任意而发，它以眼前的自然物象之

---

① 叶维廉：《中国诗学》，生活·读书·新知三联书店1992年版，第89页。

内在韵律为基础，与自然物象是完美统一的，因而并不显得僵硬，而是自然而然地体现出诗人师法自然的情怀。

在陶渊明的田园诗中，自然景象的演出往往是由诗人的动作引发的，而这种引发往往是自然而然的，动作并不破坏自然物象本身的完整性和新鲜感，如"采菊东篱下，悠然见南山""山气日夕佳，飞鸟相与还"。作为自然物象之南山、飞鸟、山气，是由诗人采菊过程中毫不经意的一瞥而引发的，表现出悠然自得的情绪，故言"此中有真意，欲辩已忘言"。王维继承了陶诗的这一传统，写作了许多脍炙人口的诗篇。

> 独坐幽篁里，弹琴复长啸。
> 深林人不知，明月来相照。（《竹里馆》）

全诗以弹琴长啸与深林、明月的协调达到诗人动作与自然物象的有机统一，营造出一种几乎自然的气氛，一切都显得那么自由自在、独立不羁。在诗中，诗人参与于自然之中去动作，并把自我化为自然的一部分，因而动作显示出空寂的自然精神，而自然物象亦体现出诗人空寂虚静的人生追寻，浑然一体。诗人尽管把自我渗透于自然之中，但不仅没有破坏自然原始的统一与新鲜，而且使自然物性更显生动。

> 空山不见人，但闻人语声。
> 返景入深林，复照青苔上。（《鹿柴》）

全诗似乎不见诗人的影子，纯是自然物象的展示。但是，透过诗句的连接，我们不难看到诗人在空山深林中行进的步履。诗人漫步于空山之中，并没有见到人，却听见人的话语之声，而当诗人"返景入深林"，去寻觅话语之源时，却发现自然的影子"复照青苔上"。全诗以诗人的见闻顺序展示自然物象的演进层次，通过诗人的动作，把没有时间联系的自然组织起来，纳入时间的流程之中，构成浑然一体的有机意象。

> 太乙近天都，连山到海隅。
> 白云回望合，青霭入看无。
> 分野中峰变，阴晴众壑殊。
> 欲投人处宿，隔水问樵夫。（《终南山》）

比起《鹿柴》，这首诗中诗人的参与型态度更加明晰，诗人游览终南山，并以登山的层次，展示终南山之自然风采。全诗通过诗人动作与感触，把终南山宏阔广博的形象演示于人，体会自然的意味。

由此可见，在这类诗中，诗人把自己的身心都参与到自然物象之中，或成为自然的一部分，或以动作的时空顺序组织自然物象。透过诗句，我们能看到诗人的存在，诗人的活动与自然物象相互配合，有机统一，使物象如在目前，没有旁观型诗中的隔离感，但却难脱人为营造的痕迹。

融合型态度是指在艺术作品中，诗人与自然完美和谐地熔铸成一个完整的艺术世界，诗中的自然物象无不具有诗人的情怀，带有诗人的精神，是诗人本质力量的对象化之具体体现。因而，全诗虽由自然物象自发地演出展现，却无时无物不传达诗人的思想情感信息；从字面看，全诗并无诗人的影子；而从诗意中观，全诗无处不展示诗人的影像，诗人在自然之中，自然在诗人之中，情中有景，景中见情，情景交融，辉映成章。韩国学者柳晟俊先生总结王维山水诗创作时言："王维之山水诗，以'情景交融'出之者，景中可以含情，情中可以寓景；或托物起兴，或摹景写心，更觉诗旨深浑，妙境无穷。"他认为王维诗歌之情景交融分为三项：其一，字面以景为主体，偏重于写景，属于景中有情类；其二，字面以情为主体，偏重于写情，属情中有景类；其三，字面情景皆重，交融莫辨，属情景兼到类。此三者则可为情景交融之变化也。[①] 柳晟俊道出了王维此类诗作的变化，而第三类尤为融合型态度诗作之范例。

> 人闲桂花落，夜静春山空。
> 月出惊山鸟，时鸣春涧中。（《鸟鸣涧》）

全诗纯是自然山林春涧之描绘，让自然物象自己到读者面前活动。诗人没有附加任何动作，似乎诗人深深地将自我藏隐起来。然而，诗意中所透出的寂静空幽，却把诗人带到读者目前。在这里，诗人并不像旁观型态度式诗作（如《渭川田家》）那样与自然隔离一层，对自然物象仅作静态观察，而是无形中把自我的精神化入自然物象的变化、统一之中，每一个物象既是它自身，同时也是诗人之情怀，构筑成一个完整的艺术世界。自然既有自己的品格，诗人亦有自己的情感，而各自独立体的融合，达到你中有我，我中有你。我在你中，不淹没我的个性，你在我中，亦不失你的品格，表现出诗人在热爱

① ［韩］柳晟俊：《唐诗论考》，中国文学出版社 1994 年版，第 44 页。

自然、师法自然的基础上,走向与自然融合的生活态度。

> 木末芙蓉花,山中发红萼。
>
> 涧户寂无人,纷纷开且落。(《辛夷坞》)

从字面上看,诗人似乎站在旁边静静地观察芙蓉花的开与落,属于旁观型态度,但是,细读全诗,我们丝毫不会发现旁观型态度中固有的隔离之感。在诗中,诗人与自然、诗人的情怀与自然物象的演出达到了高度的一致性:木末芙蓉花好像一个高明的演员,准确、细致地把诗人的情感、体验展示于读者目前,通过芙蓉花自由自在地开且落,不受社会污染,不慕人为轰动,把诗人追求独立自由的人生境界有机地表现出来,达到了情与景的交融统一。

由此可见,融合型态度不同于旁观型态度,尽管从诗的字面上看,两类作品均通过自然物象的自发演出来达到艺术效果,但是在融合型态度的诗作里,诗人深入到了诗意的深层,把自己的情怀隐藏于自然物象及其运动变化的背后,通过自然物象表现自我,因而,消除了人与自然的隔离,达到了情景交融的高度。同时,融合型诗作亦不同于参与型,它没有着意把诗人的动作、心绪点化出来,亦不通过诗人活动的顺序去组织自然物象。实际上,在这类诗中,诗人根本无需动作,自然物的运动变化就是诗人的动作,因而,全诗从字面上难见诗人的影像,达到了人与自然的完美融合,在艺术上实现了情景交融。

(本文与张蒲荣合著,原载《渭南师专学报》1996 年第 3 期)

黄莺扰梦阻辽西

——金昌绪《春怨》解析

打起黄莺儿,莫教枝上啼。

啼时惊妾梦,不得到辽西。

金昌绪,初唐时期余杭人,因本诗而留名。本诗收入《全唐诗》,入选《唐诗三百首》。本诗构思精巧,语言流畅明了,具有民歌色彩,在看似简单的语句背后,隐藏着浓郁的诗意,因而,为历代文人墨客所重。借用、化用该诗意者代有其人,苏东坡《水龙吟·次韵章质夫〈杨花词〉》:"梦随风万里,寻郎去处,又还被莺呼起。"几乎可以看作是本诗诗意的翻版。

一 结构:叙事与抒情

这是一首典型的闺怨诗,其抒情方式值得玩味。它既不同于"衣带渐宽终不悔,为伊消得人憔悴"那样直抒胸臆,也不是"碧云天,黄花地,西风紧,北雁南飞。晓来谁染霜林醉,总是离人泪"那样借景抒情,更不是"枯藤老树昏鸦,小桥流水人家,古道西风瘦马。夕阳西下,断肠人在天涯"结景为情。而是依事抒情,借赶走扰梦的黄莺儿达到抒情的目的。全诗展示的是情感的流程,从诗的内在意蕴来说,无疑是抒情结构;然而,这个抒情结构,又是建立在叙事的基础上的,其中必然有一个围绕感情的叙事结构。因此,叙事结构和抒情结构的配合统一,或者说如何把叙事纳入抒情结构,就成为本诗能否达到预期抒情效果的关键。

我们先来看看本诗所依之事。如果按照时间顺序进行排列的话,可以看到这样的图式:

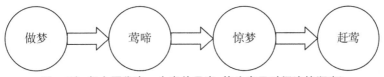

图一(注:每个圆代表一个事件元素,箭头表示时间连接顺序)

87

　　如果作者按照这样的顺序来写的话,就不是叙事,也不能达到抒情的目的。因为,在图一中,尽管每个事件的元素都已经存在,但是,这些事件的元素,只是按照时间顺序先后排列的,整个事件的逻辑性和意义并没有凸现出来。这样的事件,不能作为叙事学的事件,无法构成叙事结构。而且,由于各个事件元素之间缺乏个性化信息和个性化联系,不能充当唤起抒情主人公情感的事件,因而,也不可能用来抒情,更谈不上叙事结构与抒情结构的配合统一了。

　　事件是"由行为者所引起或经历的从一种状况到另一种状况的转变"①,作为故事事件的叙述顺序和作为素材事件的时间顺序,是有严格区别的。作为素材的事件的时间顺序"是一种理论建构,是我们可以根据支配一般现实的日常逻辑规律而得出的"②。而故事事件的叙述顺序则是叙述人的一种选择,各种事件元素之间有着或明或隐的因果逻辑,因此,叙述人对事件的叙述顺序是经过一定的选择安排和加工的,事件元素之间呈现出一种因果关系,而事件的意义正是在这种叙述之中。《春怨》叙事结构(主要是叙述顺序),呈现出下列的图式:

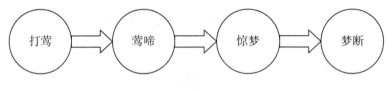

图二

　　由图一和图二的对比,我们可以发现:作者对事件的叙述顺序和事件发生的时间顺序是相反的,也就是说,作者采用了倒叙的叙事结构。为什么要采用倒叙的叙事结构呢?因为倒叙的叙事结构可以简洁、精练、不露痕迹地把叙事结构转化为抒情结构。"一部叙事作品总是由种种功能构成的,其中的一切都具有程度不等的意义。这不是(叙述者的)技巧问题,而是结构问题。"③《春怨》的作者并不是简单地在时间顺序上对故事进行由结束到开始的倒叙,而是通过连续的先果后因式叙述,产生一种追问和解释的效果,在追问和解释中,把抒情主人公的感情表现出来。这种追问和解释的过程,就

---

　　① [荷兰]米克·巴尔:《叙述学——叙事理论导论》(第二版),谭君强译,中国社会科学出版社 2003 年版,第 219 页。

　　② [荷兰]米克·巴尔:《叙述学——叙事理论导论》(第二版),谭君强译,中国社会科学出版社 2003 年版,第 93 页。

　　③ [法]罗兰·巴特:《叙事作品结构分析导论》//[法]罗兰·巴特:《符号学美学》,董学文、王葵译,辽宁人民出版社 1987 年版,第 116 页。

是不断显现各种事件"功能"的过程,通过各种事件"功能"的联系,构成一个统一的结构,让事件成为对主人公来说有"意义"的事件,从而把对整个事件的叙述纳入抒情的范畴,完成从叙事结构向抒情结构的转化。

"打起黄莺儿",为什么"打莺"呢?是因为抒情主人公不要黄莺继续在枝头啼叫。为什么不要黄莺继续啼叫呢?因为黄莺的啼叫声扰乱了抒情主人公的梦,使主人公的梦不得到辽西。后一句紧跟着前一句,句句解释,步步追问,层层深入,从具象到抽象,从表面到深层,一直追问到情感深处,牵出思念辽西亲人的闺阁之思,形成一个完整的抒情结构,达到表现"春怨"的目的。最后一句"不得到辽西",既是"打起黄莺儿"的根本原因,也是全诗的最后结果。在这里,"因"和"果"重叠在一起,把起点自然地归于终点,又使终点有机地回应起点,不仅完成了本诗圆满灵动的结构,而且加重了本句在整个诗中的分量,突出该句的作用,形成本诗抒情的重点,起着振起全篇的作用。如果没有这一句,叙事结构也无法转化为抒情结构,全诗的叙事就无法达到抒情的目的。

二 行动:主动与被动

《春怨》以构思巧妙、句法圆紧取胜。明代王世贞言:"不惟语意之高妙而已,其句法圆紧,中间增一字不得,着一意不得,起结极斩绝,而中自纤缓,无余法而有余味。"(《艺苑卮言》)那么,这首诗是通过什么样的艺术手段,达到构思巧妙、句法圆紧的艺术效果的呢?从叙事学的理论来分析,"叙事聚焦"的独特性是关键。通过富有个性化的叙事聚焦,把叙述人、聚焦者和聚焦对象纳入一个微妙的关系中,使人物的行动迂回曲折地指向抒情主人公的内心世界,表现出梦断辽西的相思之苦。

抒情性作品一般篇幅短小,不可能事无巨细、全方位地展示闺中思妇的种种生活情态,关键问题是从怎样的视角、选取怎样的典型生活场景来达到抒情的目的,欧阳修的"庭院深深深几许,杨柳堆烟,帘幕无重数"是一种视角,李清照的"三杯两盏淡酒,怎敌他,晚来风急",又是另一种视角。这种视角,实际上是观察视觉和所呈现出来的所有因素之间的关系,荷兰叙事学家米克·巴尔称之为"聚焦",观察视觉就是"聚焦主体,即聚焦者(focalizor)是诸成分被观察的视点。这一视点可以寓于一个人物(如素材中的成分)之中,或者置身其外。如果聚焦者与人物重合,那么,这个人物将具有超越其他人物的技巧上的优势"①,而所呈现出来的所有因素就成为聚焦对象。《春怨》采用的聚焦者和事件参与者之一"妾"相重合的聚焦方式,有利于聚焦者更加方便、更加深入、更加细致地进入事件过程,甚至进入人物"妾"的内心世界,从而与聚焦对象的联系更加紧密,可以把聚焦对象的每一个细节都展示出来(如果有必要),达到理想的抒情效果。正因为如此,当把聚焦对象定位在"打莺"这样的生活场景时,聚焦者能够步步深入地展示"妾"的心理活动,准确地把握"妾"和"莺"的关系,并用精练的诗句进行叙述,使整个诗作显得精巧、单纯、圆紧。

然而,这首诗的艺术魅力还不仅仅表现在聚焦对象的巧妙,更表现在抒情主人公善于超越聚焦对象。该诗前三句一直在叙述"打莺"这件事,聚焦对象是"妾"和"莺"的关系,而到了第四句,突然出现了一个新的意象——"辽西",讲述的是"梦"和"辽西"的关系,这才是诗的主旨,是抒情主人公所想表达的情感。也就是说,这首诗叙事的聚焦对象尽管是"打莺",但抒情焦点却不是人和莺之间的关系,而是通过人和莺的关系,表现人和人的关系。全诗从"妾"与"莺"的关系入手,又能超越这种关系,上升到"妾"和"辽西"的关系,表达相思之情和无奈之苦。这一入一出,不但精巧别致,而且获得了一种超越感,加强了诗的余韵,更有艺术感染力。

从叙事学"角色模式"②的角度来看,《春怨》所叙述的行动是"打莺",参与者是"妾"与"莺",而叙述者、抒情主人公和"妾"尽管从叙述理论看来,属于不同层面的"人物",但在这首诗中可以看作是统一的。通过分析两个参与者"妾"和"莺"做了什么,我们可以清楚地看到二者之间的关系。

	主动者	被动者	动作	转换
第一句	妾	莺	打	
第二句	妾	莺	啼	莫教
第三句	莺	妾	惊	位移
第四句	妾	夫	到	不得

---

① [荷兰]米克·巴尔:《叙述学——叙事理论导论》(第二版),谭君强译,中国社会科学出版社 2003 年版,第 173 页。

② 亚里斯多德在《诗学》中认为,在叙事中,"行动"是比"人物"更重要的概念,人物只是行动的参与者,是动作的发出者或受与者,必须在行动时才能显出"意义"。结构主义语义学家 A. J. 格雷马斯提出"角色模式"的概念,他认为重要的不是人物是什么,而是人物做什么。他把这种具有结构功能的人物称为角色,并把角色分成相互对应的三组:主体(sujet)/客体(objet);发出者(destinateur)/接收者(destinataire);辅助者(adjuvant)/反对者(opposant)。

首句"打起黄莺儿",中心谓词是"打起","妾"是行动的主体,是动作的发出者,而"莺"是客体,是"打"这一动作的受与者。在这一行动中,"妾"是主动者,"莺"是被动者。我们可以想象当时的情形:"妾"美"梦"正酣,将要与远在辽西的亲人相会,而"莺"啼不断,惊醒了"妾",打断了"梦",于是,厌厌思春的"妾"主动走出房间,赶走惊梦的"莺"。次句"莫教枝上啼",中心谓词是"莫教",动作的发出者仍是"妾",动作的受与者仍是"莺"。诗到这里,抒情主人公"妾"都是主动的,而"莺"是被动的,"行动"的"权力"掌握在抒情主人公的手中。但是,诗中两个重要的意象"梦"和"辽西"还没有出现,一旦这两个意象出现,事件的两个参与者"妾"和"莺"的关系便发生了根本的转化,抒情主人公不再是行动的主动者,而成了被动者。第三句"啼时惊妾梦",中心谓词是"惊",因莺啼而惊,"莺"成为行动的主体,是动作的发出者,而"妾"是动作的受与者,"妾"由主动者转变为被动者,动作的"权力"已经转移。这一转变使诗意发生重要转折,表明后面的结果是抒情主人公根本无法把握的,也暗示出悲剧结局将要出现。第四句"不得到辽西",抒情主人公因被动而难以达到目的,用"不得"这样既无奈又幽怨的词语,清楚地表明抒情主人公已经无法掌控自己的意愿,行动的控制权已经完全由外界的因素所掌握,给"妾"留下的只能是梦断辽西。

三　情感:希望与失望

《春怨》表现的是闺阁相思之情,抒情主人公处于希望和失望之间,最终以失望结束。这种希望和失望之间的感情起伏,是通过诗中四个意象之间的关系来表现的。诗中出现的四个紧密联系的意象——妾、莺、梦、辽西,正好构成一个语义方阵:

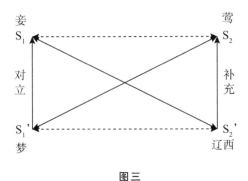

图三

按照格雷马斯的理论,"妾"和"莺"的对立关系是基本的语义轴。"妾"要到辽西,但"莺"却坚决地破坏"妾"的目的性追求,它用啼鸣干扰"妾",使妾"不得到辽西",体现了"莺"对"妾"的绝对否定。黄莺轻盈娇软,其形小巧可爱,其声清脆婉转,当春而啼,可诱发少妇无限春思,常被用来排遣春情。"燕燕轻盈,莺莺娇软。分明又向华胥见。夜长争得薄情知?春初早被相思染。"(姜夔《踏莎行》)而在本诗中,黄莺儿全然失去了娇小可爱,变成了可恼可恨的惊梦之鸟。它一点也不理解抒情主人公的心思,只管自己在枝头欢畅抒情,却破坏了人的相思之情。而"妾""打起黄莺儿"的行动,则是对"莺"的绝对否定。"妾"和"莺"的绝对否定关系,构成了本诗的基本关系,也是叙事的重点,所以,"妾"和"莺"在诗中出现的频率最高,二者在前三句中都出现(前两句主语省略)。而"梦"出现了两次,分别是第三句和第四句(主语省略),"辽西"只出现了一次。诗也正是从"妾"和"莺"的关系入手,前两句重点写"妾"对"莺"的绝对否定,第三句重点写"莺"对"妾"的绝对否定。"梦"和"辽西"也是对立关系,"梦"本来是抒情主人公能够借助到达辽西的唯一手段,但这种对立表明"梦"不可能到达"辽西"。连"梦"也不能到达,而况人乎!更添悲哀之情。"梦"与"妾"构成补充关系,"梦"是"妾"实现目的的一种手段,这是当时所能采取的唯一手段,所以,"梦"是对"妾"的必要且唯一的补充。"辽西"与"莺"也构成补充关系,在"妾"和"莺"的对立中,"辽西"是站在"妾"的矛盾位置上,而与"莺"形成某种意义上的同盟。从诗意的角度来说,"辽西"地处边关,与"妾"山水相阻,使"妾"难以到达而无法见到想念之人。在阻碍了"妾"的意愿这一点上,"辽西"和"莺"的目标是一致的。从"妾"与"莺"这一基本语义轴的角度来说,"辽西"是对"莺"的补充,与"莺"一起浇灭"妾"的全部希望。

"妾"与"辽西"的关系和"莺"与"梦"的关系都是矛盾的。其中"妾"与"辽西"的矛盾是本诗基本的矛盾关系,也是本诗抒情的重点。"辽西"是"妾"的情感指向,也是"妾"情感的归着点,但因为"妾"与"莺"的对立关系、"莺"与"梦"的矛盾关系,"妾"与"辽西"的矛盾无法解决。"妾"始终无法靠近"辽西",从而引发"妾"无边的惆怅、寂寞和苦闷。"莺"与"梦"是矛盾关系,而不是对立关系,尽管"莺"直接惊醒的是梦,但"梦"并不是最后的受害者,"梦"也没有对"莺"进行直接的干预性动作。从全诗不难看出,"莺"和"梦"的矛盾,只是一个过渡,是为表现"妾"与"辽西"的矛盾服务的。

我们说"妾"与"莺"的对立关系是语义方阵的基本语义轴,只是就这首诗的叙事元素进行的分析。而《春怨》是一首抒情诗,叙事只是抒情的一种手段,或者说是抒情主人公感情流动的一个过程。从抒情元素出发,"妾"与"辽西"的矛盾关系,才是本诗最基本的关系。如果把叙事元素和抒情元素结合起来,我们就能够更清楚地看到诗中四种意象的关系:

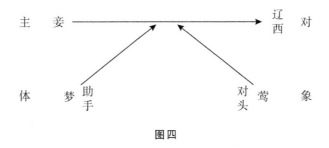

图四

　　本诗题为《春怨》,我们可以把"春怨"看成具有抒情性的行动,这一行动的主体当然是抒情主人公"妾",行动的对象是"辽西",而不是"莺"。"莺"只是诗中一个动作"打起"的对象,是浮在表面上的对象,并不能构成全诗整体性动作"春怨"的对象,只有"辽西"才是真正的对象。全诗以"妾"起头,以"辽西"收尾,形成一个完整的结构。"梦"是抒情主人公的助手,给主人公带来希望,而"莺"则是抒情主人公的对头,是破坏者,破坏了抒情主人公的希望。在唐代社会条件下,闺中思妇想见远在边关的亲人千难万难,只有借助梦来实现虚幻的相见欢,聊以解消相思的饥渴和闺阁的寂寞。梦,也只有梦,才能给抒情主人公带来希望。抒情主人公"妾"把全部的希望都寄托于梦,这个梦也许比主人公的生命还重要。但是,"莺"无情地惊散了这一场梦,阻断了梦,使这个梦无法达到辽西,从而也就阻断了妾的希望,留给她的只能是失望、惆怅和无奈。

第三编

现代性与现代文学史时空

中国现代文学史实的空间存在

——关于历史叙述和文学史研究的思考之二

一　文学史实与文学史叙述

"文学史实的概念很广,既包括我们通常所说的作品,还包括与作品相关的环境、读者等,作品完成前与之有联系的因素、作者以及作品完成后的接受和影响情况。"①如果说,文学史实是已经存在的、过去发生的文学现象的话,那么,文学史叙述则是对文学史实实现方式的认定,其中很重要的部分就是对文学史实实现方式的追溯,就此而言,文学史的工作似乎只要把文学史实恢复起来就可以了。然而,问题绝不如此简单。文学史的工作从一开始就不是文学史实"简单的传声筒",任何文学史的叙述者都必然带着历史眼光和现实眼光来叙述自己"选择"和"重新组织"的文学史实。在文学史学科的初期阶段,文学史不仅仅是要"恢复"过去的文学现象,它担负着更加重要的任务:"作为近代文学、科学和思想的产物,'文学史'的重要基础,是19世纪以来的民族—国家观念,如果按照安德森(Benedict Anderson)的说法,民族国家是一个'想象共同体',那么,文学史便为这种想象提供了丰富的证据和精彩的内容。文学是文化的一部分,是民族精神的反映,当文学与一个有着地域边界的民族国家联系起来,这时候,一个被赋予了民族精神和灵魂的国家形象,便在人们的想象之间清晰起来。"②于是,在文学史实和文学史叙述之间就出现了必然性差异,对于同一文学史实会出现多种文学史叙述,中国现代文学史学科的发展正说明了这一点。

但是,既然文学史是对文学史实的叙述,那么,就不能不以文学史实的实际情况为基础,特别是以文学史实在特定的时间和特定的空间中的展开进程为基础。正如杨义先生所言:"在一定的意义上说,文学史研究是当代学者和历史上的审美灵魂进行对话。这种对话应该是理解性的。历史上产

---

① 埃利埃泽·梅勒坦斯基:《社会、文化和文学史实》//[加拿大]马克·昂热诺、[法国]让·贝西埃、[荷兰]杜沃·佛克马、[加拿大]伊娃·库什纳主编:《问题与观点——20世纪文学理论综论》,史忠义、田庆生译,百花文艺出版社2000年版,第3页。

② 戴燕:《文学史的权力》,北京大学出版社2002年版,前言第2页。

生的文学现象必然有其历史根据,必然有其社会历史的基础,也必然有其文化心理的积淀。每一代人有每一代人的长短优劣,对于人类的文学事业,每一代人有每一代人的高低不一、但又是不可互相代替的贡献。我们可以用某种先进的观念和特殊的角度去认识和分析历史上的文学现象,但是不可以这种观念和角度去代替历史上的文学现象。"①文学史的叙述既要体现叙述者的理解和眼光,更要尊重文学史实的存在方式和实现历程。

二 中国现代文学史的空间结构

任何文学史实都是在一定的空间和时间中存在的。就中国现代文学史来说,"现代"是时间坐标,"现代"在这里作为时间标识,一方面区别于古代、近代等非现代的时间,另一方面也标识着现代这个时间框架中的阶段性文学时间结构;"中国"是空间坐标,"中国"在这里作为空间标识,一方面区别于中国之外的非中国空间,另一方面,也应该标识出中国这个大空间结构中的文学区域空间分布。由此,中国现代文学史的叙述就应该建立在时间坐标和空间坐标的基础上。但是,我们看到,很多"中国现代文学史"都是以时间为坐标,空间的坐标则淡化了,于是,中国现代文学的叙述在长期以来就出现了时间叙述"一条腿走路"的现象。这种单纯的时间性叙述,遮蔽了诸多文学史实,尤其是文学史实的空间性结构内容,导致中国现代文学的空间标识弱化,出现了一些理论上和操作上的盲区。比如就"中国"这个大空间和"非中国"空间的关系问题,许多中国文学史集中于中国和西方文学的关系,近邻则主要关注中国文学与日本文学的关系,而对于中国文学和其他空间上的文学的关系关注不多;对于"中国"的内部文学空间结构问题的关注更是薄弱,在多种中国现代文学史叙述中,既没有对"中国"的"外空间"进行全面的叙述,更没有对"中国"的"内空间"进行必要的梳理。

正因为文学史时间性叙述存在着巨大的理论和视野的盲区,我们更需要建立不同于时间性叙述的空间性叙述。所谓空间性叙述,就是以文学史实的空间性为叙述坐标,重视文学的空间性存在状态,把文学的内空间和外空间结合起来,打破文学史的时间性叙述的统治地位,扩大文学史的视野,进行更具个性化的文学史叙述。一旦空间性叙述发展起来,时机成熟了,我们就有可能在更宽阔的时空坐标上进行文学史的叙述,勾画文学史实的和谐性。"文学史实实现过程的历史背景、地理环境和文化氛围的差异,以及

---

① 杨义:《文学史研究的时空结构》//中国社科院文学研究所编:《文学思维空间的拓展》,工人出版社 1988 年版,第 466 页。

实现过程中表现出的种种相同和相似点,勾画了该史实的和谐性。而文学史实的和谐性,对于综合文学史的系统化前景、对于相似文学现象鉴别和比较过程中具体发挥作用的文学标志的确定,都是非常重要的。"①

中国现代文学史实的空间结构,可以分为文学史实的"外空间"存在和"内空间"存在。中国现代文学的"外空间",并不是指世界上一切"非中国"的地方,而是指中国现代文学所意识到的、和中国现代文学发生关系的空间性文学现象。"空间"在文化的意义上来说,不仅仅是一种客观存在,更与人们的认识能力相联系,是人们心理体验的一部分,所以,讨论中国现代文学的"外空间"时,必须把空间的客观性和人们对空间的体验性结合起来,通过比较客观存在的空间和中国现代文学的心理空间,也许会给我们研究中国现代文学提供更大的帮助。中国现代文学史实的"内空间"是指中国现代文学史实在"中国"这个地域空间的存在状态,包括中国现代文学的地域性结构,文学中心的形成、转移,文学流派形成发展的地域性特点等。

从文学过程和文学要素来看,中国现代文学史实的空间结构可以分为:文学创作的空间性、文学文本的空间性、文学传播的空间性、文学阅读的空间性等。文学创作的空间性主要体现在作家的文化资源的空间因素、作家创作道路的空间历程等;文学文本的空间性主要体现在文学文本中的空间指涉;文学传播的空间性主要体现在文学传播的范围、文学传播的方式选择、文学传播在不同范围内的传播效果等;文学阅读的空间性主要体现为文学读者的空间分布、文学阅读反应与空间地域的关系等。当然,中国现代文学史实的地域性空间存在和文学过程、要素的空间存在是紧密联系的,文学的"内空间"和"外空间"都会有作家、文本、传播和读者的因素,尽管这些文学因素在"内空间"和"外空间"中的表现有很大的区别,但作为文学史的叙述,就必须把它们结合起来,只有这样,才能真正建立文学史的"和谐性"。

三 中国现代文学史实的外空间存在

近代是中国"天朝大国"彻底破灭的时期。如果说这时期中国人的空间概念主要是对西方国家的认识的话,那么,以"五四"新文化运动为开端的中国现代文化继续了这种空间概念并进行了拓展:"我们的国家,是个老大的国家,人民从做小孩子的时候,在家中受一种无形的玄理的教育,而自以为

① 埃利埃泽·梅勒坦斯基:《社会、文化和文学史实》//[加拿大]马克·昂热诺、[法国]让·贝西埃、[荷兰]杜沃·佛克马、[加拿大]伊娃·库什纳主编:《问题与观点——20世纪文学理论综论》,史忠义、田庆生译,百花文艺出版社2000年版,第3页。

是。在海禁未开之前,闭门做皇帝的时代,没有人来与你争赛,是非也没有人同你分辨。惟在二十世纪内,科学的进步,物质文明的发达,一日千里。近看日本,远看欧美各国,其进化如何神速。"①以欧洲诸强和日本为"镜像"来观照自己,已经成为当时的人们的普遍认识。在此基础上,有识之士更开始了对世界更多的文化空间的认识。这种空间的扩展有两个标志。

其一,是对于"被损害民族文学"的认识。中国文学界真正自觉地关注、介绍"被损害民族的文学"开始于鲁迅和周作人的努力,1921年茅盾主编的《小说月报》推出"被损害民族的文学号",正是这种努力开出的花朵。《小说月报》第12卷第10号所刊发的文章主要集中于周作人、鲁迅、茅盾等三个人的翻译和介绍。这种对"被损害民族的文学"的自觉认识,实际上是感悟自身"被损害"而发出的"求正义求公道"的呼声:"凡被损害的民族的求正义求公道的呼声是真的正义真的公道。在榨床里榨过留下来的人性方是真正可宝贵的人性,不带强者色彩的人性。他们中被损害而向下的灵魂感动我们,因为我们自己亦悲伤我们同是不合理的传统思想与制度的牺牲者;他们中被损害而仍旧向上的灵魂更感动我们,因为由此我们更确信人性的砂砾里有精金,更确信前途的黑暗背后就是光明!"②这种认识,大大地开阔了中国现代文学的"外空间",扩展了中国现代文学的参照视野和学习视野,并融入中国现代文学发展进程的各个方面。

其二,是对俄国和苏联文学的关注。俄国十九世纪文学在世界上独树一帜,产生了许多伟大的作家,但直到五四运动时期,由于俄国革命的影响,中国的文学家才开始充满希望和憧憬地介绍俄国文学。在当时的许多知识分子看来,介绍俄国文学可能对中国更有意义,因而普遍表现出热切的关注之情。与"被损害民族的文学号"相比,1921年9月出版的《小说月报》第12卷号外"俄国文学研究"的作者阵容要庞大许多;而且,没有"被损害民族的文学号"那样的《引言》,这说明俄国文学在当时已经广为人知了。

对俄国文学和世界上"被损害民族的文学"的介绍,是中国现代文学独有的文学空间,表明中国现代文学空间的拓展,同时,这些翻译和介绍,也以这样那样的形式,熔铸为中国现代文学的一部分。

中国现代文学的外空间也表现在现代文学的空间认识对现代文学作家的文学观念形成的影响。概括地说,中国现代作家大多都有留学历程,而留学的国别、地域对于作家的文学观念的形成和文学创作风格的形成有着明

---

① 周振禹:《读鲁迅先生的〈忽然想到〉》,《京报副刊》1925年1月21日。

② 记者(沈雁冰):《引言》//茅盾(原题沈雁冰)主编:《〈小说月报〉第十二卷第10—12号》,书目文献出版社1981年版,第2—3页。

显的影响。我们大体上把留学的地域分为三部分:欧美、日本和苏联。这些空间不仅是文学家们留学的空间,也是许多作家早期活动的空间场所。对中国现代文学产生重要影响的《文学改良刍议》就是胡适在美国写下的,鲁迅、周作人早期的文学翻译活动和文学创作活动都与日本有着密切的关系,郭沫若、郁达夫、成仿吾、张资平等作家组织的创造社诞生于日本,徐志摩、梁实秋、戴望舒等人的文学活动与欧美有着不解之缘,瞿秋白等人的文学活动与苏联很有关联。这三部分作家受到的文学教育和异域生活的影响不同,而他们共同在中国现代文学的舞台上表演,构成了中国现代文学的基本格局,并且对中国当代文学也有深刻的影响。

中国现代文学的外空间存在还表现在中国现代文学影响空间方面。毫无疑问,中国现代文学是世界现代文学的一部分,而中国现代文学的影响则是其重要内容。中国现代文学在开创之初,就产生了相当的国际影响。当鲁迅先生的《呐喊》出版后,"随着鲁迅在国内权威地位的确立,他的世界声誉也开始显赫"①。第一个把鲁迅的作品翻译成俄文的王希礼在 1925 年 6 月 16 日给曹靖华的信中称:"他不只是一个中国的作家,他是一个世界的作家。"②美国记者贝尔莱特(P. M. Bartlett)在《新中国的思想界领袖鲁迅》中说:"中国最有名的小说家鲁迅先生,是新文化运动的健将。……他是一个天生的急进派,一无所惧的批评家和讽刺家,有独立的精神,并且是民主化的。他用普通话写作品。他是一切迷信的死敌人,笃信科学,鼓吹新思想。"③当时的世界文豪罗曼·罗兰读过《阿Q正传》后也做出了评价,极大地鼓舞了中国新文学。从那时开始,在日本、朝鲜、欧洲、美国、南美洲,甚至非洲,中国现代文学的世界影响绵延不断,为 20 世纪世界文学的发展作出了应有的贡献。

四　中国现代文学的内空间存在

中国现代文学的内空间存在主要表现在文学中心的形成和转移、文学作家来源的空间性资源、文学流派的形成与地域文化的关系、文学的内空间地理分布以及这种分布对中国 20 世纪文学总体发展的影响。

---

① 张梦阳:《中国鲁迅学通史·宏观反思卷:20 世纪中国一种精神之化现象的宏观描述与理性反思》,广东教育出版社 2001 年版,第 61 页。
② 张梦阳:《中国鲁迅学通史·宏观反思卷:20 世纪中国一种精神之化现象的宏观描述与理性反思》,广东教育出版社 2001 年版,第 62 页。
③ 张梦阳:《中国鲁迅学通史·宏观反思卷:20 世纪中国一种精神之化现象的宏观描述与理性反思》,广东教育出版社 2001 年版,第 62—63 页。

　　"五四"文学革命时期,中国现代文学的中心是在北京,当时的主要文学刊物、文学流派、文学家的主要活动大多在北京;而到了 20 年代后期至 30 年代,随着"革命文学"的兴起,文学的中心就很快转移到上海。这种转移,对文人心态和创作都产生了巨大的影响,远离上海的周作人就受到很大的刺激,并深刻地影响了周作人的文学、文化选择和人生道路。周作人认为,"革命文学"是"拿了文学来达到他政治活动的一种工具,手段在宣传,目的在成功"①。鲁迅在《"醉眼"中的朦胧》中也说:"倘使那时不说'不革命便是反革命',革命的迟滞是'语丝派'之所为,给人家扫地也还可以得到半块面包吃,我便将于八时间工作之暇,坐在黑房里,续钞我的《小说旧闻钞》,有几国的文艺也还是要谈的,因为我喜欢。所怕的只是成仿吾们真像符拉特弥尔·伊力支一般,居然'获得大众';那么,他们大约更要飞跃又飞跃,连我也会升到贵族或皇帝阶级里,至少也总得充军到北极圈内去了。"②可以说,上海热热闹闹的"革命文学"的刺激是"京派"形成的直接导火索,深刻地影响了京派文人的文化选择和文学创作。到了 30 年代后期、40 年代,由于战争状态,中国现代文学形成了新的地理图景,解放区文学、国统区文学、上海孤岛文学在共时状态下展开,那么多的文化青年和文人奔赴延安,使延安一下子成为一个新的文化中心,而历史小城延安无法承载如此巨大的任务。这种格局的形成以及对这种格局的认识,对新中国成立后的文学观念和文学思潮具有决定性的影响,对文学史叙述也具有决定性的影响。

　　其次,中国现代文学的内空间还表现在地域文化对文学家的影响。任何文学家成长的过程中,一定空间的地域文化都对其有重要的影响,文学家的童年经历和童年经验都是在地域文化的熏陶下形成的,而童年经验对于文学创作和文学的其他活动会发生深刻的影响。"美国作家凯瑟认为:8 岁到 15 岁之间是一个作家一生的个性形成时期,这个时期他不自觉地收集艺术的材料,它成熟之后可能积累许许多多有趣而生动的印象,但是形成创作主题的材料却是在 15 岁以前获得的。"③现代文艺心理学研究表明,艺术家的童年经验,尤其是痛苦、孤独等印象深刻的童年经验,是艺术家观察社会和人生的基调,在某种程度上决定着艺术家的题材选择和情感色彩,甚至影响着艺术家的艺术命运。在鲁迅童年时期,父亲的病和早逝,使鲁迅过早地感受到生活的重压,鲁迅小说和散文表现出来的"冷"也与此有关。钱杏邨在 20 世纪 20 年代分析郁达夫的小说创作时就指出:"在幼年的时候,他失

---

① 周作人:《文学的贵族性》,《晨报副刊》1928 年 1 月 5 日。
② 鲁迅:《"醉眼"中的朦胧》//《鲁迅全集》(第四卷),人民文学出版社 2005 年版,第 66 页。
③ 童庆炳、程正民主编:《文艺心理学教程》,高等教育出版社 2001 年版,第 94 页。

去了他的父亲,同时也失去了母性的慈爱,这种幼稚的悲哀,建设了他的忧郁性的基础。"①"周作人文体所包含的超然冷静地品味人生的姿态"令朱光潜"心折叹服",朱光潜指出了鲁迅和周作人的创作与绍兴师爷文化的关系:"师爷气在《雨天的书》里只是冷,在《华盖集》里便不免冷而酷了。"②

的确,艺术家、文学家正是在地方文化影响之下成长起来的。任何一种文化,要对艺术家、作家产生影响,都必须经过地方性过滤,尤其在艺术家、作家的童年时期,地方文化的影响力更直接、更强烈。试想一想,鲁迅、周作人、茅盾、郁达夫、冯雪峰、艾青等带着浙江文化的色彩走上文坛,郭沫若、巴金、李劼人、艾芜、沙汀等带着四川文化的因子,萧军、萧红、李辉英等带着东北文化的因子,沈从文带着湘西文化的因子,等等。当这些带着不同地域文化因子的人走到北京、走到上海时,各种地域文化在中国现代文化的大背景下就开始了冲突与融合,共同造就丰富多彩的中国现代文学。

再次,作家群和作家的空间移动和中国现代文学发展的关系,也是中国现代文学内空间的表现之一。作家群的移动,有着复杂的历史因素和文学因素。如四川作家群的移动,郭沫若、李劼人、沙汀、艾芜、巴金、周文等现代文学作家,都从四川走出来,参与中国现代文学大合唱,这与四川文化和整个中国文化的空间结构是有关系的。在历史上,对中国文学产生影响的川籍作家——司马相如、陈子昂、李白、苏东坡等,都是能够走出四川的作家,所以,对现代文学史上四川作家群的研究,就不能仅仅停留在中国现代文学的时间范围内,而应该从巴蜀文化的基本特征及其与整个中国文化的结构关系中去把握。如东北作家群的移动,萧红、萧军从东北来到上海,就与东北沦陷的时代有关,而他们来到上海,又把地域文化的因子带到文坛,萧军"把东北山野的强悍气息带进文坛",同时,其写作也"从浪漫抒情到激昂写实"③。从作家角度来说,鲁迅先生文学活动的空间移动与中国现代文学的发展息息相关,绍兴—杭州—南京—日本—杭州—北京—厦门、广东—上海,可以说,鲁迅先生的空间移动在很大程度上勾画出了中国现代文学的线路图,很有意义。京派的产生与周作人滞留北京、胡适北上有很大关系,而鲁迅南下、周作人滞留、胡适北上,不仅说明这三个新文化运动的健将的社会观念和文学观念的分野,也可以说这是中国现代文学走向的分野。

(《学术前沿》2004 年第 12 期)

① 陈子善、王自立编:《郁达夫研究资料》(上集),花城出版社 1985 年版,第 34 页。
② 黄键:《京派文学批评研究》,上海三联书店 2002 年版,第 12 页。
③ 杨义:《中国现代小说史》(第二卷),人民文学出版社 1988 年版,第 531 页。

以大历史观叙述文学史实

——以"五四"文学的历史叙述为例

文学史既是文艺学的有机组成部分,更是历史科学的重要内容。文学史叙述首先应该运用科学的历史叙述方法,采纳历史研究的最新成果,用具有历史纵深感的反思支撑文学史实的重新解读和阐释,即使未能发挥"引领"的作用,也绝不应该滞后于历史反思。现有的中国现代文学史叙述(教材类),大多数陷入"文学"的圈子不能自拔,对历史研究成果吸纳不够,导致历史视野狭窄,历史反思无力,史料组合墨守成规,作品阐释"圈子"太小,严重影响高校文学教育质量。这种情况,在有关"五四"文学的历史叙述中表现得尤为突出。

"五四"是中国现代历史的开端,"五四"文学也是中国现代文学史的开端,这一开端所昭示的历史价值至今没有在文学史叙述中充分显现出来。像"五四"一样,"五四"文学并不简单地等同于中国历史的改朝换代和文学的朝代更迭,它在近现代世界文化背景下展开,全球化与殖民化所带来的深刻变革,远非中国历史的朝代更替可比拟,经济结构、思想伦理、文学生产机制、文学消费机制等,均发生了根本性变化。面对这一根本性变化,如果仅仅局限在文学的圈子里,仅仅局限在"中国"的圈子里,那么仅就中国现代文学来说,科学与民主的输入、白话文学、人的文学、革命文学、左翼文学、京派与海派、新感觉派小说、解放区文学等,都离不开外来事件的刺激。要把中国现代文学史叙述清楚,近现代世界大事件的叙述应该更加充分,而不是仅仅在"绪论"中交代一段"中国现代文学的外来资源"。

"五四"新文学发生有着世界性思想背景和文化背景,西方近代以来的思想方法、文学观念、文学技术都构成了"五四"文学的深厚资源。文艺复兴以来的人道主义、进化论、尼采哲学、启蒙运动、易卜生、象征主义、古典主义、意象派等,深刻地影响着"五四"文学革命家,规约着"五四"文学的革命欲望和价值追求。因此,中国现代文学史要将"五四"文学叙述清楚,就必须在更加广阔的背景上叙述中国现代文学的发生、演变和历史影响。现有的中国现代文学史在叙述"五四"文学的时候,仅仅把西方文学作为一个背景资料,而没有充分揭示"五四"文学与世界文学的深刻联系,没有真正说明

"五四"文学仅局限在"五四"的圈子里,根本无法达到文学史叙述的目的。

笔者认为,要改变"五四"文学的叙述现状,中国文学史叙述必须引进"大历史观"的思路和成果,增强文学史叙述的历史纵深感和叙事肌理,采用"后视"的历史自觉,站在"今天"的立场上分析"五四"文学史实及其深刻影响,还原文学史的纵深维度。

一

近代以来,中国历史发生的重大事件都与全球化、殖民化有着千丝万缕的联系,外来事件刺激是中国近现代"革命"必不可少的要素。黄仁宇先生列出"中国全面革命前的序幕"图示①,转换成图表如下:

	鸦片战争,中国割地赔款	1842年《南京条约》	虽然战败而无彦改革,对外政策旨在"羁縻",对不平等条约的反应少,因两国文件采平等体制反引为不安。	
外事之刺激	英法联军入京,太平天国被打败	1861—1880年自强运动	中学为体,西学为用,保卫传统体制,已在造船、制炮各方面吸收西方科技。	中国之反应
	中日甲午之役,两方维新与保守的区别相当显然	1898年百日维新	企图君主立宪,创制新法律,编制预算,改革教育。	
	义和团之役,满清弱点彻底暴露	1911年辛亥革命	否定两千年来的政治体制。	
	《凡尔赛和约》,将中国主权任意宰割	1919年五四运动	知识阶级全面洗心革面,改革从本人着手及于文化与思想。	

1916年2月3日,胡适致信陈独秀:"今日欲为祖国造新文学,宜从输入欧西名著入手,使国中人士有所取法,然后乃有自己创造之新文学可言也。"②明确地把西方文学作为创造新文学的重要资源,甚至是先决条件,从而"先天地"决定了"五四"新文学与世界文学的不解之缘。应该说,这是一种富有建设性的想法,是一种"拿来主义"的态度,拿来的目的不仅仅在于中国新文学建设,也在于"拿出",让中国文学加入世界文学建设格局中,重新树立中国文学的国际形象。然而,这种以"拿来"为主要手段的文学革命,却

① 黄仁宇:《赫逊河畔谈中国历史》,九州出版社2011年版,第207页。
② 耿云志、欧阳哲生编:《胡适书信集》(上册),北京大学出版社1996年版,第69页。

遭到"拿来主义"前辈的强烈反对,他们就是《天演论》的翻译者严复和小说翻译者林纾。严复翻译的《天演论》影响了现代中国几代学人,"革命""创新""新生事物""改革"等词语成为中国现代社会的关键词,与进化论传入有着深刻联系,文学革命的发起人胡适、陈独秀也受到进化论的直接影响。林纾翻译的西方小说,尽管用文言作为载体,但那是中国第一次成规模地引进"域外小说",包括鲁迅在内的许多作家,都以林译小说作为了解世界文学的重要窗口。在文学史叙述中,新文学阵营与"卫道者"林纾、严复的论争往往被解读为"新旧文学"论争,依据在于林纾致蔡元培信中大讲"守常"。但无论是严复翻译的《天演论》,还是林纾翻译的《茶花女遗事》,对于当时的中国文学来说绝不是"旧",所谓"新旧之争"不过是新文学叙述者的"一面之词",论争的焦点不在于"新旧",而在于对待中国传统文化的态度。今天重新审视这场"新旧文学一个大战场",恐怕焦点不在于"拿来"不"拿来",而在于对待传统文化的态度,而这种态度则与各自依据的世界文化资源有着莫大关系。文学革命者与近代翻译者"拿来"的东西不同,所依据的世界文化资源不同,文化建设的目标亦不同,如果不放在更广阔的世界文化背景中,引入更加丰富的文化资源,就不可能充分叙述新文学的第一次论争,更不能深刻地分析新文学阵营"胜利"后的欢喜与伤痛:经过这场论争,新文学安营扎寨,但也带来中国新文学的先天不足。林纾表示:"吾辈已老,不能为正其非,悠悠百年,自有能辩之者。"[①]在经历了百年的今天,如果还是放在当时的文化视野和文化立场上,看待"五四"时期白话文学与古文的论争、评价"五四"文学革命,是令人遗憾的。

胡适依据"一时代有一时代之文学"提倡"白话文学",陈独秀以凌厉霸道的姿态引进"德先生"与"赛先生",大书特书"文学革命"的三大主义。中国现代文学史告诉了我们这些,没有告诉我们"民主"与"科学"遭遇中国现代的历史合理性,似乎这是不需要论证的问题,有形无形之中造成中国现代知识界对"民主"与"科学"的迷信,将之视为"放之四海而皆准的真理"。当时中国确实需要"德先生"与"赛先生",陈独秀《本志罪案之答辩书》之义无反顾的态度,的确感动了一代人。民主与科学可以解决中国现代性进程中的不少问题,但不能解决所有问题,而且对于民主与科学的盲目崇拜还会产生新的问题,这些问题现在也没有解决好。实际上,就在陈独秀大肆宣扬"民主"与"科学"之时,西方知识界已经有了不少反思民主与科学的思想,此

---

① 林纾:《论古文白话之相消长》//郑振铎编选:《中国新文学大系·文学论争集》,上海文艺出版社 2003 年版,第 81 页。

后知识界的反思一直没有停止。遗憾的是,中国现代文学史叙述没有介绍这些具有价值的反思成果,面对科学主义的"工具伦理"严重伤害人文伦理的现象,居然熟视无睹,令人十分不解。笔者以为,中国现代文学史叙述应该充分介绍世界范围内的思想成果,破除任何迷信,包括对民主与科学的迷信,给"五四"新思想、新道德、新文学以符合历史实际的价值判断。

"五四"新文化运动是中国现代的一次启蒙运动,胡适和蔡元培曾称之为中国的"文艺复兴"。"五四"新文学的主流精神是启蒙,而鲁迅正是中国启蒙文学的代表作家,这正是鲁迅的伟大之处。但是,文学史没有清楚地告诉我们:为什么启蒙成为"五四"新文学之必须?为什么只有启蒙才能成就一个伟大的作家?欧洲自文艺复兴以来所建立起来的价值立场何以具有普世价值?中国现代启蒙与法国启蒙运动有哪些深刻的联系?文学史不能把启蒙当成一个不证自明的命题,而要通过必要的历史梳理和叙述张力,告诉人们启蒙和"五四"新文学的价值所在。

胡适当年提出"文学改良"的八项主张,陈独秀提出"文学革命论",都是有"大历史观"的。胡适自称是一个历史情结很重的人,他提倡白话文学是有历史逻辑的,并且反复表达这种逻辑:文学演变的历史就是文学工具(语言)演变的历史,文言造就的是古典文学,现在和将来的文学是用白话书写的文学。胡适并不是简单地讨论"当下需要",而是从中国文学演变中寻找白话文学的依据,把整个中国历史拿出来分析,得出白话文学是一种历史必然的选择,因而,胡适把"五四"文学革命称为"逼上梁山"。为了证明这一点,胡适不仅写作《建设的文学革命论》等论文,也写作《国语文学史》《白话文学史》等书著。面对具有"大历史观"的文学改良主张,如果不从"大历史观"视角进行分析,就无法真正评价其历史价值和历史局限。

"中国虽然在历史上产生过九个统一全国的大朝代(秦、汉、晋、隋、唐、宋、元、明、清)和十多个到二十个的小朝代,为研究检讨的方便起见,我们仍可称秦汉为'第一帝国',隋唐宋为'第二帝国',明清则为'第三帝国'。第一帝国的政体还带贵族性格,世族的力量大。第二帝国则大规模地和有系统地科举取士,造成新的官僚政治,而且将经济重心由华北的旱田地带逐渐转移到华南的水田地带。在第一第二帝国之间有过三个半世纪之上的分裂局面(晋朝之统一没有实质)。若将第二帝国与第三帝国比较,则可以看出第二帝国'外向',带'竞争性'。与明清之'内向'及'非竞争性'的迥然不同。在财政与税收的方面看来,其性格之差异尤为明显。第二帝国带扩张性,第三帝国则带收敛性。两个帝国之间,也有了元朝作为转变和缓冲的阶段。"①如果按照这样理解,从1840年到1949年(甚至更长,到达中国当代历史的一部分)的整个中国近现代历史,则是另一个帝国开启前的过渡阶段,这个阶段的主要特征,第一是农业社会全面瓦解与商业社会的确立,第二是开始进行"数目字管理"。由于遭受殖民主义经济、政治、文化的突然打击,自耕农为主体的社会结构和生产方式全面瓦解,其间虽然有过短时期的"回潮",如解放区和新中国成立初期的土地改革、20世纪80年代开始的"分田到户",但只是"革命"过程中的权宜之计,自耕农生产方式的全面瓦解和商业社会潮涌来袭是大趋势。如果有"第四帝国"的话,我们可以预见:商业社会一统江湖和"数目字管理"全面确立是其主要特征。从目前中国社会大步跨进商业化和各种"目标管理""绩效考核"就不难看出端倪。

将这种"大历史观"应用于中国现代文学史叙述,许多事情就看得比较清楚了,至少可以在已有的认知基础上大大推进一步。"五四"文学革命家要打倒古典文学、山林文学、贵族文学,建设国民文学、社会文学、平民文学等,现有的文学史往往叙述胡适的《文学改良刍议》、陈独秀的《文学革命论》、周作人的《人的文学》《平民文学》所提出的"革命"主张,而对其主张的历史合理性缺乏必要的分析,告之以"然"而没有告之以"所以然"。实际上,"陈独秀"们所反对的古典文学、贵族文学、山林文学都是"第二帝国"的产物,其中夹杂着"第一帝国"的些许残留。历史上所谓的隐逸文学、田园文学不过是处于第一帝国、第二帝国时期,无法进入或不愿进入"世族政治"和新官僚政治的下层知识分子的无奈选择。而进入以商业活动主导的社会结构(尽管尚处于初期转型阶段),平民、国民的地位和社会作用凸显,"中产阶级"成为社会的主体力量(尚没有成为政治生活的主体力量),"陈独秀"们或许有意无意地觉察到这种变化,提出建设以白话为"工具"的平民文学、国民文学、社会文学,势在必然。但是,我们也应该清醒地认识到:"五四"文学革命家所提倡的社会文学、平民文学、国民文学,其文学主体是城市平民和在校学生,作为中国社会最大群体的自耕农很难进入他们的视野,所以,"五四"文学将自耕农为消费主体的传统戏曲视为"封建糟粕",毫不留情地放弃了。

以鲁迅为代表的"五四"乡土文学开启了中国现代乡土文学传统。乡土文学的书写对象是传统农业社会,即以自耕农为主体的农村社会结构和经济耕作方式,以及在其基础上形成的乡村伦理。面对全球化和殖民化的浪

---

① 黄仁宇:《赫逊河畔谈中国历史》,九州出版社2011年版,第202页。

潮,传统社会结构和乡村伦理遭遇前所未有的危机,表现出相互联系的两面性:一方面,根深蒂固的传统社会结构和乡村伦理成为中国现代社会转型的巨大阻力,成为现代性的对立面,遭到无情的批判,以启蒙立场质疑、批判、扬弃"国民性"成为"五四"乡土文学的必然选择;另一方面,期望大踏步迈入现代文明社会、不断靠近西方现代性的知识分子,深感殖民化对中国社会造成的巨大破坏,民族情结、国家想象迫使他们在一定程度上"对抗"现代性,而他们赖以对抗现代性的最后阵地就是"乡村社会",这是他们的精神家园(否则他们无家可归)。这样一来,"五四"乡土文学就产生了无法避免的矛盾状态:书写对象是自耕农,但绝不是写给自耕农阅读的,它们"隐含的读者"是现代城市平民,也就是他们所说的"国民""平民",书写对象和消费对象脱节。这一对矛盾不仅在"五四"文学中体现,还在20世纪中国乡土文学中多次演练。

由此产生另一组矛盾:一方面,传统农业社会和乡村伦理是"五四"乡土文学批判的对象,"自耕农"成为启蒙的艰巨任务;另一方面,乡土文学作家又不了解甚至惧怕全球化和现代性,在对抗现代性的"战斗"中,乡土作家除了退守到乡村社会,几乎无路可逃,于是,他们对农村社会和乡村伦理也有无尽的留恋和惋惜。表现在情感选择和价值取向上则更为明显:一方面,乡土文学作家对"国民性""专制文化"采取毫不妥协的批判姿态;另一方面,他们又同情自耕农的处境和命运,时常流露出伤感情绪。批判与回归,抛弃与留恋,导致"五四"乡土文学的"不彻底性",这也许是"哀其不幸,怒其不争"产生的心理动因。如果说,"五四"乡土文学确立了中国现代乡土文学的基本格调的话,那么,以后的乡土文学所表现出来的批判和留恋(也有把这种留恋感伤转化为美化赞赏)的矛盾就不难理解了。从"大历史观"来看,这些矛盾现象的深层原因是,自耕农为主体的社会结构和乡村伦理逐步瓦解,具有历史的必然性。

二

"任何历史都是当代史",历史叙述不能被叙述对象束缚住手脚,而是要用"后视"的历史认识激活历史资料,让已经沉默的历史史实出来"话"。冯友兰先生曾经把历史分为两种:一种是死的历史,一种是活的历史。死的历史是资料,不会说话,活的历史是今天的历史叙述。"历史上的真人真事,是不会变化的(除非过去传闻错误,可能因新证据发现而修改)。但是资料的取舍,因果关系的布置,随作史者和读史者的立场而转移。著名的经济学史家熊彼得(Joseph Schurnpeter)说过,历史家铺陈往事,最重要的任务,是把今人的立场解释得合理化。"①作为历史叙述之特殊形态的文学史叙述,要把"今人的立场解释得合理化",不仅基于"历史上的真人真事",更要超越"历史上的真人真事",采取"后视"的视角,充分吸收多学科的研究成果,对叙述对象做出具有历史纵深感的判断。

胡适根据自己的"大历史观",设想一个白话与书写文字统一的时代,断定到了战国时期出现口语与文言的分别,就此提出"文言"成为"死文字",用"死文字"写作的古文是"死文学"。对于胡适的这一观点,海内外学术界早已进行了富有辩驳力的反思。唐德刚先生在《胡适口述自传》里注释道:"任何初民,其语言和文字都不可能是一致的。我国最早的甲骨文和金文也都与口语无关……就拿我国商代来说,商朝文人要留点记录,他们就要雕龟、刻骨或漆书竹简。写起来如此麻烦,所以他们记点天气变化曰'亥日允雨',他们就不想用'亥那一天果然下起雨来'那样啰嗦麻烦了。"②周汝昌先生在纪念胡适的文章中也指出:"一是他对中华文化,尤其是语文的特点优点缺少高层理解认识,硬拿西方语文的一切来死套我们自己的汉字语文。二是胡先生的审美目光与理想境界也都是以西方外国文化的标准为依归,他的思想是竭力把中国文化引向西方模式,使之'西化'。"③这些中肯且具有学术深度的意见,理应成为中国现代文学史叙述必不可少的思想资源,可惜现有的文学史对胡适的主张没有进行充分辩证,依然采用新文学"胜利宣言"式叙述代替学理思考。

"五四"发生以来,海内外学术界关于"五四"新文化运动、"五四"文学的反思一天也没有停止过,争议的焦点集中于:新文化运动对待传统文化的态度,"五四"新文学对待通俗文学的态度,文学革命主张的历史合理性,文学革命的意义和价值重估等。这些反思涉及"五四"文学的整体认知,作为"五四"文学的历史叙述,应该广泛撷取后"五四"时代的各种观点,将不同的思考呈现出来,显现出文学史叙述的历史纵深感。遗憾的是,现有的文学史叙述采纳不够,不仅受到叙述对象的制约,也受到《中国新文学大系》的制约。"五四"文学家所提出的观念,具有它那个时代的"当代性",《中国新文学大系》也是新文学家们的"回顾性"评述,带有强烈的"自我肯定",享受"胜利成果"的味道,具有20世纪30年代历史认识的"当代性"。今天的文学史叙述要在尊重这些论述的基础上,建构属于自己的"当代性",不能用别人的"当

---

① 黄仁宇:《赫逊河畔谈中国历史》,九州出版社2011年版,开场白第10页。
② 胡适:《胡适口述自传》,唐德刚整理、翻译,安徽教育出版社2005年版,第167页。
③ 周汝昌:《我与胡适先生》//子通编:《胡适评说八十年》,中国华侨出版社2003年版,第83页。

代性"替代自我的"当代性"。

与此类似,关于新文学与"学衡派"论争的文学史叙述,也存在明显的问题。"文学革命"阵营有自己的文化建设方案,"学衡派"也有相应的中国现代文化建设方案。与胡适、陈独秀等"激进派"的中国现代文化建设理念不同,"学衡派"是一群相对保守的知识分子。吴宓在美国留学期间就反对"激进",认为"激进派"是"当今之大患",导致诸多"叛乱""革命","法国大革命,则以'平等''自由'为号召;我国之乱徒,以'护法'等为号召;今之过激派,以'民生主义'为号召。其实皆不外汉高祖'取而代之'之一种宗旨"。"凡下愚之人,多乐从过激派,则以劫杀乃人之天性之一种也。而上流之人,亦有提倡过激派者。此等人非盲从,即黑心。"①新文化运动阵营与"学衡派"都希望建设中国现代文化,但怎样建设? 立场相对,回答不同,两种方案论争固然有学理的内涵,也不免带有意气用事的成分。这场论争的复杂性在以后的中国文化建设过程中多次重演,海内外学术界对学衡派的研究也取得了若干专门性成果,完全可以修补既成叙述。遗憾的是,已有的文学史叙述多次放弃了这样的机会,长期停留于鲁迅先生《估学衡》的历史认知。

诸多中国现代文学史叙述存在两大误区。一种是文化立场与历史意识多次游移,根据叙述对象不同调整历史意识和文化立场,对"五四"人的文学、革命文学、左翼文学、"土改"文学等,一概持有褒扬肯定的叙述,而对这些文学史实的内在矛盾性,缺乏应有的辨析,有"长袖善舞"之嫌。一种是文化立场和历史意识相对固化,采用某一种标尺,叙述多种复杂的文学史实,陷入"启蒙""现代性"的泥沼里不能自拔,文学史观念与叙述对象之间形成"标签"关系。我们需要稳定的历史意识和文化立场(但不能"固化"),广泛吸收历史学、经济学、政治学、伦理学、文化学、心理学等多学科的成果,用"后视"的视角拉开与叙述对象的距离,方能将文学史实看得更加清楚,不断丰富、细化文学史叙述,写出具有"当代性"的中国现代文学史。

(原载《海南师范大学学报(社会科学版)》2014 年第 12 期)

---

① 吴宓:《吴宓日记Ⅱ(1917—1924)》,吴学昭整理注释,生活·读书·新知三联书店 1998 年版,第 23—24 页。

中国现代性文学史观念的奠基意义与先天不足

——以胡适"文学史观"为中心的考察

胡适是中国现代性文学史观念的奠基人,他的文学史发展工具论、历史进化的文学史观和白话文学史写作实践,通过引进西方近现代科学思想和哲学思想,建立起了具有现代意识和现代眼光的中国文学史观念,完成了从资料性文学史到理论性文学史的转变,把文学史从单纯叙述文学史实的写作引领到具有思想性和前瞻性的文学史叙述,首次用统一的文学史观念叙述中国文学,开创了中国文学写作史的新时代。同时,在胡适文学史观念深刻影响下形成的新文学史观念及其文学史叙述,将文言文视为"死文字",将古典文学视为"死文学",从而将中国古典文学的现代表现形式——旧体文学——彻底排除,在一定程度上降低了文学的门槛,削弱了现代中国文学的民族精神,淡化了现代中国文学的审美意味,导致了文学观念的泛化和文学表现形式的通俗化,甚至粗鄙化。

一 文学史是文学工具的演变史

"一部中国文学史只是一部文字形式(工具)新陈代谢的历史,只是'活文学'随时起来替代了'死文学'的历史。文学的生命全靠能用一个时代的活的工具,来表现一个时代的情感与思想。工具僵化了,必须另换新的,活的,这就是'文学革命'。"①胡适一开始思考中国文学的问题,就更多地从文学形式方面着手,只要解决了文学形式的问题,也就解决了文学的根本问题,只要寻找到新的文学工具,就能造就新的、活的文学,并武断地认为历史上的文学革命都是如此。"今日欲救旧文学之弊,须先从涤除'文胜'之弊入手。……第一、须言之有物,第二、须讲求文法(大家之诗无论古诗、律诗皆有文法可言),第三、当用'文之文字',不可故意避之。"②同年 10 月,胡适在致陈独秀的信中,从"文字形式"方面指斥古典主义的诗作"用典或用陈套

---

① 胡适:《逼上梁山》//欧阳哲生编:《胡适文集》(1),北京大学出版社 1998 年版,第 146 页。

② 胡适:《致任鸿隽》(1916 年 2 月 2 日)//耿云志、欧阳哲生编:《胡适书信集》(上册),北京大学出版社 1996 年版,第 68 页。

语",是"因自己无才力,不能自铸新辞",进而提出"八事":不用典;不用陈套语;不讲对仗;不避俗字俗语;须讲求文法之结构;不作无病之呻吟;不模仿古人,语语须有个我在;须言之有物。胡适自认为前五项属于"形式上之革命",后三项属于"精神上之革命"。① 胡适这种激进的形式主义革命主张,得到新文化阵营同仁的热烈响应:"胡先生'不用典'之论最精,实足祛千年腐臭文学之积弊",因为"文学之文用典,已为下乘。若普通应用之文,尤须老老实实讲话,务期老妪能解;如有妄用典故,以表象语代事实者,尤为恶劣"。② 文学革命的领导者普遍接受胡适将文言打成"死文字"的言论,从而为白话文学扫除障碍,专心建设用白话写作的"活文学"。

文字既然有"陈"与"新",文学就有"死"与"活"。只有用新的工具才能造就新文学,这种文学是"活文学";用旧文字是不能产生新文学的,只能产生旧文学,这种文学就是"死文学"。"新"工具必然要代替"陈"工具,"活文学"也就要替代"死文学"。这种逻辑表述在两个方面值得讨论:一是将复杂文学史简化为文学工具的进化史;二是喜新厌旧的"新陈代谢"观。

文学是人类的精神创造,与人类的物质生产和精神生产的许多要素交织在一起。形式作为文学发展的主要因素之一,也是在不断"进化"的,但绝不是文学发展的唯一要素。胡适坚持文字形式的文学史观念,无疑是为"白话文学"找到理论的根据。在文学的发展过程中,经济的因素、道德的因素、政治的因素、艺术的因素都对文学形式的变迁发生着巨大的作用。一定的形式是适应一定的内容选择的,文学主体的文化情怀和现实追求,深刻地影响着文学创作主题的选择和提炼,又要求一定的文体来承载主题;一定的文体选择一定的语言文字形式,"一种'通俗文学'之兴起一定先要有个需要这个通俗文学的社会"③。胡适只注意到文学工具的变迁,而没有看到工具变迁后面复杂的决定因素。

其次,社会发展到一定程度,会形成与之相适应的文学消费群体,这种文学消费群体作为"隐含的读者",在一定程度上决定了文学创作主体的文体选择,创作主体会根据对读者知识水平和阅读习惯的预设,运用一定的文字形式,写作文学文本。如果是面向知识者的写作,当然在选择用词时就会相对典雅含蓄,而当社会进入市民社会,文学阅读的群体发生变化,普通市

---

① 胡适:《致陈独秀》(1916年8月21日)//耿云志、欧阳哲生编:《胡适书信集》(上册),北京大学出版社1996年版,第83、84页。

② 钱玄同:《寄陈独秀》(1917年2月25日)//欧阳哲生编:《胡适文集》(2),北京大学出版社1998年版,第19、20页。

③ 胡适:《胡适口述自传》,唐德刚整理、翻译,安徽教育出版社2005年版,第169页。

民成为文学的主要消费者,就有一部分文人面向市民写作,就会选择市民听得懂、看得明白的文字形式。胡适在要求文学写作采用白话的同时,一味强调文学的通俗,要求文学家选择"白话"的文字形式,而缺乏对文学阅读群体的必要分析,忽略了文学消费群体也是文学史发展的重要因素,以及其对"文字形式"的选择起着"隐含"的决定作用,当然不能深刻地说明"文学工具"的新陈代谢。

再次,胡适、陈独秀等文学革命的发起者,为了建立"平易的抒情的国民文学""新鲜的立诚的写实文学"和"明了的通俗的社会文学",将古典文学打成"雕琢的阿谀的贵族文学""迂晦的艰涩的山林文学"和"陈腐的铺张的古典文学"。建立平民的社会文学固然是新时代的要求,但将古典文学全面否定,而且不容别人讨论,就值得我们反思。从中国文学史发展来看,宫廷文学、文人文学和民间文学是中国文学存在的三种基本形态,这三种文学在写作主体、消费主体、文学追求和文学形式方面,虽有明显的区别,但在文学史流变中,其交叉互补、交融互进的情形屡见不鲜。不同的消费群体,有不同的文学趣味,从提倡"民主"的角度来说,应该允许不同趣味、不同风格、不同价值指向的文学存在,要建设通俗的白话文学,为什么不允许典雅的文学存在呢?当我们用一种声音统一文坛的时候,文学肯定要出问题,"通俗"只是文学的一种,绝非文学的全部,过分强调通俗易懂,对文学史的发展是不利的,新文学的主要问题恰恰在这里。

最后,胡适设想一个白话与书写文字统一的时代,然后断定到了战国时期出现口语与文言的分别,就此提出"文言"成为"死文字",只是由于科举制度才保留下来,所以古文是用"死文字"写作的"死文学"。殊不知,"任何初民,其语言和文字都不可能是一致的。我国最早的甲骨文和金文也都与口语无关……就拿我国商代来说,商朝文人要留点记录,他们就要雕龟、刻骨或漆书竹简。写起来如此麻烦,所以他们记点天气变化曰'亥日允雨',他们就不想用'亥那一天果然下起雨来'那样啰嗦麻烦了"[①]。随着人类科学技术的发展,文学的书写工具和传播手段也在不断进步,造纸术、印刷术的发明,为文学书写和文学传播提供了便利,人们才有条件用文字形式将白话文学记录下来,并广泛传播。所以,以白话的长处来指责文言文的短处,将白话视为中国文学的正宗,是违背中国文化发展实际的。

文字形式是文学中最稳定的因素,往往是文学变革中最后变革的因素,因此,在中国文学史上,每一次文字形式的变革,都伴随着文学的巨大进步。

---

① 胡适:《胡适口述自传》,唐德刚整理、翻译,安徽教育出版社 2005 年版,第 167 页。

然而,新文字形式的产生,绝不是一蹴而就的,而是在旧形式中汲取丰富营养,经过旧形式不断滋润培育,才能够独立行走。新形式产生之后,往往并不意味着对旧形式的否定,并不是立即宣告旧形式当废除,而是新旧形式共存互补,在新形式中,往往能够发现旧的影子,新形式自有其灵活新鲜的用处,旧形式也有用武之地,二者共同构成丰富多彩的文学世界。在中国文学史上,《诗经》多为四言诗,四言诗写作成为中原文学的主流,而五言诗从汉武帝时代开始,到曹植已经走向成熟;五言诗的出现,并没有否定四言诗,曹操的四言诗写作,仍然具有其独特的魅力;到了唐代,七言诗业已成熟,但五言诗并没有退出历史舞台,而是呈现出五言诗和七言诗并存的局面。按照胡适《国语文学史》和《白话文学史》的描述,汉代就已经产生了白话文学,但文言文学还在沿着自己的道路,不断取得具有代表性的文学成就;即使在白话小说的时代,也产生出《聊斋志异》这样的文言小说的代表,白话文学并没有代谢掉古文学,白话文学和古文学共同构成辉煌灿烂的中国文学。

胡适从革命的要求出发,崇尚新的,固然没错,但一定要将旧的打死,就成问题。从中国文化和中国文学发展而言,文言作为文学工具保留下来,科举制度尽管有其不可替代的作用,但绝不是唯一原因或根本原因,而是与中国古代社会的生产力发展状况密切相关,与中国封建社会超稳定性文化政治经济结构密不可分,胡适显然夸大了科举制度之于文言的作用。胡适这种惟"新"是从的思维方式和文化态度,对现代中国政治经济文化产生了深刻的影响;凡是新的,就是好的,只要是"新生事物",就可以不进行价值判断和效果分析,一概提倡;凡是旧的,就是坏的,就要打倒在地,就要彻底否定。于是,产生了许许多多蔑视历史、欺师灭祖、千奇百怪的"新生事物",对20世纪中国文化建设(特别是价值体系建设)带来巨大的破坏,这样的教训是深刻的。

胡适不顾文学史发展的实际状况,没有看到文学进化过程与社会政治经济文化发展的深刻联系,抓住一点不计其余,将中国文学史简化为文字形式(工具)新陈代谢的历史,将中国文学史简单地归结为白话文替代文言文的历史,假设不可谓不"大胆",然求证没有"小心"。实际上,在胡适的文学革命中,形式革命作为先锋,更主要的是文学革命的策略选择。在梁启超、黄遵宪等人进行"文界革命""诗界革命"和"小说界革命"之后,文学要表现新思想和新情感,已经得到文学界有识之士的认可,适时提出文学形式的革命要求,并视之为文学革命的首要任务,更加具有震撼性,更能够引起社会的广泛讨论。其次,比起文学的内容因素来,文学形式具有相对的稳定性,文学形式的变革相对缓慢,选择文学形式作为革命的首要任务,更能显示革命的彻底性,更能激发文学青年的革命热情。再次,胡适找到了"死文字"和"死文学"的替代品,这就是白话和白话文学,比起文言文来,白话和白话文学对于后科举时代的知识分子更加有吸引力,更能够适应现代传播媒介的要求,具有更广泛的群众基础,文学的接受群体更大,市场潜力也更大,能够满足靠稿费吃饭和教书谋生的中下层知识分子生活要求。最后,在文学革命的实际进程中,胡适的形式革命正好得到周作人等人提倡的"人的文学"的有力配合,携裹着五四精神,使文学形式的革命和精神的革命相得益彰,构成推进文学革命成功的两个轮子,遂演出中国现代最伟大的文学变革运动。

胡适将一部中国文学史简化为文字形式(工具)新陈代谢的历史,尽管在文学史理论中不能站得住脚,有很大的片面性,但在文学革命的实践操作中,却产生了巨大的影响,引发了中国文学的一场地震。正如唐德刚所评论的那样:"搞文学革命和搞政治革命有许多相同的地方。其中很重要的一点就是革命家一定要年轻有冲劲。他们抓几句动听的口号,就笃信不移。然后就发动群众,视死如归,不成功、则成仁。至于这些口号,除一时有其煽动性之外,在学理上究竟有多少真理,则又当别论。"①文学史的发展是复杂的,将文学史简单地归结为文字形式的历史,在方法论上有失简单,在学理上有极大的片面性,任何将历史发展简化为单一因果的做法,都会留下深刻的后遗症。

二 双线文学的新观念

"从此以后,中国的文学便分出了两条路子:一条是那模仿的,沿袭的,没有生气的古文文学;一条是那自然的,活泼泼的,表现人生的白话文学。"②这就是胡适提出的"双线文学的新观念"。胡适本人对"双线文学的新观念"颇为自得:"特别是我把汉朝以后,一直到现在的中国文学的发展,分成并行不悖的两条线这一观点。在那上一级的一条线里的作家,则主要是御用诗人、散文家;太学里的祭酒、教授,和翰林学士、编修等人。他们的作品则是一些仿古的文学,那半僵半死的古文文学。但是在同一时期,那从头到尾的整个两千年之中还有另一条线,另一基层和它平行发展的,那个一直不断向前发展的活的民间诗歌、故事、历史故事诗、一般故事诗、巷尾街头那些职业讲古说书人所讲的评话等等不一而足。这一堆数不尽的无名艺

---

① 胡适口述:《胡适口述自传》,唐德刚整理、翻译,安徽教育出版社 2005 年版,第 167 页。
② 胡适:《白话文学史》//欧阳哲生编:《胡适文集》(8),北京大学出版社 1998 年版,第 160 页。

人、作家、主妇、乡土歌唱家,那无数的男女,在千百年无穷无尽的岁月里,却发展出一种以催眠曲、民谣、民歌、民间故事、讽喻诗、讽喻故事、情诗、情歌、英雄文学、儿女文学等等方式出现的活文学。这许多(早期的民间文学),再加上后来的短篇小说、历史评话,和(更晚)出现的更成熟的长篇章回小说等等,这一个由民间兴起的生动的活文学,和一个僵化了的死文学,双线平行发展,这一在文学史上有其革命性的理论实是我首先倡导的,也是我个人(对研究中国文学史)的新贡献。"①这种"双线文学的观念",不仅需要文学史的眼光,更需要学术革命的勇气。这一具有革命意义的"大胆假设",的确是胡适对中国文学史写作和中国文学史研究的杰出贡献,在今天的文学史写作和文学史研究中仍然发挥着重要的作用。"这一研究思路打破了此前按朝代或文体讨论文学演进的惯例,找到了一根可以贯穿二千年中国文学发展的基本线索。自此以后,中国文学史再也不是'文章辨体'或'历代诗综',而是具备内在动力且充满生机的'有机体'——这一点曾使不少文学史家兴奋不已,也因此催生出不少名噪一时的文学史著。可以这样说,'双线文学观念'是本世纪中国学界影响最为深远的'文学史假设'。"②近年来,文学史研究界在反思百年中国文学史写作问题时,发现许多文学史写作没有统一的文学史观念,许多文学史著作在不同的时段设置不同的文学史观念,未能找到贯穿整个中国文学史的价值标准和逻辑线索,对文学史史实的判断和具体作品分析方面,常常出现相互冲突的局面,胡适的"双线文学观念"作为一条贯穿整个中国文学史的文学史观,不仅在理论观点上成为一种现代常识,而且在文学史写作和文学史研究方法论方面,仍然具有现实意义。

由于古文文学已经形成相对稳定的知识谱系和叙述逻辑,且文学革命的最终目的并不在于总结古文文学,而是要开辟新的文学,于是,胡适将大部分精力投入到第二条线索,即白话文学史的建构中。从留学美国时期尝试写作白话诗,提出死文学、活文学之分,到《文学改良刍议》提出革命主张,再到编写《国语文学史》讲义,写作《白话文学史》,总结《五十年来中国之文学》,回顾《中国新文学运动小史》,再到《水浒传》研究、《三国演义》研究、《红楼梦》研究等,胡适通过不断的研究来"小心求证"这一"大胆假设",建立起从汉代直到现代的白话文学发展史,从而在古文文学之外,又发现了中国文学的丰富矿藏,将以前被文学史家和文学批评家所忽略的、没有资格进入文学殿堂的民间歌谣、民间故事、评话、白话长篇小说,带到中国文学史的殿

---

① 胡适:《胡适口述自传》,唐德刚整理、翻译,安徽教育出版社 2005 年版,第 278 页。
② 陈平原:《胡适的文学史研究》//王瑶主编:《中国文学研究现代化进程》,北京大学出版社 1996 年版,第 223 页。

堂。"我们在那时候所提出的新的文学史观,正是要给全国读文学史的人们戴上一副新的眼镜,使他们忽然看见那平时看不见的琼楼玉宇,奇葩瑶草,使他们忽然惊叹天地之大,历史之全!"①

"双线文学的观念"发现了古典文学之外的白话文学资源,将民间文学、佛教文学和文人的白话文学写作纳入文学史的范畴,丰富了中国文学的资源库。胡适不仅提出白话文学是中国文学的丰富资源,而且是古典文学取之不尽用之不竭的源泉。"一切新文学的来源都在民间。民间的小儿女,村夫农妇,痴男怨女,歌童舞妓,弹唱的,说书的,都是文学上的新形式与新风格的创造者。这是文学史的通例,古今中外都逃不出这条通例。……中国三千年的文学史上,那一样新文学不是从民间来的?"②"文学的新方式都是出于民间的。久而久之,文人学士受了民间文学的影响,采用这种新体裁来做他们的文艺作品。文人的参加自有他的好处:浅薄的内容变丰富了,幼稚的技术变高明了,平凡的境界变高超了。但文人把这种新体裁学到手之后,劣等的文人便来模仿;模仿的结果,往往学得了形式上的技术,而丢掉了创作的精神。天才堕落而为匠手,创作堕落而为机械。生气剥丧完了,只剩下一点小技巧,一堆烂书袋,一套烂调子! 于是这种文学方式的命运便完结了,文学的生命又须另向民间去寻新方向发展了。"③肯定民间文学、白话文学是文人写作的资源,不仅提高了白话文学和民间文学的文学史地位,而且阐释了古典文学的来源问题,从一个方面说明中国文人文学与民间文学的有机联系、古典文学与白话文学的有机联系。胡适的这种观点,被许多文学史家所接受并发挥,成为文学史家对中国文学史的一种基本认识:"正统文学的发展和'俗文学'的发展是息息相关的。许多的正统文学的文体原都是由'俗文学'升格而来的。像《诗经》,其中的大部分原来就是民歌。像五言诗原来都是从民间发生的。像汉代的乐府,六朝的新乐府,唐五代的词,元、明的曲,宋、金的诸宫调,哪一个新文体不是从民间发生出来的。当民间发生了一种新的文体时,学士大夫们其初是完全忽视的,是鄙夷不屑一读的。但渐渐的,有勇气的文人学士们采取这种新鲜的新文体作为自己的创作的型式了,渐渐的这种的新文体得了大多数的文人学士们的支持了。渐渐的这种的新文体升格而成为王家贵族的东西了。至此,而他们渐渐的远离了民间,而成为正统的文学的一体了。"④现在许多文学史家都承认文人文学

---

① 胡适:《中国新文学大系·建设理论集·导言》,上海文艺出版社 2003 年版,第 21 页。
② 胡适:《白话文学史》//欧阳哲生编:《胡适文集》(8),北京大学出版社 1998 年版,第 160 页。
③ 胡适:《〈词选〉自序》//欧阳哲生编:《胡适文集》(4),北京大学出版社 1998 年版,第 550 页。
④ 郑振铎:《中国俗文学史》,商务印书馆 2005 年版,第 2 页。

学习民间文学是中国文学发展的一条基本规律。

"双线文学的观念"为中国文学史写作提供了基本思路和叙述逻辑。白话文学堂而皇之地进入中国文学史叙述,改变了整个中国文学史的格局,奠定了中国文学史的写作规范和叙述逻辑,实现了中国古代文学观念和近代文学史观念的现代转换。自此以后,几乎所有叙述中国文学史的著作,再也不能仅仅叙述古典文学,而是必须将古典文学和白话文学放置在中国文学的大背景下,进行辨析和叙述。在"双线文学的观念"影响下,我们在遴选古代文学经典的时候,不再局限于古典文学,而是将白话文学的优秀作品也纳入文学经典之中,建立起了"唐诗、宋词、汉文章、元杂剧、明清小说"为主线的中国文学史经典系列。这样一来,原来不登大雅之堂的《水浒传》《红楼梦》等白话文学,和《诗经》《楚辞》、唐宋八大家的文章一起,成为现代文学创作者学习的对象,也成为现代文学教育的典型范本,奠定了中国现代文学教育的基本内容,影响深远。

"双线文学的新观念"提出了中国文学史上民间写作与庙堂写作、功利写作和非功利写作的问题,表现了胡适敏锐的文学眼光和坚定的民间立场。胡适认为,古典文学是一种载道的功利性的庙堂写作,而白话文学是一种自觉的非功利的民间写作。"庙堂的文学可以取功名富贵,但达不出小百姓的悲欢哀怨……终究没有'生气',终究没有'人的意味'。"①与之相对,"白话文学既不能求实利,又不能得虚名,而那无数的白话文学作家只因为实在忍不住那文学的冲动,只因为实在瞧不起那不中用的古文,宁可牺牲功名富贵,宁可牺牲一时的荣誉,勤勤恳恳的替中国创作了许多的国语文学作品。政府的权力,科第的引诱,文人的毁誉,都压不住这一点国语文学的冲动"②。正因为有真情实感,白话文学"能有一点生气""能有一点人味"。胡适虽没有直接肯定白话文学是"人的文学",但肯定了中国文学史能够有一些生气,有一些人的意味。白话文学是自觉的写作,这种自觉是压制不住的。

为了彰显白话文学,胡适需要打压、批判古典文学,而批判的标准就是新的价值观和新的方法——新思潮,这种新思潮就是西方文学观念。"创造新文学的第一步是工具,第二步是方法。……只有一条法子:就是赶紧多多的翻译西洋的文学名著做我们的模范",因为,"中国文学的方法实在不完备,不够作我们的模范。即以体裁而论,散文只有短篇,没有布置周密,论理

---

① 胡适:《国语文学史》//欧阳哲生编:《胡适文集》(8),北京大学出版社1998年版,第23页。
② 胡适:《国语文学史》//欧阳哲生编:《胡适文集》(8),北京大学出版社1998年版,第22页。

精严,首尾不懈的长篇;韵文只有抒情诗,绝少纪事诗,长篇诗更不曾有过;戏本更在幼稚时代,但略能纪事掉文,全不懂结构;小说好的,只不过三四部,这三四部之中,还有许多疵病;至于最精采的'短篇小说','独幕戏'更没有了。若从材料一方面看来,中国文学更没有做模范的价值。才子佳人,封王挂帅的小说;风花雪月,涂脂抹粉的诗;不能说理,不能言情的'古文';学这个,学那个的一切文学;这些文字,简直无一毫材料可说。至于布局一方面,除了几首实在好的诗之外,几乎没有一篇东西当得'布局'两个字!"①胡适从体裁、材料、布局等方面将中国古典文学全面"打倒"了,对于文学革命起到了鼓动的效果,具有现实的价值,但却不具有历史的眼光,也不尊重历史的事实。胡适称自己是有历史癖的人,最注重历史的眼光,但只要一谈起古典文学,胡适就忘掉了历史感,恰恰最缺乏历史的眼光。胡适断定:"这二千年的文人所做的文学都是死的,都是用已经死了的语言文字做的。死文字决不能产生出活文学。所以中国这二千年只有些死文学,只有些没有价值的死文学。""这一千多年的文学,凡是有真正文学价值的,没有一种不带有白话的性质,没有一种不靠这个'白话性质'的帮助。"②

　　古典文学和白话文学由于运用不同的文学工具,文言和白话各有特点,能够适应不同的审美需要和表现需要,因而也有不同的文学价值。而胡适为了凸显白话文学的价值,将古典文学彻底"打死",并没有用新的价值观建立起古典文学的线索,而更多地是在某种现实需求和情绪的作用下,对古典文学采取粗线条的全面否定。所以,我们说胡适的"双线文学的观念"实际上并没有双线,而只是一条线索,即白话文学史观。他全部是从白话文学的角度来否定古典文学,绝没有从古典文学的角度补充论述白话文学。

　　"双线文学的观念"为什么会变成单线文学的观念? 根本原因是胡适太注重现实的需求,而忽略应有的历史眼光,他根据现实的需要,将文言与白话、古典文学与白话文学完全对立起来,将中国文学的发展描述成为古典文学与白话文学"你死我活"的新陈代谢的历史。这造成两种相互联系的后果:其一,没有看到古典文学与白话文学在发展过程中的互融互进,你中有我、我中有你;其二,没有看到或故意抹杀古典文学的应有价值,对存在两千多年的古典文学之合理性缺乏深刻理解和应有温情。

　　从创作主体的角度来说,古典文学作家在诗文写作的同时,也进行一些

---

　　① 胡适:《建设的文学革命论》//欧阳哲生编:《胡适文集》(2),北京大学出版社1998年版,第55—56页。

　　② 胡适:《建设的文学革命论》//欧阳哲生编:《胡适文集》(2),北京大学出版社1998年版,第45—46页。

白话文学写作,而白话文学作家,也从事古典文学写作;中国古代纯粹运用"白话"写作的专业白话文学作家几乎是没有的。即使在文学革命以后,白话文学成为中国文学的"正宗",还是有很多新文学作家运用古典文学的方式写作旧体诗词,鲁迅、周作人、郁达夫、聂绀弩、郑振铎、叶圣陶等,都是现当代旧体诗词写作的代表人物。运用文言文从事古典文学写作和运用白话文从事白话文学写作,并不像胡适论述的那样尖锐对立。从文学体式来说,古文中也有运用白话的例证,韩愈、柳宗元、欧阳修、王安石、苏轼等人的文章,总体上是古文写作,当然其中不乏鲜活的白话,以增强文章的生动与活泼。而在白话文学中,适当运用文言文章的手法、词语、句式,也可以使文章显得典丽雅致,《红楼梦》是胡适盛赞的白话文学代表作,就运用了许多古典文学基本元素。正是古典文学和白话文学的相互融合,共存互进,造就了中国文学的丰富多彩,满足了不同写作主体的创作要求和不同阅读群体的阅读要求,促进了中国文学的繁荣和发展。

从文化态度来说,胡适对古典文学缺乏应有的温情。古典文学在中国文学历史流变中,一直居于主流地位,自有其存在的理由和价值。韩愈、柳宗元、欧阳修、苏轼等一代大家的古文,能够为后人所称道,能够被后人所师法,自有其可取之处,即使桐城派古文,也是应时而生,不可一概抹杀。每一种文体都有自己的特点,也有自己不可替代的审美价值。以介绍"德先生"和"赛先生"为己任,高举"民主"与"科学"旗帜而号令天下的"胡适""陈独秀"们,在对待古典文学的问题上,却显得如此独裁、武断,是我们不能不深思,不能不反省的问题。

三 一时代有一时代之文学

"文学者,随时代而变迁者也。一时代有一时代之文学:周、秦有周、秦之文学,汉、魏有汉、魏之文学,唐、宋、元、明有唐、宋、元、明之文学。此非吾一人之私言,乃文明进化之公理也。……凡此诸时代,各因时势风会而变,各有其特长,吾辈以历史进化之眼光观之,决不可谓古人之文学皆胜于今人也。"[1]这是胡适文学改良最有力的宣言,也是胡适文学史观念的核心内容,对中国20世纪文学建设和文学史写作产生了深远的影响。

"一时代有一时代之文学"的观念,并非胡适首创,在中国古代文学史理论中,早就提出了类似的意思。刘勰《文心雕龙·时序》开篇就说:"时运交移,质文代变,古今情理,如可言乎!昔在陶唐,德盛化钧,野老吐何力之谈,

---

① 胡适:《文学改良刍议》//欧阳哲生编:《胡适文集》(2),北京大学出版社1998年版,第7页。

郊童含不识之歌。有虞继作,政阜民暇,薰风咏于元后,烂云歌于列臣。尽其美者,何乃心乐而声泰也。至大禹敷土,九序咏功,成汤圣敬,猗欤作颂。逮姬文之德盛,《周南》勤而不怨;大王之化淳,《邠风》乐而不淫。幽厉昏而《板》《荡》怒,平王微而《黍离》哀。故知歌谣文理,与世推移,风动于上,而波震于下者也。"①全篇论述从陶唐氏到梁代之文学,详细论证每一时代有每一时代之文学,用中国文学史流变证明这是一条文学发展的规律。刘勰的这一文学史观念,对以后的中国文学批评产生过重要的影响,认同者代有其人,焦循有"一代有一代文学之胜"之说(《易余籥录》),王国维提出:"凡一代有一代之文学:楚之骚,汉之赋,六代之骈语,唐之诗,宋之词,元之曲,皆所谓一代之文学,而后世莫能继焉者也。"②宋代的宋祁、元代的脱脱、清代的张廷玉、明清之际的顾炎武,都曾继承并发挥了刘勰的思想。不过,胡适"一时代有一时代之文学"的理论基础,并不是来源于《文心雕龙》,而是来源于近代西方的科学思想——达尔文的进化论。可以说,达尔文的进化论思想激活了胡适曾经阅读过的中国文学史知识,他将这两种思想进行综合,适应新时代的要求,提出了"历史进化的文学观念",其核心点就是"一时代有一时代之文学"。胡适在《新文学大系·建设理论集·导言》中,清晰地表明了"一时代有一时代之文学"文学史观念的理论资源:"这种思想固然是达尔文以来进化论的影响,但中国文人也曾有很明白的主张文学随时代变迁的。最早倡此说的是明朝晚期公安袁氏三弟兄。……清朝乾隆时代的诗人袁枚赵翼也都有这种见解,大概都颇受了三袁的思想的影响。……我总觉得,袁枚虽然明白了每一时代应有那个时代的文学,他的历史眼光还不能使他明白他们那个时代的文学正宗已不是他们做古文古诗的人,而是他们同时代的吴敬梓曹雪芹了。"③

　　从文字表面来理解,胡适关于"一时代有一时代之文学"的宣言和刘勰《文心雕龙·时序》的意思几乎如出一辙,然而,受到进化论影响的胡适绝不会简单地重复刘勰的意思,他不会无缘无故地说"这番看似科学真理的话都是废话"④,而是强调文学与时代生活的紧密联系。他主张"文学乃是人类生活状态的一种记载,人类生活随时代变迁,故文学也随时代变迁,故一代有一代的文学"⑤。胡适的意思很明显,因为每一时代有每一时代的"人类

---

① 韩泉欣:《文心雕龙直解》,浙江文艺出版社 1997 年版,第 246—247 页。

② 王国维:《宋元戏曲考序》,朝华出版社 2018 年版,第 5 页。

③ 胡适:《中国新文学大系·建设理论集·导言》,上海文艺出版社 2003 年版,第 9 页。

④ 陈国球:《文学史书写形态与文化政治》,北京大学出版社 2004 年版,第 73 页。

⑤ 胡适:《文学进化观念与戏剧改良》//欧阳哲生编:《胡适文集》(2),北京大学出版社 1998 年版,第 116 页。

生活状态",作为记载生活状态的文学,当然就形成了时代差异,造成每一时代有每一时代的文学。他的着眼点是文学与社会生活的共时关系。从文学与社会的共时关系来看,胡适的观点没有什么问题。然而,胡适的最终目的并不是说明这种共时关系,而是通过对这种共时关系的说明,建立一种模式,说明"一时代有一时代之文学"是一种自然进化之规律,并最终证明现时代应该有现时代的文学,这就是白话文学:"今日之中国,当造今日之文学,不必摹仿唐、宋,亦不必摹仿周、秦也。"①"一时代有一时代之文学。此时代与彼时代之间,虽皆有承前启后之关系,而决不容完全抄袭;其完全抄袭者,决不成为真文学。愚惟深信此理,故以为古人已造古人之文学,今人当造今人之文学。"②这种今人的文学就是"国语的文学",他提出建设新文学的宗旨"国语的文学,文学的国语",倡导大家"尽可努力去做白话的文学。我们可尽量采用《水浒》、《西游记》、《儒林外史》、《红楼梦》的白话;有不合于今日的用的,便不用他;有不够用的便用今日的白话来补助;有不得不用文言的,便用文言来补助"③。

由此,我们不难看出,胡适要通过对文学与人类生活之间的共时性联系,证明文学发展演变过程的一个规律,进而为今天创造白话文学建立理论基础,也就是说,胡适想通过一个共时性关系的论述,来证明文学的历史运行规律,达到建设"国语的文学和文学的国语"的现实目的。问题恰恰出现在这里,当用共时关系说明文学的共时性规律的时候,也许可以说明某些问题,但当我们用共时性规律说明文学演变这个历时性问题的时候,就需要加倍地仔细。

实际上,胡适将全部注意力放在文学与人类生活的共时性关系,来说明"一时代有一时代之文学",也存在一定的问题:"在这个情况底下,我们固然可以承认文学在共时(synchronic)层面与政治社会经济文化等互相指涉构合,然而文学或者政治社会经济文化各个系统都具有其历时进程,各系统的制约环境和反应能力不一,其间互动的作用异常复杂,根本难以保证有平行并进的发展(参陈国球《文学结构与文学演化过程》)。因此,从这个角度解释'一时代有一时代之文学',重点反而落在'文学'与'时代'的共时关系;即使企图由此揭示不同时代的差异,也难免为了迁就外缘因素的解释而对文

<hr>

① 胡适:《文学改良刍议》//欧阳哲生编:《胡适文集》(2),北京大学出版社1998年版,第7—8页。
② 胡适:《历史的文学观念论》//欧阳哲生编:《胡适文集》(2),北京大学出版社1998年版,第27页。
③ 胡适:《建设的文学革命论》//欧阳哲生编:《胡适文集》(2),北京大学出版社1998年版,第48页。

学系统的发展做出不一定适当的切割;于是文学史就很容易变成社会史、经济史的附庸了。"①

　　"一时代有一时代之文学"在强化文学史发展过程中的时代之"变"的同时,的确忽略了文学史发展过程中之"不变"的因素,而这种"不变"的因素,恰恰是使文学之成为文学的东西,借用俄国形式主义的话说就是"文学性",也就是文学的基本精神,中国文学史中不变的东西就是中国的文学精神。"一时代有一时代之文学"在推动中国文学现代化的同时,不可避免地削弱了一脉相承的中国文学精神,从而导致中国现代文学、现代文化更加重视"变",而且变得越来越快,在眼花缭乱的变化中,淡化了"万变不离其宗"的"宗"。文学作为人类的精神创造,在人类历史上存在并不断传承,能够在纷纭复杂的社会生活变迁中保持独立的存在价值,必然有其内在的规定性,具有其一脉相承的文学精神和文学性,也就是说,文学传统的继承和发扬,也是文学变迁不可忽视的规律。尽管某一个时代,由于社会生活的变化,文学可以具有这个时代社会生活(特别是精神生活)熏染的特色,而形成此时代文学与彼时代文学的差异性,这就是文学的时代特色;然而,文学毕竟有其内在的每一时代共有的东西。犹如某一民族某一地域的文学有该民族该地域的特色,形成文学的民族差异和地域文学差异,然而,各民族各地域的文学,还是存在着共同的精神和因素。这种共同的精神和因素,正是不同时代不同民族的文学可以进行交流、可以相互沟通的重要基础。正因为此,刘勰的《文心雕龙》首先立"文之枢纽",先有"原道""宗经""征圣",然后才有《时序》的"时运交移,质文代变"。胡适提出"一时代有一时代之文学"的观念,本身并没有理论缺陷,可是,他太重视"应用性",他的功利目的太直接,以至于他不断放大此时代与彼时代文学之间的差异性,过于追求文学的时代性内容。因此,"一时代有一时代之文学"是一种片面的文学革命宣言。

　　胡适虽然也承认"此时代与彼时代之间,虽皆有承前启后之关系",但是,"五四"新文化运动那种义无反顾、决绝的精神和不容"他们"讨论的态度,使经过胡适放大的文学的时代差异性成为主流话语,并迅速占据了话语的霸权地位,从根本上遮蔽了文学的时代共通性。这种差异性话语的迅速传播,又进一步放大了胡适的理论主张,并深刻地影响了中国文学史写作。胡适提倡"一时代有一时代之文学"是为新文学寻找理论根据,直接催生了现代白话文学的产生,凡新文学史的写作者,无不受胡适这种文学观念的影响,最典型的表现是在"新文学史"或"中国现代文学史"的写作中,采取断然

---

①　陈国球:《文学史书写形态与文化政治》,北京大学出版社 2004 年版,第 73—74 页。

措施,直接横断新文学或现代文学与中国古典文学的必然联系,而更多地从西方文学史中寻找中国新文学或中国现代文学的性质界定,直接借用政治话语规定中国新文学或中国现代文学的性质和走向,注重"此时代"文学与"彼时代"的差异性,而相对忽视甚至全然不论"此时代"文学与"彼时代"文学的连贯性,以突出"现代有现代之文学","当代有当代之文学"。

(原载《中文学术前沿(第五辑)》,浙江大学出版社 2012 年版)

求解“狂人”的世纪呐喊

《狂人日记》[①]作为中国新文学的第一声呐喊，“意在暴露家族制度和礼教的弊害”[②]，其对中国封建文化“吃人”本质的揭露批判，其“救救孩子”的呐喊声，时至今日，仍然深沉、有力而响亮。最近，吴晓东先生指出：“也许《狂人日记》真正令人惊悚的不是对‘吃人’的洞见，也不是‘救救孩子’的呐喊，而是最终令狂人无比震惊的‘我也吃过人’的发现。”他把“狂人‘原罪’意识的自觉”与“鲁迅的赎罪的文学”相联系，从而把《狂人日记》的解读由启蒙文学转向赎罪文学。[③] 这一观点，提醒我再一次打开这个经典文本，站在 21世纪，求解《狂人日记》的世纪“呐喊”。今天看来，《狂人日记》的深刻意义并不在于揭示“吃人”的本质，也不在于对于“我也吃过人”的洞见，而在于“狂人”拒绝成为“吃人者”的决绝，在于对于“吃人者”全是“被吃者”的揭示。也许，这正是鲁迅（或我所理解的鲁迅）的真意所在。

一 “吃人”的过程：《狂人日记》的文本选择

《狂人日记》作为小说，其文本选择决定了《狂人日记》不可能是分析性的，而是描述性的，它首先给我们展示的是“吃人”的过程。在小说的序言中，我们会看到整个小说的结局，当“我”看望“狂人”时，“狂人”已经不在了，其“大哥”言：“劳君远道来视，然已早愈，赴某地候补矣。”“因大笑”意味深长，显然，“狂人”已经被“吃”了。接着，作者通过“狂人”的日记向我们展示了“狂人”被“吃”的过程。“狂人”的日记，记述的是“肉体”被吃的过程，实际上，在此之前，“灵魂”早已被“娘老子”和“大哥”们“吃”过了，自“我还小”的孩子时候起，“大哥”就向“我”讲“道理”，“我”也是在“家族制度和礼教的弊害”中长大的，学的也是“家族制度和礼教”的“道理”，“灵魂”早已经被改变了。因此，狂人的第一篇日记就写道：“我不见他，已是三十多年；今天见了，精神分外爽快。才知道以前的三十多年，全是发昏。”读到此处，我不由得想

---

① 鲁迅：《狂人日记》//《鲁迅全集》（第一卷），人民文学出版社 2005 年版，第 444—455 页。

② 鲁迅：《中国新文学大系·小说二集·导言》，上海文艺出版社 2003 年版，第 2 页。

③ 吴晓东：《S 会馆时期的鲁迅》，《读书》2001 年第 1 期。

起了陶渊明的诗句:"误落尘网中,一去三十年。""狂人"意识到三十多年"全是发昏",在这个"全是发昏"却没有自觉的社会中,自然就成了"异类"。在此,《呐喊·自序》中的一段话可以作为注解:"那时读书应试是正路,所谓学洋务,社会上便以为是一种走投无路的人,只得将灵魂卖给鬼子,要加倍的奚落而且排斥的。"①大家已经习惯了把灵魂卖给"古久先生",学洋务,便是将灵魂卖给洋鬼子,而现在,"狂人"要把自己的灵魂要回来,要做自己灵魂的主人,不愿意灵魂再被继续"吃"下去,自然为社会所不容。

"狂人"之所以被"吃",全是因为他的自觉。实际上,在"三十多年"里,"狂人"一直是被"吃"的,那时被"吃"的是灵魂,并且被"吃"而不自觉,这一次要被"吃"的是"肉体",通过"吃""肉体"而消灭灵魂。假若"狂人"被"吃"掉灵魂而不自觉,安安心心地被"吃",并由被"吃"者转化为一个"吃人者",他的肉体是不会被"吃"掉的,而他的灵魂却是彻底被"吃"掉了,他会和赵贵翁、"大哥"一样,去"吃"像"狂人"一样的人了。"狂人"的觉醒,证明"狂人"不怕被"吃",而坚决拒绝成为"吃人者",这才是"狂人"被"吃"的根本原因。

《狂人日记》的真意也许并不在于揭示"狂人"被"吃",也不在于"我也吃过人",而在于"狂人"坚决拒绝成为"吃人者",这才是彻底的决裂和深刻的觉醒。在揭示了"狂人"被"吃"的原因之后,"狂人"给我们一一展示了"吃人者":赵贵翁、陈老五、赵家的狗、佃户、何先生、妇女、孩子、陈老五送来的鱼、大哥、梦中的青年;而被吃者是我、妹子和"恶人"。在一一展示"吃人者"的过程中,"狂人"也揭示了"吃人者"的心态,描述了"吃人"的策略。先是营造氛围,主要通过"吃人者"的脸色、眼睛、"咬牙切齿"的声音来实现:"前面一伙小孩子,也在那里议论我;眼色也同赵贵翁一样,脸色也都铁青。""这鱼的眼睛,白而且硬,张着嘴,同那一伙想吃人的人一样。""街上的那个女人,打他儿子,嘴里说道,'老子呀!我要咬你几口才出气!'他眼睛却看着我。""佃户说了这许多话,却都笑吟吟的睁着怪眼睛看我。"紧接着是"逼我自戕":"我晓得他们的方法,直捷杀了,是不肯的,而且也不敢,怕有祸祟。所以他们大家连络,布满了罗网,逼我自戕。""他们没有杀人的罪名,又偿了心愿。"再是"预备下一个疯子的名目罩上我。将来吃了,不但太平无事,怕还会有人见情。佃户说的大家吃了一个恶人,正是这方法。这是他们的老谱!"至于最后的结果,在小说的序言中,作者已经暗示了。

由此看来,《狂人日记》描写的是"吃人"的过程:从被"吃"的原因开始,到"吃人者"、被"吃"者、"吃人"的氛围、"吃人"的策略,到最后的结果。其

---

① 鲁迅:《呐喊·自序》//《鲁迅全集》(第一卷),人民文学出版社 2005 年版,第 437 页。

中，"吃人者"和"吃人"的策略占了小说的大量篇幅。正是通过对"吃人"过程的描述，才能象征整个家族制度和礼教的"吃人"本质，才能显现出《狂人日记》的所有深意。我们在阐发《狂人日记》的意义的时候，切不可忘记《狂人日记》的文本选择，不可忽视其对"吃人"过程的描述。《狂人日记》首先是文学文本，其次才是思想文本、历史文本等。我觉得在长期的《狂人日记》的研究过程中，由于我们对小说的文本选择缺乏明确的认识，因而对"吃人"的过程描述重视不够，导致以思想文本和历史文本压倒文学文本的现象，甚至纯粹当成思想文本和历史文本来对待。今天，我们有必要强调《狂人日记》作为文学文本的存在，强调其作为小说文本的存在。

二　被"吃"空了灵魂的"吃人者"："赎罪"与启蒙

《狂人日记》对于"吃人者"的描写用墨最多，一定是有其深刻用意的，这种深刻用意并不在于对"吃人者"面目和心态的描摹和刻画，而在于对人怎样成为"吃人者"的形象化"求索"。在小说中，"吃人者"之众多颇令人震惊，"他们"为什么要"吃人"？"他们"怎样变成"吃人者"？这远比表面化地描写"吃人者"的面目和心态更为深刻。鲁迅先生正是通过对"吃人者"面目和心态的形象化描绘，揭示了这样一个深刻的内涵："吃人者"并非天生就是"吃人者"，人在被"吃"掉灵魂之后，才会变成一个自觉的"吃人者"，从而，去"吃"那些不愿意被吃掉灵魂的人，去"吃"那些像"狂人"一样不愿意"吃人"的人。"吃人者"首先是被"吃"者，有的是自觉地被"吃"，有的是不自觉地被"吃"，可不管怎样，他们的灵魂被"吃"空了，便成了没有灵魂的肉体的奴隶，并且变成了"吃"他们灵魂的势力的"帮凶"，而这个"吃"空他们灵魂的就是"家族制度和礼教"。赵贵翁、何先生、"大哥"等只是"吃人"的"帮凶"，并不是吃人的"元凶"，他们也是被吃者，也是受害者，只有"家族制度和礼教"才是真正的"元凶"。

《狂人日记》的深刻之处正在于：不仅"狂人"是"家族制度和礼教"的受害者，"吃人"的群体也是"家族制度和礼教"的受害者，而且是更悲哀的受害者，因为他们的灵魂被"吃"空了，完全成了"家族制度和礼教"的奴隶，竟然毫无抗争。国人灵魂问题是鲁迅先生在新文化运动时期思考的首要问题，由关注"肉体"问题到关注"灵魂"问题的转变，是鲁迅先生这一时期思想发展的标志。"凡是愚弱的国民，即使体格如何健全，如何茁壮，也只能做毫无意义的示众的材料和看客，病死多少是不必以为不幸的。所以我们的第一要著，是在改变他们的精神，而善于改变他们精神的，我那时以为当然要推文艺,于是想提倡文艺运动了。"①《狂人日记》正是关注国民精神的产物,体现了鲁迅先生对国民灵魂的思考。我们来看看"吃人者"的深层精神状况,就会理解鲁迅先生的这种用心。赵贵翁为什么要"吃""我"?"只有廿年以前,把古久先生的陈年流水簿子,踹了一脚,古久先生很不高兴。赵贵翁虽不认识他,一定也听到风声,代抱不平;约定路上的人,同我作冤对。"在这里,赵贵翁完全是作为"古久先生"的代表,"我"和赵贵翁本人并没有什么仇,但是,得罪了"古久先生",就变成了赵贵翁的仇人,因而赵贵翁要"吃""我"。由此看来,赵贵翁并没有自己的灵魂,他的灵魂是跟着"古久先生"走的,是被"家族制度和礼教""吃"空了灵魂之后,变成了"吃人者"的。"大哥"为什么要"吃""我"?因为大哥是讲"道理"的,这"道理"就是书上的道理,就是"古久先生"的道理:"他讲道理的时候,不但唇边还抹着人油,而且心里满装着吃人的意思。"由此可见,大哥是跟着"道理"走的,也是被"家族制度和礼教""吃"空了灵魂之后,变成了"吃人者"。何先生为什么要"吃""我"?因为"他们的祖师李时珍做的'本草什么'上,明明写着人肉可以煎吃"。他也是"古久先生"的帮凶,他的灵魂也是被"古久先生""吃"空了的。"街上的那个女人"和"他们"为什么要"吃""我"?"他们——也有给知县打枷过的,也有给绅士掌过嘴的,也有老子娘被债主逼死的。""他们"本来是被"吃"者,如今也变成了"吃人者",也许,"他们"正是赵贵翁"约定"的路上的人。"佃户""吃人"是为了"壮壮胆子","他们"吃我也许同样是为了"壮壮胆子"。"孩子"为什么要"吃""我"?"这是他们娘老子教的";更可怕的是,那个"比我大哥小得远"的青年"居然也是一伙",也要吃人,而且"已经教给他儿子了"。在这里,"娘老子"和"古久先生"具有同样的意义,"娘老子"代表"家族制度和礼教"教坏了孩子,"吃"了孩子的灵魂,使孩子丧失了灵魂的自主性,成了"家族制度和礼教"的工具。"我"也"吃"过人,是因为"大哥正管着家务,妹子恰恰死了,他未必不和在饭菜里,暗暗给我们吃"。只要大哥管着家务,家里的人都会成为"吃人者"。这与其说是竹内好所说的"赎罪",还不如说是更强烈的批判。这些"吃人者","他们的心思很不一样,一种是以为从来如此,应该吃的;一种是知道不该吃,可是仍然要吃"。为什么?因为从来如此,"有了四千年吃人履历",同样,也有了四千年人被"吃"的履历,所以,"吃人"和被"吃"是不足为怪的。由此可见,这些"吃人者"全是被"吃"者,正是由于他们的灵魂被"吃"空了,才变成了"吃人者"。

如果按照日本学者竹内好先生的观点,鲁迅先生有"原罪"思想和"赎

---

① 鲁迅:《呐喊·自序》//《鲁迅全集》(第一卷),人民文学出版社 2005 年版,第 439 页。

罪"意识的话,这种"赎罪"绝不仅仅是针对"我也吃过人"而言,而是针对"有了四千年吃人履历的我"而言的,鲁迅先生关注的不仅仅是被"吃"者"狂人",还包括那些被"吃"空了灵魂的"吃人者"。这种"赎罪"意识是统一于启蒙意识之中的,是符合启蒙意识需要的。因而,《狂人日记》并不是"标志着鲁迅向'赎罪文学'的转折"[①],而是真正的"启蒙文学"。

三 "救救孩子":破坏与建设

"救救孩子"是振聋发聩的世纪"呐喊",然而,对于这世纪的呐喊声,传统的解释却不尽完全。只有在清楚了"吃人者"首先是被"吃"者之后,我们才能真正地理解鲁迅先生为什么要"救救孩子"。

在《狂人日记》中,"孩子"是"吃人"的一伙。"前面一伙小孩子,也在那里议论我;眼色也同赵贵翁一样,脸色也都铁青。"他们也是赵贵翁"约定"的"路上的人",是"同我作冤对"的人,孩子们"也这样",是真令"我"害怕而且"伤心"的。孩子怎么成了"吃人者"?"是他娘老子教的","娘老子"使他们变成了"吃人者","家族制度和礼教"首先"吃"了他们的灵魂,孩子也就逐渐变成赵贵翁。同时,在小说中,孩子也是作为被"吃"者出现的。"老子呀!我要咬你几口才出气!""娘老子"可以教孩子"吃人",也可以"吃"孩子。因此,要"救救孩子"。

青年人和孩子是鲁迅先生一直颇为关注的问题,先生一生的努力都是为了青年和孩子。当时的先生已经明确地意识到这一点:"至于自己,却也并不愿将自以为苦的寂寞,再来传染给也如我那年青时候似的正做着好梦的青年。"[②]众所周知,当时的鲁迅先生相信进化论,总认为青年比老年好,未来的世界是青年的,因此,总是要为青年做一些事,"救救孩子"的呐喊正是这一思想的具体体现,正是先生真意之所在。先生真意倾注,我们决不能做简单的理解。"救救孩子"的第一层真意,是不要让孩子再做"吃人者",不要让他们再成为赵贵翁、大哥。"没有吃过人的孩子,或者还有?"我们要救救孩子,要这些没有吃过人的孩子,不要再去"吃人"。因为"将来容不得吃人的人,活在世上"。"救救孩子"的第二层真意,是要孩子不被"吃",因为"吃人的人,什么事做不出;他们会吃我,也会吃你,一伙里面,也会自吃"。"救救孩子"的第三层真意,是要救孩子的灵魂。如前所述,吃人者是被"吃"空了灵魂之后,变成了"吃人者",孩子的灵魂是被"娘老子""吃"空了。因

---

① 吴晓东:《S会馆时期的鲁迅》,《读书》2001年第1期。

② 鲁迅:《呐喊·自序》//《鲁迅全集》(第一卷),人民文学出版社2005年版,第441—442页。

此,"救救孩子",就是要使孩子的灵魂自主起来,要他们掌握自己的精神。只有孩子的灵魂自主了,自然不会去"吃人",不"吃人",也就不会被人所"吃"。如何"救救孩子"?孩子"吃人"是"娘老子"教的。因此,要教孩子不"吃人",首先要从"娘老子"着手,要毁坏"铁屋子",这是破坏;让孩子的灵魂自主起来,这是建设。"救救孩子"既是破坏,更是建设。毁坏"铁屋子"的目的,就在于让人具有充分的自主性,让"孩子"活在人格自由独立的将来。这才是《狂人日记》对于我们今天最有力的呐喊!

(原载《渭南师范学院学报》2002 年第 1 期)

古典意境的现代性转换

——戴望舒《雨巷》解析

戴望舒具有典型的江南诗人气质,为人诚挚敏感,感情细腻深沉,既对中国古典诗词艺术有着厚博的学养和深深的眷恋,也对西方现代诗歌特别是法国象征主义诗歌情有独钟,他善于利用古典诗词的意境来表现自己的情感,常把中国古典诗性美和法国象征主义诗歌创作手法结合起来,熔铸为具有现代意味的诗情。《雨巷》正是他熔铸古典诗词艺术和现代诗歌手法的代表作,"替新诗底音节开了一个新的纪元"①。

这首诗充分利用了李璟的《摊破浣溪沙·手卷真珠上玉钩》一词的意境,李璟的《摊破浣溪沙·手卷真珠上玉钩》表现的是古人的"伤春"的情绪,而《雨巷》则表现的是现代人的寂寥、忧郁、彷徨和感伤。李璟词云:"手卷真珠上玉钩,依前春恨锁重楼。风里落花谁是主?思悠悠。青鸟不传云外信,丁香空结雨中愁。回首绿波三峡暮,接天流。"戴望舒对这首词的意象进行了现代式的诠释和扩充,其中"雨"被扩充成"撑着油纸伞……/……悠长,悠长/又寂寥的雨巷",构成了本诗的典型情境,而"丁香"和原词中的抒情主人公结合起来,变成了"一个丁香一样地/结着愁怨的姑娘"。特别是原词中的"愁""春恨"等情感意味,得到了极大的丰富和扩充,诗中出现了"愁怨""哀怨""冷漠""凄清""惆怅"等字眼,使原词中的情感变得更加具体、深沉、细腻。当然,戴望舒是一位深受法国象征主义影响的现代诗人,是处于中国现代社会的抒情歌手,他不仅善于利用古典诗词的意境,而且善于把这种古典意境转化为现代诗情,表现现代人的情感世界。一般认为,这首词现代性转化的主要标志就在于诗歌的音乐性:"它回荡的旋律、流畅的节奏、音色交错的美感(synesthesia),魏尔伦、兰波等主张诗对音乐性的追求在戴望舒的这首诗里得到了刻意的响应。"②

的确,对现代诗歌音乐性的追求是戴望舒诗歌艺术的重要特点,也是这首诗最明显的地方,但是,笔者以为这首诗能够把古典意境转化为现代诗

---

① 杜衡:《望舒草序》,《现代(上海 1932)》1933 年第 3 卷第 4 期。

② 张新颖:《20 世纪上半期中国文学的现代意识》(修订版),复旦大学出版社 2009 年版,第 92—93 页。

情,不仅在于音乐性,更在于以下三个方面。

第一,戴望舒成功地对原词的抒情主人公进行了现代转换。在原词中,抒情主人公是一个"依前春恨锁重楼"的"伤春"女性,而戴望舒的《雨巷》把抒情主人公转为"我"——一个忧郁、彷徨的现代青年,而把原词中的抒情主人公转换为抒情对象。原词仅仅表达一个情感层次:抒情主人公的伤春之情;到了《雨巷》,则变成了三个情感层次:"我"的期待与失落,"姑娘"的愁怨、惆怅、凄清,"我"和"姑娘"的关系所表现出的情感共鸣(冷漠、凄清、惆怅)。这样一来,就可以"在真切与真挚的抒情中展现两个心灵的追寻、吸引、沟通、碰撞"①,细腻地表现诗意的纯情和伤感。这一转换,不仅使得诗的情感层次更加丰富,而且更加突出了"我"的形象,既传达了"五四"文学强调个性、强调自我的时代精神,也符合西方现代诗歌以"我"为抒情主体的发展趋势。从戴望舒的全部诗歌创作来看,以"我"为抒情主人公的占绝大多数,这正是现代诗人区别于古代诗人的一个重要方面。

第二,改变了原词隐喻抒情的方式,强化了"丁香"和"姑娘"之间的联系。在李璟的词中,"丁香空结雨中愁"是一种隐喻的抒情方式,"丁香"和抒情主人公之间的关系是隐蔽的、含蓄的、委婉的,是一种间接关系,这是中国古典诗词常用的艺术手法,是与中国古代诗歌语言的特点相适应的,是中国诗词艺术追求"余味""余韵"的具体体现。尽管现代诗也追求含蓄委婉,但这种含蓄和古代诗词艺术中的含蓄有所不同,在追求整体诗意含蓄的同时,要符合白话的语言特点。戴望舒把原词中隐蔽的、含蓄的间接隐喻,转换为显在的直接明喻,于是,在原诗中仅仅出现一次的"丁香",在《雨巷》中反复出现,并与抒情对象形成明朗的修饰关系,变成"一个丁香一样地/结着愁怨的姑娘""丁香一样的颜色/丁香一样的芬芳/丁香一样的忧愁",这样一来,诗意更加流畅,更符合现代读者的阅读习惯,可以让读者很快地进入诗意空间,伴随着诗意的情感流程,和抒情主人公一起忧郁、彷徨、愁怨,分享诗意的纯情与伤感,深切地体味诗歌的艺术魅力。

第三,在整体抒情结构中,有机地融入了叙事因素,通过人物在典型情境中的"行动",强化了"伤春"的抒情意味,使人感到"言有尽而意无穷",达到"一咏三叹"、内敛隽永的艺术效果。《摊破浣溪沙·手卷真珠上玉钩》是在古典艺术思维和文人阅读习惯的语境下写出的抒情作品,它追求在有限的字数内表现尽可能丰富的情感内涵,因而意象比较拥挤,需要读者细细地品味,才能领略其中的意蕴。而到了现代社会,人们的文学阅读习惯与古典

---

① 陈丙莹:《戴望舒评传》,重庆出版社 1993 年版,第 93 页。

文人的阅读习惯完全不同，由于信息量的扩大，人们不太愿意，也没有时间反复地咀嚼品味，而且白话语言本身并不适合深藏诗意的表达方式，于是，就给现代诗人的写作，尤其是像戴望舒这样喜欢化古典诗词意境来表达现代情感的诗人，带来了双重困难：如果完全按照白话的习惯再现古典诗词的意境，则显得太露，诗意直白而缺乏余味（如胡适的《尝试集》）；而如果套用西方现代主义的手法改造古典诗词的意境，则显得太"藏"，诗意艰涩，给读者造成过大的阅读障碍（像李金发的诗）。《雨巷》之所以能够成功地借用、化用古典诗词的意境，关键在于戴望舒运用了"稀释"的方法，通过在整体抒情结构中融入叙事因素，运用叙事艺术的技巧，尤其是"描写"的作用，"稀释"了原词的意象"浓度"，延缓了原词的情感节奏，不仅更符合现代诗的抒情方式，而且减轻了现代读者的阅读障碍。

正因为采用了以上三种艺术手段，《雨巷》就像一个抒情意味极浓的叙事短片，抒情主人公"我"与"丁香一般的姑娘"的交替出现或同时出场，构成了一个完整的抒情性事件：第一节是期待，通过抒情主人公"我"在悠长、寂寥的雨巷期待逢着一个"结着愁怨的姑娘"的"行动"，营造了一种典型的情境氛围，为"姑娘"的出场充分铺垫；第二节是描写，作者把镜头牢牢地对准这个"姑娘"，通过描写的手法，点出姑娘丁香一样的颜色、芬芳、忧愁；第三、四、五节"姑娘"走近和远去，这个"冷漠，凄清，又惆怅"的姑娘彷徨在雨巷，当她走近的时候，特写"太息一般的眼光"，而当她远去的时候，特写"像梦一般地凄婉迷茫"；第六节是消散，不仅是姑娘的消散，更是"丁香"的消散；第七节是失落和新的期待，"结着愁怨的姑娘"飘过之后，"我"失落，而"我"在失落中又希望"飘过""一个丁香一样地／结着愁怨的姑娘"。尽管在这首诗中，"一个丁香一样地／结着愁怨的姑娘"反复出现，但因为融入了叙事因素，使得每一次出现，都在事件的不同进程中，显示出既有整体感而又相对独立的意义，不仅没有重复拖沓之感，反而加深了诗的抒情意味，取得一咏三叹、余味无尽的艺术效果。

（原载《语文建设》2005 年第 6 期）

一场饶有趣味的论争：战争与抒情的二律背反

　　1939 年，中国人民的抗日战争进入新的阶段——持久战，面对全民动员的热烈、战场境况的惨烈、国民党军队的武汉大撤退，许多文学家对文学的状况不满意，认为文学跟不上时代的脚步："文学的活动是始终在散漫的带着自发性的情状之下盲目地迟钝地进行着。"①文学如何为全民抗战贡献力量？什么样的文学才能与抗战形势相互协调？如何建设这样的文学？这些成为困扰当时文人的关键性问题。1939 年 7 月，徐迟在香港《顶点》杂志发表了《抒情的放逐》一文，提出了个人对于战争状态下应该写作什么样的诗歌、怎样写作诗歌等问题。1940 年 1 月 7 日深夜，胡风写作了《今天，我们的中心问题是什么？》，针对当前"关于创作与生活"的不正确看法，进行了集中批评，文章最后一部分就是针对徐迟的《抒情的放逐》。双方争论焦点的表象层面是战争与抒情的问题，而深层问题则是特殊状态下，文学创作是否需要作家的主观精神、艺术个性等问题。值得注意的是：透过这场关于"抒情"的争论，我们依稀可以窥视徐迟和胡风这两位现代诗人怎样走上了不同的艺术选择和人生道路，并出现迥然不同的生命结局。他们所讨论的问题，在中国当代文学史中以各种姿态、方式反复呈现，却始终没有得到令人满意的答案。王德威先生将这场论证纳入"抒情传统与中国现代性"的整体动程中进行考辨，惜篇幅不多，语焉不详。② 今天，当我们重新检索这场论争的时候，发现这场当时和后来均影响不大的论争，却显示出难得的味道。

一　"抒情反是破坏的"

　　"抗日战争的爆发，开启了这位年轻文学家的眼睛和灵魂，他看到了血污的现实和苦痛的生活，受到全国人民爱国主义精神的感召，积极投入了抗日救亡运动。他走向社会，用街头诗等宣传抗日救国。他以战地记者身份

---

　　① 　中玉：《论我们时代的文学批评》，《文艺月刊》1939 年第 3 卷第 12 期。
　　② 　参见王德威：《抒情传统与中国现代性——在北大的八堂课》，生活·读书·新知三联书店2010 年版，第 42 页。

深入前线慰劳抗日将士，进行战地采访，写出了《在前方——不朽的一夜》等战地通讯，报道了爱国将士孤军作战和英勇杀敌的事迹。他还深入战区进行调查，发表了《凄怆的南市》、《南浔浩劫实写》、《太湖的游击战》等通讯和《武装的农村》等小说，揭露和谴责了日本侵略军的暴行，报道了战区人民组织起来开展游击战争。"①面对战争的惨烈和民众的爱国热情，徐迟开始思考处在民族战争时代的诗人的社会责任：我们应该写作什么样的诗歌？这个时代需要什么样的诗歌？显然，徐迟更加看重社会需求，他思考的结果是"抒情的放逐"。

《抒情的放逐》②一文的核心观点是："这世界这时代这中日战争中我们还有许多人是仍然在鉴赏并卖弄抒情主义，那么我们说，这些人是我们这国家所不需要的。至于这时代应有最敏锐的感应的诗人，如果现在还抱住了抒情小唱而不肯放手，这个诗人又是近代诗的罪人。"因为，这是时代需要建设，而"抒情反是破坏的"，那些伤感的、抒情的、个人化的"抒情小唱"，"我们很怀疑它们的价值"。

值得玩味的是，在不足 1300 字的文章中，徐迟并没有开门见山地阐明自己的观点，而采取了"迂回战术"，由西而中，由古而今，由诗歌的抒情本质讲到"不安"时代的诗人选择。即使最后要得出结论的时候，徐迟依然写道："然而这并不是我所要说的，我扯远了。"这种"迂回"式的论述逻辑，可能是一种行文策略，而采用这种"游击战"策略，如果不是过于谦虚，很可能是一种不够自信、不够明确的表现。如果我们对照胡风反驳文章的行文策略，不难发现：胡风的立场更加确定，语气更加自信。这是不是可以说明，徐迟写作这篇文章的时候，在表达自己关于诗歌与时代关系的思考的时候，思想上有所游移？

该文第一节，先从"近代诗的特征"说起，提起刘易斯评论艾略特的观点：艾略特放逐了抒情。徐迟对此深表赞同，并认为"抒情的放逐"是"近代诗在苦闷了若干时期以后，始能从表现方法里找到的一条出路"。徐迟要谈的问题是抗战时期应该作什么样的诗歌，却把笔锋伸开到西方现代诗歌理论中。

也许徐迟意识到，仅仅用西方现代诗歌批评作为理由，并不能充分说明问题，于是，他把论说的视野延伸到人类生活的历史变化。在他看来，在诗

---

① 王凤伯：《徐迟小传》//王凤伯、孙露茜编：《中国当代文学研究资料·徐迟研究专集》，浙江文艺出版社 1985 年版，第 4 页。

② 徐迟：《抒情的放逐》//王凤伯、孙露茜编：《中国当代文学研究资料·徐迟研究专集》，浙江文艺出版社 1985 年版，第 154—156 页。

歌中"放逐了抒情"并不困难，因为人类生活早就"放逐了抒情"。徐迟也承认"诗与抒情几乎是分不开的"，"但在时代变迁之中，人类生活已开始放逐了抒情"。这个时代变迁的因素，用现在的话说就是"城市化"。城市化切断了人与大自然必然的、紧密的联系，导致人们抒情心灵与境界的缺失，"久居都会的人"，"更能感到抒情心灵与境界的缺乏而难堪苦闷"。这样一来，抒情就"见弃于人类"，而诗跟着生活走，必然导致"抒情的放逐"。显然，在徐迟的艺术观念中，抒情与自然生态、农业时代紧密结合在一起，而近代城市兴起和科学技术的发展，造成人类与自然的疏离感，"人类不在大自然界求生活"，甚至连恋爱之歌也在舞榭酒肆进行。也就是说，当人们远离自然，也就进入"放逐了抒情"的生活，诗歌随之也"放逐了抒情"。如此说来，"抒情的放逐"乃是近代诗歌的必然特征。

然而，写出了"放逐抒情"诗歌的艾略特，并没有意识到这种"历史的变迁"。在艾略特的诗歌中，"抒情潜意识地被放逐"，"他描写了一种以睡眠或觉醒视作仅系习惯的男人和女人"[①]，这正好与时代相适应，因为"这个时代里，生命仅是习惯，开始没有意义了"。不仅艾略特，夏芝也没有充分意识到近代诗的特征，只有刘易斯等一般年轻的诗人意识到近代生活的特征，从而写作"已经放逐了抒情的诗"。

明确了"放逐抒情"是近代诗歌的方向，《抒情的放逐》篇幅已近半，这才笔锋一转，进入正题：战争状态下的诗歌。在徐迟看来，在现在的战争状态下说明"抒情的放逐"是"抓到了一个非常好的机会"。因为，千百年来"从未有人敢诋辱风雅，敢对抒情主义有所不敬"，而现在残酷的战争"炸死了许多人，又炸死了抒情"，"再三再四地逼死了我们的抒情的兴致"，"人们的反应也是忿恨或其他的感情，而决不是感伤"，抒情主义就变成了"毫没有道理的"，诗歌写作就只能"放逐了抒情"。

在为战争状态下诗歌的特征进行了定位之后，徐迟宣布：抒情主义是现在的国家所不需要的，坚持抒情主义的诗人是"近代诗的罪人"。由此，他对照最近的抗战诗歌，"发现不少是抒情的，或感伤的，使我们很怀疑它们的价值"。在文章最后，徐迟强调：抒情的放逐是建设的，而抒情反是破坏的。

毫无疑问，徐迟具有强烈的时代感，他反对感伤主义的抒情性诗歌，认为这种抒情主义与战争状态不合拍，他要求诗人"描写炸不死的精神"，将诗歌完全融入到时代的洪流中，这无可厚非。然而，全文对"抒情"的不满与误读，则不免矫枉过正。我们知道，抒情诗的根本，是作家艺术个性和生活经

---

① 这是徐迟引用夏芝的话。

验的诗意化表达,是诗人"心灵化"的产物,一切社会现实和历史精神,均需要经过诗人的"心灵化",内化为诗人的情感。因此,离开了抒情,诗歌就不成为诗歌,否定诗歌的抒情性,就会从根本上瓦解诗歌的艺术性,消解诗人的主体性,当然也就否定了诗歌存在的理由。

二 "空洞的叫喊,灰白的叙述"

不同于徐迟行文的"迂回战术",胡风的行文策略充分体现了"主观战斗精神",语句直接,笔锋犀利,思想明晰。如果说,徐迟试图从西方诗歌评论和诗歌理论展开论述的话,那么,胡风则体现出更为直接的现实感,他总是从现实状况出发,直接批评当下的文学(包括诗歌),表达自己关于诗歌建设的意见。

作为现实主义诗人和七月诗派的掌门人,胡风对抗战以来文学(包括诗歌)的基本判断和徐迟全然不同。1939 年 1 月,胡风在文协扩大会议发言说:"诗歌之发达,是由于在这个神圣伟大的战争的时代,对着层出不穷的可歌可泣的事实,作家容易得到感动以至情绪的跳跃,而他要求表现时所采用的形式,就是诗。"[①]尽管他对战争以来的诗歌发展也有诸多批评,但总体上是值得肯定的。"诗的形式是走向自由奔放的方面来了。因为得适合悲壮、乐观、慷慨激昂的情绪,旧的形式便被冲破了。抗战初期,诗作品主要的潮流是热情奔放的。"[②]在胡风看来,这种由"可歌可泣的事实"而"得到感动的情绪",就是抒情,为什么一定要把抒情限制在"山水风景"的感动呢?这种热情奔放就是抒情,为什么要把抒情限制在"感伤"的范围内呢?"战争以来的诗的主流就不能谥为'感伤主义'。"[③]

胡风毫不客气地批评徐迟"不但把'抒情'监禁在对自然的感应里面,还把抒情和科学弄成了一个对立",未免站在消极浪漫主义立场上理解"抒情",表现出反对社会发展和科学进步,其根本原因是"用了小知识者在资本主义的都会里的茫然失措的心境来理解'抒情'的发展"。胡风认为抒情与科学不是对立的,"战争是被有血有肉的活人所坚持,这些活人,虽然要被'科学'武装他们的精神,但决不会被'科学'杀死他们的情绪,而且要被'民

---

① 胡风:《略观战争以来的诗》//《胡风全集》(2),湖北人民出版社 1999 年版,第 546 页。
② 胡风:《略观战争以来的诗》//《胡风全集》(2),湖北人民出版社 1999 年版,第 547 页。
③ 胡风:《今天,我们的中心问题是什么?》//《胡风全集》(2),湖北人民出版社 1999 年版,第 614—616 页。

众革命战争的感情'所培养,所充实,提高到更高的境界"。①

    针对徐迟批评抗战诗歌中"发现不少抒情的,或感伤的"诗歌、要求诗人"放逐了抒情",描写"炸不死的精神"之论,胡风明确指出:"'炸不死的精神',要得,然而,如果抽去了体现它们的诗人的主观精神活动,如果他们不在诗人的'个人的'情绪里面取得生命,'你想想这诗该是怎样的诗呢!'"与徐迟相比,胡风坚持诗歌的艺术本质,把抒情——诗人的主观精神——视为诗歌的生命,强调诗歌"个人的"因素。在胡风看来,一切社会生活要进入诗歌,都必然经过诗人的"个人"选择和感动。无论是战争状态还是和平状态,诗人都是通过"个人"感受时代精神和现实氛围的。如果抛开了"个人"的抒情,那么,所谓"炸不死的精神"也就成为"空洞的叫喊"和"灰白的叙述",成为"'感伤的'叫喊而已"。胡风坚信:"真正的诗人,就要能够在'个人的'情绪里面感受他们(时代、大众——引者注)的感受,和他们一道苦恼,仇恨,兴奋,希望,感激,高歌,流泪……无论是抒情诗、叙事诗、报告诗、街头诗,或者'史诗',虽然表现的方法各有不同,但在基本的原则上并不能两样,甚至就是小说、剧本、报告等,也依然不能离开这一艺术的道路。"②他把"个人的"看作艺术的普遍道路,这条道路就是坚守艺术家个性的道路,也是坚守艺术的道路。由此,胡风从正面立论,强调诗人的"主观战斗精神",坚持自己的现实主义诗论,从艺术基础上批评徐迟"抒情的放逐"。

    我们看到,在 20 世纪 40 年代这个动荡的时期,胡风的"入世"精神尽人皆知,但在进行文学艺术批评的时候,仍然坚守"艺术性",并未因为战争状态而削弱艺术的力量(这一点,也是胡风与毛泽东《在延安文艺座谈会上的讲话》最大的区分)。1939 年 4 月 4 日深夜,胡风在其写作的《关于造型艺术上的现实主义一感》一文中,对造型艺术一味迎合"时代"的情绪而忽视艺术力量的做法十分不满,批评造型艺术家偏重于"现象"的表现,而失去了"有生的律动":"当作者们的线条或色彩不能表现出有生的律动甚至不能取得正确性的时候,那就成了顶多可以一时引起观众心理蕴积的情绪的'记号',必然地会完全失去了艺术的力量。"③由此看来,胡风将艺术的力量看成艺术永久的价值,而不是迎合一时一地的现实,如果艺术失去"有生的律动",也就失去了价值。那么。这种"有生的律动"是怎样来的呢? 胡风认为

---

① 胡风:《今天,我们的中心问题是什么?》//《胡风全集》(2),湖北人民出版社 1999 年版,第615—616 页。

② 胡风:《今天,我们的中心问题是什么?》//《胡风全集》(2),湖北人民出版社 1999 年版,第615—616 页。

③ 胡风:《关于造型艺术上的现实主义一感》//《胡风全集》(2),湖北人民出版社 1999 年版,第 562 页。

来自作家在现实体验和情绪的基础上而形成的生命意识,形成"自己的方法、自己的基地"①。这显然不同于《抒情的放逐》中所说的"这个时代里,生命仅是习惯,开始没有意义了"。

三 "春天来了"与"时间开始了"

《抒情的放逐》可以说是中国现代新诗理论的"战争文本"。在战争状态下,一切文学艺术都自觉不自觉地重新寻找"定位",一切文学理想和文学风格都要放置在战争语境下重新考量。战争带来社会经济文化语境的重大变化,也带来诗人个人生活、情感、思想的巨大变化,当然就会引发文学理想和文学风格的变化。"战争对新诗人们来说既是严峻的挑战,也给了他们转变的契机和动力,推动着他们真正走出了封闭,走向了现实——如其虚骄确是抗战前新诗一病,则抗战的暴风骤雨倒不失为对症的猛剂。不少新诗人经过抗战风雨的洗礼,果然变化巨大。徐迟和戴望舒就是两个典型。徐迟在抗战之初还野心勃勃地创办《纯文艺》杂志,梦想着继续发扬其纯诗、纯文艺的理想,但目睹家国人民的灾难和日本侵略者的暴行,不久就使他率先放逐了个人的抒情,而断然宣告:'我已经抛弃纯诗(Pure Poetry),相信诗歌是人民的武器……'从而走上了街头和战地,积极地投身宣传抗日的朗诵诗运动。"②

"抗日战争的爆发与发展,改变了我的生活、思想和文学风格。"③"抛弃纯诗""放逐抒情"的徐迟开始对以 20 世纪 30 年代周作人、林语堂为代表的"闲适主义""格调主义"进行反思,认为在战争状态下,诗人再也不能限制在个人"感伤主义"的"抒情兴致",而应该"放逐抒情",加入到"改造这世界"的时代洪流中去。因此,徐迟批评抒情,将抒情理解为"感伤"是有所指的,他坚定地认为战争已经"炸死了抒情""逼死了抒情的性质",只有"放逐了抒情",才能融入时代的大潮中,实现诗歌与时代的合流。

实际上,在反对"以闲适为格调"的层面上,胡风和徐迟并没有区别,甚至可以说是一致的。胡风天生就具有强烈的"入世"精神,他所提倡的体验现实主义从一开始就肯定"文艺是从实际生活中生出来的",实际生活发生了变化,文艺当然也随之发生变化。胡风在这一时期的许多会议发言、文学评论都强调这一点,强调文艺切近中国人民的抗日战争。"他既反对三十年

---

① 胡风:《民族革命战争与文艺》//《胡风全集》(2),湖北人民出版社 1999 年版,第 572 页。

② 解志熙:《摩登与现代——中国现代文学的实存分析》,清华大学出版社 2006 年版,第4页。

③ 王凤伯:《徐迟小传》//王凤伯、孙露茜编:《中国当代文学研究资料·徐迟研究专集》,浙江文艺出版社 1985 年版,第 5 页。

代中期文坛以周作人、林语堂为代表的语丝—论语派的'以自我为中心,以闲适为格调'的性灵主义和趣味主义,也反对三十年代左翼文学运动受苏联'拉普'的左倾机械论和庸俗社会学影响造成的长期存在的'公式主义'。"①但是,胡风与徐迟的不同在于,徐迟要求诗人"放逐抒情",放弃诗歌的个性创造,而胡风则更加重视作家"对于生活有感情,有欲求,有理想"。因而,"胡风主张体验现实主义诗论,弘扬诗人的'主观精神',反对客观主义,必然否定一切排斥、贬低抒情的理论"②,导致胡风对徐迟的尖锐批评。

如果能够确认《抒情的放逐》是现代诗论的"战争文本",是徐迟在战争状态下对新诗写作的"特殊"要求的话,那么,随着抗战的全面胜利,徐迟应该走出这种战争状态下的诗歌理想和诗歌风格,回归到诗歌本身的"艺术力量",回归到诗人的"抒情"。我们发现,经过"放逐了抒情"之后,徐迟的文学道路发生了巨大变化,抗战时期"积极投身宣传"的热情有增无减,再也没有回到"抒情"的"纯诗"诗歌,而对社会政治兴趣益发浓厚,"诗人"的身份淡化,通讯特写作家的身份日益突出。此后,徐迟的文学写作与中国社会重大事件紧密地结合在一起。在这里,我们不妨引用几段:

> 一九四五年八月底,毛泽东同志赴重庆与国民党谈判,他激情满怀地写出了诗歌《毛泽东颂》。九月十六日,毛泽东同志接见了他,赠以"诗言志"三字。这个时期,他还写了特写《狂欢之夜》和散文《七道闪电,七个巨雷以后》等。

> 一九四六年六月,南京发生了国民党反动派指使特务、暴徒殴打上海赴宁请愿的代表和知名人士的事件。他发表了《洗雪这国耻》和《谁先恐惧?》等文,予以揭露和抨击。

> 一九五〇年十月,抗美援朝战争发生,徐迟作为《人民中国》的特约记者,两次赴朝。在朝鲜战场,他深入部队,调查访问,以高昂的革命热情和娴熟的文笔,写出了通讯特写和诗歌,歌颂中国人民志愿军的崇高品质和英勇斗争精神,揭露了美帝国主义侵略者的暴行。

> 一九五三年初至一九五五年,徐迟以《人民中国》特约记者的

---

① 潘颂德:《中国现代新诗理论批评史》,学林出版社 2002 年版,第 460 页。
② 潘颂德:《中国现代新诗理论批评史》,学林出版社 2002 年版,第 464 页。

身份先后到鞍山、长春、武汉、包头、沈阳等钢铁基地和重工业城市采访，为沸腾的建设生活所鼓舞，写下了《在高炉上》《汽车厂速写》等特写和《春天来了》《我所攀登的山脉》等诗歌。

徐迟……为向四个现代化进军的科学家立传，用文学来反映科学春天的到来，接连写出了《地质之光》《哥德巴赫猜想》《生命之树常绿》《在湍流的漩涡中》等报告文学。①

我们看到：曾经将诗歌与科学对立起来的徐迟，用文学的笔为科学家立传，这样的变化与"放逐了抒情"是不是有联系呢？

与徐迟"高歌猛进"式的创作相比，坚持"主观精神"的胡风，走上了一条完全不同的道路。新中国成立初期，充满"主观精神"的胡风也热情地讴歌《时间开始了》，但他显然没有意识到"体验现实主义"与"革命现实主义"的巨大裂痕，更无法预见这一裂痕给个人、朋友、文坛带来的旷日持久的大面积灾难。

一面是"放逐了抒情"的徐迟，一面是坚持抒情的胡风。20 世纪 40 年代，这两个诗人关于"抒情"的论争，竟然使他们走上了大相径庭的人生道路和文学道路。这是不是表明，在当代中国，"抒情"不合乎"国情"？中国当代文学几十年"抒情兴致"的缺失，从这场论争及其结果中，也许会发现些许的端倪。当王德威先生追索"抒情传统与中国现代性"的时候，这个历史现象也许比两位诗人的文本更加有价值。

（原载《江苏文艺评论》2018 年第 2 期）

---

① 王凤伯：《徐迟小传》//王凤伯、孙露茜编：《中国当代文学研究资料·徐迟研究专集》，浙江文艺出版社 1985 年版，第 5—7 页。

孤岛才女苏青

苏青,中国现代女作家,与张爱玲并称为上海孤岛时期两大才女,在20世纪三四十年代的上海滩红极一时。作为宁波籍的现代作家,苏青在宁波鄞县度过了幼年时代和学生时代。因为婚姻,她从宁波这片土地走向十里洋场,也因为婚变,她开始了卖文为生的文学创作时期。苏青以女性的体验、敏感拓展女性文学主题,以热辣、理性的眼光看待亲情,以大胆直率的笔触谈论男女两性,构筑起个性化的文学世界,为中国现代文学史作出独特贡献。

一 鄞县走出的清秀才女

关于苏青的名字,学术界有两种代表性观点,一种认为苏青本名冯允庄,早年发表作品署名冯和仪,常用名苏怀青,后用笔名苏青,鄞县人。[①] 另一种认为苏青原名冯和仪,字允庄,在家排行老大;她有一个弟弟,名和侃,字允强;还有一个妹妹,名和侠,字允静。[②] 前一种意见认为,冯允庄是苏青的本名,而冯和仪只是苏青"早年发表作品的署名",后一种意见认为,冯和仪是苏青的原名,允庄是苏青的字。笔者倾向于后一种意见,成书于民国年间的《鄞县通志》,是中国地方志的优秀之作,其编志态度和方法之细密、资料之确真,世所公认,长期以来得到海内外学界的高度重视,在《文献志·人物类表第九》中,记录有苏青祖父冯丙然,"长孙和修,毕业国立交通大学,学行皆第一,将遣学欧洲而蘡病肺没,年仅二十四,人皆惜之"[③]。又据苏青的堂弟冯和霖先生回忆,冯家共有肖、友、睦、茵、任、邮,冯家按冯氏宗谱排是

---

① 参见浙江省文学志编纂委员会编:《浙江省文学志》,中华书局2001年版,第597页;王嘉良主编:《浙江20世纪文学史》,中国社会科学出版社2000年版,第227页;李伟:《乱世佳人——苏青》,上海书店出版社2001年版。
② 参见刘维荣:《作家苏青与大汉奸陈公博的"离奇"交往》,《档案天地》2006年第3期;洪丕谟:《大胆女作家苏青》,《书屋》1996年第4期;毛海莹:《寻访苏青》,上海文化出版社2005年版。
③ 张传宝等:《鄞县通志·文献志·历代人物类表第九》,宁波出版社2006年影印版,第625页。

元、之、大、上、一、汝、成、文、智、仁、圣、义、中、和。① 由此观之,苏青当为冯家"和"字辈,冯和仪当为本名,允庄当为苏青的字。

关于苏青的出生年月,目前有三种说法,分别为 1913 年、1914 年和 1917 年。② 王一心的《苏青传》附录"苏青生平著作年表"有"1924 年,11 岁,父冯松卿病故,随母亲回到浣锦村",如果按照宁波当地习惯,以虚岁而论,则证明苏青应该出生在 1914 年,而不是 1913 年。《浙江省文学志》将苏青的出生具体日期确定为 1914 年 5 月 12 日。毛海莹认为,苏青当出生于 1914 年 5 月 12 日,这一天是农历四月十八,恰好是文昌菩萨的生日,因此,村里人都说这个女孩将来一定是个才女。其根据是浙江省立第四中学的履历表上,清晰地记载着苏青入学时间是民国十九年 9 月,入学年龄是 16 岁,并参照苏和侠发表的《才女苏青的如烟往事》和苏青发表在《四中季刊》上的《享乐主义》日期落款,由此推断苏青当出生于 1914 年,是有道理的。有一点值得注意,按照宁波地方乡俗,小孩的年龄一般是以虚岁计算的,也就是说,按照 1930 年苏青 16 岁上推,苏青可能出生于 1915 年,不过,这仅仅是一种可能性推断,尚无有力的材料证明。

苏青的出生地没有争议,其村曰浣锦村,村边有溪,溪上有桥,曰浣锦桥,至今尚在。"我生长在宁波城西有一个叫做浣锦乡的地方,其名称的来历不知道,我只知道我家的房子很大,走出大门不远处,有一石桥曰浣锦桥,在幼小的时候,我常常随着祖父到桥边去,桥边石栏上坐着各式各样的人,他们都在悠闲地谈天。"(《浣锦集·后记》)浣锦桥是小和仪常去的地方,直到若干年后,冯和仪变成了苏青,她还深情地回忆着:"静静的河水,小心地浮着浣锦桥倒影,动也不敢动弹,生怕荡漾间会扰乱这三个端正的字。"(《河边》)在浣锦桥边,她看见的是蔚蓝的天空、薄薄的白云,听到的是乡里乡亲的随和家常的谈论。童年自然纯真的记忆成为苏青文学写作的重要资源,对苏青的文学风格和文学道路产生了深刻的影响。现代心理学对于艺术家的童年经验之于艺术创作的影响很重视,美国作家凯瑟认为形成艺术创作

---

① 参见毛海莹:《寻访苏青》,上海文化出版社 2005 年版,第 13 页。毛海莹《寻访苏青》中郖,注音为 shu。《康熙字典》申集下有本字,其释曰:"郖:【正字通】郖为卹字之伪。本作卹,非从阝,别见阝部。"子集下有卹,释曰:【正韵】雪律切,音戌。与恤同。从阝。俗从阝,误。忧也,愍也。又苏骨切,音窣。《礼·曲礼》以策慧卹勿。【注】搔摩也。

② 1913 年之说,参见刘思谦:《"娜拉"言说——中国现代女作家心路纪程》,上海文艺出版社 1993 年版;王一心:《苏青传》,学林出版社 1999 年版;李伟:《不应该被遗忘的"孤岛"女作家苏青》,《民国春秋》1994 年第 6 期;李伟:《乱世佳人——苏青》,上海书店出版社 2001 年版。1914 年之说,参见毛海莹:《寻访苏青》,上海文化出版社 2005 年版。1917 年之说,参见吴福辉:《且换一种眼光》,上海教育出版社 1998 年版;钱理群、温儒敏、吴福辉:《中国现代文学三十年》(修订本),北京大学出版社 1998 年版;洪丕谟:《大胆女作家苏青》,《书屋》1996 年第 4 期。

的主题是在 15 岁以前获得的,尤其是艺术家童年时期时父母离异、家道中落等痛苦的经历对其气质和性格影响巨大,并在相当程度上决定着其创作的题材选择、人物原型、情感基调、艺术风格等。苏青散文里常有关于浣锦桥的记忆,在桥上有忠诚老实的长工毛伙,有各式各样的村民,有剃头司务阿三,还有桥下来来往往的乌篷船、大黄狗的汪汪叫声,这里是江南水乡最普通的景观,也是童年苏青天天看见的风景,这里的人和这里的景给她的是温馨的记忆和甜美的享受,以至于在她的作品中,故乡总是最好、最美的,包括故乡的吃。

苏青所说的浣锦乡,曾经属于宁波城第六区溪渡乡,也曾名后仓乡浣溪,现在属于宁波市鄞州区石碶镇冯家村,该村出过一个革命烈士冯和兰(1917—1947),按辈分排下来,应该与苏青同辈,是石碶冯家的一员。浣溪村冯家,应该属于宁波慈城冯氏一族。冯氏在慈城是第一望族,千余年来,科举相继,有 56 名进士,文化名人和商界巨子,代有硕望。[1] 石碶冯家村冯氏,于明代中叶由慈溪县城慈城迁到鄞县,族人以从事政学、农工和商业活动为主。[2]

苏青的祖父冯丙然,生于太平军之难,卒于民国年间,为"清光绪壬寅补行庚子辛丑恩并科举人"[3],是浣锦桥冯氏在晚清到民国年间的代表人物。《鄞县通志》"以其人皆负一方之令闻,有造于其时者也",而列入"方闻"类人物。冯丙然首先是一名清正廉直的政治家。宣统初年,浙江省推行宪政,设立行政议会厅,冯丙然以才望被推举为议员,兴致勃勃地参与议会政治,但多次参政,屡屡提出意见,不被采纳。经过数次冲突,他深知议会制度不过是一个幌子,徒有其虚而无其实,政府无意真正实行宪政,遂决意辞职,投状而去,回到鄞县。民国初年,担任鄞县议会首任议长,多有建树。当时,随着时代的变化,冯丙然感觉到无法应付,遂学习陶渊明隐居乡里,以"采菊东篱下"为乐,政治生涯告一段落。

冯丙然又是一个卓有创建的教育家,光绪二十八年,他在家乡创办了敦本学堂,校址就选择在冯家村,坐落于浣锦桥西边,属于当时的村塾,现在称冯家小学;宣统元年,冯丙然与冯俊翰合作,创办振秀初级小学堂,校址选择在太平乡潭王王氏宗祠;1904 年至 1911 年间担任过宁波府中学堂校长,这

---

① 参见杨馥源、虞剑平、戴松岳等"慈城历史文化专题研究"课题组完成的 2004 年度宁波市哲学社会科学规划课题成果:《慈城历史文化专题研究》。

② 《鄞县通志·舆地志》云:"臣明中叶自慈溪来。"参见张传宝等:《鄞县通志·舆地表》,宁波出版社 2006 年影印版,第 324 页。

③ 张传宝等:《鄞县通志·文献志·历代人物类表第九》,宁波出版社 2006 年影印版,第 624 页。

所中学创办于 1898 年,历史悠久,现在叫宁波中学,是宁波市第一批省一级重点中学,也是苏青后来读高中的母校。在十多年"主郡邑教化事务"期间,冯丙然"举踬矜重,不肯随俗而靡,作事尤极虑疲志,究彻始终",为家乡教育事业殚精竭虑,朋友看他太辛苦,就劝他"毋太自苦!"他回答说:"正唯此吾心乃不苦耳。"反映了他热心家乡教育事业的拳拳之心。

冯丙然还是一个开明的近代知识分子,他一方面继承了中国传统知识分子的优良传统,尤其是继承浙东学以致用、躬亲实践的特点,坚持"己所不欲,勿施于人","律己严而待人恕",赢得了朋友和乡邻的尊重,人们说他"孤冰之中有阳煦焉"。另一方面,冯丙然与时俱进,迅速适应急剧变化的中国现代社会,提倡女人放脚、剪发、读书识字,主张男女平等,鼓励女子走向社会,热心参与社会公益事业。苏青妹妹苏红(冯和侠)回忆,冯丙然"积极创办《四明日报》,办铁路,办公立医院"[1]。在家庭中,冯丙然是一个宽厚慈祥的长者,对下人,以礼相待,体恤他们的生活,尊重他们的人格,苏青的散文《河边》有过生动的描写:长工毛伙干活太卖力,祖父就要毛伙休息,不许他做太吃力的事情,于是白天闲着的毛伙只好喘着气晒太阳。有一次,毛伙和祖父撑船外出,回家的时候毛伙喝醉了,连船也不能撑了,祖父就费力地帮他,扶着他一步一摇地回家来,把佣人完全看成自己的家庭成员。冯丙然对待自己的儿孙,男女平等,一视同仁,尤其喜欢冯和仪,因为童年的苏青十分聪明,一教就会。幼年的苏青因顽劣,经常受到家人责骂,但是祖父从不斥责她,而是因材施教,鼓励她。许多年以后,苏青还清晰地记得祖父当年的话:"我说这个孩子并不顽劣,都是你们不知道循循善诱,她的造就将来也许还在诸兄弟姐妹之上呢!"[2]这种循循善诱、因材施教的方法和时常鼓励的话语,对苏青的成长产生了深刻的影响。

冯丙然生于患难,长于乱世,死于动荡,而其刚直之志不改,宽厚之性不移,的确是宁波近代知识分子的典型代表。方其将生也,适逢太平军攻陷宁波,母亲李氏避难于马湖白云寺,降生之时,老僧方死,母亲受惊吓而亡,由婢媪养大。冯丙然视后母为亲生母亲,性孝谨,《鄞县通志》称其"布衣粗食守先教终身无少改度"。也许是因为降生时痛失亲母,冯丙然一生不信浮屠,而临逝前一天晚上,年逾七旬的他忽然"知天命",告诉家人"白云僧后身今将归矣",遂沐浴更衣,吟诗而逝。其诗云:"冬出采薪春艺禾,白云洞里老头陀。无端误认轮回劫,七十年来一梦过。""本是禅门清净身,此来后果了

---

① 毛海莹:《寻访苏青》,上海文化出版社 2005 年版,第 7 页。
② 毛海莹:《寻访苏青》,上海文化出版社 2005 年版,第 8 页。

前因。有人欲问栖真处,明月清风好结邻。"可惜现在发现的遗诗不多,无法窥其诗作概貌。苏青的妹妹苏红还记得祖父两联旧诗,其一上联为"一场幻梦醒何在",下联是"两个遗骸蜕此间";其二上联为"甜酸苦辣咸,七十年来备尝诸味。今朝了却情缘,一笑灵魂离旧壳",下联是"亚欧美非澳,五大洲还岂乏名区?异日往生乐土,重开世界作新民"。由此可见,其胸怀超脱,诗意灵致,受到老庄思想和佛教精神的深刻影响。

苏青的父亲是冯淞渔,而不是冯松卿。毛海莹已经辨明冯松卿不是苏青的父亲,而是苏青的伯父,冯松雨才是苏青的父亲。之所以把"冯淞渔"写成"冯松雨",是根据苏青就读的浙江省立第四中学的履历表上记载:"父,名浦,字松雨,职业,学生,殁。"《鄞县通志》记载:"次子浦,字淞渔,原名中鑫,由北京清华大学遣学美国,毕业于哥伦比亚大学经济科,复研究三年得学位,归历膺各大埠学校教授、银行协理等职,谨循能劳,见称于时。年仅卅余,病肺没。"笔者以为,苏青的父名,当以《鄞县通志》为确,其字为"淞渔",而非"松雨","松雨"或许是苏青上学时所书之误笔,在那个时代,小孩子知父名,而不知其正确写法的不在少数,"雨"字在人名中比较常见,故误"渔"为"雨"。《鄞县通志》的编撰者就是本地人,且多人与苏青的祖父有过交往,对冯丙然这个出国留学的儿子,应该是有所了解的,在他们编撰之时,一定有所依据。冯浦考取清华大学,在当地曾引起轰动,其留学时间不详,《寻访苏青》确定为1914年下半年,在哥伦比亚大学留学5年后,回国久居上海。冯浦留学之时,苏青的母亲鲍云仙鼎力支持,曾把陪嫁的金银首饰变卖,以供丈夫在美国之零用开销。回国不久,冯浦即将妻儿接到上海,先在大学任教,后转到上海民新银行担任副经理,交际圈开始扩大,逐渐喜欢上一个摩登舞女。据苏红回忆,这个舞女会跳舞、会开车,还会吃西餐,冯浦因与其有共同爱好,感情日笃,而对糟糠之妻日益淡漠。妻子管束不住,寒了心,索性带着三个儿女回到老家。这是苏青第一次在上海生活。可惜好景不长,冯浦在上海罹患肺病,不久病重,舞女也随风而去,英俊潇洒的他在临终前懊悔不已,向妻子忏悔,嘱托妻子带好孩子,要培养子女上大学等等。所以,童年的苏青对父亲素无好感,有的只是痛苦的记忆和替母亲愤愤不平。这种童年的生活经验和情感体验,对苏青以后的写作影响深刻,在她讨论家庭生活、夫妻感情和男女问题的散文中,苏青文风之大胆直率、痛快淋漓,与童年的生活经历有着直接的联系。

祖母留给苏青的记忆是温暖的,在祖母的娇惯溺爱中,苏青逐渐长大,许多年以后,苏青还从祖母那里搜寻童年温馨的记忆。在苏青的眼里,祖母是慈祥的、和蔼的,她"长挑身材,白净面庞,眉目清秀得很。她的唯一缺点,便是牙齿太坏"。"我的祖母天性好动，第一就是喜欢动嘴。"苏青永远不能忘记祖孙两人同睡在一张床上，在黑暗中摸索着最喜欢的豆酥糖，不在乎床上到处是豆酥糖的碎屑，其乐融融的情景："她把豆酥糖看作珍品，那张古旧的大凉床便是她的宝库。""好好的东西有什么脏？山北豆酥糖，有名的呢。还不把灯台快拿出去，我睡好了，吹熄了灯省些油吧。看你这样冒冒失失的，当心烧着帐子可不是玩的。"（《豆酥糖》）她们都爱吃甜的东西，尤其是对于宁波三北的豆酥糖念念不忘，苏青和祖母的感情笃厚，这些温馨的回忆，也是她童年难得的温暖。

苏青的母亲鲍云仙，字竹青，生于甲午战争的风云变幻中，是一个知识女性，一生却屡遭不幸，独自一人度过后半生不说，还要为苏青的婚事、政治变故操心劳神。苏红回忆说："我母亲是女书呆子，爱好文学，喜欢唱歌，英文歌也会。"鲍云仙毕业于女子师范学校，受过系统的现代教育，接受了一些科学的知识，对于自己的人生之路，也具有一些现代想法。应该说，她嫁到冯家，自己也是非常满意的，嫁给一个清华大学的高材生，无疑会引起闺中同伴的羡慕和自我心理的满足，因此，她坚定地支持丈夫冯浦赴美留学，曾有过变卖嫁妆补贴丈夫留学的义举，赢得了家庭和同乡的尊重。但是，好不容易盼到离家 5 年的丈夫回国，满心希望一家人幸福生活在一起的鲍云仙，在中国现代大都市上海遭遇到人生第一次重大打击，从此改变了她的生活方向和生活信念。冯浦喜欢交际花，而受过现代教育的鲍云仙坚持不允许纳妾，后来变成不到 40 岁不得纳妾。她苦口婆心规劝丈夫，小心翼翼伺候丈夫，然而，夫妻感情越来越淡漠，丈夫在现代上海的交际生活中越陷越深，无奈之下，她只能带着三个儿女离开上海，回到家乡鄞县。"自从你爸爸变心以后，我可受够气哩！不过，我却不能像你外婆般贤慧，让那婊子跨进门来，不怕她爬到我的头上去吗？好在我自己有儿有女，就算你爸爸一世不回头，我也能守着你们姊弟过日子。老婆总是老婆，难道他为了姘头，就可以把我撵出大门去不成？"（《真情善意和美容》）鲍云仙留给儿女的这句话，与其说是一个弱女子的无奈抗争，还不如说是一个受过现代教育的"新女性"，面对上海摩登丈夫疏离之后的无力安慰。

然而，这样的人生打击并没有结束，在鲍云仙多灾多难的一生中，这仅仅是个开头。接踵而来的是唯一的儿子的英年早逝和苏青的婚变、政治变故。冯和侃是鲍云仙和冯浦唯一的儿子，也是苏青的弟弟、苏红的哥哥，早年就读于国立中央大学，师从范存忠先生学习西洋文学，进行简·奥斯汀作品与《儒林外史》的比较研究，22 岁那年，以优异成绩拟被选送欧洲留学，但在体检中查出肺结核，这在当时是不治之症。留学梦断让冯和侃郁郁寡欢，更加重了病情,尽管后来曾任教于南京大学和山东大学,但病情一直没有好转,最终在宁波病逝。他临死之时,愤命运之不公,恨身体之沉疴,叹息"十六年寒窗付之东流",掷笔而逝,年仅31岁。冯和侃英年早逝,对鲍云仙的打击更甚于丈夫移情别恋,她长久地守在儿子的身边,泪如泉涌,离开宁波时反复嘱咐乡里人,不要让牛羊家畜吃儿子坟头之草,下雨天要给儿子的坟头撑雨伞遮挡。在很长时间里,鲍云仙情思恍惚,性情暴戾,动辄拍桌子、骂人、撕床单,被命运撕碎的心灵久久不能平复。苏青的婚变虽然对鲍云仙来说也是一个重大的人生打击,但相对而言,抗战胜利以后,苏青"汉奸文人"和"色情贩子"等一时的热门话题,对她的打击更大。有关苏青与汪伪政府高官陈公博、周佛海等人交往之实情,学界自有讨论,这一段公案历久不衰,当时媒体对苏青"汉奸文人"和"色情文艺"连篇累牍的炒作,自然给苏青带来了很大的压力,而作为苏青的母亲,鲍云仙的压力绝不在苏青之下。无论怎样说,冯家在鄞县、在宁波也是世家,而这个世家中居然出现一个被称为汉奸的女儿,作为母亲,其心理压力可想而知。此时,冯丙然和冯浦已经离世,所有的压力都集中在母亲身上,她一方面要劝慰女儿,一方面要承受来自各方面的异样的眼光,毕竟苏青还能拿起笔来辩解、抗争,借以发泄心中的郁闷,而鲍云仙只能默默承受。1955年,苏青又受到胡风事件的牵连,被上海市公安局逮捕,关进了提篮桥监狱,无论是上海还是宁波的亲戚朋友,纷纷疏远,一家人在物质生活和精神生活两方面都陷入了前所未有的困境。此时,鲍云仙陪伴在苏青身边,坚强地帮助女儿度过一个又一个人生磨难。

鲍云仙是一个柔弱的女子,读书十几年却终日和柴米油盐打交道,饱尝婚姻家庭孩子所带来的疲惫与艰辛,但历经磨难,愈发坚强。正是由于对自己命运的感慨,她产生了强烈的愿望,希望自己的女儿不要像自己一样生活,因而多次告诫女儿"莫再拿嫁人养孩子当作终身职业"。生活经验告诉她,一个女人,不能到男人那里去讨生活,依赖男人的生活是不可靠的。她一定要把儿女培养成人,让他们上大学读书,她做到了,她成功了,她的三个儿女——冯和仪、冯和侃、冯和侠——都上学读书,并成为作家和大学教师,也许对她是一个不小的安慰。然而,她根本没有意料到,读了大学的儿子会早夭,成为作家的女儿也给她带来更多的生存烦恼。母亲的命运对苏青是一个巨大的生活启示,深刻地影响了她的生活道路和文学生涯。

苏青在宁波的老家里享受的是天伦之乐,她童年的记忆和少女时期的求学生涯都在这个时候发生,这个时期是她一生当中最美好的时期。她散文当中的有关宁波的记忆都围绕这些内容展开。宁波是她灵魂的居所,是她感情的一个寄托。后来苏青红遍上海,依旧忘不了宁波的风物人情,忘不了宁波的山水和宁波的亲人朋友。宁波是苏青文学的一个记忆符号,这个符号打开了苏青文学的大门。

苏青的启蒙教育是在宁波进行的,她小学的头两年是在村中小学堂里进行的。大概在苏青8岁的时候,因为父亲在上海的洋行里做事情,苏青和父母、弟弟、妹妹就来到了洋气十足的上海,在一所弄堂小学里读书。12岁时候进入当时的县立女子师范学校。1930年7月,苏青初中毕业。1930年9月,苏青进入当时的浙江省立第四中学,开始了她的高中生涯,在这里,她的文学才能进一步得到发挥和施展,在校刊和报纸发表了《享乐主义》(写于1931年11月19日)、《破除迷信》(写于1933年1月)、《异端思想》(写于1933年6月)等文章。她还热衷于政治活动,爱好英语,参加话剧的演出。1933年秋天,苏青作为当时宁波府六县唯一的女生进入国立中央大学学习,从此离开宁波,开始了多灾多难的漂泊生活,创造出具有独特个性的文学世界。

二 爱恨纠葛的半路婚姻

1933年秋天,苏青带着家人的希望来到南京,进入国立中央大学外文系读书,当时国立中央大学只有6名女生,年轻漂亮的苏青被称为"宁波皇后",情书如雪片般飞来,消息传到当时在东吴大学法律系读书的未婚夫李钦后耳中。李钦后深恐失去这门亲事,鼓动家人恳请冯家完婚,尽管苏青觉得读书的机会难得,但经不住母亲的再三劝阻,只好同意结婚。于是,1934年寒假期间,苏青回到家乡宁波与李钦后完婚。按照苏青当时的设想,婚后继续读书,但不久就发现有了身孕,被迫辍学,结束了充满浪漫幻想的大学生活。

苏青的新婚丈夫李钦后,其家庭是新发财主,道德人品也好,他们看中冯家的门第声望,而冯家则看重李家雄厚的财力,加之苏青和李钦后又是同学,互有好感,交往也密切,双方一拍即合。

1927年,苏青所在的县立女子师范学校改办成中山公学,实行男女同校,李钦后遂进校成为苏青的同班同学,苏青从小受母亲影响,英语底子好,而李钦后则相貌英俊,英语口语极佳,在学校排演的莎士比亚戏剧《罗密欧与朱丽叶》中,李钦后扮演罗密欧,苏青扮演朱丽叶,一起排演戏,感情也就日渐密切,不久,经人介绍而订婚。苏青考入国立中央大学之后,李钦后的父亲非常满意,一见到苏青就称她"大学生"。所以,这桩婚姻无论是两个当事人,还是两个家庭,都是非常满意的:在长辈的眼里门当户对,在妹妹冯和侠的眼里,苏青的婚姻更为长辈争了面子。村里人也把他们看作金童玉女,天作之合。

苏青的婚礼在宁波府是相当气派的。李钦后家是宁波城里的富户,经济条件很好,结婚的时候,按照当时的习俗,都是登报的,婚礼是中西合璧式的,在她的小说《结婚十年》里我们清楚地看到结婚当时的盛况:"后来据他们统计,这晚共摆百多桌酒,到的宾客有一二千人。正厅以及正厅外面的天井中都坐着女客,中厅是男女席都有,中厅外面的天井以及前厅中则都是男宾席,男席的酒菜较女席好,这也是习俗,女客们绝不会生气。"结婚的气派和大场面给了长辈们极大的面子,也显示了李家的经济实力。苏青成了富人家的少奶奶。

匆匆忙忙结婚,糊里糊涂怀孕,苏青在国立中央大学的学习不足三个学期,就这样结束了大学生活,对于她来说,是一个最大的遗憾,以致她对婚姻和家庭在一开始就心存不满。在丈夫家里,她的生活并不自在,尤其是她生女儿以后日子就更不好过了:公婆的冷漠,丈夫的无奈,小姑的讽刺和下人们的势利。她没有给丈夫家里带来一个男孩子,月子里的生活孤寂痛苦,就连刚出生不久的孩子也受到冷遇。孩子不允许吃母亲的乳,因为要为养弟弟做准备;不能和母亲在一起睡,要保养母亲的身体,也是为了小弟弟。遗憾的是小弟弟迟迟不来,生活就在这样的压抑和被动当中进行。爱情距离自己很远,亲情距离自己也很远。出嫁了,不能随心所欲就回娘家,需要娘家请才可以归宁,即使回了家,母女之间有了距离,母亲可以为她准备很多精致的吃食,但无法给她需要的慰藉和谈心。苏青心里空落落的,一种失落感和焦灼感时时袭击她还不够成熟的心灵。

结婚对于一个女人来说就是生活角色的转移。苏青是一个新式的女子,新的思想唤醒她去追求新的生活希望。她希望有一个爱她宠她、健康漂亮的男子在她的身边,但是实际的婚姻不是童话,苏青这个大学生媳妇也就是为这样一个暴发户的家庭增添一些光彩而已。半新不旧的婚姻使得她不得不顺应和适从,虽然有无奈和埋怨,但是也有抗争和变化。现实生活中的苏青也印证了她小说主人公的生活模式:当丈夫在生活中出轨的时候,她毅然决然地走出家庭,靠自己的笔来糊口和生活。生活是艰辛和残酷的,苏青具有丰富的生活体验和感情的磨炼,为她的写作提供了相当的素材。

《结婚十年》是苏青生活的写照,也是她婚姻生活的缩影。在上海,她的小家庭有欢欣也有痛苦,欢欣随着丈夫的生意时有时无,痛苦的是两个人的感情越来越淡漠。在苏青的小说里,这样的文字不少:"我很难为情开口向贤要钱,贤也似乎怕向家中人开口,这本是人之常情,但他却有一件事不好,便是只顾到自己为难,不顾到别人为难。"夫妻之间感情的龃龉渐渐从经济开始,处于生活的旋涡之中,两人难免互相磕磕绊绊。但是苏青是一个受过教育的新式女子,她不能容忍丈夫的态度和生活的方式,丈夫是一个今日有酒今日醉、明日无酒就耍赖的人,这样的丈夫是苏青所憎恶的,婚姻感情就在斤斤计较之间,日渐消散,两人只是为了生活而在一起生活,为了吃饭而在一起,为了孩子而在一起。这不是苏青所追求的生活,在柴米油盐之间,在动辄就发生口角的日子中,婚姻就走向了崩溃的边缘。苏青的感悟就是:"男人可以同一个顶庸俗顶下流的女子相处,只要她生得漂亮,学问是无关的。不仅此也,女子的学识若太高了,即使不难看,也反而要使男人敬而远之。女人则不是如此;至少在我个人说来,我是宁愿跟着个有学问有地位的男人,否则无论他得打扮得如何漂亮,假如他竟是个理发师之类,我是决不会对他发生好感的。"结婚十年,耗尽了苏青对于婚姻爱情的各种幻想,使她进一步看清了隐藏在口头"我爱你"之下的龌龊。对于自己婚姻的失望,使得她产生强烈的冲动:走出婚姻阴影,去寻找自己的世界。尽管这个世界是艰难的,也是未知的,但是她愿意为了自由、为了自尊、为了自立而走出围城。

苏青的丈夫李钦后毕业于东吴大学,起先在上海的中学里任教,后在上海做挂牌律师,甚至有一段时间他的生意兴隆,生活也宽裕。但是李钦后的口袋里有了钱,就会去花花世界潇洒,苏青也感到精神生活很空虚,很无聊。李钦后吃喝玩乐,花费越来越大,慢慢地就出现了经济上的亏空。但是李钦后是一个要面子的人,他不愿意向家里父母要钱,每逢小馆子的人上门来讨债时,他就拿老婆孩子出气。虽然苏青的丈夫是一个英俊潇洒的人,但是在性情和人品上面,却是让苏青有很多地方不习惯,他们之间的分歧不仅仅是结婚后金钱的问题,还有生活细节的差异和个人思想的不同。苏青善良忠厚,李钦后性情暴戾,苏青在开始到上海的时候总是忍受丈夫的坏脾气。上海处于日本人的占领之下,是一个实实在在的孤岛,也许人们都有一种孤岛心态,在夹缝中生存的日子是不好过的。普通市民的日子是极其拮据的,苏青的小家庭也随着形势的变化而变化。本来夫妻应当在这样的时候同心协力,但是丈夫却感情出轨、精神颓废,对家庭生活不负责任,让苏青很失望。1941年以后,他失去了工作,小家庭的生计有了很大的问题,加上物价暴涨,苏青只好拼命写作,赚取稿费来养家糊口。

苏青一生共有五次生育经历,前面四个都是女儿。大女儿降生时,因为不是男孩子,一落生就受到人们的憎恶,但是这个孩子聪明伶俐,漂亮可爱,后来一直和祖父母生活在一起。二女儿1936年6月生于上海。1937年"八一三事变"的前一天,第三个女儿艰难出世,因为战乱,孩子后来被放在宁波老家,寄养在宁波郊外的一个农民家里,后来孩子被活活饿死。1939年6月,第四个女儿出生,这个时候苏青家里的经济状况比以前有了很大的改观,第四个女儿就像娇贵的小公主一样给这个家庭带来欢乐和亲情,尤其是李钦后对这个女儿疼爱有加,苏青也把对于前几个女儿的爱全部补偿在这个孩子身上。1942年,农历正月初四,苏青唯一的儿子出世,这个孩子应该是这个家庭梦寐以求的孩子,但是他来得太晚了,仅仅是双方的老人感觉轻松了,对于苏青夫妇来说,这个孩子没有带来欢愉和任何的喜悦,因为他们之间的情感已经很淡漠了,他们之间的距离也越来越远了。

　　1944年初,苏青和丈夫办理了协议离婚手续,结束了两人十年的婚姻。胡兰成这样分析苏青离婚的心理:"她的离婚,很容易使人把她看做浪漫的,其实不是。她的离婚具有几种心理成份,一种是女孩子式的负气,对人生负气,不是背叛人生;另一种是成年人的明达,觉得事情非如此安排不可,她就如此安排了。她不同于挪拉的地方是,挪拉的出走是没有选择的,苏青的出走却是安详的。所以她的离婚虽也是冒险,但是一种正常的冒险。她离开了家庭,可是非常之需要家庭。她虽然做事做得很好,可以无求于人,但是她感觉寂寞。她要事业,要朋友,也要家庭。她要求的人生是热闹的,着实的。有一个体贴的,负得起经济责任的丈夫,有几个干净的聪明的儿女,再加有公婆姑娘小姑也好,只要能合得来,此外还有朋友,她可以自己动手做点心请他们吃,于料理家务之外可以写写文章。这就是她的单纯的想法。"[①]可是,在那样的社会、那样的家庭,苏青这些单纯的想法也不能够实现,她的写作并不是"料理家务之外"的悠闲写作,而是为了养家糊口、卖文为生,所以苏青的写作就不能免俗,甚至要迎合读者的口味,她用大胆坦诚的语言谈社会事项、谈家庭婚姻、谈男女关系、谈文坛恩怨,甚至不避色情与肉感,不避政治禁忌。这些大胆坦诚的文字,成就了苏青的写作个性,也为她在当时和以后的生活带来了无尽的麻烦。

　　苏青自了结这段婚姻之后,再也没有结过婚,内心深处对前夫还是耿耿于怀,其激愤之情通过各种方式表现出来。李钦后离婚以后,很快就再婚,上海解放以后,李钦后因贪污罪被人民政府逮捕,每次开庭审判之时,苏青都要去听审,听完以后,喜形于色,毫不掩饰,并向人公开说:共产党替我出了气。曾有一次,李钦后的妻子当庭揭发李钦后贪污罪行,李钦后暴怒,在法庭上气势汹汹地动手打了妻子,苏青觉得解气。当李钦后被人民政府执行枪决之时,苏青还特意跑去观看,其心情像过节一样。今天回过头来看这

---

　　① 胡兰成:《谈谈苏青》,《小天地》1944年第1期。

件事情,一方面说明苏青对李钦后恨之入骨,另一方面也反映出苏青的性格,她有一种决不妥协、决不饶恕的个性,做人也不够厚道。毕竟李钦后是他共同生活过 10 年且生育过 5 个儿女的丈夫,他们还有过演出莎士比亚戏剧《罗密欧与朱丽叶》的感情基础,人之将死,其言也善,即使不能给李钦后寄上一丝安慰,也不代替孩子们寄托一种亲情哀思,断不至于有"大快人心"之感。然而,这就是苏青,一个真实的苏青,一个在世俗世界和文学世界统一的、毫无遮掩的苏青。

三 职业女性的世俗生活

在离婚之前,苏青已经开始工作。由于与李钦后的夫妻关系一直不和谐,李钦后的事业也时好时坏,而李钦后又极好面子,不愿意开口向家里要钱,苏青不得已也出来做一些事情,一方面排遣家庭生活的苦闷,一方面补贴家用,尽管日子过得不如意,总有个男人可以依靠。而现在,苏青必须削尖脑袋四处谋职。孤岛时期的文人生活异常艰难,苏青曾经担任过宁波效实中学上海分校的代课教师,尽管收入非常低廉(据说每小时的代课费相当于当时一盒火柴的价格),但聊胜于无,即使这样,到了第二学期,苏青还是被辞退了。苏青意识到只有卖文为生才是她的出路:"我失业了。要在社会上找一个立锥之地,真是不容易的。丈夫的回心转意既迟迟不可期,而孩子们嗷嗷待哺的情形倒是不容忽视,如何是好呢? 我只得又想到投稿了。"(《关于我——〈续结婚十年〉代序》)

如果说,上海沦陷使当时上海的所有文人全面陷入生活的孤岛时期的话,那么,由于夫妻感情不和与家庭的变故,苏青沦入了双重孤岛生活。从 1942 年初,因画家董天野拜访苏青而引起夫妻吵架,苏青离家出走,借居在朋友家里,一直到 1944 年两人正式办理离婚手续,在这一段时间里,苏青找到了自己的写作空间。卖文为生的生活并不像她以前想象的那样艰苦。苏青善于抓住中产阶级妇女的生活心理,以大胆、坦诚而又细腻的文笔,从中年女性的视角,谈论社会、家庭、男女。从 1939 年开始,苏青进入写作的旺盛时期,先后在《宇宙风·乙刊》、《古今》、《风雨谈》、汪伪政府的《中华日报》副刊《中华周刊》、自己创办的《天地》《小天地》《杂志》等刊物上连续发表《论女子交友》《烫发》《论夫妻吵架》《真情善意和美容》《做媳妇的经验》《论红颜薄命》《谈男人》《结婚十年》等文章,迅速走红上海滩,成为上海沦陷时期的当红作家,并一度担任汪伪上海市政府专员,出席体现"日中亲善"的纳凉晚会等,在生活上、写作上,都曾得到汪伪政府大员的照顾,事业大有蒸蒸日上之势。然而,这种势头和孤岛时期大部分文人的生活形成鲜明的反差,也与国家的命运形成强烈的反差,为日后埋下了不小的隐患。柯灵先生在谈到苏青时曾经说过,当时"日本侵略者和汪精卫政府把新文学的传统一刀切断了,只要不反对他们,有点文学艺术粉饰太平,求之不得,给他们什么,当然是毫不计较的"①。于是,苏青在沦陷区找到了自己的写作空间,并一发而不可收。有些学者在论述苏青的这一段生活时,为苏青进行辩护,说苏青并没有写作"卖国文学""汉奸文学",之所以与《古今》、汪伪政府大员交往,是为生计所迫,是没有政治头脑,或者说政治上糊涂。这个问题放在现在当然可以平心静气地讨论,进行学术上的考辨,但在当时,这个问题绝不是一个可以讨论的问题。苏青作为一个大学生,在上海生活数年,应该说对整个中国的形势、对上海所处的历史现状是有所认识的,单纯在"生计"和"糊涂"中做文章,是一种对历史不负责任的态度,无论怎样,苏青都难说清白。

除了卖文为生,苏青也在不断努力找工作。她曾经陶亢德、柳雨生介绍,进入中华联合制片股份有限公司担任编剧,这个股份公司由"新华""国华""艺华"等 12 家电影公司合并而成,总经理是中国电影业的巨头张善琨,在张的背后,实际上由日本人掌握实权。"中联"是日本进行文化侵略的重要场所,"中联"的职员无形中都有"附逆"之嫌。苏青当时对这家公司的底细并不了解,只是急于出来工作,养家糊口。可惜好景不长,连这样的工作也丢了,工作不到一个月,编剧组的同仁不满于公司的管理,集体提出辞呈。如果说,这一次进入"中联"做事,苏青是糊里糊涂的话,那么,在以后的谋职过程中,苏青就是在知情的情况下,有意识地利用汪伪政府的力量了。

苏青在《古今》上发表了很多文章,并成为《中华日报》副刊《中华周刊》的主撰,其中的过程耐人寻味。《古今》的创刊人是汪伪政府的交通部次长朱朴,汪精卫、周佛海、陈公博、梁鸿志、江亢虎等汪伪政府的大员经常在《古今》上发表文章,同时,为该刊撰稿的还有周作人、周黎庵、文载道、陈乃干等人。当时上海进步的文化人,都对《古今》表示不齿;稍有政治头脑的文化人,都觉察到《古今》并非一般性文学刊物,而避免与之打交道。苏青不仅与《古今》结下了深厚的笔缘,而且通过《古今》认识了汪伪政府的一干大员。1942 年 10 月 16 日出版的《古今》第 9 期,刊登了苏青的《论离婚》。不久,主编朱朴告诉她,时任汪伪政府上海市长的陈公博很赏识这篇文章,何不写点文章奉承奉承他。当时,苏青正在为找工作发愁,听到市长赏识自己的文章,很是高兴,不久便写了《古今的印象》,刊登在 1943 年 3 月《古今》"周年纪念专号"上。在文章中,苏青称:"我顶爱读的还是陈公博氏的两篇文章,

---

① 柯灵:《遥寄张爱玲》,《中国现代文学研究丛刊》1986 年第 1 期。

一篇是《上海的市长》;一篇是《了解》。""当我再走过辣斐德路某照相馆,看见他的半身放大照片的时候,我觉得他庄严面容之中似乎隐含着诚恳的笑意,高高的,大大的,直直的鼻子象征着他的公正与宽厚,因他在《古今》上面之文字感动力,使我对他的照片都换了印象。"①毫无疑问,苏青这样的文字进一步赢得了陈公博的赏识和好感。不久,陈公博从周佛海的妻子杨淑慧处得知,冯和仪正在为求职烦恼,于是亲笔写信致苏青,邀请苏青担任私人秘书,如果不同意担任秘书,可以考虑担任政府专员,并特别说明"至于薪俸千元大约可以办到"。苏青接到这封信后,凭借她的聪明不难猜出陈公博的意图,但是,苏青没有断然拒绝陈公博,她只是拒绝做私人秘书而选择了做汪伪上海市政府的专员,具体事务就是负责核签工作。一开始,苏青的心里觉得别扭,渐渐地她意识到:"做官有二种,一种是做文的官,一种是做事的官,我是做文的官,责任在于纸张之上,文字之间,与事绝对不相关的。我的责任是看报告,只要它的纸张完整,文字无讹便算完了,其与事实是否相符,却又干我屁事?"(《谈做官》)于是,苏青坦然了,在报告上写下"核尚详尽,拟准备案"八个大字,就将报告呈上去。曾经冰雪聪明的苏青,也就"难得糊涂"了。不过这样"糊涂"日子并没有持续多久,3 个月后,陈公博就暗示苏青辞职,原因是女人搞政治不合适,但薪俸还是照拿,从此衣食无忧,安享太平了。苏青尽管不再担任政府专员,但与市长陈公博的关系还是持续不断,当得知苏青与丈夫分居,借住在平襟亚的家里,陈公博立即拿出 8 万元给她做租赁房屋之用,苏青用 4 万元在南京西路租了一处住房,花 1 万元买了一些家具,有了安身之所。1943 年 10 月,苏青创办《天地》月刊,周佛海、陈公博慷慨解囊相助,其中陈公博捐助 5 万元,作为回报,苏青当然要刊发陈公博的文章了。

苏青不仅和陈公博有交往,而且多次出席由日本侵略者和汪伪政府组织的茶话会、纳凉会,和汪伪政府的高官及其家人交往过密。1943 年 4 月 9 日,苏青出席欢迎"日本文化使节团"的茶话会。6 月 6 日,又出席《古今》社在朱朴的公馆"朴园"举办的作家茶话会,出席的人有周佛海、文载道等 16 人,只有苏青一人是女性,因而名声大振。周佛海的妻子杨淑慧喜欢读苏青的作品,两人经朱朴介绍相识。第一次见面,杨淑慧就拿出 1 万元"见面礼",后来苏青创办《天地》月刊,杨淑慧也送来 2 万元贺礼。随着交往越来越深,苏青便可以经常出入周佛海、陈公博的家,一些私人问题也能够经常交换看法,而汪伪政府要组织"中日文化协会",陈公博担任理事长,请苏青

---

① 冯和仪:《〈古今〉的印象》,《古今》1943 年第 19 期。

来做秘书,她便不好推托了。1943 年 11 月 29 日,苏青以"中日文化协会"秘书的身份出席了"华北文化观光团"欢迎会,频繁进行社会活动,在沦陷时期的上海,风光一时。

苏青的这一段经历,是无法回避的,尽管苏青后来不断地辩解,尽管也有学者从不同的角度进行辩白,但历史史实是不能回避的。作为一个作家,在中华民族处于历史的关键时期,与汉奸交往密切,不能保持清醒的头脑,也缺乏知识分子的自尊,一味考虑个人的生计,终于越陷越深,无论怎样说,也是其政治生活的悲哀。

1945 年,苏青在谈到职业女性时说:"职业妇女实在太苦了,万不及家庭妇女那么舒服。在我未出嫁前,做少女的时候,总以为职业妇女是神圣的,待在家庭里是难为情的,便是结婚以后,还以为留在家里是受委曲,家庭的工作并不是向上性的,现在做了几年职业妇女,虽然所就的职业不算困苦,可是总感到职业生活比家庭生活更苦,而且现在大多数的职业妇女也并不能完全养活自己,更不用说全家了,仅是贴补家用或个人零用而已。"①1949 年,苏青的大红大紫随着上海解放而结束,因为她的文章和解放后的上海文坛要求不符合,苏青一时居然没有作品发表,赖以养生的路子没有了,喜欢穿旗袍的苏青也穿起了人民装。为了谋生,她不得不继续做她觉得很苦很累的职业妇女。1951 年,苏青进入上海市文化局举办的戏曲编导班,开始学习编导戏曲。在学习结束后,苏青来到芳华越剧社工作。一年后,她与陈曼合编的剧本《新房子》出炉,这是苏青创作的唯一的现代戏,但由于她对新生活没有足够的理解,并没有获得成功;紧接着,苏青改变写作方向,开始寻找新政权与历史的联系。她自中国古代的农民起义中取材,创作了剧本《江山遗恨》,也没有获得成功。但我们从中可以看出,苏青在竭尽全力适应新时代的发展,在努力改变着自己。1953 年,苏青创作的《卖油郎》演出获得成功,她从此走上了改编名剧的创作道路。其中 1954 年改编自郭沫若的名作《屈原》,在华东地区的戏曲观摩演出会上获得优秀演出奖及音乐演奏奖,好评如潮。苏青再一次引起人们的关注。改编名作的成功,极大地鼓舞了苏青,当时全国正在批判俞平伯、胡适的《红楼梦》研究,从中央到地方,都在鼓励年轻人读《红楼梦》,研究《红楼梦》,苏青也适应新形势,把《红楼梦》改编成越剧,后改名为《宝玉与黛玉》,演出获得了巨大成功,成为越剧的代表性曲目,至今仍有不朽的艺术魅力。1955 年,苏青因为要写

---

① 记者:《苏青张爱玲对谈记:关于妇女·家庭·婚姻诸问题》,《杂志》1945 年第 14 卷第 6 期。

作剧本《司马迁》,和复旦大学教授贾植芳通信,不料却由于当时的"胡风事件",贾植芳被打成胡风分子,苏青也受到牵连,被关押在上海的提篮桥监狱,历时一年半,身心受到很大的伤害。出狱以后,苏青继续职业妇女的生活,接受上级领导安排进入黄浦区红旗锡剧团担任编剧,把《雷锋》《王杰》等改编为地方戏,影响不大;后来写作过历史剧《诗人李白》,可惜没有上演。自此,20世纪40年代红极一时的女作家淡出了人们的视线,身边人越来越少,1975年1月从上海市黄浦区文化馆退休,从此沉寂文坛,以一个普通老百姓的身份过日子,求取平安。1982年12月7日,苏青病逝,享年69岁,葬礼上,身边只有儿子、儿媳、女儿、女婿和小外孙等五人,一代才女就这样结束了风雨飘摇的一生。

四　独具风貌的文学世界

从苏青的散文和小说看,苏青是一个喜欢普通生活,并渴望拥有平凡生活的女人,她的《结婚十年》把琐碎普通的故事讲得绘声绘色,把家长里短看得明明白白,你会发现苏青平实的笔触下面是一个充满色彩的世界。苏青善于和世俗的世界交往,她是一个热辣、明快的人,从她的散文里我们知道从小她就是一个爱讲话的孩子,一个对于语言有很好驾驭能力的人,她对于生活有丰富的观察和体验。尽管在常人看来,她的生活也没有什么出奇的地方,但是在她的笔下,却是一番别样的世界。

看苏青的作品,你几乎发现不了那些过于浪漫的风花雪月和过于天真的幻想成分,她的作品都是源自生活的细节和真实,源自自己的感悟和体会,就像发生在每一个人身上的故事一样,是那样地真实和生动。苏青在她的文字中始终显示出自己的质朴真实的一面,她不做作,不卖弄,不浮夸,她的文字是一种酣畅淋漓的生动和汩汩而出的泉涌,你会觉得阅读这样的文字非常地痛快,非常地真实,也非常地感性。苏青的文字的确没有特别高深的地方,她的感人在于她说出了乱世人们的生活现状,尤其是家庭妇女和职业妇女的困惑与艰难,也在于她敢把一个女性和一个母性的身体的体验和感受以文字的形式表达。

她的散文作品尤其表现了世俗关怀。在她的文字里面,我们看到的是一群质朴的人,一群善良的灵魂,一群生活在宁波土地上的可爱的百姓。不论是《河边》中固执、卖力、质朴、热心和厚道的长工毛伙,还是《小脚金字塔》里面的五姑母,都十分形象和生动。毛伙是外婆家的长工,老而乏力,但是做工却很卖力,常年不回家,原因是怕被女人掏空了身子。毛伙是一个好人,有一次从苏青外婆家回来,在半途遇上一个老乞丐,毛伙仗着自己的酒身是热的，就把一件丝绵棉袄和苏青外婆送给他的力钱一起给了老乞丐，自己却冻得发抖。毛伙不会说话，有一次外婆病了，母亲差他去探病，他到了外婆家一屁股坐在石阶上，摸出旱烟来衔上大半天，还是在外婆的启发下才想起探病这个事情，惹得大家笑他。毛伙的笑话很多，比如留辫子不是为了效忠皇帝，因为他不认识皇帝，而是为了戴箬帽时候可以戴得牢一些；他在做粗活时候还不能劝歇，如果这样那就是看他不起了。毛伙是一个靠自己气力赚钱的老长工，尽管苏青的祖父母对于这个长工还是厚道的，但毛伙的性格是固执的，他始终认为自己的身体是好的，千万不要让东家知道自己身体有问题，否则他就不能做活了。在这里，没有主人和长工的区别，人和人之间的关系是融洽和谐的，这给幼年的苏青留下了最深的印象，她看到的是质朴和善良，没有猜疑和奸诈，是和城市完全不同的淳朴乡村。

苏青的散文还有很多是描述她学生时期的生活和学习的，我们从中看见的是一个聪明、活泼、干练、乐观的学生形象。在《元旦演剧记》里，苏青是一个活跃分子，她主演过《娜拉》，还演过一些外文剧目，过着丰富的校园生活。在《算学》中，苏青叙说了自己学习数学的艰辛和痛苦，庆幸自己入了文科，从此和数学绝缘："我不曾得过它什么好处，物理，化学，生物等尚能使我理解一些日常所见的东西，而它于我简直毫无关系。"她认为："强迫一个爱好文学的人去做什么代数三角，正同勉强一个研究数理的人去攻读四书五经一样的浪费精力与时间。"这个也是苏青对于现代教学的一些认识，从自身出发的切实的感受。苏青还非常理性地分析了"我的女友们"，认为"女子是不够朋友的。无论两个女人好到怎样程度，要是其中有一个结了婚的话，'友谊'就进了坟墓"。她的见解是基于已婚的女人和没有结婚的女人关心的事情不同，所以也就容易产生不同的认识，彼此都会觉得对方变化之大。其实女人之间的友谊也是有很多种的，苏青的一种是她遭遇的事实，也是那个时代的缩影。

苏青还是一个具有浓郁故乡情结的人，她一生都对于吃有着很高的兴致，也乐于研究吃食，非常地讲究，但是她不主张狼吞虎咽，而是注意饮食的细节和饮食的质量，尤其是在高兴的时候还自己制作食物，配置以精美的器皿。但是苏青又是一个对吃很专注的人，她一直喜欢宁波的饮食，在上海多年的生活并没有改变她的生活习惯，她一直认为天下的饮食唯宁波的最鲜，宁波的饮食温暖了她的胃，也造就了她执着的乡土情结。在她的散文《吃与睡》中，一开始她就率直坦荡地说："我爱吃，也爱睡，吃与睡便是我的日常生活的享受。"她把自己早餐的一碗薄粥，就着淡竹盐说得让人垂涎。苏青说自己不喜欢做菜，但是很喜欢自己动手弄一些点心："往常我在家里总是放着不少的点心作料:桂圆,莲子,红枣,白果,牛奶,鸡蛋,可可,杏仁粉,圆子粉,西谷米等等都有,糯米麦粉以及面粉更不成问题了,要做什么点心便可以做什么的。至于用具,我也是中西各种都有,锅啦,勺啦,刀啦,叉啦,杯啦,盆啦,大小匙啦……一时也说不尽。""我爱用各式各样的较精致的碗碟来摆点心,这样在吃起来时似乎更加会因好看而觉得味美了。"苏青这样享受生活,精致生活,又不是刻意为之的,看得出她的兴致和爱好,看得到她的习惯和偏爱。在《消夏录》里面,她回忆奉化的水蜜桃,乡下人做的木莲冻,都是消夏的佳品,但是在上海的公寓里,只好吃西瓜、喝汽水,或者吃冰淇淋,没有故乡的消夏食品这样有滋有味,从故乡的吃联想到故乡的人,一切都和故乡的吃一样距离自己遥远起来,自己就觉得空虚了,以至于听见公寓里的宁波仆人用顶下流的宁波土话骂人,也觉得是一种美妙的享受,是一种心灵归属。故乡对于游子来说是一种感情的寄托,是一个灵魂的依靠。苏青提供的这样的感情照应,是一种普遍的情结,也是人们最能接受的情怀。在《夏天的吃》中,苏青回忆幼年时候在外婆家里的凉熟南瓜,爸爸常吃的几种小菜——麻油盐拌豆腐、火腿丝拌凉豆芽、白切鸡肉、凉拌的番茄和茄子,吃起来都有一种别样的风味。这些家常小菜是苏青记忆中宁波生活的温馨的回忆。没有鱿鱼海参,没有大鱼大肉,有的是生活的平淡和自然,是家常风味的随意和轻松。只要是宁波的,就是作者心中的最爱。在《谈宁波人的吃》里面,我们看到宁波丰富的海产资源和宁波人吃的本味,苏青谈到宁波的黄花鱼、咸蟹、毛笋、豆、青蟹、烤菜、菜干、红烧鳗以及冰糖甲鱼,这些都是宁波人日常的饮食部分。宁波在浙东沿海,菜肴有着自己本土的独特风味。苏青对于故乡的吃有着深厚的情感,她说自己对于吃是保守的,只是喜欢宁波式的,是什么就是什么,菜要有其本味。她还把对于吃的见解应用于自己的文学写作,她认为"犹如做文章一般,以为有内容有情感的作品原是不必专靠辞藻"。在《饭》中,我们看见一个身处经济拮据状态之下的人对于饭的渴望,并从饭而思考生存的目的性,肯定农人种植的不容易。苏青就是这样地现实,这样地朴素,从自己胃口的感受推而广之,讲出一个人人皆知的道理。

苏青是一个具有独立个性的女作家,从她的婚姻家庭、她的职业经历来看,有着不同于其他作家的特点。她的作品除了关注普通的世俗民生以外,还非常关注女性的权利,她的写作也可以说是一种女性权利的争取。她的文字渗透着男女性平等的因素,对于一些女性人格丧失的情况,她有自己的批评;针对一些传统看法和传统意识,她有自己的观点。她笔下的女性具有时代的印记,是一直追求女性独立人格的。

苏青的散文中还有和她一样处境的女性的形象,她们的日子完全不同于少女时期的浪漫和幻想,而是被一种周而复始的现实所代替,在现实面前百无聊赖。《现代母性》讲了一个标榜为现代时尚女性的女人的生命轨迹,她在岁月的流逝中只是关心孩子的成长,而忽视了自己的价值。《小天使》中我的女友张继杰与鲁迅小说《伤逝》中的子君类似,张继杰婚前是一个现代女性,敢爱敢恨,为自由婚姻和爱情而离家出走,终于得到自己梦寐以求的婚姻,但是在婚姻生活中却是一步一步地成为家庭主妇,相夫教子,动辄对自己的婚姻怀有失望之情,张口闭口都是"小天使"如何如何,眼里就只有孩子了,其他的一切在她的眼里都消失了,更谈不上什么自我的价值和时代女性的进步。苏青对于这样的母性、这样的女友的生活态度是不赞成的。她是现实的,也是以冷静的态度来看待孩子和家庭的她认为养而不教是最可恨的。在《教子》中,我们可以看到苏青的现代母性的观念,她居然有一套教育孩子的方法:"婴儿时教他动作,如以物勾引,使其手舞足蹈等,或授以假乳头,叫他吮吸解闷。稍长则教其行走,再大起来教其说话,识字。""幼年时候以身体健康为原则,知识次之,故教时以勿过劳伤身为主。""假如孩子到了十二岁以上,则我希望能多训练些技能,如打字啦,速写啦,或关于简单工程方面的。""假如孩子大了,我一定教他读历史,自己用脑筋去读。"苏青在20世纪三四十年代就提出的这些教育孩子的方法,现在看起来也是实用的、现代的,足以体现苏青的教育观念和教育眼光的长远。在《救救孩子》里面,苏青这样感慨:"没有一个孩子是自愿给人生出来的,你们既然生出了他,就得好好的养活他。"她也这样讽刺和愤懑:"有人说:生儿育女是为了国家;因为国家需要人口繁殖,所以我们才赶紧结婚哪。我要扯破他们的面具连声啐:不知道在你们交合的时候,还是肉麻得很的互相说我爱你,你爱我呀? 还是口口声声嚷我爱国家,你爱国家?"在文章里,苏青还归纳出几条不能养育孩子的理由:"患花柳病以及其他各种有影响于遗传的病的人不能养育孩子;"经济不宽裕的人千万不要心急养孩子";"不知道养孩子的人我希望她还是学养而后嫁";"不合法结婚的人还是不必养孩子,因为结婚乃准备予养孩子的便利,而其他婚姻以外的性行为似乎只要彼此欢愉就够了,养出孩子来反而麻烦"。苏青的生养观念既是一个人道的视点,也是一个客观科学的观点。苏青自己就是因为在没有准备的情况之下接二连三地养育孩子,孩子在夫妻两人的欢娱之下出生,但是养育孩子的重任却是在女人,也就是母亲一个人的头上。苏青倍感养育的艰难和无奈,要给孩子提供良好的生活保障岂是容易的事情,尤其是当夫妻反目,那么孩子所受到的伤害也就更大了。苏青的观念是现代的观念,她对于孩子的爱是一种大爱,对于母

亲的理解也是一种广而推之的理解。她敢于对这个社会的不合理之处提出
自己的问题和看法,针对这样的问题和看法提出自己的见解。这也是苏青
写的是家长里短,却为时代所关注的一个主要原因,也是她不同于同时代的
其他女性作家的一个独特之处。

苏青的文学,以她自身的生活经验和经历为背景,又不局限于自己的一
点内容,而是用理性分析的眼光和手法,能从表面的问题看到问题的实质和
隐藏于背后的道理。苏青的文字之所以在 20 世纪三四十年代有那么大的
影响力,还与她文章亲切的话语方式有关。她不说教,不做作,以直白快捷
的方式倾吐自己的心思,文字泼辣,道理明白,直达人心。苏青的文学是市
民的世俗世界的文学,她说孩子,说家庭,说朋友,说职业女性的艰辛和生活
的不容易,说家乡的风情和亲情,说石库门房子里的市民生活,不说风花雪
月,不说空话套话,这实在使一些人接受不了,觉得苏青太过分了。

苏青的真实客观还表现在她对于家庭婚姻的思考,这些思考来源于她
自己的生活实际,但是也反映了一般的知识女性和家庭婚姻之间的矛盾。
作品《论离婚》中,她感慨:"社会对待离婚男女是不平等的:对男人也不予重
视,管他丧妻也好,离婚也好,一经续娶便没事了;对女人则是万般责难,往
往弄得她求死不甘,求生不能。""离婚在女子方面总是件吃亏的事,愿天下
女人在下这个决心之前须要多考虑为妙。"苏青在写这篇文章的时候已经生
育了 5 个孩子,在婚姻的围城里也有 8 年时间了,对于家庭婚姻的不满意和
与丈夫感情的日渐冷漠,使得苏青对自己的婚姻已经不抱什么幻想和希望。
她的客观冷静,她的婚姻观念既受到传统观念的影响,也是一个建议,如果
女子没有自己生活的能力,就是娜拉出走以后也不知道自己的路在何方;况
且在中国,对于女子离婚的社会看法和偏见,要求女子在离婚的时候一定要
头脑清醒。

苏青的作品大多是围绕家庭婚姻的,在这个圈子里,她有许多自己的见
识和看法。苏青作品之中的饮食男女,没有太多的温婉和凄凉,也没有狂放
不羁,更没有幻影和血泪。她的真实在于她所表现的世界是一个大家天天
可以看见的世界,发生的故事就是身边周围的人的故事,这种朴素真实的陈
述,是苏青艺术的自然魅力,也是市民百姓乐于消费的主要原因。苏青的作
品还在于她的坦诚和明朗。苏青把家庭的面纱揭去,留下的是赤裸裸的真
实;她把婚姻的浪漫除掉,留下龌龊的细节。对于女人和男人,苏青有自己
真实的认识,尤其是对于女子生育的体验和性的直白描述,使她成为同时代
作家中的异类。生育是女性的本能,也是女性困惑的羁绊,苏青因为自身对
于生育的恐惧使得她为时代女性生育的话题提供了许多客观现实的理论。

在她的创作中,她追求的是一种男女身份平等的价值观念,但是事实上,她在生活中却没有享受到这些,这也使得她的作品热情挥洒自己的笔触,大胆揭示女性的性意识。

苏青的《结婚十年》是一本自传体的小说,作品中的女主人公怀青就是苏青生活中的自己,怀青的不幸就是苏青生活的不幸。怀青生活在一个新旧交织的时代,时代赋予知识女性追求精神和平等,但是现实的旧家庭却要求女子传统守旧,以生育儿子为重任。这样的尴尬的婚姻状况要求怀青认同这样的现实,夫妻感情一旦破裂,怀青就不顾一切走出家庭,开始自己坎坷曲折的生活。作者苏青就是这样的一个生活经历。她只有靠文字生活,来养活自己和孩子。《结婚十年》发表以后,受到空前的欢迎,印刷 36 版,使得苏青成为 20 世纪 40 年代上海滩红极一时的女作家。

1943 年 10 月,苏青创办《天地》杂志社,出版发行《天地》杂志。《天地》登文不局限于纯文学的作品,作者也不限于文人,投稿的人农工商学都行,或者有闲的太太们也都可以。文章内容的范围也很广,她说:"举凡生活之甘苦,名利之得失,爱情之变迁,事业之成败等等,均无不可谈,且谈之不厌。"她还把刊物的几类文章做这样的区分:"随感录""小说""书评""人物志"。除此几大类之外还有"地方志""风俗志""掌故""杂考""科学小品"等等。"我希望在我们的《天地》之中,能够把达官显宦,贵妇名媛,文人学士,下而至于引车卖浆者流都打成一片,消除身份地位观念,以人对人的资格来畅谈社会人生,则必可多得几篇好文章也。""我还要申述一个愿望,便是提倡女子写作,盖写文章以情感为主,而女子最重感情,此其宜于写作理由一。"在苏青开始办杂志的这些要求中,有这样三点值得关注:首先,文章的写作范围广泛,任何人都可以投稿,没有任何的限制;其次,鼓励女子写作,认为女子写作是女性角色的优势;最后,刊物所载文章,不仅有阳春白雪,也有小家碧玉,更有下里巴人,从女性的视角来面向受众的阅读习惯。苏青鼓励作者谈饮食男女的事情,还把深奥的道理简单化、通俗化,杂志上还经常刊登笑话和幽默,给处于乱世的上海市民带去了精神上的安慰。

五 起起沉沉的声名之累

苏青的一生是传奇的一生,也是坎坷的一生,她以自己的文字为自己树立了声名,也因为自己的文字而饱受生活的磨难。在 20 世纪 40 年代的上海,她是家喻户晓的知名作家,因为婚姻家庭方面的小说和散文,她获得了文坛的盛誉,也获得了市民阶层的广泛认可。解放以后,苏青的写作受到了限制,因为新的时代不需要她的饮食男女,不需要她的谈性论食,需要的是有新气象和新风尚的时代内容。苏青的写作一时显得落伍和格格不入。于是她消散了自己的声名,从盛名走向无声落幕。

最早对苏青进行评论的是孤岛时期的朋友和文友。张爱玲认为苏青其人其文是"伟大的单纯",她以同行的眼光来看待苏青的文学地位:"低估了苏青的文章的价值,就是低估了现地的文化水准。"她愿意与苏青相提并论:"把我同冰心、白薇她们来比较,我实在不能引以为荣,只有和苏青相提并论我是甘心情愿的。"在谈到苏青的文章个性时,张爱玲认为:"苏青最好的时候能够做到一种'天涯若比邻'的广大亲切,唤醒了往古来今无所不在的妻性母性的回忆,个个人都熟悉,而容易忽略的,实在是伟大的。她就是'女人','女人'就是她。"①胡兰成从"文如其人"的基本观念出发,对苏青及其文章进行评论,称"苏青的文章正如她之为人,是世俗的,是没有禁忌的"。苏青做人、为文的风格来源于宁波:"罗曼蒂克的气氛本来是中世纪式的城市,如绍兴,杭州,苏州,扬州都具有的,但宁波人是更现实的,因而他们的罗曼蒂克也只是野心;是散文的,不是诗的。十九世纪末叶以来的宁波人,是犹之乎早先到美洲去开辟的欧洲人。"他将苏青与周作人进行比较,概括苏青的文风是"平实":"她的文章和周作人的有共同之点,就是平实。不过周作人的是平实而清淡,她的却是平实而热闹。""她的作风是近于自然主义的。但不那么冷,因而也没有由于严冷而来的对于人生的无情的观照。"②他对苏青的散文评价甚高,认为"她是一个有活力的散文家",《浣锦集》是"五四以来写妇女生活最好也最完整的散文"。实斋认为:"苏青的文字,正像她的谈吐一样,流利活泼,更多奇气。同时信笔写来,面面俱到,绝无挂漏或故意规避之处。她对于男女间事,尤能发一针见血之谈,为数千年来在男性社会中处于附庸地位的女子鸣不平。"③总体来说,这些对于苏青的批评,主要还停留在印象阶段,但这些"印象式批评",也道出了苏青文字的风格——坦诚无忌、平实近人、善谈男女等,并凭借这种印象谈及苏青在新文学史中的位置。

在这一时期,真正对苏青的小说进行理性分析的是谭正璧,他于 1944 年编选了《当代女作家小说选》,收集了张爱玲、苏青等 16 位女作家的 16 篇短篇小说。在"叙言"中,他把苏青放在当代女性小说家群体中进行分析,把苏青与张爱玲当作当红女作家进行比较分析:"我们读了以前冯沅君,谢冰

---

① 张爱玲:《我看苏青》//苏青:《苏青文集》,于青等编,上海书店出版社 1994 年版,第 459—460 页。

② 胡兰成:《谈谈苏青》,《小天地》1944 年第 1 期。

③ 实斋:《记苏青》//苏青:《苏青文集》,于青等编,上海书店出版社 1994 年版,第 477 页。

莹,黄白薇诸家的作品再来读这两位的,便生出了后来何以不能居上的疑问。因为前者都向着全面的压抑作反抗,后者仅仅为了争取属于人性的一部分——情欲——的自由;前者是社会大众的呼声,后者只喊出了就在个人也仅是偏方面的苦闷。"接着,对张爱玲和苏青进行了比较:"两人中,张爱玲是专写小说的,因此她的思想不及苏青明朗;同时作品里的气氛也和苏青截然不同,前者阴沉而后者明爽,所以前者始终是女性的,而后者含有男性的豪放。"苏青"有着海阔天空的胸襟,大胆直爽的性格,她所感到的想到的都毫无嫌避,毫不掩饰地在她的笔下抒写出来"。在选集中,谭正璧选择了苏青的短篇小说《蛾》,他认为这篇小说最能体现苏青的特点,它"刻画一个女性的性欲的苦闷深刻到极点,于此可以看出作者自己过的是何等样的苦闷的人生"[1]。谭正璧的这些论述,不仅准确地把握住了苏青散文和小说的特点,更重要的是能够从中国现代女性文学史的角度,比较分析苏青的文学风格和文学史地位,为以后从文学史角度研究苏青奠定了基础,具有重要的意义。

抗战胜利以后,关于苏青是"汉奸文学"和"色情贩子"的新闻式评论甚嚣尘上。新中国成立以后,苏青那一段不光彩的经历使她尘封于文学研究和文学史,只有海外的文学史论述还会提到苏青,但是仍然受到20世纪40年代新闻批评的深刻影响,多从政治上对苏青进行毫不留情的批判,而较少对苏青的文学特点和文学贡献进行研究。1945年11月,上海曙光出版社出版了司马文森编的《文化汉奸罪恶史》,将苏青、张爱玲等16名文人列入"文化汉奸"之中,历数其汉奸罪状。直到1976年,著名文学史家司马长风的《中国新文学史》还是把苏青列入"南方伪组织的文学"中。1987年,台湾的烛微撰文认为:"平心而论,苏青在敌伪控制的地区'卖文为生',但并未参加伪组织,所写的东西,也与政治无关。政府有关单位,胜利后也并未正式对她进行调查,或者提出检举,因之各方对她的攻击,未免有点过分。"[2]这是一个转折点,它表明台湾学术界已经逐步对苏青的人生经历进行理性认识,开始反感单纯从政治上评论苏青,为后来的苏青研究把关注点集中在苏青的文学写作方面扫除了巨大的障碍。

苏青在大陆文学研究界的"复活",也是从20世纪80年代中后期开始的。一方面是由于大陆政治思想和文学思想的解放,"20世纪中国文学"和

---

① 谭正璧:《当代女作家小说选·叙言》//钱理群主编:《中国沦陷区文学大系·评论卷》,广西教育出版社1998年版,第617—621页。

② 参见程亚丽:《毁誉浮沉六十载——苏青研究述评》,《聊城大学学报(社会科学版)》2003年第2期。

"重写文学史"观念的提出及其实践,扩展了人们的文学史视野,一些被长期遮蔽的文学史实浮上水面,中国现代主义文学、海派文学的研究成为一大热点,新中国成立以来文学史研究的"遗忘地"——沦陷区文学——开始引起人们的注意,苏青逐渐进入大陆文学史研究的视野。另一方面,由于海外的研究成果,特别是夏志清教授的《中国现代小说史》,把张爱玲提到了前所未有的文学地位,对大陆文学界产生了巨大影响,引发了大陆的张爱玲热潮。正是在这种热潮的推动下,孤岛时期与张爱玲同为当红作家的苏青,也引起了文学史家的关注,苏青开始真正进入文学史的研究视野。这一时期出版的多种文学史研究著作中,都或多或少地提到苏青,杨义的《中国现代小说史》、王文英主编的《上海现代文学史》、陈安湖主编的《中国现代社团流派史》和《上海沦陷时期文学史》、钱理群等的《中国现代文学三十年》等都讨论苏青及其文学写作;漓江出版社、上海文艺出版社、上海书店出版社等纷纷出版苏青的选集、文集和单行本,苏青以《结婚十年》为代表的文字,迅速风靡起来。从研究的策略来说,这一时期的苏青研究,尽管不再强调苏青 20世纪 40 年代的政治问题,而主要从文学史的角度,记录文学史实,对苏青的文学风格进行了更清晰更准确的把握,给苏青一个文学史地位,但从文学史的叙述策略上,还是不能回避这一问题。如杨义的《中国现代小说史》在第三卷第六章"上海孤岛及其后的小说"中,用了比较多的篇幅讨论苏青的《结婚十年》和《续结婚十年》,指出苏青的"小说率性而谈,对男女感情少有忌讳,行文流利清婉,浅白而不流于俚俗",认为苏青对"风俗描写渗透着情感体验,散发着飘逸才气"。相对于这种具体性评述,杨义在该节的叙述过程中,前半部分论述的是"代表着深沉的民族忧患和进步的社会意识的"文学,而将苏青的文学活动放在"有敌伪背景的报刊纷纷出现"之后来谈,其中提到《白茅》文学周刊、《中华日报》所办的《中华副刊》和《海风》副刊、柳雨生的《风雨谈》月刊和苏青的《天地》月刊等,并概括说:"在这类文学园地中,一些不乏艺术才华的作家走上了描写洋场风光和家庭风波的路子,在温情脉脉的轻吟浅唱中,把政治意识推向虚无缥缈的所在。出尽风头的作家有张爱玲和苏青。"紧接着,杨义论述"在沦陷期出污泥而不染的刊物"及其文学。①尽管杨义的《中国现代小说史》并没有明确指出苏青在沦陷区的文学写作属于"污泥有染"的文学,但通过这些论述的安排,我们不难看出,作者的政治意识还是明确的,只不过采取了曲笔的方法,通过比较、详细论述具体作品来显示苏青的文学特点,又通过论述结构的安排,显现苏青的文学位置。这

---

① 杨义:《中国现代小说史》(第三卷),人民文学出版社 1991 年版,第 394、396—398 页。

种写法，避免了明显的政治化倾向，但政治意图还是存在的，这也是该阶段从文学史角度研究苏青的典型态度。

如果说，20世纪80年代中期，从文学史角度宏观把握苏青属于一种"宏观研究"的话，那么，到了20世纪90年代以后，学术界则更多地从微观的层面，侧重于对苏青的写作实绩和特点进行深入研究。其中的学术背景主要表现在两个方面：其一，随着西方后现代主义思潮在中国大陆学术界的普泛化，私人化写作和女性写作成为当时的热门话题，关于苏青文学写作的解读更多地从这两个层面展开；其二，持续的张爱玲热潮、新感觉派文学研究的崛起和王安忆文学写作向海派的转型，使"海派文学"成为学术界关注的一个热点。于是，这一阶段有关苏青的研究，表现出三个互相联系的向度。

第一，女性主义的文学向度。把苏青的文学写作看作是中国现代女性主义文学写作的独立期或成熟期，运用西方女权主义文学批评的理念和术语，解读苏青文学写作的内容和意义。戴锦华、孟悦合著的《浮出历史地表》以女性文学的眼光重新考察苏青和张爱玲等人的文学写作，认同这些作家在"文化侵略带来的偶然的话语缝隙中"所确立的女性的、独特的思考方式和表达方式，认为张爱玲、苏青代表着中国现代文学的成熟点。这一研究向度得出的重要结论是：以苏青为代表的女性写作，是对"五四"以来女性写作的继承和发展，它超越了"五四"女性文学的"女儿的世界"，突破了传统女作家"闺阁文学"的局面，而进入真正的"女人的世界"，进入"平民文学"的世界，为人们展示出"五四"一代女性作家所未能展示的"陌生世界"，体现出典型的女性文学特征；苏青为我们带来了一个真正的女性文学话语。

第二，私人化写作的文学向度。把苏青的文学写作看作中国现代私人化写作成熟的代表，甚至是中国现代私人化写作的成熟标志，借助"宏大叙事"被解构的时代风潮，对这种私人化写作倾注更多的学术关注和个人热情。胡凌芝的《苏青论》就把苏青的文学写作纳入"自叙传"的文学系列，认为"写自我，写自己的生活经历，切身体验和感受"[1]是苏青的显著特征；何莲芳的《女性气韵：素手绘凡俗——苏青散文品格初论》认为苏青散文"因卖文为生而带有较强的个体操作性"，且"更多地带有边缘性、中间性、个体性的显著特点"[2]。这一研究向度，更多地与女性主义文学向度结合起来，重

---

[1] 胡凌芝：《苏青论》//《丛刊》编辑部：《〈中国现代文学研究丛刊〉30年精编：作家作品研究卷》（上），复旦大学出版社2009年版，第299页。

[2] 何莲芳：《女性气韵：素手绘凡俗——苏青散文品格初论》，《华中师范大学学报（哲社版）》1996年第5期。

视苏青作为女性写作的"私人化倾向",着力探讨在两性对立中,苏青的文学写作的个人意识和文学价值。

第三,海派文学研究向度。把苏青纳入海派文学的系列中进行深入研究,从海派文学生成的社会文化语境、文化特征和当代价值方面,论述苏青的文学活动和文学成绩,总结苏青文学写作的特点和贡献。许道明的《海派文学论》、吴福辉的《都市旋流中的海派小说》等,从海派文学作为中国现代"都市文学"的总体特征出发论述苏青的文学写作,力图在海派文学群体性中,说明苏青作为"都市女性"的一面,肯定苏青在中国现代文学特殊阶段的特殊贡献。这一研究向度,既有上述两个向度中对苏青文学文本的具体解读,也有较为宏观的文学史眼光,为苏青研究开拓出别样的天地。

我们看到,从20世纪90年代中期以来,关于苏青的研究论文急剧增加,其中不乏博士、硕士学位论文。但大多数研究论文集中于女性文学的视角,材料、观点大同小异,创新性不够,有分量的研究成果并不多,大量的重复性论文,引发了不少学者对苏青研究的反感,也导致人们对苏青的文学写作产生了一定程度的审美疲劳。

(原载《鄞州文史》2007 年第四辑)

第四编

当代文学史料辨析
与评价机制

语境还原下的当代文学史料甄别与辨析

一

"信史"是中国古代史学精神,史事、史笔、史识缺一不可。"晋之《乘》,楚之《梼杌》,鲁之《春秋》,一也;其事则齐桓、晋文,其文则史。孔子曰:'其义则丘窃取之矣。'"①《孟子》评述史著包含史事、史文、史识三个层面。史事,乃史家所记齐桓、晋文之事,也就是选择具有重要历史意义的事件,不仅具有当下历史价值,对后世也产生巨大影响;史文,乃史家所书之文,就是关于历史的叙述语言,采用史笔;史识,就是坚持历史的评判标准,即"以义断之"。朱熹在《四书集注》中引述尹氏曰:"言孔子作《春秋》,亦以史之文载当时之事也,而其义则定天下之邪正,为百王之大法。"②朱熹引用此言的目的,也在于强调以史笔记载历史,以义评判邪正。

美国学者菲利普·巴格比认为历史有三种含义:一是发生过的涉及、影响众人的事件,二是对这些事件的讲述(口头的,或文字的),三是讲述者对历史事件持有的观点,处理历史事件的观点、态度、方法。海登·怀特提出历史叙事也是一种"编码"过程,有传奇、悲剧、喜剧、讽刺、史诗等情节编排模式。我们通常理解的菲利普·巴格比所认为的第一、二种含义应该属于史料,第三种含义即历史观。有学者更重视人们对已经发生的事件的态度、观点和方法,罗兰·巴特说:"历史陈述究其本质而言,可以说是一种意识形态的产物,甚或毋宁说是想象力的产物。"福柯引入"权力话语"来解读历史叙述。

历史学需要采用一定的资料建构历史认知,重构历史过程,阐释历史变迁。史料是研究历史的基础。梁启超认为:"史料为史之组织细胞,史料不具或不确,则无复史之可言。史料者何?过去人类思想行事所留之痕迹,有证据传留至今日者也。"③近人周传儒论述历史研究中史料与方法关系时

---

① 孟轲:《孟子》,杨伯峻、杨逢彬注译,岳麓书社 2000 年版,第 142 页。
② 朱熹集注:《四书集注》,岳麓书社 1987 年版,第 423 页。
③ 梁启超:《中国历史研究法 中国历史研究法补编》,四川人民出版社 2018 年版,第 47 页。

说:"近代治学,注重材料与方法,而前者较后者尤为重要。徒有方法,无材料以供凭借,似令巧妇为无米之炊也。果有完备与珍贵之材料,纵其方法较劣,结果仍忠实可据。且材料之搜集、鉴别、选择、整理,即其方法之一部、兼为其更重要之一部,故材料可以离方法而独立,此其所以可贵焉。"①这说明史料对于历史学的基础作用,史料的搜集、鉴别、选择、整理也是一种重要的历史方法。福柯在《知识考古学》中强调"对文献资料提出质疑",以期重建"消失在文献背后的过去"。他说:"人们查询文献资料,也依据它们自问,人们不仅想了解它们所要叙述的事情,也想了解它们讲述的事情是否真实,了解它们凭什么可以这样说,了解这些文献是说真话还是打诳语,是材料丰富,还是毫无价值;是确凿无误,还是已被篡改。然而,上述这些问题中的每个问题,以及这种对考证强烈的批判性的担忧都指向同一个目标:在这些文献所叙述的事情的基础上——有时是只言片语——重建这曾经是文献的来源,而今天却远远地消失在文献背后的过去。"②荷兰汉学家任博德认为历史编纂学中的史料处理需要基于某种批评原则,历史编纂学的史料是一种"可信"的个人选择。③ 这告诉我们,对于当代文学史料的甄别与辨析,本身也包含着批评,一种通向"可信"的批评。

　　"在文学史研究中,总会发生一部分'事实'被不断发掘,同时另一部分'事实'被不断掩埋的情形。历史的'事实',是处在一个不断彰显、遮蔽、变易的运动之中。即使是同一个'事实',在不同的历史叙述中,它的面貌,它的细节,也会出现许多差异,并不断发生变化。"④当代文学历史化比任何时代历史化更为不易,"任何一位当代人欲写作 20 世纪历史,都与他或她处理历史上其他任何时期不同。不为别的,单单就因为我们身在其中,自然不可能像研究过去的时期一般,可以(而且必须)由外向内观察,经由该时期的二手(甚至三手)资料,或依后代的史家撰述为凭"⑤。历史事实往往具有多面性、复杂性,在历史长河中晦暗不明,而史料作为一种历史印记和历史记录,又不断被历史研究者阐释、言说。也就是说,历史本身与史料阐释构成双重

---

① 周传儒:《甲骨文字与殷商制度》,开明书店 1934 年版,第 1 页。

② [法]米歇尔·福柯:《知识考古学》,谢强、马月译,生活·读书·新知三联书店 1998 年版,第 6 页。

③ [荷兰]任博德:《人文学的历史——被遗忘的科学》,徐德林译,北京大学出版社 2017 年版,第 22—33 页。

④ 洪子诚:《问题与方法——中国当代文学史研究讲稿》(增订版),生活·读书·新知三联书店 2015 年版,第 34 页。

⑤ [英]霍布斯鲍姆:《极端的年代》(上),郑明萱译,江苏人民出版社 1998 年版,前言与谢语第 1 页。

或多重的复杂关联,让历史真相更加含混不清。这就要求治史者在运用史料的过程中,首先必须甄别与辨析那些不会说话的史料,按照历史科学的基本原则和方法,处理和运用史料。"研究历史时,必须以科学的观点处理和运用史料,选取最能反映历史真实的材料来论述历史",一是注意史料制作和流传过程中一些人为因素对史料价值的影响,必须选取最能反映历史真实的史料;二是必须利用大量史料,以把握事实的总和,进行全面的排比、分析,做出大体符合实际的解释;三是要防止"重史料,轻理论"和"重理论,轻史料"的两种倾向,既不能走"史料即史学"的老路,也不能缺乏史实作为立论的坚实基础,满足于空泛的理论观点,随意选择和解释史料。① 由于历史事件和历史记录本身的复杂,也由于史料存在鱼龙混杂、真伪参半的现象,所以,如何借助于"语境还原"对史料进行甄别与辨析,就成为史料研治必须注意的节点。

王瑶先生在 1980 年提出现代文学研究应该向古典文学借鉴版本、目录、辨伪、辑佚等"整理和鉴别文献材料的学问"②。在当代文学史料研治过程中,有的学者也曾就当代文学史料甄别与辨析,提出了一些颇具建设性的意见。那么,如何进行史料甄别与辨析呢?归纳和爬梳已有的当代文学学术实践,举其要者,大致有以下三个方面。

二

甄别史料的性质,辨析史料的价值,形成史料运用的规范,夯实当代文学研究的史学基础。

辨析史料的价值,是每一项学术研究必须进行的初始性工作,而史料的价值与史料的性质、史料的存在状态密切相关。只有明确史料的性质,才能确定史料的价值,并在实际研究中合理运用史料,发挥史料的作用,形成符合本学科发展和研究的学术规范。

关于史料问题,学术界虽有歧义,但大多主张采用"第一手史料"与"间接史料"的分法。所谓"第一手史料",一般是指当时遗留下来的实物,当事人的记录,当时人的直接观察和记载,它来源于历史本身,不能再追求史料的来源。也就是说,它不是依据别的史料而是依据当年的情形写成的。这些原始材料包括档案、札记、日记、自传、自订年谱、回忆录,以及直接反映作

---

① 严昌洪:《中国近代史史料学》(增订本),北京大学出版社 2018 年版,第 5—9 页。

② 王瑶:《关于中国现代文学研究工作的随想——在中国现代文学研究会学术讨论会上的发言》,《中国现代文学研究丛刊》1980 年第 4 期。

者思想的论著和现场记录、调查报告等等。这些原始史料,因为直接记述历史,史料价值相对较高。所谓"间接史料",则是根据"第一手史料"编写的记述,其材料来源可以追溯,属于撰述史料,如正史、年谱、传记、地方志、史事记载。"第一手史料"受限于历史语境,常常是片断的、不完整的,并不能反映历史的全貌,需要进行必要的甄别与辨析,从诸多原始史料的相互参证中,运用内部考证的办法甄别其真伪精芜,弥补史实缺失,建构完整的历史事件。"间接史料"是第二手、第三手史料,其优势是可借助带有全局性的叙述,让读者了解历史全貌,可订正文献史料的错讹之处,但往往受撰述者学术立场、学术视野和学术环境的影响,会出现有意或无意误读,甚至断章取义、裁剪不当等情况。在历史研究中,"间接史料"的意义和价值相对较低,主要是因为它经过了编撰者"筛选"组织,渗透着编撰者的解读意向,甚至是因误读而导致的"意图谬见"。史学规范首先要求采用"第一手史料",若"第一手史料"稀缺,可以使用第二手、第三手史料,但难以形成确论。若有新发现的"第一手史料",当以"第一手史料"为底本,及时修正历史叙述;若"第一手史料"不够完整,可以用第二手、第三手史料补充、完善,但不能用"间接史料"代替"第一手史料"。

"有的史学家还把史料区分为'有意史料'和'无意史料',认为史学研究中后者价值更高","有意史料"的制作者是"有意要告诉时人与后人","以左右人们的视听,起舆论引导的作用","诸如成文的历史著作、公开的报道、回忆录、工作总结报告等等";"无意史料"属于制作者"并不想留作史料,或者是无意中保留下来的有关材料"。黄修己先生更看重"无意史料"的历史价值,并引用马克·布洛赫《历史学家的技艺》予以说明:"若不借助这类史料(按,指无意史料),当历史学家将注意力转向过去之时,难免会成为当时的偏见、禁忌和短视的牺牲品。"①"无意史料"在制作、记录的时候,没有明晰的历史意识,制作者、记录者往往根据个人一时一地的需求及个人的意愿,具有较大的随意性,而且在保存方面也表现出"无意史料"的特点;甚至还会进行临时的修改,记录的信息往往不够全面、准确与完整,记录的样态也不够规范等。正因此,我们运用这些史料时,要对之进行"有意"的史料规范化甄别与辨析,在"无意史料"原始形态的基础上,引入相关史料进行参证,补充完善史料信息。

也许是受顾颉刚《古史辨》(1923)"层类"说的启发,有学者将"穿越史料的层层积累去发现历史真相"引入当代文学史料研究,提出"史料多重地貌"

---

① 黄修己:《中国新文学史编纂史》,北京大学出版社1995年版,第534—535页。

的概念,为当代文学史料提供了地上与地下、中心与边缘、显在与潜在、主流与民间等多种样态与层级的视角及方法:"在文学史料的多层地貌中,当下学界对当代文学史料的关注比较集中的是两类:一是从文学思潮的角度出发,能够引领一个时期的作家理念和创作的指导性文献、政策等;二是注重那些触及了文学的时代与历史问题的史料,如当代文坛重量级人物的回忆录、传记、书信等。而民间与'地下'文学史料的收集和整理工作,相对就比较薄弱。这不仅有悖于文学史料存在的客观事实,而且也不利于生态学意义上的当代文学史料学的建构。所以当代民间与'地下'文学史料,作为当代文学史料多层地貌中具有独特风格的'这一个',有必要引起学界的重视。"①严格地讲,民间与"地下"文学史料,也并不是当代文学所特有的。用"史料多重地貌"的视角,关注当代文学史料的生态问题,认为民间与"地下"文学史料是当代文学史料的重要组成部分,民间与"地下"文学史料相对本真或个人化,它从另一个侧面真实地反映了时代的诉求和作家的创作心态;同时,将其与官方或权威认定的史料进行"对证式阅读",它还可唤起人们更为充分的想象空间,触摸到当代文学纵横交错的历史面影,丰富当代文学史料的知识谱系和话语机制。② 相对的个人化,是民间与"地下"文学史料的基本属性与特点;从史料形态和整体性而言,它也相对显得较为本真与本色。当然,这是比较粗放的一种说法,具体落实到某一条或者某一部分史料,特别涉及文学本文层面时,这种个性化的史料,同样也可能会出现失真。而且正由于其个人化,缺少佐证或旁证史料,要实现其本真与本色,相对于前两种史料,可能更为困难,也需要付出更大的气力。

洪子诚先生的《材料与注释》建构了当代文学史料的一种新的叙述方式,用他自己的原话来说,就是"尝试以材料编排为主要方式的文学史叙述的可能性,尽可能让材料本身说话,围绕某一时间、问题,提取不同人,和同一人在不同时间、情境下的叙述,让它们形成参照、对话的关系,以展现'历史'的多面性和复杂性"③。从史料运用的视角来分析,洪子诚让史料"本身说话"来展现历史的丰富性与复杂性的做法,有助于还原或敞开被遮蔽了的学术空间。《1957年毛泽东在颐年堂的讲话》运用多种性质和形态史料的"相互参证",从文化设计和决策层面向我们展现了 20 世纪 50 年代中后期当代文学文化发展的大致路向。

---

① 吴秀明主编:《中国当代文学史料问题研究》,中国社会科学出版社 2016 年版,第 112 页。

② 参见吴秀明主编:《中国当代文学史料问题研究》,中国社会科学出版社 2016 年版,第112—115 页。

③ 洪子诚:《材料与注释·自序》,北京大学出版社 2016 年版,自序第 2 页。

《1957 年毛泽东在颐年堂的讲话》叙述的历史事件是 1957 年 2 月 16 日上午 11 时到下午 3 时半,毛泽东在中南海颐年堂召集相关人士,谈文艺、学术和百家争鸣等问题的一个内部讲话,所依据的基本史料是"1967 年春天,我曾在中国作家协会看到这次谈话比较完整的记录"。① 应该说,这是一份"第一手史料",它是中国作协参加会议的某个人的当场手写记录稿,没有经过修订、加工等第二次编辑。记录稿的形态和记录内容表明,同时,这也是一份"无意史料"。它只记录了毛泽东的讲话,未记录相关人士的回应,个别地方有在座的中央或文艺界领导人的插话(没有注明插话人的姓名、身份),记录者并没有明确的史料意识;他只是记录下来作为"笔记",记录内容属于记录人"感兴趣"或者觉得重要的内容,甚至也没有记录者的署名。正因此,该史料的原始性价值较之有意编撰、回忆录的史料价值来得更高。围绕这份记录稿,洪子诚采取"史料引述"与"注释说明"相结合、"第一手史料"与"间接史料"相互参证、"无意史料"与"有意史料"对证阅读等方法,为追踪和还原"双百"方针的来龙去脉,留下了史料来源和有待进一步辨析的学术空间。

"第一手史料"是原始史料、真史料,对原始史料记录的内容是否真实有必要进行甄别与辨析,包括史料制作者的身份、地位,观察史事发生的角度、制作立场、记录笔法,史料保存与流传路径,运用者发现史料的过程等等。洪子诚先生对记录稿的"来源"进行了轻描淡写的表述:"1967 年春天,我曾在中国作家协会看到这次谈话比较完整的记录。……下面是记录稿原文,分行和段落均为原来样式。"②既然 1967 年春天就看到过记录稿,记录稿明确记录时间为"1957,2,16",何以在 1998 年、2010 年出版的著作中,两次"误写"时间为"1967 年 3 月 17 日","误写"时间与记录时间相差 10 年?洪子诚先生在写作《1956:百花时代》时,是否查证这份记录稿,或者没有找到这份记录稿?对记录稿的制作者,应按照史学规范进行必要的考证,即使考证不出制作者,其考辨的程序、途径、方法等,也可以为后人进一步辨析史料提供必要的帮助,有益于逐步拨开历史谜团。如果没有对记录者进行必要考证,记录人成为谜团,就会影响原始史料的价值。参加颐年堂座谈会的有 28 人,可知的人有:毛泽东、周恩来、朱德、邓小平、陈伯达、康生、钱俊瑞、陈沂、胡乔木、周扬、林默涵、郭小川、邵荃麟、张光年、严文井、张溪若、胡耀邦、邓拓、胡绳、杨秀峰、北京各报的负责人等。记录稿留存在作协,洪子诚也认

① 参见洪子诚:《材料与注释》,北京大学出版社 2016 年版,第 3—23 页。

② 洪子诚:《材料与注释》,北京大学出版社 2016 年版,第 4 页。

定记录者为作协与会人员,且为手写体。如果以此信息追踪记录者,再进一步追踪这些人是否有工作记录或个人记录,那么更为完整也更为权威的记录稿,对于提升该记录稿的史料价值,无疑将大有裨益。毛泽东召集这么多人开会,从上午11点持续到下午3点半,如此重要的活动,按照常理,应该有权威部门的相关记载。遗憾的是,由于种种原因,我们迄今仍没有获得有关这方面的原始史料。"研究'十七年文学',包括整个当代文学,最大的困难反而是史料的问题。特别是当代这种与现实政治休戚相关的特殊情况,导致很多关键性资料的获取几乎不可能。"①洪子诚先生在《材料与注释·自序》中表示:"因为材料掌握上的限制,也因为对这一写作方式的合理、有效性产生怀疑,就不想再继续下去。"的确,《材料与注释》所采用的"互证"或"参证"方式,首先遇到史料掌握的困难,有些"应该"或"可能"存在的史料,研究者却见不到,只能根据有限的史料进行"注释",自然会遇到"有效性"的问题,洪子诚声言"不想再继续下去",这既反映了一种学术自我反思的自觉,也表现了当代文学史料研治所遇到的诸多无奈吧。

《材料与注释》将诸多政府文件、内部会议记录、交代材料、表态发言或文章引入当代文学史料范畴,丰富了当代文学的史料形态,对学理化解读50—70年代文学生态、文学思潮和文学创作,具有特殊的意义。在很长时间里,这些史料不被当作史料来看待,"除了其特殊的传播方式,还有另一重要原因,那就是因其产生的特定政治语境,而使研究者乃至材料作者有意无意地忽略了其作为史料的价值"②。何吉贤从材料的选择、材料的编排和材料的注释三个层面分析,认为洪子诚的《材料与注释》"让材料自己说话",死人复活,互相争吵,此时,作者不仅是严峻的历史观察者,同时他还是"内在于历史中的人",有厌恶、痛恨;有感叹、同情;有迟疑、反思;甚至还有时不时露出的嘲讽。"《材料与注释》有严正的底色,它要处理的是重大历史条件下人的判断、选择、扭曲或者'人性的闪光';是历史的推进、曲折和自我否定;是被'事件化'之后的历史。"③

三

辨析史料生成的语境,甄别史料之真伪与运用的误区。

史料是历史的记录,任何史料在生成过程中,都基于一定的历史语境,

---

① 洪子诚、钱文亮:《当代文学史研究中的史料问题》,《文艺争鸣》2003年1期。
② 贺桂梅:《材料与注释中的"难题"》,《文艺争鸣》2017年第3期。
③ 何吉贤:《"材料"如何说话?——也谈洪子诚〈材料与注释〉》,《文艺争鸣》2017年第3期。

与彼时的社会政治经济文化状态和人们的日常生活有着这样那样的联系。因此,通过语境和常识判断,就成为甄别史料的真伪精芜的一个重要依据。当代文学史料研治及其真实性方面出现问题,一方面是因为当代文学与当代社会距离太近,加上诸多复杂因素,致使许多史料难以收集,泯灭于历史长河;另一方面则是因为有的研究者在史料搜集、整理与研究时忽略了史料学的基本规范,有意无意地混淆了"第一手史料"与"间接史料"之间的界限,有的甚至对史料进行人为修改,违背史料所产生的社会语境,也违反日常生活逻辑。

洪子诚先生在处理当代文学史料时,非常强调将不同史料信息汇集和还原到历史情境中进行甄别与辨析,在史料的相互对话与冲突融合中重构历史全景,求取真实。在这方面,《材料与注释》中的《1962年大连会议》一文应该是全书最为完整和成功的,调用会议记录、交代材料、回忆录等多种资料,较为完整地用各种细节拼接出了大连会议从筹备、开会,到会后反应、批判、再批判的全景"①。洪子诚先生曾自述,该著"材料处理和注释的重点在两个方面,一是人、事的背景因素,另一是对同一事件,不同人、不同时间的相似或相异的叙述。让不同声音建立起互否,或互证的关系,以增进我们对历史情境的了解"②。《材料与注释》通过对历史情境与紧张时刻的复现,揭示当代文学权力机制的运作过程以及文艺理念在具体实践中产生的"疑难杂症",成功地建立了当下读者对于异时异地具体情境的历史感觉。史料携带的现场感,让读者较为直观地感受到一种充满张力的时代氛围,也让他们真切地感知到周扬等文化官员彼时与特定政治及文艺扭结在一起时生成的复杂境况。③"这种对'历史情境''内部逻辑'的尊重,显示出的是洪子诚作为一个文学史家的基本品格和立场。"④尊重"历史情境",意味着回到历史发生现场,还原历史发生现场,把握历史真相;尊重"内在逻辑",意味着研究者站在今天的立场,用今天的价值尺度衡量历史、评价历史,作出符合历史实际的情景分析和价值判断,从而突破历史局限,进入更为深邃、更为完整的历史叙述。

可以这样说吧,进入"历史语境",把握史料的时代特征,捕捉细节中蕴含的史料信息,是当代文学史料研治的一个显著特征,也是当代文学史料甄别与辨析的一条有效途径。洪子诚在谈及1962年周扬组织纪念《讲话》文

---

① 何吉贤:《"材料"如何说话?——也谈洪子诚〈材料与注释〉》,《文艺争鸣》2017年第3期。
② 洪子诚:《材料与注释》,北京大学出版社2016年版,第21页。
③ 参见李静:《〈材料与注释〉:"历史化"的技艺与经验》,《汉语言文学研究》2017年第2期。
④ 贺桂梅:《材料与注释中的"难题"》,《文艺争鸣》2017年第3期。

章时强调指出："当代文艺界各个时期'官方'发表的文章,各个年份纪念《讲话》的社论,它们对《讲话》阐释的变化,在阐释时所要强调的方面,会在看来周全稳妥的文字中透露出来。当年的写作者为了这种表达而字斟句酌,遣词造句上煞费苦心,避免因表达上的失当深陷困境,而读者也训练出了机敏的眼睛、嗅觉,来捕捉到哪怕是细微语气的变化。在这一切都成为'历史'的今天,最后受苦的是当代文学、当代文化的研习者——也要继续努力训练眼睛、耳朵的灵敏度;他们没有办法规避这个'吃二遍苦,受二茬罪'的命运。"①他所说的各个时期"官方"文章,的确是当代文学一个关键而又特殊的史料,这些史料往往云遮雾盖,在看似相似的表述中通过个别词语、语气,甚至词语排序的区别,显示出大不同。面对此,我们需要从当时的历史语境中感受和体验其中的深意,用机敏的眼睛和嗅觉捕捉细节,通过"细微语气的变化"还原史料的意义,透析史料的价值。

杨健曾在 1993 年将"地下文学"定义为"由民众在民间创作的,反映文革社会生活本质真实的作品。无论作者站在何种立场,属于那个集团、派别其作品能真实反映出文革生活的某一侧面,创作于民间,流行于民间,这种创作活动,都可归于'地下文学'的范畴"②。这一特殊时期地下文学史料非常琐碎芜杂,它主要有三种途径:一是来自于手抄本,二是来自于粉碎"四人帮"以后发表的文本,三是来自于作者家属或友人的整理、回忆等。由于历史的原因,这些文学史料都存在一些共性问题,如手抄本的版本流变呈现复杂状态,剪不断,理还乱;有关文本存在发表时间错乱的问题;家属或友人的整理、回忆,也存在记忆不准确甚至记忆缺失的问题。食指的诗歌《疯狗》原刊于《今天》第 2 期(1979 年 2 月),发表时标明写作时间是"1974 年",徐敬亚、杨健等对《疯狗》的写作时间没有进行考辨,直接采用了《今天》所标识的写作时间,展开对《疯狗》的评论。李润霞通过对有关史料的考索,指出《疯狗》并非写作于 1974 年,而是写作于 1978 年,《今天》标明时间为 1974 年是出于办刊策略和发表时的社会文化语境考虑。食指本人回忆:"《疯狗》当然是写于 1978 年,只是具体哪一天记不清了。在《今天》发表时署了 1974 年,可能是因为他们觉得这首诗作于 1978 年,当时'四人帮'已经不存在的情况下,再谈人权,再写人权,怕引起别人其他的想法。""诗中涉及了一些敏感的问题,考虑到其时的现实氛围与现实环境,整个社会都处在对'文革'的全面否定中,为避免麻烦,把它署在'文革'中,相对保险一点。于是,《今天》编辑

---

① 洪子诚:《材料与注释》,北京大学出版社 2016 年版,第 150—151 页。
② 杨健:《文化大革命中的地下文学·引言》,朝华出版社 1993 年版,第 5 页。

部(主要是北岛)有意把食指的《疯狗》署为'一九七四年'。"①这意味着,《今天》发表食指《疯狗》这首诗的文本,存在有意识的史料"作假",它置换了诗歌创作的基本语境,而造成了史料的失真。如果食指的回忆没有问题,那么杨健对《疯狗》的判断以及徐敬亚等人当年对之所作的评论都不能成立。其实岂止是杨健、徐敬亚,其他所有依据虚假的"1974年"(而不是真实的"1978年")而建构的诗歌评论、文学史叙述,又何尝不是如此。洪子诚谈及编选"新诗大系"体会时说:"确定作品的写作、特别是发表的年代,是文学史研究(包括与此相关的作品编选)的一项基础性工作。"②围绕《疯狗》所产生的问题,既是文学作品创作时间勘定问题,更是对真实史料的信任度问题。真实史料蕴含的信息是否真实?这是需要进行甄别与辨析的。澄清了这首诗的真实创作时间后,也就确立了这首诗的时代背景和创作语境,那么有的文学史对这首诗的分析,尤其是有关"失恋"云云,就有点站不住脚了。③

李润霞发现有的文学史把"《今天》编辑部"和"今天文学研究会"混同了,她回顾了《今天》编辑部创办"今天文学研究会"的历史史实,指出这样的处理"既抽掉了《今天》诞生与存在的特殊语境,也淡化了其办刊的艰难与作为'民刊'的价值,同时还会给许多初学者带来一些'理解上的歧义'"④。作为一份同人性质的民刊,《今天》的创刊与停刊,均与当时社会政治文化语境息息相关,如果抽掉这一关键性历史语境,我们将怎样评价《今天》的价值?

语境判断是一种常识判断,凡是有异于常识的史料,都应该接受质疑。洪子诚先生曾经记录在课堂上讲述顾城的诗,受到美国学生怀疑的事情。"在课堂上我还说,顾城很小的时候,大概八九岁上小学,就写过一些精彩的像格言一样的小诗……我说我根据的是顾城自己谈诗的文章,还有诗后头标明的写作时间。这个学生……完全是不相信。"⑤美国学生所依据的是一种常识判断,尽管美国学生没有足够的证据,但依据常识表示怀疑,有意无意间体现出学术怀疑精神。

在当代文学史料运用中,一些研究者对史料的历史语境进行了重构。在重构过程中,或基于理论观念和学术目的原因虚构历史语境,而改变了史料的性质和意义;或疏于甄别史料制作的历史状况,将史料的历史语境"前

① 李润霞:《"潜在写作"研究中的史料问题》,《中国现代文学研究丛刊》2001年第3期。
② 洪子诚:《编选"新诗大系"遇到的问题》//李青松主编:《新诗界》(第2卷),新世界出版社2002年版,第378页。
③ 参见李润霞:《"潜在写作"研究中的史料问题》,《中国现代文学研究丛刊》2001年第3期。
④ 李润霞:《"潜在写作"研究中的史料问题》,《中国现代文学研究丛刊》2001年第3期。
⑤ 洪子诚:《问题与方法——中国当代文学史研究讲稿》(增订版),生活·读书·新知三联书店2015年版,第77页。

移""后置",导致史料脱离历史语境。唐小兵的《再解读:大众文艺与意识形态》以"我们怎样想象历史"为题,重构了瞿秋白在 20 世纪 30 年代的处境:"1934 年 2 月,这位从苏联归来的共产党人离开上海到达江西瑞金'中华苏维埃共和国',就任工农民主政府教育部长和苏维埃大学校长,并且领导了'高尔基戏剧学校'和苏区的工农戏剧运动。瞿秋白个人的这一次战线转移,从城市到农村,从国统区到苏区,从知识精英到群众领袖,从创作思辨到文艺运动,从间接影响读者到直接实现政治效益,无疑具有深远的范式意义和号召性。'大众文艺'作为文化革命运动正是以这样一个大的文化迁移为历史背景。"[①]王彬彬对此表示不能认同,他通过时间先后排列来证明唐小兵文章中"这位从苏联归来的共产党人离开上海到达江西瑞金",存在着虚构历史语境、违背历史基本事实的问题。王彬彬强调指出:第一,唐小兵把瞿秋白从上海到瑞金的时间搞错了,根本没有查证现有的历史资料,仅仅根据个人的一些模糊印象,严重违背历史真实;第二,唐小兵对瞿秋白从苏联回到上海、再到瑞金的实际历史语境,缺乏客观的把握,对于 1928 年 6 月"中共六大在莫斯科召开,瞿秋白的职务被共产国际罢免"这样重大的历史史实视而不见,对"瞿秋白在党内被残酷打击迫害的历史"视而不见;第三,对重要历史人物的身份变化,缺乏基本的历史把握,将瞿秋白 1928 年 6 月以前的党内身份"移植"到瑞金时期、左联时期,导致历史判断和文学判断严重失误。由此,他认为唐小兵所构建的"大众文艺与意识形态"的"历史图景",存在诸多臆想成分。[②]

李润霞考辨了《中国新诗总系》编选的史料问题,发现"由于对所选诗作的真实创作年代缺乏严格的考证而带来基本史实的错讹","没有这样一种艰辛的史料考辨(辨)工作",其中第 6 卷存在史料历史语境"前移"的倾向,如选入的灰娃的《童声》《童声中断》《童声飘逝》,"这三首'童声系列'根本不是灰娃'文革'期间的诗歌作品,而是 1989 年后诗人经历时代遽变后创作的作品,编者却收入到 1969—1979 年了"。第 7 卷却存在史料历史语境"后置"的倾向,即把新中国成立后与"文革"期间的潜在诗歌误置到 20 世纪 80年代的选本中,如《无题》("一个阶级的血流尽了")、《无题》("醉熏熏的土地上")、《教诲》三首、芒克《雪地上的夜》(1973 年)、《爱人》(1973 年)的作品都放到 80 年代的主题"朦胧诗"诗人群中,把黄永玉《老婆呀! 不要哭》(1970年 12 月 12 日)置于主题"归来"诗人群中,把林子写于 50 年代的爱情组诗

---

① 唐小兵:《再解读:大众文艺与意识形态》(增订版),北京大学出版社 2007 年版,代导言第 3 页。
② 参见王彬彬:《〈再解读:大众文艺与意识形态〉初解读——以唐小兵文章为例》,《文艺研究》2014 年第 6 期。

《给他——爱情诗十一首》全部置于 80 年代的主题"其他诗人的诗"。① 这些史料历史语境的误植伤害了史料真实性,影响到对诗人诗作乃至对当代诗歌史的整体判断。

四

甄别史料的传播形态,辨析史料传播过程中的变化,作出准确的文学史判断。

"在史料的流传过程中,有些会被保存者或转述者出于这样或那样的原因而删略、回避,甚至出于某种原因对历史记录加以篡改,有意无意掩饰或歪曲某些史实。"②在当代文学发展过程中,因历史复杂语境而产生的文学史料遮蔽性,是一种常态。这些被遮蔽的文学史料,在一定范围内以非公开的方式流传,形成了以手抄本为主要文本形态的文学史料。有些手抄本没有署名,作者信息难以考辨,在流传过程中版本变化比较大。流传甚广的手抄本小说《少女之心》,"抄书肯定先拣'最感兴趣'的部分抄,而且难免按自己的想象添油加醋,就这样越抄越玄,导致后来'黄书'广为流传,而原故事却不为人知"③。有些手抄本出现边流传、边修改的情况,既有原作者的修改,也有抄写者的修改,形成复杂的版本流变,如张宝瑞的《一双绣花鞋》和张扬的《第二次握手》。对于这些手抄本文学史料的甄别与辨析,成为当代文学研究及其历史化的一个重要现象。

李杨对"潜在写作"的学术概念及史料运用,提出了富有深度的质疑。就史料运用而言,"潜在写作"大部分作品的真实性几乎无法认定,特别是完全没有"地下"传播史、发表时间没有任何见证的这类作品,李杨认为"多多的这些'白洋淀诗歌'是否真正创作于这些诗歌所标识的时代却缺乏有力的证据"。"尽管我们无法确认这些作品的创作时间是'真'的,我们也同样无法证明这些作品的创作时间是'假'的。"④正是由于"潜在写作"或"地下文学"中大量涌现手抄本的现象,一些非手抄本的文学史料,长期被确认属于手抄本,一定程度上导致文本误读和文学史研究的混乱。如北岛的《波动》、礼平的《晚霞消失的时候》和靳凡的《公开的情书》这三部手抄本中篇小

---

① 参见李润霞:《〈中国新诗总系〉的编选原则与史料问题》,《文艺争鸣》2011 年第 6 期。
② 严昌洪:《中国近代史史料学》(增订本),北京大学出版社 2018 年版,第 5 页。
③ 李诚、孙磊:《揭秘文化大革命手抄本:〈少女之心〉背后、集体越轨地下传抄》,《株洲晚报》2008 年 3 月 2 日。
④ 李杨:《当代文学史写作:原则、方法与可能性——从陈思和主编的〈中国当代文学史教程〉谈起》,《文学评论》2000 年第 3 期。

说，许多研究者及其文学史，因为将其视作是"在布满裂痕的时代里……具有更高的等级，也更动人心魄。因此也就乐于去寻找、认定更多的这一类型作品"①。然而，事实并非如此。据乔世华研究，《晚霞消失的时候》构思、酝酿于 1976 年春节期间，动笔写作已经在"文革"结束后的"批邓"大会上，初稿完成于 1976 年 11 月，"从实际写作时间来看，《晚霞消失的时候》无论与'文革后期'、还是与'手抄本小说'都毫无关联，最多算是'文革'末期曾在小范围内口头传播的故事"②。艾翔则认为《晚霞消失的时候》不是手抄本，而是一部被"地下文学收编"的中篇小说，如果人们在研究时"戴上了这一副'刻意寻找'的有色眼镜，当文学史家们看见创作于 1976 年、又"属'离经叛道'一系的《晚霞》，自然会在其与已经约定俗成的'地下文学'的定义之间产生联想。这恰恰印证了卡尔的判断：'只有当历史学家要事实说话的时候，事实才会说话：由哪些事实说话、按照什么秩序说话或者在什么样的背景下说话，这一切都是由历史学家决定的。'"③而后来李建立通过对读北岛近年来的会议和一些相关资料的"考辨"，证明《波动》作为手抄本，是"'追加式'批判逻辑的文章的副产品"，实际上，"《波动》完稿是在'文革'后期，从完稿到以连载的方式在《今天》发表，其间历时两年，并未经历过传播意义上的'手抄'阶段，算不上'手抄本'小说，更不是'文革'中的'手抄本中篇'"。④

大量事实表明，当代文学在生成和传播过程中，因语境的变化及诸多复杂因素，往往会出现程度不同、隐显有别的修改，有的甚至会出现反复不断的修改。这种修改，在经典（或较经典）文本与手抄本两种文本那里表现尤为突出。惟其如此，我们有必要重视流传版的考订，并将其作为史料甄别与辨识的一个重要内容，付诸实践。

（原载《当代文学"历史化"问题研究》，中国社会科学出版社 2021 年版）

---

① 洪子诚：《〈晚霞消失的时候〉：历史反思的文学方式》，《文艺争鸣》2016 年第 3 期。

② 乔世华：《关于〈晚霞消失的时候〉》，《粤海风》2009 年第 3 期。

③ 艾翔：《被话语绑架的历史反思——重读〈晚霞消失的时候〉》，《上海文化》2012 年第 2 期。

④ 李建立：《〈波动〉"手抄本"说之考辨》，《中国现当代文学研究丛刊》2018 年第 8 期。

当代文学私人性史料的甄别与辨识

　　私人性文学史料是指由私人(包括个人和小团体)撰写、生成的史料,主要包括日记、书信、手稿等,一般被称作"第一手史料",在研究中常常用于参证、考辨其他史料的作用。严昌洪比较书信、回忆录、日记三种史料形态,认为书信的真实性更能够得到保证:"信中所写内容多为作者亲身经历、亲眼所见、亲耳所闻以及自己当时的思想,常有旁人不知的内幕情形、机密消息,而且一般说来没有什么忌讳,比较可靠。甚至比同样是个人记录的日记、回忆录还要真实些,因为日记虽然当时所写,但由于某种需要,日记可能改写,如翁同龢在戊戌变法失败后,为避祸就改写过自己的日记;事后撰写的回忆录,作者也可以根据需要,有意隐瞒某些实情,甚至文过饰非。而书信寄出之后,所有权就属于收信人并保存在收信人手中,写信者再没有修改的机会,真实性得到保证。"[1]近现代以来,重要政治家和名人书信来往频繁,涉及重大历史事件,诸多学者利用书信编制人物年谱、撰写人物传记、勾勒历史事件。但是,在运用书信时,首先应该辨别真伪,去伪存真。如襟霞阁(主)编的《清朝十大名人家书》收录了郑板桥、纪晓岚、林则徐、左宗棠、张之洞、胡林翼、彭玉麟、曾国藩、李鸿章、袁世凯等重要历史人物的书信,经过专家考证,大多数有伪造之嫌。其中《林则徐家书》《李鸿章家书》《张之洞家书》和《袁世凯家书》已经被确认作伪,曾国藩致曾国荃书信有所删改。[2]

一

　　相比于古代和近现代私人性史料搜研,当代私人性史料搜研面临一个"当代性"的困境:一些当事人或者史料所涉及的人事,仍"鲜活"地存在于当下,或者其影响力依然强大,导致许多公共性史料无法解密,使当代文学研究者陷入史料难题。

　　"所谓私人性文学史料,并非没有公开的私人手稿,而是指与各种公共性政策、文件、报告等史料相对的、在作家较为私人化的空间中发生或含有

---

① 严昌洪:《中国近代史史料学》(增订本),北京大学出版社 2018 年版,第 238—239 页。

② 严昌洪:《中国近代史史料学》(增订本),北京大学出版社 2018 年版,第 241—242 页。

此种意向的(如书信、日记、个人检讨、回忆录等)史料。"①除了日记、书信之外,在特定历史时期、特定环境下当事人的检讨、回忆录、交代材料等,也是不容忽视的史料形态。洪子诚的《材料与注释》就是因为"材料掌握上的限制","不想再继续下去"。② 易彬有感于"新中国成立之后到 1970 年代中段之前的书信,多半已被毁弃",长期潜心于"作家年谱的编撰、版本的校勘、口述的采集、书信的整理"等私人性文学史料搜集整理工作。他认为"口述是现当代作家文献发掘的新方向",文化老人的口述"一定要及早着手";"书信作为一种私性的,且逐渐消逝的文体,也是当代文学研究中值得特别重视的史料类型","整理空间还非常之大,是当代文学新史料、作家集外文发掘的重要源头"。③ 近些年来,当代私人性史料的搜集整理取得长足进步,许多学者殚精竭虑,往返于海内外,博览纸质材料和网络材料,整理出了不少有关这方面的史料,不过与当代文学研究实际需求相比,与私人性史料潜在的存量相比,仍然很不成比例。

在当代文学研究中,私人书信能否作为文学史料? 怎样运用这些私人书信? 应该说,在这方面我们是有相当深刻的教训。曾几何时,胡风与朋友们的书信被作为"反革命集团材料"公布于世,导致胡风问题的急转直下。1955 年 6 月 15 日,《人民日报》编辑部《〈关于胡风反革命集团的材料〉的序言和按语》④称抓住了胡风等人的"大批真凭实据",这批真凭实据就是胡风集团成员之间的书信,还有舒芜提供的书信。1955 年 5 月 13 日《〈人民日报〉的编者按语》⑤说:"读者从胡风写给舒芜的那些信上,难道可以嗅得出一丝一毫的革命气味来吗? 从这些信上发散出来的气味,难道不是我们曾经从国民党特务机关出版的《社会新闻》、《新闻天地》一类刊物上嗅到过的一模一样吗?"该"按语"特别警告:"胡风反革命集团中象舒芜那样被欺骗而不愿永远跟着胡风跑的人,可能还有,他们应当向政府提供更多的揭露胡风的材料。……路翎应当得到胡风更多的密信,我们希望他交出来。一切和胡风混在一起而得有密信的人也应当交出来,交出比保存或销毁更好些。"1955 年 5 月 24 日《人民日报》发表《〈关于胡风反革命集团的第二批材料〉

---

① 吴秀明主编:《中国当代文学史料问题研究》,中国社会科学出版社 2016 年版,第 83 页。
② 洪子诚:《材料与注释·自序》,北京大学出版社 2016 年版,自序第 2 页。
③ 易彬:《当代文学史料建设的路径与问题》,《文艺争鸣》2016 年第 8 期。
④ 吉林大学中文系现代文学教研室编:《建国后文艺战线两条路线斗争史文献和资料汇编》(上册),1972 年版,第 194—196 页。
⑤ 吉林大学中文系现代文学教研室编:《建国后文艺战线两条路线斗争史文献和资料汇编》(上册),1972 年版,第 197—198 页。

的按语》①,说明"现在发表的材料,是从胡风写给他的反动集团的人们的六十八封密信中摘录下来的"。

李辉的《胡风集团冤案始末》是这样记述的:"不管舒芜是否清楚地意识到,交出私人间的通信作为批判的武器意味着什么,他的举动,在这场事件中,无疑具有特殊的意义。""舒芜拿出的信,为文艺领导人十分重视,决定将这批信由舒芜整理分类,配合胡风的《我的自我批判》,一并在《文艺报》上发表。"舒芜整理出的信和胡风的检讨,送呈高层审阅,形势骤然发生剧变,胡风等人被定性为"反党集团",这是周扬等人毫无思想准备的。② 当年批判胡风,将其定案,就公布了胡风与路翎、张中晓、贾植芳、梅志、阿垅、鲁藜、绿原、卢甸、梅林、方然等人之间的通信。富有意味的是,多年以后,李辉的《胡风集团冤案始末》和万同林的《殉道者——胡风及其同仁们》③为其翻案,还原胡风事件的历史真相,大量采用的也是这些书信,或运用回忆文章构筑全书的叙述体制。实际上,在20世纪50年代,即使没有舒芜提供这些私人信件,按照周扬等把"批判高潮,再往前推进一步,彻底灭掉胡风的气焰"的有关设想,胡风的悲剧也带有某种深刻的必然性,舒芜只是提供了更为直接的"证据"。同样的道理,80年代给胡风"三部曲"式的"平反",也不是如李辉所说并引用过的这些书信发挥了多么大的作用,而是改革开放、拨乱反正的历史大势使然。私人性史料在整体当代文学史料,尤其是在具有统摄意义的公共性史料面前,总是显得力不从心,它可以弥补公共性史料的不足,丰富历史的细节,增强文学研究的肌理和质感,但无法改变历史走向。在当代文学研究及其历史化中,当然需要重视私人性史料,但绝不能夸大私人性史料的作用。对于重大历史事件如此,对于一个作家、一部作品或者细小的历史事件,也是如此。

2006年,王德威在北大演讲《沈从文的三次启悟》:"借着一册木刻画集、一张照片,还有一系列的速写——就是 sketches——沈从文以最奇特的方式见证了一代知识分子在面对历史风暴的时候的所能为与所不能为。换句话说,面临这样历史大考验的时候,一个知识分子作家,尤其是深受'五四'启蒙影响的知识分子作家,他到底能做些什么? 他到底能选择或者放弃些什么?"④王德威想证明的是一个宏大的命题,具有当代历史的普遍性和

---

① 吉林大学中文系现代文学教研室编:《建国后文艺战线两条路线斗争史文献和资料汇编》(上册),1972年版,199—205页。

② 李辉:《胡风集团冤案始末》,人民日报出版社2010年版,第149—150页。

③ 万同林:《殉道者——胡风及其同仁们》,山东画报出版社1998年版。

④ 王德威:《抒情传统与中国现代性——在北大的八堂课》,生活·读书·新知三联书店2010年版,第101—102页。

深刻性,也带着沈从文的人生挫折、痛苦,应该说是属于沉重的、滞涩的一种叙述,但王德威的演讲则风轻云淡、流畅写意。他以沈从文私人性史料为中心,探讨饱含着历史普遍性和深刻性的命题。所谓一册木刻画集,是黄永玉为诗集作的插画,"这些插画让沈从文觉得在战后混乱的中国里,居然能够有艺术家以他那纯净的想象力,去创造一种已经失去了——或者从来不曾存在——的田园牧歌式的乡土形象,这真是不容易的事情"①。所谓一张照片,是包括张兆和在内的"中国公学女子篮球队"合影,1949 年 3 月 26 日沈从文在"孤绝"中为照片题辞,启悟到"只有以生命的结束来完成他作为一个楚人的命定的悲剧"②。所谓系列速写,是 1957 年沈从文在上海给张兆和的书信,书信中沈从文有三幅描绘眼前景象的速写,"这三张图像,恰巧代表了他生命的最后半段的一个最重要的宣言。在这以后,他还会经历许许多多痛苦的生命的考验,但是也许有了这三张图像在他的心目中,他可以焕发出一种对历史不同的承担的愿望,还有因应历史的考验,继续来经营他所谓的'抽象的抒情'的信念"③。

王德威讲故事的方式值得玩味,他采用的是经纬交织、虚实相生的叙述方式。所谓经纬交织,就是选取沈从文一生的三个重要的时间作为支点,即 1947 年、1949 年和 1957 年,三点连成一条经线;围绕着每个点配合一些"公共知识",形成经纬交织的一个叙事单元。经线为主,采用沈从文的私人性史料;纬线为辅,选择公共史料。经线纵向展开,从沈从文"抽象的抒情"开始,经过三次人生经历,最终回到"抽象的抒情",完成沈从文一生的生命"圆满";纬线横向铺排,围绕每一个时期沈从文的人生选择,说明沈从文个人生活与时代的联系。这样一来,文章中所选取的所有公共性史料,就成为沈从文私人性史料的辅助性史料,起到提供背景、解释和补充性说明的作用。沈从文的私人性史料成为主体史料,确认公共性史料的取舍标准,主导公共性史料的方向,规范公共性史料的阐释空间。所谓虚实相生,就是王德威在演讲中,实写或详述黄永玉插画触动沈从文内心深处的一种情感、1948 年《边城》重版时插画、1949 年 3 月题词照片、1929 年沈从文求爱张兆和、1957 年沈从文致信张兆和等个人化事件,虚写或概括性引入以"五四"时期沈从文和黄永玉作为"时代知识分子"、1947 年胶济铁路线战役、20 世纪 30 年代左

① 王德威:《抒情传统与中国现代性——在北大的八堂课》,生活·读书·新知三联书店 2010 年版,第 105 页。

② 王德威:《抒情传统与中国现代性——在北大的八堂课》,生活·读书·新知三联书店 2010 年版,第 118 页。

③ 王德威:《抒情传统与中国现代性——在北大的八堂课》,生活·读书·新知三联书店 2010 年版,第 130 页。

翼美术活动、1948 年郭沫若发表《斥反动文艺》、1949 年 1 月北平解放、1957年"双百方针"、整风运动等历史事件。虚写的历史事件构成实写个人经历的佐证,成为向实而生的史料。

王德威实际上要证明的是沈从文面临的三次人生抉择。这种抉择既有个人意愿,更有历史趋势的左右和影响,首先应该回到当时的公共历史情境中,考辨梳理沈从文的个人启悟,时代性不仅体现于沈从文,更体现为一种必然。如果仅仅着眼于沈从文的个人心理变化,或者以个人心理变化为主线勾连史料,无疑会消解公共性史料的价值和意义。王德威也引入了诸多公共性史料,也顺带还原了部分与沈从文有关的历史情境。但是,由于他以沈从文的私人性材料(书信、题词)为主,把沈从文的三次人生抉择的"拐点"定位于个人际遇和心理表征,从而将一个沉重的知识分子人生选择的命题,讲得轻盈别致、津津有味,历史的沉重感和深刻性消融于沈从文与黄永玉、张兆和私人关系的趣味中。

二

"日记是一种独特而又重要的文献种类。从文体学角度看,它是应用文的最为常用的文体之一;从史料学角度看,因其亲历者身份,常被视为第一手史料;从文化学角度看,因其内容包罗万象,又具有百科全书性质。妥善合理地利用日记文献,不仅可以有效校正和补充正史,而且在文学史和文化史上都会有丰富的收获。对于弘扬优秀传统文化、树立文化自信也具有重要的意义。"①在中国近现代史料体系中,日记贮藏丰富,但利用率并不高,主要是因为大量日记没有整理,缺乏系统性和深入性。国家社科基金重大项目"中国近代日记文献叙录、整理与研究"阶段性成果显示,留存有日记的近现代人物有一千多位,张剑根据知网统计到的相关研究论文只有 300 多篇,涉及 20 世纪日记的研究论文只有 100 多篇。张剑提出:"以中国近代日记文献为核心,以'叙录'描绘其形貌,以'整理'锻造其骨肉、以'研究'凝练其神魂,以'数据库'开发其潜能,遵循由实践到理论、由文献整理到文献、文学、历史、文化研究的内在思路,既注重文献整理与理论阐释的融合,希望多角度、多方位地探讨揭示近代日记文献的丰富价值和文化意义;又注意古今的贯通,借助对历史文献的整理与阅读,获得心灵的启迪和共鸣,勾连、启动古今之间的内在联系,完成传统学术话语体系与当代学术话语体系对接,使古籍整理与研究具有现代性和当代价值,从而实现对中国近代日记文献的

---

① 张剑:《中国近代日记文献研究的现状与未来》,《国学学刊》2018 年第 4 期。

全方位攻关。"①舒习龙认为比起官方史料，日记史料在形式上更为原始质朴，内容上往往更加真实，是解读近代史学变迁的绝好材料，梳理和解读近代学术史离不开丰富的近代日记。② 2005 年，蒋介石的后裔决定将《蒋介石日记》手稿存放于美国斯坦福大学胡佛研究所档案馆；2009 年，经过整理的《蒋介石日记》全部对外开放，引起国际学术界的热切关注，诸多学者利用这份日记重新审视中国史、东亚史，乃至世界史。日本学者野岛刚表示《蒋介石日记》具有"极高的真实性"，"这部浓缩了蒋介石一生的日记，以日记的价值而言，可以说是真正的无价之宝"，"是有关亚洲近代史珍贵的一级史料"③。国内学者迅速利用《蒋介石日记》解读西安事变④和抗日战争史。张天社对照了蒋介石《西安事变日记》和 1937 年 2 月公开发表的《西安半月记》，发现《西安事变日记》是补写的，且并非补写了部分内容，而是补写了全部内容。这一发现校正了蒋介石写作日记的方式和时间，对于准确把握《蒋介石日记》的信息具有重要意义。浙大"蒋介石与近代中国研究中心"主任陈红民教授及其团队，发表《走向抗战——"月读"〈蒋介石日记〉(1937)》系列论文，主要是"看蒋介石在中国共产党建立抗日民族统一战线努力的感召下，在全国人民抗日救亡运动巨大的压力下，是如何走上抗战之路；看国共两党是如何相向而行，中国人是如何从内战的厮杀，走向共同抵御外侮的全民族抗战的"⑤。

"日记可分为两种形式，其一是以让他人看见为前提而撰写的日记，例如蒋介石政敌阎锡山的日记。这部日记通篇都是格言与古籍内容的引用，这样的日记不具备任何史料价值。另一种日记，则是只为了自己而写的日记。在这样的日记中，作者投入了感情，记载了自己的交友情况，同时也留下了自己身边所发生种种事情的记录。蒋介石的日记，基本上属于这类型。"⑥鲁迅在谈及日记时也说："我本来每天写日记，是写给自己看的；大约天地间写着这样日记的人们很不少。假使写的人成了名人，死了之后便也会印出；看的人也格外有趣味，因为他写的时候不像做《内感篇》外冒篇似的

---

① 张剑：《中国近代日记文献研究的现状与未来》，《国学学刊》2018 年第 4 期。

② 舒习龙：《日记与近代史学史研究：梳理与反思》，《兰州学刊》2017 年 10 期。

③ ［日］野岛刚：《关于蒋介石日记的几个问题》，芦荻译，《书摘》2017 年第 1 期。

④ 如张天社：《〈西安事变日记〉是怎样被补写的》，《红岩春秋》2015 年第 11 期；孙彩霞：《蒋介石西安事变时的三份遗嘱》，《中外文摘》2010 年第 3 期；宋花玉：《西安事变爆发前蒋介石的一份密嘱》，《党史文汇》2015 年第 3 期；缪平均：《西安事变爆发前的一份蒋介石密嘱》，《党史文苑》(纪实版)2012 年第 5 期。

⑤ 陈红民、王乐娜：《走向抗战——"月读"〈蒋介石日记〉(1937)》，《世纪采风》2017 年第 1 期。陈红民团队"月读"《蒋介石日记》(1937)系列论文 1—12，均发表于《世纪采风》2017 年。

⑥ ［日］野岛刚：《关于蒋介石日记的几个问题》，芦荻译，《书摘》2017 年第 1 期。

须摆空架子,所以反而可以看出真的面目来。我想,这是日记的正宗嫡派。我的日记却不是那样。写的是信札往来,银钱收付,无所谓面目,更无所谓真假。"①在说到私人性史料时,鲁迅说:"因为一个人的言行,总有一部分愿意别人知道,或者不妨给别人知道,但有一部分却不然。然而一个人的脾气,又偏爱知道别人不肯让人知道的一部分,于是尺牍就有了出路。这并非等于窥探门缝,意在发人的阴私,实在是因为要知道这人的全般,就是从不经意处,看出这人——社会的一分子的真实。"②在特殊的历史时期,一些文人尽管保留了写日记的习惯,但迫于环境的压力,会给自己的日记设定"记事"范围,给日记加一道"防火墙",防止一些真实的心情和思考进入日记中。这些日记尽管并不一定是专为他人看的,但预设了为他人观看的内容,不怕他人阅读。1960年3月23日,"穆旦明确设定了日记的事项范围:①思想斗争的过程,反省到的自身错误,自勉的决心及计画。②公开的发言,公务及私务。③值得记下的感情(而非自然主义地把一切琐屑都记下来)"③。在被审查、被管制的日子里,作者出于自我保护给日记预定范围,"自觉"地画地为牢,这样的"日记"所记录的事件和感想,也许是当时情况下真实发生过的,但是这种经过谨慎选择、严格界定的事件和感想,很难反映作者的人生遭遇和整体心态,其真实性需要结合围绕作者的整体性史料,加以考辨。

洪子诚在私人性史料搜研方面也颇可称道,他的《材料与注释》利用诸多日记、回忆、访谈、私人记录、检讨、交代等,与我们见到并熟悉的公共性史料相互参证,对20世纪50—70年代诸多重要的历史人事进行历史化。他的研究突出体现在方法和方式两方面:"作者似乎完全舍弃了'叙事',直接用原始材料充当'正文';另一方面,却用传统笺注的方式,在正文之外,平行并列了另一个信息量大大超出正文的'副文本'。副文本援引大量材料,对以'客观'状态出现的正文本的原始材料进行注释,同时也对正文本中出现的事件、人物、冲突等不断探询、辨析、评议,正副文本在平行状态下延伸,构成互文和对话的有机结构,成就了该书罕见的和自足的形式。"④洪子诚谈到当代文学史料问题时,提出了三个重要问题:一是私人性史料能否成为文

---

① 鲁迅:《华盖集续编·马上日记》//《鲁迅全集》(第三卷),人民文学出版社2005年版,第325页。

② 鲁迅:《且介亭杂文二集·孔另境编〈当代文人尺牍钞〉序》//《鲁迅全集》(第六卷),人民文学出版社2005年版,第428页。

③ 易彬:《"把自己整个交给人民去处理"——被打成"历史反革命分子"的穆旦》,《扬子江评论》2014年第2期。

④ 杨联芬、邢洋:《真相与良知——洪子诚〈材料与注释〉引起的思考》,《文艺争鸣》2017年第3期。

学史料,公开使用这些私密性质的"检讨史料"是否合适?二是如何让读者真切了解这些史料的特定背景?三是史料使用者显然处于一种"道德优势"与"道德高地"的问题。① 这些问题,都涉及当代文学私人性史料运用的原则和立场问题。

三

讲私人性史料的甄别与辨析,还不能不提及思想汇报、检查交代等,它们虽不是当代文学所仅有的,但构成如此突出现象,那也是以往所没有的。这也可解释,为什么有关 20 世纪 50—70 年代作家思想汇报、检查交代史料的搜集整理与甄别辨析逐渐成为当代文学研究的一个热点和生长点,而备受人们瞩目和关注。与日记、书信等私人化史料不同,当代知识分子的思想汇报、交代材料多为"奉命而作",是写给组织审查的,而不是留给自己阅读的,材料制作完成后,往往由组织审查、做结论,由组织统一保存,成为个人档案。因此,这些私人性史料常常伴随着组织意见、结论,甚至伴随着判决书。如何确认此类史料的真实性和准确性,如何运用这些史料解读历史、阐释作家心理等,都面临考验。易彬综合运用穆旦日记、回忆录、访谈、交代材料、自订年谱等私人性史料,与判决书、单位复查意见、权威机构编的大事记、资料辑、诗文集等相互参证,令人信服地论证了穆旦被打成"历史反革命分子"后的生活状况和心理状态,发现穆旦日记在 1970 年 2 月 16 日为界,前后的书写方式和记述内容等方面,发生了巨大变化:"之前,大段抄录各种讲话、文件、毛泽东诗词,即所谓'公开的发言',字数往往在数百字以上";之后,"日记完全是'自然主义'式的流水账:上午做什么,下午做什么,晚上做什么。内容为各式各样的体力劳动与日常事件,最长不过三、四十字,一般为十数字,最少仅有两个字"。② 日记写作是穆旦另一种沉默的方式。20 世纪三四十年代,苏联知识分子书写日记的人很少,在那种环境下记日记是一件危险的事情,即使记日记,也不外乎两种模式,一种是四平八稳、用词谨慎的"套语",一种是记流水账:"思想的强制和思想的自我审查是一对孪生姐妹,而在意识形态上四平八稳的语言便是他们共同的'后母'。"③

易彬运用多方参证的研究方法和谨慎结论的学术态度,将在穆旦 50—70 年代特殊社会语境下填写的思想汇报、交代材料、各类表格、证明材料、

---

① 参见洪子诚:《当代文学的史料问题》,《长沙理工大学学报(社会科学版)》2016 年第 6 期。
② 易彬:《"把自己整个交给人民去处理"——被打成"历史反革命分子"的穆旦》,《扬子江评论》2014 年第 2 期。
③ 徐贲:《邂逅口述史,发掘口述史:苏联的人民记忆》,《读书》2009 年第 1 期。

外调材料等,与多种形式的组织材料(包括组织意见、判决书、政府相关函件、外调材料)比对,并参照诸多人物回忆录、书信等,丰富了穆旦生平事迹的细节,填补了诸多穆旦研究中的空白点,给我们处理 50—70 年代作家私人性史料提供了可资借鉴的经验。《"把自己整个交给人民去处理"——被打成"历史反革命分子"的穆旦》一文辨析了南开大学档案馆所藏 1953—1965 年期间穆旦的 8 份文字材料,包括 5 份履历表和 3 份思想总结。"如果没有这批档案,不仅穆旦经历的很多重要节点无法查实,而且穆旦与新中国文化语境之间的内在关联多半也只能停留在猜想的阶段。"①《从新见材料看穆旦回国之初的行迹与心迹》通过 1953 年 1—4 月穆旦回国的留学生登记材料,以及政府部门(广东省政府、中央人民政府高等教育部、人事部等机构)的相关函件,勾画穆旦回国初期的"心迹":一是经过这么多填写表格的"训练",穆旦"似乎已经比较熟谙新中国的话语方式。这种非此即彼、二元对立的话语方式,在穆旦日后的诸多登记表、交代材料中更是反复出现";二是"原本'一腔热情'的他却可谓经历了从积极投合到矛盾犹豫再到'情绪消沉'的过程"。后来的材料证明"穆旦的热情并没有虚掷,新的体制正在不断构建途中的'新中国'以一种积极的姿态接纳了他"②。《"自己的历史问题在重新审查中"——坊间新见穆旦交待材料评述》表现出集中分析穆旦私人化材料的突出能力,易彬根据坊间新见的穆旦 1956—1965,1968—1969 两个阶段的材料,衔接已发现的 1965—1973 年的材料,基本勾勒出穆旦的历史问题被重新审查的情况,总体解决了穆旦生平中《新报》时期的一段生活,证明了 1968 年 9 月 30 日南开大学无产阶级专政小组对于查良铮个人近五个月内表现的审查意见:"查良铮平时不言不语,从不暴露自己的思想。"③

运动是中国当代社会的显著特征,"运动档案"在作家档案中不可或缺。自 2000 年《郭小川全集》(第 12 卷)④收入运动档案后,《一纸苍凉——〈杜高档案〉原始文本》⑤、《聂绀弩全集》(第十卷)⑥、《徐铸成自述:运动档案汇编》⑦等也收入了运动档案。有些运动档案只收入作家个人制作的史料,赵

① 易彬:《当代文学史料建设的路径与问题》,《文艺争鸣》2016 年第 8 期。

② 易彬:《从新见材料看穆旦回国之初的行迹与心迹》,《扬子江评论》2016 年第 5 期。

③ 易彬:《"自己的历史问题在重新审查中"——坊间新见穆旦交待材料评述》,《南方文坛》2019 年第 4 期。

④ 郭小川:《郭小川全集》(第 12 卷),广西师范大学出版社 2000 年版。

⑤ 李辉:《一纸苍凉——〈杜高档案〉原始文本》,中国文联出版社 2004 年版。

⑥ 《聂绀弩全集》编辑委员会编:《聂绀弩全集》(第十卷),武汉出版社 2004 年版。

⑦ 徐铸成:《徐铸成自述:运动档案汇编》,生活·读书·新知三联书店 2012 年版。

园认为仅仅收入"个人部分"是不完整的,"应有组织——由单位党组织到司法机关,再到'文革'中群众组织——的那一部分,包括他人的检举揭发、'外调'搜集的材料;倘有刑事档案,还包括审讯笔录、法院判决等"①。在这些运动档案中,聂绀弩的运动档案显示出独特的个性,更因为寓真的《聂绀弩刑事档案》②发表,引发有关"告密者"的争议③。寓真的身份是山西省高院原院长,基本采用原件复制的方式,展示聂绀弩刑事的全过程,材料扎实,可信度高。2009 年 7 月,寓真发表《绀弩气节,与诗长存》,补充了《聂绀弩刑事档案》发表时被删除的部分内容,并表示"告密"成为读者关注点,"有违笔者写作初衷"④。聂绀弩运动档案和《聂绀弩刑事档案》明显构成互补性文本,运动档案偏重于聂绀弩"个人部分"史料,刑事档案则侧重于组织部分资料,将聂绀弩的私人运动史料与刑事档案中询问史料结合起来,既能够真正领略聂绀弩在高压环境下的幽默感和文字体温,感受聂绀弩的思想汇报、检查、交代与许多同类文体之麻木不仁、不动声色、毫无体温的格式化操作的不同⑤,也能真正体会聂绀弩"对尊者没有奴颜""对卑者没有盛气"的性格特点,二者共同构成"中国现代知识分子心灵史的一次客观完整的记录"⑥。

综上所述,私人性史料是当代文学史料不可或缺的重要组成部分,系统挖掘整理和开发利用这部分史料,任重道远。私人性史料具有独特价值,但是否拥有独立价值,需要斟酌。开发利用私人性史料的前提,是用实证的方法,对其真实性进行甄别与辨析,尤其是将其与公共性史料比对,与多种史料形态配合使用,在互补互融、互鉴互证中检验其真实性和准确性。同时,甄别与辨析时也要避免洪子诚所说的"道德优势、道德高地"问题,以历史的态度和辩证的思维,给予合情合理的评价。

(原载《当代文学"历史化"问题研究》,中国社会科学出版社 2021 年版)

---

① 赵园:《读聂绀弩的"运动档案"》,《书城》2015 年 3 月号。

② 寓真:《聂绀弩刑事档案》,《中国作家》(纪实版)2009 年第 2 期。

③ 章诒和:《谁把聂绀弩送进了监狱》,《南方周末》2009 年 3 月 19 日;王容芬:《中国文化人有没有人权:谁在告黄苗子的密?》,凤凰网文化综合 2009 年 3 月 30 日。

④ 寓真:《绀弩气节,与诗长存》,《同舟共进》2009 年第 7 期。

⑤ 赵园:《读聂绀弩的"运动档案"》,《书城》2015 年 3 月号。

⑥ 龚勤舟:《〈聂绀弩刑事档案〉作者访谈》,《中国青年报》2009 年 11 月 24 日。

直面"孤证":态度·方法·价值

一

"孤证不立"广泛运用于审判、考古、训诂等领域,已成为近现代的一个学术原则。"有一分证据,说一分话","多重证据法",都是强调文献史料的证据链,主张从丰富的文献史料中还原历史的原生态,追求历史叙述的真实性。1904年,梁启超在阐释科学精神时说:"善怀疑,善寻间,不肯妄徇古人之成说与一己之臆见,而必力求真是真非之所存,一也。既治一科,则原始要终,纵说横说,务尽其条理,而备其佐证,二也。其学之发达,如一有机体,善能增高继长,前人之发明者,启其端绪,虽或有未尽,而能使后人因其所启者而竟其业,三也。善用比较法,胪举多数之异说,而下正确之折衷,四也。"①在梁启超看来,"力求真是真非之所存",是学术研究的目的性追求;要实现这一目的性要求,不仅需要"原始要终""纵说横说""尽其条理""备齐佐证",而且需要善于运用比较研究方法,要辨析"多数之异说",相互参证,细加考辨,方能得出"正确之折衷"。强调文献史料的丰富性和多样性,追求证据链的完整性,包含了"孤证不立"的思想。梁启超在《清代学术概论》中提出学术研究必须进行四个步骤:"第四步,根据此意见,更从正面旁面反面博求证据,证据备则渐为定说,遇有力之反证则弃之。"②所谓"博求证据",就是指研究及其历史化,不仅要注意搜集正面证据,同时也要注意搜集旁面和反面的证据。只有如此,才能形成完整的证据链,支撑自己的意见,则"渐为定说"。如果遇到有力的反证,则放弃自己的观点,这就是实事求是的科学精神。

陈寅恪也强调证据链的完整性对历史叙述的重要价值,曾用"取地下之宝物与纸上之遗文互相释证","取异族之故书与吾国之旧籍互相补证","取外来之观念与固有之材料相互参证"概括王国维的"二重证据法"。③ 在辩

---

① 梁启超:《论中国学术思想变迁之大势》,上海古籍出版社2006年版,第92页。
② 梁启超:《清代学术概论》,东方出版社2012年版,第54页。
③ 陈寅恪:《金明馆丛稿二编》,台北里仁书局1981版,第219页。

证史学与经学释证史料方法差异时,陈寅恪指出:"以谨愿之人,而治经学,则但能依据文句各别解释,而不能综合贯通,成一有系统之论述。以夸诞之人,而治经学,则不甘以片段之论述为满足。因其材料残阙寡少及解释无定之故,转可利用一二细微疑似之单证,以附会其广泛难征之结论。其论既出之后,固不能犁然有当于人心,而人又不易标举反证以相诘难。"①陈寅恪批评"夸诞之人"用"单证"附会,得出普遍性结论,而由于证据链不够完整,不易找到反驳之证据。

"史料进入研究视野,必须经得起历史与理性的叩问与筛选",这种叩问和筛选,既包括"考订真伪",也包括价值判断,因为"不是所有能见到的史料都可作为探讨规律之用,也不是所有的史料都具有同等的价值"②。叩问和筛选的目的,当然在于重建原生态的历史,回到文献史料所发生的现场。福柯的《知识考古学》充分注意到:"人们查询文献资料,也依据它们自问,人们不仅想了解它们所要叙述的事情,也想了解它们讲述的事情是否真实,了解它们凭什么可以这样说。了解这些文献是说真话还是打诳语,是材料丰富,还是毫无价值;是确凿无误,还是已被篡改。然而,上述这些问题中的每个问题,以及这种对考证强烈的批判性的担忧都指向同一个目标:在这些文献所叙述的事情的基础上——有时是只言片语——重建这曾经是文献的来源,而今天却远远地消失在文献背后的过去。"③他强调文献史料的整体性与关联性,"历史力图在文献自身的构成中确定某些单位、某些整体、某些体系和某些关联"④。

无论是近现代学术先驱梁启超、王国维、陈寅恪,还是西方现代哲人福柯,都强调学术研究中文献史料证据的完整性,对孤证保留着近乎严苛的审慎态度。然而,正如陈寅恪对经学研究"材料残阙寡少"的忧虑,文史研究也存在"材料残阙寡少"的情况。在漫长的历史流变中,有些史实文献记录较多,史料相对"备具",证据链相对完整;而有些史实文献记录(包括地下文物)相对较少,甚至极少,能够被挖掘、发现的史料更是少之又少。有一些涉及敏感、隐秘的史实,即使有文献记录,也会因为各种各样的人为的、非人为的因素,在一定时间内不能见光。有一些史实,由于受到各种条件的限制,时人没有确凿的文字记录,只能事后凭借记忆,以口述的方式保存在很小的

---

① 陈寅恪:《金明馆丛稿二编》,台北里仁书局 1981 年版,第 238 页。

② 吴秀明主编:《中国当代文学史料问题研究》,中国社会科学出版社 2016 年版,第 3 页。

③ [法]米歇尔·福柯:《知识考古学》,谢强、马月译,生活·读书·新知三联书店 1998 年版,第 6 页。

④ [法]米歇尔·福柯:《知识考古学》,谢强、马月译,生活·读书·新知三联书店 1998 年版,第 7 页。

一个圈子内。"我们在书中所看到的只是真实历史过程中的极小的一部分；历史的大部分故事和细节都淹没在人类意识之外的'一个根本无法去证明什么的'深海之中。"①每一条证据链上的证据，都是由一个一个孤证组成的，离开了单个的、具体的孤证，现代学术知识谱系也就无从谈起。对于当代文学而言，许多史料湮灭在一地鸡毛的纷乱之中，有些史料由于这样或那样的原因无法公之于众，导致诸多重要的历史史实晦暗不明。当此之时，一条孤证，即使有记忆误差、记录模糊，甚至有时间错误的误证，也能够开启一线光亮，引导、激发人们探寻历史真相。因此，在当代文学学科尚不成熟的阶段，孤证具有特殊的价值，通过对孤证的考辨、补证、质疑、充实，建立史实的证据链，还原尚处于晦涩幽深中的历史现场。在这方面，"毛罗对话"及其讨论，就是一个可待分析的例证。

<h2 style="text-align:center">二</h2>

"新世纪伊始，我国文化界最热门话题之一，就是关于'1957 年毛罗对话'的论辩。"②从 2001 年到 2017 年，"毛罗对话"作为一条被"转述"的孤证，引发了学者对现当代政治史、思想史、文学史等史料进行深层发掘与各具特色的阐释，仁者见仁，智者见智。

2001 年 9 月，周海婴的《鲁迅与我七十年》首次披露了"毛罗对话"："罗稷南老先生抽个空隙，向毛主席提出了一个大胆的设想疑问：要是今天鲁迅还活着，他可能会怎样？……毛主席对此却十分认真，沉思了片刻，回答说：以我的估计，（鲁迅）要么是关在牢里还是要写，要么他识大体不做声。一个近乎悬念的询问，得到的竟是如此严峻的回答。"③不久，"孤证"提供人贺圣谟发文确认他向周海婴转述了罗稷南"口述"。④ 紧接着，还有陈焜和黄宗英等，也撰文发声"证实"。⑤ 不同的是，黄宗英对这一孤证问题是有顾虑的："如果我写出自己听到这段对话，将与海婴所说的分量不同，因为我在现场；如果没有第二个人说他也当场听到，那我岂非成了孤证？"⑥从周海婴、

① 沈敏特：《孤证、考证与不必考证——评"鲁迅活着会怎样"》，《同舟共进》2003 年第 1 期。

② 陈明远：《综述："1957 年毛罗对话"的论辩》，《社会科学论坛》2004 年第 2 期。

③ 周海婴：《鲁迅与我七十年》，南海出版公司 2001 年版，第 370—371 页。

④ 参见贺圣谟：《"孤证"提供人的发言》，《南方周末》2002 年 12 月 5 日；《关于毛泽东和罗稷南的对话》//李浙杭主编：《宁波当代作家散文选》（下），宁波出版社 2006 年版，177—181 页。

⑤ 参见陈焜：《就毛主席答罗稷南问致周海婴先生的一封信》，《北京观察》2002 年第 3 期；黄宗英：《往事：我亲聆毛泽东与罗稷南对话》，《南方周末》2002 年 12 月 5 日；《"鲁迅活着会怎样"——我亲聆毛泽东罗稷南对话》，《文汇读书周报》2002 年 12 月 6 日。

⑥ 黄宗英：《我亲聆毛泽东与罗稷南的对话》，《炎黄春秋》2002 年第 12 期。

贺圣谟,到陈焜、黄宗英,"毛罗对话"的内容发生了很大变化,影响这种变化的主要是"转述"和"亲见"的区分。在"转述"史料的链条上,形成两个并行的线索:周海婴—贺圣谟—罗稷南;周海婴—陈焜—罗稷南。"毛罗对话"的信息源头是罗稷南,贺圣谟、陈焜是第一次转述者,周海婴是第二次转述者,证据链条中任何一个环节发生问题,都会影响信息的可靠性。贺圣谟和陈焜都是时隔多年后,全凭记忆"转述"罗稷南当年告知的内容,在具体陈述层面有所差异,但却在可接受的范围内。周海婴的"转述"存在几处错误,说明周海婴记忆选择的原始性,没有"精致"地搞成"合理"的表述。贺圣谟和陈焜站出来,从基本事实层面支持了周海婴的"转述"。三人"转述"存在着表述的差异,但似乎并不影响他们所指的基本事实。黄宗英的"亲聆"具有更高的史料价值,也赢得了更多学者的信任。有学者表示,"还是相信'毛罗对话'是真实存在的,理由有三:一是新华社当年的报道能够证明罗稷南、黄宗英等人确曾参加了那次围桌谈话;二是曾听到罗稷南讲述这段对话的陈焜、贺圣谟与现场见证人黄宗英三人之间的相互印证;第三点也是更为重要的一点,根据现有资料,早在整风反右前的中国共产党全国宣传工作会议期间,毛泽东就曾三次回答过'倘若鲁迅活着,敢不敢写'的问题"[1]。

"历史的首要任务已不是解释文献、确定它的真伪及其表述的价值,而是研究文献的内涵和制订文献:历史对文献进行组织、分割、分配、安排、划分层次、建立体系、从不合理的因素中提炼出合理的因素、测定各种成分、确定各种单位、描述各种关系。因此,对历史说来,文献不再是这样一种无生气的材料,即:历史试图通过它重建前人所作所言、重建过去所发生而如今留下印迹的事情。"[2]面对"毛罗对话"这一孤证,参与讨论的学者不约而同地将其放置到当代历史话语中,用不同的方式和态度激活这段史料的历史价值,从最初对"毛罗对话"史实的真伪之辩、有无之争,逐渐进入对"毛罗对话"可能性的逻辑推断和历史价值的估定。

学术界对"毛罗对话"的考辨,基本有两种方法,一种是文献史料排列法,一种是历史逻辑判断法。陈晋挖掘、排列诸多《毛泽东选集》《文汇报》等体制性文献史料,说明座谈会并没有提到"鲁迅活着会怎样?"的问题,他的猜想指向罗稷南,指向"毛罗对话"信息源,也指向贺圣谟、陈焜、周海婴"误

---

① 张健:《1957年"毛罗对话"版本比较及解读》,《当代中国史研究》2008年第6期。

② [法]米歇尔·福柯:《知识考古学》,谢强、马月译,生活·读书·新知三联书店1998年版,第6—7页。

传"。① "陈晋先生是用'编史'中的资料去考证'实史'中的事实,但孰料编史中根本没有编入这个曾经发生的事实,所以,他无论如何不会在考证中有确定的结论得出。但陈先生的文章竟有明确的结论,即,毛泽东向罗稷南说鲁迅活着会如何的说话行为是不存在的。"②陈晋所引述的文献史料,基本为已经公开出版的体制性图书和报纸,证据具有同质性、同源性,属于"文献的一致性和同质的资料体"。根据这些经过严格审核、筛选的文献史料没有提到"毛罗对话",就断定"毛罗对话"不存在,未免失之于偏。秋石"自 2003年 1 月 22 日……进行了长达 14 年之久持续不懈的源头寻踪调查考证,获得了大量有益的史料史实,从而为这个众说纷纭引发社会震荡的'毛罗对话',在一定程度上还了历史本原"③。他用系列论文提出八个问题④,对跨越不同历史时期的文本,进行简单的文字比对,而没有对产生文本的时代语境和作者不同时期的处境、心境进行还原,只是为了证明"黄宗英的这篇3400 字的所谓'亲聆'文章,2700 字左右涉嫌造假"⑤,形成完整的"反面"证据链,而缺少对"正面旁面"证据的"博求"。"如果仅仅用 1957 年 3 月毛泽东的讲话去否认四个月后毛、罗答问的真实性;或者以海婴先生叙事中存在某些细节出入为由去推断毛、罗对谈之不可信;这种方法却未免过于简单。不幸,秋石先生的文章恰恰存在这类毛病,他以细节出入为由根本否定毛、罗对谈的可能性,说什么'既然不是"老乡聊聊",自然也不存在假设的"老乡"罗稷南向毛泽东提出这个"具有潜在的威胁性"话题的可能了。'真是武断得可以!"⑥

　　许多学者都主张重返历史语境,用历史逻辑考辨"毛罗对话"的真实性。尹学初、谢泳、黄金生通过分析毛泽东在 20 世纪 50—70 年代关于鲁迅的讲话,认为"毛泽东的鲁迅观不但丝毫没有改观,而对鲁迅的评价之高,推崇之烈,却有增无减,只是表达的角度和侧面与过去有所不同罢了",毛泽东的鲁迅观是稳定的、一贯的。⑦ 黄修己、朱正、严家炎等侧重分析毛泽东鲁迅观的矛盾性、断裂性,并将"断裂点"定位于 1957 年 6 月 8 日。他们认为,不仅

---

　　① 参见陈晋:《"鲁迅活着会怎样"? ——罗稷南 1957 年在上海和毛泽东"秘密对话"质疑》,《百年潮》2002 第 9 期。

　　② 张学义:《"姑存之"和"渐信之"——〈鲁迅与我七十年〉读后漫笔》,《教书育人》2004 年第 2 期。

　　③ 秋石:《黄宗英"亲聆""毛罗对话"历史真相调查》,《粤海风》2017 年第 3 期。

　　④ 参见秋石:《黄宗英"亲聆""毛罗对话"历史真相调查》,《粤海风》2017 年第 3 期。

　　⑤ 秋石:《关于"毛罗对话"及其他》,《粤海风》2011 年第 2 期。

　　⑥ 严家炎:《史余漫笔》,生活·读书·新知三联书店 2009 年版,第 40 页。

　　⑦ 尹学初:《"毛罗对话"之我见》,《唯实》2003 年第 12 期。另参见谢泳:《对"鲁迅如果活着会如何"的理解》,《文史精华》2002 年第 6 期;黄金生:《"我是圣人的学生"——毛泽东和鲁迅:巨人间的对话》,《国家人文历史》2016 年第 6 期。

1957 年毛泽东涉及鲁迅的讲话、谈话出现两种截然不同的声音,而且,毛泽东的鲁迅观在整体性层面也出现了断裂,"毛罗对话"是符合历史逻辑的,其历史的可能性和必然性都很高。① 也有的学者主张在这个问题上要慎重,强调指出"披露领袖言论是一件郑重的事情。同时,对领袖人物的著作和言论应当全面分析,防止用情绪来支配观点。对于评价鲁迅而言,毛泽东公开发表的言论跟非公开发表的言论,一贯的评价跟个别的提法,庄重的提法跟随意的说法,绝不具有同样的意义和价值。这恐怕也应该成为'史料学'的一条原理"②。当代文献史料,特别是涉及最高领导人的讲话、文稿由于具有复杂性,又引发了关于毛泽东讲话、文稿与正式出版物之间的差异性问题,毛泽东所有谈话、讲话的现场记录问题,领导人公开出版的讲话与"非正式谈话"之间的关系问题,领袖人物公开发表的言论与非公开发表的言论的关系问题,等等。作为领袖人物公开发表的谈话和非公开发表的谈话,当然会有所区别,但是否公开发表不能以官方出版物为准,"毛罗对话"发生在公开场合,而不是私人场合,已经在现场"正式发表了"。从史料的意义和价值角度而言,"公开发表的言论"与"非公开发表的言论",这是比较表象的,史料对历史的影响及其深度与广度,才是区分史料意义和价值的关键性尺度。

在历史长河中,变与不变是相对的,始终处于辩证的矛盾之中。不变体现了历史的传承,变则体现了历史的革新。从史料层面考察,在不变为主流的历史时段,承接性史料更为集中,历史价值相对凸显;而在变为主流的历史时段,断裂性史料则更引人注意,历史价值更为显在。变与不变共处于各个历史阶段,呈现出历史的曲折性与复杂性,承接性史料与断裂性史料也有共性特征,只不过有显与隐、主与次的区分。对之,我们既不能用同质性的承接性史料证据链覆盖断裂性史料,也不能用断裂性证据链解构承接性史料的存在价值,而需要综合考虑变与不变之间的关系,辩证把握同一条史料中所蕴含的变与不变的具体内涵。当然,面对 1957 年这个特殊的年份,立足于"变"来观照历史,是符合历史实际的。但在看到"变"的同时,也要看到"变"背后的"不变",才能得出深刻性洞见,将其讨论引向深入。就此而言,朱正、严家炎等立足于毛泽东的鲁迅论的"变",从另一个侧面证明毛泽东一贯从政治家的立场谈论鲁迅,具有"不变"的特征,表现出解析史料的清醒和

---

① 参见黄修己:《披露"毛罗对话"史实的启示》,《文艺争鸣》2003 年第 2 期;朱正:《"要是鲁迅今天还活着……"》,《文化广角》2003 年第 12 期;严家炎:《史余漫笔》,生活·读书·新知三联书店 2009 年版,第 44 页。

② 陈漱渝:《关于所谓"毛罗对话"的公开信——质疑黄修己教授的史实观》,《文艺争鸣》2003 年第 3 期。

辩证。

由周海婴"转述"的"毛罗对话",引发了一场长达十余年的学术争论,尚未形成定说,而且在今后相当长一段时间内,也难以形成定说,很有可能成为当代文学史上的一桩"悬案",其关键在于没有找到"毛罗对话"的直接记录,也就是原始性的"第一手史料",只能依靠"转述"材料揣摩历史真相。然而,在当时的历史条件下,即使"毛罗对话"真实存在,罗稷南先生也不敢、不愿、不能记录下来,只能记录在脑海中,并告之于后辈,希望有朝一日能"大白于天下"。而几十年过去后,"转述者"和"亲聆者"不免都存在记忆误差,表述不够统一,甚至有较大出入,这实属正常。在讨论中,争论各方所拿出的史料重叠程度很高,但却得出截然相反的结论,这一方面说明专家学者们在历史意识层面各持己见,另一方面也暴露出在甄别、辨析、运用当代文学史料方面,存在着"人执一说"的主观性。当代文学研究尚没有形成具有共识基础的史料规范,难以达成具有包容精神的学术判断,更遑论"胪举多数之异说""遇有力之反证则弃之"①。

三

当代文学研究与古代文学、现代文学研究的最大不同,就在于现场感。这种现场感,它使当代文学史料在毕呈活态特性的同时,也给其稳定性带来一定的影响,甚至由此及彼,有可能对其史料的重要性产生不应有的忽略。常常因人在事中,或限于认知和条件,当事人并没有意识到当时所做的事、所说的话具有的价值。也因此故,加之历史本身的复杂性和时间变迁,回忆者常常陷入孤独的喃喃自语,于是就导致诸多重要的史料成为孤证。何启治有关《古船》出版后遭遇的叙述,就具有一定的代表性。《古船》在《当代》全文刊发后,曾在当时文坛引起了较大反响。1986年底,山东省委宣传部和《当代》编辑部等,分别在济南、北京召开研讨会,对《古船》给予较高评价。两次研讨会,"绝大多数论者对《古船》倍加赞赏",但"对《古船》除了公开的批评文字,据说还有更严重的、来自当时某些领导者的口头而未见诸文字的批评,以致当时的社长、主编虽然未看过作品,却指示我不要公开报道《古船》讨论会。我认为这种违反惯例的做法会有损于《当代》的声誉。争取的结果,是同意发表研讨会的意见,但必须突出批评性的意见,而且要把两地四天讨论会的意见压缩到一千多字的篇幅。这就是发表在《当代》1987年第2期上的报道文字和当时文坛舆论对《古船》的赞扬很不相称的原因。报

---

① 梁启超:《论中国学术思想变迁之大势》,上海古籍出版社2006年版,第92页。

道是我整理的,但确实是在主管领导干预下的违心之作"。① 何启治是在多年以后回忆当时的情况,也有《当代》发表的报道佐证史料。但是,最为关键的史料即"来自某些领导者的口头而未见诸文字的批评",却始终没有记录佐证。所以,尽管他的这一回忆很重要,并且我们相信是真实的,但是从史料学角度来衡量,恐怕只能算作是孤证。至少在没有找到当事人领导的"口头指示"证据之前,是如此。

当代文学史料的孤证与孤证的当代文学史料,不仅表现为史料的唯一性或孤立性,还表现为史料来源的孤立性或单一性。虽然根据这单一来源的史料复制了诸多版本的史料,但其孤证的性质没有发生根本变化。洪子诚在《问题与方法》中谈到"白洋淀诗群"的史料属于孤证的问题:"我们目前使用的有关'白洋淀诗歌'的材料,都是一些'白洋淀诗群'成员,或者个别有关的人的回忆文章。……都是'孤证',找不到别的旁证或材料来印证、检验它们的真实情况。我和刘登翰编写《中国当代新诗》写到这一诗群,使用的材料也是这样。这不是说我们怀疑材料的真实、可靠,不是说这些材料是假的,而是说,在'实证'的意义上,这样使用材料的方式存在欠缺和漏洞。这会使我们文学史研究发生困难。"② 洪子诚提到的孤证就是 1985 年老木编选的《新诗潮诗集》,李杨对其中多多的"白洋淀诗歌"提出质疑:"1985 年,'北大五四文学社'为出版内部刊物《新诗潮诗集》向多多征集诗歌,多多提供了这些分别注明了创作时间的'白洋淀诗歌',随后,这些诗歌又在 1988 年漓江出版社出版的诗歌专集《行礼》与 1989 年出版于香港的诗集《里程》中与读者见面,这两个正式版本中的'白洋淀诗歌'又有了新的改动。"③ 李润霞曾在文章中提到《今天》文学社的《里程》(1972—1988)的油印本。④ 多多热衷于修改自己的诗歌作品,宋海泉的《白洋淀琐忆》有明确记述,荷兰学者柯雷也发现多多的《里程》和《行礼》"两种版本很不一样"。这些不同版本的"白洋淀诗歌"是由多多本人提供的,其最早的"底本"大约来自 1985 年的《新诗潮诗集》。李杨在大量有关"白洋淀诗歌"的回忆文章、赵一凡留下的材料和 80 年代以前诗歌刊物中,都没有找到这些重要的"白洋淀诗歌"。因

---

① 何启治:《世纪书话——我和当代优秀长篇小说的遇合机缘》//宋应离、刘小敏编:《亲历新中国出版六十年》,河南大学出版社 2009 年版,第 771、773 页。

② 洪子诚:《问题与方法——中国当代文学史研究讲稿》(增订版),生活·读书·新知三联书店 2015 年版,第 28 页。

③ 李杨:《当代文学史写作:原则、方法与可能性——从陈思和主编的〈当代文学史教程〉谈起》,《文学评论》2000 年第 3 期。

④ 参见李润霞:《颓废的纪念与青春的薄奠——论多多在"文化大革命"时期的地下诗歌创作》,《江汉论坛》2008 年第 12 期。

此，"尽管我们无法确认这些作品的创作时间是'真'的，我们也同样无法证明这些作品的创作时间是'假'的"①。像多多的"白洋淀诗歌"这种来源相对集中的孤证材料，理应运用考据辨伪的方法进行历史还原，但由于各种条件限制，这些作品的写作时间，只有作者最清楚（也许作者多多也记不清楚了），只能抱着"半信半疑"的态度：既不能完全否认其作为当代文学史料的价值，也不能完全肯定其史料价值，只能让它保持孤独存在的现状，历史总有一天会明白的。

程光炜通过对照分析路遥初恋时期的两条信息对立的孤证，得出一个文学史结论。"1971年春，延川县有一个到铜川二号信箱工厂的招工指标，路遥和他初恋女友林虹都报了名，林虹体检不合格，路遥出于爱情，把自己这个机会给了她。"这个史料的最早出处大概是路遥和曹谷溪，曹谷溪在《关于路遥的谈话》中夹叙夹议地道出了这个信息。鉴于曹谷溪与路遥在延川时期的特殊关系，许多引述者选择无条件地信任这条史料，如李建军编的《路遥十五年祭》、马一夫等主编的《路遥纪念集》、王刚的《路遥年谱》等均录入或引述了这条史料。多年来，从事路遥研究的学者没有进行过探究，这条孤证似乎也成了文学史的定论。程光炜介绍了另一条孤证："当事人林虹女士（此为化名）在当年到延川县插队的北京知青'微信群'里证实：自己1971年春到铜川二号信箱工厂当工人的招工指标，并非路遥让给她的。因为工厂招的是广播员，条件是普通话标准，而路遥说话时的陕北口音很重，不符合这个条件。自己是通过面试才获得这个机会的。"这一条史料同样是孤证，能够说明这条孤证的只有结果：林虹确实得到了广播员的工作。显然，相比曹谷溪的孤证进入年谱等正式文本，林虹仅仅在微信圈里的证实相对无力很多，史料形态也不规范。而且，这么多年了，路遥名气越来越大，文学史地位越来越稳定，林虹却一直默默无闻，几乎没有见到她谈论当年与路遥初恋的文字记载，突然在微信圈里说出了这番话，也令人浮想联翩。如何对待这两条信息矛盾的孤证，程光炜所得出的文学史结论是："一些文学史上的孤证需要谨慎对待，一份沉埋的孤证与文学史结论的阐释性的关系更需要认真处理。当前一份孤证因为沉默沉埋时间过久，已经损害了文学史结论的可靠性，在后一种孤证出现后，这种固化的问题被解除了。文学史结论又开始踏上了新征程。由此也会发现'如何书写当代文学史'绝非一个小

---

① 李杨：《当代文学史写作：原则、方法与可能性——从陈思和主编的〈当代文学史教程〉谈起》，《文学评论》2000年第3期。

问题。"①

四

"毛罗对话"、"关于《古船》的指示"、多多的"白洋淀诗歌"与路遥转让工作名额事件,都是文学史的孤证。这些孤证或者身份不明,或者缺乏坚实史实支撑,或者时间不实,或者相互矛盾,甚至不排除人为制造的嫌疑,都有待于进一步考辨和确认,需要挖掘更多的证据来丰富相关的证据链。但是,我们不能否认,这些孤证在文学史均有其或大或小的意义,因为是孤证,其史料价值也不可替代。这就告诉我们:当代文学史料的孤证之所以孤,是因为所涉及的史实尚没有露出"水面",它还没有形成完整的证据链,而坚实地支撑史实的存在。然而,孤证作为冰山一角,毕竟将"冰山"隐隐约约地显露出来,撕开了遮蔽史实的一道缝隙,具有潜在的价值。对于孤证,一定会存在真与假的判断,无论证实还是证伪,都是一种拨开历史迷雾的艰苦工作。证实透过这一孤证,给还原历史史实以有力的启迪或深刻的暗示,循着孤证线索,深挖开去,建立完整的证据链;证伪也能激发人们钩沉历史真相的兴趣,在寻找历史史实的路途上,开辟出另一番学术天地,进而还原历史真实。一条孤证引发证实与证伪的学术讨论,将被埋没的史实钩沉出来,这就是孤证的独特价值。因此,当孤证尚孤之时,一定要给予足够的尊重和宽容,不能用简单的真假判断,将孤证封杀在摇篮里。一个成熟的学科、一名成熟的学者,乃至一个成熟的时代,应该能够容纳孤证的存在,扶持孤证的成长,从这一片叶子、一条纹路出发,寻找历史的本真。所以,对待孤证,既要坚持"孤证不立""孤证不举"的学术规范,也要考虑当代文学现场感的影响,采取"孤证不废"的临时性策略,走出一条符合当代文学研究实际的史料学之路。

(原载《宁波大学学报(人文科学版)》2020 年第 5 期,人大复印报刊资料
《中国现代、当代文学研究》2021 年第 3 期全文复印)

---

① 程光炜:《一份沉埋的孤证与文学史结论——关于路遥 1971 年春的招工问题》,《当代文坛》2019 年第 2 期。

"新文学整体观"的理论与实践

改革开放之前,当代文学评价机制与评价标准主要由文学批评掌控。其间,尽管也有时起时伏、时强时弱的精英"声音",但精英化的评价机制与评价标准并没有形成,也不可能形成。20世纪80年代,在改革开放和思想解放环境下,真理标准问题、悲剧问题、人性人道、异化问题的讨论以及"文化热"、"美学热",都直接或间接地影响着文学批评和文学研究。有关"朦胧诗""20世纪中国文学""中国新文学整体观""重写文学史"等话题的讨论,标志着当代知识精英以独立的姿态建构"新启蒙主义"的文学评价机制与评价标准。它不仅在80年代批评和研究中渐成气候,而且对90年代以迄于今的当代文学历史化也产生了深远影响。

陈思和的"中国新文学整体观"(以下简称"整体观")与钱理群、陈平原和黄子平三人的"20世纪中国文学",是1985年在同一次学术会议上发出的"声音",有同样的"对海外文学史的批评和'五四'文学革命领导权的争论""现代文学的创新"等背景和"'挣脱历史和现实束缚'的冲动"。[1] 它试图打破新民主主义论主导下的现代文学史观,用精英知识分子启蒙立场重新打量现当代文学史,代表了80年代启蒙共同体的"主流声音"[2]。

一

"在陈思和的著述中,可以清晰地看到'20世纪中国文学'观念的明显痕迹,也能清晰地看到文学主体论和审美论的潜在影响。"[3]与"20世纪中国

---

[1] 杨庆祥:《"重写"的限度:"重写文学史"的想象和实践》,北京大学出版社2011年版,第53—74、168页。

[2] 朴宰雨在《〈中国新文学整体观〉韩语版译序》中说:"纵观中国现代文学史的研究观点,大致有以下几种:新民主主义的观点(以王瑶、唐弢等为代表的中国学术界的主流史观)、反共主义的观点(以尹雪曼、刘心皇等为代表的台湾学术界的主要史观)、现代主义的观点(以夏志清为代表的一部分欧美学者的史观)、启蒙主义的观点(以钱理群、陈思和为代表的大陆新一代的学者的史观)。其中,所谓启蒙主义的观点,旨在对既存的把新民主主义观点教条化地应用于文学史研究提出疑问,而更重视文学史自身的发展规律;与既存的从属于政治的研究的态度保持距离,而从思想解放的立场探索中国现代文学史研究的现代化。"见陈思和:《中国新文学整体观》,上海文艺出版社2001年版,第418页。

[3] 颜水生:《文学史意识形态论——以当代文学史写作为中心》,《当代文坛》2020年第1期。

文学"引发学术界热议相比,"整体观"相对"冷"了许多。"20世纪中国文学史"和"中国新文学整体观"都经过不断丰富和完善,将宏观设想付诸现当代文学研究和文学史写作实践。

在理论构想层面,"整体观"经历了1985年学术会议上提出并发表于《复旦学报(社会科学版)》1985年第3期《新文学史研究中的整体观》,1987年的《中国新文学整体观》初版,1990年的台湾版和2001年《中国新文学整体观》再版,形成了十大专题的整体结构①。在文学史写作实践层面,陈思和主编的《中国当代文学史教程》(以下简称《教程》)尝试用"多层面""潜在写作""民间文化形态""民间隐形结构""民间的理想主义""共名与无名"等关键词叙述当代文学史。尽管由于教学体制和"初级教程"(陈思和语)的限制,《教程》未能全面反映陈思和的整体观,但它"能够比较鲜明地体现我多年的文学史研究心得,因而必然带有较多的主观色彩"②。

"20世纪中国文学"与"整体观"的共同之处在于"打通",强调整体性,它们以80年代建构的启蒙中心的"五四"文学和启蒙者鲁迅的文学形象为基准,评价20世纪中国文学。前者试图打通近代文学、现代文学和当代文学,打通20世纪中国文学与世界文学;后者以"新文学"为着眼点,打通现代文学与当代文学。"前者着重廓清文学史外围各种人为界限,竭力扩张研究领域,后者则以更具历史性的语感,提示其所关注的重心,乃是打通之后文学史整体框架中'新'形态亦即现代性的社会意识与个体精神之流变。或者说,前者更倾向于鼓励文学史外部研究,后者强调的是文学史内部研究。"③它们所理解的现代文学必然成为"'五四'文学化"的现代文学,他们所理解的当代文学也必然成为"现代文学化"的当代文学。

---

① 1987年上海文艺出版社出版的《中国新文学整体观》有13万字,主要包括中国新文学史研究中的整体观、中国新文学发展中的圆形轨迹、中国新文学发展中的现实主义、中国新文学发展中的现实战斗精神、中国新文学发展中的现代战斗意识、中国新文学发展中的现代主义、中国新文学发展中的忏悔意识、中国新文学对文化传统的认识及其演变等八章内容。1990年台湾业强出版社出版的《中国新文学整体观》删除了"中国新文学发展中的现代战斗意识",增加了"中国新文学发展中的启蒙传统""中国新文学发展中的浪漫主义"。2001年,上海文艺出版社再版的《中国新文学整体观》包含十章内容:中国新文学史研究的整体观、中国新文学发展中的启蒙传统、中国新文学发展中的文化状态、中国新文学发展中的战争文化心理、中国新文学发展中的民间文化形态、中国新文学发展中的传统文化因素、中国新文学发展中的现实主义、中国新文学发展中的浪漫主义、中国新文学发展中的现代主义、中国新文学发展中的外来影响。

② 陈思和:《中国当代文学史教程·没有结束的结语(代后记)》,复旦大学出版社1999年版,第434页。

③ 郜元宝:《中国新文学整体观·序》//陈思和:《中国新文学整体观》,上海文艺出版社2001年版,序第4页。

  "整体观"坚持"五四"文学对新文学的起点和奠基意义。① 以"五四"文学作为新文学的起点,并不自"整体观"始,在王瑶先生、唐弢先生有关现代文学史的建构中,"五四"文学就是新文学或者现代文学的起点。不同的是,王瑶先生和唐弢先生是以新民主主义论为主导的文学史观念,而"整体观"是以80年代启蒙现代性话语为中心的文学史观。实际上,20世纪中国文学将时间前置于晚清,何尝不是一种策略?时隔多年后,钱理群在接受杨庆祥采访时坦率承认:"把时间从'五四'提前"是接受了许志英的文章及其争论的影响,目的在于消解官方意识形态,使"学科能够从革命史的附属中解脱出来","摆脱了政治社会史的划分标准,更强调文学本身发展的规律"。② 那么,这个"文学本身发展的规律"是什么?1987年版《中国现代文学三十年》说得很明确,就是启蒙主义文学史观。无论是"20世纪中国文学",还是《中国现代文学三十年》,都没有解决晚清文学与中国文学现代化的问题,倒是后来研究近现代大众通俗文学的范伯群等学者,以及海外学者李欧梵、王德威等人,从近现代大众通俗文学与文化的视角,提出晚清文学之于新文学的意义。

  陈思和强调"整体观",旨在"通过对二十世纪文学史的研究,来探讨中国现代知识分子的道路和命运,也是对当下知识分子处境的一种意义探寻"③。也就是说,"整体观"既有历史意识,也有当下意识,陈思和对"五四"和"五四"新文学的理解,是通过现代知识分子传承来确认的,带着一定的情感体验性,具有薪火相传的意义。"贾植芳先生对'五四'这种传统是非常认可的,如果现在我问你什么是'五四',你可能搞不大清楚,他们是很具体的,'五四'就是跟着胡风,胡风就是跟着鲁迅,鲁迅就是'五四'精神,他们的脑子里面这个线是很清楚的。"从这条线上所展示出来的"五四"精神是什么呢?"'五四'就创造出了一个新的知识分子的群体,这个群体就凭他的知识、凭他的社会上的一个职业,他就对这个社会有力量说话,能够批判这个社会,能够推动这个社会的进步。"④可以说,陈思和重构的"五四"与鲁迅,和李泽厚先生解释的"五四"与鲁迅及贾植芳先生的具有体验性的"五四"有"重叠"。带着这种具有鲜明启蒙性与批判性的"知识分子气质"(王晓明语)和学术创新欲望,陈思和"一直用自己的思路和语言表达了对20世纪知识

---

  ① 参见王光东:《陈思和学术思想的意义》,《文艺争鸣》1997年第3期。
  ② 杨庆祥:《"重写"的限度:"重写文学史"的想象和实践》,北京大学出版社2011年版,第64、173页。
  ③ 陈思和:《中国新文学整体观》,上海文艺出版社2001年版,第15页。
  ④ 杨庆祥:《"重写"的限度:"重写文学史"的想象和实践》,北京大学出版社2011年版,第224—225页。

分子价值取向变化及历史命运的思考,其意义显然超出了启蒙的立场,努力探索知识分子在当代文化建设中新的圆通"①。他认为"五四"以来的知识分子有庙堂意识、广场意识和岗位意识,这三种意识潜在地决定着他们的探索道路:庙堂意识迷恋和追求建立新庙堂价值,广场意识进行启蒙和批判,岗位意识确定知识分子的现代社会的职能、立场和价值。陈思和受李泽厚的影响,将现代知识分子分为"六个特征各异的文学层次",并以"五四"为标尺把握六个层次的文学特征和历史意义。按照他的理解,"五四"一代的知识分子掀起了新文化运动,开创了20世纪中国文学的新格局;三四十年代的作家是"五四运动的产儿"(巴金语),标志着"五四"新文学的成熟;第三层次(抗战时期的敌后抗日根据地作家)、第四层次(50年代大陆学生出身的知识分子群)和第五层次(五六十年代台湾作家)对"五四"文学传统的继承有所偏离,新文化运动形成的知识分子独立传统受到不同程度的摧残;第六个层次是80年代崛起的文学新生代,重新确认了知识分子在现代社会安身立命的位置。② 在这一知识分子代际划分和文学特征的历史评价中,"五四"及"五四"文学贯穿了整个新文学整体流变,各阶段的知识分子及其文学创作,由于与"五四"文学的关系,才能确认其文学特征和文学史地位,中国新文学被"整体"地"五四"化了。

二

"新文学是一个开放型的整体",它体现在如下这样两个向度。首先是现代文学"向下"开放,顺流而下进入当代文学,用现代文学的格局和特质涵盖当代文学,主要表现在文学史发展线索设置、1949年作为当代文学起点的解构和当代文学整体格局的"现代文学化"等三个方面。"整体观"提炼出新文学的八根或十根线索,"将'五四'式精神谱系的趋时变奏延展为沧桑性向死而生的世纪苦旅",这些线索就像"粗壮气根",合力撑起"宛若一株拔地苍榕"的"耸天树冠"。③ 1985年,陈思和提出1917年、1942年、1978年三个起点,不设下限,90年代逐渐形成"以抗战为界的想法",因为"抗日战争的爆发","一种新的文化规范随即取代了'五四'以来的启蒙文化","而且从五十年代以后大陆文艺政策的制订者的文化素养来看,他们也没有摆脱战争

---

① 王光东:《陈思和学术思想的意义》,《文艺争鸣》1997年第3期。
② 参见陈思和:《中国新文学整体观》,上海文艺出版社2001年版,第18—22页。
③ 夏伟:《从构建到反思——"中国现代文学学科史案研究"论纲(1949—1990)》,《上海交通大学学报(哲学社会科学版)》2018年第4期。

文化的思维形态和影响"①,从而把"战争状态下的文学",延伸到"当代文学"的领域,并以此为机制与标准来评价当代文学。这就在某种程度上消解了1949年作为当代文学起点的意义。陈思和认为:"一九四九年标志着中国革命由新民主主义阶段进入社会主义阶段的伟大转变,但从文学史的角度看,它的意义仅仅在于使解放区的文学运动推广到全国范围。一九四九年以后的文学在性质、指导纲领、作家队伍等方面基本上都延续了解放区文学的范围,在相当长一个时间内没有发生根本性变化。"因此,"在纵向上打破以一九四九年为界线的人为鸿沟是势在必行的。应该把本世纪第一个十年为开端的新文学看作一个开放型的整体,从宏观的角度上把握其内在的精神和发展规律"。② 1949年作为历史分期的关节点,虽然带有明显的政治意识形态性质,但是否也有它内在的历史逻辑呢?冷战格局下中国当代政治经济文化之深刻嬗变对文学变化的影响,包括这种嬗变带来的生活方面和情感体验、言说方式的变化,同样也不可小觑。只看到1949年作为文学分期的政治意识形态性质,而忽视其作为当代文化文学"起点"的意义,这是否也是一种偏至呢?1949年作为现代文学的"终点"和当代文学的"起点"虽然带有明显的政治意识形态性质,但它仍有"文学性质"变迁的价值。"程光炜相当清晰地意识到'1949'年作为'起点'的意义","'当代文学'就要在双重意义上为自我的存在辩护:一方面要站在'1949年'的立场上强调'当代文学'的'历史规定性',也即中国的'社会主义革命和实践'规定了'当代文学'的历史走向;另一方面则要包含'1979年'的变化来整合'当代文学'的'内在冲突',也即如何将'前三十年'(1949—1979)和'后四十年'(1979—2018)作为一个'有机整体'来把握。"③程光炜解读周扬的《新的人民的文艺》,提示我们注意1949年作为"现代民族国家"的文学的终结和"新的人民的文艺"诞生的起点的意义。④

而这一切,在启蒙史观视阈下被忽略了,它自然会对"整体观"造成一定的遮蔽,导致当代文学整体格局的"现代文学化"。"随着三年内战,中国三大区域的范围和性质都有了新的变化,到1949年以后大陆和台湾成为新的对峙区域,而从文学上说,则是抗战时期的大后方国统区文艺与抗日民主(族)根据地文艺的延续,战时的许多特征依然制约着文学。而两者之间的

① 陈思和:《中国新文学整体观》,上海文艺出版社2001年版,第8—10页。
② 陈思和:《新文学史研究中的整体观》,《复旦学报(社会科学版)》1985年第3期。
③ 罗岗:《"当代文学":无法回避的反思——一段学术史的回顾》,《当代文坛》2019年第1期。
④ 参见程光炜:《文学想像与文学国家——中国当代文学研究(1949~1976)》,河南大学出版社2005年版,第13—14页。

香港地区,则保持了特殊的殖民地文化特点,虽然与日本侵略军占领下的沦陷区有本质的差异,但在文学上却延续了四十年代上海都市文学的民间精神,逐渐形成言情、武侠和科幻鬼怪鼎立的现代文学读物主潮。"①毫无疑问,"整体观"为当代文学如何横向打通或整合内地(大陆)文学、香港文学和台湾文学,提供了一条合理性的途径,它有效地克服了当代文学叙述中内地(大陆)和港台文学的脱节,甚至港台文学"附骥"式的存在状态,一定程度上缓解和冲淡了文学研究及其历史化的尴尬。但是,就像不少同类编著一样,它也碰到了"打而不通"或曰"整而不合"的历史性难题。因为进入"当代"之后的内地(大陆)和港台文学,毕竟在文化空间、运行轨迹和文学类型诸方面存在着很大差异,更不要说用抗战背景下的解放区文学、大后方文学和孤岛文学的格局,延伸而下进入冷战背景下的当代文学格局。1949年后的台湾文学是否延续了"大后方国统区文学",香港文学是否延续了"40年代上海都市文学的民间精神",也是可以讨论的。1949年以后的港台文学有其自身的运行轨迹及面貌和品质,并不是用一条战争状态的文学线索所能涵盖得了的。

其次,"整体观"的开放性还体现在当代文学的"向上"开放,即沿着八根或十根线索溯源"五四"文学,接续"五四"式的精神谱系。陈思和提出共名与无名、民间文化形态与隐形结构、潜在写作等关键词,着力寻找能够与偏离"五四"传统的时代的文学构成对峙、消解关系的文学资源,赋予这些文学资源以显在的意义和价值,呈现当代文学中与主流文学并存的"隐形民间结构"和"民间的理想主义"。作为"整体观"的文学史写作实践,《教程》竭力体现"当代文学史发展中仍有一条'五四'新文学的传统若隐若显地存在着,并支配着知识分子对社会责任和文学理想的追求"。沿着这一整体性思路,《教程》纵横捭阖,一方面发掘潜在写作的价值,另一方面对"十七年"文学生命力做出"五四"式的判断,认为这些作品自觉不自觉地运用了"民间隐形结构",在特定的历史环境下发挥了积极作用。② 于是,周立波的《山乡巨变》、柳青的《创业史》、赵树理的《三里湾》《"锻炼锻炼"》、孙犁的《铁木前传》等小说,《布谷鸟又叫了》《我们村的年轻人》《李双双》《五朵金花》等戏剧影视作

---

① 陈思和:《中国新文学整体观》,上海文艺出版社2001年版,第12页。

② "当代文学史上有许多真正有艺术价值的作品,竟是产生在作家被不公正地剥夺了写作权力以后,仍然抱着对文学的炽爱,在秘密状态下创作出来的。……他们对中国农村的社会生活状况以及农民的文化心理有着深刻的理解,对中国民间文化形态的表现相当娴熟,他们在创作时,或自觉、或不自觉地运用了'民间隐形结构'的艺术手法,使作品在为主流意识形态服务的同时,曲折地传达出真实的社会信息,体现了富于生命力的艺术特色。"陈思和主编:《中国当代文学史教程》,复旦大学出版社1999年版,第7页。

品,皆因"五四"一代作家对民间的"真切关注和特殊情感"传给了新的一代作家,体现出"民间文化的艺术魅力",而获得了文学史价值。"我们从柳青对农民传统私有观念的鞭辟入里的痛彻分析中,似乎能联想到鲁迅是怎样以痛彻的批判态度来呼唤劳苦大众在自我斗争中冲破几千年来的精神重负,追求新生和希望的;我们从周立波面对湖南山乡自然景色和美好人性的由衷赞美中,似乎也联想到沈从文是如何以血肉相连的感情来歌颂、表达'民间'的原始性、朴素与健康。"在这里,他将民间文化形态的因素视为"决定作品是否具有艺术价值的关键"。①

为了突出民间意识、民间隐形结构在特定阶段被压抑或遮蔽的状态,《教程》不仅将其当作一个独立的概念在使用,而且还把它相对固化为一种稳定的叙述,似乎成为外在于主流意识形态的生成物。李杨在《当代文学史写作:原则、方法与可能性》中发现:《教程》中民间视角的运用,"使我们看到了一些被我们长期忽略的文学史要素,然而,对民间意识的这种独立性的过分强调带来的一种新的危险,就是对民间意识与主流意识形态之间同构关系的忽略,以及因过分强调民间意识的稳定性而忽略了民间意识在近现代中国变化与发展的过程"。他认为无论是"十七年"还是"文革"时期,"'民间文化'作为一种意识形态,历来是特定的经济基础的产物并随着经济基础的变化而改变着自己的形态","主流意识形态与传统民间意识是紧密融合在一起的"。②孟悦以《白毛女》的生产与流变为中心,证明"《白毛女》是一部几经加工修改,从乡民之口,经文人之手,向政治文化中心流传迁移的作品",其间"在民间伦理逻辑的运作与政治话语的运作之间便可以看到一种回合及交换"。如同《白毛女》一样,许多"革命文学作品本身在很大程度上是这种摩擦互动的结果,而不仅是政治话语的压迫工具"。③而"整体观"构想与《教程》,似乎更多强调民间意识与主流意识形态对峙与消解的关系,而很少关注它们彼此之间的共生、共融、互进关系。

《教程》试图表明,是"'潜在写作'保留了'五四文学'的传统,'民间意识'则保留了'民间文学'的传统"④。然而,由于当代文学史在潜在写作、民间文学上史料积累有限,甄别与辨析工作也尚未开展,而编者又意欲建构一

---

① 陈思和主编:《中国当代文学史教程》,复旦大学出版社1999年版,第35—36页。

② 李杨:《当代文学史写作:原则、方法与可能性——从陈思和主编的〈中国当代文学史教程〉谈起》,《文学评论》2000年第3期。

③ 孟悦:《〈白毛女〉演变的启示——兼论延安文艺的历史多质性》//唐小兵主编:《再解读:大众文艺与意识形态》(增订版),北京大学出版社2007年版,第49、57、69页。

④ 李杨:《当代文学史写作:原则、方法与可能性——从陈思和主编的〈中国当代文学史教程〉谈起》,《文学评论》2000年第3期。

个独立完整的体系性,所以就不可避免地出现以论带史、以论代史的现象,导致史料运用和文学史写作原则、方法、可能性等方面引发质疑。李杨指出,《教程》中潜在写作中的"大部分作品都是这种真实性几乎无法认定的作品,而且正是因为其真实性无法辨析",因而"缺乏真正的文学史意义"。他主张借鉴包括福柯的《知识考古学》在内的当代科学成果,形成文学史写作方法论的自觉意识。① 李润霞在《"潜在写作"研究中的史料问题》中归纳了《教程》潜在写作所涉及基本史料、史实错讹的三种类型:一是对潜在写作真实的创作年代考证有误而得出错误的结论;二是基本史实的错误和文学史叙述的随意性;三是对版本不一的潜在写作文本未作比照、甄别和认定,致使具体作品的引用出现许多错讹。②

三

"人们只知道'现代文学'是 80 年代新启蒙运动的'超生二胎',却不知道'当代文学'也是被'现代文学'这个'超生二胎'生产出来的。""这种叙述历史的方式的出现是基于很多人认为'当代文学'没有'真正的历史',而'当代文学'如果有历史那也是'现代文学'所赋予的。"③"整体观"试图从整体上改变现代文学的历史叙述,从宏观层面改变现代文学的研究方向。钱理群提到《论"二十世纪中国文学"》发表以后,严家炎先生"觉得我们还没有做更深入的研究就提出这么宏大的概念,不妥"。钱理群反思"宏观研究成了一个潮流,一种浮泛之风,也不好,潮流的倡导者总是落入'播下龙种,收获跳蚤'的命运,所以到了 90 年代以后我又不主张做'宏观概括'了,我也不提'20 世纪中国文学'了,当时有积极意义的,后来就可能跟风的比较多,就没有多少意义了"。④ 80 年代的社会文化语境造就了这一代青年学者,面对僵化的现代文学研究,产生了反叛的学术欲求,急于把思想的力量展示出来,期望带来现代文学研究的突然转向。"你们讲 20 世纪为什么不讲殖民帝国的瓦解,第三世界的兴起,不讲(或少讲,或只是从消极方面讲)马克思主义,共产主义运动,俄国与俄国文学的影响?"⑤"王瑶之问"对"整体观"也是适应的。"新民主主义""社会主义"史观的确忽略了启蒙和审美的文学资源和

① 李杨:《当代文学史写作:原则、方法与可能性——从陈思和主编的〈中国当代文学史教程〉谈起》,《文学评论》2000 年第 3 期。
② 参见李润霞:《"潜在写作"研究中的史料问题》,《中国现代文学研究丛刊》2001 年第 3 期。
③ 程光炜:《当代文学的"历史化"》,北京大学出版社 2011 年版,第 25、26 页。
④ 杨庆祥:《"重写"的限度:"重写文学史"的想象和实践》,北京大学出版社 2011 年版,第168—192 页。
⑤ 钱理群:《矛盾与困惑中的写作》,《文学理论研究》1999 年第 3 期。

文学史实,建构了不够完整的现当代文学史,"整体观"以此重建有其必要,也很有意义。但这里是否也应包括"王瑶之问"的那些内容,而不是用"五四"文学建构现代文学,用现代文学建构当代文学? 基于开放开阔的史观和丰富翔实的史料,建构海纳百川的大文学史,这是我们向往与期待的"整体观"。

"对于当代文学史的把握,要有非常明确的总体性视野。不仅对于当代文学现象背后的文学逻辑有自觉的把握,更是对于当代文学所在的当代中国的历史逻辑有深刻的体认,到这一步,才有所谓文学史。"[①]"整体观"作为一种具有"总体性视野"的文学史研究,既有其建构学术方法、开拓研究视野、更新批评观念等方面的明显贡献,也需要不断接受学术拷问,以期不断完善,修成正果。

(原载《当代文学"历史化"问题研究》,中国社会科学出版社 2021 年版)

---

① 黄平:《当代文学史写作的六个难题》,《当代文坛》2019 年第 4 期。

从思想解放和新启蒙运动关系中重温朦胧诗论争

　　"跨越整个80年代的'现代文学运动'就是在这样一个起点上开始的，通过三代人的努力，借助政治革新和社会思潮的变动而完成了对历史的'改写'和对中国道路的重新抉择。"①关于朦胧诗的论争发生于20世纪80年代，中国新锐的启蒙精英知识分子，第一次以整体力量"崛起"，抱着与传统、主流"对峙"的文化态度，走到文学批评前台，成为20世纪80年代建构新启蒙主义文学批评和文学史观的重要力量。围绕朦胧诗的论争从一开始就受到"思想解放运动"和"新启蒙运动"的深刻影响，带有鲜明的时代特征。

　　朦胧诗论争显现为当代诗歌话语权争夺，表现出新诗两种方向的较量：一种是从左翼文学、延安文艺开始，直到20世纪50—70年代的文艺的大众化、民族化传统；一种是回归"五四"文学革命所开创的现代性、世界性文学传统。论争一方是相对守成的老诗人和理论家，他们坚持大众化、民族化的"社会主义文艺"立场和诗学原则，严厉批评朦胧诗中存在资产阶级、小资产阶级倾向的"没落趣味"；另一方是相对年轻开放的知识分子，他们从朦胧诗中发现了现代主义和走向世界的"新的美学原则"，高度肯定朦胧诗创作方法和诗歌美学理念。论争双方"为了强调自己的'正确性'，先把对方设定在'不正确'的状态，然后采取批驳、激辩和排斥的方式，以及所批评的'对立面'的确立并使其丧失话语阵地的过程，使自己的诗歌观念成为诗歌界唯一通行的话语"②。

　　在一定历史时期内，"崛起派"与朦胧诗一起被视为"新的美学原则"的代表，赋予反叛者和启蒙主义文学批评话语以建构的"英雄"形象。从20世纪80年代中期第三代诗人质疑朦胧诗的宏大叙事和英雄主义情结开始，伴随着20世纪90年代中国启蒙话语的生存语境和文化批评话语的多元化，"崛起派"的文化复古倾向逐渐浮出地表，可惜尚未引起人们关注，也没有进入文学史的相关叙述。

---

　　① 张伟栋：《历史"重评"与现代文学的兴起——文学与政治双重视野中的八十年代初现代文学运动》，《海南师范大学学报（社会科学版）》2011年第4期。
　　② 程光炜：《批评对立面的确立——我观十年"朦胧诗论争"》，《当代文坛》2008年第3期。

一

　　"在整个 80 年代,中国思想界最富活力的是中国的'新启蒙主义'思潮;最初,'新启蒙主义'思潮是在马克思主义人道主义的旗帜下活动的,……'新启蒙主义'思想运动逐步地转变为一种知识分子要求激进的社会改革的运动,也越来越具有民间的、反正统的和西方化的倾向。"①相当长时间内,学术界秉持启蒙式的评价机制与评价标准。近年来,有学者发现"政治上的'思想解放运动'与文化上的'新启蒙运动'之间构成了十分复杂的关系。一方面,两者之间确实存在着同构性或共通性;而另一方面,两者之间也存在着一定程度上的差异不同,以至于相互抵牾与冲突。这种文化启蒙话语与政治思想话语之间的双重变奏,表征着社会变革转型时期各种思潮观念的错综复杂性"②。改革开放后率先出现政治上的"思想解放运动",然后才是文化思想上的"新启蒙运动"。1978 年 7 月 22 日,邢贲思在《人民日报》发表《哲学的启蒙与启蒙的哲学》,提出"新启蒙运动"的概念。1979 年,在纪念五四运动六十周年学术讨论会上,周扬报告指出中国历史上经历了三次伟大的思想解放运动:第一次是五四运动;第二次是延安整风运动;第三次是正在进行的思想解放运动。周扬的报告为知识分子重申启蒙立场签发了一张通行证,新时期启蒙话语得以纳入"思想解放运动"框架中。知识精英推崇启蒙精神,反思、矫正一体化文学评价机制与评价标准,在一定程度上配合了新时期国家民族的整体发展和改革方向。因此,"重视'新启蒙运动'与'思想解放运动'之间的同构性关联,克服并去除'两元对立思维方式',积极寻求不同话语之间的对话沟通"③,将成为理解当代中国文化思想的重要议题。仅仅用启蒙主义是无法涵盖和解读当代文学及其历史化的,至少是很不完整的。"源自'五四'时代'人的文学'的启蒙文学史观对当代文学的宰制与遮蔽已久遭诟议,如何调校启蒙史观、有效兼容'人民文艺',恐怕是需要 20 年才能切实解决的理论难题。"④

　　20 世纪 80 年代初期的思想解放和新启蒙运动既有容纳,又有龃龉。在这一社会思想语境中,朦胧诗论争很快从讨论诗歌形式和阅读效果,上升

---

　　① 汪晖:《死火重温》,北京:人民文学出版社 2000 年版,第 55 页。

　　② 李鹏、谢纳:《"八十年代"的思想现场:思想解放与文化启蒙的复杂关联》,《文艺争鸣》2015 年第 5 期。

　　③ 李鹏、谢纳:《"八十年代"的思想现场:思想解放与文化启蒙的复杂关联》,《文艺争鸣》2015 年第 5 期。

　　④ 张均:《当代文学应暂缓写史》,《当代文坛》2019 年第 1 期。

为现代诗歌评价标准和诗学话语的争夺,进而成为 80 年代思想交锋的重要事件,两军对垒、针锋相对。杨匡汉《评一种现代诗论》比较明晰地表达了改革开放、思想解放与关于朦胧诗论争的关系:"'改革'已成为各条战线热烈的话题。文学艺术也将在改革中前进。人们对诗歌同样寄予期待,创作要与平庸作斗争,评论也应更新知识结构,否则与建设社会主义精神文明的历史要求太不相适应了。正因为如此,诗歌界应当鼓励继续解放思想,鼓励大胆创造,鼓励学术讨论的自由和艺术风格发展的自由。但没有意向的自由是不可思议的。"正是从改革开放、思想解放的时代要求与诗歌创作、评论关系出发,杨匡汉感觉到《崛起的诗群——评我国诗歌的现代倾向》"在艺术上提出了一些不无可取的新鲜意见,但文章在一些重要理论问题上,则偏离了科学的目的性而陷入混乱和糊涂"。[1]

朦胧诗论争经历了"古怪诗""崛起派""朦胧诗"等阶段。以顾城的《弧线》为契机,引发了"古怪诗"的争议。闻山、丁力等人认为顾城是故意刁难读者,下决心让人看不懂,脱离群众,脱离时代,体现一种堕落倾向,要加以引导。丁力发表《古怪诗论质疑》,批评谢冕的《在新的崛起面前》为"古怪诗论",对青年诗人运用西方现代主义诗歌手法,写作"很朦胧"、让人"读不懂"的诗深表不安。[2] 丁力认为"古怪诗的出现是受国内和国外的影响","否定十七年和前三十年,反对向民歌和古典诗歌学习","脱离现实,脱离生活,脱离时代,脱离人民",是"'信仰危机'在诗歌上的反映",断言"朦胧诗不是创新,是摹仿某些外国人已经不搞了的东西"。[3] 王纪人对丁力《古怪诗论质疑》提出质疑:"大众化的诗只能说明诗的通俗易懂,却不能说明诗的整个思想价值和艺术价值",诗人不仅要"大众化",而且要"化大众","艺术造就了审美的大众,因此包括诗歌在内的一切艺术都有一个提高大众的任务,或者说'化大众'的任务"。王纪人以郭沫若、闻一多、艾青和何其芳为例,强调新诗应该继承"五四"传统,立足现代生活,发展各种风格。[4]

章明的《令人气闷的"朦胧"》认为"叫人看不懂的诗却决不是好诗,也决受不到广大读者的欢迎。如果这种诗体占了上风,新诗的声誉也会由此受

---

① 杨匡汉:《评一种现代诗论》//姚家华编:《朦胧诗论争集》,学苑出版社 1989 年版,第 307 页。

② 丁力:《古怪诗论质疑》,《诗刊》1980 年第 12 期。

③ 丁力:《新诗的发展与古怪诗》//姚家华编:《朦胧诗论争集》,学苑出版社 1989 年版,第 97—105 页。

④ 王纪人:《对〈古怪诗论质疑〉的质疑——与丁力同志商榷》,《文艺理论研究》1981 年第 1 期。

到影响甚至给败坏掉的"①。诗人臧克家认为朦胧诗"是诗歌创作的一股不正之风,也是我们新时期社会主义文艺发展中的一股逆流",朦胧诗"根本不是给广大人民群众看的","没有考虑文艺有社会功能"。② 程代熙将徐敬亚的《崛起的诗群》定义为"一篇资产阶级现代派的诗歌宣言""一篇资产阶级自由化思想的宣言书",认为徐敬亚力图否定或者极力贬低"五四"以来,特别是左翼文艺运动的革命传统,全盘否定 20 世纪 50、60 年代诗歌创作成就,目的是为"带着强烈现代主义特色的新诗潮"扫清道路。③ 程代熙批评孙绍振的"新的美学原则"是"一套相当完整的、散发出非常浓烈的小资产阶级的个人主义气味的美学思想","具有相当浓厚的唯心主义色彩"。④ 针对这些批评,吴思敬明确表示,要以真善美为评价准则取替狭隘的政治标准,朦胧诗"是运用现代手法反映现代人的思想情绪和心理状态的又一代的新诗,也可叫做现代诗。……是现代的疾驰的社会生活酝酿就了一代青年的心灵,而这一代青年的心灵又凝聚成了现代诗"⑤。

　　许多老诗人、诗歌理论家批评朦胧诗充斥着西方现代主义颓废堕落的思想,是资产阶级、小资产阶级的东西,从根本上背离新时期社会主义文艺方向,语言晦涩难懂,远离人民群众,没有存在的合理性,应该予以鲜明批判。艾青认为朦胧诗人"是惹不起的一代。他们寻找发泄仇恨的对象。他们中间有一些人很骄傲。'崛起论者'选上了他们。他们被认为是'崛起的一代'"。艾青告诫朦胧诗人:"千万不要听到几个'崛起论者'信口胡说一味吹捧的话就飘飘然起来,一味埋头写人家看不懂的诗。盲目射击,流弹伤人。"⑥有一些诗人和理论家,主张对年轻诗人进行引导、培养和规劝。老诗人卞之琳建议朦胧诗人注意"五四"以来新诗的传统,袁可嘉谈到三十年来新文学运动存在两个潮流:"一方面是旗帜鲜明,步伐整齐的'人民的文学',一方面是低沉中见出深厚,零散中带着坚韧的'人的文学'。"⑦"自我"这一带有西方特殊意味的新鲜词语,自出现以来一直在国家控制的范围内"活

---

① 章明:《令人气闷的"朦胧"》//姚家华编:《朦胧诗论争集》,学苑出版社 1989 年版,第 97—105 页。

② 臧克家:《关于"朦胧诗"》//姚家华编:《朦胧诗论争集》,学苑出版社 1989 年版,第 75—76 页。

③ 程代熙:《给徐敬亚的公开信》//姚家华编:《朦胧诗论争集》,学苑出版社 1989 年版,第 347—356 页。

④ 程代熙:《评〈新的美学原则在崛起〉——与孙绍振同志商榷》//姚家华编:《朦胧诗论争集》,学苑出版社 1989 年版,第 151、155 页。

⑤ 吴思敬:《诗学沉思录》,辽宁人民出版社 2001 年版,第 224 页。

⑥ 艾青:《从"朦胧诗"谈起》//姚家华编:《朦胧诗论争集》,学苑出版社 1989 年版,第 167 页。

⑦ 袁可嘉:《论新诗现代化》,生活·读书·新知三联书店 1988 年版,第 112 页。

动","人的文学"无时无刻不在挑战着评论者对社会生活的忠诚度,一群带有浓厚历史积淀的诗人在不断践行"社会主义历史经验"过程中,获取对当代诗歌传统的定义的权力。公刘认为顾城等新人新作是一个"新的课题",他既不同意将朦胧诗视为"走在一条危险的小路上",也不同意将朦胧诗的内容和形式视为"'五四'时代要求个性解放的回声",主张朦胧诗人是"探索的一代"。"他们的悲观是和人民大众的悲观熔铸在一起的。他们不仅仅是止于思索,必要时,他们就挺身而出,起来抗争。""我们不能嫌弃他们",而是"努力去理解他们,理解得愈多愈好","既要有勇气承认他们有我们值得学习的长处,也要有勇气指出他们的不足和谬误"。① 顾工曾为顾城诗歌的"低沉""可怕""晦涩"而感到"不解""失望""愤怒",试图用"革命、征战、老一辈走过的艰辛的路""扭转孩子的大脑和诗魂",让顾城"唱起我们青年时代爱唱的战歌"。但顾城这一代人"早已不是驯服的工具",他们要用"我的眼睛,人的眼睛来看,来观察",他们"不是在意识世界,而是在意识人,人类在世界上的存在和价值"。顾工希望"两代人的笔,要一起在诗的跑道上奔驰和冲刺"。②

孙绍振从评论舒婷诗歌开始,就主张"恢复新诗根本的艺术传统"。他认为"新诗根本的艺术传统"就是"五四"所开创的诗歌传统,"舒婷正是继承了新诗敢于汲收外国诗歌的长处以弥补我国古典诗歌某种不足的传统。'五四'新诗这一宝贵传统,由于近十多年来片面地强调了向古典诗歌和民歌学习而被严重地忽略了"。③ 刘登翰认为舒婷诗歌"是对于新诗传统某些方面的否定,同时表示出在自己基础上借鉴外国诗歌艺术的发展",舒婷"把人作为诗歌表现的核心","呼唤那失去的人的崇高本质的复归","表现人在创造历史活动中丰富、复杂的精神世界成为一种新的美学追求"。④

吴思敬着眼于"现代"对传统的继承和突破,回应了现代诗与传统的种种疑虑:"现代诗是诗歌现代化的产物。诗歌现代化则是就新诗的发展趋势而言的,它意味着对我国传统诗歌包括在苏联美学理论影响下出现的某些定型的新诗的突破,意味着对古今中外诗歌珍品包括现代派诗歌的借鉴,意

---

① 公刘:《新的课题——从顾城同志的几首诗谈起》//姚家华编:《朦胧诗论争集》,学苑出版社 1989 年版,第 1—8 页。

② 顾工:《两代人——从诗的"不懂"谈起》//姚家华编:《朦胧诗论争集》,学苑出版社 1989 年版,第 35—43 页。

③ 孙绍振:《恢复新诗根本的艺术传统——舒婷的创作给我们的启示》//姚家华编:《朦胧诗论争集》,学苑出版社 1989 年版,第 25 页。

④ 刘登翰:《一股不可遏制的新诗潮——从舒婷的创作和论争谈起》//姚家华编:《朦胧诗论争集》,学苑出版社 1989 年版,第 53—67 页。

味着艺术个性艺术风格的多样化和创作方法艺术流派的多元化,意味着以现代化的艺术语言反映现代中国社会的时代精神,反映现代中国社会的生活节奏,反映现代中国人的思想风貌和心理情绪。"诗歌现代化并不是要割裂传统,而是"要尽力吸收传统中有生命力的东西",现代诗尽管和西方现代派"心有灵犀一点通",也"不会化到西方现代派去"。① 诗人卞之琳认为"颇有些有才气的青年诗人开始探索新的表现手法。他们的作品有时颇具个性和独创性,这个事实应该获得大家的尊重",对"反对西化"的《汉语诗歌形式民族化问题探索》和章明的《令人气闷的"朦胧"》提出批评。②

20世纪80年代处于改革开放初期,文学界普遍有一种"去政治化"的思潮,要求"创作自由"和"文学独立"。这种消解政治中心地位、去政治化的社会思潮、学术思潮,与当时国家"经济建设为中心"的"改革开放"目标"重合度"较高,得到部分政界人士或明或暗的支持,知识分子精英话语与国家主流意识形态权威话语一度处于"蜜月期",文学界的精英知识分子在表达"去政治化"学术欲求时,表现出堂吉诃德式的浪漫精神,批评态度和文字表述充分展现"个人化"风格。"三个崛起"提倡者对"革命""主流"采取强烈的排斥态度,其中不乏为了"反叛"而"反叛"的情绪化表达,这让一批老诗人和批评家不能不警觉。程代熙敏感地指出:"最近两三年里,在我们文艺界就有一股不正常的风。他们力图否定或者极力贬低'五四'以来,特别是左翼文艺运动的革命传统。"③柯岩认为"三个崛起""不但把挑战的目标对准了无产阶级文艺传统,甚至公开提出要允许'与统一的社会主调不谐和'观点"④。争论的过程中,既能看到从预设立场出发对"朦胧诗"的指责,也能看到老诗人因"尊严"受到"伤害"而发生的态度变化,"北岛被诗界公认之前(70年代中期),曾与著名诗人艾青一度关系密切,受到他的影响。后来,因为贵州青年诗人黄翔写出'把艾青送进火葬场'的诗句,艾怀疑到北岛,两人终于交恶"⑤。

顾城认为"朦胧诗"的主要特征"还是真实——由客体的真实,趋向主体的真实,由被动的反映,倾向主动的创造。从根本上说,它不是朦胧,而是一

① 吴思敬:《时代的进步与现代诗》,《诗探索》1981年第2期。
② 卞之琳:《今日新诗面临的艺术问题》,《诗探索》1981年第3期。
③ 程代熙:《给徐敬亚的公开信》//姚家华编:《朦胧诗论争集》,学苑出版社1989年版,第351页。
④ 柯岩:《关于诗的对话——在西南师范学院的讲话》//姚家华编:《朦胧诗论争集》,学苑出版社1989年版,第360页。
⑤ 孟繁华、程光炜:《中国当代文学发展史》(修订本),北京大学出版社2011年版,第262页脚注②。

种审美意识的苏醒"。这种苏醒是"我们在付出了巨大的代价之后""开始懂得"的,他希望通过诗歌"去照亮苏醒或沉睡的人们的心灵",表现出一种类似于"五四"文学的启蒙姿态。①

二

"崛起派"诗论有明显的"五四"启蒙思想倾向,用"五四"启蒙文学与"革命文学"二元对立的思维描述中国新诗发展,强调朦胧诗对于"五四"新诗精神的回应与回归,典型地体现出 20 世纪 80 年代批评启蒙话语的价值追求。谢冕的《在新的崛起面前》依据中国现代诗歌向世界诗歌的融入度,评判新诗成功与否。他认为"五四"诗歌"坚决扬弃那些僵死凝固的诗歌形式,向世界打开大门吸收一切有用的东西以帮助新诗的成长"。这种经验"在以后长达半个世纪的时间里,没有再出现过",大众化、民族化和新民歌让新诗越来越"离开世界",朦胧诗"要求新诗恢复它与世界诗歌的联系,以求获得更多的营养发展自己",符合时代要求。他呼吁:"接受挑战吧,新诗。"②徐敬亚宣告:"中国新诗的未来主流,是五四新诗的传统(主要指四十年代以前的)加现代表现手法,并注重与外国现代诗歌的交流,顺这个基础上建立多元化的新诗、总体结构。"③诸多文学史正是着眼于"回归"五四文学传统,肯定朦胧诗的意义和价值,建构起"五四"标尺的新诗评价标准:"朦胧诗所指涉的不仅仅是某类诗歌创作,也不仅仅是一个诗歌集团,而是一种文学潮流,是一种重新回归'五四'传统的文学潮流。"④"将朦胧诗的崛起比况于'五四'新诗革命,实际上是对朦胧诗的崛起在新时期以来的诗歌史上的位置的一种肯定,这也成为谢冕他们对于新诗历史的个人知识谱系的结构方式。"⑤

20 世纪 80 年代,中国大陆知识界对西方现代主义充满渴望,但了解还不够充分,把握也不够准确,对现代性的后果缺乏预判和洞见。"崛起派"对现代主义抱有一种迷恋式的想象,把现代主义视为拯救中国诗歌的唯一途径,对中国诗歌的古典传统和现代传统认识不足。在朦胧诗论争中,有学者对"崛起派"过分否贬传统、推崇西方现代主义观点提出批评,认为新诗的创新和突破,一定要有"基础",把"亵渎和挑战当作最最革命、最最解放的表

---

① 顾城:《"朦胧诗"问答》//姚家华编:《朦胧诗论争集》,学苑出版社 1989 年版,第 316—319 页。
② 谢冕:《在新的崛起面前》,《诗探索》1980 年第 1 期。
③ 徐敬亚:《崛起的诗群——评我国诗歌的现代倾向》//姚家华编:《朦胧诗论争集》,学苑出版社 1989 年版,第 285 页。
④ 黄修己:《20 世纪中国文学史》(下卷),中山大学出版社 1998 年版,第 103 页。
⑤ 吴思敬:《二十世纪中国新诗理论史》,人民文学出版社 2015 年版,第 646 页。

219

现,这只能带来思想混乱"①。2009年,余旸认识到现代主义"作为一个整体的美学原则提出来,实际上暗示了'朦胧诗'论证(争)中所包含的历史文化的对立面:毛泽东时代的形成,并在70年代末占据主流位置的现实主义诗歌文学成规和叙述语言"②。程文超发现"徐敬亚把18世纪的理性精神误读进了20世纪的现代主义,或者说在现代主义里误读出了理性精神"③。尽管"崛起派"对西方现代主义的"误读"可以理解,且不乏意义,但将现代主义简单化和功利化,在学理上是有问题的。"崛起派"强烈要求把"新诗潮"推到历史的前台,突出现代主义诗歌对中国诗歌的当下价值和未来意义,忽视革命文学、左翼文学、延安文学、"十七年"文学的经验,将新诗发展与中国社会发展的复杂关系仅仅归之于诗歌—政治的直线式简单关系,制造了中国新诗六十年的"空白论"。这与一段时间内当代文学研究中左翼文学、"十七年"文学遭到"冷遇",形成了微妙的对应关系。朦胧诗的否定论者"分不清诗学实践与政治实践间的界限……政治和文学的缠杂不清,既是他们长期以来诗学实践的存在形态,而且这缠杂不清还给他们带来难以言说的痛苦"④。

"崛起派"从西方近现代人道主义思想和"五四"文学中汲取精神资源,主张用现代主义对抗现实主义,用个人主义对抗集体主义,强调现代诗歌的个人情感意志的独特表达,注重诗人主体的内心世界(包括潜意识)。他们推崇"新的美学原则","对传统的美学观念表现出一种桀骜不驯的姿态",旨在提升"个人的感情、个人的悲欢、个人的心灵世界"的地位,弘扬个性和个人的价值。1997年,谢冕感叹"有些诗正离我们远去",诗歌"不对现实说话,没有思想,没有境界。诗人们都窃窃私语,自我抚摸,我不满意和我们无关的,和社会进步、人心向上无关的诗歌"⑤,为很多诗人"对现实不再关怀!对历史很快遗忘!我特别难过"⑥。孙绍振批评新思潮"对诗人自我的生命缺乏责任感""对诗歌本身,缺乏责任感""缺乏时代的使命感"⑦。由此看来,尽管"崛起派"竭力倡导西方现代主义的个性主义、个人主义,并在以"五

---

① 郑伯农:《在"崛起"的声浪面前——对一种文艺思潮的剖析》,《当代文坛》1983第12期。

② 余旸:《"朦胧诗"论争——"中国式"现代主义诗歌的艰难叙述》,《扬子江评论》2009年第6期。

③ 程文超:《意义的诱惑:中国文学批评话语的当代转型》,时代文艺出版社1993年版,第112页。

④ 王爱松:《朦胧诗及其论争的反思》,《文学评论》2006年第1期。

⑤ 舒晋瑜、谢冕:《所谓诗歌,归结到一点就是爱》,中国诗歌网 https://www.zgshige.com/c/2018-03-28/5662620.shtml (2018-03-28)。

⑥ 林凤访问整理:《谢冕访谈录》,《诗刊》1999年第6期。

⑦ 孙绍振:《新的美学原则在崛起》,语文出版社2009年版,第67页。

四"为起点的新诗进化链条上找到了存在"合法性"①,在特定的历史时期产生了理论冲击力。但诗歌是社会存在及意识的产物,它既具有个人性,也具有时代性、民族性和社会性。

20世纪80年代中期,以于坚、韩东等为代表的第三代诗人群体,带着刻意的反叛精神和决绝的姿态,高喊着"打倒舒婷""PASS北岛"登上诗坛。他们要捣毁一切意义和价值,消解朦胧诗人的崇高感,拒绝一切"专制性语言"的束缚,书写"日常生活中的琐事、虚幻怪诞的胡思乱想",以"'口语'入诗",实践"随意和自由"。② 他们认为诗歌是由语言和语言的运动所产生美感的生命形式,拒绝用哲理或任何需要理论指导的东西去写作,主张拨开"象征"后的迷雾,展现眼中的现象真实。他们认为朦胧诗在社会舆论的威逼下成为意识形态同化物,承载了太多的道德与情感束缚,意象组合"苍白无力、虚伪、装模作样、故作深沉"③,主张通过一种无需打磨的语言形式表达对自身处境的一种彻悟,用平凡代替崇高,以平淡代替激情,以满不在乎的语气代替前者诗歌中出现的忧虑感伤。经过第三代诗人的激烈反叛,朦胧诗和"崛起派"诗论所包含的启蒙中心话语和意识形态情结显现出来。实际上,1985年,谢冕就表达过这样的憧憬:"新诗潮……回到东方,沿着黄河入海处溯源而上,寻找这片古老的黄土地之根,使之在现代意识中萌醒。"④按照谢冕的期望,朦胧诗和"崛起派"通过现代主义回到世界,与世界诗歌进行对话,重建诗歌与人类人性的关系,这是现阶段诗学的最高目标;而终极目标则是回到东方、回到黄土地的原点。这一条复归的道路尽管绕道西方,绕道现代主义,但最终还是要回归本民族、回归中国社会历史现场。这看似与"崛起派"的观念主张相龃龉,但实际上并不矛盾,它包含了现代知识分子的家国情怀,也不乏传统士大夫的怀旧之风。"崛起派""将'自我'置于'大众'的生存价值之上的精英视角","文坛精英们大量使用了'五四'话语包括话语方式,但实质上,他们对'自我'和'大众'的认识依然没有脱离传统士大夫的基本概念范畴和视野。某种意义上,他们发动的实际是一场'文学复古'运动"⑤。

---

① 杨庆祥:《如何理解"1980年代文学"》,《文艺争鸣》2009年第2期。
② 徐敬亚、孟浪:《中国现代主义诗群大观1986—1988》,同济大学出版社1988年版,第261页。
③ 于坚:《棕皮手记》,北京邮电大学出版社2014年版,第132页。
④ 谢冕:《断裂与倾斜:蜕变期的投影——论新诗潮》,《文学评论》1985年第5期。
⑤ 程光炜:《"重返"八十年代文学的若干问题》,《山花》2005年第11期。

三

　　20世纪80年代文学批评和文学研究被人道主义、启蒙话语所包裹,一些研究者习惯于将新时期文学与当代文学置于二元对立关系中进行解读。"崛起派"从进化论的维度对主体性和自我进行处理,其始于20世纪80年代"人的觉醒",以"中国式的自我"为切入点,平息质疑和诋毁的声音,实现从边缘向中心靠拢。这就使"崛起派"与当时社会思潮之间关系复杂:一方面,"崛起派"借助西方现代主义,要求摆脱主流意识形态的束缚,张扬自我和个性精神,以决绝的反叛姿态和犀利的语言风格构建启蒙主义诗歌批评话语;另一方面,试图接轨20世纪80年代思想解放主潮,强调20世纪80年代社会现场感和"五四"文学传统,以期进入文学的中心。在"崛起派"背后,小我与大我、社会责任与自我表现之间,既矛盾又统一。

　　综观关于朦胧诗及"三个崛起"的讨论,不难发现以下三点:第一,文化"共同体"中不同诗歌理想建构的论辩。"保守派"与"崛起派"的论辩尽管观点"对峙",有些言辞激烈,甚至不乏扣帽子、打棍子,但双方辩论始终处于一个"共同体"中,离开双方赖以存在的"共同体",这场讨论无法进行下去。这个容纳双方的"共同体"正是改革开放、思想解放的"中国"。这个"中国"在很大意义上是由国家体制和主流意识形态代表的,这也许就是汪晖所说的"国家目标"。争论双方之所以勇敢地、毫不隐讳地亮出观点,均受到关于真理标准问题大讨论的影响,受到"思想解放运动""新启蒙主义"的启发。双方都坚信自己代表"正确"的诗歌观念,代表中国新诗的发展方向,与正在进行的"拨乱反正""改革开放"目标一致。拨乱反正、改革开放的社会共识,为诗歌批评提供了新的民族国家想象空间,"朦胧诗"为这种"想象"提供了"当下性"的言说对象。"保守派"也好,"崛起派"也好,都通过"朦胧诗"表达自己对国家民族发展的期望,表达自己对中国诗歌"健康发展"的美好想象。

　　第二,新诗发展方向的博弈。"崛起派"高扬"新的美学原则",更多关注中国新诗走向世界问题,这无疑符合改革开放的"国家战略",符合实现四个现代化的"国家目标"。在"崛起派"看来,"世界性"是中国新诗发展方向,走向世界、融入世界,新诗的发展道路就越来越宽广,而民族化、大众化、民歌化则使中国新诗发展道路越走越窄,他们主张重新回到"五四"诗歌道路上,与世界诗歌发展潮流保持一致,弘扬现代主义精神,运用现代主义诗歌技巧。"保守派"主张民族的、人民的、社会主义的诗歌发展道路,他们要"改革"的是"文革"时期的诗歌,要坚持的是左翼文艺、延安文艺为代表的民族

222

化、大众化的诗歌。这两种发展方向,实际是近现代以来中国发展方向论争在诗歌层面的体现。从晚清的"体用"之争开始,"五四"新文化运动、科玄论争、文艺大众化讨论、提倡民族化气派与风格,直到20世纪80年代的中西文化讨论,"体用"思维在"向中"还是"向西"的选择中多次摇摆。中华民族历史沉疴与现实紧迫性,"启蒙"与"救亡"的复杂关系,一直困扰着现代中国的文化选择。是学习西方,融入世界,还是坚守本土,以我为主? 涉及中国政治经济社会文化生活各个方面,绝不是一场"诗歌"讨论所能解决的,也不是20世纪80年代初期"思想解放运动""新启蒙运动"所能回答的。朦胧诗论争触及这个"长线"的根本问题,表现出不同代际诗人、诗评家在具体时代语境下的历史担当和艺术敏感。

第三,"个体主义"与"集体主义"两种诗歌精神的选择。"新的美学原则"突破"集体主义"诗歌精神,肯定朦胧诗张扬"个体主义"诗歌精神,强调现代诗歌个人情怀、意志的独特表达,注重诗人主体的内心世界(包括潜意识)。"保守派"注重现代诗歌与现代中国的"同步"关系,肯定诗歌的集体主义精神,强调诗人的历史担当和社会责任,主张现实主义诗歌艺术理念和艺术手法。实际上,朦胧诗并不缺乏集体主义和家国认同,其中不少诗作承载"国家目标",表达"爱国主义""人民的声音"和"青年一代人"的集体意识,"新的美学原则"卸载诗人社会责任感和担当意识的概括,也不能全面反映朦胧诗的思想内涵和艺术追求。"保守派"希望诗歌尽快走出"文革"阴影,快速回到真正的"社会主义""人民"诗歌轨道,带着"历史的惯性"强调诗歌的集体道德、集体认同。

第四,新诗历史评价的博弈。"崛起派"带着明显的"新启蒙主义"思维,在20世纪80年代重构个性解放和世界性的"五四"新诗,批评20世纪30年代以后的中国新诗,把至少两代诗人打入"冷宫",激起艾青、臧克家、柯岩等诗人的"义愤"。"保守派"既不能否认"五四"新诗的历史贡献,又必须在"新启蒙主义""五四"新诗的认同中,肯定20世纪30年代以后主流诗歌的发展道路。这样一来,双方因"理解的基础"产生"对峙",导致"理解的同情"缺失。从中国新诗发展道路而观,由"五四"诗歌、20世纪30年代诗歌发展到民族化、大众化的诗歌,既有其深刻社会动因,也不乏内在逻辑合理性。遗憾的是,争论双方对这种"外在"与"内在"互动的"合逻辑性"与"合历史性"缺乏"认同",诗歌评价机制和评价标准因"站位"立场而破裂。这表明,今天重温朦胧诗论争时,"历史化"不仅是阐释的有效途径,而且是必然途径。

1991年,张旭东在分析中国当代批评话语的主题内容和真理内容时意识到:"人们似乎已习惯于从'内部',即由其体制的结构弊端来解释社会主义的局限,而从'外部',即以所谓'全球文化'交流和影响来解释任何'超越'历史条件的文化创造。"他提出"颠倒思路"的建议,"从'外部',即从作为特殊历史条件下的民族经济战略的社会主义同全球资本主义体系的关系,从全球资本主义体系强大的扩张力和毁灭性诱惑中解释社会主义的困境,同时以'内部',就是说,从作为历史主体的'前现代'民族日益明确的自我意识,从这种历史意识不可遏制的表达的必然性,从这种表达所激发的非西方的想象逻辑和符号可能性,同时,也从这种想象在全球文化语境中自我投射、自我显现的机制中解释作为'当代文学'的民族文学的兴起"①。可惜,在朦胧诗论争的20世纪80年代初期,无论是"保守派",还是"崛起派",都没有产生也不可能产生张旭东的"颠倒思路"。朦胧诗论争的焦点,一直集中于现实需求和未来想象,也就是"今天和将来"的中国需要怎样的新诗,应该出现怎样的新诗。尽管论争双方都为自己的理论找到了传统,但显然"崛起派"找到的"传统"更合时宜,更能体现"改革开放"的时代要求和"新启蒙运动"的欲求,也更容易引起诗人和读者共鸣。"崛起派"为自己找到了"五四"文学的启蒙传统,将现代性、世界性和个性解放视为新诗的现实需求和未来方向,在改革开放和新启蒙运动的历史条件下激活"五四"文学的启蒙精神。"保守派"所坚守的新诗民族化、大众化、民歌化的传统,在面对"五四"新诗传统时暴露出无力感。

20世纪80年代,中国急于走出20世纪50—70年代封闭、孤立的社会政治经济文化体制,久遭压抑的人们意识到自己与世界的全方位差距,"从体制的结构弊端来解释社会主义的局限","从全球文化交流和影响"来解释文化创造,是一种必然选择。在这种历史语境下,新诗的民族化、大众化、民歌化存在的历史合理性和现实生存基础,遭受质疑。当"崛起派"批评民族化、大众化、民歌化为新诗不合理的"历史遗留物"之时,当民族化、大众化、民歌化与"五四"新诗的现代性、世界性和个性解放被人为"对峙"之时,"保守派"也就失去了现实支撑力量。程代熙在文章中感叹孙绍振获得许多青年的"青睐",既表现出程代熙的心理失落,也意味着这"一代人"文化理想和人生定位的"生不逢时"吧。今天看来,如果能够像张旭东所设想的"颠倒思路",那么新诗民族化、大众化、民歌化的历史合理性将得到一定程度的"还原",不至于在"崛起派"面前,表现得那样无力吧。朦胧诗和"崛起派"因为

① 张旭东:《论中国当代批评话语的主题内容与真理内容——从"朦胧诗"到"新小说":代的精神史叙述》//王晓明主编:《二十世纪中国文学史论》(下卷),东方出版社2003年版,第355—356页。

符合改革开放和新启蒙运动的方向,取得了历史存在的合理性和现实基础;也因为汪晖所指出的"思想解放"与"新启蒙运动"的龃龉与分离,迅速成为"改革开放"的异己力量,失去了现实存在的"合法性",其"宏大叙事"的诗歌写作方式,也很快被"第三代诗人"消解了。

四

1993年,欧阳江河在评估1989年后国内诗歌写作时,发现"预想中的对抗主题并没有从天上掉下来"①。他认为从"诗歌写作方面的具体原因"而言,"一方面因为继《今天》后从事写作的诗人普遍存在'影响的焦虑',不大可能简单地重复《今天》的对抗主题。另一方面是由于原有的对抗诗歌读者群已不复存在。……抗议作为一个诗歌主题,其可能性已经被耗尽了,因为它无法保留人的命运的成分和真正持久的诗意成分,它是写作中的意识形态幻觉的直接产物,它的读者不是个人而是群众。然而,为群众写作的时代已经过去了"②。

20世纪90年代,许多学者越来越明晰地意识到朦胧诗与新诗当代传统、"五四"传统的关系。崔卫平从郭路生的诗歌中读出"能够战胜环境的光明和勇气",郭路生诗歌所表现出来的"忠直""体现了那个时代备遭摧残的良知"。③郑先强调朦胧诗从一开始就具有"反传统"的品质,这种传统当然是指新诗的当代传统,"它对1949年之后的文学构成一种挑战,或者可以说,这种新诗就是中国的前现代主义诗歌,虽然仍留有过去时代的痕迹,但是这种诗歌在精神上却是一种反传统的"④,因此,他借用多多《被埋葬的中国诗人》的说法,视朦胧诗人为"献身诗歌艺术的殉难者"⑤。张旭东认为新诗潮的特征是"在'现代主义'的外衣下重新亮出了五四的题旨","在'朦胧诗'成熟的美学型态中,我们甚至更为清晰地看到了五四文学的内在机制的活动:作为现代派特征的蒙太奇、隐喻、反讽等手法为集体生活和个人经验

---

① 欧阳江河:《1989年后国内诗歌写作:本土气质、中年特征与知识分子身份》//《站在虚构这边》,四川文艺出版社2017年版,第29页。

② 欧阳江河:《1989年后国内诗歌写作:本土气质、中年特征与知识分子身份》//《站在虚构这边》,四川文艺出版社2017年版,第29—30页。

③ 崔卫平:《郭路生》//王晓明主编:《二十世纪中国文学史论》(下卷),东方出版社2003年版,第304页。

④ 郑先:《未完成的篇章——为纪念〈今天〉创刊十五周年而作》//王晓明主编:《二十世纪中国文学史论》(下卷),东方出版社2003年版,第312页。

⑤ 郑先:《未完成的篇章——为纪念〈今天〉创刊十五周年而作》// 王晓明主编:《二十世纪中国文学史论》(下卷),东方出版社2003年版,第326页。

提供了个人化、风格化的聚焦点，而令人耳目一新的意象和意象间的审美张力则构成意识冲突戏剧性的对象化，这一切既是个体的，又是集体的，如北岛、江河诗中的'纪念碑'和'墓志铭'意象，本身隐含着一个集体形象，并揭示出诗人同一代人的共生关系。'新诗潮'运动在形式的历史上最终成为一次向'现代主义'的冲锋，但在经验的历史上却仍然是五四意识的回光返照"。①

　　20世纪80年代知识分子启蒙话语与主流意识形态话语曾有过一段"蜜月期"，文化思想界的讨论无不紧扣思想解放、拨乱反正的时代主题，切入政治权力中心，成为那时普通大众共同关心的重大问题。②"如果简单地认为中国当代'启蒙思想'是一种与国家目标相对立的思潮，中国当代'启蒙知识分子'是一种与国家对抗的政治力量，那就无法理解新时期以来中国思想的基本脉络。尽管'新启蒙'思潮本身错综复杂，并在80年代后期发生了严重的分化，但历史地看，中国'新启蒙'思想的基本立场和历史意义，就在于它是为整个国家的改革实践提供意识形态的基础的。中国'新启蒙知识分子'与国家目标的分歧是在两者之间的紧密联系中逐渐展现出来的。"③"崛起派"从"五四"新诗中继承了启蒙精神和个性解放，在特定历史时期，与改革开放的社会背景和思想解放的思想背景是一致的，与新时期的主流意识形态、国家民族的整体发展方向具有重叠性。只看到朦胧诗讨论中"崛起派"与"保守派"对峙的一面，而没有看到相通或一致的另一面，必然遮蔽许多历史真相，难以准确地认识和评价"崛起派"。

　　程光炜用更加宽阔的视野观照20世纪80年代文学思潮的历史评价问题，认为20世纪80年代文艺思潮"无论它们怎么反复、矛盾和出现不同的历史解释的结果，这些'小思潮'都是围绕着改革开放、走向世界这个'大思潮'而发生和呈现的。……影响到80年代'社会思潮'变局的是'思想解放'的价值模式，它是在与新知识分子精英集团的'互动情境'中被制度化的，这种制度化使后30年的中国社会结构尽管激荡不已，但最终仍然风平浪静"④。朦胧诗论争正是20世纪80年代重要的"小思潮"，这场多方参与的诗学论争尽管出现了多种不同声音，甚至是针锋相对的声音，但不会从整体上改变80年代社会思潮影响而形成的思想解放的价值模式。朦胧诗论争

　　① 张旭东：《论中国当代批评话语的主题内容与真理内容——从"朦胧诗"到"新小说"：代的精神史叙述》//王晓明主编：《二十世纪中国文学史论》（下卷），东方出版社2003年版，第359、360页。
　　② 参见陶东风：《新时期三十年人文知识分子的沉浮》，《探索与争鸣》2008年第3期。
　　③ 汪晖：《死火重温》，人民文学出版社2000年版，第55页。
　　④ 程光炜：《当代文学的"历史化"》，北京大学出版社2011年版，第106—107页。

不仅是在改革开放、思想解放的整体格局中展开的,而且在改革开放、思想解放这种"整体性"与"新知识分子精英集团"这样那样的"互动"过程中勃然而兴、骤然而息。因此,朦胧诗论争尽管在文学界和思想界掀起一阵硝烟、一时波澜,而终归于"风平浪静"。

(原载《宁波大学学报(人文科学版)》2021 年第 5 期,人大复印报刊资料

《中国现代、当代文学研究》2022 年第 2 期全文复印)

当代通俗文学的"规范化"管理尝试及其影响

　　以"五四"文学为开端的中国新文学,一直对通俗文学采取打压态势,甚至要将通俗文学"扫出文艺界以外"①。"封建思想与买办意识的混血种、半封建半殖民地十里洋场的畸形胎儿、游戏的消遣的金钱主义"②就像"三座大山"压在通俗文学家头上,将通俗文学打入冷宫。延安文艺时期,党和边区政府重点关注新文学,尽管对通俗文学管理有所涉及,尚没有形成整体性、规范化管理的理念和机制。新中国成立以后,以延安为中心的解放区领导、管理文艺的做法,在空间上放大了,权力话语更加强化了,中央和文艺主管部门出于建设新的共和国文学艺术的迫切要求,全方位对文学艺术进行"社会主义改造",出台了一系列文艺调整、改造和管控的政策文件,并按照行政化方式组织实施,形成了"中国特色"的管理理念和管理机制。③ 这些文件政策,开启了当代通俗文学"规范化"管理的序幕,既给当代通俗文学带来了新的发展机遇,也为当代通俗文学设置了新的规矩,引导、劝诱甚至强迫通俗文学写作和通俗文学批评,导致当代通俗文学在夹缝中寻求生存与发展,形成具有时代特色的通俗文学新格局。在当代通俗文学研究领域,许多学者注意到文艺政策、管理机制对当代通俗文学格局的巨大影响:汤哲声看到文艺政策对通俗小说整肃、精英文学视通俗小说不入流等现象,用"边缘耀眼"来概括当代 60 年通俗小说的发展④;李松用"被引导与被规训""被忽略与被挤压""肯定与否定的博弈"概括"十七年"通俗文学的生存状况⑤;

---

　　① 《文学》的《本刊改革宣言》曾说:"以文艺为消遣品,以卑劣的思想与游戏的态度来侮蔑文艺,熏染青年的头脑的,我们则认他们为'敌',以我们的力量,努力的将他们扫出文艺界以外。"(《文学》1923 年 7 月第 81 期)

　　② 范伯群:《我心目中的中国现代文学史框架》//《多元共生的中国文学的现代化进程》,复旦大学出版社 2009 年版,第 12 页。

　　③ 20 世纪 50 年代文件如《中共中央关于在文学艺术界开展整风学习运动的指示》(1951 年 11 月 26 日)、《中共中央宣传部关于文艺干部整风学习的报告》(1951 年 11 月 23 日)、《陆定一在中宣部通俗报刊图书出版会议上的总结报告》(1951 年 4 月 27 日)、《中共中央关于处理反动的、淫秽的、荒诞的书刊图画问题和关于加强对私营文化事业和企业的管理和改造的指示》(1955 年 5 月 20 日)、《文化部党组关于加强对于私营文化事业和企业的领导、管理和改造的请示报告》(1955 年 3 月 4 日)、《文化部党组关于处理反动的、淫秽的、荒诞的书刊图画问题的请示报告》(1955 年 3 月 4 日)等。

　　④ 汤哲声:《边缘耀眼:中国通俗小说 60 年》,《文艺争鸣》2011 年第 9 期。

　　⑤ 李松:《建国后十七年通俗文学的生存状况》,《东北大学学报(社会科学版)》2009 年第 1 期。

张均发现"通过新组织制度、出版制度发动了对鸳鸯蝴蝶派的打击,平、津两地鸳蝴作家受损严重"①。

一 思想与方向:文艺干部整风学习运动

1951年,中共中央意识到"在文艺工作的领导方面,存在有一种忽视思想、脱离政治、脱离群众、迁就资产阶级小资产阶级的倾向,使文艺战线发生混乱,在党的文艺干部中也发展着某些无组织无纪律的现象,极需加以纠正和整顿"②。问题的根源"是对毛主席文艺方针发生动摇,在某些方面甚至使资产阶级小资产阶级的思想影响篡夺了领导"③。问题主要表现在三个方面:"迁就资产阶级小资产阶级,放弃思想斗争和思想改造工作,缺少对思想工作的严肃性";"脱离政治,脱离群众";"严重的自由主义,缺乏批评与自我批评,缺乏学习"。中央提出从"纠正文艺脱离党的领导的状态""彻底整顿文联各个协会的工作""改善对电影工作的领导""整顿文艺刊物""对文艺界的资产阶级小资产阶级思想展开有系统的斗争"等五个方面开展文艺界干部整风活动。④ 1951年4月27日,陆定一从思想问题、报纸问题、通俗书刊和出版问题、画报问题、干部训练问题、发行工作问题和奖励问题等七个方面,对通俗文艺提出了具体要求:"一定要留出地位来给广大的工农群众。"⑤

按照中宣部的要求和布置,通俗文学方面的干部作家不断从思想上找差距,从出身上找根源,从工作方式上找问题,从影响上找错误:"我们这些同志,大都是小资产阶级出身,存在着浓厚的小资产阶级意识,常常用'灵感'式的方法来领导工作。这样就造成在具体工作中缺乏或放弃了思想领导,不能严肃地开展思想斗争的错误,增长了夸功、自满、自大的思想,形成创作上粗制滥造的作风。在某些地方投降了旧形式,不断地发生政治上的错误,在群众中散布了不良影响。"⑥全面检查错误,必然导致否定通俗文学

① 张均:《十七年期间的鸳鸯蝴蝶派作家》,《广东社会科学》2010年第1期。
② 《中共中央宣传部关于文艺干部整风学习的报告(一九五一年十一月二十三日)》//中共中央文献研究室编:《建国以来重要文献选编》(第二册),中央文献出版社1992年版,第462页。
③ 《中共中央宣传部关于文艺干部整风学习的报告(一九五〇年十一月二十三日)》//中共中央文献研究室编:《建国以来重要文献选编》(第二册),中央文献出版社1992年版,第463页。
④ 《中共中央宣传部关于文艺干部整风学习的报告(一九五一年十一月二十三日)》//中共中央文献研究室编:《建国以来重要文献选编》(第二册),中央文献出版社1992年版,第463—466页。
⑤ 《陆定一在中宣部通俗报刊图书出版会议上的总结报告》//袁亮主编:《中华人民共和国出版史料 第三卷:1951》,中国书籍出版社1996年版,第132—137页。
⑥ 《1955~1956年处理反动、淫秽、荒诞书刊工作及对私营书摊铺的安排改造》//朱庆祚主编:《上海图书馆事业志》,上海社科院出版社1996年版,第502—503页。

工作成绩,"好的少,坏的多。'填'的多,创作的少"①,"通俗文艺创作落后于现实斗争,落后于广大群众需要"②,运用旧形式、抄袭旧套子去形容新人物,"这些旧调调,旧形式,多半是在封建社会里创造出来的,适宜于表达悲伤、忧郁的感情,硬填上新事物的内容,新人物的生活,怎么也不相称,情调不合,叫人听了很难过"③。这样一来,通俗文学家的生存状态也就可想而知了。通俗文艺创作迅速向"群众化""故事性"方向发展,工农群众的文艺活动成为作家学习的标尺,工农不仅成为通俗文学的表现主体、阅读主体,也成为通俗文艺的创作主体,通俗文艺作家的主要任务是深入生活,搜集整理群众文艺作品,也在群众文艺的启发下写作一些"群众喜闻乐见"的故事性通俗作品。

二　改造与严管:武侠小说首当其冲

在文艺"社会主义改造"中,通俗文学所具有的"先天性""原罪",被有意、无意地放大,通俗文学的近、现代资源空间受到挤压。1955 年 5 月 20 日,中共中央下发了《中共中央关于处理反动的、淫秽的、荒诞的书刊图画问题和关于加强对私营文化事业和企业的管理和改造的指示》,明确提出:"反动的、淫秽的、荒诞的书刊图画,是传播封建阶级和资产阶级的反动的、腐朽的思想的主要方法之一,也是目前资产阶级对工人阶级实行思想进攻的重要工具之一。……坚决地有计划地有步骤地处理这类反动的、淫秽的、荒诞的书刊图画,是当前阶级斗争中必须完成的一项重要的政治任务。"④文化部党组制定出三个基本措施:(1)查禁,凡内容极端反动和极端淫秽的;(2)收换,淫秽的色情小说和荒诞的武侠图书;(3)保留,"五四"以前出版的图书、"五四"以后的一般新文艺作品、一般的侦探小说,以及其他不属于查禁和收换范围的一般图书。⑤

根据中央的统一布置,1956 年 1 月成立了"上海市图书杂志审查委员会",组织二十余人担任委员,经过审读、复审等过程,分为查禁类、收购调换

---

① 王亚平:《为彻底纠正通俗文艺工作中的错误而奋斗》,《人民日报》1951 年 12 月 25 日。

② 天明:《为什么停滞不前?》,《文艺月报》1953 年第 7 期。

③ 王亚平:《为彻底纠正通俗文艺工作中的错误而奋斗》,《人民日报》1951 年 12 月 25 日。

④ 《中共中央关于处理反动的、淫秽的、荒诞的书刊图画问题和关于加强对私营文化事业和企业的管理和改造的指示(一九五五年五月二十日)》//中共中央文献研究室编:《建国以来重要文献选编》(第六册),中央文献出版社 1993 年版,第 226—227 页。

⑤ 《文化部党组关于处理反动的、淫秽的、荒诞的书刊图画问题的请示报告(一九五五年三月四日)》//中共中央文献研究室编:《建国以来重要文献选编》(第六册),中央文献出版社 1993 年版,第 236—237 页。

类、基本上可不予处理的书刊等,对包括"内容荒唐的神怪武侠"在内的五类图书进行收购调换。这次行动"实际查禁、收换的旧连环画和旧小说书共计1559394册(150154.7斤),比较书刊办公室原估计的110余万册的数字,超过39%。在处理将告结束时,又组织审读组人员至全市书摊广泛搜集样本,并组织全体工作组人员和书摊人员进行了一次复查和互查,又复查出应予查禁、收换的坏书6千余斤"。[①]

1955—1956年的整顿旧书刊摊铺的工作,主要解决文化市场上封建主义旧文化和资产阶级文化侵袭、毒害人民群众的问题,对城市市民的阅读习惯是一场严峻挑战,一定程度上扫清了近现代通俗文学读物,"清空"近现代通俗文学的文化资源、读者受众、传播市场,武侠小说受到重创。

进入20世纪80年代之后,对武侠小说仍然从严管理。1985年3月《关于当前文学作品出版工作中若干问题的请示报告》明确规定,新武侠(包括港台新武侠)小说、旧小说以及据此改编的连环画,须专题报告文化部出版局批准后方能出版。5月,文化部出版局又发出通知,规定上述几类图书未经文化部出版局批准,新华书店不得征订,出版社不得交集体或个体发行单位批发,亦不得自办批发;要求各有关出版社必须进一步端正指导思想,对从严控制新武侠小说等图书的出版予以高度重视,并视之为是否执行党的出版方针的一个标志。[②] 1988年6月14日,《新闻出版署关于重申新武侠小说、古旧小说需要专题报批的通知》中重申"新武侠小说(指台港澳及海外华人创作的)、古旧小说(指清代以前和民国时期的旧派侠义、公案、言情、社会政治小说等),以及根据这两类书改编的评书、连环画,均需专题报批"[③]。

如果说20世纪50年代处理反动、淫秽、荒诞书刊的行动中,旧武侠小说被查禁、收购调换的话,那么,80年代"从严控制"的就是新武侠小说。武侠小说作为通俗文学中一种颇有影响力的类型,在四十年时间内,受到不间断的查禁、严控,居然还能够生存下来,甚至出现一度热潮,让我们看到文学管理机制和文学阅读机制长期"角力"拉锯的奇妙结果。值得玩味的是,这种"角力"不仅出现在大陆,台湾也经历了类似的局面,"暴雨专案"针对的就

① 《1955~1956年处理反动、淫秽、荒诞书刊工作及对私营书摊铺的安排改造》//朱庆祚主编:《上海图书馆事业志》,上海社科院出版社1996年版,第502—503页。
② 《文化部关于重申从严控制新武侠小说的通知(1985年6月18日)》//中国出版工作者协会编:《中国出版年鉴1986》,商务印书馆1986年版,第237页。
③ 《新闻出版署关于重申新武侠小说、古旧小说需要专题报批的通知(1988年6月14日)》//中华人民共和国新闻出版署政策法规司编:《中华人民共和国现行新闻出版法规汇编(1949—1990)》,人民出版社1991年版,第216页。

是特定类型的作品(武侠小说)展开查禁的一项工作。"七成以上是旧派武侠小说家的作品,从平江不肖生到还珠楼主、白羽、王度庐、郑证因、朱贞木等五大家,无一幸免;金庸、梁羽生及蹄风(东海渔翁)、我是山人、江一明等香港作家的作品占二成多;台湾早期作家如向梦葵等人的作品,则仅占极少部分。"①几乎完全不同的两种意识形态、两种社会制度,面临迥然不同的内部和外部生态环境,均对武侠小说进行查禁、严控,是否说明两个层面的问题:其一,武侠小说(无论旧武侠小说还是新武侠小说)确实存在严重"犯禁"空间;其二,大陆和台湾两种不同的意识形态,其中有一些共通性的东西。

三 调整与检讨:赵树理及其《说说唱唱》

地方文艺刊物"说唱化"调整是"整顿文艺刊物"的一项具体工作,"以改造的民间口语文学(所谓革命通俗文艺)来改造知识分子的书面文学传统,并最终在很大程度上达到了它的目标"②。文艺管理部门"运用国家强力实现了文艺上的通俗一体化格局"③,彻底改变知识分子的私人化写作,把文艺(特别是通俗文艺)变成党和国家的"螺丝钉"。当时,对地方文艺刊物不仅提出了群众性、地方性、通俗性的要求,而且要求"有计划、有步骤地从群众中培养出一批新的文艺活动积极分子,新的工农作家和初学写作者,来推动群众性的文艺运动的开展"④。《文艺报》用读者来信的方式,批评一些地方文艺刊物忽视群众革命热情、远离火热的社会主义建设等现象。⑤ 李晴认为"通过文艺形式,正确、及时地反映党和人民政府的政策,是通俗文艺刊物的首要任务",要求通俗文艺"以高度的思想性去教育广大人民群众,更真实、更本质地反映出现阶段革命斗争的主导方向,给予他们以生动的、深刻的爱国主义思想教育,鼓舞他们为创造幸福的生活而斗争"。⑥

在这次调整中,针对赵树理主编的《说说唱唱》的批评尤其尖锐,有些人直接批评"《说说唱唱》编辑部,对于人民生活中的新鲜事物还缺乏敏感,对

---

① 叶洪生、杜保淳:《台湾武侠小说发展史》,台北远流出版事业股份有限公司 2005 年版,第139 页。

② 周敏:《地方文艺刊物的"说唱化"调整及其困境(1951—1953)——兼与张均教授商榷》,《文学评论》2014 年第 6 期。

③ 肖进:《一九五〇年代第一次文艺调整和通俗格局的建构》,《当代作家评论》2012 年第 3期。

④ 敏泽:《办好文艺刊物》,《文艺报》1950 年第 8 期。

⑤ 嘉季等:《对地方文艺刊物的意见》,《文艺报》1953 年第 7 期。

⑥ 李晴:《提高通俗文艺刊物的思想性——读最近几期的〈翻身文艺〉与〈郑州文艺〉》,《文艺报》1951 年第 4 期。

于自己所负的重大任务的认识还不明确,而在如何更好地满足群众的要求上,还是缺乏应有的努力的"①。《文艺报》发表批判文章,认为《金锁》人物形象不够真实,是对劳动人民的侮辱。面对来自多方面的批评、批判,赵树理有正面争辩,也有深刻检讨。他在《文艺报》发表《〈金锁〉发表前后》反驳针对《金锁》的批判之后,也反思自己"不懂今日的文艺思想一定该由无产阶级领导",发表歪曲农民形象的小说《金锁》,《武训问题介绍》故意把"阶级"观点字样避开,用单纯经济观点宣传《种棉记》。② 1953 年第 1 期《说说唱唱》发表了《一个新的开始》③,为这个"小小的刊物"定下三个任务,都是在继续检讨、吸取教训的基础上,提出的新设想。

在解放区文艺时期,赵树理曾经作为《讲话》后的"方向",被肯定的是作家与群众的联系,作品的通俗化、民间化特征;而到了 20 世纪 50 年代,恰恰是在群众性、通俗性方面,被批评、批判。不仅赵树理心中有委屈、不解,许多通俗文学作家也存在同样的心理,原因肯定是多方面的,其中关于群众性、通俗性的理解产生龃龉,作家个人化写作与国家意识形态出现错位,是主要原因。就此而言,陈思和的论述富有启发性:"成也民间、败也民间,这就是一个被誉为是《讲话》以后代表着文艺'方向'的作家所走过的道路。从向林冰的'中心源泉论'被批判到赵树理'民间文艺正统论'的悲剧下场,总算让人弄明白了,政治权威提倡的和民间自在的文化艺术毕竟不是一回事。"④

四 欣喜与呼声:通俗文艺家的心态变化

近代以来,中华民族多灾多难,新中国成立后,人民当家作主了,通俗文艺家发自内心地欣喜,和全国人民一起欢呼新时代,期待更美好的未来,充满信心地走上社会主义文学道路。带着这份欣喜和期待,通俗文艺家积极响应党的号召,自觉听从组织召唤,愿意用自己的写作服务新时代,和共和国一起成长。

大众诗歌的写作者首先按捺不住热情与浪漫,当 1950 年春天来临之际,他们感觉到"中国的人民大众,第一次真正有了自己的春天",诗人们要

① 陈骢:《提高通俗文艺刊物的质量——评北京文艺刊物调整后的〈说说唱唱〉》,《文艺报》1952 年第 9 期。

② 赵树理:《我与〈说说唱唱〉》,《说说唱唱》1952 年第 1 期。

③ 《说说唱唱》社:《一个新的开始》,《说说唱唱》1953 年第 1 期。

④ 陈思和:《民间的沉浮:从抗战到文革文学史的一个解释》//王晓明主编:《批评空间的开创——二十世纪中国文学研究》,东方出版中心 1998 年版,第 226 页。

走出"为着把革命进行到底,实现新民主主义的社会而奋斗",他们宣告:"这是诗的时代,诗歌创作的高潮到来了。"①时代热潮激荡着通俗文艺作家,许多知名的通俗文艺家响应组织号召,发挥自己的专长,主动配合党的中心工作。《说说唱唱》组织记者深入农村,调查、推进农村说唱活动,"配合中心任务,扩大宣传婚姻法"②。60年代的新故事活动"从一开始,就成为社会主义思想战线上兴无灭资、生动地进行阶级教育的锐利武器,对三大革命运动起了有力的推动作用"③,通俗文艺家们从政治斗争的高度理解新故事活动,积极配合党的号召,走进农村,促进农村新故事活动。

热情赞颂、积极配合,并不意味着通俗文艺家心情舒畅、生活如意。实际上,相对于新文学家而言,通俗文艺家有着更多的委屈、不解和怨言,他们的生态环境比新文学家更加艰苦。因此,他们也有更多、更为底层的呼声。1957年10月,通俗文艺出版社邀请部分通俗文艺家召开了一次研讨会,参加会议的有陈慎言、张友鸾、张恨水、李红、王亚平、苗培时、金受申、金寄水等20人,集体发出"通俗文艺作家的呼声"④,表达了"冤屈"和"不平"。

"瞧不起通俗文艺"主要是针对文学管理层和新文学界而言的,"通俗文艺和通俗文艺作家在社会上受人轻视,在文学领域内,没有一席之地",章回小说家往往被看作旧文人,张恨水先生因此被排斥在1954年北京市文联理事之外,而且通俗文艺出版社也受到歧视。"在棍棒下讨生活"是针对文艺批评界而言的,抱怨文艺批评界对通俗文学的特殊性质、特点没有深刻理解,往往套用新文学观念批评通俗文学,"把公式化、概念化加到通俗文艺的头上,好像文艺作品的公式化、概念化是由通俗文艺制造出来的"。通俗文艺家面对批评的时候,往往处于"无语"状态,即使写出反批评文章,也发表不出来,"没有申辩的机会"。"定额高,稿费低"明确指向行政主管部门,与新文学作品比较,通俗文学的出版定额太高,稿费太低,要求管理部门也要尊重通俗文学家的劳动。张恨水抱怨《白蛇传》十万册一个定额,难以拿到第二次稿费,张友鸾说"章回小说作家并不是一个晚上就写几十万字",李红介绍写作《杜甫》时,参考了100多种书。尽管文章用了这么一句话:"他们有权利要求公平的待遇!"但通俗文学家还不敢提出与新文学家、新文学作品同等待遇,而是要求适当提高通俗文学家的待遇。通俗文艺家抱怨"出版社对作家是不够尊重的,乱删作品的现象很多",甚至连一些约定俗成的"套

① 《大众诗歌创刊了》,《大众诗歌》1950年创刊号。
② 金陡:《魏山区群众说说唱唱的经验》,《说说唱唱》1952年第3期。
③ 左查:《蓬勃开展的上海农村新故事运动》,《文艺报》1965年第7期。
④ 木杲:《通俗文艺作家的呼声》,《文艺报》1957年第10期。

语",如"话说""且听下回分解"都删除了,他们特别不能认同人民文学出版社把《红楼梦》中的"西江月"也删除了,失去了章回小说应有的风貌。

(原载《宁波大学学报(人文科学版)》2018 年第 5 期)

当代大众通俗文学三次"革命"及其评价

20世纪80年代,在"改革开放""思想解放"的时代语境下,中国通俗文学开始复苏,引发学术界对通俗文学的关注。进入90年代以后,首先是由金庸及其武侠小说热引发"一场静悄悄的文学革命",其次是由当代通俗文学批评引发的"一次文学史革命",再次是由网络文学兴起所引发的"一场伴随着媒介革命的文学革命"。这三次文学批评的"革命"不仅要求建构大众的通俗文学、网络文学的批评机制和批评标准,而且对以"严肃文学""纯文学"为主要批评对象的精英文学批评机制和批评标准,提出了严峻挑战,要调适、矫正、修补启蒙文学立场,反思文学性和现代性的文学批评标准,建构能够容纳大众的通俗文学、网络文学的文学批评机制,形成主流文学、精英文学、通俗文学、网络文学"共生""并存"的当代文学格局。与此同时,也有许多学者发现仅用"人的文学""启蒙的文学"无法全面描述当代文学史,应该建构平衡"人的文学"与"人民文艺"的文学史,文学批评应该实现由"二元对立"向"关系主义"的转变。

一 "一场静悄悄的文学革命"

"在某种意义上,'鲁郭茅巴老曹'已成为中国现代文学史的一个神话,一个不容置疑的经典。"[①]从王瑶先生的《中国新文学史稿》开始,形成了中国新文学的经典作家的稳定型结构。美籍华人夏志清的《中国现代小说史》关于张爱玲、沈从文和钱钟书的论述,曾引起大陆学术界的普遍关注,部分学者对新文学经典作家谱系产生过"松动"。进入90年代以后,由金庸热引发的文学大师"排名",真正触动了"鲁郭茅巴老曹"谱系,引发文学批评观念和批评机制的变化。

1994年10月25日,严家炎在北京大学聘任金庸为名誉教授的仪式上,发表了《一场静悄悄的文学革命》演讲,提出"金庸的艺术实践又使近代武侠小说第一次进入文学的宫殿。这是另一场文学革命,是一场静悄悄地进行着的革命。金庸小说作为20世纪中华文化的一个奇迹,自当成为文学

---

① 程光炜:《"鲁郭茅巴老曹"是如何成为"经典"的?》,《南方文坛》2004年第4期。

史上光辉的篇章"①,在内地和香港学术界引起巨大波澜,成为"金庸小说与20世纪中国文学"学术讨论的直接导火线。1994年,王一川主持"二十世纪中国文学大师文库"(小说卷),"按照语言上的独创性""文体上的卓越建树""表现上的杰出成就""形而上意味的独特建构"②等标准,推出20世纪中国小说大师及其作品,武侠小说家金庸高居第四位。王一川认为:"武侠小说到了金庸手上,实际变成了中国古典文化神韵的一种现代重构形式。这种现代新武侠小说的出现,本身就标志着中国武侠小说在文化境界上的崭新拓展,并在总体上上升到一个前所未有的新高度,也推动了现代中国小说类型的丰富和发展。金庸,借武侠小说重构中国古典神韵的现代大师。20世纪中国小说史长期没有金庸的现象不应再持续下去了。"③有学者看到:"金庸的出现为大陆学者打破几十年来文学研究的狭隘视角,提供了可供言说的话题,并强烈冲击乃至颠覆了'鲁、郭、茅、巴、老、曹'等长期主导现代文学的超稳定结构。"④"金庸的小说的出现,对我们的现代文学研究提出了严峻的挑战。"⑤这种挑战是全方位的,既包括文学批评观念、文学批评标准、文学趣味和文学阅读习惯的改变,也包括中国现代文学史观念、20世纪中国文学经典重构和20世纪文学大师的重新确认。金庸武侠小说的成功,不仅对20世纪中国文学传统、文学经验和多元化文学资源进行重新"考量","也给后来者提出巨大的挑战"⑥。

　　一石激起千层浪,王一川把金庸列入高位的排名,也遭到许多学者质疑,有些学者表示"拒绝金庸"⑦"金庸武侠小说神话的终结"⑧,反对把《福布斯》商业排行榜移植到文学⑨。有学者批评"对金庸的吹捧有随意乱捧的现象,缺乏正确的理论标准和价值标准,甚至有招揽市场、哗众取宠之嫌"⑩,

---

① 严家炎:《一场静悄悄的文学革命——查良镛获北京大学名誉教授仪式上的贺词》//《严家炎全集·金庸小说论稿》,新星出版社2021年版,第221页。

② 王一川:《世纪的跨越——重新审视20世纪中国文学》//王一川主编:《二十世纪中国文学大师文库·小说卷》(上),海南出版社1994年版,序第1—5页。

③ 王一川:《我选二十世纪中国小说大师》,《文学自由谈》1994年第4期。

④ 吴秀明、黄亚清:《金庸武侠小说与地域文化的现代性构建——兼谈地域文学在一体化进程中的文化对应策略》,《中山大学学报(社会科学版)》2010年第2期。

⑤ 钱理群:《金庸现象引起的文学史思考——在杭州大学"金庸学术讨论会"上的发言》,《通俗文学评论》1998年第3期。

⑥ 陈平原:《超越"雅俗"——金庸的成功及武侠小说的出路》,《当代作家评论》1998年第5期。

⑦ 鄢烈山:《拒绝金庸》,《南方周末》1994年12月2日。

⑧ 骆爽:《金庸武侠神话的终结》,《为您服务报》1995年9月21日。

⑨ 李庆西:《作家的排座次》,《文艺评论》1995年第1期。

⑩ 林焕平:《关于文坛重排座次的问题》,《文艺理论与批评》1995年第3期。

认为"把茅盾拉下来,由沈从文、金庸取代郭、茅的位置,那就近乎荒唐了。这实际上仍然是一种政治偏见,离开了作家所处的时代和历史背景,也没有真正以审美价值评价一个作家"①。袁良骏表示"武侠小说泛滥、吹捧金庸成风更惹起了我的极大反感"②,认为"民国时期的武侠小说……无疑是一股文学逆流。当代港台新武侠小说则更是表现出明显的低俗化倾向"③。他罗列武侠小说"六大痼疾":(1)总体构思的公式化、概念化、模式化;(2)脱离现实生活,不食人间烟火,云苦雾罩,天马行空;(3)刀光剑影,打打杀杀,血流成河,惨不忍睹;(4)戏说历史,以假乱真;(5)拉帮结派,江湖义气,污染社会,毒害青年;(6)拉杂、啰嗦、重复、没完没了、又臭又长。④ 金庸武侠小说中的那些"内功",纯粹是巫术邪祟,完全是一种消极浪漫主义的产物,丝毫不值得肯定;金庸模仿平江不肖生、还珠楼主;一些学者大师吹嘘金庸武侠小说的"文化品位",实在是看走了眼;金庸笔下的爱情描写既充满封建性又富于色情,不健康,有些则是黄色下流的。他直接批评严家炎"带头成了品位不高的金庸武侠小说的吹鼓手,成了金庸武侠小说泛滥成灾的推波助澜者"⑤。

多年后,有学者对"纯粹审美"标准进行反思,提出了具有建设性意见:"以纯粹的审美眼光无法解释文学经典的生产过程,文学经典的命运常常折射出一个特定时代、民族、群体的文化态度与意识形态的立场,以及在其背后文学生产体制的差异。经典并不是一个'纯文学'的概念,它脱离不了自身的'历史语境'。"同时提出:"如何评价当代文学的价值和意义,则需要重构当代文学观念,反思现代性和文学性的评价标准,坚持历史化与经典化相统一的原则,特别是需要明晰社会主义文学与当代文学、当代文学与世界文学的复杂关系,确立作为文学资源的当代文学理念,由此承担文学传统的历史使命,发挥文学经典化的导向作用。"⑥

许多学者主张"把金庸还给文学史",在新文学史的坐标中寻找金庸为代表的通俗小说的地位,"打通了文学的雅俗界限";"金庸提高通俗文学品位并且使之向纯文学靠拢的努力"⑦,在地域文化的现代性建构中提供"金

① 陈辽:《且说"文学大师"》,《茅盾研究》1999年第七辑。
② 袁良骏:《与彦火兄再论金庸书》,《华文文学》2005年第5期。
③ 袁良骏:《武侠小说的历史评价问题》,《南通师范学院学报(哲学社会科学版)》2002年第2期。
④ 袁良骏:《再说雅俗——以金庸为例》,《中华读书报》1999年11月10日。
⑤ 袁良骏:《学术不是诡辩术——致严家炎先生公开信》,《香江文坛》(香港)2000年第8期。
⑥ 王本朝:《历史化与经典化:中国当代文学评价问题》,《求是学刊》2011年第6期。
⑦ 鉴春:《金庸:从大众读者走进学术讲坛——杭州大学金庸学术研讨会综述》,《杭州大学学报》1997年第4期。

庸经验"①。钱理群认为金庸小说对于"重新认识与解构 20 世纪文学史的历史叙述"具有整体性意义:"从两种体式——新诗与旧体诗词,话剧与传统戏曲,新小说与通俗小说的相互对立与渗透、制约、影响中,去重新考虑与研究本世纪中国诗歌、戏剧和小说的历史发展——这不仅是研究范围的量的扩展,而且在'彼此关系'的考察这一新的视角中,将会获得对本世纪文学发展的某些质的认识。"②严家炎先生认为金庸小说解决了文学上雅与俗对峙的宏观视野中,在创作理念、文学想象、白话小说形式和小说境界等四方面的经验,"对中国文学的发展,都具有根本性的意义。"③李陀称金庸"为现代汉语创造了一种新的白话语言","是一个伟大写作传统的复活"。④ 陈墨认为金庸小说对 20 世纪中国文学的独特贡献,不仅表现在其对武侠小说传统价值体系的成功改造、崭新的人文思想主题的提炼及深刻的人生艺术境界的创造与拓展等方面,而且还表现在独特的想象方式、完善的长篇小说叙事规范及其成熟幽默的民族文学语言艺术。⑤

回应金庸及其武侠小说对 20 世纪 90 年代文学批评和文学史研究的全方位挑战,就不能不对 20 世纪中国文学传统、文学经验和多元化文学资源进行新一轮"考量"。陈平原先生认为:"武侠小说中'侠'的观念,……是一种历史记载与文学想象的融合、社会规定与心理需求的融合,以及当代视界与文类特征的融合。"⑥"金庸的成功,既是武侠小说的光荣,也给后来者提出巨大的挑战。""武侠小说的出路,取决于'新文学家'的介入(取其创作态度的认真与标新立异的主动),以及传统游侠诗文境界的吸取(注重精神与气质,而不只是打斗厮杀)。"⑦

能否建构一种容纳金庸等通俗文学的文学史评价体系和叙述逻辑? 这既是 20 世纪 90 年代诸多中国当代文学史、中国现代文学史、中国新文学史写作面临的难题,也是通俗文学评判机制建构的突破口。金庸的武侠小说及其影响,对既有中国现代文学研究和文学史叙述提出严峻挑战,这不仅是

① 吴秀明、黄亚清:《金庸武侠小说与地域文化的现代性构建——兼谈地域文学在一体化进程中的文化对应策略》,《中山大学学报(社会科学版)》2010 年第 2 期。

② 钱理群:《金庸现象引起的文学史思考——在杭州大学"金庸学术讨论会"上的发言》,《通俗文学评论》1998 年第 3 期。

③ 严家炎:《文学的雅俗对峙与金庸的历史地位》,《西南师范大学学报(人文社会科学版)》2004 年第 5 期。

④ 李陀:《一个伟大写作传统的复活》//林丽君编:《金庸小说与二十世纪中国文学国际学术研讨会论文集》,(香港)明河社出版有限公司 2000 年版,第 29—33 页。

⑤ 陈墨:《金庸小说与二十世纪中国文学》,《当代作家评论》1998 年第 5 期。

⑥ 陈平原:《千古文人侠客梦——文学作品中的侠》,《文艺评论》1990 年第 1 期。

⑦ 陈平原:《超越"雅俗"——金庸的成功及武侠小说的出路》,《当代作家评论》1998 年第 5 期。

文学史研究视野的调整问题,更需要智慧地处理新文学与通俗文学的关系,需要辩证地处理作为主流的"社会主义文学"(王本朝语)、精英文学和大众通俗文学的关系,需要开放地容纳大陆(内地)文学、台湾文学、香港文学等不同社会政治经济文化语境下的"文学空间"。首先面临的问题是反思"五四"新文学对待通俗文学的态度,调整20世纪50年代形成的以"左"为主的政治主导的文学史,调整80年代形成的以知识分子精英精神与启蒙话语为主导的文学史,改变"二元对立"的"斗争""对抗"思维,建构"多元共生"的文学史。

二 "一次文学史革命"

通俗文学入史"将影响中国现代文学的整体格局,其重要性不亚于一次文学史革命"①。如果说,阐释金庸的意义和价值,引发对中国现代文学史观念和文学史叙述格局的整体性反思,是由"当下性"问题向文学史、文化史、美学精神方向移动,那么,范伯群等学者深入挖掘被"五四"新文学压抑已久的近现代通俗文学资源,提出"两翼齐飞""多元共生"的中国现代文学史叙述格局,就是由文学史研究为当下性问题解决提供丰富的历史资源。来自金庸的挑战和来自中国近现代通俗文学研究的挑战,在中国当代通俗的、大众的文学评判机制问题上,形成交叉与合流,有力地推动了探寻中国当代通俗文学评价机制的工作。

范伯群先生的《中国近现代通俗文学史》和《中国现代通俗文学史(插图本)》以翔实的史料、求实的精神、精细的文本解读和宽阔的研究视野,完整地叙述了近现代通俗文学发展线索,并提出"知识精英文学与大众通俗文学双翼展翅翱翔"②的文学史观。在范先生心目中,"中国现代文学应该造成一个知识精英文学与市民大众文学双翼展翅翱翔的大好局面,这才是一个生态平衡的文学天地,也才能发挥文学的多种功能,满足全民的多种与多重需求"③。中国现代文学史应该突破"新文学"唱独角戏的文学,继承中国现代文学多元化的丰富而厚重的遗产,把中国现代文学现代化进程中的丰富性、复杂性和多样性展示给广大读者。范伯群先生的中国近现代通俗文学

---

① 汤哲声:《通俗文学入史与中国现代文学格局的思考》,《中国现代文学研究丛刊》2013年第1期。

② 范伯群:《我心目中的中国现代文学史框架》//《多元共生的中国文学的现代化历程》,复旦大学出版社2009年版,第17页。

③ 范伯群:《"过客":夕阳余晖下的彷徨》//范伯群:《填平雅俗的鸿沟——范伯群学术论著自选集》,江苏教育出版社2013年版,第695页。

研究,与李欧梵关于晚清"公共空间""批评空间"的研究[①]、王德威的"被压抑的现代性"[②]形成呼应关系,共同影响了文学研究和文学批评。范伯群"在文学史理论和观点上进行了系统的探索,并具有多方面的突破"[③],从文学史层面回应了晚清"批评空间"和"被压抑的现代性"问题,"其意义不仅在于填补了中国近现代文学史上的空白,它还完善了文学史研究的科学体系,更新了文学史研究领域中的某些观念,改变了现代文学史的编写格局"[④]。当然,"两个翅膀论"也受到学术界的质疑,袁良骏先生认为:"两个翅膀论"是"错误的理论,根本无法成立","绝对是历史的倒退"[⑤],是"为低俗文学鸣锣开道"[⑥]。"'两个翅膀论',实际上是一个否定五四文学革命,吹捧民国期间的旧武侠小说,为'鸳蝴派'翻案的似是而非的错误理论。"[⑦]袁良骏旨在维护"五四"开创的中国新文学"绝对权威",维持既有中国现代文学史的整体格局,坚持"五四"新文学对通俗文学的基本评价,并且"警惕"晚清民初文学研究中,国内研究界与国际研究界的"合流"。

范伯群等学者的近现代通俗文学研究,引领、激发一批学者"顺流而下",开始系统研究中国当代通俗文学,探索将当代通俗文学纳入中国当代文学史叙述的路径。汤哲声先生提出"边缘耀眼"的观点,就是其中的代表。鉴于"进入20世纪以后中国通俗小说就一直处于被批判的状态",汤哲声先生要求"建立'通俗小说的语境'和批评标准"。[⑧] 他认为市场化、媒体化、影视化和世界性的基本语境,深刻地影响着当代通俗小说的价值取向,使当代通俗小说成为传统文化、中国新文化、世界流行文化的混合体,更侧重于表现人的自然性,包含着"愉悦消遣之中的人生启蒙"和"创作态度的严肃"。都市形成、媒体发达、市民意识和本土形态构成当代通俗小说的基本特征,媒体和市场直接决定了通俗文学作家的社会身份、创作观念和美学观念,现

---

① 李欧梵:《"批评空间"的开创——从〈申报·自由谈〉谈起》//王晓明主编:《批评空间的开创——二十世纪中国文学研究》,东方出版社1998年版,第101—117页。

② 王德威:《被压抑的现代性——晚清小说的重新评价》//王晓明主编:《批评空间的开创——二十世纪中国文学研究》,东方出版社1998年版,第118—155页。

③ 陈思和:《序:范伯群教授的新追求和新贡献》//范伯群:《多元共生的中国文学的现代化历程》,复旦大学出版社2009年版,序第2页。

④ 贾植芳:《反思的历史 历史的反思——为〈中国近现代通俗文学史〉而序》//范伯群:《填平雅俗的鸿沟——范伯群学术论著自选集》,江苏教育出版社2013年版,第703页。

⑤ 袁良骏:《"两个翅膀论"献疑——致范伯群先生的公开信》,《文艺争鸣》2002年第6期。

⑥ 袁良骏:《"两个翅膀论":一个似是而非的错误理论——再致范伯群先生》,《汕头大学学报(人文社会科学版)》2005年第3期。

⑦ 袁良骏:《五四文学革命与"两个翅膀论"》,《南都学坛(人文社会科学学报)》2004年第6期。

⑧ 汤哲声:《边缘耀眼:中国通俗小说60年》,《文艺争鸣》2011年第9期。

代大众传媒对中国通俗小说叙述模式的深刻影响，规约着通俗小说的情节、结构、对话、语言和人物的走向，形成了通俗小说的创作模式。当代通俗文学的取向和基本特征，决定通俗文学入史"将影响中国现代文学的整体格局，其重要性不亚于一次文学史革命"。

汤哲声将60年来不同政治文化语境下产生的不同文化品性的通俗小说放置在一起，既可见大陆（内地）、台湾和港澳各自发展的景观，又呈现大陆（内地）、台湾、港澳通俗小说的互动与互融，从文化形态与文学精神"并置"的视角，解读了台湾通俗小说、香港通俗小说之于中国当代通俗小说的启蒙价值和"补充"意义。港台通俗小说不仅最大限度地弥补了20世纪50—80年代内地（大陆）通俗小说的凋零与荒芜，而且，对内地（大陆）通俗小说80年代"复苏"起到催生作用。这种"整合"中国当代通俗小说"空间"的做法，与陈思和先生"中国新文学整体观"的思路不谋而合[①]，将台港澳文学有机地融入中国当代文学的各个时间段中，体现空间与时间的高度契合，是一次具有建设性的尝试，对中国当代文学史建构具有启发意义。

当代通俗文学批评竭力调整和矫正主流意识形态批评和精英文学批评机制，要求建立通俗小说的语境和批评标准。受到"五四"新文学对通俗文学整体评价的深刻影响，进入当代文学时期，通俗文学"在文学领域内，没有一席之地"，一方面"党支持得不够"，一方面文学批评用新文学标准对待通俗文学，把"概念化、公式化、粗制滥造"的帽子扣在通俗文学头上，通俗文学家感觉到"在棍棒下讨生活"[②]，作为现代通俗文学代表的鸳鸯蝴蝶派作家，在"十七年"时期遭遇"制度性遗忘"，沦入"'卖文为生'的尴尬"。[③] 主流意识形态对于文学功能的规定与通俗文学本身的娱乐性明显冲突，导致通俗文学一直处于"被引导与被规训""被忽略和被挤压"地位。[④] 80年代尽管出现了通俗文学"空前的繁荣"，成为"一个新的、引人注目的文学现象"[⑤]，但仍然有许多作家和学者坚持"五四"新文学精神和"革命的现实主义文艺"批评标准评价通俗文学，认为通俗文学"严重地影响了我国社会主义文学艺术

① "1949年以后，大陆和台湾成为新的对峙区域，而从文学上说，则是抗战时期的大后方国统区文艺与抗日民主（族）根据地文艺的延续，战时的许多特征依然制约着文学。而两者之间的香港地区，则保持了特殊的殖民地文化特点，虽然与日本侵略军占领下的沦陷区有本质的差异，但在文学上却延续了四十年代上海都市文学的民间精神，逐渐形成言情、武侠和科幻鬼怪鼎立的现代文学读物主潮。"陈思和：《中国新文学整体观》，上海文艺出版社2001年版，第12页。
② 木杲：《通俗文艺作家的呼声》，《文艺报》1957年第10期。
③ 张均：《十七年期间的鸳鸯蝴蝶派作家》，《广东社会科学》2010年第1期。
④ 李松：《建国后十七年通俗文学的生存状况》，《东北大学学报（社会科学版）》2009年第1期。
⑤ 鲍昌：《试论当前的通俗文学》，《天津社会科学》1985年第1期。

的健康道路"①。鉴于"精英文学"对现当代通俗文学的"历史渊源、文化特征、美学特征并不了解",通俗文学批评家汤哲声呼吁"明确现当代通俗小说创作观念的合理性和科学性,并在此基础上建立'通俗小说的语境'和批评标准",要求充分考虑市场化、媒体化、影视化和世界性的基本语境,准确把握都市形成、媒体发达、市民意识和本土形态等当代通俗小说的基本特征,凸显媒体和市场对通俗文学作家的社会身份、创作观念和美学观念及通俗小说叙述模式的深刻影响,实现通俗文学批评与主流意识形态批评、精英文学批评都有"各自的特点"的平等对话,建构符合通俗文学语境和特征的文学批评机制和文学批评标准。②

三 "伴随媒介革命的文学革命"

20世纪90年代后半期,随着电子信息技术迅猛发展和多媒体应用硬件软件的海量开发,网络文学很快占据了文学市场的大片河山,"显示了一个新的文学世界的崛起"③。网络文学引发当代文学格局的深刻变化,对传统的精英文学和通俗文学都产生了巨大冲击,"是一场伴随媒介革命的文学革命"。"网络革命不但打破了精英文学—大众文学之间等级秩序,而且根本取消了这个二元结构。在'网络性'的主导下,未来的网络文学将不再分'精英文学'和'大众文学',只有'主流文学'和'非主流文学','大众文学'和'小众文学'。"④

如何把握网络文学生产、传播、消费机制与传统文学生产、传播、消费机制的关系,解读网络文学对传统文学的强势冲击,是网络文学批评首先必须面对的问题,也是网络文学批评家和传统精英文学批评家争论的焦点,形成了"危机""转型"和"忧虑与期待"三种不同的批评姿态和学术观点。邵燕君认为网络文学"革命"必然引发传统文学生产机制的危机和新媒体文学生产机制的形成⑤,必然引发"新文学传统的断裂和'主流文学'重建"⑥,"由精英启蒙、教育、引导大众的历史时期已经终结"⑦。她主张建立"我时代"这一

---

① 姚雪垠:《论当前通俗文学》,《文艺界通讯》1985年第9期。
② 汤哲声:《边缘耀眼:中国通俗小说60年》,《文艺争鸣》2011年第9期。
③ 王晓明:《六分天下:今天的中国文学》,《文学评论》2011年第5期。
④ 邵燕君:《网络文学的"网络性"与"经典性"》,《北京大学学报(哲学社会科学版)》2015年第1期。
⑤ 邵燕君:《传统文学生产机制的危机和新型机制的生成》,《文艺争鸣》2009年第12期。
⑥ 邵燕君:《网络时代:新文学传统的断裂与"主流文学"的重建》,《南方文坛》2012年第6期。
⑦ 邵燕君:《网络文学的"网络性"与"经典性"》,《北京大学学报(哲学社会科学版)》2015年第1期。

网络时代意识形态,通过"悦己"这把钥匙,开启网络小说的心门——YY 情结,与"五四"新文学以来强调严肃性的文学传统发生断裂,以网络性和"类型化"为核心,重新遴选文学经典,颠覆或瓦解精英文学史中"经典序列"的文学价值。欧阳婷等从主体身份良莠不齐的复杂构成、创作范式的"无障碍"、传媒市场的文化推力、价值认同标准上对抗文学高度和基础学理层面上搁置或消解传统文论的逻辑起点等五个方面,分析了网络文学引发的"文学自律危机"①。欧阳友权着眼于数字媒介与中国当代文学转型的互动关系,认为数字媒介"通过文学的生存背景和表意体制两个核心层面"影响着中国当代文学的转型,扮演"消解"与"启蒙"双重角色。② "启蒙"作用主要表现为数字媒介的平民化叙事促动文学向民间意识回流,催生"新民间写作";为文学提供"更大的艺术自由度";数字媒介导致传统的文学体制和活动机制遭遇拆解和置换,传统的"字思维"转变为"词思维",传统写作中的精神向度、丰满人性、道德净化、终极关怀等成为"渐行渐远的历史背影",文学的功能开始大范围地由社会性尺度向个人化标准转变。数字媒介对中国当代文学"消极解构和品质异化"主要表现为文学的非艺术化趋向加剧,"电子幽灵"吞噬了"文学性";文学的精神品格和价值承担、人类的道德律令和心智原则,让位于个体欲望的无限表达,修辞美学让位于意义剥蚀的感觉狂欢,最终得到的只能是消费意识形态的文化表达;数字化媒介的"渎圣化"思维,将精英文学时代崇高的文化命意改造成为快乐游戏,文学网民追求的是自况而非自律,是"当下性"和直观,而非经典、深度和意义。"经典文学写作的黄昏"③已经到了。王晓明立足于精英知识分子立场关注网络语境下"中国大陆的文学地图",一方面肯定网络文学"自由表达"对传统文学体制"禁区"的探险活动,期望网络文学"高举自由的旗帜一路前冲";一方面对网络文学的"自由"很快被"资本"和"体制"俘获,表示深深忧虑。他追问"新的支配性文化的生产机制",混合着启蒙知识分子焦虑、失望、期待的声音,也蕴含着人文知识分子曾经的文学理想在数字媒介革命中遭受考验。④ 无论是"危机""转型",还是"六分天下"的判断,都包含着对网络文学之于中国当代文学史整体格局的理解,体现出不同的批评姿态和批评标准。关于网络文学的批评机制和批评标准建构,成为网络文学批评的核心任务。

中国网络文学的兴起与"金庸热"所引发的通俗文学"繁荣",与中国近

---

① 欧阳婷、欧阳友权:《网络文学的体制谱系学反思》,《文艺理论研究》2014 年第 1 期。

② 欧阳友权:《数字媒介与中国文学的转型》,《中国社会科学》2007 年第 1 期。

③ 敬文东:《网络时代经典写作的命运》,《小说评论》2001 年第 3 期。

④ 王晓明:《六分天下:今天的中国文学》,《文学评论》2011 年第 5 期。

现代通俗文学资源存在着必然的联系;网络文学批评也从金庸所引发的"一场静悄悄的文学革命"和通俗文学入史"革命"中汲取批评资源。"在文学大众化、作品受众广泛的意义上,'金庸热'与时下的网络文学之间存在'最大公约数'"①,一些批评家将网络文学兴起视为"被压抑多年的通俗文学的'补课式反弹'"②,参照通俗文学的要求和思路,认为"建立符合文学规律又切中网络文学实际的评价体系和批评标准,是网络文学理论建设的一大焦点,也是影响网络文学健康发展的关键"③。许多学者意识到要在"网络文学对文学批评理论的挑战这一事实的基础上",解析"虚拟空间与物理空间的关系及民族文化认同问题"、网络文学与传统文学批评标准的"同构问题"、超文本对传统批评原则挑战问题等④,就网络文学的批评机制和批评标准各抒己见。这些意见实际上可以归纳为一个问题:在网络文学批评中,如何对待文学批评的"一般标准"和网络文学"特殊标准"的问题。有的学者主张网络文学既然是文学,就应该运用一般性文学批评标准,不应该另起炉灶建立单独属于网络文学的批评标准。而一些批评家认为,文学批评标准应该与批评对象相适应,不能用传统的批评标准评判网络文学,而应该重新建立网络文学批评标准,其中"快感与美感"是网络文学的"立足点",应该成为网络文学批评的"基础性标准"。⑤ 更多的批评家既考虑文学的一般标准,也尊重网络文学的特殊性,希望建立"客观公正的网络文学评价体系",既要运用文学的标准,如艺术性、思想性、审美观赏性、语言特点和叙述风格等,也要尊重满足读者阅读快乐的原则,将便捷性、互动性和流传性等纳入标准之中。⑥ 这就是融合文学标准和网络文学特点,坚守网络文学批评的人文价值原则,融合文学作品的思想性、艺术性、网络性(技术维度)、商业性(市场维度)等,坚持真善美标准、历史批评和美学批评标准,应对网络文学对文学批评理论的挑战。⑦ 汤哲声和张富贵等学者就如何走出以启蒙—审美为中心的当代文学史叙事,建构能够容纳新媒介语境下的多重文学关系和多样态的文学"产品"的文学评价机制和文学史叙述逻辑,也提出了富有

---

① 欧阳友权:《建立网络文学评价标准的必要与可能》,《学术研究》2019 年第 4 期。

② 邵燕君:《网络文学的"网络性"与"经典性"》,《北京大学学报(哲学社会科学版)》2015 年第 1 期。

③ 欧阳友权:《网络文学批评的五个焦点问题》,《社会科学家》2018 年第 10 期。

④ 刘俐俐、李玉平:《网络文学对文学批评理论的挑战》,《兰州大学学报(社会科学版)》2004 年第 9 期。

⑤ 康桥:《网络文学批评标准刍议》,《光明日报》2013 年 9 月 3 日。

⑥ 李朝全:《建立客观公正的网络文学评价体系》,《河北日报》2014 年 12 月 5 日。

⑦ 参见欧阳友权:《网络文学批评的五个焦点问题》,《社会科学家》2018 年第 10 期。

建设性的思考。汤哲声认为现代大众文化是中国当代文学史重要的文化构建,网络小说入史提示文学史的编撰者必须将现代大众文化作为史学观念的重要组成部分,媒体文学给中国当代文学史提供了丰富多彩的创作实践,类型小说成为当代文学的重要组成部分,"屏批评"也可以作为当代文学批评的一条新路径。① 刘帅池、张福贵关注"通过对网络小说自身价值定位、媒介定位与小说经典定位的整合,在中国小说的发展流脉与创作模式里,找到网络小说的时代节点与文学史价值。通过对网络小说'入史标准'的梳理和网络小说史学责任、文学责任与社会责任的阐释,最终探讨在大众审美与经典价值之间网络小说创作与当今文学价值体系的融合",特别强调在时代经典中勾画文学样态,在历史经典中找准典型作品,在媒介和社会意识下选择切入点,在多元结合的过程中形成史家的标准与小说定位的表达。② 网络文学的生产机制、传播机制、消费方式和消费心理,既不同于"纯文学",也不同于近现代通俗文学。网络文学后面的信息技术支撑,各种硬件和软件的膨胀式开发,使网络文学具有"技术控"的身份,网络文学采取"分账式""点击率""流量式"的盈利模式,在这样的情况下,写作者是不是以"文学"的身份和规律来进行写作的? 网络文学的阅读者是不是抱着"文学阅读"的心态去阅读文本的? 这都是需要拷问和研究的重要内容。由于网络文学与"纯文学"的差异性,其融入中国当代文学史序列的难度,远远大于近现代通俗文学进入中国现代文学史的难度。

四 结语

1995 年,著名的现代文学史家樊骏先生曾经希望中国现代文学像其他学科一样,写出融合新旧、交汇雅俗的"中国新文艺史"。③ 20 世纪 90 年代以来,由"金庸热"所引发的"一场静悄悄的文学革命"、通俗文学史研究、新媒介语境下当代文学研究,在一定程度上体现了写出融合新旧、交汇雅俗的"中国新文艺史"的"时代要求",反映了学术界不断矫正 80 年代新启蒙主义的文学评价机制和文学史建构。然而,从文学批评机制、文学史理念,到文学史写作实践,还有漫长而艰辛的路要走。有学者发现,在"启蒙共同体"④

---

① 汤哲声:《网络小说入史与中国当代文学史价值取向的思考》,《小说评论》2016 年第 2 期。

② 刘帅池、张福贵:《网络小说如何进入中国文学史》,《求是学刊》2019 年第 3 期。

③ 参见樊骏:《我们的学科:已经不再年轻,正在走向成熟》,《中国现代文学研究丛刊》1995 年第 2 期。

④ 叶立文、杜娟:《论当代文学史写作中的"知识共同体"与"文学谱系学"》,《天津社会科学》2011 年第 2 期。

的作用下,"多数文学史著作都以'重写文学史'之启蒙文学史观为底"[①]。有一批学者,如王本朝、南帆等,提出建构"多元"文学史的理论构想,建立"启蒙主义"主导下的"二元对立"的文学评价机制和文学史写作体系。在这种开放的文学批评机制和文学史研究"新语境"下,90 年代以来,学术界寻求通俗文学、大众文学、网络文学评价机制和文学史建构的努力,终究会"固化"为文学史研究成果,改变中国当代文学研究和当代文学史写作既有格局。

（原载《当代文学"历史化"问题研究》,中国社会科学出版社 2021 年版）

[①]　张均:《当代文学应暂缓写史》,《当代文坛》2019 年第 1 期。

归来的叙述：真实与清白

——丁玲的《意外集》与《魍魉世界》

1979 年，丁玲正式回北京复出后，已经进入人生的晚年阶段，但她却依旧留下了近百万文字，除了一些访问、发言、日记和通信等，《风雪人间》《魍魉世界》是兼有文学价值、史料价值的两部回忆性自传。《魍魉世界》①提供了大量鲜为人知的"特殊三年"史实，丁玲对这一纠缠大半生的"历史问题"（即被国民党囚禁三年）做了详细的回忆叙述，成为管窥作者在特定时间里的精神、思想的重要渠道。《意外集》是上海良友图书印刷公司 1936 年出版的丁玲作品集，包含八篇文章，前五篇文章是丁玲被囚禁后创作的，后三篇是丁玲发表于 1933 年被捕之前的文章。赵家璧在《重见丁玲话当年》中曾回忆起丁玲对《意外集》成集过程的说法："当我提到此书时，丁玲同志用左手拍拍旁坐的郑育之同志说：'这个集子，完全是周文替我出的主意。当时我回到上海，正在筹划到陕北去，我的母亲在湖南，非常需要钱。周文就帮我把几篇东西凑成一个集子，还叫我写了篇序，送给'良友'出版了。'"②陈明在《魍魉世界》最后一节也讲述了《意外集》成书过程：当丁玲逃出南京准备去陕北时，想寄些钱给母亲，但是苦于没钱，"周文建议把不久前刚发表过的《松子》、《一月二十三日》、《陈伯祥》、《八月生活》、《团聚》等五篇近作汇编成集，如果字数不够，可以再把我被绑架后，左联朋友从我一堆旧稿中选出送去发表的《杨妈的日记》、《不算情书》、《莎菲日记第二部》等加在一起，就差不多了"③。由此可知，前五篇文章是丁玲被捕时期的"当下"叙述，与时隔近五十年的《魍魉世界》有关叙述形成可"对照"阅读文本。

《意外集》出版之初，就有论者注意到丁玲写作的变化："经过风波的作者，观察人生，更加深刻；描写人生，亦更加细致了。"④此后，有学者从无产阶级作家立场、左翼文学方向、阶级矛盾与社会现实等层面对《意外集》进行分析，有学者结合丁玲的创作道路，认为"在丁玲创作道路从左联前期向陕

---

① 丁玲没有写完《魍魉世界》就去世了，最后一节"起飞"由丁玲丈夫陈明所作。
② 转引自王中忱、尚侠：《丁玲生活与文学的道路》，吉林人民出版社 1982 年版，第 106 页。
③ 丁玲：《魍魉世界》//张炯主编：《丁玲全集》（第 10 卷），河北人民出版社 2001 年版，第 99 页。
④ 苏茹：《书评〈意外集〉》，《是非公论》1936 年第 27 期。

北前期的演变过程中,《意外集》有其特殊的意义。深入分析作者在这些作品中流露的思想、感情,可以发现,它在较大程度上对其左联前期以《水》为代表的创作路子作出了调整,同时开启了陕北前期个性化创作的先河。"① 本文将《意外集》和《魍魉世界》还原到具有时间跨度的历史语境中,通过两种文本的相关叙述"对读",分析从《意外集》到《魍魉世界》的叙述变化,追问这种变化的深刻动因,从两种文本的张力中探究丁玲晚年写作心态。

一

《意外集》是 1933—1936 年的文学写作,《魍魉世界》是丁玲晚年时对 1933—1936 年生活遭遇的回忆性书写,前者写于民国时期的南京,后者写于新中国成立后的北京,时间相距近五十年,空间跨越南北,人生几度起伏,现、当代社会巨变,但丁玲所特有的压抑、痛苦、无助等情感基调延续不绝。这种情感基调从《莎菲女士的日记》开始,一直延续到晚年丁玲的回忆。《魍魉世界》中,丁玲用痛苦、无助和迷茫的心情,回忆了"特殊三年"的生活以及情感变化,回忆中的情绪犹如莫干山的冬天和荒凉的苜蓿园:"这里虽然没有那阴森恐怖的场面来威胁刺激你,但前途也确像高山上的深秋一样,凉嗖嗖地等着暴风雪的来临。"② 苜蓿园也是"荒村里的一座草庵"③,丁玲奄奄一息地蛰居在那里,等待国民党宰割。在国民党的神经战下,丁玲敏感虚弱的神经已经快支撑不住了,她痛苦地意识到,"在恶劣的环境中感到自己已经无能为力和无所作为"④,生了蒋祖慧后,她的心境更是像"掉进了枯井那样幽暗与悲伤"⑤。

即使起初丁玲在《意外集》自序中说"这是我自己最不满的一个集子""这不是一个好的收获,却无疑的只是一点意外的渣滓"⑥,但还是不能否认《意外集》的文学价值,它延续了"莎菲"式的无助、痛苦与绝望。其中无尽的霏霏雨雪、寂寞无力的炊烟、灰色蒙蒙的天空和肆虐的狂风,传达着丁玲"处于黑暗中"的诉说。后来,丁玲在《魍魉世界》中又说到《意外集》是在烦躁、不安、焦躁心境下"用心用意"的写作,"我本来是写文章的,是作家,只能透

---

① 秦林芳:《论〈意外集〉在丁玲文学道路中的意义》,《中国现代文学研究丛刊》2010 年第 5 期。

② 丁玲:《魍魉世界》//张炯主编:《丁玲全集》(第 10 卷),河北人民出版社 2001 年版,第 41 页。

③ 丁玲:《魍魉世界》//张炯主编:《丁玲全集》(第 10 卷),河北人民出版社 2001 年版,第 71 页。

④ 丁玲:《魍魉世界》//张炯主编:《丁玲全集》(第 10 卷),河北人民出版社 2001 年版,第 30 页。

⑤ 丁玲:《魍魉世界》//张炯主编:《丁玲全集》(第 10 卷),河北人民出版社 2001 年版,第 63 页。

⑥ 丁玲:《〈意外集〉自序》//张炯主编:《丁玲全集》(第 9 卷),河北人民出版社 2001 年版,第 25 页。

过自己的文章,发出信号。于是我努力振作起来,拿起搁置了两年多几乎生了锈的笔,我沿着自己的创作路子,用心用意,写了《松子》,接着是《一月二十三日》《团聚》等"①,浸透了丁玲真实创作情感,体现了其内在稳定的创作格调。可见这部《意外集》并不是丁玲所谓的"渣滓",而是"意外"的收获。

《意外集》前五篇以不同视角展现同一狭小空间内的故事,弥漫着同一暗淡、压抑、无望的精神气味。松子没有勇于反抗,没有追求自由,没有安全感,他只有恐惧、孤独,只能遁入黑暗之中。丁玲笔下的穷人们不是敢于奋起的,不是革命的力量,他们是无望的,挣扎在生死之间,只能永远囚困在灰蒙蒙天空下、霏霏雨雪中。这黑暗并不是黎明前的黑暗,不是末路上崛起的过程,而是永无止境的黑暗。"沿着自己的路子"首先是"莎菲"那种压抑、徘徊的精神困境,"作品中那种默默无言的暗淡的精神世界,是丁玲天生的自由的、反抗的灵魂受到压抑的结果"②。丁玲精神、肉体受到双重束缚,让丁玲"五四"时期的自由精神、反抗精神受到抑制,造成压抑、扭曲的叙述话语,沉陷于精神囚困的表现,而失去救赎意识和抗争勇气。

丁玲关注小人物,善于表现小人物的困顿人生,《意外集》虽然没有为小人物找到出路,但基于人道主义的悲悯情怀和细致描写,同样体现出丁玲的"路子"。《八月生活》中印刷厂学徒在蚊子、蚂蚁、老鼠成群,歧视、辱骂习以为常的艰难生活中,"脸在整令或是半令的纸的重压下,红着,红到发紫,汗水湿透了衣服,手脚都麻木了,却还机械般地动着,喉咙里压出这一片'杭唷'"③。《团聚》揭示了底层一家人团聚的过程:怀孕的大女儿因丈夫潦倒而归家团聚、失业的大儿子携妻回家团聚,精神病发作的二儿子回家团聚,做教职的三儿子被辞退回家团聚。所有人带着各自的不幸回撤到无力的家中,"团聚"没有给这个家庭带来幸福,反而更加深其不幸。"丁玲此期创作在内容上疏离了崇尚'目的意识'和革命功利主义的左翼革命文学思潮,而回归五四文学的人道主义精神;在创作方法上,则背离了'新现实主义'的要求,而回归了五四文学关注、描写'小人物'具体生存境况和不幸命运的现实主义传统。"④

二

年轻的丁玲,对国民党统治抱着厌恶和抗争的态度,即使被囚禁时遭遇

---

① 丁玲:《魍魉世界》//张炯主编:《丁玲全集》(第10卷),河北人民出版社2001年版,第75页。

② 孙瑞珍、王中忱编:《丁玲研究在国外》,湖南人民出版社1985年版,第250页。

③ 丁玲:《八月生活》//张炯主编:《丁玲全集》(第5卷),河北人民出版社2001年版,第17页。

④ 秦林芳:《论〈意外集〉在丁玲文学道路中的意义》,《中国现代文学研究丛刊》2010年第5期。

"神经战"，依然不卑不亢，坚韧不屈。即使在特殊环境下写作的《意外集》中，丁玲也不忘记通过委婉曲折的方式表明政治态度。《陈伯祥》毫不隐瞒对国民党看守的鄙视和厌恶，陈伯祥"粗鲁愚蠢，灵魂麻木，是国民党的忠实鹰犬"①，他"买了个苍蝇拍，成天拍苍蝇，把死苍蝇放在院子里地上，让成群的蚂蚁来抬，黄蚂蚁和黑蚂蚁打架，他似乎看得很有趣，不大疲倦"②。这种的白描手法，更为直观地传达出作者对主人公的深度厌恶之情。《魍魉世界》延续了《意外集》对国民党的厌恶与抗争，时间推移与语境变化，让丁玲可以将这种政治态度传达得更为明确、更加充分。丁玲直接以魔鬼、匪徒、走狗、土匪、小瘪三、笑面虎、刽子手、阴谋家等称呼国民党及其党羽："我独自一人在一群刽子手、白脸狐的魔窟里，在黑暗中一分钟、一秒钟、一点、一滴地忍受着煎熬！"③丁玲毫不隐瞒对"叛徒"冯达的厌恶，数次声明要与冯达分开，但在牢狱中不得不与冯达生活在一起，并且还生下女儿，"明知不是伴，事急且相随"，多年以后丁玲仍然反复表达当时的无奈。时间推移和语境变化，让丁玲得以在《魍魉世界》里直接表明对党始终不渝的忠诚："在这五十二年间坐过两次监牢。第一次是一九三三年在上海被国民党特务秘密绑架，随即押到南京囚禁三年多。在这期间没有自首叛变，没有在国民党刊物上写过文章，没有给敌人做过一点事。直到一九三六年秋，在党的帮助下逃出南京，奔向苏区。"④"在敌人的囚禁中，我始终没有暴露自己的共产党员身份，没有泄露组织秘密，没有为敌人做事，没有给敌人写文章。我想尽办法保持自己政治上的清白，准备有朝一日回到党里继续革命。"⑤"不久，我可以出版一本新写的书，叫《魍魉世界》，这本书是写国民党给我的教育，这些人在上海把我绑架，囚禁南京，想尽各种办法，对我恐吓，欺骗；我一个人要对付那么多的魔鬼，我怎么才能保持我前进的路，可以干干净净地回到党的怀抱里来，而没有惭愧的地方，也不需要忏悔。这本书是不好读的，是拿生命换来的。"⑥如果说《意外集》是丁玲对囚禁生活的自我咀嚼，《魍魉世界》便是丁玲对集体认同的大声呼号。

① 邹午蓉：《丁玲创作论》，江苏教育出版社1994年版，第101页。
② 丁玲：《陈伯祥》//张炯主编：《丁玲全集》（第4卷），河北人民出版社2001年版，第101页。
③ 丁玲：《魍魉世界》//张炯主编：《丁玲全集》（第10卷），河北人民出版社2001年版，第93—94页。
④ 丁玲：《魍魉世界》//张炯主编：《丁玲全集》（第10卷），河北人民出版社2001年版，第252页。
⑤ 丁玲：《我是人民的儿女》//张炯主编：《丁玲全集》（第8卷），河北人民出版社2001年版，第310页。
⑥ 丁玲：《读生活这本大书》//张炯主编：《丁玲全集》（第8卷），河北人民出版社2001年版，第464页。

《魍魉世界》是丁玲对自己一生坚定政治立场的总结式叙述,她反复多次表达对叛徒的切齿痛恨和对国民党诱降的蔑视。她无法正视汪盛荻(原共产党江苏省委宣传部长)的叛变,"没有勇气去看一个神圣的共产党员失身成为这么一只可鄙的走狗"①,无法接受同志沦为敌人的残酷现实。丁玲对顾顺章(共产党叛徒)的态度更是坚决,从痛心转变成憎恨,更坚定了人格清白、无愧于党的信念。丁玲不乏自我欣赏、自我表扬,诸如面对国民党种种劝降花招"坚若磐石",保持冷静头脑与国民党头目徐恩增斗智斗勇,"没有上当",严正拒绝张道藩以改写剧本为名的阴谋。"对这种人我过去根本不屑于注意,只有仇视,并不了解他的根底。"②

三

《意外集》是丁玲在被国民党监禁中的写作,相对于被捕之前的左翼文学书写,情感表达不得不隐蔽、委婉,更多的是人道情怀的自然呈现、场景人物的细致描摹和情感情绪的细腻传达,"莎菲式"无助、压抑、迷茫在身体和精神的双重重压下,获得了富有时代气息和个人处境的新内涵。写作《魍魉世界》时,丁玲已经走出"政治迫害",步入晚年,但"历史问题"依然像巨石一样,压在丁玲心头没有解决,她有一种自证清白、给历史一个交代的迫切欲望。

从登上文坛时的"莎菲"式丁玲,转向《田家冲》《水》的左翼式丁玲,到延安时《我在霞村的时候》《在医院中》暴露黑暗的丁玲,最后是经过政治梦魇复出后的"红色教主",丁玲复杂曲折的人生道路、大起大落的政治待遇,始终有两条"道路"在争夺她,使她在纠缠中不得安宁:一条是坚守"五四"人道主义、个性解放的道路,一条是获得集体认同、不断革命的道路。《意外集》正是勾连"莎菲"式丁玲与暴露型丁玲的锁链。"《意外集》对左联前期以《水》为代表的创作路子作出了调整,并开启了陕北前期丁玲个性化创作的先河,因而在丁玲文学道路中具有重要意义"③,是丁玲延续"五四"写作的重要环节。《魍魉世界》是丁玲最终为自己"定位"的晚年之作,丁玲反复确认集体认同、不断革命的道路,表达"九死不悔,老且弥坚"的赤子之心、忠诚之情,而相对淡化、压抑了"五四"文学精神。两个文本叙述"同一件事",却在不同背景下展开了不同的叙述,呈现出不同的价值取向,是中国现代文学

---

① 丁玲:《魍魉世界》//张炯主编:《丁玲全集》(第10卷),河北人民出版社2001年版,第11页。

② 丁玲:《魍魉世界》//张炯主编:《丁玲全集》(第10卷),河北人民出版社2001年版,第58页。

③ 秦林芳:《论〈意外集〉在丁玲文学道路中的意义》,《中国现代文学研究丛刊》2010年第5期。

的两种道路矛盾冲突在丁玲身上的特殊体现，对于跨越现、当代作家而言，具有普遍性。

四

两部作品叙述的不同不仅是文本差异，思想与情感的表达也有差异。《意外集》与《魍魉世界》代表不同写作时段中丁玲的两种身份和两种叙述风格：一种是被禁的当事人身份，其写作更多延续了"莎菲"式的个人倾诉；一种是"归来"后回忆者的身份，其写作更多是集体认同的自证清白。实际上，由于"南京三年"对丁玲一生的深刻影响，这两种身份形成的两种不同叙述风格始终纠缠着丁玲，二者不是"替代"关系而是"并存"的状态，只是在不同的历史境遇下，某一种身份意识更为凸显。"五四"文学精神是丁玲登上文坛的主要精神资源，其影响力无法从丁玲身上洗去；现代中国社会革命又将丁玲推进左翼文学、延安文学和社会主义文学进程中。丁玲复出后以偏左立场对待过去的人和事，常常有语出惊人的偏左言论，我们丝毫不怀疑丁玲内心深处对党、对社会主义的挚诚情感，但其中也有经历大起大落的"余悸"，故意做作的态度。也许在这样的叙述中，丁玲之"'我'在被'我们'所接纳、融化中，既感到了群体生命的崇高，又获得了一种安全感"①，在上述心理作用下，《魍魉世界》的"有意"夸张叙述，也就不难理解。

《魍魉世界》的"有意"叙述，表明丁玲处于政治上的"自证清白"和还原历史真相的两难。一方面，晚年丁玲有还原历史真相的诉求，特别是在政治上证明自己立场一贯坚定，有"赤子党心"，经受住了国民党恐吓和诱惑，以此来反驳多年来对自己的政治迫害；一方面，丁玲自觉不自觉地回避了诸多内容，其中有时过境迁和年龄老化而导致的记忆缺失，也有故意忘记的历史真相，例如：如何获得相对优厚的待遇？以什么条件作为交换把母亲接来？《魍魉世界》中这些历史真相采用"空白"叙述的方式，代之以反复强调个人的革命信念。这样一来，丁玲在主观意愿层面达到了目的：从政治上向党、个人做了清白交代，甚至对"文革"期间遭受的迫害没有抱怨，只是把更多的怨气指向某个人，以更加表明自己的"忠诚度"。但是从历史真相还原的层面来看，丁玲有意无意回避、忘却而形成的"空白"叙述，使"特殊三年"的历史事实更为模糊，隐蔽更深，需要后来者下更大的气力才能理清楚。《魍魉世界》更多地倾向政治性叙述，而相对淡化历史叙述，政治欲求对历史史实造成一定伤害，不能不说是一种莫大遗憾。

---

① 钱理群：《1948：天地玄黄》，生活·读书·新知三联书店 2005 年版，第 24 页。

　　丁玲的遭遇并不是个案,而是 20 世纪中国大多数知识分子的共同经历。《意外集》与《魍魉世界》所形成的叙述张力和矛盾性,即是丁玲的内在世界与外部环境冲突的产物,《意外集》属于年轻丁玲"特殊三年"的"感伤叙述",《魍魉世界》是晚年丁玲复出后的"清白叙述"。从青春"感伤"到晚年"清白",也是 20 世纪中国文学从 30 年代到 80 年代的一个缩影。

　　(此文与赵敏合作完成,原载《宁波大学学报(人文科学版)》2016 年第 3 期,
　　人大复印报刊资料《中国现代、当代文学研究》2016 年第 9 期全文复印)

从《疲惫者》到《运秧驼背》

——论巴人短篇小说改编的文本策略与价值取向

　　《疲惫者》发表于《小说月报》第 16 卷第 11 号，全文不到 8000 字，被茅盾收入《中国新文学大系·小说一集》①，是巴人小说写作的成名作，也是建构巴人小说家形象的代表之作。《运秧驼背》是巴人 1959 年自编《短篇小说选》时的改编本②，字数增加至 19000 余字，相当于原作的两倍有余，增删的字数超过 10000 字，甚至连小说的标题也更改了，完全可以说是重新写作。巴人为什么要改编呢？难道巴人不尊重历史？难道巴人对自己的作品不够珍惜？巴人是一个历史主义情怀很浓的作家和人文学者，一贯对自己的作品非常看重，尤其是能够进入文学史的作品。这样一来，巴人的改编更加耐人寻味，是什么原因促使巴人一定要改编小说，才能收入《短篇小说选》呢？

　　1959 年巴人自己编选《短篇小说选》时说："总计所选各篇，大致起于一九二五年，至于一九三九年。……检查一下我所写的文章，总算还没有违反人民利益的东西，但还不免听到像一个迷途的孩子一路踉跄追求母亲的那种啜泣声。我厌恶这啜泣声，凡关申诉我个人的抑郁与伤感的东西，我一概给它摒弃了。将自己的悲凉，灌输给我们年青的一代，这也是一种罪恶的行为，我这样想。"③正是基于这种考虑，巴人力图将《疲惫者》中关乎个人的"抑郁和伤感"的东西"摒弃了"，而增加了他所认定的属于"人民利益的东西"。于是，作为巴人"五四"时期代表作的《疲惫者》，就变成了属于共和国文学的《运秧驼背》。

一

　　《运秧驼背》对《疲惫者》的改编是全方位的，这种改编首先表现在巴人

---

　　① 王任叔：《疲惫者》//茅盾编选：《中国新文学大系·小说一集》，上海文艺出版社 2003 年版，第 525—535 页。

　　② 巴人：《运秧驼背》//浙江省社会科学院《巴人文集》编委会编：《巴人文集·短篇小说卷》，宁波出版社 2000 年版，第 38—54 页。巴人自编的《短篇小说选》，在其生前未曾出版。

　　③ 巴人：《〈短篇小说选〉后记》//浙江省社会科学院《巴人文集》编委会编：《巴人文集·诗歌序跋卷》，宁波：宁波出版社 2001 年版，第 517—519 页。

对小说标题的仔细斟酌上,体现了他的良苦用心。从语句上来说,"疲惫者"像是一个知识分子术语,而"运秧驼背"则是民间老百姓的语言,标题的转换,表明从"知识分子话语"向"人民语言"的转移。从叙述视角来说,"疲惫者"是叙述人(知识分子叙述者)对运秧的观察、分析、总结,是一种评价性语词,读者只有顺着叙述人的讲述,才能最后得出"疲惫者"的结论;而"运秧驼背"则是一个描述性词语,是作品主人公呈现出来的一种身体状态,也可以说是从全知全能的角度进行的描述,无论是对于叙述人还是对于读者,都是平等的。从这一改编中明显可以看出,作为知识叙述人的主体位置模糊了,而作为农民形象主人公的主体呈现强化了。从文学创作主体角度来说,"疲惫者"是作者根据运秧驼背的一生进行的评价性判断,而"运秧驼背"是一种客观呈现,这种由主观判断向客观呈现的滑行,实际上是文学创作主体性的有意识撤退,如果结合 20 世纪 50 年代的社会语境,我们不难判断:通过这种标题的改编,巴人有意识压缩自己小说的私人空间,而力图更多地呈现符合当时时代要求的公共空间。

标题改编所昭示的知识分子话语向人民语言的转移、叙述人主体性向人物主体性的转向和私人空间向公共空间的滑行,在小说文本的具体段落和关键性文字改变中,更加鲜明地表现出来。

段落 1:被动与主动——原作和改编的第一段就有了很大的区别,改编除了文字上更加细密之外,在写作态度和叙述手法方面发生了巨大变化。

> 一连饿了四天的运秧,今天真是怎么也煎熬不住了。他只得走向乔崇先生家里去。(《疲惫者》)

> 一连四天,运秧驼背就是孵在三圣殿中间的墙角的草堆上。他不喝不吃,也不起身,就像一只老猫似的窠住腿靠墙斜躺着,有时候阖上眼像睡熟了,有时候张开眼看看这三圣殿的断瓦残壁。白天就这样过去了,黑夜也这样过去了。
>
> 说实话,他挨了四天的饿,他没法弄到自己吃的。他也许饿得不能动弹了。
>
> 但今天早上,他一经醒过来,昏沉沉的脑子忽然长出了一个主意。他打叠着精神起了床,支撑着软瘫了的身体,走下山去。他准备到村中那幢高楼大厦的乔崇先生家去。(《运秧驼背》)

原作使用被动式语言叙述运秧,饥饿迫使他不得不走向乔崇先生家,而改编本则使用主动式语言叙述运秧驼背，"他不吃不喝""他没法弄到自己吃的"。这种改编的标志性文字是"只得"变成了"长出"，说明运秧走向乔崇先生家是主动的、有计划的、有准备的"革命"行动。在被动式叙述中，人物尽管是被动的，但叙述人是主动的；而在主动式叙述中，人物主动呈现自己的行动和想法，叙述人的评价性作用隐退了大半。

段落2："我"与"有人"——原作的第二自然段，到了改编本中已经是第五自然段了，文字上的变化，显示出作者尽力将原作中属于"自我"的成分消弭掉，代之以不定人称的公共空间话语。

> 论他的年纪，已经有四十光景，（的确，我曾在前一月到山上去折花去，遇见了他，问他的岁数。他说："大概四五十岁吧！穷人是算不来年纪的，挨一天算一天账！不像有钱人，屈着手指儿数年纪，挨到了四十五十热热闹闹做一会儿寿，二五八六地喝一会酒！穷人也算什么，也值得去记岁数……"）……（《疲惫者》）

> 说起来，运秧驼背是个无家可归的人，他为人在世已有四十开外光景；确实的年龄是谁也不知道的。有人问他岁数，他总涎着脸说："大概也有四五十岁了吧！吓，穷人是算不来年纪的，挨一天算一天账。不像有钱人，闲着没事干，屈着手指儿数年纪，挨到了四十、五十，就热热闹闹做一回寿，亲亲眷眷都送寿礼，二五八六地喝一回寿酒。吓，穷人可算得什么，也值得去记岁数？……"（《运秧驼背》）

原作明显地采用第一人称叙述，在介绍运秧年龄的过程中，将"我"和运秧的对话作为重点，运秧的话是对"我"说的，我是第一听众，读者是通过"我"的转述了解运秧的年龄的，读者是第二听众。这种叙述方式，既能加强叙述人"我"的作用，突出叙述主体，同时又能体现叙述的真实性，增强读者对文本的信任感，从而达到叙述人与读者的有效交流。而在改编本中，运秧驼背的年龄同样是由运秧自己说出来，但他不是对"我"说的，而是"有人问他岁数"，这个与运秧对话的人，既不是"我"，也不是读者，显然进入一种预设的第三人称叙述，而第一人称叙述主体"我"消失了，叙述主体意识的软化显而易见。

相对于《疲惫者》，《运秧驼背》增加了"运秧驼背是个无家可归的人""闲着没事干""亲亲眷眷都送寿礼"等句子，强化了贫富对比，一边是无家可归、辛苦劳作,一边是二五八六喝寿酒、送寿礼、闲着没事干,这种"强化"迎合了20世纪50年代以贫富划分阶级成分的政治语境。同时,《运秧驼背》增加了两个具有民间意味的感叹词"吓",去掉了两个感叹号,从表面上,企图使运秧驼背的话更加符合人物身份,更加具有民间话语特色,实际上是对原作中知识分子式叙述话语的改造,表现了巴人此时的语言认同和文学策略。

段落3:"我"的消失与运秧的觉醒。

> 熬饿也只有熬饿吧(罢)了,运秧有可向谁去说呢!据运秧亲口告我说:"这都是数该如此,所以我总饿也饿不死的。我自然也没法去作践这一条命。有时委然熬得没法,那么这公有的清水,我终得喝一口;这被大家作践的青草叶,我终得吃一些!"(《疲惫者》)

> 挨饿就挨饿吧,运秧驼背是从来不知道向谁去诉苦的。"人活着只有一条命。"他有时说,"命长命短,都有天数。哪怕你穷,命长的,还得活下来,天无绝人之路。哪怕你富,命短的还得死掉。你又不能把作孽钱,带到阎王那里去。我既然数该如此,所以我总是饿也是饿不死的。但我自然也没法去作践这一条命。有时实在饿得慌,那么溪头还有清水,我还得喝它几口;大地也还有青草,我采来咀嚼一下,倒还抵事的呢。可我一生没做过对不住良心的事,吃过不应吃的一口,别说喝人家的汗血了。"(《运秧驼背》)

《疲惫者》中"运秧有可向谁去说呢!"是一种语气比较强烈的感叹句,叙述人的感情因素比较强烈,表明叙述人对于运秧有苦无处诉说的一种愤慨,当然也包含了叙述人对运秧的同情;而《运秧驼背》中"运秧驼背是从来不知道向谁去诉苦的",显然是客观陈述句,是向读者陈述一件事实,叙述人的情感因素弱化了。原作本句结束使用的是感叹号,体现出较强的语气,改编以后使用的是句号,平静了小说的情绪,也为后面文字的铺排打下舒展的基础。原作"据运秧亲口告我说",改编后省却了这一句话。原作强调的第一人称叙述,增强故事的真实性和可信任度,改编后的文字采用了全知全能的视角,让读者从运秧的叙述中体会作者的感情与态度。这是巴人将原作中"我"的因素去除的又一个例证。

《疲惫者》中运秧喝清水、吃青草,用的词语都是"终得",表明运秧是没有办法,最后无奈选择清水和青草,而改编本中用的是"还得喝它几口""采来咀嚼一下",人物的主动性明显增强,反抗意识逐步体现。为了更加凸显运秧的反抗意识,《运秧驼背》增加了"人活着只有一条命""命长命短,都有天数。哪怕你穷,命长的,还得活下来,天无绝人之路。哪怕你富,命短的还得死掉。你又不能把作孽钱,带到阎王那里去""可我一生没做过对不住良心的事,吃过不应吃的一口,别说喝人家的汗血了"。这些文字丰富了此处的呐喊与感慨,既有常规的俗世的感叹,也有宿命的认知观念,但是最后一句却将心声和含义提升,给人留下无限的感慨,增强了运秧的抗争意识和觉醒思想。

从"我"的消失到运秧的觉醒,可以明显看出巴人改编的一个方向:竭力将原作中属于"我"的成分剔除掉,因为这些个人化的"忧郁和感伤",在新时代是不合时宜的,代之而起的是作为劳动人民的运秧,阶级觉悟明显增强,反抗意识骤然觉醒。原作是巴人年轻时候的文字,也处在"五四"精神的氛围中,突出个体体验,在文字叙述上更加凸显个性化,作者的情感评价相对较多;而到了改编本中,凡是带有明显作者意识的地方,巴人都进行了处理,将人物直接推到读者面前,甚至让人物直接表演,基本剔除了创作主体性的内容。在原作中,运秧也有反抗意识,这种反抗是由自然的本能的反应所引起的,"一连饿了四天"的运秧不得不到乔崇先生家去;而改编本中,运秧继续这种基于饥饿而产生的反抗行为,而又增强了阶级觉悟,提高了对"有钱人"仇恨的阶级认识,这些都是时代因素的影响。因此,这种改编,实际上是"五四"文学话语逐渐隐退,当代革命文学话语在巴人身上的具体体现。

二

如果说,段落的改编体现了巴人在当代社会政治语境下,将当代文学话语"段落性"地植入《疲惫者》之中的话,那么,以下的改编策略则体现了巴人对《疲惫者》的整体性改造。

整体性改编1:驼背——由段落意象到整体意象。在《疲惫者》中,运秧的驼背是段落性意象选择,没有成为文本的整体性意象。其中"驼背"的意象分两次出现。第一次是运秧回来参加父亲的葬礼时,"我们看见他那背骨高耸和肩齐平的形态,我们都觉得他是个很好顽的人。我们因上他一个尊号,叫'运秧驼背'";第二次是乔崇先生问运秧是否拿过别人的钱,"'哼,驼背,'当然的,乔崇先生一向不曾叫过人家叔或伯的,免损害他那绅士的威严,何况只有阿哥资格的运秧当然连正名也有些不屑叫了。'驼背,你有没有拿过钱?'"除这两段以外,无论小说的叙述语言,还是引述人物语言,都称运秧。而到了《运秧驼背》中,从第一自然段开始,就直接叙述"运秧驼背",

一直到小说的结尾,在叙述人的语言中,除了用人称代词"他"或"你"的地方,一般使用"运秧驼背"。可以说,《疲惫者》的主人公是"运秧",而《运秧驼背》的主人公是"运秧驼背"。由段落性意象选择,变成整体性意象选择,无疑强化了"驼背"这一意象的比重。在阅读《疲惫者》的时候,我们只是在阅读个别段落时,感觉到运秧是个驼背的形象,而作者首先要传达的不是运秧的驼背形象,而是运秧的"疲惫"形象;在阅读《运秧驼背》的时候,明显感觉到"一个叫着运秧的驼背"在文本中游来荡去,无处不在,处于绝对中心的位置,作者要传达的首先是"驼背"的形象,而不是"疲惫"的形象。原作中作为"疲惫者"的运秧已经消失了,完全被改编成作为"驼背"存在的运秧了。当然,无论是《疲惫者》还是《运秧驼背》,"驼背"绝不仅仅停留在运秧外形的描写,而都是具有一种象征意义,然而,从"疲惫者"运秧到"驼背"运秧的改编,明显表现出文本从评价性向描述性的巨大转变,从知识分子的感觉向大众式直观的视角转变。作者叙述策略选择的这种转变,将一个"五四"青年的小说文本,变成了一个竭力顺应当代中国语境的小说文本。

整体性改编 2:语词——由知识性词汇到"人民"词汇。

> 五六十岁的老翁,讨了一个老婆慰慰寂寞,在中国的社会里并不算什么一回事。然而在他便觉得有些僭越了。(《疲惫者》)

> 本来六七十岁的老头儿,讨一个老婆慰慰寂寞,在有钱的财主们并不算什么少见的事。可是像景云伯那样个穷老头,居然有这想头,那就未免有些不守本分了。(《运秧驼背》)

《疲惫者》对景云伯想讨一个老婆的评价,是从中国社会普遍存在的现象来理论的;而《运秧驼背》则是从贫富对立的角度来评价的。从一般社会状况的叙述视角,到从贫富对立的叙述视角选择,体现出巴人突出"阶级性"观念,不断消减"一般社会化"观念的改编意图。同时,在这一段改编中,删除了具有书面语性质的"僭越",而用"不守本分"代替,这不仅仅是一种书面表达向口语表达的转化,实际上反映了知识分子话语向当时人民语言的转化。同样的情况还出现在其他地方。

在《疲惫者》中,"诱骗"景云伯的是"我家的那位朝觐哥",而《运秧驼背》中,"诱骗"景云伯是"我家的那位乔沅哥"。巴人在改编的时候,将人名"朝觐"变成了"乔沅","朝觐"是比较文绉绉的人名,从 20 世纪 50 年代的社会语境来看,"朝觐"这个名字不免带有封建色彩,而"乔沅"这一名字,相对通俗多了,而且直接和"乔崇"联系起来。实际上在《疲惫者》中,朝觐和乔沉是两个人物,朝觐是"我"家的,是嘲笑、"诱骗"景云伯的人,乔沉是乔崇的三弟,住在三圣殿里。《运秧驼背》中"朝觐哥"和"乔沉哥"合二为一,变成了一个人物,既是诱骗景云伯的人,也是依仗乔崇的势力占住三圣殿的人。

> 结果他赚得了失望,于是他归来痛哭了。于是他死了! 他死了算什么,地球上每天死去的人多着呢? 但是做他儿子的,便不得不来守一会丧了。(《疲惫者》)

> 他于是痛哭了。哭得比一个孩子死了娘还凶。但也没人来劝解他。他只听到门外还是一阵阵大笑声。这大笑声真像斧子砍着他的心似的,他认为应该结束自己这条老命了。他悄悄地把自己吊在梁上,吊死了。直到第二天,人们才发现他死了!
> 他吊死了,这算得什么。地球上穷苦人每天死的多着呢! 但按照俗例做儿子的就得为他来守一会丧。(《运秧驼背》)

《疲惫者》显然运用的是"五四"时期还不够成熟的白话文体,"结果他赚得了失望",现在看来,这种表达方式很别扭,是一种典型"五四"青年学生的腔调。而《运秧驼背》用了"他于是痛哭了。哭得比一个孩子死了娘还凶",显得通俗易懂,因为运用了民间常用语,也符合人民群众的语言要求。这种语言表述方式的改变,既是现代汉语从"五四"时期发展到 50 年代的表现,也反映了中国现代社会、现代思想、现代文学的发展。在这段叙述中,还有两点需要注意:一是巴人特意细化了景云伯死在"大笑声"中的情形,《疲惫者》中只是在哭过后就死了,《运秧驼背》中则是在痛哭之后,还听到一阵阵大笑声,自己上吊死了;一是叙述人的补充性评价发生了变化,《疲惫者》的叙述人是从人道主义立场来进行补充性评价的——"地球上每天死去的人多着呢",《运秧驼背》则是从阶级立场来进行补充性评价的——"地球上穷苦人每天死的多着呢",尽管从文字上看,只多了"穷苦"两个字,评价立场却发生了较大变化。

> 他这样地互相驳覆一下,空室中虽只有他一个人,便无异于满座同志,谈论风生地在说话了。他于是不觉寂寞了。(《疲惫者》)

> 他这样地互相驳覆着,也就是说把自己的一个意见同另一个

> 意见斗争着,冲突着,这样,空荡荡的屋子里,虽只有他自己一个人,也无异于满座同志,谈论风生地在说话,在争吵了。他于是再也不觉得寂寞了。(《运秧驼背》)

这段改编中增加的一句话非常明显。"斗争""冲突"是 20 世纪 50 年代中国出现频率最高的词汇,巴人在这里加入了当时时髦的词汇,恐怕不仅仅是为了赶时髦,而可能是一种寓意深刻的刻意行为:从客观层面来说,这种语言选择,可以让文本更加贴近当时的读者;从主观层面来说,可以消解原文本中的"五四"话语,增加时代性话语,以便将自己当时的"忧郁"情绪遮蔽起来,使自己更快地走出因《论人情》而遭到批判的困境。

整体性改编 3:情感——看客的细化与我的批判。

> 太阳终算还有情,居然把运秧难熬的半天将得挨过了,由东山爬到中天,毕直的照着。
>
> 乔崇先生的长工息工归来了。
>
> 一纳头见了运秧,于是打浑插科,一齐都起来了。运秧真做了他们开顽笑的具体家伙。
>
> "运秧作什么来?"
>
> "嘻……走走!"运秧当然只好迎着笑。
>
> "哼,我知道了,你莫不是来揩油,来赖饭吃!"
>
> "嘻……那何必说起!"运秧的语音几乎使人很难听到,然而运秧缩头迎笑的神态,还是依然。(《疲惫者》)

> 太阳已经由东山爬到中天,笔直的照着乔崇先生的大屋顶,是中午的时候了。乔崇先生的长工,也息工回家来了。
>
> 他们在中堂间一看见了运秧,马上打诨插科,一齐都哄起来了。运秧驼背当做了他们开玩笑的对象。我说过,人真是奇怪的动物:向强者屈膝,向弱者开刀。而在一群人里,如果其中有个老实人,没有不把他当做开玩笑的资料的。
>
> "运秧,听说你发了大财了?"一个调笑说。
>
> "没有,没有,哪有的事。"运秧驼背侧着脑袋回答。
>
> "下三府带信来,叫你去作头,是不是?"
>
> "哪有的事,好久没有工做了。"
>
> "那么,你作什么来的?"

"嘻……来走走!"运秧只好涎着脸笑笑。

"哼,我知道了,你莫不是来揩油,来赖饭吃?"

"嘻……那何必说起,吃餐把饭也有什么!"运秧驼背的声音几乎叫人很难听到。但他那缩头迎笑的神态,还是依然。(《运秧驼背》)

在这一段修改中,《运秧驼背》比《疲惫者》多出两段文字。第一段是"我说过"以后的文字,叙述人在这里直接站出来,从人性的角度,向读者评价乔崇先生家的长工们"向强者屈膝,向弱者开刀",将老实人作为开玩笑的对象。同样的文字还出现在另一段落,当运秧驼背的父亲景云想要"讨一个老婆"的想法遭到众人奚落之前,《运秧驼背》增加了以下的叙述:"人真是种莫名其妙的动物:总羡慕有钱有势的财主们宏伟的计划,却爱奚落没钱没势的穷人们一个小小的愿望。"相比较于整篇小说的修改中,巴人不断弱化叙述人的主体意识,消减叙述人的直接动作和评价的做法,这里反而把叙述人的作用强化了,从小说技术的层面看起来是矛盾的,可是从小说改编的意图来说是一以贯之的,就是通过强化阶级对比,加强作品的批判性,所以作者不惜借叙述人的口吻,直接评价长工们。与此相联系,增加的第二段文字意图就更加明显了,为了细化长工们调笑运秧的样态,在问"你作什么来"之前,增加了两句对话,分别是调笑运秧贫穷和在下三府做过工。这样的增加,虽然没有实质性的内容,但在叙述上拉长了叙述时间,细化了这一单元在文本中的作用,也是作者对"看客"心理的批判。

三

在中国当代文学史中,现代文学作家为适应新的社会形势,对自己以前的小说文本进行改编(有自觉的行为,也有不得不如此的苦衷),并不是什么新鲜事,问题在于:为什么改编自己的成名作,出于什么原因?基于怎样的考虑?想达到什么目的?如果我们深入中国现代社会史、思想史和文学史的进程,特别是将问题引入中国现代知识分子的生存境遇、生存策略和生存理想的冲突,就会发现更加宏观的意义和价值。就此而言,巴人对《疲惫者》的修改,为我们提供了一个生动的个案,其中既有现代知识分子生存困境、文学书写空间与公共空间的关系问题,也有巴人个人的人生道路、文学欲求和生存策略选择问题。当然,这两条线索往往是交织在一起的,正是在它们的交互作用下,巴人这样一个"革命"知识分子,才会做出(无论是自觉地还是不自觉地)这样的举动。

巴人自编的《短篇小说选》后记写于 1959 年 9 月 30 日,说明他对于自己小说的编选工作已经结束或基本结束,把《疲惫者》改编成《运秧驼背》当在此时已经全部完成,从文本表现形态看,文字增加了一倍还多,且修改很细,情节设置、人物心理、环境布置都进行了大量修改,包括具体用语、人名都不放过。显然,巴人是精心修改的,绝不是"急就章"。我们估计巴人对《疲惫者》的修改时间应该在 1958 年底至 1959 年上半年。而这段时间,对于巴人来说是一个非常特殊的时间段。1954 年,巴人辞去外交部的工作,来到人民文学出版社担任副社长、副总编辑,随即进入自己熟悉而又繁忙的文学编辑工作。1958 年,巴人主持规划了五年计划的远景计划,将古今中外各类文学作品编为丛书、全集、多卷本、多人集等等,他充满了浪漫激情,既有大动作,更有大设想。正当他准备大干一场的时候,1960 年 3 月,他被定为"反党反社会主义分子",撤销党内外一切职务。如果对当代政治运动有所了解的话,我们就不难设想,应该在 1959 年之前,巴人就已经感觉到形势对自己相当不利了,此时编选自己的《短篇小说选》,也许就是一种生存的"对策"吧。

1956 年,毛泽东提出"百花齐放,百家争鸣",邀请知识分子"大鸣大放",巴人热血不减当年,针对文学创作存在的公式化、概念化倾向,陆续发表《况钟的笔》《生活本身是公式化的吗?》和《论人情》等文章。巴人认为导致公式化、概念化的主要原因是过分强调"阶级性",而忽略了"人性""人情",提出文学作品应该写"人情"。这种思想与毛泽东的文艺思想是完全不同的,有悖于《在延安文艺座谈会上的讲话》精神,当然会激起文学界高层领导的强烈反应,而巴人像许多真诚的知识分子一样,对这种"引蛇出洞"的"阳谋"毫不知觉,还在不断地强调自己的文学思想,为自己埋下了"定时炸弹"。应该说,从 1957 年起,巴人就不断地接受来自内部和外部的批评和"商榷"[①],有些人是奉命进一步"引蛇出洞"。1959 年庐山会议之后,由康生亲自发动批判巴人的运动就开始了,巴人被定为"资产阶级人性论"的代表,要对巴人的"修正主义文艺思想"展开猛烈批判,批判文章很快就于 1960 年

---

① 张文勋:《关于文学艺术的特征问题——对巴人同志"文学论稿"的几点意见》,《文史哲》1956 年第 8 期。

初发表出来,且形成规模,显然是经过精心策划、长期准备的。① 如果将巴人改编《疲惫者》放入这一段历史背景和巴人的生活经历中,就不难理解其小说改编的主观意图了。

巴人的经历一直具有革命色彩。新中国成立以后,被派往印度尼西亚任中华人民共和国驻印尼首任大使,他自己应该感觉到了党和政府对他的高度信任。也许正是这种"同志式"的信任,让巴人充满了自信,他经常以革命的文学家和理论家自居,毫不留情地批评其他作家②,同时,他也觉得有责任批评不合理的社会现象,以利于社会主义建设。但在越来越政治化的文学理论和文学创作语境中,不遗余力地提倡人道主义文学主张,希望继承"五四"人道主义文学精神,必然导致个人悲剧的产生。

巴人所犯的最大错误,是把根本性冲突当成策略性失误。在巴人看来,50 年代文学公式化、概念化倾向,过分的阶级性话语,是对人性和人情重视不够,是文学选择的策略性失误,因而,他从"同志式"感情出发,批评这种错误的文学策略;他根本没有意识到,文学选择的策略性与政治意识形态有着直线式联系,阶级论和人性论的冲突,是文学选择的根本性冲突,绝不是策略性选择的冲突,这种冲突在 20 世纪 20 年代后期到 30 年代的中国文坛曾经上演过。文学的阶级论话语,要求文学无条件地服从于政治,作家无条件地服从于政治领袖;而文学的人道主义话语要求文学符合人的普遍精神,符合人类普遍经验,作家服从人类的良知和自我的良心。从 20 世纪 50 年代的时代语境来看,阶级性话语强调群体之间的"争夺"、个体之间的"对立",也就是"斗";而人性论话语强调群体之间的和谐、个体之间的理解和同情,也就是"爱"。巴人显然对这种冲突的本质性、残酷性缺乏应有的洞见,因而写作了《况钟的笔》《论人情》一类的文章。而当自己的人道主义文学观念受

---

① 这些文章包括洁泯:《论"人类本性的人道主义"——批判巴人的〈论人情〉及其他》,《文学评论》1960 年 1 期;辽宁大学中文系文艺理论教研室:《人性·世界观·民族形式——批判巴人"文学论稿"中的三个修正主义观点》,《辽宁大学学报》1960 年 2 期;姚文元:《批判巴人的"人性论"》,《读书》1960 年 4 期;开封师院中文系 1956 级《文学论稿》批判组:《批判巴人的人性论》,《开封师范学院学报》1960 年 6 期;史东:《我们和巴人在政治观点上的根本分歧》,《教学与研究》1960 年 6 期;众人:《彻底粉碎巴人反动的资产阶级唯心主义世界观》,《教学与研究》1960 年 7 期;郭志今:《揭穿巴人的修正主义私货——〈遵命集〉初步批判》,《读书》1960 年 8 期;中山大学中文系现代文学教研组:《王淑明贩卖的是什么货色?——〈论人情与人性〉的批判》,《中山大学学报(社会科学版)》1960 年第 3 期;水建馥等:《批判巴人〈文学论稿〉中的修正主义思想》,《读书》1960 年 9 期;胡经之:《论人道主义——批判巴人的人道主义论》,《学术月刊》1960 年 11 期。

② 王玉林:"巴人在出版的《文学初步》中指责《骆驼祥子》对革命的认识是'世俗'的,这种'世俗'的看法本质上是反动的。《骆驼祥子》被批评家称道,但没有从这种思想本质上的反动性予以批判,实在是怪事。"《骆驼祥子的本真意义——老舍对个人主义的批判》//《纪念老舍先生诞生 110 周年国际学术研讨会论文摘要》,www.laoshexue.com,2009 年 2 月 17 日。

到批评、批判的时候，巴人又竭力表现出革命文学家立场，试图通过重新发表自己的"旧作"来证明自己的文学道路。然而，他又清醒地意识到：这些"旧作"是不合时宜的，是需要改造的。《短篇小说选》的"改写"，来自巴人在面对时代语境和个人遭遇时，做出一种欲证明自己，又害怕证明自己的矛盾心理。所以，他选择的改写方向是：不断压缩属于个人的东西，尽力扩充、提升属于集体的成分，也就是说，通过"自虐式"地压缩"私人空间"，走向 50 年代的"公共空间"。

巴人的这种"私人空间"，并不完全属于巴人，而是"五四"文学的"公共空间"，从《疲惫者》到《运秧驼背》，是巴人忍痛改造文人式"自由表达"传统，而自觉不自觉地走向政治化书写的过程，为中国文学由"五四"知识分子公共空间走向共和国文学的政治空间，提供了一个鲜活的例证。李欧梵先生这样评价晚清的"游戏文章"："且不论这些'游戏文章'当时会产生何种影响，我认为它已经造成了一种公论，提供了一个史无前例的公开政治论坛，也几乎创立了'言者无罪'的传统。"①这种"游戏文章"实际上为文人提供了一个公共空间，在 20 世纪上半期的中国文学中，中国社会的公共空间呈现逐渐缩小的趋势，但是自"五四"新文学产生以后，由文人自由表达而形成的社会公共空间还是毫无疑问地存在着："对于 20 世纪中国的新文化和新文学来说，无论是'五四'时期以学院、社团与同人刊物为中心，下以启蒙群众，上以干政论政，在文化思想和文学创作上绽露出多元竞争的态势，还是 30 年代以上海等地的报刊为负载，催生出多姿多彩的文化文学流派，始终为自由表达留下了较大的空间。"②这种自由表达的知识空间，到了当代文学时期，突然遭遇到封闭，在政治、经济、文化领域，都被要求不折不扣地贯彻执政者的思想，对于不同的意见，不再宽容，由晚清以来形成的"言者无罪"的传统受到前所未有的挑战。经过几次大的文化批判和文学批判，"因言获罪"使许多知识分子噤若寒蝉，敢于表达自己意见的有两种人：一种是坚守自由独立人格的真学者，如陈寅恪、梁漱溟等；一种是具有一定革命经历的"红色"文化人。巴人显然属于后一种人。但是，令巴人没有想到的是，《论人情》《况钟的笔》等杂文给他带来了巨大的压力；他意识到，在现代中国他所惯用的"自由表达"和富有战斗精神的书写方式，在这个时代不可能了，新的文学管理机制和生产机制与他所熟悉的文学创作方式格格不入，个性化的表达不适应时代的要求，他需要按照"集体主义"的路径，重新修改自己的

① 李欧梵：《"批评空间"的开创——从〈申报·自由谈〉谈起》//王晓明主编：《批评空间的开创——二十世纪中国文学研究》，东方出版中心 1998 年版，第 110 页。
② 刘志荣：《潜在写作 1949—1976》，复旦大学出版社 2007 年版，第 3 页。

作品,突出阶级色彩,淡化甚至消除"个人"色彩,这才是这些作品当下存在的唯一出路,也是作家人生存在的唯一方式。于是,巴人将"五四"时期的《疲惫者》改编成为《运秧驼背》,由"五四"时期的知识性文学空间转向当代开国文学的政治化文学空间。这对一个"五四"成长起来的作家来说,他忍受了多么大的痛苦。逐渐远离"五四",正是巴人的悲剧所在,也是中国当代作家的悲剧所在,更是中国当代文学的悲剧所在。

(此文与张蒲荣合作完成,原载《宁波大学学报(人文科学版)》2011 年第 4 期,

人大复印报刊资料《中国现代、当代文学研究》2011 年第 9 期全文复印)

论巴人20世纪50年代的文艺批评

巴人不仅是一个优秀的文艺理论家、诗人、小说家,而且是一个富有远见的文艺批评家,尤其是他在20世纪50年代的文艺批评,产生了广泛而深刻的影响。本文试图结合新时期的文学观念,谈谈对巴人50年代文艺批评的认识,求教于大方之家。

一　文学语境与批评的出发点

新中国成立以后,由于对文学和社会生活,尤其是对文学和政治生活的关系认识有偏差,更由于社会生活性质的急剧变化,一些作家观察生活的视角、文学创作的习惯一时扭转不过来,而急剧变化的社会生活又要求作家必须改变,于是便产生了当时"历史发展的必然要求和这个要求实际上不可能实现之间的冲突",这种冲突直接造成文学创作的"悲剧",其主要表现就是文学创作出现了公式化、概念化。

巴人的文学批评首先针对的是文学创作的公式化、概念化。就此问题,巴人集中写了几篇批评文章,提出了文学创作者的精神资源问题、如何认识生活问题、如何表现生活问题、文学创作者如何面对文学批评等重要问题,这些问题既具有重要的理论价值,又具有直接的现实针对性。

巴人首先提出文学创作者要有丰富的精神资源,特别是要有历史知识:"我们的作家怕还须多丰富些知识,特别是历史知识。"①从文学创作的角度来说,他举了杜甫"读书破万卷,下笔如有神"的例子来劝告作家多读书,尤其多读历史:"你从书本上得来的中国工人阶级斗争的知识将会在你熟稔当前工人生活中增加更多的感受"②;从文学阅读的角度来说,作家也要学习历史知识:"如果去读一读《辛亥革命与袁世凯》这本小书,那是更容易理解

---

① 巴人:《作家应有丰富的知识》//王克平、钱英才编:《巴人文艺短论选》,花城出版社1988年版,第181页。
② 巴人:《作家应有丰富的知识》//王克平、钱英才编:《巴人文艺短论选》,花城出版社1988年版,第182页。

产生阿 Q 典型人物的历史背景的"①。同时,他还要求作家学习科学知识。强调作家的知识修养特别是历史知识修养,不仅对当时的文学创作具有重要的意义,而且,对于直到 80 年代中期的文学创作,也具有很强的现实意义。新时期文学界对"学者型作家"的呼唤,钱钟书、沈从文等学者型作家作品的热潮,都在某种程度上印证了巴人作家应有丰富的知识这一观点的正确与远见。

文学创作的公式化、概念化是怎样产生的?巴人认为涉及如何认识生活、如何表现生活的问题。在这里,巴人并没有简单地强调深入生活,而是从文学的性质入手,用简明扼要又通俗易懂的话,说明作家如何去认识生活,如何去表现生活。巴人首先辨明文学创作的性质:"作家的本领不在于记录事实,而在于概括事实,创造典型。作品不是现实的翻版,而是'第二现实'的创造。"由此出发,巴人反对"把个别生活局部化、孤立化,或者离开生活的实际内容,只看到事件的过程形式"的公式化方法。② 因为这种公式化的认识,"只知道直接地单线条地——或者说,单刀直入地——来描写事情对象的本身"③。"如果这样,那就不可避免地会把人物形象写成为抽象的属性的总和,写成为某种时代精神的传声筒,也就是说,写成为概念化的人物了。"④

那么,如何去改变文学创作的公式化、概念化的倾向呢?巴人认为文学创作者首先要改变认识生活的方法,要树立"文艺作品是通过人的描写来反映生活现象的"⑤,要看到"每一个活的人的精神世界的丰富性和复杂性"⑥,看到"生活本身有它自己的规律,但这个规律是在它全部复杂性中进行的"⑦。巴人特别举赵树理的《三里湾》为例,来说明"共同的生活现象对每个人的反应是并不相同的,通过每一个人对生活的不同的反应的描写,就能

---

① 巴人:《作家应有丰富的知识》//王克平、钱英才编:《巴人文艺短论选》,花城出版社 1988 年版,第 183 页。

② 巴人:《作家应有丰富的知识》//王克平、钱英才编:《巴人文艺短论选》,花城出版社 1988 年版,第 185 页。

③ 巴人:《作家应有丰富的知识》//王克平、钱英才编:《巴人文艺短论选》,花城出版社 1988 年版,第 186 页。

④ 巴人:《作家应有丰富的知识》//王克平、钱英才编:《巴人文艺短论选》,花城出版社 1988 年版,第 189 页。

⑤ 巴人:《作家应有丰富的知识》//王克平、钱英才编:《巴人文艺短论选》,花城出版社 1988 年版,第 186 页。

⑥ 巴人:《作家应有丰富的知识》//王克平、钱英才编:《巴人文艺短论选》,花城出版社 1988 年版,第 187 页。

⑦ 巴人:《作家应有丰富的知识》//王克平、钱英才编:《巴人文艺短论选》,花城出版社 1988 年版,第 185 页。

揭示共同的生活现象的无限丰富的内容"①。同时,巴人通过《李尔王》的分析和马克思关于人的本质的论述,说明"作家的本领就在于从一切社会关系中来描写人、描写人的典型性格,而不是从孤立的个别的人的个体去抽取他的思想品质来描写"②。

在这里,我们看到巴人从认识生活的方法和艺术表现两个层面进行了论述。在认识生活的方法上,巴人主张用联系的、全面的、发展的观点认识生活,把每一个生活事件放在全部生活中,要从整个生活的全部复杂性中观照一个个生活事件,也就是说要从整体上去把握生活;在艺术表现上,巴人主张要像赵树理和莎士比亚那样,通过对典型形象的塑造,来揭示生活的丰富性和复杂性。尤其令人注意的是,在50年代的社会生活中的确出现了某些简单化、公式化的情况,但巴人准确地指出,这不能成为文学创作公式化、概念化的理由,他坚定地认为:"作为一个作家就不应该把自己创作的公式化,归因于生活本身的公式化。正因为生活某些部分有公式化,作家就得大胆地拿起笔来,校正它。"③放在50年代的社会背景和文化背景下来看,我们就不得不佩服巴人的勇气,更不得不佩服他的敏锐和对文学事业的忠诚。

巴人50年代文学批评的另一个文学语境和现实出发点是当时的文艺作品"缺乏人情味",这种现象和文学创作的公式化、概念化是有联系的,但巴人对此问题的思考,无论是在理论上,还是在社会影响上,都远远超出了对文学创作公式化的一般思考,"他实际上把握住了文学的一个根本特点,从而也就击中了公式化、概念化弊病的要害,找出了克服它的途径"④。面对当时文艺作品"机械地理解了文艺的阶级论的原理"的现状,巴人以一个优秀文学理论家和文学批评家的勇气和敏锐,发现了问题的症结所在:"我想如果说,我们当前文艺作品中缺乏人情味,那就是说,缺乏人人所能共同感应的东西,即缺乏出于人类本性的人道主义。"⑤因此,巴人大声疾呼:"魂

---

① 巴人:《作家应有丰富的知识》//王克平、钱英才编:《巴人文艺短论选》,花城出版社1988年版,第186页。

② 巴人:《作家应有丰富的知识》//王克平、钱英才编:《巴人文艺短论选》,花城出版社1988年版,第189页。

③ 巴人:《作家应有丰富的知识》//王克平、钱英才编:《巴人文艺短论选》,花城出版社1988年版,第193页。

④ 王铁仙:《论巴人的〈论人情〉》//全国巴人学术讨论会编:《巴人研究》,上海书店1992年版,第97页。

⑤ 巴人:《作家应有丰富的知识》//王克平、钱英才编:《巴人文艺短论选》,花城出版社1988年版,第218页。

兮归来，我们文艺作品中的人情呵！"①在当时的文化语境和文学语境中，这样的声音怎能不招致批评甚至批判呢？

许多同志认为巴人 50 年代的文学批评尤其是《论人情》是以"人"或"人情"的理论为出发点的。"文学的直接对象是人，文学的目的是人，因而人也始终应是创作的中心。……巴人并不反对揭示社会本质，但他认为文学并不是直接去揭示社会本质的，而是通过写人来实现的，它直接面对的是人，目的是为了'提高人的精神世界'，并且提高人的精神世界从而改造和推动社会现实，反过来也仍是为了使之更'适合于'人生。这就是巴人关于文学要写人情的观点的出发点。"②

诚然，在巴人 50 年代的文学批评中，人、人情是重要的内容，但不能说是巴人文学批评的理论出发点。我们不禁要问：是什么美学原则促使他考虑文艺作品中的人情问题的呢？ 如果我们读他的《遵命集》《点滴集》就会很快得到答案，这就是现实主义美学原则。像巴人这样成熟的文学批评家，其文学批评的理论原则是相对稳定的，也是贯穿始终的，现实主义美学原则在巴人的文学批评活动中占有绝对的重要位置，《论人情》等文正是他现实主义美学原则的体现。巴人从参加文学活动的那一天起，就踏上了现实主义文学之路，"作为一个文艺理论家，巴人的可贵之处，是始终在探索一条深入反映人生和积极改造人生的文学道路。这是现实主义的文学道路"③。到了 50 年代，巴人不仅在《文学论稿》中推崇现实主义，而且在文学批评中，向大家推荐的几乎全是现实主义文学大师，如杜甫、鲁迅、赵树理、莎士比亚等，在他看来，50 年代文艺作品的问题恰恰是违背了现实主义的创作原则，把现实主义当成了客观主义。什么是客观主义？ 就是"把文艺作品反映现实，理解为照抄现实，把文艺作品的创造者，看作是现实的'文抄公'——还说不上是照相师呢"④。以这种客观主义"写出作品来，既缺少思想的迫人力，也没有艺术的感染力。而艺术的感染力则是以作家的思想的迫人力为基础的"⑤。在这里，巴人实际上提出了现实主义文学创作如何反映社会生

---

① 巴人：《作家应有丰富的知识》//王克平、钱英才编：《巴人文艺短论选》，花城出版社 1988 年版，第 220 页。

② 王铁仙：《论巴人的〈论人情〉》//全国巴人学术讨论会编：《巴人研究》，上海书店 1992 年版，第 97 页。

③ 吴中杰：《论巴人的文艺思想》，《宁波师院学报（社会科学版）》1986 年第 3 期。

④ 巴人：《再论"生活本身是公式化的吗？"》//林乐齐、秦人路编：《王任叔杂文集》，生活·读书·新知三联书店 1997 版，第 340 页。

⑤ 巴人：《再论"生活本身是公式化的吗？"》//林乐齐、秦人路编：《王任叔杂文集》，生活·读书·新知三联书店 1997 版，第 341 页。

活的问题,也就是我们后来所说的"物的反映"和"人的反映"的问题,就是"被动的反映"和"能动的反映"的问题,这是现实主义美学的基本原则问题。1956 年巴人在《文艺报》发表的《典型问题随感》一文,也正是从马克思和恩格斯关于现实主义的基本论述出发,针对当时的文艺实际,讨论典型问题的。

综上所述,我们可以看出,巴人 50 年代的文学批评的理论出发点是现实主义美学原则,《论人情》等文是从他一贯的文艺思想出发的,是巴人现实主义文艺思想的一个方面,而不能说巴人的文学批评是从"人""人情"甚至"人性"出发的。事实上,根据巴人一贯的文艺思想,在当时的情况下,巴人也不可能以"人""人情"作为文学批评的出发点,他在坚持现实主义美学原则的时候,敏锐地发现当时文艺作品的问题,及时提出文艺作品要写人情,要反映人的普遍性,正是他作为一个现实主义文学批评家的可贵之处。

二　巴人文学批评的身份和基本态度

巴人的文学活动是多方面的,其文学身份也是多重的:作家、文学理论家,杰出的文学编辑、进步的文学活动家,最后,巴人还是一个具有独特眼光的文艺批评家。

巴人文学身份的多重性在一定程度上决定了它的文学批评风格,徐季子先生认为:"形成巴人文艺批评风格的有三个特点:第一是他的博识和明智。……第二是文艺评论和'杂感'的融合。……第三是文艺评论的散文化。"①这些风格的形成,无疑和巴人的多重文学身份相联系。巴人具有文学批评家所需要的多方面的修养和个性品质,并造就了他文艺批评的个性特征,而其中最突出的特点是:强调生活体验和艺术体验,以作家的身份参与文学批评。巴人的文艺批评没有长篇大论,没有故作高深,没有从理论到理论的抽象批评,而是平实地道出自己的生活体验、艺术体验,以杂感的形式,敏锐地抓住文艺作品的关键问题,以对话交流的态度,针对现象而不针对具体的人和作品之方式,进行文艺批评。

一般来说,任何一个从事文学批评的人,至少具有两种身份:一种是文学读者,一种是文学批评者。但是,作为优秀的文艺批评家,在文学批评活动中,仅有这两种身份是远远不够的,巴人不仅把多重的文学身份带入文艺批评,而且,特别突出作家的身份,把作家式的生活体验和艺术体验融入文艺批评。因此,巴人的文艺批评显得平易近人,情理结合,既有说服力,又有

---

① 徐季子:《巴人文艺评论的风格》,《宁波师院学报(社会科学版)》1986 年第 3 期。

感染力,理论与实践结合,能够一针见血地指出问题的关键所在,文字少短,穿透力却强。

"论人情"系列文章中,巴人就紧密结合自己的生活体验和艺术体验,讨论文艺问题。在《论人情》中,巴人首先介绍了他的生活的间接体验:他有一些青年朋友"在土地改革时期和三反、五反运动时期,他们为了同地主和资本家的父亲或兄长划清思想界线,几乎采取同一的'战略战术':断绝家庭的来往。不管父亲或兄长怎么写信来'诉苦',一样置之不理,表示自己立场的坚定。就是运动过去,父亲和兄长也接受改造了,还是不理;甚至于他们生活有困难,也不愿意给半个钱。但他们的内心,并不是完全这样'坚定'的,有时也会想起父亲和兄长对他们的爱抚,而至于偷偷下泪"①。看到这种情况,巴人的心震颤了,他主张要把"达理"和"通情"结合起来,"能'通情',才能'达理'。通的是'人情',达的是'无产阶级的道理'"②。这种间接经验,使巴人看到生活中缺乏人情、文艺作品中缺乏人情,这是他在生活经验中得到的启发。

巴人不仅结合间接的生活体验,而且,把自己直接的生活体验引入文学批评中——这就是儿子克宁的死。"有一天,克宁临走时感到身体不适,天又下着倾盆大雨,他很想留在爸爸身边过夜,可巴人认为军人必须遵守纪律,坚持要他准时回部队。结果,克宁一回营地就发高烧,几天后大吐血,抢救无效,遽然去世,年仅 18 岁。"③这件事对巴人的打击很大,也促使他进行了深刻的反省:"我深深地感到自己对他不但缺少父亲的爱,而且表现为没有丝毫人情:这就不能不使我对《一个人的遭遇》中的主人公的精神感到惭愧和流泪了。……怎的,我说到哪里去了。"④透过字里行间,我们不难体会他写作此文的心情。像这种把自己内心的深层生活体验直接表现出来的写法,在文艺创作中是经常见到的,而在文艺批评中,确实是很少见的。

为了说明人情在文艺作品中的重要性,巴人还向我们展示了读《一个人的遭遇》时的艺术体验:"我对那篇小说主人公在对德国法西斯作战中和以后被俘时所表现的一种非常曲折的,但基本上是坚贞不屈的精神感到兴奋,但看到他战后妻死子亡,收留下一个孤儿作为自己的爱子的那段描写,我流

---

① 巴人:《论人情》//林乐齐、秦人路编:《王任叔杂文集》,生活・读书・新知三联书店 1997 版,第 398 页。

② 巴人:《论人情》//林乐齐、秦人路编:《王任叔杂文集》,生活・读书・新知三联书店 1997 版,第 399 页。

③ 戴光中:《巴人之路》,华东师范大学出版社 1996 年版,第 127 页。

④ 巴人:《以简代文——关于〈评《论人情》〉的答复》//林乐齐、秦人路编:《王任叔杂文集》,生活・读书・新知三联书店 1997 版,第 409 页。

泪了。在他那亲子之爱的追求中，正表现了他那伟大的人类的爱。"①

在巴人的文学批评中，像这样展示自己生活体验和艺术体验的地方很多，这与巴人作为一个作家、诗人的文学身份是分不开的。他这样写文艺批评，不仅从批评态度上体现出平等对话、真诚交谈，而且在效果上，既能"达理"，也能"通情"，真正做到晓之以理、通之以情。直到 90 年代中期，文学批评界还在呼唤平等对话、真诚交流的批评，而巴人已经在 50 年代为我们做了示范。

三　文学批评的美学追求

巴人 50 年代的文学批评，虽然以文艺短论为多，但是在这些短论中仍然体现出巴人执着而集中的美学追求。通过《遵命集》和《点滴集》，我们可以看到巴人对现实主义美学原则的追求。关于这一点，学者在讨论中多有涉及。② 在这里，笔者想补充两点：一是巴人对文学艺术要表现人类普遍经验的追求；二是巴人对文学形象完整性和丰富性的追求。

巴人主张文学艺术要写"人情"。"人情"是什么呢？巴人回答得很坚定，也很清楚："人情是人和人之间共同相通的东西。饮食男女，这是人所共同要求的。花香、鸟语，这是人所共同喜爱的。一要生存，二要温饱，三要发展，这是普通人的共同的希望。如果，这社会有人阻止或妨害这些普通人的要求、喜爱和希望，那就会有人起来反抗和斗争。这些要求、喜爱和希望可说是出乎人类本性的，而阶级社会则总是抑压人类本性的，这就有阶级斗争。"③很明显，巴人的人情，并不是阶级社会中具体的人之情，并不是个体的、集体的人之情，而是整个人类的共同的要求、喜爱和希望，是"出乎人类本性"的情，生存、温饱、发展都是人类共同的生命欲望，用一句话说，也就是整个人类的普遍要求和普遍经验。因此写人情，就是要求文艺作品传达人类的普遍意识和普遍经验，就是要求文艺作品展示人类的生存和生命的欲

①　巴人：《以简代文——关于〈评《论人情》〉的答复》//林乐齐、秦人路编：《王任叔杂文集》，生活·读书·新知三联书店 1997 版，第 408—409 页。

②　吴中杰：《论巴人的文艺思想》，《宁波师院学报（社会科学版）》1986 年第 3 期；徐季子：《巴人文艺批评的风格》，《宁波师院学报（社会科学版）》1986 年第 3 期；吴修：《论巴人的美学思想》，《杭州师范学院学报》1991 年第 5 期；徐舟汉：《王任叔小说的人性美和阶级观》//全国巴人学术讨论会编：《巴人研究》，上海书店 1992 年版；钱英才：《巴人小说美学三题》//全国巴人学术讨论会编：《巴人研究》，上海书店 1992 年版；龙彼德：《巴人小说的生命意识》//全国巴人学术讨论会编：《巴人研究》，上海书店 1992 年版。

③　巴人：《论人情》//林乐齐、秦人路编：《王任叔杂文集》，生活·读书·新知三联书店 1997 版，第 399 页。

望和要求,就是要求文艺作品追求最广的普遍性,这一要求绝不是对文艺作品的一般要求,而是带有终极意义的要求,它既是历史的,也是美学的。巴人的这一要求,不禁使我想起了西方现代主义学者桑塔格的话:"我们需要的是一种艺术的生命欲望,而不是艺术的阐释学。"巴人要求文艺的正是一种生命意识,在艺术规律和美学追求上,倒是暗合了桑塔格的意思。

在巴人看来,文艺作品首先要"通情","能'通情'才能'达理'。通的是'人情',达的是'无产阶级的道理'"。在这里,他把人类的普遍要求和普遍经验与无产阶级的阶级性有机地结合起来,这不仅在当时,就是在 80 年代,也是极富意义的。有些先生对巴人的"通情达理"之说持有异议,认为"这种感情作为一种共同人情,在政治和道德范畴之外的日常生活中产生,很少社会倾向性。文学作品很难通过这种感情的抒写而传达出无产阶级的思想观念"①。实际上,这是由于时代的原因,对巴人的观点理解不够准确的表现。

作为深受鲁迅影响的马克思主义文学理论家,作为经过现代文学多次论争洗礼的文学批评家,巴人是充分认识到文学阶级性的重要性的,在他的《文学论稿》、文学论文和文艺杂感中,我们都能明显地看到他对文艺阶级性的重视。但是,巴人对文艺阶级性的理解,并不是仅仅看到无产阶级文艺的"斗争性""战斗性",他更看到了无产阶级文艺和整个人类发展的"同一性",他根据马克思主义的社会理想和人的全面发展的思想,满怀信心地憧憬阶级性和人类普遍情感的统一。在巴人看来,无产阶级的阶级性正是为了人性的彻底解放,"无产阶级主张阶级斗争也是为解放全人类。所以阶级斗争也就是人性解放的斗争"。他认为"本来所谓阶级性,那是人类本性的'自我异化'。而我们要使文艺服务于阶级斗争,正是要使人在阶级消灭后'自我归化'——即回复到人类本性,并且发展这人类本性而日趋丰富"。从这一点来说,写人情不仅与阶级性不矛盾,而且,写人情成为无产阶级文艺阶级性的根本要求,也是文学艺术的基本内容,由此,巴人在理论上找到了阶级性和人类普遍要求的终极统一。巴人的意见很明确,文艺必须为阶级斗争服务,只是过渡,是暂时的,"其终极目的则为解放全人类,解放人类本性"。② 因此,文艺要为阶级服务,就必须与解放人的本性结合起来,要"达理",必须先"通情","无产阶级用阶级斗争的武器来解放全人类,解放人类本性,而且

---

① 王铁仙:《论巴人的〈论人情〉》//全国巴人学术讨论会编:《巴人研究》,上海书店 1992 年版,第 102 页。

② 巴人:《论人情》//林乐齐、秦人路编:《王任叔杂文集》,生活·读书·新知三联书店 1997版,第 399—400 页。

使之日趋于丰富,这种远大的目的性,文艺家是应该放在心里的"①。

巴人的写人情,从表面上看是对当时文艺作品内容的要求,但从理论上看,是对文艺根本性质和终极目的的辩证,要求文艺表现整个人类的普遍经验和普遍要求,不仅找到了文艺的历史归宿,也找到了文艺的美学归宿。

巴人50年代的文艺批评中,以现实主义文艺理论为基础,特别强调人物性格的丰富性和完整性。这个问题和巴人对当时文艺作品的认识是密切相关的。要克服公式化、概念化,就要重视人物的丰富性,要写人,要展示整个人类的普遍经验,就要揭示人的精神的丰富性和完整性。在巴人看来,人的性格绝不是单一的,不是简单的,如果简单化地处理人物形象,就会使文学形象失去生命。"写一个革命的战士,如果在写他战场上杀敌的勇敢以外,也写写他日常生活中见到一个人的死亡或受难而伤心流泪,那战士的形象也就更完整了,更有生命了。这看来是矛盾现象,实际上是辩证地统一的。"②

在这里,首先,巴人要求把革命战士的阶级性和普通人的人情结合起来:写战士勇敢杀敌,这是阶级性、革命性;但是,仅仅写出这一点是远远不够的,因为战士首先是人,他应该具有人类的共性,如果文艺作品只能写出人物的阶级性,而忽略了人物的"类"的普遍性内容,人物形象就不能完整,势必导致类型化人物,就会"把人物变成时代精神的单纯的传声筒",因此,巴人要求在写出人物革命性时,还要揭示人物身上所蕴含的人类的普遍精神。

其次,巴人对人物形象的要求是"更完整、更有生命":要完整,就是要写出人物性格的无限丰富性;要有生命,就是要揭示人物的生命意识和生命意义,要揭示其"典型"的、具有代表性的一面,还要揭示其"个性"的一面。一句话,就是要写出"人的性格的复杂性和丰富性"。同时,人物性格的丰富性和生命意识,还要像"伟大的古典现实主义作家作品"那样,"在情节的无限丰富性和生动性中来表现人的性格"③。

最后,巴人要求的人物形象是辩证统一的:在巴人看来,这就是要揭示人物性格的矛盾性,并且要注意挖掘人物矛盾性格之间的统一性,只有这样,才能写出人物性格的复杂性和丰富性。"勇敢杀敌"和"伤心流泪"看似

① 巴人:《给〈新港〉编辑部的信》//林乐齐、秦人路编:《王任叔杂文集》,生活·读书·新知三联书店1997版,第404页。

② 巴人:《以简代文——关于〈评《论人情》〉的答复》//林乐齐、秦人路编:《王任叔杂文集》,生活·读书·新知三联书店1997版,第408页。

③ 林乐齐、秦人路编:《王任叔杂文集》,生活·读书·新知三联书店1997版,第302页。

矛盾,实际上是统一的,它们是战士完整性格的不同侧面、不同层次,把这些不同侧面、不同层次的性格内容揭示出来,并把它们统一起来,是文艺家、文艺作品的必要工作,这种统一,也就是把人物性格的复杂性、丰富性和完整性结合起来。实际上,在生活中,每一个人的性格都是复杂的矛盾统一体,被称为"20 世纪人类梦想家"的人本主义学者埃利希·弗洛姆,把人的性格分为生产性性格和非生产性性格,每一种性格内容都有两种取向,每个人的性格都是矛盾的统一体。[①] 由此可见,巴人对人物性格矛盾统一体在文艺作品中的要求,暗合现代心理学、美学的研究成果。由此我们也不难见出巴人的远见。

我们知道,关于人物性格的丰富性和完整性,是黑格尔对文艺的基本要求,马克思和恩格斯在关于文艺的论述中,更加强调人物性格的丰富性和完整性。巴人正是继承了这一传统,坚持了这一传统。20 世纪 80 年代关于"人物性格二重组合论"的讨论,使我们更加确信了巴人的深刻和勇敢,在50 年代,他已经深刻地洞察到人物性格的多层次、多侧面的矛盾统一对于当代文艺作品的重要性,这不能不令人惊叹。

(原载《宁波大学学报(人文科学版)》2001 年第 3 期)

① 参见南志刚:《弗洛姆:新精神分析的美学》//朱立元主编:《法兰克福学派美学思想论稿》,复旦大学出版社 1997 年版,第 285—292 页。

先锋小说的回归与抵抗

当代先锋小说不过几年,但是,它的文化策略、文学态度和价值取向,无疑是中国 20 世纪文学的一个缩影,它给我们的启发是多方面的,教训也是深刻的。全球化不是西方化,现代性也不是西方现代主义性,面对"全球化"的世界文学语境,面对西方文学的强势话语,我们如何走向世界? 是迎合他人,泯灭自我,跟着西方融入全球化,还是回归自我,博采众长,以自己的文学身份和民族智慧,加入全球化时代的文学建设? 答案是不言而喻的,而怎样走出自己的文学之路,才是我们的艰难选择。要重塑中国文学的世界形象,要与西方文学平等深入地对话,就必须坚持三个"回归"与三个"抵抗"。

一　回归本土文化立场,抵抗西方话语霸权

作为一种话语含蕴中的审美意识形态,文学是人类的一种精神活动,是人的生活活动的一部分,离开了文学参与者的生活内容,文学就将是无本之木、无源之水。任何一个民族的文学,都蕴含着人类共同的文化精神,但是,这种人类共同的文化精神,是通过对本民族文化精神和生活内容的表现来实现的,没有一个民族的文学能够脱离自己文化传统而获得世界性的独特价值,离开本土文化立场的文学,在世界文学中也不会有长久的立足之地。因此,回归本土文化,不仅是一个文化立场的选择问题,更是一个文学的生存问题,只有回归本土文化立场,才能够发出自己的声音,才能够确立自己的文学话语。

深受西方现代主义思潮影响的先锋小说,正是在文化立场的选择方面走入了误区,因而丧失了自己的声音,误把西方的话语当成自己的话语。尽管先锋小说家们都很努力,但是,距离中国文学传统,距离中国当代的现实生活愈来愈远,以至于和中国普通文学受众、文学批评界的关系趋于紧张。先锋派的小说家公开宣称他们文化立场的西方性质,马原一再宣称他的小说就是创造新的经验、超验,但是,他的新经验、超验,不过是贩卖了西方现代哲学和文学的旧货,他的"极端个人化的想法",也不过是卡夫卡、博尔赫斯、海明威等西方现代主义作家已经多次表现过的想法。莫言的"语言实验"更多是在颇具洋味的高密东北乡里,展示丰乳肥臀,其洋话连篇的叙述,

并没有"复原"中国文化的"血性",而更多是以"野""性"的伪民间话语,呼应着西方现代的非理性哲学和文学思潮,他宣称向民间和民族大踏步地撤退,但却徒有民间之形,而乏民间之神。这一切都是因为先锋小说没有回归中国文化的本土立场,而是模仿西方的话语,把西方现代主义、后现代主义文学当成自己的目标,太多的西方话语淹没了他们本来就不多的民族文学因素。

首先,当代先锋小说没有回到中国的叙事文学传统中,没有在中国文化中找到自己的根,而是直接嫁接在西方现代主义文学思潮和文学创作上。中国古代文化具有自己的文化个性,中国的叙事文学也自成体系,但是,先锋小说家对此无暇顾及,而是一味地在西方叙事学中寻求"叙述革命",尽管他们在文学技术上不断地翻新花样,但技术的文化内涵却大打折扣,在时间的折叠、变形后面,在叙述圈套的背后,在语言实验的背后,隐含着他们对本土文化的漠视和遗弃。其次,他们没有回到中国当代现实生活的场域中,他们的小说严重脱离20世纪80年代中国人的现实生活,而是用符号式的人物和迷宫式的叙述,一次一次地验证西方现代哲学和文学理论的结论,他们人性思考的出发点更多不是中国当代具体的人性状态,而是西方现代哲学和文学的移植和搬运。先锋派的"颠覆",并没有吸取当代现实主义文学的深刻教训,也没有回归本土文化立场,而是用西方现代主义代替西方近代的"写实主义",在"西化"的道路上越走越远,中国传统叙事文学智慧在他们的小说中难觅踪迹。失去了历史的根,失去了现实生活的基础,先锋小说只好漂浮在西方文化的水面上,失去了自己的声音,成为西方话语的中国式传声筒。

先锋小说的产生与发展告诉我们:中国文学要发展,中国文学要走向全球化,中国文学要有自己的声音,就必须回归本土文化立场,在本民族的历史文化中寻找丰富的精神资源,复活中国叙事文化的精神;同时,也要回归到中国人当前的生活状态中,在现实的基础上寻求发展。只有站稳了本土化立场,才能广泛地汲取、有效地利用世界各种文化资源,才能在全球化语境中保留自己的文化个性和文化声音,才能有效抵抗西方话语霸权。

二 回归文学审美主体,抵抗抽象本文主体

文学是人类的精神创造活动,而在这一创造性活动中,"人"的主体性是毋庸置疑的,这个人不是抽象的人,而是具体投入到创作过程中的人,作者通过艺术创造活动,创造劳动价值,把自己的审美趣味、人生理想、生活体验等投射到文学本文中,实现人的本质力量的对象化。而结构主义叙事学以

叙事本文为研究对象,把叙事本文当成一个独立的存在,用"叙述人"这一功能性概念和"行动者",消解了作为社会存在的具体的艺术创造者,抹杀了作者在文学活动中的主体地位,从而把文学活动中具体的生动的人,变成了抽象的、纸上的"人",导致结构主义叙事学只看见文学本文中的施动者/受动者,只看见在文学本文中发挥功能的"角色模式",而从根本上漠视作为创造主体的人的创造力和生命力。

文学创作的主体首先是审美主体,他既是审美欣赏的主体,也是审美创造的主体,他的任务是从生活中发现美,在想象中完善美,在艺术中表现美,他具有自己的美学体验和美学理想,而不是移植和搬运他人的美学观念和美学规则。一方面,先锋小说家们缺乏明确自觉的审美意识和独立的审美理想,他们表现的体验感觉,更多是移植了西方现代主义小说体验和感觉。先锋时期的余华,把西方化的人性观念,强加在中国式的人物身上,把卡夫卡在西方现代社会基础上形成的感觉、体验,当成自己的感觉、体验;残雪的梦魇,更多不是产生于自己的生活体验和人生经历,而是来自于对西方现代文学的复制。于是,先锋小说家自觉不自觉地把自己的主体性消融在对西方文学的模仿中,导致自我的丧失,导致文学创作主体的文化失落。另一方面,先锋小说从西方叙事学中学习到了丰富的叙事技术,他们更加重视叙述主体的功能作用,而相对轻视作为文学创作主体的现实性存在。在马原的小说中,我们看到那一个"叫着马原的汉人",不断地在叙述圈套中左冲右突,忙于设置各种圈套,而作为创作者的审美意识、审美理想,却很少露面。余华的《现实一种》,更是把人物符号化,不但创作者的主体性消失,而且,人物的主动精神也消失在符号化的叙述中。

叙事文学作品首先是作者文学创作的劳动结晶,"叙述人"无论具有怎样的独立性,也是作者选取的一种叙述视角和叙述策略,因此,不能把叙事本文仅仅看成叙述人"产品","叙述人"并不能代替作为文学创作的审美主体的作者,更不能凌驾于文学创作主体之上。就此而言,结构主义叙事学把叙述人的主体性无限夸大,导致叙述本文成为一种平面化的复制品,而人的创造性,人的本质力量,就会被各种叙述策略所掩盖,失去了文学的审美价值。

因此,要把文学重新纳入审美意识形态的轨道,就必须回归审美主体,抵抗叙述主体,如此文学才是真正的人的创造产品。

三　回归人类生命意识,抵抗单纯技术表演

文学是人类最古老的艺术形式之一,是人类的生命意识和生命存在的

一种表现形态,凝结着人类深沉的生命思考和丰富的生存经验,离开了人的生命力,离开了人的生存经验,文学也就失去了意义。因此,关注生命、热爱生命、讴歌生命,是一切文学艺术永恒不变的主题。

文学需要技术,文学史也是文学技术不断成熟发展的历史,文学作品的结构安排,文学语言的艺术技巧,都离不开特定的文学技术,言而无文,行之不远。但是,我们更应该看到,一切文学技术,都是人的生命意识的外化,是人的生存经验的表现手段,中国叙述文学结构与中国古代文化"天人合一"的观念密不可分,中国文学语言的修辞技术,就是中国人生命意识的具体体现,"赋比兴"的起源,就是中国原始先民把自己的生命体验和生存智慧,与自然万事万物相联系而产生的。因此,文学创作不仅仅是形式的问题,小说美学不仅仅是技术美学,更应该是生命美学。文学作为人类的精神产品,作为人类的心灵史,一定要关注人性的丰富内容,要表现人的生命律动,展示人的生存体验的复杂性和人的理想情怀。

结构主义叙事学由于割裂了叙事本文与社会、历史、现实的联系,因而从根本上消解了文学中的人性内容,叙事文学不再是人的生命意义的体现,而成了叙述技术的实验场,特定生命关注被遗忘,而变成了"能指的海洋",叙述的快感代替了对人类生命意识和生存智慧的承载。深受结构主义叙事学影响的先锋小说,把更多的注意力放在了叙事技术的"革命"上,而缺乏对人的生命的关注,缺乏对人的无限丰富性的解释。马原的西藏系列小说,仅仅把西藏作为讲故事的一个场所,而对西藏文化中特有的生命意识和西藏当代人生存的状态并不感兴趣;余华、莫言的小说中甚至出现令人震惊的剥皮和凌迟的场面,面对生命的陨落,面对生命的溃散,余华、莫言所表现出来的冷漠和"镇静",不仅仅是叙述态度的问题,而是一个文化态度的问题,是一个生命意识缺失的问题。失去了对生命的真切关注和深刻表现,小说只剩下单纯的技术表演,小说的生命力还能维持多久?

我们欢迎小说技术革命,但是,技术的实验应该充满人类的生命意识,始终表现人类的生命意识,技术美学应该被纳入生命美学的旗帜之下,用成熟的、丰富的技术,更加真切、更加深刻地表现人的生命经验和生命智慧。而单纯的技术表演,漠视人的生命,淡化文学的生命意识,将会把文学导向一个技术的深渊。因此,我们的文学要回归生命意识,抵抗单纯的技术表演。

(原载《文艺报》2006 年 3 月 2 日)

附　录

学术综述与评介

中国文学史百年研究国际研讨会综述

100 年前,京师大学堂(北京大学前身)林传甲先生和东吴大学(苏州大学前身)黄人先生撰写的《中国文学史》面世,这是中国学者最早撰著的具有现代学术意义的两部文学史著作,它们开启了中国文学史研究的世纪大门。为纪念"南黄北林"对中国文学史研究的卓越贡献,检视一个世纪以来国内文学史研究状况,展望文学史研究走向,北京大学中文系和苏州大学文学院 2004 年 11 月 5—8 日联袂在苏州大学举办了中国文学史百年研究国际研讨会。来自中国 60 多家院校、科研机构以及日本、韩国的学者近 150 人汇聚到黄人当年写作文学史的地方——苏州大学红楼,回顾百年文学史写作的经验教训,在多学科视野中,探讨当前文学史写作和研究中存在的问题,呼唤充分体现人文精神、历史精神和时代精神,更开放融通、更有个性化的文学史著作的问世。北京大学中文系副主任陈跃红教授和苏州大学文学院院长罗时进教授共同主持了研讨会,会议主要围绕以下议题展开讨论。

一、国人撰写"第一部"文学史之争。本次会议既是一次讨论会,也是一次纪念会,面对黄人和林传甲的文学史,自然就提出中国文学史写作第一人的问题。复旦大学王水照教授和香港科技大学陈国球教授通过细密的考证、严谨的研究,描述了黄人和林传甲文学史的写作过程和成书过程,认为不能仅仅拘泥于成书的时间先后,而应该从"学术史意义"来评判这个问题。北京大学陈平原教授以《被遗忘的文学史》为题,介绍了他在法兰西汉学研究所发现的吴梅《中国文学史》讲义,并分析了该讲义与京师大学堂课程设置、与吴梅本人的关系,引起了代表们极大的兴趣。苏州大学王永健教授从分析黄人与吴梅个人交往入手,认为吴梅参与了黄人的文学史,而吴的讲义可能就是黄本的一部分。台湾佛光大学黄维教授提出《文心雕龙·时序》是中国第一部文学史,从而引发了"什么是文学史"的讨论。文学史观念是西方近代文学文化的产物,不但要描述文学发展的过程,还要勾画一个民族的精神史,有强烈的民族意识在其中,而《文心雕龙·时序》尽管也提出了"时运交移,质文代变",但不具备勾画民族精神史的意义。因此,有些代表认为《文心雕龙·时序》是古代文学史研究,还不能算是文学史。

二、打通文学史。打通中国文学,破除学科界限,是本次会议代表们的共识。至于怎样打通,主要涉及两个方面:其一是时间上的打通,主要指古代文学和现代文学打通的问题、现代文学和当代文学打通的问题;其二是空间上的打通。复旦大学骆玉明教授介绍了章培恒教授主持的"古今演变"研究和复旦大学开设相关课程的情况,揭示了打通古今的必要和可能。中国社会科学院杨义研究员提出从民族文学问题、文学地理学问题、文学文化的融合问题和文学图志学问题等四个方面,把汉民族文学的中心凝聚力和少数民族文学的边缘合力结合起来,重绘中国文学地图,在空间意义上打通中国文学。苏州大学范伯群教授认为 20 世纪中国文学、重绘中国文学地图、古今演变和全球化语境下的文学史研究是"中国文学史研究的现在进行时",在文学史研究中如何对待通俗文学,如何阐发通俗文学的文化功能,也是文学史转型、打通的一个关键性问题。浙江大学吴秀明教授从延安文学和体制化文学对打通现、当代文学史的意义入手,寻找整合现当代文学的"新路径"。苏州大学朱栋霖教授认为要打通中国文学史,关键是要有统一的文学史观念,没有统一的文学史观念,对作家作品和文学思潮、文学运动的分析评论总是在打架,就不可能真正地打通中国文学。苏州大学方汉文教授从比较文学的角度,提出中国文学史的写作也应该参考西方文学史写作的新成果,在文学史写作的层面上,打通中国和西方,为中国文学史写作引入新的思路。对此,南京大学程章灿教授和复旦大学陈引驰教授分别以英美著名汉学家魏理和宇文所安的中国文学史研究为例,作了富有启迪意义的引证分析。

三、回到文学史发生的原点,还原文学史发生现场。这是与会代表普遍关心的问题。围绕着如何回到文学史现场,怎样处理回到文学史现场,文学史史料和文学史叙述者的主体性、个性等问题,代表们从各自的角度发表了意见。北京大学陈跃红教授通过国内文学史研究和国外中国文学研究的比较,提出了两个问题:中西颠倒和如何回到文学史现场。他认为一些西方学者对中国文论的理解更有现场感,更能引导人走向自由的境界,而国内有些学者的研究漠视中国古代文论的诗意美,反而远离了中国文论发生的现场。日本大阪市立大学的斋藤茂教授以南宋文学为例,分析了根据自己的时代来评判前人文学的问题,认为"如果不把一个时代文学的个性特征放在那个时代中,如果不把那个时代的文学动向交给后人的话,就不能算是完整的文学史"。朱立元、陈子善、朱晓进、曹旭、曹虹、杨乃乔、周建忠、方长安、诸葛忆兵等学者或从文学史大叙事和知识分子小叙事身份的矛盾入手,或从文学史资料与文学史观念的角度,或从文学史写作中编写者、史和文学的结构性矛盾的角度,提出了回到文学史原点和文学史写作主体性的关系问题。

有的代表谈了"回到文学史现场"的体会,并进行了有益的研究尝试。中国社会科学院戴燕研究员通过对鲁迅内在精神和生活习惯的探讨,解读鲁迅有关魏晋文学的论述。苏州大学罗时进教授从对唐诗发生和演进的实际诗史动向的考察入手,提出"前李杜"时代和"后李杜"时代的界标及其意义,都引起代表们极大的兴趣。

四、文学史的学术规范与霸权。许多代表论述了朱自清、王瑶、唐弢、夏志清、司马长风等文学史论著,认为文学史应该坚持必要的学术规范,坚持文学的审美性和历史的逻辑性相结合;也有代表认为文学史首先是文学,然后是史;也有代表提出文学史的真实性问题,质疑"是否存在文学史",认为文学史是"真实的谎言"。暨南大学朱寿桐教授质疑文学史的话语霸权,认为需要重新考虑文学研究的最高境界是不是文学史,提出把文学从文学史中解放出来,把文学家从文学史中解放出来,才能获得多样性,引起代表们热烈的反应。北京大学严家炎教授,中国社会科学院胡明、王保生研究员在发言中,从不同角度总结了文学史编写和研究中的存在问题,一致强调文学史的学术规范,认为文学史写作应该避免急功近利,要有科学的态度和严谨的学风,文学史家要保持独特的审视眼光,保持对文学作品审美风采与审美特性的感悟,既注意第一手资料的考辨,又善于吸收他人的成果,只有这样,才能写出令人信服的文学史。

作为本次研讨会的一个特色专题,"通俗文学史"的研讨现场气氛也非常热烈,包括中国作协著名作家苏叔阳,中国社会科学院胡晓伟研究员,中国人民公安大学于洪笙教授,北京大学商金林、孔庆东教授和苏州大学学者汤哲声、刘祥安、陈子平在内的一批与会者的见解,显示出中国文学史研究应有的多样性、丰富性。

乔治·桑塔格曾经说过:我们需要的是艺术的生命欲望。文学史应该是一种生命的过程,是人类文学智慧的动态叙述,而不仅仅是记录文学的知识。我们期望的文学史应该是融文学的灵动与优美、哲学的思辨与智慧、历史的逻辑与使命为一体的文学史。这就是本次会议带给我们的启示,也是本次会议带给我们的期待。

(南志刚、于时整理,原载《文学评论》2005 年第 2 期)

21世纪中国现当代文学史的写作

——"教育部中文学科教学指导委员会现当代文学学科会议"综述

进入 21 世纪,如何进行中国现当代文学史的写作,已成为学术界关注的热点。2003 年 3 月 29—31 日,教育部中文学科教学指导委员会在美丽的文化古城苏州举办中国现当代文学学科会议。苏州大学文学院和《文艺争鸣》杂志社协同承办。来自全国十余所高校的委员和特邀专家,对此问题进行专题讨论,并对苏州大学朱栋霖教授主持的教育部"十五"国家级教材规划项目《中国现代文学史 1917—2000》编撰中的一些问题,提出了重要建议。

教育部中文学科教学指导委员会主任刘中树教授(吉林大学)主持会议。郝长海教授(秘书长,吉林大学)介绍了教育部中文学科教学指导委员会在 2001 年进行的"中文学科专业主干课程教材建设研究"的调研课题情况。有关中国现当代文学教材使用情况的调查,共回收到调查表 45 份,分别来自哈尔滨师范大学、北京大学、陕西师范大学、郑州大学、安徽大学、华中科技大学、浙江大学、复旦大学、厦门大学、云南大学、广西师范大学等全国 35 所高校。这次调查表明,以上 35 所高校近年来使用的教材计 39 部,其中使用较多的是 4 部:1. 唐弢主编的《中国现代文学史》三卷本及其简编本(简称唐本);2. 郭志刚等主编的《中国现代文学史》和《中国当代文学史初稿》(简称郭本);3. 钱理群等著的《中国现代文学三十年》初版本和修订本(简称钱本);4. 朱栋霖等主编的《中国现代文学史 1917—1997》(简称朱本)。据以上学校任课教师反映:1. 唐本在一定时期内是最权威的现代文学史教材,体例合理,文字简洁,概念论述明白,史的脉络清晰。由于唐本出版于 20 年前,一些观点、知识明显老化,目前大多数高校已改用其他教材。2. 郭本有 7 所高校使用,占被统计高校的 20%。任课教师认为,郭本有"早、细、齐"三个特点。郭本对史的线索的描述清晰、精当,重点作家作品能够集中评述,主次处理较好,但是"某些观点陈旧","对新时期文学现象描述受时限所制,未能充分展开"。3. 钱本正在使用的高校 10 所,还有 2 所曾经使用,两项加起来占被统计高校总数的比例是 34%。任课教师认为,钱本体例完整,作家作品部分的知识全面,对作品和文学现象的分析深入细致。基本概念的论述清楚明白,史的脉络清晰,每章后附有大事记。有的教师认为修订本失去了初版本的明晰简洁,内容显得太细、太杂、太深。4.朱本是教育部"面向21世纪课程教材",目前有12所高等学校正在使用,占被调查总数的34%。任课教师认为朱本各章节内部脉络清晰、层次分明,对文学现象、规律的分析较深入。在老教材的基础上,朱本增加了长期以来被忽视的作家及文学现象,观点鲜明而不独断,要点明确,难易适中。另外,由王庆生主编的《中国当代文学史》、张钟主编的《当代中国文学概观》也被有的学校使用,新出版的洪子诚《中国当代文学史》史论清晰,有个性,比较深刻地反映了文学发展的轨迹,陈思和的《中国当代文学教程》已引起学术界关注。

学者们认为,文学史写作应百花齐放,并就进入21世纪的中国现当代文学史编著,发表了重要见解。新编文学史已有不少,还要不要更新文学史观念?如何更新文学史观念?要不要重新遴选文学经典?这些都是21世纪的中国现当代文学史写作首先碰到的问题。有的人认为文学史写作就是还原历史本来面目,"时运交移,质文代变",作为叙述文学流变的文学史,不仅要还原过去的文学史实,更要以新时代的文学观念,叙述过去的文学史实。新时期以来,钱理群、陈平原、黄子平提出了"20世纪中国文学",在一定程度上突破了意识形态控制文学史写作的局面。学者们就文学史观念问题提出了看法。朱栋霖教授认为,应该考虑21世纪的文学史如何具有21世纪的眼光。以前的文学史和文学经典,是前人以他们的文学观念进行的叙述,今天应该以新时代的文学观念重新阐释中国现代文学史,重新筛选文学经典。凌宇教授(湖南师范大学)认为,现代文学30年,文学经典的筛选工作经过几上几下、多次反复,已经基本稳定;当代文学50年,文学经典的筛选工作才刚刚开始,必须经过多次反复,才能够基本定型。范伯群教授(苏州大学)认为文学经典要经得起时间的考验,筛选文学经典要慎重,要把文学史打通,要站在整个中国文学的立场上来看待中国现代文学史,来筛选文学经典。吴义勤教授(山东师范大学)、徐德明教授(扬州大学)则认为,重新阐释文学史、筛选文学经典的工作是我们这一代人的责任,不能把这个工作推给后人,尤其对于新时期的文学,我们作为参与者和见证人,总比后人通过考古来确认文学经典要可靠一些。现在有些"经典"是一个人或几个人说了算,大多数人不说话、不发言,一个人或几个人的意见便流行开来,成为大家的意见。以前文学经典由意识形态决定,现在转变为一个人或几个人说了算。他们希望大家都来参与文学经典的筛选工作。

学者们围绕整合现、当代文学史和突出审美体验展开讨论。自1904年林传甲和黄人的两部《中国文学史》问世至今,文学史写作已经100年,积累

289

了一些学术经验,也有教训。作为 21 世纪的中国文学史写作,应该汲取百年来文学史写作的经验和教训,对文学史写作进行一番总结、整合工作。近年来,关于文学史写作问题的讨论,也多次涉及文学史的整合问题。首先遇到的是"中国现代文学史"的"正名"问题。以往的文学史观念是以 1949 年中华人民共和国成立为标志,分为"中国现代文学史"和"当代文学史"。1999 年 8 月,教育部中文学科教学指导委员会长春会议,经委员们讨论,决定将两门高校本科课程合并为一门,称为"中国现当代文学"。嗣后,朱栋霖主编的教材名为《中国现代文学史 1917—1997》,融合了现代和当代。王晓明提出"中国现代文学"不仅包括过去称之为近代的文学,也包括当下的文学,其范围不断向下延伸。对此,吴秀明教授(浙江大学)提出质疑,认为现代文学和当代文学需要融合在一起,但又有各自的独立性。他认为现代文学是"史",而新时期文学尚需积淀,还不能纳入文学史的范畴,从严格意义上说还只是一种文学批评。当代文学是评论与解读作品,标准宽一些,现代文学主要是阐释经典,遴选出的经典已经显示出标准很严格。当代文学和现代文学的评价标准是不一样的。朱栋霖认为这个问题提得很深刻,整合现、当代文学史,其中一个很大的问题是如何处理现代文学 30 年和当代文学 50 年的关系问题,要用统一的文学史标准来看待现代文学和当代文学。若以现代文学史的标准衡量当代文学,很多名作家要出局,有一些今日知名度高的当代作家要淡出文学史。不可能在同一本文学史中,既赞扬沈从文的乡土小说,又高度评价"十七年"描写阶级斗争的农村小说;既肯定《山乡巨变》《不能走那条路》,又肯定《李顺大造屋》。现行有的文学史由于没有统一的文学史观念,导致对文学现象的叙述、作家作品的分析自相矛盾。

整合文学史,还关涉到文学史知识和文学作品审美分析的关系问题。吴秀明认为文学史教学应讲名著精读,浙江大学教师的理念比较注重作家作品的解读。多年以来,文学史写作中,"史"的观念的东西太多,而审美的东西太少了,导致审美贫乏症,应该加强审美体验和审美感悟,多品味作品。逄增玉教授(东北师范大学)提出,日本的文学史,一是把思潮融进作品讲,不讲流派,讲一个作家;二是描述多,分析少,他们讲最关键的地方,搞的是文学史讲读。郝长海、郑家键(福建师范大学)等学者认为,文学史应该多一些描述,少一些分析;多一些感性材料,少一些理性判断;多一些活的作品,少一些死的知识,重点培养学生艺术和审美感悟能力。凌宇强调重在描述,什么问题越深入,就越陷入悖论,判断根本要不得。

学者们强调要突出文学史写作特色,体现文学史写作的个性化。近年来,出现了几部具有个性的文学史写作。个性色彩鲜明的文学史写作,在发掘了被忽视的文学史现象的同时,也遮蔽了另外一些文学史现象。在本次会议上,有的学者强调文学史写作应当突出个性,也有学者认为文学史写作应该有个性,但如何突出个性,需要研究。凌宇强调文学史研究的个性化,认为当下的文学史写作缺少个性化,现当代文学研究之所以没有流派,就是由于没有个性化的文学史研究。文学史要有个性,求全、四平八稳,写不出好的文学史。全福教授(内蒙古大学)主张文学史写作要发挥自己的特长,不要搞"统编"教材。有些学者认为,文学史写作既要有个性,又要尊重公认的文学史实,突出个性不应以损伤文学史本真状态为代价。同时,现行一部分文学史是本科教材,应该考虑到教学规律,不能让学生学了这部文学史,误将次要现象当主要的,例如认为胡风的诗是 20 世纪 50 年代新诗的代表。吴秀明认为文学史写作的规律也应当受到尊重。人才培养是有层次的,文学史教材也应该有层次,不能强求统一,文学史教材应该分为研究型、教学型、研究教学结合型。根据不同的层次和目的,文学史的写作可以采用主线贯穿式、主题贯穿式和一般公认等三种模式,文学史应该在这些模式选择的基础上突出自己的特色。今后,高校教学模式在变化,例如浙江大学搞教改,中文专业的中国现当代文学基础课教学只有 2 学分,文学史编著应如何面对?

(与陈黎明合作撰写,原载《文艺争鸣》2003 年第 4 期)

《战国文学史》:20 世纪 90 年代文学意识的成果

　　长期以来,由于战国文学素来是中国古代文学研究中的大难点,从某种意义上说,战国文学研究中更多的是对战国时期"学术文本"的"文学性"的挖掘与阐释。武汉出版社出版的方铭的专著《战国文学史》首次提出一个构架,全面系统地论述了战国时期的文学,成为 20 世纪第一本研究战国文学史的著作。

　　战国文学研究无疑是以战国时期的文学"原生"状况为研究对象,离开了对战国时期文学"原生"状况的全面把握,就无法进行战国文学研究。但是,在中国文化的长期流变过程中,后代学人对上古文化过多的政治化、伦理化阐释,在一定程度上造成了文学研究"生态破坏",使恢复战国文学的"原始状态"工作日趋复杂,日益艰巨。《战国文学史》充分体现了"文学生态意识",展示出作者恢复战国文学"原生态"的学术努力。在"引言:战国文学史研究的对象及方法"中,作者对"战国"一词进行严格的考辨,并以此为起点,对"战国时代"和"战国文学时代"进行耐人寻味的分析,既考虑历史分期又不完全按照以朝代更替、政治事件为标准的分期方法,既尊重历史流变的规律又坚持文学的独立性,从而确定"成书于孔子去世之后,秦统一之前的战国文学著作,都是我们的考察范围"。这种考辨,实际上包含了作者对"文学性"的认定,体现了作者"净化"文学生态环境的学术意识。在以后各章节的论述中,作者把战国文学的原始资料和后人的阐释进行了严格的区分,尽管作者参考了大量的古今研究成果,但是并没有简单地移植、照搬前人的解释,在很多地方得出了令人信服的创见,如对战国时期尊士、养士历史过程的论述,对战国初期理性精神的发扬和诡奇心理蔓延的论述,如论述道家分为黄老之学与庄子道家,"而庄子道家,其源应溯至杨朱"的观点,如对《韩非子》散文艺术的评价,均有独到之处。这一点充分表现了作者对战国文学"原创性"的尊重,也反映了作者严谨朴实的学风。

　　此外,《战国文学史》在文学史研究中就如何处理古代文学观念和今天文学观念的关系方面提供了一条可资借鉴的方法。毫无疑问,任何文学史都是当代史,同时,任何文学史研究都不能无视研究对象,特别是古代文学研究,其时代愈久远,文学观念与今天的文学观念差距愈大。方铭教授的做法是：首先廓清"战国时代文学的概念与今天所谓文学不同"，从孔门四科的"文学"讨论到战国诸子的"文学"概念，进而确定"经学、诸子、辞赋，基本上代表了战国文学之士所从事的文学活动的主要内容，也应该是我们今天研究战国文学的主要对象"；接着讨论了自 20 世纪 80 年代以来对我国文学研究产生较大影响的西方文学理论，指出中国的文学观念注重文学的社会功用的特色，提出"文学概念的历史性特征，使我们不能用今天的文学概念建构战国文学史"的主张。由此可见，方铭教授在建构战国文学史时，既尊重文学的历史性，又注意吸取新的文学观念，体现了文学观念的开放性。

（《人民日报》（海外版）2000 年 11 月 13 日第 7 版）

构建学科发展的"阿基米德点"

　　1986 年,王瑶先生在全国社会科学"七五"规划会议发言中说:"从中国文学研究的状况说,近代学者由于引进和吸收了外国的学术思想、文学观念、治学方法,大大推动了研究工作的现代化进程。"[①]作为这一思路的实践成果,《中国文学研究现代化进程》特别强调重视梁启超、王国维、鲁迅、吴梅等近现代学者对待史料的态度和方法,几乎每一章,都专节解读其在"史料实证"方面的贡献。夏晓虹阐释梁启超的"科学精神",刘梦溪梳理陈寅恪的"工具·材料·观念·方法",董乃斌解读郭绍虞的"批评史学科的史料学建设",杨镰论述孙楷第先生"建立在版本目录学基础上的戏曲研究",李少雍谈朱自清"语义学与考据学的融通",范宁谈郑振铎"新资料、新方法与新观点",沈玉成、高路明总结游国恩先生"凝聚毕生精力的《楚辞注疏长编》",等等。从梁启超、王国维,到吴昌硕、王元化等 17 位学者,站在中西文化交流的前沿,充分吸收西方的思想方法和理论资源,融合深刻的历史意识、深厚的史料功夫和灵动的文本解读能力,将文学研究导向现代"史学",开创了中国文学研究的崭新局面。"而当代文学,由于学术研究时间比较短、积累有限,特别是由于外部学术环境的影响,长期以来盛行的却是'以论代史'的研究理路,推动当代文学研究的内驱力和进行学术评判的依据,主要是思想观念而不是文献史料,后者甚至被置于无关紧要的位置。"[②]"重观念、轻史料"严重阻滞着中国当代文学学科建设和学术研究。

　　冯友兰先生在《中国哲学史新编》绪论中区分了"本来的历史"和"写的历史",认为历史"象本来的历史,象客观的历史。它好象是一条被冻结的长河。这条河本是动的,它曾是波澜汹涌,奔流不息;可是现在它不动了,静静地躺在那里,好象时间对于它不发生什么影响"[③]。但是,中国当代文学史的"本来的历史"并没有"静静地躺在那里",等待我们去发掘、去激活,它依

---

① 陈平原:《中国文学研究现代化进程·小引》//王瑶主编:《中国文学研究现代化进程》,北京大学出版社 1996 年版,小引第 2 页。
　　② 吴秀明主编:《中国当代文学史料问题研究》,中国社会科学出版社 2016 年版,第 5 页。
　　③ 冯友兰:《〈中国哲学史新编〉绪论》//《三松堂全集》(第八卷),河南人民出版社 1991 年版,第 1 页。

然持续地发挥作用,以这样那样的方式"生存"在当下的文学研究中。中国当代文学的"史料"不是被动的,它会"说话"。洪子诚先生的《材料与注释》"尝试以材料编排为主要方式的文学史叙述的可能性,尽可能让材料本身说话,围绕某一时间、问题,提取不同人,和同一个人在不同时间、情景下的叙述,让它们形成参照、对话的关系,以展现'历史'的多面性和复杂性"①,还原了 1957—1967 年几次重要的文学史实,开拓了当代文学"材料"挖掘与甄别的新空间。

19 世纪和 20 世纪之交,中国学术更需要哲学思想和理论思维的"资源",以促进中国传统学术的现代化转型。"我国上下日日言教育,而不喜言哲学。夫既言教育,则不得不言教育学。教育学者,实不过心理学、伦理学、美学之应用。心理学之为自然科学而与哲学分离,仅曩日之事耳。若伦理学与美学,则尚俨然为哲学之中二大部。今夫人之心意,有知力,有意志,有感情。此三者之理想,曰真,曰善,曰美,哲学实综合此三者而论其原理者也。教育之宗旨,亦不外造就真、善、美之人物,故谓教育学上之理想即哲学上之理想,无不可也。"②王国维的《〈红楼梦〉评论》针对"清代的考据风也弥漫于《红楼梦》的研究"状况,"旗帜鲜明地批评以'考证之眼'读《红楼梦》,提倡从美学的角度去研究这部小说"③;《人间词话》融合传统诗学与西方美学,提出"境界为本"的诗学思想。经过一个世纪的发展变化,特别是经过 20 世纪 80、90 年代以来,世界诸多哲学、美学、社会学、历史学等思想和方法,纷纷登临大陆学术界,就中国当代文学而言,可资运用的思想资源不可谓不丰富。运用西方思想资源研究、解读中国当代文学的论文和著作,成为当代文学研究领域的一道景观,甚至出现"方法"论战、"主义"打架,人为造成困扰。"在 90 年代,试图用'创作方法'来概括 50 年的当代文学,是一些研究者比较热中的想法。但是,这就要提出不少概念来涵盖纷繁复杂的文学现象和创作成果。有的著作中,就分别提出了诸如现实主义、革命现实主义、非革命现实主义、文学理想主义、革命浪漫主义、异化的现实主义、古典主义、现代主义等等的名目。要分辨清楚这些'主义'的意思,它们之间的区别,不是一件容易的事,而哪些作品被归入哪种主义,更是一件伤脑筋的事。还有一个现象让人不太好理解,为什么每个作家,每部作品,都非要戴一顶'主义'的帽子不可呢?我把这叫作'主义情结'。借用胡适的话,我们还是

---

① 洪子诚:《材料与注释·自序》,北京大学出版社 2016 年版,自序第 2 页。
② 王国维:《哲学辨惑》,《教育世界》1903 年 7 月第 55 号。
③ 刘烜:《用现代科学方法研究中国文学的奠基人王国维》//王瑶主编:《中国文学研究现代化进程》,北京大学出版社 1996 年版,第 63 页。

少谈些主义，多研究些问题吧！"①洪子诚先生所说的"主义情结"是否因为中国当代文学研究的思想资源"过剩"？显然不是！而是运用诸多主义、方法、概念，"翻着跟头"解读文学现象和创作成果的时候，忙着跟主义转圈子，而没有充分考虑到中国当代文学史如何回到"历史本身"，相对忽略了中国当代文学研究的"案头工作"，影响了中国当代文学研究历史化进程。

凡治史者，皆重史料，史料建设是历史研究的基石。"我们对于本来历史的知识，是以充分的史料为根据。在建筑工程方面，任何大的建筑，都必须把它的基础建立在原始的岩石上。在历史学方面，原始的岩石就是原始的史料。历史学中的论断都必须以原始史料为依据。只有根据充分的史料，才可以认识历史的发展的曲折复杂的过程。"②古典文学研究和中国现代文学研究都经过了长期艰苦的史料建设工作，厚积薄发。新世纪以来，许多当代文学研究者不约而同地提出"古典文学化""现代文学化"，其核心就是重视当代文学史料建设。程光炜先生呼吁："当代文学史的研究，在进行初步的问题、边界和方法的探讨之后，应该向着'现代文学化'的目标前行。……重建当代文学与现代文学、古典文学之间的历史关联，在学理上逐步完成相对完整的叙述，使当代文学不仅是一个可批评的对象，同时也是一门历史脉络和看得清楚的学问。"③吴秀明先生提出："'理论思维'与'文本细读''史料实证'一起，是构成它们互为支撑而又互渗互融的'正三角'（'△'），它在受制于'文本'与'史料'的同时，也对后者产生能动的反作用。"他认为无论是对于当代文学学科还是当代文学学者而言，"文本解读"和"史料实证"都是赖以支撑的阿基米德点，呼吁对"治学理路和思维方式""进行一番带有'战略'意义的结构性调整"④，从原来比较单一的"阐释"向"阐释"与"实证"兼具，在研究思路、格局、向度与方法上进行"战略转移"⑤。《中国当代文学史料问题研究》和《中国当代文学史料丛书》正是这种"战略转移"的实践成果，如果说，前者是中国当代文学史料研究理论思路的整体展示的话，那么，后者就是中国当代文学史料的第一次整体性亮相。

---

① 洪子诚：《问题与方法——中国当代文学史研究讲稿》（增订版），生活·读书·新知三联书店 2015 年版，第 68 页。

② 冯友兰：《〈中国哲学史新编〉绪论》//《三松堂全集》（第八卷），河南人民出版社 1991 年版，第 7 页。

③ 程光炜："当代文学六十年·赵树理研究专辑"主持人语，《文艺争鸣》2012 年第 12 期。

④ 吴秀明：《探寻立体呈现当代文学史料的体系与方式——〈中国当代文学史料问题研究〉的编纂理念与学术追求》，《南方文坛》2017 年第 3 期。

⑤ 吴秀明：《史料学：当代文学研究面临的一次重要的"战略转移"》，《中国现代文学研究丛刊》2012 年第 2 期。

《中国当代文学史料问题研究》首先在"绪论:学科视域下的当代文学史料及其本体构成"中,通过梳理学术史,辨析"问题的提出",从史料共通性的视角构建当代文学与现代文学、古典文学的联系,又注重当代文学史料学作为当代文学分支学科的必然性与合理性,探讨史料本体与泛政治化的几种类型,深刻揭示"思想阐释与研究主体的独立性",奠定了全书的理论基础。上编共 10 章,从公共性、私人性,民间与"地下"文学,期刊、社团与流派,通俗文学、台港文学、书话与口述文学、版本与选本等,描述"当代文学史料的存在与叙述"。下编分 8 个专题,探讨"当代文学史料研究历史观问题""当代文学史料研究与政治关系""当代文学史料研究与文学史编写"等。该著所涉及的问题,不敢说全为"首创",但能够在相对广阔的时空领域内"纵说横说"(梁启超语),跨越文学内外,聚集史料形态、深耕主要专题,构建中国当代文学史料问题研究的整体性"理路",诚为鲜见。

《中国当代文学史料丛书》包括《公共性文学史料卷》《文学期刊、社团与流派史料卷》《文学评奖史料卷》《通俗文学史料卷》《文学史与学科史料卷》等 11 种,旨在"为广大文学研究者提供第一手的史料,为当代文学学科建设做点实实在在的基础性的工作,同时也为构建'当代文学史料学'作必要的准备"①。丛书在广泛汲取了已有的当代文学史料的基础上,如全国大、专院校合作编撰的《中国当代文学研究资料丛书》,孔范今等人主编的《中国新时期文学研究资料汇编》、洪子诚主编的《中国当代文学史·史料选》、路文彬主编的《中国当代文学史料文论选》、吴秀明主编的《中国现当代文学作品与史料选》(当代文学卷),进一步拓宽学术视野、丰富史料形态,注重文件决议、讲话报告、书信日记、思潮动态、会议综述、社会调查、国外(海外)信息等泛文本史料,形成了涵盖面广、内容丰富、形态多样、体系明晰的中国当代文学史料选本。与诸多中国当代文学史料选本相比,该丛书整体性更强,为实现中国当代文学研究向"实证"与"阐释"并重的"战略转移",提供了相对完整而坚实的支撑。

"历史的首要任务已不是解释文献、确定它的真伪及其表述的价值,而是研究文献的内涵和制订文献:历史对文献进行组织、分割、分配、安排、划分层次、建立体系、从不合理的因素中提炼出合理的因素、测定各种成分、确定各种单位、描述各种关系。因此,对历史说来,文献不再是一种无生气的材料,即:历史试图通过它重建前人的所作所言,重建过去所发生而如今留

---

① 吴秀明:《中国当代文学史料丛书·总序》//南志刚主编:《中国当代文学史料丛书·通俗文学史料卷》,浙江大学出版社 2017 年版,总序第 5 页。

下印迹的事情；历史力图在文献自身的构成中确定某些单位、某些整体、某些体系和某些关联。"①按照米歇尔·福柯的这一理解，中国当代文学研究作为"历史学"的一部分，也力图在当代文学史料的构成中确定某种单位、某种整体、某种体系和某种关联，而如《中国当代文学史料丛书》这样具有整体性的史料丛书，无疑是完成这一"历史的首要任务"的开始。

（部分内容发表于《中华读书报》2018 年 11 月 14 日）

---

① ［法］米歇尔·福柯:《知识考古学》,谢强、马月译,生活·读书·新知三联书店 1998 年版,第 6—7 页。

问题意识、建构视角与超越之思

——简评吴秀明主编《当代文学"历史化"问题研究》

当代文学"历史化"问题是近年来当代文学领域一个引人注目的话题，不仅像洪子诚、程光炜、吴秀明、李杨、李洁非、陈晓明、王尧、张清华、张均等当代文学学者参与讨论，而且像王岳川、陶东风、南帆等文艺理论研究学者也参与其中，提出真知灼见。相关专题学术研讨会连续举办，国家社科基金项目课题指南将"中国当代文学历史化与经典化"列为选题，无不表明历史化问题之于当代文学的重要性和紧迫性。为什么历史化问题会成为中国当代文学一个引人瞩目的重要问题？从 1949 年算起，当代文学走过 70 多个年头，就时间而言，是中国现代文学(1917—1949)的两倍多，但更多时候，当代文学研究在文学与社会关系理论阐释、文本批评等方面，取得了较为显在的成绩，而在关涉中国当代文学学科基础与学术品格等关键问题方面，关注度不够，收效不大。究其原因，也许由于中国当代文学在初创时期，更加重视"当代性"，相对淡化了"历史意识"和"历史方法"，导致中国当代文学学科基础不够牢靠，史料的基础价值和意义未能充分彰显，更遑论在扎实史料工作基础上，将中国当代文学放置在"历史情境"中进行审察。中国当代文学长期在不断地反复的主观化表述中"打转"，进行着"翻着跟头"的理论阐释和文本解读。当此之时，中国当代文学部分学者意识到，"中国当代文学作为一个学科，它的建立有一个历史化的过程"[①]，希望把中国当代文学的问题"'放回'到'历史情境'中去审察"[②]洪子诚先生尽管没有明确提出当代文学历史化的概念，但从《中国当代文学史》到《问题与方法——中国当代文学史研究讲稿》，再到《材料与注释》，可以明确地看到当代文学历史化研究的基本思想。陈晓明的《中国当代文学主潮》将历史化与现代性作为核心概念，考察中国当代文学史建构。程光炜的《当代文学的"历史化"》等著作和论文，强调历史意识和学科意识，努力构建带有稳定知识谱系的当代文学研究，提倡走"古典文学化的研究路径"，实现中国当代文学研究与中国现代文

---

① 程光炜、孟繁华:《中国当代文学发展史》)，北京大学出版社 2011 年版，第 1 页。

② 洪子诚:《中国当代文学史》，北京大学出版社 2010 年版，前言第 15 页。

学研究、中国古代文学研究对接。这样一来，当代文学历史化问题从整体上关涉当代文学研究的理论阐释、文学批评、文学史料与文学史叙述、当代文学与当代中国关系、当代文学的内源性与外源性、当代文学机制（包括生产机制、管理机制、传播机制、批评机制），等等，几乎搅动迄今为止所建构的中国当代文学所有知识和方法论储备，深刻地影响着中国当代文学学科基础是否稳固，中国当代文学学科是否具有独立品格，中国当代文学与中国古代文学、中国现代文学的关系，中国当代文学与20世纪世界文学的关系等诸多重要问题。要之，当代文学历史化问题，确实关涉中国当代文学学科存在的学理性与自我品格的关键性问题。因此，这个问题几乎吸引了所有研究中国当代文学的学者的注意，将触角伸展到中国当代文学研究的几乎每一个重要的方向。面对牵涉面如此之广博，历史意识和历史方法如此纵深的问题，学术界当然会做出多层面多角度的回答，相关学术争论在所难免。浙江大学吴秀明教授主编的《当代文学"历史化"问题研究》（中国社会科学出版社2021年版）是2015年国家社科基金重点项目"当代文学研究的'历史化'及其主要路径与方法"结题成果，正视历史化这一重要命题，以强烈而明确的问题导向，从建构主义视角，坚持当代文学历史化理论（本体）建构与历史化实践相结合，充分汲取当代文学历史化的外源性和内源性营养，分"历史化的本体构成与知识谱系""历史化的主要路径与研究方法""历史化相关专题探讨"三个层面，对当代文学历史化问题做出富有个性化的回应。《当代文学"历史化"问题研究》是目前为止思维更为辩证、框架更为完整、体量更为厚重、宏观建构与个案分析结合更为紧密的当代文学历史化问题研究的专著。

《当代文学"历史化"问题研究》是吴秀明教授对于中国当代文学研究整体思考的集中反映，与吴秀明教授主持的2010年国家社科基金重点项目"中国当代文学文献史料问题研究"结题成果《中国当代文学史料问题研究》（中国社会科学出版社2016年版）和教育部哲学社会科学研究后期资助项目成果《中国当代文学史料丛书》（浙江大学出版社2017年版）构成一个整体，从建构主义视角出发，对中国当代文学研究整体格局进行独具个性、富有思想性的考辨，以鲜明的问题意识、深刻的历史态度和带着整体性的学术创见，撬动中国当代文学研究的阿基米德点，是为中国当代文学研究总体战略转移所做的扎实而厚重的准备工作。《中国当代文学史料问题研究》分为18章，凡64万余字，扣紧"学科视域下的当代文学史料及其本体构成"问题，围绕"当代文学史料的存在与叙述""当代文学史料若干专题"，全面回应当代文学史料问题。吴秀明教授主张当代文学研究应该从原来比较单一的

"阐释"走向"阐释"与"实证"兼具,这是中国当代文学研究的一次整体性战略转移,《中国当代文学史料问题研究》正是这一战略转移的实践,也是国家社科基金中第一个直接以"中国当代文学文献史料"为题申报的重点项目。该著系统归纳、梳理和整合当代文学史料,在强调文学史料重要性的同时,也重视现代思想理论尤其是历史唯物主义和辩证唯物主义立场观点、思维方法的作用,并通过彼此的对话与互证,努力在更高层面上激活文学史料,对其进行观照、审视和把握;不仅注重历史意识,崇尚信而有征,而且融入了强烈的前沿意识和问题意识。盘整现有当代文学史料方面的研究成果,检讨以往的研究意识和方法,为将来"当代文学史料学"的构建提供一个初步的雏形和架构;揭示当代文学史料存在的问题,为当代文学研究、文学史编写提供新的资源和思考方式。《中国当代文学史料丛书》是在完成"中国当代文学文献史料问题"过程中,"有感于史料的重要又搜集不易""当代文学学科构建及其研究'历史化'问题的重要性","而学科构建和'历史化',就有一个文学史料的问题,也离不开文学史料的支撑",作者认为文学史料"成为一门学科成熟的重要标志之一"。基于将"思想"与"事实"、"阐释"与"实证"融会贯通,从"公共性文学史料""私人性文学史料""民间与'地下'文学史料""台港澳文学史料""影视与口述文学史料""文代会等重要会议史料""文学期刊、社团与流派文学史料""通俗文学史料""戏改与'样板戏'文学史料""文学评奖史料""文学史与学科史料"等十一个切入点,打破传统的文学史料编纂思路和范式,用"主题或专题"性质的体例探索当代文学史料的呈现方式。

从一定程度上说,《中国当代文学史料问题研究》和《中国当代文学史料丛书》与中国当代文学的历史化密切相关,虽然为中国当代文学历史化问题研究打下了坚实的基础,但毕竟着重于回应中国当代文学历史化进程中的当代文学史料问题,尚没有充分展开对于中国当代文学历史化诸多问题的研究。《当代文学"历史化"问题研究》则正面提出历史化问题,进行富有鲜明学术个性的整体性研究,具有四个方面的特点。

第一,明确的问题意识。在当代文学历史化讨论和当代文学历史化实践中,诸多问题纠结在一起,剪不断理还乱,大大小小、深深浅浅、基础性问题和现实性问题交织在一起,层级模糊,含混不清,让人如坠云雾。在所有当代文学的历史化问题中,哪些属于基础性问题?哪些属于亟待解决的现实性问题?哪些属于根本性、整体性问题?哪些属于细节性、技术性问题?甚至,哪些属于真问题?哪些属于暂时性迷雾遮蔽而形成的"假问题"?《当代文学"历史化"问题研究》首先担负起清理、整理、鉴别、区分所有相关的当代文学历史化问题,辨析问题的层次,厘清基础性问题和现实性问题,明晰理论问题和技术性问题。这显然是一项"吃力不讨好"但不得不做的工作,这些问题不整理清楚,当代文学的历史化问题就不能从整体层面显现出来,必然影响当代文学历史化的理论建构和实践操作。《当代文学"历史化"问题研究》"倾向于将历史化看成在多元复杂语境下,有别于文学批评的一种学术化、学科化、规范化,并且处于需要不断阐释的自我救赎活动,从这样一个相对狭义的角度探讨当代文学"(第2页)。这也就意味着,该著专门探讨"当代文学研究的'历史化'及其主要路径和方法",把当代文学"当作一门学问来研究",站在新时代中国特色学科体系建设的高度,借此反思和盘点中华人民共和国成立以来的文学历史。该著对当代文学历史化问题进行"历史盘点",围绕着当代文学外部情境的历史化、研究主体的历史化、永远的历史化、历史化的空间问题、史料在历史化中的作用、历史化与批评的关系、历史化与思想的关系、新形态文学的历史化等八个问题展开论述,聚拢成一个结构井然、层次分明的整体,进行"综合考察"。绪论"立主脑",结语"归元一",打通七经八脉,通过学术思考的"神经系统"将问题传导于三编十五章四十七节中。这一结构,使得该著心脏强大,血脉贯通,有机循环,鼓荡着盎然的生命力。

第二,求实的建构主义视角,实现历史与现实互通。当代文学一直存在着相对的稳定态和漂浮态两种知识谱系,历史化就是将其放在历史脉络和整体性结构中给予富有张力的定位和阐释。强调历史观,强调史料的基础作用,既要对已然历史负责,也要与当下现实对话。这不仅是当代文学学科建设的一种路径,也是一种学术品格和研究方法。《当代文学"历史化"问题研究》清醒地意识到历史化"需要经过不断的筛选和反复的过滤",基于建构主义视角而非本质主义视角,聚焦"史观历史化"和"史料历史化"两种形态和宏观、中观、微观等三个层面,衡估当代文学研究意义价值,总结学术经验,梳理内在规律,判断学术前景。在此基础上,进而关注文学史、文学思潮、文学现象、文学评判制度、文学经典筛选、历史化与当代性、批评及学人关系等,致力于文学史料的搜集、整理、甄别辨析与分类编纂,将历史化落脚于丰富繁复的当代历史情境和文学现场。

第三,理论思辨与实践结合,事实与思想互动。《当代文学"历史化"问题研究》分三编。上编思辨"历史化的本体构成与知识谱系",厘析历史化过程及其蕴含的整体性、复杂性和及物性的历史品质和时代特征,绘制主流文学、精英文学和大众通俗文学"三元一体"总体图景,构建当代文学的主流架构与知识谱系,通过朦胧诗崛起、新文学整体观、大众文学三次革命和"国奖"分析,解读当代文学的评价机制和评价标准。中编探析"历史化的主要路径与研究方法"。一是文史互证,突出诗学特征,探讨体制制约下如何进行述学体范式、经典化筛选、文学史编纂,涉及自传与回忆录、文案与文案体、作家年谱、文学史与"前史"等;二是还原历史,严谨求实,全面爬梳书稿、皮书、内刊、影像、网络以及"抢救性"史料形态,论述史料甄别与辨析、私人性史料和孤证等。下编紧扣"一个基础"和"四个问题",进行超越性思考,提出解决历史化问题的个性化方案。"一个基础",就是围绕学者的知识修养,深刻反思历史化的"自我主体";"四个问题"包括历史化与政治及革命、历史化与文学、历史化与批评、历史化与旧体诗词,它涉及历史观、文学性、理论本体、文学批评、文化研究等问题,主要是探讨历史化的得失及其提升发展之道。

第四,外源性与内源性渗透参证,切实解决历史化的关键、难点和节点问题。在当代文学研究中,"以西律中""以中证西"的"强制阐释"屡见不鲜,只有突破"重西轻中",实现外源性与内源性相互渗透、相互参证,才能较好地解决当代文学历史化面临的诸多问题,充分显现其深度、厚度和质感。中国古代学术重视"辨章学术、考镜源流",既留下纪传体、编年体、纪事本末、政书、史评、史论等诸种体例,也形成了目录、版本、辨伪、考据、辑佚等丰富自洽的体系,为当代文学历史化提供融本体论、价值论、方法论于一体的参照。当代文学历史化有着深刻而丰富的西方现代理论资源,包括福柯的知识考古学、布尔迪厄的场域理论、詹姆逊的"永远历史化"、卢卡契和阿尔都塞的"历史总体性"、海登·怀特"元史学"等。以詹姆逊的"永远历史化"为例,《当代文学"历史化"问题研究》既注意詹姆逊"历史文本化"与"文本历史化"的统一,反对将历史"本质化"和"绝对化",对于处理历史化与文学批评的关系、破除僵化闭锁的历史叙述均有启发意义;同时注意到"'永远历史化'是一个拒绝相对化的绝对命令,一个拒绝语境化的无语境要求,一个拒绝变化的永恒真实"。在充分汲取古今中外资源的基础上,该著不仅将研究对象置于历史语境进行历史化考辨,而且将研究主体纳入当代文学机制中进行反思,既重视历史"稳定性"的一面,也重视历史"非稳定性"的另一面,并将这一辩证思维和研究方法贯穿于全书各个章节。

总之,《当代文学"历史化"问题研究》是一部厚重的、有特色的论著,它反映和体现了当代文学研究领域试图超越过于主观化、批评化,要求进行独立学科建构的另一种路向,有必要值得引起重视。

(部分内容刊载《文艺报》2022 年 12 月 12 日)

关键词

B：辨析

C：传统；存在方式

D：当代文学；大历史观

F：方法

G：古代文学；孤证；个性

H：胡适；话语

J：机制

K：空间

L：鲁迅；论争；历史化

M：美学；朦胧诗

P：评价

S：史料；时间；抒情；审美

T：通俗文学

W：文学史；文学作品；问题意识；文学批评

X：现代文学；现代化；先锋文学；先秦诸子；叙述；现代性

Z：中国文学

主要参考文献

一、文件、文集、汇编类

中共中央马克思恩格斯列宁斯大林著作编译局编:《马克思恩格斯选集》,人民出版社 1972 版。

中华人民共和国新闻出版署政策法规司编:《中华人民共和国现行新闻出版法规汇编(1949—1990)》,人民出版社 1991 年版。

中共中央文献研究室编:《建国以来重要文献选编》(第二册),中央文献出版社 1992 年版。

中共中央文献研究室编:《建国以来重要文献选编》(第六册),中央文献出版社 1993 年版。

袁亮主编:《中华人民共和国出版史料　第三卷:1951》,中国书籍出版社 1996 年版。

王国维:《王国维遗书》(十五卷),上海古籍书店 1983 年版。

鲁迅:《鲁迅全集》,人民文学出版社 1981 年版。

鲁迅:《鲁迅全集》,人民文学出版社 2005 年版。

胡适:《胡适文存》,黄山书社 1996 年版。

耿云志、欧阳哲生编:《胡适书信集》,北京大学出版社 1996 年版。

欧阳哲生编:《胡适文集》,北京大学出版社 1998 年版。

《聂绀弩全集》编辑委员会编:《聂绀弩全集》(第十卷),武汉出版社 2003 年版。

张炯主编:《丁玲全集》,河北人民出版社 2001 年版。

郭小川:《郭小川全集》,广西师范大学出版社 2000 年版。

浙江省社会科学院《巴人文集》编委会编:《巴人文集》,宁波出版社 1997—2001 年版。

苏青:《苏青文集》,于青等编,上海书店出版社 1994 年版。

陈子善、王自立编:《郁达夫研究资料》(上集),花城出版社 1985 年版。

郭绍虞主编:《中国历代文论选》(第一卷),上海古籍出版社 1979 年版。

吉林大学中文系现代文学教研室编:《建国后文艺战线两条路线斗争史文献和资料汇编》,1972 年版。

李青松主编:《新诗界》(第2卷),新世界出版社2002年版。

林乐齐、秦人路编:《王任叔杂文集》,生活·读书·新知三联书店1997年版。

林丽君编:《金庸小说与二十世纪中国文学国际学术研讨会论文集》,(香港)明河社出版有限公司2000年版。

全国巴人学术讨论会编:《巴人研究》,上海书店1992年版。

钱理群主编:《中国沦陷区文学大系·评论卷》,广西教育出版社1998年版。

宋应离、刘小敏编:《亲历新中国出版六十年》,河南大学出版社2009年版。

孙瑞珍、王中忱编:《丁玲研究在国外》,湖南人民出版社1985年版。

唐小兵编:《再解读:大众文艺与意识形态》(增订版),北京大学出版社2007年版。

王季思主编:《中国十大古典悲剧集》,上海文艺出版社1982年版。

王瑶主编:《中国文学研究现代化进程》,北京大学出版社1996年版。

王凤伯、孙露茜编:《中国当代文学研究资料·徐迟研究专集》,浙江文艺出版社1985年版。

王晓明编:《批评空间的开创——二十世纪中国文学研究》,东方出版中心1998年版。

王晓明编:《二十世纪中国文学史论》,东方出版社2003年版。

王一川编:《二十世纪中国文学大师文库·小说卷》(上),海南出版社1994年版。

王克平、钱英才编:《巴人文艺短论选》,花城出版社1988年版。

王逸夫编选:《胸前的秘密》,广西民族出版社1998年版。

吴秀明主编:《中国当代文学史料丛书》,浙江大学2017年版。

吴宓:《吴宓日记Ⅱ(1917—1924)》,吴学昭整理注释,生活·读书·新知三联书店1998年版。

邬国平、黄霖编著:《中国文论选·近代卷》,江苏文艺出版社1996年版。

姚家华编:《朦胧诗论争集》,学苑出版社1989年版。

亦清、一心、晓蓝编:《苏青散文精编》,浙江文艺出版社1995年版。

赵家璧主编:《中国新文学大系》,上海文艺出版社2003年影印版。

张庚:《张庚文录》,湖南文艺出版社2003年版。

浙江省文学志编纂委员会:《浙江省文学志》,中华书局2001年版。

中国社会科学院文研所编:《文学思维空间的拓展》,工人出版社 1988 年版。

中国出版工作者协会编:《中国出版年鉴 1986》,商务印书馆 1986 年版。

子通编:《胡适评说八十年》,中国华侨出版社 2003 年版。

朱栋霖、周安华编:《陈瘦竹戏剧论集》(上),江苏教育出版社 1999 年版。

朱庆祚主编:《上海图书馆事业志》,上海社科院出版社 1996 年版。

二、著作类

陈丙莹:《戴望舒评传》,重庆出版社 1993 年版。

陈鼓应:《老子注译及评介》,中华书局 1984 年版。

陈鼓应:《庄子今注今译》,中华书局 1983 年版。

陈国球:《文学史书写形态与文化政治》,北京大学出版社 2004 年版。

陈思和:《中国新文学整体观》,上海文艺出版社 1987 年版。

陈思和:《中国当代文学史教程》,复旦大学出版社 1999 年版。

陈思和:《中国新文学整体观》,上海文艺出版社 2001 年版。

陈寅恪:《金明馆丛稿二编》,台北里仁书局 1981 版。

程光炜:《文学想像与文学国家——中国当代文学研究(1949~1976)》,河南大学出版社 2005 年版。

程光炜:《当代文学的"历史化"》,北京大学出版社 2011 年版。

程俊英:《诗经译注》,上海古籍出版社 1985 年版。

程文超:《意义的诱惑:中国文学批评话语的当代转型》,时代文艺出版社 1993 年版。

陈龙:《现代大众传播学》,苏州大学出版社 1997 年版。

戴光中:《巴人之路》,华东师范大学出版社 1996 年版。

戴燕:《文学史的权力》,北京大学出版社 2002 年版。

杜维明:《人性与自我修养》,胡军、于民雄译,中国和平出版社 1988 年版。

樊树云:《诗经全译注》,黑龙江人民出版社 1986 年版。

范伯群、朱栋霖主编:《1898—1949 中外文学比较史》,江苏教育出版社 2007 年版。

范伯群:《多元共生的中国文学的现代化历程》,复旦大学出版社 2009 年版。

范伯群:《填平雅俗的鸿沟——范伯群学术论著自选集》,江苏教育出版社 2013 年版。

冯友兰:《中国哲学史新编》,人民出版社 1998 年版。

洪子诚:《问题与方法——中国当代文学史研究讲稿》(增订版),生活·读书·新知三联书店 2015 年版。

侯外庐等:《中国思想通史(第 2 卷):两汉思想》,人民出版社 1957 年版。

胡适:《胡适口述自传》,唐德刚整理、翻译,安徽教育出版社 2005 年版。

胡兰成:《中国文学史话》,上海社会科学院出版社 2004 年版。

洪子诚:《材料与注释》,北京大学出版社 2016 年版。

黄健:《京派文学批评研究》,上海三联书店 2002 年版。

黄修己:《20 世纪中国文学史》,中山大学出版社 1998 年版。

李辉:《胡风集团冤案始末》,人民日报出版社 2010 年版。

李辉:《一纸苍凉——〈杜高档案〉原始文本》,中国文联出版社 2004 年版。

李伟:《乱世佳人——苏青》,上海书店出版社 2001 年版。

李泽厚、刘纲纪主编:《中国美学史》(第一卷),中国社会科学出版社 1984 年版。

李泽厚:《美的历程》,中国社会科学出版社 1984 年版。

梁启超:《论中国学术思想变迁之大势》,上海古籍出版社 2006 年版。

梁启超:《清代学术概论》,东方出版社 2012 年版。

梁启超:《中国历史研究法 中国历史研究法补编》,四川人民出版社 2018 年版。

梁启雄:《韩子浅解》,中华书局 1960 年版。

刘志荣:《潜在写作 1949—1976》,复旦大学出版社 2007 年版。

刘思谦:《"娜拉"言说——中国现代女作家心路纪程》,上海文艺出版社 1993 年版。

罗根泽:《中国文学批评史》,上海古籍出版社 1984 年版。

茅盾:《神话研究》,百花文艺出版社 1984 年版。

毛海莹:《寻访苏青》,上海文化出版社 2005 年版。

孟轲:《孟子》,杨伯峻、杨逢彬注译,岳麓书社 2000 年版。

孟繁华、程光炜:《中国当代文学发展史》(修订本),北京大学出版社 2011 年版。

欧阳江河:《站在虚构这边》,四川文艺出版社 2017 年版。

潘颂德:《中国现代新诗理论批评史》,学林出版社 2002 年版。

钱理群：《周作人论》，上海人民出版社 1991 年版。

钱理群、温儒敏、吴福辉：《中国现代文学三十年》（修订版），北京大学出版社 1998 年版。

钱理群：《1948：天地玄黄》，生活·读书·新知三联书店 2005 年版。

施昌东：《先秦诸子美学思想述评》，中华书局 1979 年版。

孙绍振：《新的美学原则在崛起》，语文出版社 2009 年版。

孙诒让撰，孙启治点校：《新编诸子集成·墨子间诂》，中华书局 2017 年版。

童庆炳：《文学理论要略》，人民文学出版社 1995 年版。

童庆炳、程正民主编：《文艺心理学教程》，高等教育出版社 2001 年版。

万同林：《殉道者——胡风及其同仁们》，山东画报出版社 1998 年版。

王春元：《文学原理：作品论》，社会科学文献出版社 1989 年版。

王德威：《抒情传统与中国现代性——在北大的八堂课》，生活·读书·新知三联书店 2010 年版。

王一心：《苏青传》，学林出版社 1999 年版。

王嘉良主编：《浙江 20 世纪文学史》，中国社会科学出版社 2000 年版。

汪晖：《死火重温》，人民文学出版社 2000 年版。

王中忱、尚侠：《丁玲生活与文学的道路》，吉林人民出版社 1982 年版。

吴福辉：《且换一种眼光》，上海教育出版社 1998 年版。

吴思敬：《诗学沉思录》，辽宁人民出版社 2001 年版。

吴思敬：《二十世纪中国新诗理论史》，人民文学出版社 2015 年版。

吴秀明主编：《中国当代文学史料问题研究》，中国社会科学出版社 2016 年版。

熊佛西：《写剧原理》，中华书局 1933 年版。

解志熙：《摩登与现代——中国现代文学的实存分析》，清华大学出版社 2006 年版。

徐铸成：《徐铸成自述：运动档案汇编》，生活·读书·新知三联书店 2012 年版。

徐敬亚、孟浪：《中国现代主义诗群大观 1986—1988》，同济大学出版社 1988 年版。

严昌洪：《中国近代史史料学》（增订本），北京大学出版社 2018 年版。

严家炎：《史余漫笔》，生活·读书·新知三联书店 2009 年版。

杨义：《中国现代小说史》（第二卷），人民文学出版社 1986 年版。

杨义：《中国现代小说史》（第三卷），人民文学出版社 1991 年版。

杨健:《文化大革命中的地下文学》,朝华出版社 1993 年版。

杨庆祥:《"重写"的限度:"重写文学史"的想象和实践》,北京大学出版社 2011 年版。

叶维廉:《中国诗学》,生活·读书·新知三联书店 1992 年版。

叶洪生、杜保淳:《台湾武侠小说发展史》,台北远流出版事业股份有限公司 2005 年版。

于坚:《棕皮手记》,北京邮电大学出版社 2014 年版。

袁可嘉:《论新诗现代化》,生活·读书·新知三联书店 1988 年版。

张传宝等:《鄞县通志》(民国 24 年铅印本),宁波出版社 2006 年影印版。

张庚、郭汉城:《中国戏曲通论》,上海文艺出版社 1989 年版。

张梦阳:《中国鲁迅学通史·宏观反思卷:20 世纪中国一种精神文化现象的宏观描述与理性反思》,广东教育出版社 2001 年版。

张新颖:《20 世纪上半期中国文学的现代意识》(修订版),复旦大学出版社 2009 年版。

郑振铎:《中国俗文学史》,商务印书馆 2005 年版。

周海婴:《鲁迅与我七十年》,南海出版公司 2001 年版。

周传儒:《甲骨文字与殷商制度》,开明书店 1934 年版。

邹午蓉:《丁玲创作论》,江苏教育出版社 1994 年版。

朱光潜:《悲剧心理学》,安徽教育出版社 1989 年版。

朱熹集注:《四书集注》,岳麓书社 1987 年版。

朱立元主编:《法兰克福学派美学思想论稿》,复旦大学出版社 1997 年版。

朱光灿:《中国现代诗歌史》,山东大学出版社 1997 年版。

朱自清:《古诗歌笺释三种》,上海古籍出版社 1981 年版。

[古希腊]柏拉图:《柏拉图文艺对话集》,朱光潜译,人民文学出版社 1978 版。

[德]黑格尔:《美学》(第三卷上册),商务印书馆 1979 年版。

[德]马克思:《摩尔根〈古代社会〉一书摘要》,人民出版社 1965 年版。

[德]恩格斯:《反杜林论》,中共中央马克思恩格斯列宁斯大林著作编译局译,人民出版社 1993 年版。

[法]罗兰·巴特:《符号学美学》,董学文、王葵译,辽宁人民出版社 1987 年版。

[法]米歇尔·福柯:《知识考古学》,谢强、马月译,生活·读书·新知三

联书店 1998 年版。

〔美〕昂利·拜尔编:《方法、批评及文学史》,徐继曾译,中国社会科学出版社 1992 版。

〔英〕霍布斯鲍姆:《极端的年代》(上),郑明萱译,江苏人民出版社 1998 年版。

〔美〕埃里希·弗洛姆:《在幻想锁链的彼岸——我所理解的马克思和弗洛伊德》,张燕译,湖南人民出版社 1986 年版。

〔美〕埃里希·弗罗姆:《自为的人——伦理学的心理探究》,国际文化出版公司 1988 年版。

〔美〕黄仁宇:《赫逊河畔谈中国历史》,九州出版社 2011 版。

〔美〕M. H. 艾布拉姆斯:《镜与灯——浪漫主义文论及批评传统》,北京大学出版社 1989 年版。

〔韩〕柳晟俊:《唐诗论考》,香港中国文学出版社 1994 年版。

〔加拿大〕马克·昂热诺、〔法国〕让·贝西埃、〔荷兰〕杜沃·佛克马、〔加拿大〕伊娃·库什纳主编:《问题与观点——20 世纪文学理论综论》,史忠义、田庆生译,百花文艺出版社 2000 年版。

〔荷兰〕米克·巴尔:《叙述学——叙事理论导论》(第二版),谭君强译,中国社会科学出版社 2003 年版。

〔荷兰〕任博德:《人文学的历史——被遗忘的科学》,徐德林译,北京大学出版社 2017 年版。

三、期刊论文

艾翔:《被话语绑架的历史反思——重读〈晚霞消失的时候〉》,《上海文化》2012 年第 2 期。

鲍昌:《试论当前的通俗文学》,《天津社会科学》1985 年第 1 期。

卞之琳:《今日新诗面临的艺术问题》,《诗探索》1981 年第 3 期。

陈红民、王乐娜等:《走向抗战——"月读"〈蒋介石日记〉(1937)》系列论文,《世纪采风》2017 年第 1—12 期。

陈骢:《提高通俗文艺刊物的质量——评北京文艺刊物调整后的〈说说唱唱〉》,《文艺报》1952 年第 9 期。

陈平原:《千古文人侠客梦——文学作品中的侠》,《文艺评论》1990 年第 1 期。

陈平原:《超越"雅俗"——金庸的成功及武侠小说的出路》,《当代作家评论》1998 年第 5 期。

陈焜:《就毛主席答罗稷南问致周海婴先生的一封信》,《北京观察》2002

年第 3 期。

陈晋：《"鲁迅活着会怎样"？——罗稷南 1957 年在上海和毛泽东"秘密对话"质疑》，《百年潮》2002 年第 9 期。

陈思和：《新文学史研究中的整体观》，《复旦学报（社会科学版）》1985 年第 3 期。

陈瘦竹：《论悲剧精神》，《文艺报》1979 年第 5 期。

陈瘦竹：《当代欧美悲剧理论述评》，《当代外国文学》1983 年第 2 期。

陈明远：《综述："1957 年毛罗对话"的论辩》，《社会科学论坛》2004 年第 2 期。

陈卫星：《西方当代传播学学术思想的回顾和展望》，《国外社会科学》1998 年第 1 期。

陈墨：《金庸小说与二十世纪中国文学》，《当代作家评论》1998 年第 5 期。

陈辽：《且说"文学大师"》，《茅盾研究》1999 年第 7 辑。

陈漱渝：《关于所谓"毛罗对话"的公开信——质疑黄修己教授的史实观》，《文艺争鸣》2003 年第 3 期。

程光炜：《"鲁郭茅巴老曹"是如何成为"经典"的？》，《南方文坛》2004 年第 4 期。

程光炜：《"重返"八十年代文学的若干问题》，《山花》2005 年第 11 期。

程光炜：《批评对立面的确立——我观十年"朦胧诗论争"》，《当代文坛》2008 年第 3 期。

程光炜：《一份沉埋的孤证与文学史结论——关于路遥 1971 年春的招工问题》，《当代文坛》2019 年第 2 期。

程亚丽：《毁誉浮沉六十载——苏青研究述评》，《聊城大学学报（社会科学版）》2003 年第 2 期。

《大众诗歌创刊了》，《大众诗歌》1950 年创刊号。

邓晓芒：《自我意识在西方哲学史上的发展评述》，《青年论坛》1986 年第 1 期。

丁力：《古怪诗论质疑》，《诗刊》1980 年第 12 期。

樊骏：《我们的学科：已经不再年轻，正在走向成熟》，《中国现代文学研究丛刊》1995 年第 2 期。

范伯群：《"两个翅膀论"不过是重提文学史上的一个常识——答袁良骏先生的公开信》，《文艺争鸣》2003 年第 3 期。

范伯群：《我心目中的中国现代文学史框架》，《深圳大学学报》2004 年第 1 期。

范伯群:《"过客":夕阳余晖下的彷徨》,《东方论坛》2004 年第 3 期。

方铭:《文学史与文学历史的复原——关于文学史写作及评价体系的思考》,《中国文化研究》2002 年春之卷。

冯和仪:《古今的印象》,《古今》1943 年第 19 期(1943 年 3 月)。

龚刚:《谁首先提出了中国无悲剧说?——蒋观云〈中国之演剧界〉发表年份小考》,《华文文学》2015 年第 4 期。

洪丕谟:《大胆女作家苏青》,《书屋》1996 年第 4 期。

洪子诚、钱文亮:《当代文学史研究中的史料问题》,《文艺争鸣》2003 年第 1 期。

洪子诚:《〈晚霞消失的时候〉:历史反思的文学方式》,《文艺争鸣》2016 年第 3 期。

洪子诚:《当代文学的史料问题》,《长沙理工大学学报(社会科学版)》2016 年第 6 期。

贺桂梅:《材料与注释中的"难题"》,《文艺争鸣》2017 年第 3 期。

何吉贤:《"材料"如何说话?——也谈洪子诚〈材料与注释〉》,《文艺争鸣》2017 年第 3 期。

胡兰成:《谈谈苏青》,《小天地》1944 年第 1 期。

黄平:《当代文学史写作的六个难题》,《当代文坛》2019 年第 4 期。

黄金生:《"我是圣人的学生"——毛泽东和鲁迅:巨人间的对话》,《国家人文历史》2016 年第 6 期。

黄修己:《披露"毛罗对话"史实的启示》,《文艺争鸣》2003 年第 2 期。

黄宗英:《我亲聆毛泽东与罗稷南的对话》,《炎黄春秋》2002 年第 12 期。

记者:《引言》//茅盾(原题沈雁冰)主编:《〈小说月报〉第十二卷第 10—12 号》,书目文献出版社 1981 年影印版。

记者:《苏青张爱玲对谈记:关于妇女·家庭·婚姻诸问题》,《杂志》1945 年第 14 卷第 6 期。

嘉季等:《对地方文艺刊物的意见》,《文艺报》1953 年第 7 期。

金陇:《巍山区群众说说唱唱的经验》,《说说唱唱》1952 年第 3 期。

鉴春:《金庸:从大众读者走进学术讲坛——杭州大学金庸学术研讨会综述》,《杭州大学学报》1997 年第 4 期。

敬文东:《网络时代经典写作的命运》,《小说评论》2001 年第 3 期。

柯灵:《遥寄张爱玲》,《中国现代文学研究丛刊》1986 年第 1 期。

李静:《〈材料与注释〉:"历史化"的技艺与经验》,《汉语言文学研究》2017 年第 2 期。

李润霞:《"潜在写作"研究中的史料问题》,《中国现代文学研究丛刊》2001 年第 3 期。

李润霞:《颓废的纪念与青春的薄奠——论多多在"文化大革命"时期的地下诗歌创作》,《江汉论坛》2008 年第 12 期。

李润霞:《〈中国新诗总系〉的编选原则与史料问题》,《文艺争鸣》2011 年第 6 期。

李建立:《〈波动〉"手抄本"说之考辨》,《中国现当代文学研究丛刊》2018 年第 8 期。

李晴:《提高通俗文艺刊物的思想性——读最近几期的〈翻身文艺〉与〈郑州文艺〉》,《文艺报》1951 年第 4 期。

李松:《建国后十七年通俗文学的生存状况》,《东北大学学报(社会科学版)》2009 年第 1 期。

李庆西:《作家的排座次》,《文艺评论》1995 年第 1 期。

李鹏、谢纳:《"八十年代"的思想现场:思想解放与文化启蒙的复杂关联》,《文艺争鸣》2015 年第 5 期。

李伟:《不应该被遗忘的"孤岛"女作家苏青》,《民国春秋》1994 年第 6 期。

李杨:《当代文学史写作:原则、方法与可能性——从陈思和主编的〈当代文学史教程〉谈起》,《文学评论》2000 年第 3 期。

林凤访问整理:《谢冕访谈录》,《诗刊》1999 年第 6 期。

林焕平:《关于文坛重排座次的问题》,《文艺理论与批评》1995 年第 3 期。

刘维荣:《作家苏青与大汉奸陈公博的"离奇"交往》,《档案天地》2006 年第 3 期。

刘俐俐、李玉平:《网络文学对文学批评理论的挑战》,《兰州大学学报(社会科学版)》2004 年第 9 期。

刘帅池、张福贵:《网络小说如何进入中国文学史》,《求是学刊》2019 年第 3 期。

骆玉明:《文学史的核心价值与古今演变》,《复旦学报(社会科学版)》2002 年第 5 期。

罗岗:《"当代文学":无法回避的反思——一段学术史的回顾》,《当代文坛》2019 年第 1 期。

缪平均：《"西安事变"爆发前的一份蒋介石密嘱》，《党史文苑》（纪实版）2012年第5期。

敏泽：《办好文艺刊物》，《文艺报》1950年第8期。

木杲：《通俗文艺作家的呼声》，《文艺报》1957年第10期。

南帆：《文学研究：本质主义，抑或关系主义》，《文艺研究》2007年第8期。

南帆：《文学批评：八个问题与一种方案》，《文学评论》2018年第1期。

欧阳婷、欧阳友权：《网络文学的体制谱系学反思》，《文艺理论研究》2014年第1期。

欧阳友权：《数字媒介与中国文学的转型》，《中国社会科学》2007年第1期。

欧阳友权：《网络文学批评的五个焦点问题》，《社会科学家》2018年第10期。

欧阳友权：《建立网络文学评价标准的必要与可能》，《学术研究》2019年第4期。

乔世华：《关于〈晚霞消失的时候〉》，《粤海风》2009年第3期。

钱钟书：《中国古代戏曲中的悲剧》，陆文虎译，《解放军艺术学院学报》2004年第1期。

钱理群：《金庸现象引起的文学史思考——在杭州大学"金庸学术讨论会"上的发言》，《通俗文学评论》1998年第3期。

钱理群：《矛盾与困惑中的写作》，《文学理论研究》1999年第3期。

秦林芳：《论〈意外集〉在丁玲文学道路中的意义》，《中国现代文学研究丛刊》2010年第5期。

秋石：《黄宗英"亲聆""毛罗对话"历史真相调查》，《粤海风》2017年第3期。

秋石：《关于"毛罗对话"及其他》，《粤海风》2011年第2期。

说说唱唱社：《一个新的开始》，《说说唱唱》1953年第1期。

邵燕君：《传统文学生产机制的危机和新型机制的生成》，《文艺争鸣》2009年第12期。

邵燕君：《网络时代：新文学传统的断裂与"主流文学"的重建》，《南方文坛》2012年第6期。

邵燕君：《网络文学的"网络性"与"经典性"》，《北京大学学报（哲学社会科学版）》2015年第1期。

苏茹：《书评：〈意外集〉》，《是非公论》1936年第27期。

舒习龙：《日记与近代史学史研究：梳理与反思》，《兰州学刊》2017 年 10 期。

宋花玉：《西安事变爆发前蒋介石的一份密嘱》，《党史文汇》2015 年第 3 期。

沈敏特：《孤证、考证与不必考证——评"鲁迅活着会怎样"》，《同舟共进》2003 年第 1 期。

孙彩霞：《蒋介石西安事变时的三份遗嘱》，《中外文摘》2010 年第 3 期。

陶东风：《新时期三十年人文知识分子的沉浮》，《探索与争鸣》2008 年第 3 期。

汤哲声：《边缘耀眼：中国通俗小说 60 年》，《文艺争鸣》2011 年第 9 期。

汤哲声：《网络小说入史与中国当代文学史价值取向的思考》，《小说评论》2016 年第 2 期。

天明：《为什么停滞不前？》，《文艺月报》1953 年第 7 期。

王爱松：《朦胧诗及其论争的反思》，《文学评论》2006 年第 1 期。

王彬彬：《〈再解读：大众文艺与意识形态〉初解读——以唐小兵文章为例》，《文艺研究》2014 年第 6 期。

王本朝：《历史化与经典化：中国当代文学评价问题》，《求是学刊》2011 年第 6 期。

王国维：《〈红楼梦〉评论》，《教育世界》1904 年第 76—78、80—81 期。

王光东：《陈思和学术思想的意义》，《文艺争鸣》1997 年第 3 期。

王季思：《悲喜相乘——中国古典悲、喜剧艺术特征和审美意蕴》，《戏剧艺术》1990 年第 1 期。

王纪人：《对〈古怪诗论质疑〉的质疑——与丁力同志商榷》，《文艺理论研究》1981 年第 1 期。

王晓明：《六分天下：今天的中国文学》，《文学评论》2011 年第 5 期。

王亚平：《为彻底纠正通俗文艺工作中的错误而奋斗》，《人民日报》1951 年 12 月 25 日。

王瑶：《关于中国现代文学研究工作的随想——在中国现代文学研究会学术讨论会上的发言》，《中国现代文学研究丛刊》1980 年第 4 期。

王一川：《我选二十世纪中国小说大师》，《文学自由谈》1994 年第 4 期。

吴思敬：《时代的进步与现代诗》，《诗探索》1981 年第 2 期。

吴小如：《说〈诗·关雎〉》，《文史知识》1985 年第 8 期。

吴晓东：《S 会馆时期的鲁迅》，《读书》2001 第 1 期。

吴秀明、黄亚清：《金庸武侠小说与地域文化的现代性构建——兼谈地域文学在一体化进程中的文化对应策略》，《中山大学学报（社会科学版）》2010 年第 2 期。

吴修：《论巴人的美学思想》，《杭州师范学院学报》1991 年第 5 期。

吴中杰：《论巴人的文艺思想》，《宁波师院学报（社会科学版）》1986 年第 3 期。

肖进：《一九五〇年代第一次文艺调整和通俗格局的建构》，《当代作家评论》2012 年第 3 期。

夏伟：《从构建到反思——"中国现代文学学科史案研究"论纲（1949—1990)》，《上海交通大学学报（哲学社会科学版）》2018 年第 4 期。

谢冕：《在新的崛起面前》，《诗探索》1980 年第 1 期。

谢冕：《断裂与倾斜：蜕变期的投影——论新诗潮》，《文学评论》1985 年第 5 期。

谢泳：《对"鲁迅如果活着会如何"的理解》，《文史精华》2002 年第 6 期。

徐贲：《邂逅口述史，发掘口述史：苏联的人民记忆》，《读书》2009 年第 1 期。

徐岱：《论当代中国诗学的话语空间》，《文艺理论》（人大复印报刊资料）2001 年第 2 期。

徐迟：《抒情的放逐》，《顶点》（香港）第 1 卷第 1 期。

徐季子：《巴人文艺批评的风格》，《宁波师院学报（社会科学版）》1986 年第 3 期。

严家炎：《文学的雅俗对峙与金庸的历史地位》，《西南师范大学学报（人文社会科学版）》2004 年第 5 期。

颜水生：《文学史意识形态论——以当代文学史写作为中心》，《当代文坛》2020 年第 1 期。

姚雪垠：《论当前通俗文学》，《文艺界通讯》1985 年第 9 期。

杨庆祥：《如何理解"1980 年代文学"》，《文艺争鸣》2009 年第 2 期。

杨联芬、邢洋：《真相与良知——洪子诚〈材料与注释〉引起的思考》，《文艺争鸣》2017 年第 3 期。

杨义：《重绘中国文学地图》，《文学遗产》2003 年第 5 期。

叶立文、杜娟：《论当代文学史写作中的"知识共同体"与"文学谱系学"》，《天津社会科学》2011 年第 2 期。

易彬：《"把自己整个交给人民去处理"——被打成"历史反革命分子"的穆旦》，《扬子江评论》2014 年第 2 期。

易彬：《从新见材料看穆旦回国之初的行迹与心迹》，《扬子江评论》2016

年第 5 期。

易彬:《当代文学史料建设的路径与问题》,《文艺争鸣》2016 年第 8 期。

易彬:《"自己的历史问题在重新审查中"——坊间新见穆旦交待材料评述》,《南方文坛》2019 年第 4 期。

尹学初:《"毛罗对话"之我见》,《唯实》2003 年第 12 期。

余旸:《"朦胧诗"论争——"中国式"现代主义诗歌的艰难叙述》,《扬子江评论》2009 年第 6 期。

寓真:《聂绀弩刑事档案》,《中国作家》(纪实版)2009 年第 2 期。

寓真:《绀弩气节,与诗长存》,《同舟共进》2009 年第 7 期。

袁良骏:《学术不是诡辩术——致严家炎先生公开信》,《香江文坛》(香港)2000 年第 8 期。

袁良骏:《"两个翅膀论"献疑——致范伯群先生的公开信》,《文艺争鸣》2002 年第 6 期。

袁良骏:《武侠小说的历史评价问题》,《南通师范学院学报(哲学社会科学版)》2002 年第 2 期。

袁良骏:《五四文学革命与"两个翅膀论"》,《南都学坛(人文社会科学学报)》2004 年第 6 期。

袁良骏:《"两个翅膀论":一个似是而非的错误理论——再致范伯群先生》,《汕头大学学报(人文社会科学版)》2005 年第 3 期。

袁良骏:《与彦火兄再论金庸书》,《华文文学》2005 年第 5 期。

翟永明:《逼近与还原——人文价值标准的确立与文学史重构》,《海南大学学报(人文社会科学版)》2003 年第 4 期。

赵园:《读聂绀弩的"运动档案"》,《书城》2015 年 3 月号。

赵国华:《生殖崇拜文化略论》,《中国社会科学》1988 年第 1 期。

赵树理:《我与〈说说唱唱〉》,《说说唱唱》1952 年第 1 期。

张剑:《中国近代日记文献研究的现状与未来》,《国学学刊》2018 年第 4 期。

张天社:《蒋介石〈西安事变日记〉是怎样被补写的》,《红岩春秋》2015 年第 11 期。

张健:《1957 年"毛罗对话"版本比较及解读》,《当代中国史研究》2008 第 6 期。

张学义:《"姑存之"和"渐信之"——〈鲁迅与我七十年〉读后漫笔》,《教书育人》2004 年第 2 期。

张文勋:《关于文学艺术的特征问题——对巴人同志"文学论稿"的几点

意见》，《文史哲》1956年第8期。

张均：《十七年期间的鸳鸯蝴蝶派作家》，《广东社会科学》2010年第1期。

张钧：《当代文学应暂缓写史》，《当代文坛》2019年第1期。

张伟栋：《历史"重评"与现代文学的兴起——文学与政治双重视野中的八十年代初现代文学运动》，《海南师范大学学报（社会科学版）》2011年第4期。

郑伯农：《在"崛起"的声浪面前——对一种文艺思潮的剖析》，《当代文坛》1983年第2期。

周敏：《地方文艺刊物的"说唱化"调整及其困境（1951—1953）——兼与张均教授商榷》，《文学评论》2014年第6期。

朱德发：《文学史写作之魂》，《文学评论》2000年第4期。

朱正：《"要是鲁迅今天还活着……"》，《文化广角》2003年第12期。

左查：《蓬勃开展的上海农村新故事运动》，《文艺报》1965年第7期。

［日］野岛刚：《关于蒋介石日记的几个问题》，芦荻译，《书摘》2017年第1期。

四、报纸、网络文章

龚勤舟：《〈聂绀弩刑事档案〉作者访谈》，《中国青年报》2009年11月24日。

贺圣谟：《"孤证"提供人的发言》，《南方周末》2002年12月5日。

黄宗英：《往事：我亲聆毛泽东与罗稷南对话》，《南方周末》2002年12月5日。

黄宗英：《"鲁迅活着会怎样"——我亲聆毛泽东罗稷南对话》，《文汇读书周报》2002年12月6日。

康桥：《网络文学批评标准刍议》，《光明日报》2013年9月3日。

李诚、孙磊：《揭秘文化大革命手抄本：〈少女之心〉背后、集体越轨地下传抄》，《株洲晚报》2008年3月2日。

李朝全：《建立客观公正的网络文学评价体系》，《河北日报》2014年12月5日。

骆爽：《金庸武侠神话的终结》，《为您服务报》1995年9月21日。

舒晋瑜、谢冕：《所谓诗歌，归结到一点就是爱》，中国诗歌网2018年3月28日。

王容芬：《中国文化人有没有人权？谁在告黄苗子的密？》，凤凰网文化综合2009年3月30日。

王亚平:《为彻底纠正通俗文艺工作中的错误而奋斗》,《人民日报》1951
年 12 月 25 日。

严家炎:《一场静悄悄的文学革命》(1994 年 10 月 25 日),香港《明报》
1994 年 12 月号。

鄢烈山:《拒绝金庸》,《南方周末》1994 年 12 月 2 日。

袁良骏:《再说雅俗——以金庸为例》,《中华读书报》1999 年 11 月
10 日。

章诒和:《谁把聂绀弩送进了监狱》,《南方周末》2009 年 3 月 18 日。

周而复:《相期一步一层楼》,《文学报》2001 年 3 月 15 日。

周振禹:《读鲁迅先生的〈忽然想到〉》,《京报副刊》1925 年 1 月 21 日。

周作人:《文学的贵族性》,《晨报副刊》1928 年 1 月 5 日。

后 记

整理过往论文是一种痛苦的过程,每一篇旧作都带着特定的信息,翻腾出诸多记忆。《多重视阈的中国文学史叙事时空》中最早一篇文章写作于1985年,最近一篇文章写作于2022年,三十八年的曲曲折折、欢欢喜喜、哀哀痛痛,也许有过荣光,也许留下伤痕,过程还是挺漫长的。从懵懵懂懂开始起步,有初生牛犊不怕虎的"胡说九道",有自以为是的欣然,有陷入晦暗的沮丧与彷徨。仿佛总在布满小径的丛林里摸索,有时依稀看到一线曙光,当自以为走进光亮时,光亮却远远跑向更加辽远的地方。时至今日,似乎远远望见文学学术研究那高大宏伟的楼阙,对那楼阙后面的万千气象、恢宏浩瀚产生了想象的欲望,却已到了"回头望"的年龄。

《多重视阈的中国文学史叙事时空》能够编辑完成,首先要感谢宁波大学中国语言文学学科将这本小书列入学科建设丛书。感谢聂仁发教授,聂教授不仅提出编选这本小书的建议和设想,而且不断鼓励和催促,及时消除我的心理负担,多次给予技术性指导,没有聂教授耳提面命和无私帮助,我个人既不会编选这本个人文集,更不敢奢望正式出版。感谢宁波市文联将这本小书列为"2023年度市文联文艺创作重点项目",提供一定的基金支持,解决了搜集早期资料、数次文件格式转换、初稿和校对稿的打印和人工经费。

浙江大学出版社宋旭华和周烨楠为本书出版做了大量工作,他们精益求精的工作态度和紧抠细节的工作方式,保证了《多重视阈的中国文学史叙事时空》的高质量出版,深表谢意。

四十多年来,中国社会经历了深刻变革,文学视野、文学知识和学术研究也经历了"聚焦"的多次位移。个体的人生道路和学术路径,也不能完全按照个人"设想""计划"去发展,每一步都走得踉踉跄跄,每一步似乎都与工作安排分不开,个人选择极不充分,既没有坚实的学术根据地,也没有高质量的学术成果。这本小集子的价值,也许在于能够给读者提供一点教训,我也算是尽到一份责任,于愿足矣。

南志刚

2023 年 2 月 13 日于蓝色东方